MONSTER

PATRICK BAUWEN

MONSTER

roman

ALBIN MICHEL

Pour Laetitia

Et toutes les routes que nous devons prendre sont tortueuses
Et toutes les lumières qui nous guident sont aveuglantes
Il y a tant de choses que je voudrais te dire
Et je ne sais pas comment
Peut-être seras-tu
Celui qui me sauvera ?

OASIS – *Wonderwall*

JE M'APPELLE Paul Becker, et j'ai besoin de vous.

« Vous ne me connaissez pas », dis-je dans le combiné. *« Enfin je suppose, à moins d'être l'un de mes patients. Mais vous avez peut-être reconnu mon nom. Je suis ce médecin dont la photo circule dans les journaux... »*

Ma voix tremble. Surtout ne pas flancher.

« Je vous en prie, ne raccrochez pas. Il ne faut pas croire ce qu'on raconte... Je n'ai pas commis ces choses épouvantables. Ça paraît complètement dingue, mais vous devez me faire confiance. »

Une longue inspiration. Puis je me lance :

« Alors voilà. En ce moment même, un enfant se promène tout seul près de chez vous. Et à l'instant où je vous parle, il est en danger de mort. Parce que quelqu'un... quelqu'un est là pour l'assassiner. »

Je reprends mon souffle.

« Vous n'êtes pas habitué à recevoir ce genre d'appel de détresse, je sais. D'ailleurs ça me semblerait fou à moi aussi.

Mais si vous ne faites rien, si vous n'écoutez pas ce que je vous dis, croyez-moi, cet enfant va mourir. »

Va à l'essentiel, Paul.

« *Et s'il meurt, d'autres victimes suivront. À moins que vous ne fassiez ce qu'il faut pour l'empêcher.* »

J'ai débité ça d'une traite, les doigts crispés sur l'appareil téléphonique. Je me demande bien l'impression que ça vous fait à l'autre bout.

« *Une minute de votre temps, c'est tout ce que je demande. Écoutez-moi, puis ce sera à vous de décider.* »

On y est, me dis-je en m'essuyant le front. Je n'ai plus qu'à vous raconter le reste. Faire appel à votre intelligence et à votre courage.

Vous persuader de croire à ma version de l'histoire, quel qu'en soit le prix.

Parce que, au final, tout va dépendre de vous.

PREMIÈRE PARTIE

LA TEMPÊTE

1

Douze jours plus tôt

J'OBSERVE LA TEMPÊTE nocturne à travers la fenêtre. Observer est un grand mot, on n'y voit pas à trois mètres. Le halo fantomatique du lampadaire perce à peine les ténèbres. Il pleut tellement que les silhouettes grises des véhicules garés sur le parking ressemblent aux mausolées d'un cimetière. Un éclair zèbre le ciel de temps à autre. Il doit y avoir au moins cinq centimètres d'eau en bas des marches qui conduisent à notre petite consultation. C'est toujours comme ça dans ce coin de Floride pendant la saison des ouragans. Et bien entendu il n'y a pas un patient. Qui serait assez cinglé pour venir consulter par un temps pareil ? Donc je ne vais rien gagner ou presque, et j'ai encore sacrifié une soirée en famille pour rien.

Je pousse un soupir.

– T'as peur, Pa ?

– Non. Et toi ?

– Moi non plus.

J'ai mon portable collé à l'oreille et le front appuyé contre la vitre. Grâce au superbe climatiseur que j'ai fait installer la semaine dernière (un Carrier dernier modèle, la peau des fesses), la salle d'attente est fraîche. Un peu trop même, mais c'est ça ou crever de chaud pendant la journée.

– T'as soigné des enfants ? me demande Billy dans le combiné.

– Quelques-uns.

– C'était grave ?

– Pas vraiment.

– Y z'avaient mal ? Y saignaient ?

C'est toujours pareil avec Billy. Tout ce qui l'intéresse, c'est de savoir si j'ai vu des gens amochés. Les bras cassés, le sang, il adore. Encore mieux s'il y a des histoires de vomi ou de tête fendue en deux.

Billy est mon fils. Il a six ans. C'est le mec le plus cool du monde – avec son père, bien entendu.

– Hon, hon, je réponds distraitement, car mon attention vient d'être attirée par un gyrophare sur la route.

Un gyrophare, ça veut dire du boulot. Une ambulance qui m'amène quelqu'un ? Bizarre car Connie ne m'a transmis aucun appel.

D'ordinaire les sociétés d'ambulances privées dirigent les patients vers l'hôpital du secteur. On peut aussi faire appel à moi, bien entendu, mais je suis censé donner mon accord avant.

Que je vous explique : je travaille dans une *Walk-In Clinic*, autrement dit une modeste consultation sans rendez-vous. La mienne ressemble à une petite maison. La façade est ornée d'une fière enseigne clignotante. D'élégants stores rouges avancent au-dessus des fenêtres et un parking de vingt places bordé de thuyas accueille les véhicules des patients, quand les places ne sont pas squattées par les clients du fast-food mitoyen.

L'aménagement intérieur comporte une salle d'attente confortable (avec mes diplômes accrochés aux murs), deux bureaux médicaux, deux box d'examen entièrement équipés (fluides, oxygène et matériel de déchocage), ainsi qu'une salle de repos avec machine à café et frigo (décoré des inévitables magnets débiles), et un local d'archives.

Les examens complémentaires sont réalisés de l'autre côté de la rue par un cabinet de radiologie et un laboratoire privés. Sauf qu'à cette heure-ci, bien sûr, ils sont fermés.

Quoi, pas de lits d'hospitalisation ? Pas de services de chirurgie, de blocs opératoires et d'internes en blouse blanche qui déboulent avec un brancard en hurlant « Bon sang, qu'est-ce qu'on a ? ».

Non. Une *Walk-In Clinic* ce sont de simples locaux qu'on peut installer entre votre vidéo-club et le restaurant chinois du coin. On y donne des consultations privées, comme chez votre médecin de famille, mais sans rendez-vous et uniquement réservées aux petites urgences dites « non vitales ». Voilà pour la théorie.

La vérité, c'est que n'importe qui peut se pointer. N'importe quoi peut arriver. Et vous êtes l'unique médecin pour le prendre en charge.

Dans la région, personne n'a jamais osé ouvrir un truc pareil en horaires de nuit.

Moi, si.

Le gyrophare passe devant les arcades du centre commercial et tourne tranquillement à l'angle de Goodlette-Frank Road et White Sand Boulevard. Un léger picotement vient me chatouiller la nuque. Le véhicule peut encore se diriger par ici. Tout dépendra de ce qu'il décidera de faire au prochain carrefour.

Je me tourne vers le comptoir d'accueil derrière moi.

– Connie ?

Elle secoue la tête sans même lever les yeux de son *Cosmopolitan Spécial Été : perdez vos kilos grâce à notre régime révolutionnaire.*

Sa moue dubitative en dit long sur ce qu'elle pense de la révolution en question.

Connie est mon infirmière-secrétaire-femme de ménage-sauveuse des âmes en détresse pour ce soir. Une seule personne pour m'aider ? Oui. Notre consultation n'a que quelques mois d'existence et on n'a pas les moyens de s'offrir mieux pour l'instant. Connie est un peu abrupte, mais c'est une perle. Un regard, un geste et elle anticipe avec une remarquable intelligence. Sans compter le fait qu'elle sait détendre et faire rire les patients.

Nouvel éclair. Puis la nuit.

Le gyrophare s'est éteint. Fausse alerte. L'ambulancier devait regagner sa base.

Je repose mon front contre la vitre. La lumière du lampadaire a encore diminué. Le bruit des trombes d'eau qui se déversent à quelques centimètres de mon visage sans me toucher possède quelque chose d'angoissant et de délicieux.

Le combiné est toujours près de mon oreille. Billy doit faire la même chose que moi à l'autre bout. J'entends sa respiration – à moins qu'il ne s'agisse de la télé dans sa chambre. On peut rester de longues minutes ainsi sans avoir besoin de se parler. Simplement en contact. C'est le genre de moment que je n'ai jamais connu avec mon père, alors j'en profite.

Éclair, nuit.

Je me laisse doucement hypnotiser par la situation. Il est vingt-deux heures trente et c'est l'une des soirées les plus mornes de l'année. Il fait vraiment très noir à présent. Pas une seconde je ne me doute de ce qui va suivre.

Éclair.

Un homme entièrement nu, la tête en sang, me fait face derrière la fenêtre. Il écrase ses poings contre la vitre. Me fixe de ses yeux exorbités.

Nuit.

– Nom de Dieu !

Je bondis en arrière tandis que mon rythme cardiaque pique une accélération. Des coups retentissent contre la porte. Boum, boum, boum, dans ma poitrine. Connie consulte brièvement la caméra de surveillance. Se précipite. Ouvre.

– Papa ? fait le combiné.

– Je te rappelle, dis-je à Billy en refermant le clapet de mon portable.

L'adrénaline pulse dans mes veines. J'aime et je n'aime pas. C'est un peu pour ça que je fais ce métier. Il faudra que je réfléchisse à ce bizarre paradoxe un de ces quatre. Mais pas maintenant. Parce que là, tout de suite, le type en sang vient de s'étaler sur le sol de ma consultation. Il est suivi de près par un inspecteur de police à la carrure tellement impressionnante qu'elle évoque l'un de ces petits châteaux gonflables sur lesquels les enfants rebondissent dans les aires de jeux.

Le représentant de l'ordre hoche son énorme tête en guise de bonsoir, exhibe sa plaque à Connie, puis la range dans la chemise à fleurs qu'il porte sous son costume distendu et trempé. Mon infirmière a déjà posé un genou à terre et tient un lot de compresses à la main.

– Qu'est-ce qu'on a ? demande-t-elle.

Son ton est aussi détaché que celui d'un client feuilletant le menu du jour au restaurant.

– Vous n'allez pas le croire..., commence l'inspecteur.

– Allez-y, dit-elle. Je possède une imagination débordante.

– Cet individu faisait de la gym sur la plage. Entièrement à poil.

Connie hausse un sourcil.

– En pleine tempête ?

– Y prétend que c'est vivifiant. Son manteau gisait sur le sable.

Le policier secoue dans les airs le manteau en question. Un long vêtement de cuir noir dont l'étiquette mentionne une marque de luxe. Le flic l'agite en tous sens tandis qu'une pluie scintillante d'objets personnels se répand sur le sol, saupoudrés de grains de sable.

– Ah, voici ses papiers...

L'inconnu demeure impassible. J'en profite pour le détailler.

Ses cheveux sont longs et noirs, noués en arrière par un mince ruban de soie. Peau soignée, torse musclé, fesses étroites, bronzage intégral. Seuls ses bras et ses jambes détonnent avec le reste : ils sont bizarrement allongés, au point d'évoquer les pattes d'un insecte.

Sans doute l'un de ces prostitués androgynes venus des clubs de Miami Beach, me dis-je. Certains n'hésitent pas à racoler loin de chez eux si la paye est bonne.

Je note au passage l'épilation de ses parties intimes.

Connie ne bronche pas.

– Que lui est-il arrivé ? demande-t-elle en lui appliquant une compresse sur le front.

– Le pauvre s'est cogné en grimpant dans ma voiture de patrouille, répond le flic avec un sourire. Rien de méchant.

L'homme à terre émet un grognement de protestation. Connie l'aide à se relever. Ça n'a pas l'air trop grave. J'enfile des gants stériles taille 7 ½ pendant que mon infirmière l'installe sur la banquette d'examen dans le box nº 1.

Le flic nous observe, son sourire goguenard toujours vissé sur les lèvres. Il fait quelques pas et ses semelles abandonnent de grosses marques boueuses dans la salle d'attente. Il note mon regard, destiné à ses chaussures autant qu'à son histoire, dont je n'ai rien gobé.

– Désolé pour les traces, dit-il.

Il n'a pas l'air d'en penser un mot.

– L'hôpital était plein ? fais-je en laissant claquer les gants en latex sur mes poignets avec juste ce qu'il faut d'exaspération.

– La route est impraticable.

– Ah oui ?

Sa Crown Vic Police Interceptor là-dehors – celle que j'ai prise pour une ambulance avec son gyro – peut largement affronter ça, et pire.

Le flic se gratte le menton.

– Ils sont débordés.

– Dis plutôt que t'avais pas envie de patienter trois plombes.

– J'avais pas envie de patienter trois plombes.

Ni de faire un rapport, ai-je envie d'ajouter. Mais je me retiens. Nos regards s'affrontent quelques instants au-dessus du sol maculé de sang, d'eau et de boue.

Roulement de tonnerre dans le lointain. La tempête s'éloigne.

Il lâche un soupir.

– Paul. Rafistole-moi ce type, s'il te plaît.

Je lève les paumes vers le ciel en signe de capitulation.

– OK, Cameron.

– Je te remercie.

– C'est ça...

L'inspecteur Cameron Cole est mon meilleur ami depuis l'école primaire.

Je pénètre dans le box. Mon patient n'est pas au mieux de sa forme. J'espère que Cam ne l'a pas trop amoché. Je me penche vers sa blessure.

– Ça vous convient ? demande Connie.

Elle a désinfecté et rasé la plaie sur une surface adéquate. Une coupure de trois centimètres fend l'arcade sourcilière et remonte vers le front. Je tire sur les berges qui s'écartent avec un bruit humide de succion. Connie tamponne le sang à petits coups de compresses. On voit la surface blanche de l'os frontal, comme c'est souvent le cas, mais il n'y a ni fracture apparente ni vaisseau à suturer. Je relâche.

– On va faire un collage.

Mon infirmière sort un set stérile, ôte la pellicule de plastique et le dispose sur un plateau métallique à roulettes pendant que je choisis mes instruments.

Cole en profite pour s'approcher dans mon dos.

Clic, clic.

Lorsque je me redresse, je découvre le poignet de l'homme emprisonné dans une menotte, l'autre bracelet relié à la banquette d'examen.

– Pour ta sécurité, explique Cole, l'air faussement ennuyé. Je ne voudrais pas que mon suspect bondisse de douleur lorsque tu vas le perforer avec ton aiguille.

Je fronce les sourcils. J'ai horreur qu'on essaie de faire peur à mes patients.

– Il n'a pas besoin de points. Je vais employer de la colle à suture.

Je sors un petit bâtonnet renfermant un liquide bleu.

– 2-octyl cyanoacrylate. Comme de la Super-Glue, version stérile. On pince les berges et on l'applique par-dessus la plaie, à la surface de la peau. C'est totalement indolore.

– Oh, la souffrance ne m'effraie pas...

Ce sont les premiers mots que prononce l'inconnu. Il a parlé d'un ton neutre, aucunement menaçant. Ses doigts entrelacés reposent sur son ventre, aussi paisibles qu'un nœud de vipères endormies.

– Je vous demande pardon ? dis-je.

Son visage blafard sous la lumière du scialytique se tourne vers moi.

– Les médecins. Quelle chance formidable vous avez. Côtoyer la mort, ce doit être terriblement grisant, n'est-ce pas ?

Ses yeux sont si noirs que j'ai du mal à en distinguer les pupilles. Je regarde mieux. Non, elles sont là, même pas dilatées. Il n'a donc pas pris d'amphétamines, ni de cocaïne. Et son haleine ne sent pas l'alcool.

– Le résultat esthétique sera bon, poursuis-je comme si de rien n'était. Mais vous devrez appliquer une crème cicatrisante et éviter une forte exposition au soleil au cours des six prochains mois.

Je me sens idiot. Ce type a réussi à me mettre mal à l'aise. Je procède au collage pendant que Cameron feuillette son portefeuille. Dès qu'il aura sorti les papiers, Connie enregistrera ses coordonnées dans l'ordinateur. Et on aura fini.

– Ne t'inquiète pas pour tes honoraires, dit Cole. Le bureau de police réglera la note.

– Je ne m'inquiète pas.

Je maintiens la plaie fermée entre mes deux doigts, badigeonne la surface, compte cinquante secondes le temps que la colle adhère, puis je relâche le tout.

– Terminé, dis-je en m'adressant à Connie.

Je croise ses yeux. Et devine la suite à la façon dont ils s'écarquillent.

Ça me pétrifie.

Connie Lombardo est le calme en personne. Elle a travaillé dans un grand hôpital de New York. Elle a vécu le 11 Septembre en direct. Rien ou presque ne peut la perturber à moins d'être vraiment, *vraiment* grave.

Puis la main du type se referme sur la mienne.

La seconde d'après, mon avant-bras remonte brutalement dans mon dos. La douleur est tellement violente que des éclairs blancs me traversent le crâne. Mon corps obtempère de lui-même, je bascule en avant et m'étale de tout mon long.

– Nom de Dieu ! beugle Cameron.

Connie crie. Je relève la tête. Cameron a dégainé son pistolet, mais un truc brillant de la taille d'une assiette traverse les airs. Je devine qu'il s'agit du plateau à suture : il percute son poignet et lui fait lâcher son arme. Puis un pied vient écraser ma colonne vertébrale.

– Pas un geste, toubib ! gronde l'inconnu au-dessus de moi.

Mais j'entends soudain une cavalcade évoquant la charge d'un rhinocéros et le poids sur ma colonne disparaît. Un bruit de chute et un fracas métallique explosent dans mon dos. J'en déduis que Cameron a laissé tomber l'option « pistolet » au profit de celle, plus efficace, de « j'te rentre dedans et j'te pète les dents ».

La table d'examen a valsé sur le sol, rejointe par les deux hommes qui s'empoignent. Cameron cogne une fois. Deux. Mais le type ne réagit pas de la façon prévue : ses mouvements sont étonnamment fluides, comme s'il exécutait un ballet de nage synchronisée. Il évite l'assaut et ses membres s'enroulent autour du cou de Cameron tels des boas constrictors. Mon ami décide de passer aux choses sérieuses et lui fait exécuter une pirouette qui l'envoie s'écraser face contre terre.

Je remarque alors le poignet de mon ex-patient : il est libre. Ce qui signifie qu'il a trouvé le moyen de s'extraire de sa menotte en acier, qui pend, *toujours fermée,* à la table d'examen.

– Mince alors, dis-je en m'asseyant. Comment il a fait ça ? Il est magicien ou quoi ?

Cameron cale un genou entre les omoplates de l'homme, tire ses bras en arrière, décroche les bracelets et les lui repasse. En serrant cette fois comme un malade.

– Fais-moi plaisir, halète-t-il. Refais-nous ton petit tour de passe-passe avec les menottes.

L'autre se contente de grimacer de douleur tandis que ses poignets blanchissent sous la pression du métal. Cameron lève les yeux.

– Connie, qu'est-ce que vous faites ?

Mon assistante s'immobilise, combiné téléphonique en l'air.

– Je n'appelle pas le 911 ?

– Sûrement pas.

– Mais...

– J'ai dit non. Pas besoin de renfort, je contrôle la situation.

Connie m'interroge du regard. J'acquiesce. Elle raccroche.

À son expression, je comprends que je n'ai pas fini de l'entendre lorsque le policier sera reparti.

Cole fourre sa chemise dans son pantalon, se relève puis redresse le type d'un geste sec. Il récupère imper, portefeuille et objets personnels puis entraîne le gars vers la sortie. Ils redescendent les marches jusqu'à la Crown Vic. Cameron plaque une main sur sa nuque et le pousse à l'intérieur de l'habitacle avant de pivoter vers moi.

– Désolé pour, euh... le bordel. Enfin tout ça.

Je ne sais pas quoi répondre. En dehors de la table renversée et du matériel fichu, rien n'est brisé – à part mon orgueil, peut-être.

– On se voit demain ? ajoute-t-il.

– Hmm.

– Je peux compter sur ta discrétion ?

– Hmmmm.

Il grimpe derrière le volant. La voiture démarre, puis Cole ralentit à ma hauteur et baisse sa vitre.

– Wolverine appelle Cyclope, dit-il. Tu me reçois, Cyclope ?

Une blague vieille de trente ans.

– Cinq sur cinq, Wolverine.

– Les X-Men se serrent les coudes, pas vrai ?

– Ils se serrent les coudes.

– Je rentre à la base.

– OK.

Il sourit, puis s'éloigne sur la route avec son prisonnier.

Je referme la porte et me laisse tomber dans un fauteuil.

Connie n'a pas eu le temps de rentrer les coordonnées du patient dans l'ordinateur. On ne sait rien de son identité. Si quelqu'un nous demande des comptes – et je ne parle même pas d'une éventuelle procédure de justice – on risque de se retrouver dans le pétrin jusqu'au cou.

Connie croise les bras sur sa poitrine et m'adresse un regard propre à pulvériser un tank.

– Oh, ça va ! fais-je en soupirant.

Une demi-heure s'est écoulée. J'ai aidé Connie à mettre de l'ordre, redressé la table et tiré un drap de papier propre sur la banquette. Elle a nettoyé le sol sans dire un mot.

Le silence sépulcral.

Bon. Je sais qu'elle désapprouve mon attitude. Cameron Cole a beau être mon ami d'enfance, le quasi grand frère que je n'ai jamais eu, tout le monde sait qu'il est brutal.

J'observe le décor. C'est nickel, on dirait qu'il ne s'est rien passé.

Je pose une fesse sur un coin du bureau et me palpe le dos.

J'espère que ces petites acrobaties ne vont pas m'occasionner un tour de reins. Ce n'est pas mon point fort, et je n'ai pas intérêt à me retrouver coincé avec tout le boulot que je suis censé abattre au cours des prochains mois. Cette consultation de nuit est vraiment un pari.

Je songe à sortir fumer une cigarette sur le parking. L'air doit être bon et parfumé après une averse pareille. Si ça se trouve, quelques patients vont trouver la force de venir et je n'aurai pas totalement perdu la nuit.

C'est là que je le remarque.

Petit, compact, d'un rouge criard et incrusté de paillettes. Chicos et indéniablement féminin. Il a dû rouler sous le comptoir pendant la bagarre.

Je me baisse pour le prendre en main et le manipule. Certainement pas le modèle qu'on vous offre dans les publicités du style « Abonnez-vous chez nous, on vous offre deux téléphones portables pour le prix d'un ! ».

– C'est votre combiné ? je m'enquiers auprès de Connie.

Mais je connais déjà la réponse : le sien est un modèle on ne peut plus basique. Elle lève les yeux au ciel comme si je venais d'énoncer une ânerie intégrale.

Je contemple à nouveau l'appareil. Il est allumé. J'envisage de téléphoner à Cameron pour le prévenir que Monsieur Tout-Nu a oublié son gadget chez moi. Mais je n'en ai pas le temps, parce que le cellulaire se met soudain à sonner dans ma main.

Je sursaute.

Une seconde s'écoule. La sonnerie, encore. Le cadran affiche « numéro masqué ».

Zut. Je fais quoi ?

Nouvelle sonnerie. J'hésite, puis je la commets.

L'erreur la plus stupide, la plus imparable de toute ma vie.

Je décroche.

2

– MEC ?

La voix qui s'adresse à moi est bizarre. Son timbre est métallique, modifié par un filtre électronique quelconque. Plutôt un homme, je dirais. Mais sans certitude aucune.

– Pardon ? fais-je.

– Kosh ?

– Heu, non. « *Kosh* » (qu'est-ce que c'est que ce nom ?) n'est plus là. Il a oublié son téléphone.

Silence prolongé à l'autre bout. Puis :

– Quoi, tu lui as tiré son portable ?

– Hein ?

– T'as une voix de jeune. T'es le genre branleur à tirer les téléphones dans la rue ?

– Mais pas du tout !

Connie me regarde d'un drôle d'air. Je lui fais signe que tout va bien, regagne mon bureau et ferme la porte derrière moi.

– Je suis médecin, fais-je avec un poil de condescendance

parce que je suis vexé. Il y a eu de la bagarre. Le téléphone de ce type, ce Kosh, est tombé par terre. Je viens juste de le découvrir.

– Un médecin ? Comment tu t'appelles ?

– Pardon ?

– C'est quoi ton nom ?

À moi de marquer un temps d'arrêt. Cette conversation prend une tournure étrange, tout d'un coup.

– Vous n'avez pas à le savoir, dis-je.

Rire sec à l'autre bout.

– Très bien. Donc, tu parlais d'une bagarre...

– Oui. La police était là.

J'ai balancé ça sans réfléchir, comme pour me protéger d'une menace que j'ai du mal à cerner.

– La police ? fait la voix.

Encore quelques secondes de blanc.

Je nous imagine, mon interlocuteur et moi : deux planètes différentes, deux univers sans rien de commun, soudain reliés par un fil invisible à travers la nuit.

– D'accord, reprend la voix métallique. Alors voilà ce que tu vas faire : ce téléphone n'a aucune importance, jette-le.

– Hein ?

– Balance-le aux ordures.

– Et pourquoi ferais-je une chose pareille ?

– Son propriétaire s'en fiche, il n'en veut plus. C'est un vieux portable. Les touches sont nazes et il est bourré de défauts. Obsolète.

Je jette un coup d'œil au combiné. Pour moi, il n'a pas l'air obsolète.

– De toute façon la batterie sera bientôt à plat, ajoute mon interlocuteur. Sans le code confidentiel de Kosh, tu ne pourras pas le rallumer. Et personne ne te l'achètera d'occasion car, comme je te l'ai dit, il est totalement dépassé. Non, le mieux que tu puisses faire est de t'en débarrasser... (La voix métallique s'est durcie.) À moins que tu ne recherches les ennuis ?

– Je pourrais me contenter de le remettre à la police.

Grognement à l'autre bout – et petit sourire de satisfaction de ma part.

– Laisse tomber, dit la voix.

– Pourquoi ?

– Parce que je te le dis.

– Et après ? Vous allez venir ici me botter le cul ?

Juron métallique.

– Très bien mon petit pote. Je t'aurai prévenu.

Et il raccroche.

Je reste un long moment circonspect, le téléphone à la main. Je m'attends presque à ce qu'il sonne de nouveau.

Je finis par ôter ma cravate et déboutonner ma blouse blanche. Je transpire. À coup sûr, Connie a encore coupé la climatisation.

Cette soirée est bizarre et je me sens nerveux. Que vient-il de se passer au juste ? Pourquoi cet inconnu a-t-il piqué sa crise au bout du fil ?

Tu as parlé de prévenir la police, me souffle une voix intérieure.

Et alors ? En quoi le fait d'avoir trouvé ce portable poserait-il un problème ?

Il a peut-être une importance particulière.

Dans ce cas pourquoi me conseiller de le jeter ?

Je me lève et me mets à marcher de long en large. La curiosité finit par l'emporter : je décide de risquer un coup d'œil. Je n'ai qu'à consulter le répertoire. C'est une petite ville ici, si le fameux Kosh habite dans le coin, je reconnaîtrai peut-être l'une des personnes enregistrées. Il me suffira de l'appeler pour obtenir des explications et...

Juste un coup d'œil.

OK. Je me rassois et pose les pieds sur mon bureau dans une attitude faussement décontractée. Mes doigts courent sur les touches en plastique. Je ne suis pas un expert, mais pour accéder au répertoire de mon propre téléphone il suffit d'appuyer sur les flèches du pavé central. Je presse donc la flèche du haut.

Rien.

Bon, la flèche du bas, alors.

Re-rien.

D'accord. Procédons autrement. J'appuie sur le bouton « MENU », puis je fais défiler jusqu'à l'option « RÉPERTOIRE ». Voilà. Maintenant j'appuie sur « OUVRIR ». Ça marche, ah ! Ah !

Un mot s'affiche : VIDE

Zut. Aucun nom de noté. Aucun numéro, pas la moindre adresse.

Je tripote ma blouse. Je ferais mieux d'en rester là. D'un autre côté, j'ai repéré l'option SMS. Ça, je connais : ce sont ces fameux messages que les ados s'envoient à la pelle (en écriture phonétique, quasi incompréhensible pour les ringards d'adultes dans mon genre si j'en crois certains magazines pour les jeunes qui traînent dans ma salle d'attente).

Ça m'intrigue. Je finis par cliquer dessus : VIDE

Du bruit me parvient de la consultation. Connie doit être en train d'accueillir des gens. Je pianote au hasard et tombe sur le journal des appels. Cette rubrique est censée signaler toutes les communications et leur durée. Je fouille. Et découvre le plus curieux : en dehors du coup de fil que je viens de recevoir, il n'y a aucun appel répertorié.

Ni entrant, ni sortant. Comme si ce combiné émergeait tout juste de son emballage neuf.

Ou que son propriétaire avait soigneusement effacé son contenu.

Connie frappe à la porte.

– Boss ?

Je fourre le téléphone dans ma blouse tandis que mon infirmière passe une tête dans l'encadrement.

– Connie, je préfère que vous m'appeliez Paul. Ou docteur Becker. Je vous l'ai déjà dit.

– Quoi, vous n'êtes plus le boss ?

Je pousse un soupir.

– Qu'est-ce qu'on a ?

– Entorse de cheville dans le box 1, répond-elle d'une voix laconique. Et je viens d'installer une douleur abdominale au n° 2. Plus une maman à l'accueil. Ses jumeaux ont une gastro-entérite d'enfer.

– Super ! Le boulot redémarre...

– Oui. Les jumeaux viennent de vomir sur vos fauteuils.

Connie s'éloigne et je récupère mon paquet de clopes caché dans le tiroir du bas (mon infirmière mène une véritable croisade contre le tabagisme), puis je sors par la porte de service. D'ici que tout ce petit monde soit inscrit, j'ai le temps de m'en griller une.

Je fais quelques pas sur le parking. Ça sent le goudron mouillé. Des gouttes perlent encore des lampadaires mais l'eau qui recouvrait le sol a déjà rejoint les entrailles de la terre, avalée par les énormes canalisations d'égout.

On est mi-août et c'est déjà la énième alerte à l'ouragan. C'est comme ça dans la région. Les cycles se répètent. Chaque été la nature se transforme en une sorte de bête mythologique. Elle gronde, piétine le paysage puis retourne se tapir dans les ténèbres. Le passé revient à la charge, on l'affronte et puis on l'oublie. Bientôt le jour se lèvera et la ville battra de nouveaux records de température.

Qui se souviendra alors des événements qui se sont produits lors des tempêtes précédentes ?

3

L'INSPECTEUR CAMERON COLE soutenait le regard de son supérieur sans ciller. Une tâche qui n'avait rien de facile car le chef Garner était en colère. Incandescent, même.

– Il n'y a rien dans ce dossier, a dit Garner. Rien du tout.

Une autre personne se trouvait dans la pièce. Un avocat silencieux assis dans un coin du bureau. Ses doigts longs et velus, allongés bien à plat devant lui, sur une serviette en cuir posée sur ses genoux.

Cameron a songé que les mains de l'avocat ressemblaient à deux tarentules. S'il avait pu, il les aurait volontiers écrabouillées à coups de tiroir en fer.

– Bien entendu, a poursuivi Garner, j'ai libéré M. Smith. Aucune charge n'a été retenue contre lui.

Cameron n'était pas étonné outre mesure.

– Donc vous classez l'affaire ? a-t-il demandé.

– Oui.

– Alors qu'est-ce que je fais dans votre bureau ?

– Maître Barton Fuller, ici présent (le propriétaire des tarentules a hoché gravement la tête en entendant prononcer son nom), déclare que son client a subi des brutalités policières injustifiées.

– C'est un pléonasme, a répondu Cameron.

– Je vous demande pardon ?

– Par définition, la brutalité policière est injustifiée.

Le chef de la police municipale de Naples s'est penché par-dessus son bureau.

– Cole ?

– Chef ?

– Vous vous foutez de ma gueule ?

– Je n'oserais jamais. Comme je l'ai écrit dans mon rapport, Alan Smith s'est cogné le front en pénétrant dans ma voiture de patrouille. Je me suis arrêté dans une *Walk-In Clinic* pour le faire soigner avant de l'amener au poste. Les autres ecchymoses sont le résultat de sa propre conduite : il a tenté de s'enfuir. Deux personnes, l'infirmière et le médecin, peuvent confirmer l'altercation et les circonstances exactes.

– Ce n'est pas la version de M. Smith.

– M. Smith peut donner la version qu'il veut. Ce sont les faits.

L'avocat s'est raclé la gorge avant de prendre la parole :

– Le problème n'est pas là, inspecteur Cole. Mon client a été interpellé...

– ... les fesses à l'air dans un lieu public.

– Allons, allons. Nous parlons d'une plage déserte. En pleine nuit.

– Et s'y promener nu constitue une infraction au code. (Cameron a croisé les bras.) Mais peut-être que je me trompe ? Peut-être que la loi ne s'applique pas à tout le monde ?

– Votre attitude est pour le moins excessive. Ne croyez-vous pas qu'un représentant de l'ordre – un officier expérimenté, j'entends – devrait être capable de faire la part des choses ?

Barton Fuller.

De chez Simon, Fuller & Sax, l'un des plus gros cabinets juridiques de Miami.

Cole a opiné solennellement, comme s'il soupesait l'influence de son auguste interlocuteur, puis s'est tourné vers son patron.

– Bien. Je peux retourner à mon travail, ou vous préférez que je taille une pipe à M. Fuller pour qu'il reste sur une note favorable ?

Les tarentules se sont agitées sur la serviette en cuir, comme soudain prises de panique.

Le chef Garner s'est levé. A posé ses poings sur son bureau, émis un signe de tête à l'intention de l'avocat – qui est sorti dans un bruit feutré de costume trois-pièces, soie véritable – puis s'est tourné vers Cameron.

Lequel s'est bouché mentalement les oreilles.

– Bordel de Dieu, Cole, vous voulez me rendre dingue !

Cameron a préféré ne pas répondre.

– En pleine période électorale ! a rugi Garner. Vous êtes stupide ou quoi ? ! Le prochain gouverneur de Floride sera élu dans quelques semaines et sa prise de fonction sera accompagnée, comme d'habitude, d'une tripotée de changements de postes. Si les médias entendent parler d'un innocent passé à tabac par la police, les responsables se retrouveront illico sur un siège éjectable !

– Parce que c'est le renouvellement de votre mandat qui vous inquiète ?

Garner a planté un index dans la table sans quitter Cameron des yeux.

– Je sais très bien ce que vous trafiquez.

– Ah bon ?

– Oui. Et laissez-moi vous dire une chose : vous n'êtes pas encore à ma place, c'est toujours moi qui commande, ici. (Garner a martelé de son doigt le revêtement du bureau.) M. Smith est un citoyen respectable. Il a versé une somme colossale aux associations caritatives de la ville.

– Mince alors, le pape devrait peut-être le canoniser ?

Le chef de la police s'est rassis.

– Pourquoi en avez-vous après lui ?

– On ne sait pas qui est Alan Smith.
– C'est un homme d'affaires.
– Simple mention sur une carte de visite.
– Sa société crée des décors pour les parcs d'attractions. Les hôtels à thème. Les chaînes de restauration rapide. Lisez mieux sa « carte de visite » comme vous dites, elle est aussi longue qu'un programme de lutte contre le réchauffement planétaire. Il est riche ? Tant mieux pour lui. Il veut engraisser nos impôts locaux ? Parfait pour nous. Aidons-le à s'installer.
– Ce gars n'est pas net.
– Vous êtes parano, Cole.
– Pointilleux.
– Eh bien allez pointiller ailleurs. Vous regardez trop *Les Experts Miami.*

Le chef Garner a parcouru les lignes de son rapport de la pointe de son stylo.

– Naples est une petite ville tranquille, a-t-il dit sans lever les yeux. Les touristes s'y baignent en été, les vieilles dames y tricotent en hiver. On n'aime pas les fonctionnaires tatillons, ici.

Il a signé puis refermé le dossier.

– Transférez vos dossiers à l'un de vos collègues. Je vous retire les affaires en cours.
– Vous me suspendez ?

Garner a souri.

– Au contraire : je vous offre une promotion. Superviseur en chef de la patrouille maritime. Avec toutes ces alertes à l'ouragan, les équipes ne savent plus où donner de la tête. Vous êtes né dans la région, vous connaissez parfaitement les voies navigables de San Marco Island à Bonita Beach, alors que la plupart de vos collègues viennent de New York, quand ce n'est pas carrément de la côte Ouest. Vous ferez de l'excellent boulot. Votre salaire augmentera en conséquence et vous pourrez réintégrer votre ancien poste d'inspecteur à la fin de la saison.

Cameron crut avoir mal entendu.

– En clair, vous m'évincez du bureau des enquêtes criminelles.

– Disons plutôt que je réaffecte les ressources en fonction de circonstances exceptionnelles. Et de quelles enquêtes est-ce que vous parlez ? De la bagarre hebdomadaire du samedi soir, ou du surfeur qui s'est fait bouffer par un requin l'année dernière ?

– Des trafiquants de drogue qui se baladent en liberté. Des gangs qui viennent rôder jusque chez nous. Des meurtres. Des disparitions non résolues. Bon sang, vous ne voyez rien ou quoi ! Du moment que vos riches concitoyens peuvent lire le *Naples Illustrated* sur papier glacé et qu'ils sont persuadés d'être les heureux élus du paradis sur terre, tout va bien ?

Garner s'est levé et a rajusté ses boutons de manchette.

– Cet entretien est terminé. Si vous n'êtes pas content de votre nouveau poste, vous pouvez toujours m'adresser votre lettre de démission. Je déjeune avec le maire, veuillez sortir sans claquer la porte, je vous prie.

Cameron a pivoté d'un mouvement sec.

– Au fait, a dit Garner dans son dos, un autre dérapage de ce genre et je ne me contenterai pas d'un blâme : je vous suspends, et je m'arrange ensuite pour vous faire virer de la police. Vous m'avez bien entendu ?

Cameron est sorti en laissant la porte grande ouverte.

Exprès.

Il a émergé du bâtiment avec l'énergie d'un train jaillissant d'un tunnel. Il a arpenté le parking, repéré une canette vide, et balancé un coup de pied dedans.

Deux policiers accoudés à leur voiture de patrouille – le modèle « touristique », carrosserie blanche, jolies vagues bleues peintes sur les portières – ont interrompu leur conversation pour le dévisager.

Cameron les a ignorés, furax.

Le chef Garner ne pouvait pas lui retirer les dossiers en cours. Pas maintenant.

Il a jeté un coup d'œil à sa montre : neuf heures du matin, et on crevait déjà de chaud. Il fouillait ses poches à la recherche de ses pastilles contre les maux d'estomac, lorsqu'un mouvement a attiré son attention de l'autre côté de la rue : Barton Fuller en train de grimper à l'arrière d'une limousine.

Le petit soldat d'Alan Smith était arrivé dès les premières lueurs de l'aube. Venu spécialement en jet privé de Miami.

Cameron a regardé Fuller se réfugier dans la pénombre de la limousine et plaisanter avec l'autre occupant. Il a entendu des rires. Puis l'occupant en question s'est penché pour le dévisager, lui.

Leurs regards se sont croisés. Cameron a posé ostensiblement ses doigts sur son arme de service. La scène a duré un moment, comme suspendue dans les airs, jusqu'à ce que la portière finisse par claquer et que la limousine démarre en trombe en faisant crisser ses pneus.

Cameron l'a regardée disparaître au bout de la rue, l'index toujours posé sur la détente.

Sa main n'a pas tremblé une seule seconde.

4

LA FIN DE MA NUIT DE GARDE file comme dans un rêve. J'ai tellement de boulot que je ne pense à rien. Un gobelet de café noir et j'embraye sur la matinée.

Quand mon système sera en place, la garde se terminera à huit heures, mais je suis pour l'instant obligé de continuer jusqu'à treize pour faire rentrer un peu d'argent et compenser les nuits calmes.

J'enchaîne les consultations à toute allure et la relève finit par sonner. J'accueille avec joie le collègue qui prend ma suite, lui laissant le soin de terminer les plâtres et autres sutures en cours. J'accroche ma blouse sur un portemanteau, une bise à Connie (qui me fait toujours la gueule) et je saute dans ma voiture, direction le centre-ville.

Naples est la ville de mon enfance. J'ai fait mes études à Los Angeles, de l'autre côté du pays, mais je suis revenu m'installer dans la région.

L'endroit a subi de profonds changements. Ma petite ville balnéaire tendance « troisième âge » s'est considérablement rajeunie, en même temps qu'elle a développé un solide côté huppé. Aujourd'hui, beaucoup de ceux qu'on appelle les ultra-riches y possèdent une maison secondaire : patriarches de grandes familles, anciens sénateurs, P-DG de multinationales, stars du showbiz... Ils se barricadent dans de luxueuses forteresses, disposent de hordes de domestiques, donnent des galas de charité et se rendent au théâtre en limousine. La cohabitation n'est pas toujours évidente avec les classes moyennes et les gens plus modestes qui habitent la région, des familles simples qui recherchent la tranquillité et regrettent l'ancienne époque. J'ai même entendu dire que les « dieux » et les « mortels » s'affrontaient régulièrement au conseil municipal. Mais vu de l'extérieur, ça fonctionne plutôt bien.

Et pour un gars comme moi, il y a de quoi travailler.

Je jette sur le siège passager le bilan de mon activité professionnelle de ces dernières semaines que j'ai parcouru en roulant. Je n'avais pas le moral la nuit dernière, mais ces papiers racontent que le remboursement de mes différents crédits n'est pas trop dans le rouge. Mon pari de monter une consultation nocturne va peut-être réussir, en fin de compte. Si ça se trouve, mon banquier ne saisira même pas ma maison.

Je traverse le quartier d'Old Naples en sifflotant *Summer Wind* de Sinatra, coupe l'US 41 et file en face vers les quais, que j'aborde avec un sourire jusqu'aux oreilles avant de me garer dans un dérapage.

Un clic sur le bipeur pour verrouiller ma portière en sortant (une habitude héritée de Los Angeles, personne ne fait ça ici) et je franchis les portes du Riverwalk Café, direction ma table favorite.

Rolf, le serveur, me fait signe qu'il m'a vu. Trente secondes plus tard j'ai devant moi un sandwich crabe-crudités, une pile de tranches de pain complet et une demi-tonne de bacon que j'arrose de café brûlant.

J'occupe mon emplacement habituel au bord de l'eau. À cette heure-ci, les rayons du soleil sont bloqués par la tonnelle et les brumisateurs marchent à fond. Je suis entouré d'un fatras d'objets en bois, poutres, tableaux marins, cordes et sextants, des accessoires de décoration rapportés des quatre coins de Floride. Cet endroit était un hangar à crabe dans les années trente. Le proprio en a fait un restaurant au charme indéniable, et je tire une certaine fierté de faire partie de ses piliers maintenant que je suis revenu habiter à Naples.

– Comment va le boulot ? me demande Rolf.

Rolf est le seul aspect pénible de l'établissement. Il est du style crâne rasé, montagne de muscles, le tout évoquant irrésistiblement une version mutante de Monsieur Propre – le cerveau en option. Serveur n'est pour lui qu'un emploi provisoire, m'a-t-il un jour confié, l'œil humide. Il compte s'engager dans les Forces spéciales pour bousiller tous ces enfoirés d'Irakiens, d'Afghans, de Nord-Coréens, de Russes, de Chinois et d'étrangers en général qui veulent nuire à notre belle démocratie.

– Les peuples extrémistes, moi je dis qu'on devrait les éradiquer préventivement. Sinon pour vous, comment ça marche ?

J'avale un morceau de pain et réponds la bouche pleine :

– Le travail démarre. Il faut le temps de se faire connaître. Que les gens prennent confiance.

– Vous venez de Los Angeles ?

– Oui.

– Drôle d'idée. C'est mort, ici.

– Moi j'aime bien. J'ai passé mon enfance à Naples.

– Et vous avez soigné des acteurs célèbres à L.A. ?

– Non.

– Ah bon ? Des chanteuses de la télé, alors ? Des sportifs célèbres ?

– Non plus.

– Et Britney Spears ? Vous n'avez même pas rencontré Britney Spears ?

– J'ai peur d'horriblement vous décevoir...

Il secoue la tête.

– Ben dis donc, vous m'aviez pas l'air de branler grand-chose...

– J'ai soigné M. Flash, une fois. C'est un fameux musicien.

– Et des bagarres de gangs, vous en avez vu ? Des tueurs psychopathes ?

Je repense à l'inconnu de la nuit dernière. Je l'avais presque oublié.

– Non. Juste le train-train habituel.

Il marque une pause, puis son visage s'illumine.

– D'accord, vous me faites marcher ! C'est ce qu'on appelle le secret médical, pas vrai ? Vous ne pouvez rien dire ! Bah, je comprends, vous devez vivre de ces trucs...

Il dépose une bière fraîche sur la table.

– Tenez, c'est pour la maison.

J'observe son corps de mastodonte s'éloigner avec la grâce d'un camion manœuvrant sur un parking. J'avale une gorgée de bière et repose mon verre sur la nappe.

C'est drôle, les gens veulent toujours savoir si je vois des choses horribles. Des morts. Si quelqu'un m'a déjà claqué entre les doigts. Comment je fais pour supporter la violence ou la vue du sang. Est-ce que c'est dur ? Est-ce que je fais des cauchemars ? Ou bien des choses plus banales, telles que : si je prends une douche en rentrant, comme font ces héros des séries télé afin de se « laver » des souvenirs pénibles.

Globalement la réponse est oui. Je prends une douche.

Shampooing aux olives vertes ces jours-ci. C'est une sorte de rituel. Mon fils arrose la salle de bains, on fait un max de mousse et on vide le flacon ensemble en rigolant comme des bossus.

Il faut penser à autre chose. Apprendre à distraire son esprit. Compartimenter, maintenir le malheur à distance. Chacun invente ses petits trucs pour affronter les ténèbres, sinon c'est une part de vous-même qui meurt à chaque patient.

Je repousse mon assiette parce que je n'ai soudain plus très faim. Cameron ne m'a pas rappelé et l'histoire d'hier me turlupine. C'est comme ça que je me retrouve à tâter le téléphone qui se trouve encore dans la poche de ma veste.

Je le sors et l'examine. Qu'est-ce qu'il a de spécial ? Je remarque alors pour la première fois le logo en bas à droite de l'écran. Il est vraiment minuscule. En regardant mieux, je vois que ça ressemble à un appareil photo.

Mince, il est vrai que j'ai farfouillé hier soir, mais je n'ai pas pensé à des photos. Ces téléphones ultraperfectionnés comportent presque tous cette option, aujourd'hui.

Je réfléchis un instant en mordillant mes lèvres.

Je ferais mieux d'en rester là. Pas besoin d'être un génie pour comprendre que je me mêle de choses qui me dépassent. Je devrais aller voir Cameron ou l'un de ses collègues, leur refiler le portable et oublier cette histoire. Oui, excellente résolution.

Seulement voilà, mes doigts sont déjà en train de faire défiler le menu déroulant. Un clic, on y est : il y a effectivement trois photos en mémoire.

Je marque une légère pause, puis je clique sur la première.

La photo s'affiche.

C'est un gamin, un Noir d'une dizaine d'années. Il porte un polo orange et me sourit. Pourtant, cette image possède quelque chose de sinistre et de glacé, comme ces avis de recherche pour les personnes disparues. Impossible de dire si la photo est récente. Sa tête m'est familière sans que je parvienne à savoir pourquoi. Peut-être que je l'ai aperçu à l'école de Billy ou à la clinique ? Quand on voit défiler beaucoup de visages, on finit par trouver un air familier à n'importe qui.

Je laisse tomber et passe à la photo suivante.

Celle-ci est nettement plus bizarre. L'intérieur d'une pièce, avec plusieurs personnes. La définition est mauvaise, mais on devine pas mal de nudité. Et certains des occupants ont l'air *vraiment* très jeunes.

– C'est quoi ces conneries ? !

J'ai laissé échapper ça à voix haute, et un couple de septuagénaires me jette un regard outré depuis une table voisine. Je repense à mon patient agressif de la nuit précédente. Il était nu. Est-ce que cette photo a été prise au cours d'une soirée arrosée ?

Mouais. Plutôt une partouze, carrément.

Et le gars lui-même aurait été l'un des participants, alors ? Cameron m'a dit l'avoir interpellé sur la plage. À Naples, ceux qui ont quelques millions de dollars à dépenser font construire leurs villas au bord de l'eau. Sauf que la législation locale n'autorise pas les plages privées. Si le type a participé à une orgie, il a pu sortir prendre l'air et se retrouver sur le sable public en tenue d'Adam. Et Cameron l'a interpellé.

Je hoche la tête.

Je comprends mieux la situation.

Si ce téléphone conduit à une partouze avec participation de mineurs, pas étonnant qu'on m'ait menacé lorsque j'ai suggéré de le remettre à la police.

Mon propre portable émet soudain un bip qui me fait sursauter. L'alarme a été programmée par mes soins : il est l'heure de récupérer mon fils à l'école. Cette année, les classes primaires ont repris très tôt, début août. J'ai intérêt à ne pas rater la sortie sinon Claire va encore me hurler dessus. Claire est ma femme, et ça ne va pas très fort entre nous ces derniers temps. Je me lève et clique machinalement sur la dernière photo en enfilant ma veste.

Et l'image me paralyse.

Pour vous, le cliché paraîtrait quelconque : il représente un vieillard dans un rocking-chair. L'allure fragile, le regard un peu perdu. On dirait qu'il tente de s'accrocher au peu de vie qui lui reste.

Pour moi, le choc est plus violent.

Ça fait des lustres que je n'ai pas vu cet homme, il a totalement disparu de mon existence, mais je n'ai aucun mal à le reconnaître.

La dernière des trois photos est celle de mon père.

5

MON PÈRE s'appelle George Dent.

Son nom de famille est différent du mien parce qu'il n'a pas daigné m'en faire cadeau.

Il ne m'a pas reconnu à la naissance.

Je tourne l'écran dans ma main et l'observe sous tous les angles. George est fidèle au personnage de mon souvenir : celui d'un vieux Pierrot avachi. Un maigrichon dans un costume blanc étroit et couvert d'auréoles. Sandales et chaussettes trouées. On voit son nombril. Ses cheveux blancs sont sales et il porte sa barbe habituelle de trois jours. On dirait l'écrivain Tom Wolfe, version fripée et passée au rouleau de lavage. Seul son regard est différent de jadis : ses yeux bleus sont devenus gris et ternes, sans aucune trace de l'intelligence fulgurante, ou des éclairs de rage dont je le sais capable.

Pourquoi sa photo figure-t-elle sur le portable de l'homme que j'ai suturé la nuit précédente ? Cet inconnu, le mystérieux Kosh, sait-il que George Dent est mon père ? Cette photo constitue-t-elle une sorte de message, voire de menace laissée à mon intention ?

Le simple bon sens me dicte la réponse : bien sûr que non.

Je ne connaissais pas Kosh vingt-quatre heures plus tôt. On

peut considérer que je suis nouveau dans la région, et il n'a sûrement jamais entendu parler de moi, d'autant que je ne porte pas le nom de mon père. Kosh est tombé par hasard sur l'un de mes jours de garde, il a perdu son portable, et c'est moi qui l'ai trouvé. Cameron, Connie ou n'importe quel patient ou membre du personnel aurait pu en faire autant. Et si je ne m'étais pas honteusement acharné à fouiller la mémoire de l'appareil, je ne serais jamais tombé sur ces photos.

Bien. Sauf que maintenant on en est là.

Alors quoi ? Il semble exister un lien entre mon père et Kosh, mais de quelle nature ? Est-ce que George – je serre les dents – s'est payé du bon temps avec un prostitué masculin, et qu'il s'agit d'une « photo-souvenir » ?

Allons plus loin. Mon père était-il carrément présent à la partouze qu'on aperçoit sur le cliché d'avant ?

Une bouffée de colère m'envahit.

Le problème avec George Dent, c'est qu'il faut s'attendre à tout.

En particulier au pire.

Je laisse un billet accompagné d'un pourboire sur la table du Riverwalk Café et regagne ma voiture. Ma clé s'enfonce dans le contact mais je ne démarre pas pour autant.

Je suis comme hypnotisé.

Si je possédais une balle en caoutchouc, je l'écraserais volontiers entre mes doigts pour me défouler, mais rien de tel ne traîne dans ma voiture, alors je me contente de pianoter sur le tableau de bord.

Mon père a débuté comme vétérinaire dans les années soixante. Il était très bon jusqu'à ce qu'il emprunte une voie particulière : la spécialisation. Oh, on peut se spécialiser dans plein de choses intéressantes et lucratives de nos jours, comme l'intervention chirurgicale échoguidée sur le cheval de course, par exemple, ou bien la recherche génétique. Mon père, à l'époque, a choisi les reptiles. Puis il est devenu membre d'un cirque itinérant.

C'était après sa période hippie (il adorait Kerouac et la Beat Generation), pendant sa période drogue et sexe, et avant sa période alcool. J'ai dû en oublier.

Je vous laisse imaginer les conversations avec les autres gamins de l'école primaire.

– Pourquoi ton père est jamais là ?

– Y voyage dans une roulotte. Y s'occupe des alligators.

– Beurk, trop dégueu. Et tu le vois jamais ?

– À Noël. Les caravanes de cirque font relâche en Floride seulement pendant l'hiver.

– Vouah, craignos ! T'as même pas de père, et je parie que ta mère suce des bites de croco !

George Dent refusait les normes. Il était prêt à tout pour défendre sa liberté. Il trouvait ça « poétique ».

Je suppose que d'une certaine façon, se comporter en égoïste intégral, préférer les bêtes aux humains, se bagarrer, boire comme un trou, se droguer et rechercher le nirvana au fond de bouges immondes infestés de cafards doit être poétique.

Vous trouvez que je suis un fils indigne ? Vous ne savez rien du tout.

En plus d'être absent durant ses voyages, mon père l'a été une bonne partie de mon enfance parce qu'on l'a jeté en prison.

Trafic de marijuana. Il a pris six ans.

L'essentiel de ce que je sais de lui, c'est ma mère qui me l'a raconté. Elle était heureuse uniquement lorsqu'il partait. Elle refusait de le suivre. Elle savait à quoi s'en tenir. Elle a choisi de me préserver et de fermer les yeux sur le reste. La drogue, le monde fermé des caravanes de cirque et ses bizarreries, les communautés anarchistes, les manifs où l'on brûlait le drapeau américain, les coucheries avec les strip-teaseuses de passage, les bagarres avec les flics, je n'en ai pas souffert.

J'ai voulu rendre visite à mon père en prison mais il refusait de me voir. On s'est revus à sa sortie. Il s'était mis en tête de récupérer sa famille, reprendre sa vie en main et me donner des valeurs. Il portait des tatouages et n'était plus vétérinaire, juste gardien de parking.

Alors j'ai fugué avec Cameron.

On est partis camper dans les Everglades. On a joué aux X-Men. Cyclope et Wolverine en mission. On s'est bien marrés à faire sauter des Mammouths – des pétards aussi gros que des bâtons de dynamite – jusqu'à ce que la police nous retrouve. Retour à la maison. S'est ensuivie une petite mise au point, mes bandes dessinées de super-héros ont terminé à la cave et j'ai dû me mettre à travailler à l'école.

De toute façon George Dent était une vraie tête de mule. Il me cognait avec le plat de sa ceinture en cuir, mais seulement lorsque j'obtenais de mauvaises notes, et sans chercher à me faire du mal. Je ne pouvais même pas le haïr comme l'aurait fait un enfant battu. Ce qui était encore plus humiliant.

Mon père était un homme secret et complexe, capable de vous flanquer une raclée, puis de vous emmener pêcher avec lui. On confectionnait des appâts à crabe, il récitait des poèmes de Richard Brautigan, puis il vous larguait comme une merde et disparaissait pendant des semaines.

Un connard lunatique de première.

Mais le temps passe et, vous voyez, je me suis calmé. Mes sentiments vis-à-vis de George Dent se sont refroidis.

Je pense que, d'une certaine façon, il a été attiré par la révolution sexuelle comme un papillon par les flammes. Drogue, vie en communauté, désintégration complète de sa famille. Vous êtes un adulte, vous pouvez comprendre. Mais quel enfant aurait pardonné ça ?

Lorsque ma mère et moi l'avons enfin quitté, il n'a pas prononcé un mot. Nous avons interposé 4 400 kilomètres entre nous pour emménager à Los Angeles, Californie, où j'ai accompli mon internat de médecine. George aussi a quitté Naples, mais pour s'installer dans un trou perdu de la région, où il a pris un boulot de balayeur.

J'ai toujours eu l'impression qu'il se débattait comme un type jeté dans une piscine sans savoir nager.

On s'est perdus de vue. Les années ont passé, deux tours sont tombées, l'Amérique a changé de visage et ma mère est morte d'un cancer l'année dernière. Claire, ma femme, a insisté pour renouer les liens familiaux. Ça partait d'un bon sentiment. Et nous voilà de retour à Naples, la ville de mon enfance.

Je n'ai pas revu mon père pour autant.

Je ne lui ai même pas présenté ma famille.

Quelque chose m'en empêche, c'est plus fort que moi. Un psy dirait que je ressens de la colère parce que George m'a privé d'une véritable relation avec lui. Qu'il a gâché ma jeunesse. Ou bien qu'il s'agit d'une excuse bidon pour coller mes propres faiblesses sur le dos de quelqu'un.

Peut-être, je m'en fiche, ça n'a plus d'importance. La vérité est qu'on peut parfaitement se passer d'un père, surtout d'un père criminel. Je vous l'ai dit, il faut savoir se préserver. Compartimenter. Pour être vraiment honnête avec vous, je ne comptais pas revoir George avant qu'on l'enterre.

Mais à présent que je tiens sa photo entre les mains, voilà que de vieilles interrogations ressurgissent. Des questions auxquelles je ne suis pas sûr de vouloir obtenir des réponses.

Comme par exemple, qui est vraiment George Dent ?

Et une chose est certaine : à ce stade de mon histoire, je suis très loin de m'en douter...

6

LES SOUVENIRS tournent un long moment dans ma tête et c'est comme ça que je finis par être en retard à l'école.

Zut. Ça va encore être ma fête.

Je récupère Billy in extremis sur le perron de son établissement. Il est deux heures quarante et la ronde des 4×4 des mères de famille venues récupérer leur progéniture est terminée. Le parking est désert. L'institutrice, l'impitoyable miss Scorbin, s'apprête à conduire mon fils en étude. Billy et ses copains l'appellent Madame Scorbut. Elle mesure un mètre quatre-vingts, sèche comme un cadavre, avec un col noir tout serré. Le pire est qu'elle a toujours été ainsi : je fréquentais déjà sa classe quand j'étais gosse.

Je ravale ma salive et adresse à Madame Scorbut mon plus beau sourire. Elle pince en retour ses lèvres de mort-vivant et me souhaite un *excellent* après-midi, son visage de momie rempli de sous-entendus que je n'ai aucun mal à traduire : *« Et alors, Paul Becker, tête en l'air à l'époque, tête de bois à l'âge adulte ? Je te connais par cœur, tu n'as jamais été à l'heure, ce n'est pas aujourd'hui que tu vas commencer ! »*

Je rentre les épaules et récupère mon fils. Comment Scorbut fait-elle pour ne pas changer malgré les années ? Je me demande s'ils la rangent dans un placard à la fin des cours. Dans un bocal de formol, peut-être ?

Je fonce à la maison.

Claire m'attend dans le hall.

– Tu as vu l'heure ? m'annonce-t-elle d'entrée de jeu.

– Heu... hello ! je bredouille.

Dans tous les mariages, il y a un dominant et un dominé. C'est un équilibre subtil fait de non-dits et de compromis tacites, d'abus et de sacrifices plus ou moins consentis. Ça peut paraître effrayant, mais on en est tous là.

– M'an ! J'ai échangé des supercartes Pokémon avec Peter ! annonce Billy. Alors là, il y a... (il sort un truc épouvantable, rouge sur fond de flammes, plein de griffes et de dents)... l'impitoyable Groudon ! Et les autres, c'est Tyranocif et Dracaufeu !

Ma femme le soulève dans ses bras et l'embrasse. Pendant un instant, le monde est gai et joyeux. Tout est redevenu comme avant. Pas le moindre nuage à l'horizon.

– Ils sont superbes, dit-elle. Tu me les montres tout à l'heure ? File dans ta chambre, je t'appelle pour goûter.

Mon fils s'éloigne dans le couloir et mes espoirs s'amenuisent avec sa petite silhouette, jusqu'à disparaître.

Claire croise les bras sans un mot et fixe le sol. Son visage n'exprime aucune colère, seulement de la déception. Et c'est pire que tout.

– Je sais, dis-je. Je suis encore en retard...

– Cette fois c'est quoi ?

Je songe un instant à lui montrer le téléphone cellulaire et les photos. Mais une voix me souffle que ce n'est pas le moment. Et puis, cela ne m'excuse en rien.

– Je suis crevé. Je n'ai pas vu le temps passer...

– Tu n'es pas le seul à avoir un travail, figure-toi. Je viens juste d'arriver. Toi, tu es censé finir à treize heures.

– Mon boulot est...

– Fatigant, je sais. D'ailleurs tu es toujours fatigué. Mais je n'ai jamais entendu parler d'un père débordé au point *d'oublier* son fils à l'école !

– Je ne suis pas encore au point question horaires, c'est vrai, mais c'est toi qui as insisté pour qu'on vienne habiter ici, dis-je afin de détourner le tir.

– J'espère que tu plaisantes ? *Tu* as quitté ton boulot à Los Angeles parce que *tu* le trouvais trop prenant. Tu ne t'entendais plus avec tes supérieurs. Tu voulais bosser pour toi. Récolter le fruit de ton travail.

– Tu souhaitais qu'on change d'existence pour avoir une vraie vie de famille.

– Et tu te débrouilles pour être sans cesse débordé.

– Mon salaire ne tombe pas du ciel ! Les cours de danse que tu donnes dans ce club de gym sont loin de nous faire vivre !

Elle relève la tête comme si elle venait de recevoir une gifle.

– J'ai abandonné ma carrière artistique il y a des années pour m'occuper de ta maison. De ton fils. Je devrais abandonner aussi le peu qu'il me reste ?

Elle me fixe droit dans les yeux, à présent, tel un boxeur cherchant le contact.

– Tu n'as rien besoin d'abandonner, dis-je, mais pour que tu sois libre de faire ce genre de choix, je dois gagner de l'argent.

– Évidemment. La justification suprême. Et tu es content du résultat ? Travailler jour et nuit, c'est ça que tu souhaites ? Passer à côté de l'existence de ton fils ? Rentrer à pas d'heure, vivre avec ton bipeur comme un chien attaché à sa laisse ?

Je devrais faire preuve d'intelligence. Reconnaître mes torts et écraser. Mais non. Je réponds comme un boxeur.

– Bon sang, Claire, tu n'es pas seule au monde ! Des gens ont besoin de moi !

– Le grand Docteur Becker.

– Le grand Docteur Becker, oui ! Pas plus tard que cette nuit, j'ai...

– Oh, épargne-moi ton couplet ! La vérité, c'est que tu te comportes en parfait égoïste ! Tu vis ta vie, Paul, et tu nous laisses en plan !

– Je suis tous les jours à la maison !

– Mais tu es un fantôme. Tu es là sans y être. Je te regarde et j'ai l'impression de ne pas te connaître.

Sa colère retombe subitement et elle détourne le regard.

– J'ai peur pour nous. J'ai peur de ce que tu es devenu.

Ses derniers mots sonnent comme un constat irrévocable, prononcé avec un calme inquiétant.

– Comment ça ? dis-je en ricanant pour compenser le mal-être, la sensation horrible qui me déchire le cœur.

– Ces dernières années ont été un calvaire. Tu as perdu toute légèreté. Tu as érigé autour de toi des barrières infranchissables. Tu as fui ton père. La plupart de tes amis. Et maintenant tu me fuis.

La colère de Claire est retombée. Pas la mienne. Je suis toujours sur le ring. Je crois toujours que je me bats, sans me rendre compte que j'ai déjà perdu.

– Qu'est-ce que tu attends de moi ? dit-elle, le regard triste.

– On se le demande !

– Tu préférerais que je m'en aille ?

– Mais je t'en prie ! La porte est grande ouverte !

Je regrette aussitôt ce que j'ai dit. Quelle fierté imbécile, quel genre de stupidité immense peut vous pousser à faire du mal aux gens que vous aimez ?

Elle me dévisage en silence, puis attrape son sac et sort.

J'entends la porte qui claque. Mes oreilles bourdonnent. Mon corps est engourdi, comme enveloppé dans du coton. Je regarde autour de moi, titubant et perdu.

Mais personne n'est là pour applaudir ni siffler la fin du combat.

7

SEAN A DIX ANS. Il ne sait pas qu'il est drogué. Au début, il pense simplement qu'il rêve.

Il est allongé dans une clairière au milieu de la forêt. Il fait nuit. La clarté lunaire qui traverse les frondaisons projette de petits polygones pâles dans le sous-bois. Les racines sont recouvertes de mousse et l'air embaume un parfum de terre humide et de roses fanées. Sean se frotte les yeux. Dans le ciel noir, les étoiles ressemblent à de minuscules loupiotes.

Qu'est-ce qu'il fait ici ?

Sa situation ne l'inquiète pas – il est relax, et même superbien – mais il aimerait comprendre. Il ne se souvient pas des événements récents. En revanche, il se rappelle l'époque *d'avant*, quand il était dans ce centre commercial à Miami.

L'endroit où il s'est fait kidnapper.

Ce dernier mot résonne dans sa tête d'une façon étrange sans engendrer d'émotion particulière. Voilà bien la preuve qu'il rêve. Car dans le cas contraire, il devrait crever de trouille, n'est-ce pas ?

Sean observe le décor qui l'entoure. L'endroit lui rappelle la forêt des elfes dans *Le Seigneur des anneaux*, son DVD favori. Il y a même une musique médiévale, un chœur d'église qui chante en sourdine.

– Trooop cool, fait-il à voix haute.

– C'est bien, répond quelqu'un. Je suis content que tu te sentes à l'aise.

Dans une autre vie, Sean aurait sursauté. Mais pas aujourd'hui. La silhouette qui vient de parler dans l'ombre ne fait que l'intriguer un peu plus. Sean s'assoit, et constate qu'il ne porte pas ses vêtements.

Il est nu comme un ver.

– Tu as froid ? demande l'ombre.

– Non.

– Faim ?

Sean se gratte le ventre.

– Non plus.

– Bien.

Quelles étranges questions. La silhouette se rapproche et un rayon de lune – ou ce qui y ressemble – vient éclairer son visage.

C'est un homme. Un adulte. Il n'a pas l'air méchant. Sauf qu'il est grassouillet, une sorte de gros poupon rose, et entièrement nu lui aussi.

– J'aime cet endroit, dit Grassouillet en soupirant. C'est exactement comme je l'avais souhaité.

Sean essaye de se concentrer.

– Tout ça, poursuit son interlocuteur, fait référence au *Songe d'une nuit d'été* de Shakespeare. La musique est du groupe Dead Can Dance. Je dois dire que c'est drôlement réussi.

Il pose une main sur son épaule, ce qui procure à Sean un frisson désagréable. Des alarmes se déclenchent dans un coin reculé de sa tête et clignotent comme une guirlande de Noël, mais Sean a du mal à se souvenir de leur signification.

– Pas de panique, dit l'homme. Ne t'inquiète pas, je ne vais pas te faire de mal.

Grassouillet jette un coup œil en arrière comme pour vérifier quelque chose, puis :

– Je suis là pour t'aider. Allonge-toi. Tiens-toi tranquille.

Mais Sean n'en a pas envie. Et puis une pierre lui rentre dans les fesses.

– Non, trouve-t-il la force de répondre.

La main du garçon tâtonne en arrière. C'est bien une pierre. Il y en a quelques-unes éparpillées sur le sol.

– Il n'y en a pas pour longtemps, insiste l'homme. Cesse de te tortiller.

Il paraît mal à l'aise. Il transpire. Et Sean commence à en avoir ras le bol de cette histoire.

– AH !

Grassouillet se rétracte. Du sang gicle de son nez, là ou le garçon vient de le frapper avec sa pierre.

– Mais t'es con ou quoi ! beugle-t-il en se levant.

Son sexe mou pend sous son ventre. C'est parfaitement ridicule.

– QU'EST-CE QUE T'AS FAIT !

En d'autres circonstances, comme il se l'est déjà dit, Sean serait mort de trouille. Mais là il s'en fout. Cette forêt lui plaît bien. Il s'imagine dans la peau de Legolas, le redoutable archer elfe. Il n'a absolument pas peur.

Il recule, vise l'homme et balance sa pierre. En ramasse une autre, vise, lance. Puis une autre. Et une autre encore. L'ennemi bat en retraite. Sean se marre. Ce rêve est vraiment génial.

Il décide de partir explorer la forêt dans la direction opposée, et titube dangereusement. Ou bien est-ce le sol qui tangue ?

L'autre crie dans son dos pour l'appeler.

– Merde, fait chier..., grogne l'enfant.

Sûr qu'il se prendrait une claque si sa mère l'entendait parler ainsi. Mais sa mère n'est pas là. Elle doit être en train de le chercher dans la galerie marchande du centre commercial, près du fast-food où se déroulait l'anniversaire. C'était il y a combien de temps, déjà ?

Ses mains tentent de se frayer un chemin à travers les bois mais cette forêt manque bizarrement de profondeur. Au-delà des premiers arbres, on dirait un décor peint sur un mur.

– Arrête ! supplie Grassouillet. Reviens ici avant que...

Les doigts de Sean rencontrent une poignée. Il ouvre. Et la lumière inonde la pièce.

Sean cligne des yeux.

Il fait jour. L'odeur du large. Des vagues ondulent sous un ciel bleu. La mer, partout, derrière les hublots, au-delà des canapés en cuir, du parquet en teck et du luxueux mobilier de la cabine.

Ce qui veut dire que Sean n'est pas du tout dans la forêt.

Il est sur un yacht.

Quelqu'un descend les marches en provenance du pont. Un nouveau venu apparaît.

– Qu'est-ce que tu fais là ?

Le nouveau venu porte un long manteau noir. Sean recule. L'homme hoche la tête, comme pour confirmer sa première impression, puis saisit le garçon par le cou et le repousse violemment en arrière.

Sean tombe sur les fesses. La porte claque.

Retour dans la forêt.

– Mais qu'est-ce que vous foutez ? demande l'homme au manteau, qui l'a suivi à l'intérieur.

La question ne s'adresse pas à Sean. Elle vise Grassouillet.

– Hé, ce n'est pas ma faute ! répond ce dernier. Le gosse ne coopère pas du tout !

L'homme au manteau croise les bras. Ses cheveux longs sont noués en arrière à l'aide d'un ruban. Sean observe ses yeux avec attention, cherchant les pupilles. Il a l'impression de contempler deux puits sinistres au fond desquels stagnerait une eau luisante.

– Le décor est pas mal, reprend Grassouillet d'une voix mal assurée, mais l'enfant n'est pas assez drogué. Il m'a frappé avec une pierre...

L'autre hausse les épaules.

– Vous mentez.

– Comment ça ?

– J'ai un moniteur, là-dehors. (Il tapote sur la porte de la cabine.) Je filme chacun de vos gestes.

L'homme nu recule et se met à trembler.

– Vous n'avez pas violé le gosse, poursuit le Manteau en se rapprochant. En fait, vous n'avez même pas cherché à le faire.

– Bien sûr que si ! Laissez-moi seulement une minute, je vais me le taper, ce petit morveux !

Sa voix est de plus en plus défaillante.

– Ça m'étonnerait, dit son interlocuteur avec un sourire. Je crois plutôt que vous êtes un espion.

Il lève les bras, saisit Grassouillet sous les aisselles et le soulève sans effort. Puis il l'empale sur une branche d'arbre.

Le « crac » s'accompagne d'un bruit mouillé lorsque la peau se déchire. Puis le Manteau recule pour contempler son œuvre.

L'homme essaye de bouger. Une tentative idiote qui lui arrache un cri de souffrance. Ses pieds pédalent dans le vide et ses mains griffent l'air pour tenter de saisir la branche qui lui perfore le dos. On dirait une carcasse plantée au bout d'un crochet à viande. Il hurle, halète, crie encore et manque de s'étouffer tandis qu'un peu de mousse sanglante franchit ses lèvres, puis ses mouvements ralentissent, et il finit par perdre connaissance.

Sean sent un liquide chaud lui couler entre les jambes. Il baisse les yeux et comprend qu'il vient d'uriner sous lui.

L'homme au manteau noir s'accroupit et colle son visage tout contre le sien.

– Eh alors, on se pisse dessus ?

Drogué ou pas, Sean se met à claquer des dents.

– Jeeejeee...

L'autre feint la contrariété.

– Comment ça, « je-je-je » ? Ce n'est pas une réponse, ça. Je ne comprends rien à ce que tu racontes. Mais je ne t'en veux pas, à ta place moi aussi je serais mort de peur. Voir un homme se faire empaler, c'est moche. Cela dit, je te ferai remarquer qu'il n'est pas mort (il s'approche de son oreille). Parce que je dois finir de l'interroger d'abord. *Ensuite* je le tuerai.

Ses doigts longs et fins viennent se plaquer de part et d'autre de la boîte crânienne de Sean comme s'ils voulaient décoller la peau de son visage.

– Tu as une bonne tête, alors je vais te dire mon nom : je m'appelle Smith. Alan Smith. Mais certaines personnes préfèrent m'appeler Kosh le Magicien. Tu voudrais voir un autre de mes tours ? J'en connais des tas, tu sais. (Un sourire découvre ses dents luisantes dans la pénombre.) Ma spécialité, c'est de surprendre les gens.

8

CLAIRE va revenir à la maison, c'est sûr.

En attendant, je me suis avachi devant l'ordinateur de la chambre où je clique sans conviction sur les photos numériques de nos vacances.

Avant, on passait des heures en famille à classer nos clichés dans de grands albums en carton qui sentaient bon la colle Uhu. On les oubliait au fond d'un placard, puis on les rouvrait lors d'une fête ou d'un anniversaire, un verre à la main, en se remémorant des anecdotes débiles.

Aujourd'hui, chacun a la possibilité de faire défiler sa vie entière d'un simple clic, tout seul devant son moniteur.

Et on appelle ça le progrès.

Je suis peut-être un peu morose, mais c'est normal, on se sent toujours bizarre après une garde. Fatigué et excité à la fois. Le corps s'endort alors que le cerveau continue de vouloir pomper tout le glucose de votre organisme pour résoudre les problèmes les plus extravagants.

On pédale, quoi.

J'ouvre une série de clichés intitulés « La France ». Billy et moi devant l'Arc de triomphe. Les Champs-Élysées sous la pluie. La butte Montmartre. La cathédrale Saint-Eustache dans le quartier des Halles. Le marché des quatre-saisons sur les petits carreaux gris de la rue Montorgueil (où Claire et moi avons failli acheter un appartement sur un coup de tête).

Je n'ai pas encore eu le temps de vous le dire, mais ma femme est française. On s'est connus dans des circonstances un peu spéciales.

J'ai rencontré Claire le jour où elle est morte.

J'étais encore jeune interne à l'UCLA et je venais de décrocher un stage à l'étranger. J'ai choisi Paris. Mon hôpital d'attribution était situé en plein centre-ville. « Programme d'échanges interuniversitaires », ça s'appelait. En clair, un étudiant français venait à Los Angeles et je prenais sa place dans la Cité des Lumières.

Ma mère n'en revenait pas.

– Tu te rends compte, Paris ! a-t-elle dit. Le rêve de mon existence. Depuis le temps que ton père voulait m'y emmener...

Ses yeux sont devenus brillants. Je pouvais presque y voir des types coiffés d'un béret et jouant de l'accordéon. Mon père lui avait souvent fait miroiter la possibilité d'un voyage romantique, les promenades sur les quais de la Seine, le cinéma de la Nouvelle Vague, les boîtes de jazz du Quartier latin...

En fin de compte, ma mère n'est jamais allée nulle part.

– Tu vas rester combien de temps ? a-t-elle demandé.

– Six mois.

– Six mois !

Elle m'a serré fort dans ses bras. Je savais ce qu'elle pensait, aucune communication n'était nécessaire entre nous. Elle espérait ce qu'espèrent tous les parents : que j'allais éviter ses erreurs, réaliser les choses qu'elle n'avait pas pu faire. Que ma vie serait plus belle que la sienne.

– Tu iras allumer un cierge pour nous dans cette église, n'est-ce pas ? Celle qu'on voit dans ce film formidable avec Anthony Quinn. Comment, déjà ?

– *Notre-Dame-de-Paris.*

– Notre-Dame, c'est ça.

Une dernière étreinte. Sac à dos, taxi, douze heures de vol, et j'ai débarqué au pays des *froggies.*

À l'aéroport Charles-de-Gaulle, je me suis perdu. Il n'y avait pas de plan pour m'orienter et les indications affichées sur les panneaux étaient erronées. Dehors, j'ai vu un type enguirlander un policier en uniforme alors qu'il le verbalisait pour stationnement interdit.

J'ai compris que l'Amérique était loin.

Chez moi, personne n'aurait pris le risque de s'adresser ainsi à un représentant de l'ordre. Il y aurait eu des directives claires pour trouver son chemin. En me voyant perdu un plan à la main, quelqu'un se serait spontanément arrêté pour m'accompagner jusqu'à la station de taxis la plus proche.

J'étais en terre étrangère. Un pays où l'on pouvait passer trois heures à table (parfois plus, je l'avais lu dans mon guide) et prendre cinq semaines de congés par an (alors que l'Américain moyen n'a droit qu'à deux, et se contente souvent d'une).

J'étais largué, loin de mes habitudes culturelles et de ma famille.

J'ai adoré ça.

Quelques mois plus tard, je buvais une vodka Zubrowska à l'herbe de bison, la clope au bec, en compagnie de mes nouveaux collègues dans la salle de repos des urgences de l'Hôtel-Dieu, devant le panneau proclamant « INTERDIT DE FUMER ». On était trempés de la tête aux pieds. On venait d'attaquer une annexe de la Mairie de Paris gardée par des pompiers en uniforme.

Ladite annexe était située de l'autre côté de la rue. Lui donner l'assaut, comme on me l'avait expliqué solennellement, faisait partie des traditions ancestrales des carabins. J'avais beau être un rosbif, pas question de rigoler avec ça. J'ai donc enfilé ma blouse d'interne, me suis emparé de tout ce qui m'est tombé sous la main – sac de farine, nourriture, éosine, préservatifs remplis de colorants – et j'ai attaqué le bâtiment de l'ennemi en hurlant, zigzaguant entre les voitures et les piétons stupéfaits. Une bonne cinquantaine de mes collègues m'accompagnaient, pendant que les pompiers d'en face soutenaient l'assaut, rigolards, en nous bombardant à coups de lances à incendie.

C'est là que je l'ai vue. Brune, mince, élancée, avec des yeux verts et un jean moulant. Elle se tenait en retrait sur le trottoir, spectatrice amusée. Elle m'a souri et je lui ai rendu son sourire, avec mes dents teintées à la Bétadine et mes cheveux pleins de jaune d'œuf.

J'imagine que pour elle aussi, ç'a été le coup de foudre immédiat.

On s'est retrouvés peu après dans la salle des urgences. Elle venait consulter pour une entorse de la cheville. Elle s'appelait Claire. Elle était danseuse.

Un pote m'a poussé du coude et lancé une blague graveleuse en anglais. Claire comprenait parfaitement, mais elle a fait semblant de rien, se contentant de grands sourires perplexes.

Belle à tomber.

Vous savez comment sont les jeunes : je n'ai pas pu m'empêcher d'en rajouter une couche. Je lui ai fait visiter le service, l'air important, comme si c'était chez moi.

– *Come on,* je vais te montrer le Petit Bloc, ai-je annoncé avec mon accent américain en espérant lui faire tourner la tête. *Hey, we're doing surgery here,* la couture !

– Tu veux dire les sutures ?

– *Oh yes...* souutiouures.

– Je ne sais pas si...

Moue timide. La peau très pâle.

Je n'ai rien vu venir. Je n'ai pas compris qu'elle souriait parce qu'elle était mal à l'aise. Qu'elle était pâle à cause de l'hypotension. J'avais oublié à quel point l'odeur de l'hôpital, les blouses blanches et la vue du sang peuvent déstabiliser. J'ai ouvert la porte au moment où un clochard se faisait recoudre la moitié du scalp arraché par un tesson de bouteille.

Claire s'est laissée doucement glisser contre le mur.

J'ai rigolé.

– *Hey sweetie...*

Je l'ai rattrapée et secouée un peu mais ma belle évanouie ne s'est pas réveillée. Le temps de compter jusqu'à trois, ses globes oculaires ont roulé en arrière.

Quatre, cinq.

Ses membres se sont raidis.

– Claire ?

Six, sept.

Ses bras ont été secoués de convulsions. D'un simple malaise vagal, elle était en train de partir en sucette. Je l'ai allongée par terre et j'ai redressé ses jambes à la verticale pour faire remonter sa tension artérielle et ramener le sang vers son cerveau. Une mince pellicule de sueur a commencé de se former entre mes omoplates.

– Claire... *Shit !*

Huit, neuf.

Ses poignets se sont enroulés vers l'intérieur, cassés en flexion. J'ai frotté mon poing contre son sternum, pincé son sein droit, puis je l'ai carrément tordu à travers son pull pour la ranimer par le biais d'une douleur brutale, mais elle ne revenait toujours pas.

Pas de son, pas d'image.

Dix.

Ses traits se sont détendus en douceur et le noir de ses pupilles s'est dilaté sur le blanc de ses yeux.

Je me souviens exactement de l'impression que ça m'a fait : comme deux gouttes d'encre tombant dans un verre de lait. La signification s'est imposée à moi.

Mydriase aréflexive.

Arrêt cardio-respiratoire.

Elle était morte.

J'ai émis une sorte de gémissement. Les autres dans la salle ne réalisaient même pas ce qui était en train de se passer. J'étais seul avec cette fille sublime. Cette morte. Cette Française que je ne connaissais même pas. Cette fille de rêve qui me faisait LE malaise vagal, celui qui n'arrive jamais, celui qui est tellement profond qu'il entraîne une bradycardie intense, un ralentissement du cœur jusqu'à l'arrêt définitif.

Morte, morte, morte, bordel de merde !

Je n'ai pas réfléchi, j'ai frappé sur sa poitrine. Coup de poing sternal.

Un geste de rage autant que médical. Miracle, le cœur de Claire est reparti.

Elle a balbutié « qu'est-ce qui se passe ? » et des couleurs sont revenues sur ses joues. Elle était embarrassée de se retrouver sur le sol en plein milieu des urgences, les jambes en l'air, avec moi penché sur elle. Embarrassée de s'être évanouie stupidement.

La peur a reflué de mon organisme et mon propre rythme cardiaque s'est normalisé. Je savais que j'étais responsable. J'avais été imprudent et je m'étais laissé surprendre. J'aurais dû lui avouer qu'elle avait fait un arrêt de quelques secondes, par ma faute, mais j'ai eu honte et je me suis débiné.

Claire s'est excusée, un autre médecin a soigné son entorse, puis elle a quitté le service munie d'un simple strapping de cheville et d'une ordonnance. Je la revois encore clopiner sous le porche d'entrée de l'Hôtel-Dieu, fatiguée par l'épisode, triste et vulnérable. Je ne lui ai fixé aucun rendez-vous d'amoureux ce jour-là. Nous ne nous sommes revus que beaucoup plus tard, et notre histoire d'amour a mis du temps à effacer cette première rencontre ratée. Était-ce un avertissement du destin ? Une façon de me faire comprendre que rien n'est jamais acquis, qu'à tout moment ma vie pouvait basculer ?

Ce jour-là, Claire m'a souri faiblement depuis l'ombre sous le porche de l'hôpital. Elle m'a fait un signe de la main. Mais j'ai évité son regard.

Quand j'ai fini par relever la tête, elle avait disparu.

9

MA FEMME ne donne pas signe de vie de l'après-midi.

Je suis censé dormir avant la garde de ce soir, au lieu de quoi je tourne comme un lion en cage. Je passe l'aspirateur, je mets en route le lave-vaisselle, je sors le linge et je l'étends, je vide les poubelles, je taille un bout de haie qui ne demandait rien à personne et je termine par les devoirs de Billy.

– Et alors ! Il y a plous rien à faire ! proteste Rozella, notre employée de maison qui arrive à cinq heures. Vous avez fait tous les travaux de ménach !

– Eh non, il n'y a rien à faire, je réplique, l'œil torve. Comme ça vous allez pouvoir vous attaquer directement à la préparation du dîner. Profitez-en pour tenter une expérience audacieuse : faire cuire ma viande sans la carboniser, d'accord Rozella ?

Elle bat en retraite dans la cuisine et s'attelle au repas du soir en maugréant en espagnol. Rozella se doute que Claire et moi avons eu une dispute conjugale, cette sorcière a de véritables antennes pour ce genre de choses. Elle prend toujours le parti de ma femme. Et je suis à peu près certain qu'elle fait exprès de transformer mes hamburgers en petites choses noirâtres et racornies.

Je me plonge dans les devoirs de Billy, un œil sur le téléphone. Quand la sonnerie retentit, je bondis pour décrocher.

– Claire ? !

– Salut mon pote ! rigole la voix à l'autre bout.

Grognement de ma part.

– Quoi ? dit Cameron. T'es déçu ? T'attendais Pamela Anderson ?

– Très drôle.

– Mmm, je te sens stressé. Tu devrais te reposer. T'avais une tête de cadavre, hier soir.

– À propos d'hier soir...

J'hésite à tout lui balancer. Le portable, les photos. Seulement Cameron est d'une humeur du tonnerre. C'est un peu désarmant.

– Qui était le suspect qui t'accompagnait ? dis-je. Il m'a pratiquement démis l'épaule...

– Justement. Faut qu'on parle. Tu peux venir ?

– Là, maintenant ?

– Non. À Noël, Dugland.

Je regarde ma montre. Il n'est pas encore l'heure du dîner. Si Claire rentre dans l'intervalle, je pourrai toujours prétendre que je suis passé au supermarché Publix faire des courses.

– OK. Je suis ton homme.

Je gare ma voiture sur l'emplacement réservé aux employés. Ce n'est pas vraiment nécessaire : vu le temps nuageux, il n'y a pas foule sur la plage et le parking de la buvette est désert.

Billy claque la portière et fonce déjà dans le sable. J'ai demandé à mon fils de m'accompagner, il est ravi. Je marche les mains dans les poches, humant le vent. J'adore cette odeur d'ozone accompagnée du bruissement des feuilles dans les arbres. Devant nous, un vieux wagon à la peinture métallisée est enlisé dans le sable, calé sur des parpaings. Un néon bleu clignote au-dessus de l'entrée : *Blue Oyster Bar*. Nous grimpons les marches, poussons la porte et pénétrons à l'intérieur.

– Oncle Cam ! hurle Billy en se jetant dans ses bras.

Mon fils fait trois tours dans les airs, propulsé par une paire de biceps aussi gros que les pistons d'un tracteur, et termine assis sur le comptoir en hurlant de rire.

L'inspecteur Cameron Cole, en dehors de ses horaires de service, est égal à lui-même : carrure de quarterback, chemise hawaiienne, sourire immaculé.

Manque plus qu'une fleur sur l'oreille et la ressemblance avec Magnum sera parfaite.

– Tu prends un verre ? me demande-t-il.

Question stupide, il me l'a déjà collé entre les mains. Une Hawaiian Springs en provenance directe des laves volcaniques du Mauna Loa. Et n'allez pas vous faire des idées : il s'agit seulement d'une bouteille d'eau minérale.

L'eau est la dernière obsession de mon meilleur ami.

– Assieds-toi, dit-il.

Je pose une fesse sur un tabouret.

– C'est plutôt calme, fais-je en désignant la rangée de sièges vides à l'intérieur du wagon.

– M'en parle pas. Avec toutes ces alertes à l'ouragan, les touristes ont déserté le coin.

– Ils n'auraient pas plutôt déserté ton bar sans alcool ?

– Ça n'a rien à voir, s'offusque-t-il.

Il caresse le comptoir d'une main nostalgique.

– Mon père a bâti cet endroit. Il a taillé un cyprès dans les Everglades et rapporté ce tronc. Il en a sculpté le bois. Les mains de ses clients ont patiné ce comptoir durant trente ans. Les habitués ne vont pas nous abandonner comme ça, même si je n'ai plus le droit de vendre des boissons alcoolisées depuis que mon paternel est à la retraite et que j'ai repris l'affaire.

La vente d'alcool est en effet incompatible avec le premier métier de Cameron, à savoir celui de flic. Cependant, rien ne lui interdit d'avoir une autre activité professionnelle pour arrondir ses fins de mois. Tant que cette situation est déclarée et que l'administration donne son accord, c'est parfaitement légal. Un certain nombre de policiers travaillent en tant qu'ouvriers sur des chantiers le week-end, par exemple, tandis que d'autres vendent des appartements ou des voitures. Cole, lui, a décidé de transformer sa guinguette en bar à eaux. Il espère ainsi renouveler la fréquentation et attirer une clientèle branchée.

– J'ai changé toute la déco, fait-il remarquer avec fierté.

Effectivement. En dehors du comptoir d'origine, l'ambiance fait penser à du sous-Disneyland. Aquariums avec poissons en plastique, bustes de Poséidon en plâtre et galets phosphorescents. Le tout baignant dans une lueur glauque censée reproduire l'ambiance sous-marine.

– Très joli. Tu tournes un remake de *Vingt Mille Lieues sous les mers* ?

– T'y connais rien. C'est supertendance.

– Qui est le décorateur qui t'a raconté ça ?

– Un crack. Il m'a pris pas cher, sa boîte a déposé le bilan.

– C'est bien ce que je pensais.

J'avale une nouvelle gorgée de mon Hawaiian Springs, qui a, je le concède, un petit goût fruité pas désagréable, et je regarde mon fils jouer dans les fauteuils en forme de coquillages. C'est fou comme le temps passe. Il n'y a pas si longtemps, c'était Cameron et moi qui étions là, à jouer au flipper et tenter d'épater les filles.

– Tu te souviens de Madame Scorbut ? dis-je, un brin nostalgique. Elle n'a pas changé. C'est devenu l'institutrice de Billy.

– Tu étais son chouchou.

– Tu crois ? Moi, j'ai plutôt l'impression qu'elle me tenait tout le temps à l'œil.

– Cette peau de vache a voulu me faire redoubler mon CM2.

– Tu avais collé un bout de fromage au plafond de sa classe. Il lui a dégouliné dessus.

Il hausse les épaules.

– Pourquoi ne viendrais-tu pas bosser avec moi, Paul ?

Je me tourne vers lui.

– Tu plaisantes ?

– Non.

– Je viens de créer ma consultation. De médecine, tu te rappelles ?

– Oui. Et tu travailles comme un dingue. Tu pourrais lever le pied. Engager quelqu'un pour s'occuper de Billy. Passer plus de temps avec Claire. (Il se racle la gorge.) La météo n'a pas l'air au beau fixe, entre ta femme et toi...

– Je n'ai pas besoin d'un conseiller conjugal, lui fais-je remarquer, vexé d'être aussi transparent.

– Réfléchis à mon offre. Le Blue Oyster Bar va devenir un lieu à la mode. Le seul endroit de Floride où tu peux goûter plus d'une centaine d'eaux minérales. (Il sort un calepin et l'agite sous mon nez.) Ça fait des mois que j'y travaille, j'ai tout planifié. On démarre ici, on ouvre un second établissement dans six mois, puis on monte une chaîne. Les dollars vont pleuvoir. Et toi, tu auras du temps pour ta famille.

Il range son carnet et décapsule un échantillon.

– Essaye un peu ma Cloud Juice de Tasmanie. Une rareté. On la recueille lorsqu'il pleut dans le désert australien. La bouteille fait six décilitres, soit exactement 7 800 gouttes. À peine vingt dollars le flacon.

– Hein ? ! Vingt dollars pour un peu d'eau de pluie ? !

– Naples est en plein essor. Travel Channel a élu notre plage la plus belle d'Amérique. Steven Spielberg y a même acheté une maison. Les gens branchés se battent pour venir habiter ici. (Son index décrit un va-et-vient entre nous sans lâcher la bouteille.) On ferait une sacrée équipe, toi et moi.

Je termine mon verre et le dépose sur la table.

– Je croyais qu'on était là pour parler d'hier soir.

Il pousse un soupir.

– J'y arrive.

Cameron offre des jetons à Billy, tournée gratuite de flipper. Mon fils s'éloigne et Cameron poursuit :

– Encore désolé pour l'incident de cette nuit. Il n'y a pas eu trop de dégâts ?

– Non.

– Si je m'étais pointé à l'hôpital, j'aurais été enterré sous une tonne de paperasse, c'est pourquoi j'ai préféré faire appel à tes services. Mais je me suis planté. Le chef Garner m'a convoqué ce matin. Tu ne sais pas ce qu'il a osé me dire ? Je risque d'être l'objet d'une plainte, tout ça pour quelques bleus, alors que je faisais seulement mon boulot !

– Pfff, ces victimes de violences sont d'une étroitesse d'esprit. Tu les cognes pour leur bien, et elles portent plainte...

– Ah merci, grommelle Cam, ça fait plaisir de se sentir soutenu !

– Et ton suspect, le type à poil ?

– Garner l'a libéré.

– Mince.

– D'autant que ce n'était pas un banal exhibitionniste. Plutôt le genre dangereux.

– Ah ? fais-je, soudain inquiet.

– Tu sais qui c'est ? demande Cameron.

– Non.

– Vraiment ?

– Puisque je te le dis.

– Promis juré ?

Son regard brille d'une lueur curieuse.

– Cam, tu as escamoté son portefeuille avant qu'on l'enregistre, je ne sais rien sur ton bonhomme !

– Bien. J'aime mieux ça.

Il vide sa bouteille, visiblement soulagé.

– Je préfère que tu ne saches rien. Cette histoire n'a rien à voir avec toi. Mieux vaut ne pas t'embêter avec ça et rester tranquille.

Je dois avoir l'air surpris, parce qu'il se sent obligé de me prendre par les épaules et d'ajouter :

– Crois-moi. Moins tu en sais, mieux tu te portes. Reste dans le monde immaculé des gens gentils. Tu as choisi le bon camp.

Et il s'en tient là.

On sort faire quelques pas ensemble, on s'assoit sur un banc et on demeure ainsi, côte à côte. Il me sourit. Je lui rends son sourire. Deux amis sirotant un verre, les yeux posés sur la ligne d'horizon aussi étincelante qu'une lame.

Des mouettes s'envolent dans l'azur tandis qu'une famille passe à vélo. Les rayons de soleil de cette fin d'après-midi réchauffent nos os, et les années s'effacent.

C'est l'un de ces instants où vous n'avez pas besoin de vous parler. Un simple regard suffit à vous faire comprendre que vous êtes sur la même longueur d'onde. Vous étiez là il y a trente ans. Vous êtes prêts à signer pour trente de plus.

Je devrais me sentir bien. Cameron Cole est comme mon frère, je vous l'ai déjà dit.

Alors pourquoi, à cet instant précis, ai-je la désagréable sensation qu'il me ment ?

10

JE M'ARRÊTE au Publix comme prévu sur le chemin du retour. Le temps de parcourir les quelques mètres qui séparent la voiture de la porte d'entrée du centre commercial, la température extérieure nous plaque littéralement au sol, Billy et moi. On a l'impression d'avancer les pieds englués dans de la guimauve. Mon fils en profite pour faire semblant de marcher en titubant, louchant et tirant la langue. Je rigole. Voilà ce qui arrive lorsqu'il n'y a pas d'orage pour rafraîchir l'atmosphère.

Nous nous réfugions dans les allées climatisées. Billy fonce parmi les rayons et je pars lorgner du côté du fleuriste.

Ce serait une bonne idée de revenir avec un bouquet de roses. D'un autre côté, cela reviendrait à admettre que j'ai eu tort, alors que Claire porte sa part de responsabilité, j'en suis convaincu. C'est plutôt elle qui prend ses distances depuis quelque temps.

Je tripote ma lèvre inférieure. On dit que les hommes sont égocentriques mais qu'ils n'ont jamais le courage de quitter leur femme, alors qu'elles réagissent de façon différente. Elles endurent, pardonnent, endurent encore pendant que le mari, persuadé que tout va bien, continue de tirer sur la corde.

Jusqu'au moment où la corde casse. Et là tout est fini.

D'où la question suivante : où en est ma longueur de corde personnelle ?

Est-ce que ma femme est encore amoureuse de moi ?

– Hé ! Y a plus de Kellog's Froot Loops !

Mon fils examine la tranche des boîtes de céréales, tête penchée sur le côté, le front plissé par la concentration.

– Plus du tout, plus du tout.

– On pourrait prendre des Fruit Rings ? fais-je remarquer.

Il arbore une grimace horrifiée.

– Mais y a *pas* de jouet dans les Fruit Rings !

– Heu, des Cheerios alors ?

– Les Cheerios sont blancs. Je mange que ceux de toutes les couleurs.

– Et les Captain Crunch ? dis-je, plein d'espoir. Regarde : ils sont de toutes les couleurs. Avec un Superman dedans.

– Beurkkk... C'est trop nul Superman. Dans les Kellog's Froot Loops y a Pirates des Caraïbes...

On finit par se mettre d'accord sur des Choco Pops. Plus un pistolet de pirate. Et j'embarque les fleurs dans la foulée.

Lorsque j'arrive à la caisse, mes yeux se posent machinalement sur la pile du dernier *Miami Herald*. La campagne électorale pour le prochain gouverneur fait les gros titres, bien sûr, mais c'est un article en bas de page qui attire mon attention. J'attrape le journal pour le lire, lorsqu'un téléphone sonne dans ma poche. Je décroche machinalement sans quitter le journal des yeux.

– Cessez de parler aux flics.

Je tressaille comme si j'avais touché la queue d'un serpent à sonnette.

Le portable que je tiens à la main n'est pas le mien : c'est l'autre, le rouge, que j'ai conservé dans ma veste.

– Vous avez gardé le cellulaire, poursuit la voix au timbre métallique. Peut-être même fureté dedans. C'est très mal.

– Écoutez, je...

– Vraiment très, très dommage, *docteur Becker.*

J'ai l'impression qu'on vient de me frapper au creux de l'estomac.

– Eh oui, Paul, nous savons qui vous êtes. Et aussi où vous habitez. Votre femme, Claire, est extrêmement jolie. Quant à votre fils Billy, il est si vivant. Un joyeux petit bonhomme, en excellente santé, n'est-ce pas ?

Je regarde autour de moi. Il y a des mamans qui discutent en poussant leur caddie. Un couple de retraités. Une employée en patins à roulettes. Une famille sikh, avec voiles et turbans.

Personne n'a de téléphone à la main.

– Ne parlez plus à l'inspecteur Cole, docteur Becker. Ni à quiconque de la police. Nous vous surveillons.

– Qui est à l'appareil ? Vous me menacez ?

Soupir à l'autre bout.

– Hélas, je crains que nous ayons dépassé ce stade. Je déteste répéter mes avertissements. Vous avez été trop curieux, il va falloir en subir les conséquences.

Fin de la conversation.

Je m'appuie au comptoir, les jambes chancelantes.

– Pa ? Tu vas bien ?

J'affiche un sourire pour faire illusion et passe une main dans les cheveux de mon fils.

– Donne ton cadeau à la caissière, pirate.

Je fixe la page du *Miami Herald.*

Un article, en bas, annonce la disparition de Sean Raymond-Rodriguez, un petit garçon noir de dix ans.

Il s'agit d'un gosse des rues, un gosse de pauvre. Sa mère s'occupe apparemment d'une ribambelle d'autres gamins et croyait à une fugue, explique-t-elle. C'est pourquoi elle n'a pas signalé d'emblée sa disparition.

En marge de l'article, Sean me sourit dans son pull orange. Le cliché est saisissant de réalité. On dirait presque qu'il cligne de l'œil à mon intention – *Hello, docteur Becker, vous vous souvenez de moi ?*

Bien sûr, Sean.

Comment pourrais-je t'effacer de ma mémoire ?

Tu es la première des trois photos sur mon nouveau téléphone.

11

KOSH ÉTAIT ASSIS en tailleur, nu, sur le pont de son bateau.

L'énorme yacht tanguait à peine, moteurs à l'arrêt. Mis à part une mouette perchée sur le bastingage, ce bras de mer en bordure des Everglades était désert – ce qui était normal, dans la mesure où le secteur entier appartenait à Kosh.

Il a contemplé le ciel, ému par sa propre solitude face à l'immensité. Les nuages du soir déployaient des couleurs flamboyantes allant du rouge au violet profond. On aurait dit un corps constellé d'ecchymoses.

Kosh a fermé les yeux. Il pouvait sentir l'odeur de l'iode, et l'autre, plus âcre, de la mangrove et des cadavres d'animaux habitués à pourrir dedans.

Un ibis blanc a lancé son « hunk-hunk-hunk » dans le lointain.

Kosh a déplié son pied droit de derrière son cou – le numéro du Cobra – et l'a allongé devant lui, avant d'étirer l'ensemble de ses articulations pour s'aplatir selon un angle difficile – la posture de l'Araignée. Il a ensuite expiré l'air de ses poumons, puis compté les secondes, aussi immobile qu'un mort, avant de se redresser.

Il a saisi sa serviette, s'est tamponné le front, puis a réglé le volume de son oreillette.

– Où en êtes-vous du contrat avec la chaîne Donano's Donuts ?

La question s'adressait à Barton Fuller, son avocat, dont le visage poupin patientait sur l'écran de l'ordinateur posé sur le pont.

– L'affaire est à nous, a répondu Fuller. Le P-DG de Donano's a accepté votre offre commerciale.

– Il a signé ?

– Votre société équipera les aires de jeux de tous leurs fast-foods dans moins de six mois.

Kosh possédait trois ordinateurs portables : un noir, un rouge, un blanc. Le blanc était réservé aux opérations courantes. La face visible de Kosh.

– Bien. Prenez votre pourcentage, et déposez le reste sur le compte habituel.

– Ce sera fait.

Kosh a éteint et reporté son attention sur le second ordinateur. Les opérations en cours dans le portable noir – la face cachée – ne posaient aucun problème, comme d'habitude. À part un détail : une photo affichée en grand format.

Il avait reçu cet e-mail dans sa boîte aux lettres électronique le matin même. Pas de texte, juste un cliché représentant un médecin en blouse blanche, debout sur le perron de sa clinique.

Kosh l'a scrutée longuement. Puis il a allumé l'ordinateur rouge réservé aux travaux sensibles et connexions cryptées.

– Jordi ?

– Je suis là.

– J'ai un travail pour toi.

– Je vous écoute.

Jordi était toujours très attentif. Une qualité rare et appréciable, chez un psychopathe.

– Il y a un problème.

– Avec ce flic fouilleur de merde, l'inspecteur Cole ?

– Non. Quelqu'un d'autre. Il s'est passé un événement curieux. Je voudrais que tu effectues un travail, disons... rapproché.

– Dites-moi quand.

– Dès que possible.

– Dites-moi qui.

– Tu vas adorer : un médecin et sa petite famille.

Jordi a souri.

– C'est comme si c'était fait.

12

LES PNEUS de ma voiture crissent, tellement je conduis vite.

Je ne devrais pas faire ça, mais l'angoisse m'empêche de réfléchir. J'ai besoin de rentrer chez moi. De m'assurer que tout va bien. Que ma famille est en sécurité.

Billy est installé à l'arrière, sanglé dans son rehausseur. Il est plutôt petit pour son âge et je préfère lui imposer ce genre d'accessoire, même s'il râle et me réclame sans cesse d'être assis sur la banquette comme les grands. Je dérape un peu dans le virage de Pelican Grove, le lotissement de banlieue où j'habite, et Billy se penche en riant. Je fais semblant de rire avec lui pour masquer mon angoisse. Je me gare devant ma maison et le soulagement m'envahit : mon garage est ouvert, la voiture de Claire garée à l'intérieur.

Je reste une minute entière à l'arrêt, la portière grande ouverte, le temps de me ressaisir.

Ça sent l'herbe fraîchement coupée et le produit d'entretien pour piscines. Un bruit de tondeuse à gazon me parvient de chez les voisins. Je me cramponne à ce moment de la vie ordinaire, symbole d'une existence banale dans un monde banal.

Arrête de te faire des films, Paul. Le cinglé du téléphone n'est sûrement qu'un pauvre abruti de petit plaisantin. Tout va bien.

– Les garçons ? Vous êtes rentrés ?

Claire nous hèle depuis la fenêtre ouverte de la cuisine. Son visage apparaît dans l'embrasure. Ses traits sont neutres : pas de grimace de reproche, ni de sourcils froncés. Le ton est à la réconciliation, même si je perçois la subtile inflexion de voix qui signifie « Temps mort pour l'instant, chéri. Mais ne va pas t'imaginer que nos problèmes sont résolus. »

J'expédie mon fils en éclaireur, muni des deux douzaines de roses rouges. Je ne sais pas si j'ai encore droit à ce genre d'artifice pour obtenir le pardon de ma femme. On verra bien.

– C'est nou-hou ! claironne Billy en allant à sa rencontre.

Je franchis le perron et m'arrête une seconde. Mon regard hésite entre la lumière sécurisante de la cuisine et les ténèbres de l'escalier conduisant au premier étage.

– Juste une minute, dis-je.

Et je choisis les ténèbres.

Je grimpe les marches quatre à quatre, referme la porte de la chambre puis allume Google sur l'ordinateur.

Impossible de patienter plus longtemps.

Je tape les lettres « Kosh » et appuie sur la touche « ENTER ». Le moteur de recherche me signale aussitôt que 1 490 000 réponses correspondent à ma requête. Serais-je assez aimable pour préciser ma demande ?

J'obtempère, et ajoute divers mots-clés : Floride, Naples, Crime, Justice, Délinquant, Prison. Et je tente aussi des orthographes différentes, comme Cosh, ou Quosh.

Les résultats tombent au fur et à mesure. Moins nombreux, mais affichant toujours plusieurs dizaines de milliers, et leur diversité est affolante. J'obtiens en vrac : un personnage de la série télé *Babylon 5*, une catégorie d'armes blanches, un dictionnaire indien, l'une des appellations du neuroleptique Chlopromazine, le surnom d'un journaliste, des douzaines de références à des sociétés commerciales et des centaines de liens vers des sites de jeux vidéo.

OK, tentons autre chose.

J'entre cette fois « Sean Raymond-Rodriguez ».

C'est beaucoup plus facile. En quelques minutes, j'affine et obtiens les quelques articles parus sur le gamin en question. À croire que la disparition d'un petit Black des banlieues n'intéresse pas grand monde. Voici ce que je trouve en substance :

« Sean Raymond-Rodriguez a disparu du centre commercial de Bayside, Miami, le mercredi 3 août, soit il y a deux semaines. Il participait à un anniversaire se déroulant dans un fast-food. Les enquêteurs ont été prévenus relativement tard par la mère et ne disposent d'aucun indice permettant de soupçonner un enlèvement. La thèse de la simple fugue a été retenue. L'alerte Amber (qui consiste à divulguer des messages sur les panneaux d'autoroute, à la radio et la télévision) n'a donc pas été déclenchée. » Le journaliste, sans doute déçu par l'absence de cadavre, rappelle que selon les statistiques officielles, 74 % des enfants assassinés le sont au cours des trois premières heures suivant leur enlèvement. La famille et les voisins sont sous le choc. Sean était un garçon apparemment sans histoire.

Les articles suivants rétrécissent comme peau de chagrin et se contentent de paraphraser les mêmes informations. Nul doute que le jeune Raymond-Rodriguez rejoindra bientôt les tiroirs du web avant de disparaître au fond d'un gouffre pixellisé comme s'il n'avait jamais existé.

Je me renverse en arrière sur ma chaise.

Voici le moment où tout individu normal est censé demander l'aide de la police, non ? « Protéger et servir », c'est bien le boulot des autorités ?

– Papa ! appelle Billy dans l'escalier. À table !

– Voilà...

Prévenir les flics.

Bien.

Et pour leur raconter quoi ?

Bonjour, ici le docteur Paul Becker. Vous allez rire, j'ai entre les mains un téléphone portable contenant la photo d'un enfant disparu. Comment je me le suis procuré ? Eh bien, je ne l'ai pas volé n'est-ce pas, disons donc que je l'ai trouvé. Est-ce que je n'omets pas quelques détails ? Ah si, maintenant que vous m'y faites penser, la photo de mon père, un ex-taulard, figure également dessus.

Et il y a aussi cette histoire d'agression pendant ma garde que j'ai oublié de vous signaler.

Et puis cette photo de soirée dénudée, toujours sur le même téléphone portable, où l'on voit peut-être des mineurs.

Sans compter ces menaces à mon encontre, sans doute proférées par un certain Kosh, ou l'un de ses sbires. Une tentative d'intimidation assez vague, je dois dire, mais plutôt inquiétante.

Que je passe en discuter au poste avec vous ? Ce serait une bonne idée ! Sauf que je viens juste d'ouvrir mon cabinet médical. Et comme vous le savez, c'est une petite ville... La moindre rumeur autour de mon activité risque de faire fuir les patients. Pour se répandre ensuite comme une traînée de poudre. Effrayer les banquiers. Provoquer la suspension de mes crédits. Démolir ma vie et celle de mes proches. Ce genre de choses. Donc, si cette petite affaire pouvait rester entre nous...

– Papaaaa ! insiste Billy.

– Voilà, j'arrive !

Je prends le temps d'enfouir mes angoisses au plus profond de moi et de me composer un sourire crédible. À la maison, « J'arrive » est certainement la phrase que j'emploie le plus après « J'éteins tout de suite l'ordinateur. »

J'espère que cette fois encore, ma femme n'y verra rien de suspect.

Le repas se passe étonnamment bien.

Le coup des fleurs a fonctionné, et j'ai même réussi à faire rire Claire. On discute des résultats de basket de l'équipe des Gators et de leur dernière recrue, un jeune prodige, fils d'un célèbre tennisman français reconverti dans la chanson. On répète les dispositions à prendre en cas d'ouragan (déjà répétées en classe par miss Scorbin). On plaisante à propos de la voisine, qui donne des cours de gym dans le même club que mon épouse, et qui semble en pincer pour moi.

J'évite soigneusement de mentionner quoi que ce soit d'autre.

OK, je sais ce que vous pensez : je me débine. Eh bien je réclame le droit d'être un individu moyen. Un type pas plus courageux qu'un autre. Je réclame le droit de remettre mes problèmes au lendemain ; nom d'un chien, serait-ce trop vous demander ?

Je les observe tous les deux pendant le repas. Claire et Billy. Mon fils est certainement ma plus belle réussite. Il ne lui manque qu'un petit frère ou une petite sœur.

Quand je m'en vais, ma femme me serre soudain contre elle.

C'est inattendu.

D'ordinaire, elle n'aime pas ce genre de manifestations. Le physique nous sépare plus qu'il ne nous unit, depuis quelque temps.

– Désolée pour cet après-midi, murmure-t-elle. On dit soixante-quarante ?

– Soixante pour toi ?

– Oui.

Rozella range la vaisselle mais je peux pratiquement l'entendre grincer des dents dans la cuisine. Mon couple vient officiellement d'enterrer la hache de guerre.

Les pourcentages, c'est notre truc. Après une dispute, la phase la plus difficile est celle de la réconciliation. Claire me fait comprendre qu'elle endosse l'essentiel de la bagarre.

– Pas raisonnable, je réponds.

– Non ?

– Quatre-vingt-dix-neuf pour cent pour moi. Tout est ma faute.

Elle se mord les lèvres. Elle a l'air fragile, tout d'un coup. Comme le jour de notre première séparation à Paris.

– Je vais m'améliorer, je m'empresse d'ajouter. Faire des efforts. Tu peux compter sur moi.

Elle détourne son regard. Je prends son visage entre mes mains.

– Je t'aime.

Elle se raidit imperceptiblement. Puis me repousse.

– Vas-y, tu vas être en retard à ta garde.

– Je t'aime, dis-je encore.

J'attrape mes affaires et file à la voiture.

– Paul ?

Je me retourne.

Claire se tient dans l'entrée. Le vent gonfle sa chevelure et plaque sa robe contre son corps.

C'est cette image que je retiendrai d'elle, celle que je reverrai toujours en fermant les yeux.

Belle à couper le souffle.

– À ton retour, dit-elle, il faudra qu'on parle de quelque chose.

– Promis.

Et je m'en vais.

Plus tard, je repenserai souvent à cet instant. À ce qui se serait passé si j'étais resté une minute de plus. À toutes les choses qui auraient été différentes si seulement j'avais eu le courage de discuter avec ma femme.

C'est drôle, avec le recul, vous pouvez situer le moment précis où le destin vous a glissé entre les doigts.

13

C'EST UNE SOIRÉE infernale à la clinique.

Je n'ai pratiquement pas dormi la nuit précédente et, comme un fait exprès, la moitié de la ville semble s'être donné rendez-vous à la consultation.

Connie enchaîne les plâtres et m'aide pour les sutures. Les urgences traumatologiques s'arrêtent vers vingt et une heures, remplacées par les otites et autres rages de dents qui attendent comme d'habitude le dernier moment avant de réaliser qu'ils ne parviendront jamais à dormir sans un médicament.

Je traite une attaque de panique vers vingt-deux heures, deux ivresses autour de minuit, une colique néphrétique, un trauma crânien et une altercation avec plaies multiples à deux heures. Je commande une ambulance pour transférer vers l'hôpital une crise d'asthme aiguë grave à cinq heures du matin après quatre aérosols de terbutaline et une perfusion de méthylprednisolone qui ne l'ont pas améliorée. Les suivants se pointent à six heures trente, exigeants et pressés, car ils veulent consulter avant de déposer leurs enfants à l'école. J'ai une pensée pour Billy dont c'est l'heure du réveil – une image brève, sinon j'ai le moral à zéro – et une nouvelle journée commence.

Café, la salle d'attente se remplit, café, Connie fait une pause, une collègue la remplace, café, quelle chance d'être une infirmière, café, je ne prends aucun appel, virez-moi ce casse-pieds qui vient pour une constipation chronique depuis six mois, il n'a qu'à consulter son médecin traitant. Café.

Le soleil se lève derrière les stores à lamelles et dessine de longues barres noires sur le sol vert de la consultation. La femme de ménage range le balai et le seau d'eau savonneuse. Ça sent le Monsieur Propre.

J'aime bien.

Je prends une pause. Je suis trop impulsif et énervé, le matin. Je ferais mieux de me calmer.

Rasage au rasoir électrique devant un miroir de poche dans mon bureau. J'en profite pour me passer une crème hydratante pour homme et un coup d'anticernes sous les yeux (gadgets hors de prix). Non, ça n'a rien à voir avec la crise de la quarantaine. Les patients veulent un médecin en pleine forme, un homme sorti de son emballage neuf, un professionnel qui pète le feu et sur lequel on puisse compter.

Je range mon rasoir, referme ma sacoche « spéciale nuit de garde » et prends une longue inspiration.

OK, Paul. Fais-le sans réfléchir.

Je sors mon vieux répertoire à spirale. Le numéro que je cherche se trouve à la page D, mais peut-être qu'il n'est plus valable ? Tant pis, on va le savoir tout de suite. J'aurais dû faire ça plus tôt, me dis-je en composant les chiffres d'un doigt tremblant. Des années plus tôt.

– Papa ?

Silence.

– Papa, c'est moi, c'est Paul.

– Nom de Dieu..., entends-je souffler à l'autre bout.

Je me dandine d'un pied sur l'autre. Je ne sais pas par où commencer.

– Écoute, papa, je sais que j'aurais dû t'appeler avant, mais...

– BORDEL DE MERDE ! éclate soudain mon père.

J'en ai le souffle coupé.

– TU NE MANQUES PAS D'AIR !

– Pardon ?

– QUINZE ANS que tu m'as pas adressé la parole et c'est MAINTENANT que tu m'appelles ? !

La fureur l'étrangle presque.

– Je... je ne comprends pas.

– SI TU VEUX T'EXPLIQUER, AIE AU MOINS LA POLITESSE DE TE DÉPLACER, NOM DE DIEU !

Lunatique.

Lunatique et fou, comme au premier jour.

– JE N'AI PAS PEUR DE TOI ! hurle-t-il encore. SI TU VEUX RÉGLER TES COMPTES, TU SAIS OÙ ME TROUVER !

Et il me raccroche au nez.

14

– VOUS EN FAITES UNE TÊTE.

Connie me fixe entre deux bouchées de salade qu'elle pioche dans une barquette en plastique.

– Vous venez de vous enguirlander avec votre banquier ?

– Il n'y a pas matière à plaisanter, Connie.

– Houlà.

– J'ai des problèmes familiaux.

– Bien.

– Et je n'ai aucune envie d'en discuter avec vous.

– Je n'ai rien dit.

– Plus personne dans la salle d'attente ?

Elle hausse les épaules.

– Les gens ne tombent jamais malades pendant l'heure du déjeuner. Allez savoir pourquoi.

Elle me tend sa cuillère.

– Je voudrais avoir votre avis.

– À propos de quoi ? fais-je avec méfiance.

– Salade de marshmallows. Seulement 180 calories pour 100

grammes. Le goût est fade, mais on peut en consommer des tonnes.

Je me retiens de lever les yeux au ciel.

– Connie. Ça ne sert à rien de tester tous ces trucs. Le seul régime qui marche, c'est de moins manger.

– Comme ça ne sert à rien de vous mettre de l'anticernes, boss. On voit parfaitement que vous avez une tête de mort-vivant.

D'accord. Au temps pour ma pomme.

– Filez vous coucher, dit-elle en me poussant gentiment vers la sortie.

– Bien, mon commandant.

– Je ne plaisante pas.

– C'est vraiment un ordre, alors ?

– Le conseil d'une amie. Si vous continuez à ce rythme, vous allez devenir dangereux pour vos patients.

La circulation se traîne, et j'opte pour un trajet de retour par les petites rues.

J'ai décidé de ne plus penser à mon père.

Connie a raison, je devrais me reposer. Elle connaît la musique, elle sait que notre boulot agit comme une drogue. Tant qu'on s'occupe des urgences des autres, on oublie nos soucis personnels.

Je roule au ralenti entre les maisons en bois du quartier pauvre d'Inglewood Creek. Il fait un temps maussade. Mon bras repose sur la portière par la vitre ouverte et des gouttes de pluie tapotent ma peau. Une brume s'est formée dans les jardins laissés à l'abandon. Trottoirs défoncés, fenêtres obturées par du chatterton, drapeaux américains pendant mollement au-dessus des entrées.

Je pousse un soupir résigné. Quarante-six millions de personnes n'ont aucune couverture sociale, mais à trois blocs de là, on se baigne dans des jacuzzis.

Je règle mon autoradio sur WARO 94.5, une station locale que j'aime bien parce qu'elle diffuse uniquement de vieux airs de rock. Bruce Springsteen achève *There's a darkness on the edge of town* et cède son micro aux infos locales. Je monte le son.

L'animateur fait le point sur la dépression qui nous tourne autour depuis quelques jours, la comparant à une bête asticotant sa proie. « Pas d'inquiétude, les gars, ce sera une simple averse tropicale », assure-t-il. « La vitesse des vents sera inférieure à 100 kilomètres-heure, en dessous d'un ouragan de force 1 et loin des titans de classe 5. Au fait, saviez-vous que le mot "hurricane" vient de Huracan, le dieu caraïbe du Mal ? Le mauvais temps approche par les Bahamas et se secouera un peu les poils sur Miami Beach, mais vous, braves gens de Naples, en serez quittes pour des gouttelettes. Aucune consigne d'évacuation. » L'animateur conclut par un rire tonitruant : « Hé ! la Bête aboie tous les étés, pourquoi mordrait-elle aujourd'hui ? »

Quand j'arrive chez moi, la maison est déserte. Tant mieux.

Je grimpe dans la chambre, balance mes chaussures à travers la pièce et m'allonge en caleçon sur le lit. J'enfouis ma tête sous les coussins en sachant que le sommeil ne viendra pas.

Dans l'état de nerfs où je suis, pas la moindre chance de fermer l'œil.

Lorsque je me réveille ma montre indique quatre heures de plus.

Merde.

Je me redresse sur un coude.

– Claire ?

Pas de réponse.

– Rozella ? Billy ?

La maison est silencieuse.

Peut-être qu'ils sont dans le jardin ? Derrière la vitre du séjour, la balançoire de mon fils grince dans le vent. Je fais le tour des pièces et termine par le cuisine. Il manque la voiture de Claire.

D'accord. Ils ont dû aller au cinéma, voilà tout.

Je fourre un plat dans le micro-ondes et décapsule une Bud

Light. On est jeudi. Je serai de garde ce soir encore, mais demain est un jour *off*. Je devrais peut-être suivre le conseil de Cameron, confier Billy à une baby-sitter et inviter Claire au restaurant.

Lorsque nous habitions Los Angeles, nous avions l'habitude de sortir à Santa Monica. Flâneries dans les boutiques de la Cinquième Rue Promenade, bar à vins, discussions enflammées jusqu'à pas d'heure, l'amour comme des sauvages dans un parking souterrain sans pouvoir patienter jusqu'à la maison.

Où est passée cette époque ?

Le plat dans le micro-ondes s'arrête de tourner, signalé par une série de bips. Je me lève pour le récupérer, et c'est alors que j'aperçois le sac de danse de ma femme.

Il est posé dans un coin de la cuisine, avec ses patchs en tissus de toutes les couleurs, moche et effiloché.

Un rire nerveux s'échappe de mes lèvres.

N'importe qui aurait flanqué cette vieillerie à la poubelle depuis belle lurette, mais il s'agit d'un souvenir de l'époque où Claire dansait à l'Opéra de Paris. Un objet fétiche dont elle ne se sépare sous aucun prétexte.

Je le contemple, interdit, puis me décide à contacter le club de gym où elle travaille. Je réclame le responsable des cours et lui demande si ma femme est encore sur place. Sa réponse me surprend : non. Elle a annulé sans prévenir. Et ce n'est pas la première fois, me fait-il remarquer sur un ton pincé. Elle a beau être un professeur de danse très apprécié, elle ferait mieux de revoir sa ponctualité, si elle tient à conserver son job.

Je raccroche, mal à l'aise.

Ma femme a séché son cours d'aujourd'hui ? Et *plusieurs autres*, avant ça ?

Mince alors. Première nouvelle.

Je digère l'information, puis compose le numéro de l'école de Billy.

– Ici le docteur Becker.

– Ah, tout de même ! répond la voix stridente de Madame Scorbut.

Je l'imagine à l'autre bout. Une longue tige noire et sèche comme un vieux bâton de réglisse.

– Désolé si mon fils est encore une fois coincé chez vous, dis-je. Claire et moi traversons une période difficile, nous ne sommes pas d'accord sur qui doit venir le chercher et...

– Billy n'est pas là, coupe-t-elle. Franchement, vous auriez pu nous prévenir !

Mes mains deviennent instantanément moites.

– Comment ça, pas là ?

– Votre fils ne s'est pas présenté en classe. Il n'est pas venu à l'école.

– Ma femme vous a appelée ?

– Vous n'écoutez pas ce que je vous dis, monsieur Becker ? Personne n'a pris la peine de nous contacter. Nous avons tenté de la joindre, mais votre épouse est constamment sur répondeur. Je comprends qu'on puisse avoir des problèmes conjugaux, mais en ce qui concerne la scolarité de votre fils, la moindre des choses serait de...

Je raccroche pour téléphoner à Claire.

Quel idiot, songé-je en me mordant les lèvres, j'aurais mieux fait de commencer par là.

– Allô, chérie ? Je...

Mais il s'agit effectivement de son répondeur.

Je laisse un message assez sec. Puis je la rappelle dix secondes plus tard, lui fais mes excuses, et lui demande de me recontacter au plus vite.

Un certain temps s'écoule.

Rien ne se passe.

Ou plutôt si : les rides sur mon front se creusent à vue d'œil.

Je décide de ne pas céder à la paranoïa. Il y a une explication logique, forcément. Je n'ai qu'à attendre qu'ils reviennent.

Je fais le tour de la maison encore une fois, passe d'autres coups de fil, sans succès.

Personne ne les a vus, personne n'est au courant de rien. Leurs affaires sont toujours en place dans les placards. Il ne manque que le sac à main de Claire et sa voiture.

Je m'assieds, désemparé.

Ma famille a disparu.

15

IL EST ARRIVÉ quelque chose à Billy et à Claire.

Cette simple évidence me frappe avec une force terrible. C'est impensable, et pourtant je suis bien obligé de l'admettre. Seigneur, qu'est-ce qui a pu se passer ? Un accident ? Un enlèvement ? Les idées tournent à une vitesse folle, comme si une barrière venait de se rompre, une effroyable faille entrouverte sous mes pieds.

Je traverse la pièce en m'appuyant aux meubles.

Pourquoi ont-ils disparu ? Y a-t-il un rapport avec ces menaces téléphoniques ? Tout ça parce que j'ai eu le malheur de trouver un simple portable ?

J'ai l'impression de devenir fou. L'angoisse monte, et j'ai soudain une sensation de boule dans la gorge. Le cœur qui cogne comme un oiseau prisonnier dans sa cage. Des picotements dans les mains et les jambes. Qu'est-ce qui se passe ?

Attaque de panique, mon vieux.

Mon pouls s'accélère. Je me laisse tomber dans un fauteuil. Me relève. Non, me rassieds. Puis je me plie en deux en me tenant la poitrine.

Je te signale que tu soignes ça tous les jours.

Les secondes passent. S'il est arrivé quoi que ce soit à ma famille, je ne vais pas pouvoir le supporter, c'est sûr. Je suis déjà en sueur et mon rythme cardiaque fait des soubresauts dans ma poitrine. On dirait qu'il va s'interrompre d'un instant à l'autre...

Mais non, Paul. Tu ne vas pas faire un infarctus.

Comment puis-je en être certain ?

Encore une fois, c'est une attaque de panique. Un banal phénomène psychique éprouvé à un moment ou à un autre par une très grande partie de la population. À force de vouloir tout contrôler, ton cerveau finit par se rebeller et piquer sa crise d'angoisse. Trop de stress, mon vieux. Laisse-le glisser sur toi.

Facile à dire ! C'était plus simple quand ça arrivait aux patients !

Laisse glisser. Et prends aussi les deux comprimé de Xanax qui traînent dans ta sacoche...

Je titube jusqu'au salon tel un zombie et déverse mon cartable sur la table. Les deux comprimés sont là. Je les fourre dans ma bouche et m'envoie une rasade du premier alcool que je trouve, afin de potentialiser leur effet et créer un pic plasmatique rapide.

Des images terribles défilent devant mes yeux : accident de la route, corps prisonniers d'un amas de tôle, policiers sonnant à ma porte en tenant leur casquette d'un air navré pour m'annoncer une terrible nouvelle, foule rassemblée dans un cimetière devant deux cercueils...

Et d'autres scènes, aussi. Encore plus terrifiantes.

Des images où se profile l'ombre de cet individu que j'ai soigné à la clinique. Kosh, l'homme à la silhouette d'insecte. Un magicien capable de se défaire de ses entraves. Un homme tout droit sorti d'un conte fantastique, enveloppé dans son manteau noir comme la nuit.

Mais je me force à repousser tout ça hors de mon cerveau.

Parce que ce genre de personnage, ainsi que votre famille qui disparaît pour de bon, et que vous ne reverrez plus, ou alors seulement à la morgue, en compagnie d'un médecin légiste énumérant d'une voix monocorde les choses horribles qu'on leur a fait subir, ce genre de *scènes-là*, ça n'existe pas en vrai, n'est-ce pas ?

Le temps défile. Ma tension retombe et je finis par retrouver un semblant de calme sans avoir l'impression d'étouffer à chaque seconde.

Dieu bénisse les anxiolytiques.

La sonnerie d'entrée retentit.

Je me lève, plein d'espoir.

– Billy ! Claire !

Mais ce n'est pas eux.

La femme qui se tient derrière la porte arbore des chaussures de sport rouges, une jupette blanche Nike Woman quasi transparente, un T-shirt tendu à craquer, et une casquette ornée d'un : « Voulez-vous *coacher* avec moi ? »

Ses sourcils blonds se rehaussent, perplexes, tandis que ses yeux fixent mon bas-ventre.

Je réalise alors que ma crise d'angoisse a été tellement brutale après mon réveil que je n'ai pas pris le temps de m'habiller.

Je suis toujours en caleçon.

– Oh, pardon, fais-je maladroitement.

– Ce n'est rien, dit-elle en continuant de me reluquer sans la moindre gêne.

Je l'ai déjà vue une ou deux fois avec Claire. Comment s'appelle-t-elle, déjà ? Shirley ? Miranda ?

– Je suis Sheila.

– Sheila ?

– Votre voisine, précise-t-elle, comme si ça expliquait tout.

– Ah.

– Je donne des cours de gym dans le même club que votre femme. Nous sommes amies. Ma fille et votre fils sont dans la même classe. Je suis coach personnel de fitness, ajoute-t-elle avec un petit sourire de reproche, signifiant par là qu'un mari un peu plus civilisé qu'un ours des Carpates est censé connaître ces détails.

– Votre fils va bien ? demande-t-elle.

– Pourquoi cette question ?

– Je ne l'ai pas vu à l'école. Ni Claire au club.

Zut. Bien sûr.

Mais je n'ai pas envie de lui expliquer que je ne sais pas où ils se trouvent. Et encore moins que je sors d'une attaque de panique.

– Billy est malade, je mens.

– Ah bon ? J'espère que ce n'est pas grave. Ma fille souhaite l'inviter à son anniversaire. Les parents sont conviés. (Elle se penche vers moi.) Depuis le temps qu'on parle de vous, il faut ab-so-lu-ment que nous fassions mieux connaissance.

Elle me tend un carton d'invitation et se hausse sur la pointe des pieds pour jeter un coup d'œil à l'intérieur

– Votre femme est sortie, alors ?

– C'est ça.

– Avec Billy ?

– Oui.

Paul Becker, roi de l'improvisation.

– Ils sont, heu, chez le médecin, poursuis-je en balbutiant.

– Ah bon ? Mais vous n'êtes pas médecin ?

Je réprime un juron. Quel idiot !

– Je vous taquine, fait-elle avec un geste désinvolte. Je suppose que vous adressez bien entendu votre fils à un spécialiste.

Elle a dit ça en posant sa main sur la mienne.

Je la retire aussi sec.

– Un spécialiste ? Mais de quoi ?

Elle me dévisage, gênée.

– Eh bien, un psychologue. Billy s'est certainement absenté pour consulter un thérapeute, n'est-ce pas ?

– Pardon ?

– Vous devez savoir que votre fils perturbe sa classe ?

– Non.

– Il collectionne des cartes bizarres. Et il fait des dessins violents.

– Oh.

– Des dinosaures. Du sang. Des créatures qui dévorent ses copains.

– Allons bon.

Elle pince les lèvres en battant des cils.

– Je ne voudrais pas vous effrayer, mais j'ai lu que certains tueurs en série avaient débuté ainsi. C'est étonnant, n'est-ce pas ?

– Étonnant n'est pas le mot qui me vient à l'esprit, Sheila. Mais je vous en prie, continuez.

Elle examine un instant ses ongles.

– Mon mari, Hermann, est promoteur immobilier. Ça marche très bien pour lui. Il n'a pas besoin d'être sur le pont de son entreprise tous les jours, alors il rentre tôt pour jouer au golf...

Mon pied tapote le perron.

– Bref, soupire-t-elle. Hermann était en train de garer sa Porsche dans l'allée, hier après-midi, lorsqu'il a entendu Claire se disputer avec vous. Apparemment, vous criiez tous les deux et elle est sortie en claquant la porte.

Elle marque une pose pour intensifier l'effet dramatique de la scène.

Je ne bronche pas.

– Nous savons tous ce qu'est une dispute, reprend-elle. Hermann et moi, nous nous disputions beaucoup avant notre thérapie. Question d'énergie sexuelle, paraît-il. Je veux dire, les problèmes de couple, ça nous connaît. Et je sais que cela perturbe beaucoup les enfants. La solution est parfois plus simple qu'on ne l'imagine. (Elle se rapproche et prend un air de confidente.) Je pourrais vous donner l'adresse d'un excellent conseiller conjugal, vous savez ?

Je la regarde, impassible.

– Au revoir, Sheila.

Et je lui claque la porte au nez.

Cette conversation m'a énervé au plus haut point.

D'un autre côté, elle a le mérite de m'avoir sorti de l'hébétude provoquée par les médicaments.

J'enfile un T-shirt et un pantalon de toile – la tenue de l'honnête homme, cool et innocent – et me prépare à aller voir la police.

La phase « panique » est terminée, il est grand temps d'appeler la cavalerie.

Un dernier coup d'œil au portable de Kosh avant de partir. La charge de batterie ne comporte plus qu'une barre clignotante, indice qu'elle est pratiquement à plat.

Mince. Il ne faut pas que ce truc s'éteigne, sinon je ne pourrai jamais le rallumer sans le code confidentiel. Je dois montrer les photos à la police, cela peut avoir son importance.

Je fouille dans la boîte de rangement de nos anciens téléphones, en espérant trouver un chargeur qui s'adapte. Coup de chance, c'est le cas. Je branche le cellulaire dessus et abandonne le tout sur la table de la cuisine, puis je saute dans ma voiture, direction le commissariat central.

Je contacte la clinique en route.

– Connie ?

– Boss ?

– Je ne viendrai pas ce soir. Je dois résoudre des problèmes, heu...

– Familiaux ?

– Exactement. Il faut qu'un collègue prenne ma place.

– Pas facile, ça...

– Qui travaille à l'heure actuelle ?

– Le docteur Braatz.

Elga Braatz est l'une de mes remplaçantes. Elle est allemande, comme nombre de ses compatriotes qui ont débarqué par lotissements entiers d'ici à Fort Myers. Je ne comprends pas bien son accent, mais elle sait se faire respecter. Et elle abat du travail comme quatre.

– Dites à Elga que je double son tarif horaire si elle accepte de récupérer ma garde.

Connie s'éloigne du combiné. Je perçois une conversation ponctuée d'éclats de voix, puis Connie reprend :

– Le docteur Braatz dit qu'elle attend toujours son salaire du mois dernier. Et qu'à moins de vouloir en débattre avec son syndicat, elle partira à l'heure exacte inscrite sur son contrat.

– C'est tout ?

– Non, elle a ajouté quelque chose en allemand. Ça ressemblait à des gros mots, mais je serais incapable de vous traduire.

– Zut. Tant pis, Connie, débrouillez-vous. Je ne peux rien faire, vous n'aurez qu'à fermer temporairement la consultation.

C'est une mesure extrême, mais je n'ai pas le choix. Je raccroche et compose le numéro de Cameron. Je tombe aussitôt sur son répondeur. Décidément, c'est la journée.

– Cam, je suis en route pour le commissariat. Rien de méchant, enfin j'espère, mais Claire et Billy ne sont pas rentrés. Personne n'a de nouvelles. Je ne sais pas où ils sont. Ce n'est sans doute pas grand-chose, mais je me demandais si tu pouvais vérifier les bouchons routiers, la liste des admissions dans les hôpitaux, les chutes inopinées de météorites sur la voie publique, enfin tu vois.

J'essaye de mettre un peu d'humour dans ma voix mais le cœur n'y est pas.

– Bon, j'admets que je flippe un peu. Rappelle dès que possible.

J'avance au ralenti, énervé par tous ces travaux sur la voie publique qu'on effectue, comme d'habitude, durant l'été. Ça se dégage enfin sur Goodlette Road. Je fonce. Le bâtiment de la police est en vue lorsque mon portable entonne le générique de *L'Agence tous risques*, ma sonnerie du moment.

– Allô ?

– C'est encore Connie. Désolée, mais j'ai besoin de vous à la clinique.

– Je ne peux pas.

– C'est important.
– Pourquoi chuchotez-vous ?
– Je suis obligée.
– Elga a un problème ?
– Non. C'est vous qui avez un problème.
Je me raidis, sentant la tension dans sa voix.
– Écoutez, dit Connie, il se passe quelque chose de pas normal, ici... Vous feriez mieux de rappliquer, Paul. En quatrième vitesse.

16

JE FAIS DE MON MIEUX pour conserver mon calme malgré le sentiment de catastrophe imminente qui m'envahit. Mon infirmière m'accueille par la petite porte située à l'arrière de la clinique. Elle ouvre le sas réservé aux évacuations par ambulance et me fait signe d'entrer. Je m'exécute, résistant à l'envie de la bombarder de questions. Elle m'entraîne jusqu'à mon bureau et s'arrête sur le seuil.

Un objet m'attend sur la table.

Un carton d'expédition.

Approximativement de la taille d'un coffre à jouets, enveloppé dans du papier kraft.

– J'ai cru que c'était du matériel médical, chuchote Connie. Un type vient de le livrer à votre intention.

Nous savons qui vous êtes, docteur Becker.

Un frisson me traverse.

– Quel genre de type ?

– Petit. Râblé. Il portait un uniforme de la société de transport UPS. Le visage rougeaud. Il se grattait tout le temps.

Je ne sais pas qui est cet homme. En tout cas, la description ne correspond pas à celle de Kosh.

Je me pince le menton.

Peut-être que ça n'a rien à voir avec cette histoire de téléphone ? Je me suis monté la tête, mais si ça se trouve, tout va bien, Billy et Claire vont rentrer dans quelques heures, il y aura une excellente explication à tout ça, et nous en rirons ensemble...

– Le docteur Braatz est encore là ?

– En salle de suture. Elle en a pour une heure. Je suis revenue travailler tôt parce que l'infirmière de jour est tombée malade. Je m'occupais de l'accueil et c'est moi qui ai récupéré le carton. L'étiquette vous désignait comme destinataire.

Elle croise ses bras et pose ses mains sur ses épaules comme pour s'empêcher de trembler. On dirait une petite fille surprise après avoir commis une bêtise épouvantable.

– Quel est le problème, Connie ?

– Le livreur de chez UPS. J'ai appelé leur agence locale : ils n'ont envoyé personne. Ce type ne vient pas de chez eux. C'est un parfait inconnu.

– Bizarre. Mais pourquoi avez-vous vérifié ?

– En soulevant le paquet, ça laissait des marques.

– Des marques ?

– Des taches. Sur le comptoir. Je les ai essuyées pour que les patients ne repèrent rien, et je vous ai appelé. J'ai déposé le carton sur votre bureau. Le reste s'est produit après. Personne n'a rien vu.

– Mais enfin Connie ! Personne n'a vu *quoi ?*

– Le moment où ça s'est mis à couler...

Sa voix n'est plus qu'un murmure.

Elle désigne la chose sans oser avancer plus loin. J'entre dans le bureau, et ma main se plaque contre ma bouche.

Car un liquide sombre suinte effectivement de la base du colis.

Une substance poisseuse qui a formé une véritable nappe sur mon plan de travail, imbibant mes ordonnances et trempant ma

17e édition du manuel *Harriet Lane* de pédiatrie, avant de tomber goutte à goutte sur le sol.

Bien sûr, l'odeur et la couleur sont caractéristiques.

Même à cette distance, on voit parfaitement que c'est du sang.

Mon pouls se met à cogner au fond de ma gorge.

– Jésus Marie, fais-je dans un souffle.

J'entends encore la voix au timbre métallique résonner dans ma tête. *Nous savons qui vous êtes, docteur Becker. Votre femme, Claire, est extrêmement jolie. Quant à votre fils Billy, il est si vivant...*

Le carton mesure moins d'un mètre.

Il est évident qu'aucun être humain ne peut tenir à l'intérieur.

Aucun être humain *en entier.*

Vous avez été trop curieux. Il va maintenant falloir en payer le prix.

– Qu'est-ce que vous faites ? demande Connie.

J'ouvre une boîte stérile de petite chirurgie et m'empare d'un scalpel. Je dois faire un effort pour ne pas vomir. Je me tourne vers mon infirmière, le visage blême.

– Je dois l'ouvrir. Savoir ce qu'il contient.

– Attendez.

Impossible. Si j'attends une seconde de plus, mon cœur va s'arrêter de battre.

– Écoutez, dis-je, ce serait trop long à expliquer. Ma femme et mon fils ont disparu ce matin. Il... Il faut que je sache.

– Non.

La fermeté de son ton me surprend. Son regard est dur, presque impitoyable. Elle se mord les lèvres, comme si elle hésitait à prendre une décision difficile.

– Nous ferions mieux d'appeler la police, déclare-t-elle finalement. Nous ne pouvons pas déballer ça tous les deux.

Elle est encore plus pâle que moi.

– Pourquoi ?

– Regardez.

Je me retourne, et mes poils se hérissent sur ma nuque.

Car le colis vient de bouger.

D'abord un bref soubresaut. Suivi d'un second.

Puis le paquet tout entier. Cette chose immonde et sanguinolente *se met à avancer.*

Par secousses. Sur mon bureau.

17

JORDI EST ENTRÉ en sifflotant dans la maison de Paul Becker.

Il ne comprenait pas pourquoi les gens se montraient aussi crétins. C'était toujours pareil : le citoyen lambda protégeait consciencieusement son entrée principale, mais les portes donnant sur le jardin n'auraient pas arrêté une fillette. Dans le cas de la famille Becker, Jordi n'avait eu qu'à introduire son Pick Gun dans une banale serrure à six goupilles, quelques pressions de la main droite, un tour de crochet avec la gauche. Terminé.

Il aurait pu entrer en cassant une vitre, bien sûr, mais l'effraction aurait été visible, et Kosh avait exigé la plus grande discrétion.

Jordi était son vrai nom. Mais dans une autre vie, les gens l'appelaient plutôt Freaky Jo, ou Jordi le Serpent. Les gosses lui jetaient des pierres, les employeurs refusaient de l'engager et les femmes se bouchaient le nez sur son passage. Car la peau de Jordi ressemblait à celle d'un reptile. Et il muait.

Se tartiner de pommade hydratante et nauséabonde, voilà son

quotidien. Il pelait en été, pire encore en hiver, arborait des squames hideux sur le torse et les membres, et crevait de chaud au moindre écart de température, car son épiderme avait perdu toute capacité de thermorégulation.

Cette surchauffe permanente conférait à son visage un teint rougeaud qu'il dissimulait d'habitude sous un chapeau et des lunettes noires – sauf lorsqu'il était déguisé en livreur de chez UPS, comme aujourd'hui.

Red Hot Jordi.

Jordi au tempérament brûlant.

L'ichtyose est une maladie génétique. On la disait à l'origine des légendes sur les hommes-poissons et les sirènes. Les assurances rechignaient à vous prendre en charge, les médicaments coûtaient cher et personne ne vous refilait le moindre boulot. Quel employeur aurait engagé un monstre ? Une situation qui ne vous laissait aucun moyen de vous en sortir, à part la violence pure et simple.

Au départ, Jordi considérait le cambriolage comme un mal nécessaire. Puis, devant les réactions terrorisés des petites vieilles et des étudiantes auxquelles il s'attaquait, il avait découvert d'autres jeux.

Beaucoup plus intéressants.

Il avait vécu un moment ainsi, puis Kosh était arrivé.

Un jour, il avait surpris Jordi en train de forcer la portière de sa voiture, mais il n'avait pas crié « au voleur ! », ni réagi de façon habituelle. Il s'était simplement approché en disant : « Voyons comment tu opères. » Depuis, Jordi bossait pour lui.

Leur partenariat lui convenait bien. D'autant qu'il n'était pas le seul criminel à travailler pour son compte.

Kosh avait l'habitude de traiter avec des individus extrêmement dangereux.

Jordi a refermé la porte-fenêtre sans produire le moindre grincement – il avait huilé les gonds à l'aide d'une petite burette – et fait quelques pas dans la salle de séjour. Toutes ces précautions étaient inutiles, puisque la maison était déserte depuis le départ du docteur Becker, mais il aimait faire son travail avec soin.

Son pied a écrasé quelque chose. Un feulement rauque est monté dans le séjour.

Jordi s'est aussitôt figé, tous les sens en alerte.

Pas d'autre bruit.

Il a poussé un soupir et balancé un coup de pied dans le T-Rex *Jurassic Park* qui est allé s'écraser à l'autre bout de la pièce.

Abrutis de gosses.

Il a allumé sa lampe de poche et palpé le renflement dans sa veste. La présence de son couteau de chasse lui faisait du bien. Il n'avait pas prévu de s'en servir – aujourd'hui, il allait à la pêche aux renseignements – mais qui sait ? On pouvait toujours avoir une occasion de s'amuser...

Jordi a parcouru des yeux le salon des Becker. L'ambiance était familiale, plutôt cosy : petit coussin brodé « Bon Anniversaire Papa », canapé jonché de dessins d'enfant, trophées de danse classique alignés sur les étagères.

Que des niaiseries à la con.

Des factures gisaient sur la table, même pas ouvertes. Paul Becker avait sans doute des soucis plus impératifs.

Jordi a ricané.

Sur ce point, la situation du médecin n'était pas près de remonter la pente.

Il a rapidement trié les lettres, embarqué quelques factures (fouiller la vie de ses victimes était déjà un viol en soi, et ça faisait partie du plaisir), puis il a emprunté l'escalier.

Jordi ne savait pas trop ce qu'il cherchait. Il est entré dans la chambre du mioche, a soulevé son matelas puis fureté dans l'armoire.

La plupart des gens cachent inconsciemment leurs secrets dans des endroits intimes, des lieux dont ils se sentent proches. La chambre des enfants. L'armoire à médicaments. Le pot à confiseries dans la cuisine. La caisse à outils du garage.

L'ironie de la chose, c'est que les bons cambrioleurs savent parfaitement ça.

Jordi est passé à la chambre des parents. Il s'est arrêté devant les tiroirs de la femme. Pas mal de lingerie fine. Ses narines enduites de graisse hydratante se sont penchées pour venir humer les slips et soutiens-gorge Victoria's Secret, puis il a refermé le tiroir à regret. Kosh avait insisté : pas de trace d'effraction.

– Et qu'est-ce que ça peut lui foutre si j'embarque les culottes de cette salope ? a grogné Jordi à voix haute. Qui viendra les réclamer ?

Un bruit au rez-de-chaussée l'a interrompu. Il a tendu l'oreille : pas d'autre son, hormis le souffle du vent derrière les vitres.

Jordi a sorti un ventilateur de poche et s'est rafraîchi le visage.

Il devait se calmer. Trop d'excitation augmentait sa chaleur corporelle.

La Floride était vraiment un endroit de merde. Il avait hâte que son patron boucle ses affaires et qu'ils émigrent ailleurs.

Leur existence était simple, semblable à celle d'une vie de famille. Avec, comme toutes les familles, quelques cadavres dans les placards – bon, d'accord, les leurs abritaient un peu plus de cadavres que la moyenne, a songé Jordi avec un gloussement.

Il a regagné le rez-de-chaussée pour explorer la cuisine.

C'est là qu'il l'a trouvé.

Un téléphone portable posé au milieu de la table, bien en évidence. Jordi s'est approché, intrigué. Le combiné était en charge. Il a pianoté dessus, et n'a pas mis longtemps à dénicher les photos.

Il a souri, appelé son patron et transféré les images.

– Très intéressant, a dit Kosh. Bon travail, mon précieux petit reptile...

Jordi en a frissonné de plaisir.

– Qu'est-ce que je fais du téléphone ? a-t-il demandé.

– Tu n'y touches plus.

– J'efface les photos ?

– Non. Je ne veux pas qu'on sache que tu es venu ici.

Jordi a raccroché et remis le téléphone à sa place.

Il était l'heure de partir.

Le colis qu'il avait déposé à la clinique allait retenir le docteur Becker un moment – c'était le but de la manœuvre : attirer Paul hors de chez lui pour avoir le temps de fouiller sa maison tranquille – mais il était inutile de traîner dans les parages.

En repassant par le hall, Jordi s'est arrêté sur des portraits de mariage accrochés au mur. Ses doigts gantés de cuir ont caressé le portrait de Claire, et il a songé que ça devait être carrément bandant de posséder une femme aussi belle.

À cette pensée, son sexe s'est durci dans son pantalon. Jordi ne savait pas ce qui était prévu pour la suite, mais si on lui en laissait l'occasion, il aurait bien passé une heure ou deux enfermé dans une cave avec elle. Sûr que d'entendre son môme beugler en prime ne l'aurait pas arrêté. Ça pouvait même augmenter le plaisir.

Il était tellement excité qu'il n'a pas entendu la personne arriver dans son dos. Ni l'objet métallique siffler au-dessus de sa tête. L'os occipital de son crâne s'est brisé comme une noix, et Jordi est parti à la renverse.

Quelques secondes plus tard, le contact froid de sa joue contre le sol a ranimé sa conscience. Il a palpé sa nuque : un liquide coulait maintenant entre ses doigts, emportant des morceaux d'une substance blanche et visqueuse qui, selon toute vraisemblance, devait être des fragments de son cerveau.

Jordi a écarquillé les yeux.

Comment était-ce possible ?

Il était un tueur hors pair, un criminel accompli. Son existence n'était qu'oisiveté, argent facile et moments privilégiés passés en tête à tête avec ses victimes.

Comment sa vie si bien organisée avait-elle pu prendre une tournure aussi déplorable ?

Dans un ultime effort, il a tordu le cou pour apercevoir son agresseur.

Une exclamation de surprise est montée dans sa gorge.

L'autre l'a frappé de nouveau.

Jordi n'a pas eu le temps d'achever son cri.

18

CONNIE, perchée sur une chaise, pointe son index en direction du sol.

– Là !

Je bondis, armé d'un pied à perfusion comme s'il s'agissait d'une lance de fantassin.

– Vite ! Il va filer sous l'armoire !

– Voilà, dis-je en grommelant, je fais ce que je peux...

J'assène un coup sur la chose qui détale, mais mon arme improvisée passe à côté. Son corps noir et velu me dégoûte. On ne peut pas dire que ça m'aide à la viser avec précision.

– Il s'échappe !

La créature couine et se réfugie sous un classeur.

– Attention ! Derrière vous ! dit Connie.

– Quoi encore ?

– Il y en a un autre !

Je pivote vers le carton UPS, qui est à présent ouvert. Une minute plus tôt, j'ai arraché le ruban adhésif et déployé les rabats. J'étais terrorisé par ce que j'allais découvrir. Le tronc d'une victime. Des membres tranchés qui gigotent. Dans ces moments-là, votre imagination nourrie au pop-corn et aux films d'horreur a tendance à pédaler sérieusement.

– Un autre rat sort de la boîte ! crie Connie.

– J'ai vu.

– Mais c'est horrible ! Ça en fait deux !

Effectivement. Il n'y avait pas de restes humains dans le carton, juste des rats. Deux en vie, et dix cadavres de rongeurs. Quelqu'un les avait tailladés à mort, voilà pourquoi leur sang avait suinté hors du paquet. Et les deux survivants se baladent maintenant dans ma consultation.

– Bon sang, mais faites quelque chose ! hurle Connie.

– Parce que là, je suis en train de jouer au golf ?

– Je vous avais dit d'appeler la police !

Mon infirmière est proche de l'hystérie. Moi, je respire.

Si Kosh a voulu me flanquer la trouille, c'est réussi.

– Ne vous inquiétez pas, j'ai la situation bien en main.

Ma peur a disparu, mais l'adrénaline est encore là. Il ne s'agit que de vulgaires bestioles. Et moi j'ai de la colère à revendre.

J'empoigne mon pied à perfusion et balaye l'espace au-dessus du carton. Un choc. Le rat heurte le mur avec un bruit mat et retombe à terre. Plus de mouvement. Son copain, sans doute pris de panique devant tant de fureur guerrière, en profite pour sortir de sa cachette et filer entre mes jambes.

– Bloquez la porte ! s'écrie Connie.

Trop tard. Il s'est enfui dans le couloir.

– Il file vers la salle d'attente !

Je cavale à sa suite. Il faut que je le rattrape avant qu'il déboule au milieu de mes malades.

Quelqu'un sort d'un box d'examen.

Le rat se fige devant le docteur Elga Braatz, ma remplaçante : coupe en brosse, épaules de nageuse de compétition, stéthoscope deux fois plus gros que le mien.

À la place du rat, je n'en mènerais pas large non plus.

– Attention ! fais-je en projetant ma lance.

Le pied à perfusion s'abat aux pieds d'Elga. Il y a un couinement hideux – provenant de la créature ou du docteur Braatz, je ne sais pas au juste – et le rat ne bouge plus.

Je m'acharne dessus pour être certain qu'il soit mort. Elga me fixe par-dessus ses lunettes comme si elle avait affaire à un dément.

– Vous êtes fou, *ja* ?

– C'était un rat.

– Je voir. Je parle pas correctement votre langue, mais je pas aveugle.

– Désolé pour tout ce grabuge, Elga.

Elle brandit un doigt réprobateur sous mon nez.

– Ça n'est pas tolérable.

– Bon, ne commencez pas à faire votre mauvaise tête...

– Horaires difficiles, patients difficiles, ça d'accord. Mais si on me paye en retard et qu'il y a des rats, ça ne va pas, *ja* ? C'est travail de merde. Et si c'est comme ça, je prévenir l'ACEP.

L'ACEP est l'American College of Emergency Physicians, autrement dit le syndicat qui protège les intérêts des médecins urgentistes. Ils ne rigolent pas sur les questions sanitaires, ni les conditions d'exercice.

Je ravale ma salive.

– Écoutez, dis-je sur un ton suave pour tenter de l'amadouer, je ne vais pas vous raconter d'histoires. Les rats sont arrivés ici grâce à une sorte de colis piégé. Je ne sais pas qui est le responsable de cette mauvaise blague, mais si le syndicat apprend qu'il y a de la vermine dans notre consultation, notre autorisation d'exercer sera suspendue. Un expert sera nommé. Il y aura une inspection sanitaire, ils passeront chaque millimètre carré au microscope, ils nous obligeront à faire des millions de vérifications et de tests. Ça prendra des mois. Autant dire qu'on mettra la clé sous la porte.

Elga me fixe sans ciller. Connie nettoie les dégâts avec une serpillière.

– Au fait, lâche distraitement mon infirmière, c'est vrai que votre femme vous quitte ?

– Connie, de quoi je me mêle ? Vous croyez que c'est le moment de parler de ça ?

– Vous avez dit tout à l'heure qu'elle était partie du domicile conjugal en emmenant votre fils. Vous allez divorcer ?

– Mais pas du tout !

– D'accord, interrompt soudain Elga. Je reste.

Je me tourne vers le docteur Braatz.

Elle affiche un sourire radieux.

– Je faire votre garde pour ce soir, et je rien dire au syndicat. Mais c'est pour vous rendre service, *ja* ?

– *Ja !* répond Connie en claquant des talons.

Elga hausse les épaules puis retourne à son travail.

Je fixe Connie, médusé.

– Qu'est-ce qui vous a pris de dire que je divorçais ?

– Braatz est amoureuse de vous.

– Quoi ?

– C'est évident comme le nez au milieu de la figure. Lui annoncer que votre femme vous plaque, c'était le meilleur moyen de la faire changer d'avis.

– Tout de même...

– Et de préserver mon emploi. J'ai horreur des rats, mais je déteste encore plus pointer au chômage.

Connie finit d'astiquer le sol, fourre les dépouilles dans un sac en plastique jaune réservé aux déchets toxiques puis revient se planter devant moi.

– Qu'est-ce qu'on fait du carton ?

– Je ne sais pas encore.

– Vous avez vu le carnage ? Il y avait plein d'autres bestioles à l'intérieur. On dirait qu'on les a découpées à la tronçonneuse. Qui ferait une chose pareille ?

– Un patient vexé que je ne lui ai pas prescrit d'antibiotiques ?

Elle tripote sa lèvre inférieure.

– Je dirais plutôt un copain de fac. On connaît bien l'humour des étudiants en médecine, toujours subtil et rafraîchissant. Ou alors une personne malveillante vous a dans le nez.

– Va pour le nez.

– Sérieux ?

J'opine d'un hochement de tête.

– Merde, dit-elle. Alors vous n'avez pas le choix, il faut prévenir les flics.

C'était le but lorsque j'ai quitté mon domicile. Sauf que Kosh et son complice viennent de me démontrer qu'ils faisaient partie du joyeux club des dangereux psychopathes. S'ils sont capables de découper des rats et de me les expédier en pièces détachées, je n'imagine même pas ce qui pourrait arriver à Claire et Billy.

– Donnez-moi une minute, dis-je à Connie.

Je me réfugie dans la salle de repos, ferme la porte et me sers un grand verre d'eau glacée. La sensation du liquide coulant dans ma gorge me fait du bien. Je me laisse tomber dans le vieux canapé qui occupe un angle de la pièce et j'essaie de réfléchir.

Lorsqu'un patient débarque avec des symptômes complexes, j'ai parfois besoin de m'isoler pour faire le tri. Mettre en relief les signes cliniques judicieux et souffler sur la poussière pour faire apparaître le tableau.

Kosh, le téléphone portable, les photos mystérieuses, le gosse disparu dans le centre commercial à Miami, mon père qui refait surface, Claire et Billy qui disparaissent, et maintenant des cadavres de rats : voilà les symptômes. Il y a une logique dans cette succession d'événements. Un mécanisme invisible, comme pour une maladie. Je peux en observer les signes, sentir le mal qui progresse, mais je ne peux pas encore mettre un nom dessus.

Comment aller plus loin ?

Mes yeux se posent sur l'un des magnets humoristiques collés sur le frigo, un Monsieur Patate portant la légende « *Doctors have inside informations* », autrement dit « Les médecins ont des informations de l'intérieur. »

D'accord, Paul. Réfléchis de l'intérieur. Mets-toi à la place des méchants.

Un truc ne colle pas.

Si Kosh veut vraiment récupérer son téléphone et s'il connaît mon identité, pourquoi ne pas venir me le reprendre ? Il n'a pas l'air du genre à plaisanter. Il sait où j'habite, et il connaît l'adresse de la clinique. Pourquoi se donner tant de mal pour m'intimider, alors qu'il pourrait envoyer l'un de ses sbires me casser la figure et récupérer son fichu cellulaire ?

Je me concentre. Un raisonnement prend forme.

Ce n'est pas le téléphone en lui-même qui l'intéresse, c'est ce que j'ai vu dessus. Les photos. Elles doivent avoir une signification importante, et le simple fait de les avoir regardées fait maintenant de moi une menace. D'où trois conclusions.

Un : il semble que j'aie acquis un pouvoir de nuisance sur Kosh. Je ne sais pas exactement lequel, mais plus je creuserai le mystère de ces photos, plus ce pouvoir sera grand.

Deux : Kosh le sait, et il a anticipé d'un cran en enlevant Claire et Billy.

Trois : je suis coincé. Ces types me surveillent, pas moyen de prévenir la police sans mettre en danger ma famille. Échec et mat. Dans l'os Carlos.

J'écrase mon poing sur la table.

– Tout va bien ? demande Connie depuis une pièce voisine.

– À merveille. Je me suis cogné contre un placard, je réponds à travers la cloison.

Je frotte ma main endolorie.

Allez, Paul, creuse-toi les méninges, je suis sûr que tu peux faire mieux que ça. Si Kosh détient effectivement Billy et Claire, il devrait te menacer, non ? Du genre : « Docteur Becker, vous entendez ce cri horrible ? C'est celui de votre femme. Vous savez ce que je vais lui faire si vous n'obéissez pas à mes petits caprices ? » Sauf que rien de tel ne s'est produit. Ni Kosh, ni personne n'a affirmé retenir ma famille.

J'arrête de me frotter la main.

Voilà qui n'a aucun sens. Pourquoi les méchants se priveraient-ils d'un tel moyen de pression ?

Je me redresse. La réponse est évidente. Conclusion numéro quatre : parce que ce moyen, ils ne l'ont pas !

Mon cœur fait un bond dans ma poitrine.

Billy et Claire ont disparu, oui, mais Kosh n'y est pour rien. Et je pense de moins en moins qu'ils ont été victimes d'un accident de la route, sinon la police m'aurait déjà prévenu. Donc ma femme et mon fils sont sains et saufs. Quelque part.

Et ils se cachent.

Je n'y avais pas pensé mais voilà un angle de vue qui change complètement la donne. Ma femme est peut-être partie en catastrophe parce qu'elle a eu peur de quelque chose. Ou de quelqu'un. Et si Kosh l'avait menacée, elle aussi ? Examinons l'idée. Kosh contacte Claire de son côté et tente de l'intimider, comme il l'a fait pour moi. Elle ne voit pas de quoi il parle. Alors il s'énerve et menace Billy. Claire panique, emmène son fils et coupe le contact avec l'extérieur. Ce qui explique qu'elle ne réponde plus à ses messages. Mais dans ce cas pourquoi ne m'avoir rien dit ?

Paul, espèce de crétin...

Elle a essayé.

Tu te souviens d'hier soir, quand tu l'as vue pour la dernière fois sur le perron de la maison ? Elle t'a tendu une perche. Elle voulait discuter. *À ton retour, il faudra qu'on parle de quelque chose*, elle a dit. Ça semblait grave. Mais comme d'habitude tu as préféré ne pas répondre et prendre la poudre d'escampette.

Plus j'y réfléchis, plus cette succession d'événements me paraît plausible. Je me lève d'un bond et retourne voir Connie au comptoir d'accueil.

– D'accord, dis-je. On appelle la police. Mais c'est vous qui vous en chargez.

Je m'assois derrière l'ordinateur et sélectionne un programme.

– Vous ne restez pas ? demande mon infirmière.

– Non.

– Qu'est-ce que je raconte aux flics ?

– La vérité.

Le programme que je recherche s'affiche à l'écran. J'ouvre les fichiers qui m'intéressent, glisse un CD-ROM vierge dans la fente de l'ordinateur et les copie dessus.

– Dites tout ce qui s'est passé. Mais ne touchez pas au carton qui contenait les rats. La police trouvera peut-être ce genre de colis suffisamment inquiétant pour faire des analyses. On ne sait jamais, dans les films, ils vous sortent une liste de suspects en cinq minutes.

Je lui tends le CD.

– Et j'ai mieux. Vous vous souvenez de la caméra au-dessus de la porte d'entrée de la clinique ? Elle enregistre tout ce qui entre et sort. Les images restent stockées sur le disque dur pendant une semaine. Le visage du faux livreur d'UPS est forcément dessus. Et celui du dingue de l'autre nuit aussi. Donnez ces fichiers à la police, signalez ces individus comme suspects, et voyons ce qu'il en ressort.

Un sourire passe sur les lèvres de Connie.

– Pas mal. Vous prenez des cours du soir au FBI ?

– Ça ne donnera peut-être rien. Mais au moins j'ai l'impression de faire quelque chose.

– Et pour votre femme ? Elle vous a vraiment quitté ?

– Ça ne vous regarde pas.

J'ai répliqué sur un ton agressif. Connie semble hésiter, puis :

– Je peux faire une remarque ?

– À moins de vous bâillonner, je suppose que je n'ai pas le choix.

– Vous avez retrouvé le sac à main de Claire ?

– Non.

– Ses pilules contraceptives, ses tampons hygiéniques ?

– Qu'est-ce que ça peut vous faire ?

Je m'emporte, mais je vois très bien où Connie veut en venir.

Elle enfonce le clou.

– Vous devriez vérifier, dit-elle. Il est parfois difficile de regarder la vérité en face, mais l'explication la plus simple est souvent la bonne. Une épouse qui abandonne son domicile en emportant ses affaires intimes, c'est qu'elle a eu le temps d'y songer. Ça peut ressembler à un coup de tête vu de l'extérieur mais sa décision était déjà prise. On est toutes comme ça.

Elle marque une pause.

– Je suis désolée Paul... Je dis n'importe quoi. Il doit y avoir une autre explication...

– Je vous en prie, Connie. Allez jusqu'au bout.

Mon désarroi doit se lire sur mon visage parce qu'elle détourne le regard.

– Vous ne croyez pas que Claire pourrait tout simplement avoir quelqu'un d'autre dans sa vie ?

19

J'AI UNE SENSATION bizarre en rentrant chez moi.

Le sentiment qu'on a pénétré dans la maison pendant mon absence.

Je parcours lentement les pièces en touchant les objets, effleurant les accessoires de mon quotidien sans rien noter d'anormal, l'esprit ailleurs, complètement perturbé par ma conversation avec Connie. Je manque de trébucher sur l'un des dinosaures de mon fils – Billy a l'habitude de les abandonner n'importe où – et me rattrape de justesse. Je m'adosse au mur quelques secondes.

Les yeux me brûlent. L'image de Claire s'enfuyant avec un autre homme se superpose au décor. Je me force à respirer calmement et j'essuie mes yeux humides.

J'interroge de nouveau mon répondeur. Pas de message. Je rappelle nos principales connaissances sous divers prétextes, guettant des nouvelles de ma femme. En vain. Je vérifie ensuite mes e-mails, pour la millième fois, mais à part les spécialistes du rallongement de pénis, les revendeurs de Viagra à des prix imbattables et tous ces fils d'ex-ministres africains qui me supplient de transférer leurs fonds en échange de commissions mirobolantes, c'est le désert complet.

J'éteins l'ordinateur et quitte le premier étage. Je ne peux pas m'empêcher de repenser à Claire séchant ses cours de danse. Le manager de son club a dit que cela s'était produit à plusieurs reprises. Était-ce une façon de se montrer poli, comme pour annoncer à un malade qu'il est atteint d'un cancer incurable ? Est-ce que ma femme avait une liaison extraconjugale depuis des mois ?

Je pénètre dans la cuisine. Le téléphone rouge est toujours sur la table où je l'ai laissé. Je l'observe en silence, tel un sceau apposé sur ma porte par un ange aux ailes noires et au long manteau sombre.

Lorsque Cam se pointe une heure plus tard, je n'ai pas bougé d'un pouce.

– Comment se fait-il que tu ne m'aies pas tout raconté dès le début ?

Cam est furieux. Il fait les cent pas dans la pièce, une bouteille d'eau minérale à la main, avant de se laisser tomber dans mon canapé.

– T'en veux un coup ? fait-il en me tendant sa flasque transparente. C'est de l'Ogo. Trente-cinq fois plus d'oxygène qu'une eau minérale classique. Ça améliore ta capacité respiratoire et ta concentration. Les gens vont se l'arracher.

– Non merci. J'ai du sommeil en retard. Ça ne t'ennuie pas si je nous fais plutôt deux espressos ?

Il fait oui de la tête, un peu déçu. Je file au comptoir nous préparer des cafés serrés puis reviens avec les tasses.

Cameron se passe les doigts dans les cheveux et les ramène en arrière. Sa chemise réglementaire est de travers et son short bleu est couvert d'auréoles de sel. Il a passé sa journée à patrouiller dans les Everglades jusqu'à Marco Island. Les touristes louent des coques de noix, se baladent n'importe où et n'arrêtent pas de se fourrer dans des bras de mer inextricables où ils restent ensablés à marée basse. Et il n'y a pas d'antenne-relais pour leurs téléphones portables. Dès qu'il a regagné Naples, Cameron a capté mon message, sauté dans une voiture et rappliqué ici. Tout juste s'il n'a pas défoncé le mur avec son pare-chocs pour jaillir dans mon salon.

Il ne lui a pas fallu plus de deux minutes pour me faire cracher toute l'histoire. Au début l'angoisse me nouait le ventre, puis ça s'est mis à sortir tout seul. Kosh, le portable, les photos, les menaces, la disparition de Claire et Billy, les rats, et même ma piètre tentative pour renouer le contact avec mon père : je lui ai tout balancé.

– Et toi, tu penses que Kosh est pour quelque chose dans la disparition de ma famille ? je lui souffle.

– Non.

Il dit ça avec un aplomb formidable. Je dois faire un effort pour ne pas le serrer dans mes bras.

– Comment peux-tu en être aussi sûr ?

– Parce que tu serais le premier averti. Les gens comme lui ne se contentent pas de faire peur. Ils t'envoient une tête dans un carton, ou une poignée de doigts dans un bocal.

Je frissonne d'horreur et de colère à la fois.

– Pourquoi ne pas l'avoir conduit à l'hôpital l'autre nuit, s'il était si dangereux ?

– J'avais mes raisons.

– Merde, tu aurais pu m'en parler.

– Eh quoi ! éclate soudain Cameron en se levant. Dans quel monde tu vis ? Tu crois vraiment que tes patients méritent tous d'être soignés ? Tu ne t'es jamais demandé si tu sauvais la vie à des crapules, des criminels qui ne méritent rien d'autre qu'une balle dans la tête ?

Bien sûr que si, j'y ai pensé. Mais je mets une barrière. Je ne dois pas juger les gens, ni prendre les choses trop à cœur. La première règle que l'on apprend à la faculté de médecine est de ne pas s'impliquer. C'est la raison d'être de l'humour médical, ce second degré cynique qui choque souvent les gens.

Mettre de la distance, pour tenir la distance.

– Claire est partie sans un mot, dis-je pour revenir au sujet qui me préoccupe le plus. Elle ne répond pas à mes messages. Personne ne sait où elle est. Mais mon infirmière m'a suggéré de vérifier certains détails et bon, il manque effectivement quelques-uns de ses effets personnels. Comme ses plaquettes de pilules contraceptives. J'ai aussi appelé Rozella, notre femme de ménage. Elle dit que Claire lui a donné sa semaine de congé. (Je baisse les yeux.) Peut-être que ma femme a simplement décidé de me plaquer pour de bon.

– C'est ce que je crois aussi.

Je relève la tête.

– J'ai déjà contacté les hôpitaux, poursuit Cameron, la police de la route et le shérif du comté. Personne n'a signalé d'accident, ni quoi que ce soit d'inhabituel. C'est bon signe. Claire doit se reposer quelque part. Probablement pour t'en faire baver. Tu vas me donner ses numéros de cartes de crédit et on va faire une recherche. J'ai l'expérience de ce genre de choses, tu vas voir qu'on va la retrouver au motel du coin.

Je les lui fournis, le visage fermé.

Cameron se lève et rince nos tasses à café. Je n'ai pas touché au mien, qui est complètement froid.

– Une femme qui vous plaque ça fait toujours mal, dit Cameron pour rompre le silence. Quand Julia est partie avec les enfants, j'ai cru devenir fou. Mais il ne faut pas que cela te détourne du vrai problème.

– Parce que pour toi, ce n'est pas le vrai problème ?

– Non. Le vrai problème, ce sont les photos sur ce téléphone.

Il me regarde avec douceur.

– J'aimerais les voir, Paul. Maintenant, tu veux bien ?

Je m'exécute. Il prend le combiné dans ses mains, l'examine

sous toutes les coutures puis fait défiler les images une à une, les sourcils froncés.

– Le gamin s'appelle Sean, finit-il par dire. Sean Raymond-Rodriguez. Il a disparu au début du mois. Le 3, si je me souviens.

– J'ai lu les articles sur Internet.

– Le FBI de Miami a lancé un avis de recherche. Cette photo est la même que celle affichée sur leur site et dans les journaux. N'importe qui a pu la transférer sur cet appareil. (Il tapote le cadran.) La seconde, en revanche, celle de la partouze, je te parie cent dollars que notre gaillard l'a prise juste avant que je le cueille sur la plage. Il venait d'une soirée dans ces villas du bord de mer, ça devait se passer là-bas. Quant à la troisième, c'est effectivement ton père. (Il lève son visage vers moi.) Tu as une explication ?

– George est tombé pour trafic de drogue quand on était gosses. Peut-être qu'il deale à nouveau.

– Il est trop vieux pour ces conneries.

– Il a forcément des besoins. S'acheter un écran plat. Inviter au restau les petites mémés de sa maison de retraite. Se taper une pute de luxe, qui sait ? Kosh pourrait être le client de George. Ou son fournisseur. Ou la pute en question.

– Tu n'as guère d'estime pour ton père.

– C'est un connard fini.

– Il a sans doute des excuses.

– Ouais, eh bien je ne souhaite pas les connaître. Tout ce que je veux, c'est retrouver ma femme et mon fils. C'est toi le flic, alors tu comptes m'aider, oui ou merde ?

Je peux être odieux quand j'en ai envie. Un parfait connard moi-même.

Cam encaisse sans broncher.

– Tu permets que je le conserve ? dit-il en fourrant le téléphone dans sa poche. Je vais demander à un technicien de le passer au crible pour voir ce qu'on peut en tirer.

J'acquiesce en silence, honteux de mon attitude.

– Tu es sûr que tu n'as rien d'autre à me dire ? Si je dois me mouiller pour toi, retrouver ta famille et enquêter sur Kosh, je ne veux pas avoir de surprise.

– Qu'est-ce que ça veut dire ?

– Je suis sur la sellette. Pourquoi tu crois que je porte un uniforme ? Je te rappelle que les inspecteurs de la criminelle sont censés bosser en civil.

C'est vrai. Je n'y avais même pas pensé.

– Tel que tu me vois, poursuit-il, le chef Garner m'a offert une promotion. « Superviseur en chef de la patrouille maritime », ça s'appelle, avec costard, galons et tout le tremblement. (Un rire sans joie s'échappe de ses lèvres.) Autrement dit je suis au placard, avec l'ordre de lâcher la grappe à Kosh. On est en période électorale, tout le monde devient frileux. Si on apprend que je fais des vagues en reprenant une enquête qui ne m'appartient plus, il n'y aura pas de deuxième avertissement. Je serai suspendu et Garner s'arrangera pour me faire virer de la police.

Je hausse les épaules.

– Tu n'auras pas de surprise. Je n'ai rien à cacher.

Il m'observe avec attention.

– D'accord, conclut-il enfin. Tu es mon ami. Je te crois.

Il range les tasses et s'essuie les mains avec un chiffon qui traîne dans la cuisine. Tout est en bordel depuis que Claire n'est plus là.

Il se tourne vers moi, adossé contre le plan de travail, les bras croisés sur ses pectoraux gonflés à bloc.

– OK, soupire-t-il. Tu es prêt à entendre ce que je sais sur Kosh ?

– Je suis tout ouïe.

– Bien. Parce qu'il y a une chose importante que je dois te dire en premier. Ce type n'est pas un être humain : c'est un spectre.

20

– KOSH S'APPELLE en réalité Alan Smith.

Cameron se tient debout face à la fenêtre du salon et contemple mon jardin peu à peu englouti par la nuit. L'éclairage de la piscine des voisins dessine un halo bleu autour de sa silhouette. Il se tourne vers moi, statue sombre auréolée d'un mince liséré de lumière.

– Il est le P.-D.G. de Carnival, dit-il. Une société qui fabrique des décors pour les fêtes foraines, les parcs de loisirs et les chaînes de fast-food. C'est aussi un prestataire de services. Il organise les fêtes costumées chez les stars, des mariages people en déguisements d'Halloween, ce genre de trucs. Le nom complet de la boîte est Carnival of Shadows, le Carnaval des Ombres.

– Original, dis-je.

– Ronflant, ouais. D'après mes recherches, le surnom de Kosh pourrait provenir des lettres abrégées : Carnival of Shadows donne C.O.SH, puis Kosh par déformation. Je te dis ça, c'est sans assurance aucune. Mais le fait est que Carnival emploie des artistes, jongleurs et autres cracheurs de feu, et que tout ce petit monde adore se la péter avec des noms de scène. Il suffit de lire leurs prospectus. Notre homme lui-même se fait appeler Kosh le Magicien.

– Donc Kosh, alias Alan Smith, est une sorte de forain, comme mon père ?

– Plutôt le style nouvelle génération. Les roulottes, les campements minables à la périphérie des villes, très peu pour lui. Il ne se déplace qu'en limousine ou en jet privé. Carnival fait dans le très haut de gamme. Et le mystère. C'est presque une marque de fabrique chez eux.

– Tu as dit que Kosh était un spectre.

Il fait quelques pas dans la pièce, puis s'arrête.

– J'ai fait des recherches à partir de son numéro de Sécurité sociale et de ce qu'on sait sur lui – c'est-à-dire pas grand-chose – et je suis parvenu à retrouver la trace d'un Alan Smith qui pourrait correspondre. D'après les registres de la ville de Tampa, il serait le fils unique d'un couple de junkies, l'un mort d'une overdose, l'autre décédée en prison.

– Ça démarre mal.

– Attends la suite. Le petit Alan a été élevé par les services sociaux. Il s'est tapé le circuit habituel des familles d'accueil avec son lot de problèmes, fugues, bagarres, etc., bref, Cosette et *Les Misérables*, mais rien d'anormal jusqu'ici. Puis il fugue une dernière fois à l'âge de dix ans et disparaît pour de bon. C'est là où ça devient bizarre.

Cameron écarte les mains, comme pour me désigner l'espace entre elles.

– Plus aucune trace de lui, comme s'il avait été absorbé par un trou noir.

– Un trou noir ?

– Je n'ai trouvé aucune inscription à ce nom dans une quelconque école secondaire ni à l'université. Pas de permis de conduire, pas de passeport, pas de casier judiciaire.

– Jusqu'à ce qu'il réapparaisse.

– Seulement l'année dernière. C'est-à-dire – tiens-toi bien –

vingt ans plus tard. Il crée alors Carnival sur le modèle d'une start-up, convainc une poignée d'investisseurs, et boum, sa boîte crève le plafond.

Je le regarde avec de grands yeux.

– Et tu ne sais pas la meilleure ? dit Cameron. On ne connaît toujours rien sur lui. Ce type n'a pas de compte bancaire. Pas d'abonnement téléphonique, pas de logement fixe. Même pas une carte de bibliothèque. Il dort à l'hôtel, sa boîte s'occupe de tout et paye rubis sur l'ongle. Voilà tout ce que j'ai trouvé.

– Ce n'est pas possible.

– Exactement. Soit le nom d'Alan Smith est une fausse identité, soit on a affaire à un fantôme capable de traverser le système comme on traverse les murs, vu qu'il a échappé à tout enregistrement dans une banque de données informatique pendant plus de vingt ans. Et dans les deux cas, inutile de te dire que c'est carrément suspect.

– Ton avis ?

Cameron se promène jusqu'au hall d'entrée, s'empare d'une photo au mur : lui et moi en grande pompe alors qu'il signait mon registre de mariage – il était mon témoin. Il l'examine, songeur, puis la raccroche au mur.

– Je n'ai aucune idée de ce qui se trame, soupire-t-il. Mais je sais qu'il existe des spécialistes capables de te créer une société-écran en deux coups de cuillère à pot, toute prête pour le blanchiment d'argent. Carnival en est peut-être un exemple. Si ça se trouve, Alan Smith est un prête-nom qui recycle l'argent de la drogue. Ou bien il fait du trafic d'armes. C'est peut-être le nouveau grand manitou de la mafia cubaine, qu'est-ce que j'en sais ? En tout cas il y a des rumeurs...

– Telles que ?

– Il faut le laisser tranquille, sinon tes ennuis commencent. Tes supérieurs te convoquent. Des avocats te tombent dessus. Les catastrophes naturelles s'accumulent autour de toi.

– Ou ta famille disparaît.

L'image de Claire et Billy passe devant mes yeux. Je me mords les lèvres.

– Bon sang, qu'est-ce qu'on va faire ? Il m'a agressé l'autre soir et maintenant il menace ma famille. Tu ne peux pas le coincer, ou perquisitionner chez lui ? S'il est mouillé dans un truc louche, tu devrais pouvoir réunir des preuves, non ?

– Non. On doit respecter l'Aguilar Spinetti.

– Le quoi ?

– Oh, un truc idiot : ça s'appelle la loi. On ne peut pas effectuer une perquisition sur la base de simples rumeurs. Si on veut fouiller dans la vie d'Alan Smith, il faut des arguments solides et l'accord d'un juge. Cela dit, on peut tenter de le coincer d'une autre façon.

Il m'adresse un sourire en coin.

– Je vais t'envoyer un enquêteur et un technicien compétents à la clinique. Ils vont récupérer tes vidéos de surveillance, chercher les empreintes du faux employé d'UPS et les rentrer dans le système IAFIS[1]. IAFIS regroupe les empreintes digitales collectées par les différentes forces de l'ordre. Si le faux employé d'UPS est fiché au niveau fédéral, on aura accès à son dossier. S'il existe alors une connexion quelconque avec Alan Smith, ou bien s'il a travaillé pour Carnival, on devrait pouvoir obtenir un mandat.

Le regard de Cameron se perd un instant dans le jardin.

– J'enverrai aussi une équipe ici.

– Chez moi ?

– Histoire de ratisser les indices. On ne sait jamais.

Je hoche la tête en silence.

– Voilà mon avis, reprend Cameron. Tu étais au mauvais endroit au mauvais moment. C'est entièrement ma faute. Tu as répondu au mauvais téléphone, et te voilà embarqué dans cette affaire. Mais je reste convaincu que cela n'a rien à voir avec la disparition de ta femme. En définitive, qu'est-ce qu'on a ? Tu ne

---

1. Integrated Automated Fingerprint Identification System : la plus grande base de données biométriques au monde, gérée par le FBI et contenant des informations confidentielles sur plus de 47 millions de personnes.

sais pas grand-chose sur Kosh, il ne sait rien sur toi. Alors disons simplement que tu as penché ton visage vers l'abîme, mais que l'abîme n'a pas regardé en toi. Tu en es quitte pour un peu de stress en attendant que ta femme se manifeste. D'ici là, laisse-moi faire et tiens-toi à carreau.

De nouveau, je hoche la tête en silence.

Je dois ressembler à l'un de ces petits chiens mécaniques qu'on pose sur la plage arrière d'une voiture.

Cameron sort de la maison et s'arrête une dernière fois sur le perron avant de s'en aller.

– Ta femme et ton fils sont partis aujourd'hui. Si on n'a pas obtenu de leurs nouvelles d'ici demain soir, ça fera vingt-quatre heures. C'est le délai minimum légal dont on a besoin pour déclarer officiellement leur disparition. D'ici là, je te suggère de creuser du côté de ton père. Il est sur ses photos. Il est forcément impliqué d'une façon ou d'une autre. Si ça se trouve, ta famille est planquée chez lui.

J'acquiesce mollement et je referme la porte.

Les poubelles sont pleines. Le vélo de Billy est encore debout contre le mur de l'allée. La semaine dernière, dans un élan d'enthousiasme, j'ai proposé à Claire d'aller faire du vélo tous les trois. La roue de Billy était dégonflée. J'ai voulu réparer ça en vitesse, mettre une rustine. J'ai commencé à m'énerver. Le temps a changé dans l'intervalle et la balade s'est retrouvée annulée par la pluie.

Je monte dans la salle de bains et me passe de l'eau sur la figure. Je m'arrête un instant sur les cheveux qui traînent dans le lavabo. D'habitude, Claire m'engueule parce que je ne suis pas foutu de les nettoyer. Ce soir, ils sont toujours là.

Alors je m'assois sur le rebord de la baignoire, je pose ma tête entre mes mains et je me mets à pleurer.

21

CAMERON a quitté la maison des Becker énervé.

Paul était son meilleur ami. L'unique personne en qui il avait eu confiance durant sa jeunesse. En primaire comme au collège, il s'était montré le plus gentil, le plus simple et le plus intègre des garçons. Pas comme tous ces frimeurs de fils à papa qui dénigraient Cameron sous prétexte qu'il venait d'un milieu modeste.

Leur duo s'était imposé de la façon la plus naturelle qui soit dès les premiers bancs de l'école. Cameron était le costaud de service, Paul l'intello qui manquait d'assurance. Cam avait une grande gueule, des cheveux blonds coupés en brosse et le coup de poing facile. Il bottait le cul des teigneux et remportait à lui seul les matchs de l'équipe de foot. Il était populaire parmi les filles, elles se battaient pour sortir avec lui. Mais c'était de Paul et ses yeux verts qu'elles tombaient amoureuses. Son ami possédait un charme naturel, un air lointain doublé d'une fragilité qui donnait aux femmes l'envie de le protéger et de le prendre dans leurs bras. Sa mère, la regrettée Eleanore Becker, avait l'habitude de dire que son fils était né avec le cœur brisé. Ce n'était qu'une expression, cependant Cameron la trouvait juste. Il avait toujours soupçonné Paul d'être malheureux. Son ami souffrait d'une lacune indéfinissable, comme s'il manquait une pièce du puzzle pour faire de lui une personne complète. Paul en avait conscience, mais il n'avait jamais découvert cet élément mystérieux qui lui faisait défaut, alors il soignait les autres, érigeait des barrières pour se protéger des sentiments trop forts et faisait semblant d'être heureux.

Dès le départ, Cam lui avait voué une admiration sans bornes et offert son amitié totale. À la vie à la mort.

Wolverine et Cyclope contre le reste du monde.

Une saute de vent a couché les buissons devant la maison des Becker et forcé l'inspecteur Cole à revenir sur la Terre. Son sourire nostalgique s'est évanoui et il s'est rappelé pourquoi il se sentait nerveux.

Il a sorti sa boîte de pilules, avalé deux comprimés contre les brûlures d'estomac et remis le boîtier dans sa poche. Ça faisait quelque temps qu'il souffrait de ce genre d'ennuis gastriques. Sans compter les cauchemars qui tronçonnaient ses nuits en morceaux. Son médecin lui avait recommandé d'arrêter de tester toutes ces eaux minérales gazeuses, mais cela n'avait rien à voir.

Le problème de Cameron Cole était que son meilleur ami lui racontait des conneries.

Le premier indice provenait de la porte-fenêtre du séjour des Becker. Elle avait été forcée, Cameron en était sûr. Les traces étaient discrètes mais il était suffisamment pro pour ne pas rater ce genre de détail.

Ensuite, il y avait la subtile odeur de javel qui flottait dans le couloir. Si la femme de ménage – Rozella – avait pris sa semaine de congé, qui pouvait utiliser de la javel concentrée au lieu d'un nettoyant ordinaire à l'odeur agréable pour astiquer un couloir ? Et pour faire disparaître quoi ?

Enfin, il y avait cette petite tache oubliée sur le cadre qu'il avait examiné. Cameron n'avait pas eu le temps de s'attarder dessus, mais sa couleur était écarlate. Et sa fraîcheur des plus récentes.

Au lieu de rentrer chez lui, il a rajusté sa tenue, traversé la rue et sonné à la maison d'en face. Une blonde opulente lui a ouvert la porte.

– Bonjour, madame… (il s'est penché pour lire son nom sur la sonnette)... Lebowitz.

– Sheila.

– Et moi Cameron Cole, inspecteur de la police de Naples. Auriez-vous l'amabilité de m'accorder quelques instants, Sheila ?

La blonde a croisé ses bras, s'attardant ouvertement sur le torse bombé de son interlocuteur.

– Bien sûr. Qui ne rêverait pas de prêter main-forte aux forces de l'ordre ?

Cameron a sorti son carnet de notes.

– Je mène une enquête de routine. Vous connaissez vos voisins, les Becker ?

– Évidemment. Claire est mon amie. Nous travaillons dans le même club de gym. Nos enfants vont ensemble à l'école.

– Bien. Et vous n'auriez pas remarqué quelque chose d'inhabituel chez eux récemment ? Des cris, une dispute, n'importe quoi ?

22

LA MATINÉE de ce vendredi est superbe. Après la nuit d'angoisse que je viens de passer à tourner et retourner dans mon lit, un soleil aussi joyeux me paraît presque insolent.

Je remue ma cuillère en plastique dans mon café. Je suis installé à la terrasse du fast-food voisin de la *Walk-In Clinic*. Je viens souvent ici avec Billy. Il s'amuse dans l'aire de jeux, parcourt les couloirs en mousse et peut descendre le toboggan en colimaçon vingt fois de suite sans se lasser. Il met moins de cinq minutes à se faire des amis, au contraire des parents solitaires qui tournent leur café en silence, comme moi.

Je ne sais pas si vous l'avez remarqué, mais l'aire de jeux d'un fast-food est un lieu de rencontre pour les parents divorcés. Leur visage affiche souvent un air résigné du genre « C'est mon tour d'avoir les gosses, il faut bien les occuper à quelque chose. » On s'échange signes de tête et sourires compatissants. On sait ce que c'est. Maintenir l'équilibre entre son travail, sa vie de couple et ses enfants est comme ce numéro d'artiste où l'on s'entraîne à faire tourner des assiettes sur des bâtons : on se doute bien que ça va se casser la figure, mais on réessaye sans cesse, le cœur plein d'espoir.

– L'un de vos patients est mort ?

Connie Lombardo dépose son plateau sur ma table et s'assoit en face de moi.

– Je dis ça à cause de l'expression de votre visage, fait-elle en aspirant son Coca Light à la paille. Parce que si quelqu'un est mort, je comprends que vous fassiez cette tête d'enterrement.

– Je ne fais pas la tête.

– Ah non ? C'est une crispation naturelle, alors ?

Durant un instant, j'ai envie de lui montrer mon gobelet de café sur lequel la publicité imprimée proclame : TOUT LE MONDE DEVRAIT AVOIR LE DROIT DE BOIRE SON CAFÉ TRANQUILLE.

– Qu'est-ce que vous faites là, Connie ?

– Je prends mon repas.

– À ma table ?

– Et pourquoi pas ? Je vous fais remarquer que la clinique se trouve à moins de vingt mètres. Je suis censée déjeuner où, à Miami ? Maintenant si je vous dérange, dit-elle en faisant mine de retirer son plateau, je vous en prie, dites-le carrément.

– C'est bon, restez. Vous ne me dérangez pas.

– Je préfère les gens aimables, dit-elle.

– Merci.

– De rien. Je ne pensais pas à vous.

Je malaxe les muscles de mon visage et lâche un soupir de résignation.

– OK, stop. On enterre la hache de guerre et on reprend tout de zéro. Je vous présente mes excuses. Bonjour, Connie.

Son visage s'éclaire et elle se rassoit.

– Voilà qui est mieux. Bonjour, boss ! Vous voulez goûter un minidonut à la crème ? fait-elle en me tendant son assiette. C'est la nouveauté de la semaine. Irrésistible.

Je secoue la tête. Mais c'est vrai que son machin a l'air bon.

– Comment s'est passée votre nuit de garde ?

– Pas grand monde. Je suis rentrée tôt ce matin, j'ai dormi un peu, lavé quelques affaires, rangé mon appartement et je suis allée courir sur la plage.

Je hausse un sourcil, impressionné.

– Euh... oui, reconnaît-elle, penaude. Je me suis mise à faire du sport. Vous m'avez fait comprendre que je m'y prenais comme un manche avec mes régimes, alors je me suis dit qu'en courant un peu j'aurais l'air moins grosse et...

Je l'interromps d'un geste.

– J'étais juste impressionné par votre organisation. Et vous n'êtes pas grosse, Connie. Pas du tout. Vous le savez très bien.

Elle marque un temps, les joues légèrement plus roses qu'à l'accoutumée, puis fronce les sourcils.

– Vous dites ça pour me flatter et me faire bosser deux fois plus ?

– Euh...

– Eh bien détrompez-vous ! Si vous voulez que je continue à ce rythme, il faudra payer mes heures supplémentaires !

– Vous voilà bien remontée.

– Contre les hommes, oui. Vous nous manipulez sans cesse, c'est quasiment une seconde nature chez vous.

– Vous ne croyez pas au mariage, alors ? dis-je pour détourner la conversation en vitesse.

– Vous rigolez ? Je n'épouserais pas Jésus lui-même s'il était intéressé.

Son visage s'assombrit. J'attends patiemment qu'elle vide son sac.

– Mon divorce date d'il y a un an, dit-elle. J'habitais New York avec mon ex-mari. Il était dentiste.

– Laissez-moi deviner : menteur comme un arracheur de dents.

– Il se tapait toutes ses patientes. Il disait qu'il jouait au squash, il rentrait tard et prenait sa douche avant de me rejoindre en croyant que je ne me doutais de rien. Mais le parfum de ses cols de chemise changeait chaque semaine. (Elle secoue lentement la tête.) Quand j'ai demandé le divorce, il est tombé des nues. Il m'a suppliée, il pleurait, il voulait se suicider parce qu'il ne pouvait pas vivre sans moi. Deux jours plus tard, il emménageait chez un mannequin.

– C'est une chienne de vie.

– Plutôt une chienne de vingt ans. Taille 36, lèvres refaites, lolos comme des ballons de foot. Comment lutter contre ça ?

On sirote nos boissons respectives. Les enfants s'amusent dans les jeux, couvrant de leurs cris nos pensées moroses. Puis je demande :

– Pourquoi être venue habiter en Floride ?

– Le besoin d'oxygène, répond-elle, sur un ton un peu radouci.

Elle sourit et ses dents blanches éclairent son visage comme une rangée de perles.

– Je suis comme les plantes : pour survivre, il me suffit d'un peu d'eau et de soleil. Naples est un endroit à part. Ce matin, je me suis baignée à la plage, il y avait une famille de dauphins : le père, la mère et leur bébé qui nageaient sans crainte au milieu des gens. C'était une sensation extraordinaire. Le contact avec les animaux apaise le stress, vous le saviez ?

– Non.

– Vous devriez essayer.

– J'y songerai.

Un silence.

– Vous ne décompressez jamais, n'est-ce pas, Paul ?

– Rassurez-vous, j'ai prévu de m'inscrire au yoga.

– Vous avez des amis à qui parler ?

– Bien sûr. Le poisson rouge de mon fils. Il s'appelle Nemo-Kiwi.

– Moi j'en ai plein. Vous voulez les voir ?

Elle arbore un sourire énigmatique.

Je l'observe, intrigué.

– D'accord, réponds-je finalement. Pourquoi pas ?

Elle sort un petit ordinateur portable de son sac, le pose sur la table et l'allume.

– Qu'est-ce que c'est ?

– Ma famille de poche. Avec ça, je reste en contact avec mes amis de New York et d'ailleurs, partout dans le monde.

– Vous parlez d'échanger des courriers électroniques ?

– Mieux que ça.

Elle clique sur une icône en forme de petit bonhomme bleu. Le bonhomme se met à tourner sur lui-même. Une fenêtre s'ouvre et une foule de pseudos fantaisistes apparaissent. Je me penche pour les lire : *Nico, Aloha, Mag, Inka, Fredo, Phig, Fab, Stfoch, Bria, Greeny, Holden...*

– Il s'agit d'une messagerie instantanée, m'explique-t-elle. L'orthographe laisse à désirer, mais c'est comme ça sur le web, on écrit en phonétique. Et puis ce salon virtuel est un endroit privé. Accès strictement réservé aux copines et à une poignée d'amis. On se parle en temps réel et on se voit en direct, si on le souhaite, grâce à cette caméra (elle désigne un petit carré noir incorporé au cadre de son ordinateur). Il suffit que l'un d'entre nous se connecte pour que tous les autres soient automatiquement avertis de sa présence. On papote, on se raconte notre journée, on se soutient.

– Et vous faites ça souvent ?

– La plupart d'entre nous laissent leur ordinateur allumé en permanence. Ils modifient simplement leur état de connexion en précisant s'ils sont au travail, à l'école, chez eux, au restau...

– C'est carrément envahissant, votre truc.

Elle éclate de rire.

– Une véritable drogue, vous voulez dire ! Mais personne n'y échappe. Regardez autour de vous. (Elle englobe d'un geste les occupants de la salle, dont beaucoup sont effectivement vissés à leur téléphone.) SMS, chats, blogs, forums, les communautés *on line* explosent de partout. Où que vous alliez, votre famille virtuelle vous accompagne. Et cela s'explique : il n'y a rien de pire que la solitude, pas vrai ?

– Qui sont ces gens ? dis-je en pointant les pseudos sur son écran.

– Des amis, étudiants, femmes au foyer, infirmières, pas mal d'enfants et d'ados.

– Qu'est-ce que vous voulez dire ?

– À New York, je ne travaillais pas qu'à l'hôpital. J'assurais aussi une permanence au Centre national des enfants disparus et victimes de maltraitances.

– Le fameux NCMEC[1] ?

– Oui. Je reste en contact avec beaucoup de ces gamins. Ce sont mes petits protégés. (Elle s'absorbe dans la contemplation des miettes de donuts sur la table.) Je ne peux pas avoir d'enfant moi-même, à moins d'avoir recours à la fécondation in vitro, et, comme vous le savez, ce genre de technique médicale coûte les yeux de la tête. Mon mari était trop pressé de claquer son fric avec ses différentes maîtresses, il n'a jamais voulu « investir » là-dedans. Alors ces gosses, c'est toute ma vie.

Un silence gêné s'installe entre nous.

Je n'imaginais pas que mon infirmière avait traversé autant d'épreuves. Je maudis mon égoïsme et mon manque de curiosité.

– Connie...

– Ouais ?

– Il y a quelque chose que je dois faire.

– Oh, pardon, dit-elle en refermant son ordinateur. Je parle, je parle, et je monopolise votre temps. On se revoit à la clinique, salut, boss !

– Attendez une seconde...

Je prends mon courage à deux mains.

– Je dois rendre visite à mon père. Il s'appelle George Dent.

1. NCMEC : National Center for Missing and Exploited Children.

On s'est pas vus depuis un siècle. Je me sens nerveux, et... j'aimerais que vous m'accompagniez.

– Chez votre père ?

– Oui.

J'étudie son expression.

– Je suis ridicule, hein ?

– Où est-ce qu'il habite ?

– Dans un endroit perdu. C'est à une heure de route. Mais je vous préviens, mon père n'a plus toute sa tête. Il est devenu vieux et, je dois dire, un peu effrayant.

– J'adore les films d'horreur.

– Vous risquez d'être surprise.

– Vous piquez ma curiosité, là.

– C'est vrai ? J'aimerais vraiment que vous veniez. Si vous acceptez, je vous raconterai une histoire en chemin, une découverte que j'ai faite à propos de mon père. (Je lui adresse un clin d'œil.) Je ne l'ai jamais racontée à personne. Dans le genre film d'horreur, ça devrait vous plaire. Alors, ça vous tente ?

23

SEAN OBSERVE son nouveau lieu de détention. Sa « cellule ».

L'expression lui paraît appropriée pour désigner la pièce dans laquelle il se trouve : quatre murs de béton rongés par la moisissure, un lit en fer doté d'un matelas couvert de taches, et un tapis qui semble avoir contracté la lèpre. Un bol d'eau *Les Simpsons* gît dans un angle de la pièce. L'atmosphère est chaude, chargée de relents de vomi. Sean met un certain temps à comprendre qu'il s'agit du sien.

Il s'assoit au bord du lit, nauséeux et trempé de sueur, notant au passage qu'il porte à nouveau ses vêtements.

C'est déjà ça, songe-t-il en s'essuyant la bouche sur la manche de son sweat. En revanche, il n'a pas récupéré ses chaussures. Ses vieilles Converse le maintenaient bien au niveau des chevilles, elles auraient été utiles pour courir – enfin, en admettant qu'il ait la moindre chance de quitter cet endroit.

Une lucarne étroite située près du plafond laisse filtrer un peu de lumière. Sean observe une scolopendre qui emprunte ce passage et descend tranquillement le long du mur. Il relève aussitôt ses pieds nus.

Il se souvient de tout.

Son enlèvement dans le centre commercial. La forêt artificielle dans la cabine du bateau. Grassouillet lui faisant des avances. Puis Grassouillet empalé sur une branche d'arbre.

Et Kosh le Magicien.

Sean est loin d'être une couille molle. Il a beau n'avoir que dix ans, ça fait longtemps qu'il habite Little Havana, l'un des quartiers les plus chauds de Miami. Il a déjà bu de la bière, fumé des pétards et mis son doigt dans la chatte de Tori Saunders. Il a même essayé un flingue, une fois, pour tirer sur des boîtes de conserve. Il ne connaît pas vraiment le monde des adultes mais il a déjà pu observer une large palette de ce qu'on appelle « les émotions humaines ». Et une chose est sûre : celles de Kosh n'en font pas partie.

Il se roule en boule dans la pénombre.

Le psychopathe ne l'a pas tué dans la cabine du bateau comme il s'y attendait en premier, il s'est contenté de l'étrangler pour le forcer à avaler un cacheton. Tout sourire. Après quoi, nouveau trou noir, puis Sean s'est réveillé ici.

À quand les prochaines réjouissances ?

Sean fait son possible pour ne pas pleurer et décide à la place de se concentrer sur sa colère.

Ça fait plusieurs fois qu'on lui administre ces foutus comprimés. Au début, c'était un type au visage écarlate qui s'en chargeait, une espèce de porc appelé Jordi, avec des croûtes sur la peau et un ventilateur de poche qu'il agitait sans cesse. Sean détestait le voir débarquer. D'un autre côté, les cachets lui faisaient du bien et lui évitaient l'angoisse, ce nœud de couleuvres grouillantes qui se promène à présent au creux de son estomac.

Sean patiente un long moment, les poings serrés jusqu'à se faire blanchir les phalanges, pendant que ses yeux humides s'habituent à la pénombre. Un rectangle, de l'autre côté de la pièce, finit par attirer son attention. Il l'observe mieux : il le prenait pour une simple irrégularité dans le mur, mais non, il s'agit bien d'une porte.

Il se redresse.

Elle doit être verrouillée, c'est sûr. Qui serait assez crétin pour laisser la porte de sa cellule ouverte ? À moins que... il s'agisse d'une manœuvre volontaire.

Il se souvient de ce film, en DVD. Une vidéo pirate qu'il a visionnée chez des potes. Des gens y étaient enlevés par un psychopathe et se retrouvaient dans des pièces similaires, livrés à des pièges qu'ils déclenchaient en ouvrant une porte ou en activant un mécanisme. Le résultat donnait un film génial plein d'hémoglobine, d'yeux crevés et de têtes qui explosent.

Sauf qu'à présent, Sean ne trouve plus ça génial du tout.

Tant pis. Tout, sauf continuer à crever de trouille.

Sean pose ses pieds sur le sol et ses orteils s'enfoncent dans le tapis humide. Un frisson désagréable lui parcourt la nuque lorsqu'il réalise qu'il ne voit même pas où il marche.

– Vas-y, s'encourage-t-il à voix haute. Les scolopendres, on s'en tape.

Il fait un pas, puis un autre. Les contours de la porte se rapprochent. Son pied effleure soudain quelque chose. Sean s'immobilise. Le truc file entre ses orteils – un cri –, Sean fait un bond qui le catapulte devant le panneau de bois.

– Putain de merde, fait-il en s'essuyant le front.

Il s'appuie contre le bois. Retient son souffle. Et tourne la poignée sans y croire. Il n'y a aucun miracle à attendre, encore une fois, pourquoi cette porte serait-elle ouverte ?

Pourtant, c'est le cas.

Ça fait un certain temps que Sean parcourt le réseau de caves sans trouver d'issue. Les couloirs puent le rance. Il a croisé d'autres portes en bois, certaines verrouillées, d'autres non. Il a visité des pièces vides ou dotées d'un mobilier minimal identique au sien, mais n'a croisé personne.

Sean n'ose pas appeler à l'aide, alors il essaye de distraire ses pensées. L'endroit lui fait un peu penser au Donjon du Bourreau, une attraction ringarde du côté d'Orlando. Sa mère et lui étaient censés visiter Disneyworld mais devant le prix annoncé par la caissière, elle avait écarquillé les yeux et s'était enfuie en bredouillant une vague histoire de porte-monnaie perdu. Sean avait alors compris qu'il ne serait jamais un garçon comme les autres, et que les vrais parcs d'attractions n'étaient pas dans leurs moyens. Sa mère avait eu beau le couvrir de gentillesses et d'attentions, il avait fait la gueule toute la journée dans le Donjon du Bourreau, avec son décor en carton-pâte, ses araignées en plastique, les fils qui vous caressent les cheveux dans le noir et l'inévitable débile déguisé en squelette qui vous guette au tournant pour vous bondir dessus.

Pour une raison quelconque, Sean y repensait avec nostalgie.

Il continue maintenant de progresser dans le couloir sous des ampoules nues reliées par un fil qui tremblote dans les courants d'air. Soudain ses narines se dilatent, tandis qu'une odeur de végétation lui parvient d'une nouvelle enfilade de pièces. Un bizarre mélange d'air chaud et de fragrances qui lui rappellent une visite au zoo.

Il presse le pas. La température s'élève et la lumière augmente Les battements de son cœur s'accélèrent. Crissement régulier d'un insecte. Cris d'oiseaux. Un ultime détour et Sean est à l'air libre.

– Ouais ! s'exclame-t-il, dansant presque.

Il vient de déboucher sur un quai rudimentaire en vieilles planches de bois, face à une forêt touffue. La lumière du jour perce les entrelacs du feuillage en formant des milliers d'épingles lumineuses. Sean fait quelques pas mais s'arrête aussitôt, forcé de constater que le ponton s'achève dans l'eau.

– Hé, c'est par où la sortie ?

Un peu plus loin s'empilent des sacs en plastique, longs et

noirs, à demi immergés. Un clapotis... et l'un des sacs se met à sinuer dans sa direction.

Un filet de sueur se forme entre les omoplates de Sean.

Il vient de repérer un œil jaune, puis une tripotée d'autres. Et aussi des dents, des queues et des écailles. En fait, ce ne sont pas des sacs. Plutôt une douzaine d'alligators, qui somnolent les uns contre les autres dans les eaux boueuses.

Sean bat en retraite sur les marches d'un escalier.

Voilà pourquoi sa cellule était ouverte : il est au milieu de marais, il n'a aucune chance de s'enfuir. Il lève les yeux pour contempler l'endroit. Une exclamation s'échappe de ses lèvres.

Les caves d'où il est sorti constituent le socle d'une bâtisse de trois étages, une sorte de manoir à moitié en ruine, planté dans une clairière au milieu des marécages et entourée de cyprès monumentaux dont les racines s'enfoncent dans les eaux noires.

– Bon sang, on est où, chez Dracula ?

– Ça te plaît ?

Le cœur de Sean manque de s'arrêter.

Il se retourne.

Blêmit.

– Eh bien, dit Kosh en souriant, on dirait que tu as vu un fantôme. Je disais : « Ma demeure, elle te plaît ? »

– Co... Comment vous avez fait ça ?

– Quoi ?

– Surgir de nulle part.

Le sourire s'élargit.

– Mon petit Sean, je suis magicien, tu te rappelles ? Tu ne t'attends quand même pas à ce qu'un magicien te révèle ses secrets ?

Kosh saisit Sean par le bras et l'entraîne vers la cave.

– Je voulais que tu te rendes compte qu'il n'y a aucune échappatoire, fait-il en le propulsant. C'est pour ça que j'ai laissé ta porte ouverte. Je voulais que tu contemples de tes yeux le genre de créatures qui t'attendent au-dehors. Maintenant que tu as vu, tu ne tenteras rien d'idiot. Comme d'essayer de t'enfuir, par exemple.

– Qu'est-ce que vous attendez de moi ? parvient à articuler Sean.

– Oh, pas grand-chose, dit Kosh en l'envoyant valdinguer dans sa cellule.

Il ressort, claque la porte et tire le verrou derrière lui.

– J'attends de te vendre, tout simplement.

24

CONNIE ET MOI roulons depuis dix minutes à peine, et j'ai l'impression qu'on vient de quitter la face éclairée de la Terre pour passer du côté sombre. Le soleil de la côte s'est brusquement éteint à la sortie de Naples comme s'il avait heurté une frontière infranchissable.

– Vous avez vu ça ? dit Connie en désignant le plafond de nuages noirs.

– Oui. Le beau temps ne concerne que le bord de mer.

– Ah. Voilà pourquoi on paye autant d'impôts locaux.

Je traverse Collier Boulevard et la route passe de trois voies à une seule. Les palmiers, les pins des marais et la vigne sauvage remplacent les dernières maisons. Trois kilomètres plus loin, il n'y a plus aucune trace de vie humaine. À un quart d'heure du centre-ville, on pénètre dans une région marécageuse qui n'a rien à envier à l'époque préhistorique.

– Où est-ce qu'on va ? demande Connie.

– Everglades City. Vous connaissez ?

– Non.

– C'est à une heure de voiture. Vous allez voir, on dirait qu'on remonte le cours du temps. L'US 41 est une vieille route nationale. Lorsqu'elle était la seule à relier cette côte à l'autre, elle s'appelait le Tamiami Trail. Dans les années trente, les forces de l'ordre comportaient en tout et pour tout deux shérifs qui roulaient sur des Harley Davidson et la parcouraient au milieu des moustiques. Mais depuis l'achèvement de l'autoroute 75 tout le monde la délaisse. Il n'y a guère que les Indiens Séminoles et les touristes égarés pour l'emprunter à la morte-saison.

J'observe un cercle de vautours qui tournent dans le ciel. Des nids de cigognes chapeautent de vieux poteaux électriques en bois. Le soleil fait un passage furtif et transforme un instant la route en chemin argenté scindant l'immensité verte.

– Joli coin, commente Connie.

– Si vous aimez les alligators.

Une chaleur agréable règne dans la voiture et j'arrive presque à me détendre. J'aime prendre la route, c'est toujours le début d'un voyage. Je monte la radio où Texas vient d'attaquer *I don't want a lover, I just need a friend* et j'accélère un brin.

Connie a découvert ses jambes et posé ses pieds nus sur le tableau de bord pour se faire les ongles.

– Qu'est-ce que vous reluquez ? dit-elle.

– Rien.

– Ça vous gêne que je me fasse les ongles ?

– Non. C'est juste que ma femme avait l'habitude de faire ce genre de trucs. On adorait rouler avec Billy. On entassait des sandwiches dans une glacière, on jouait à compter les voitures d'une certaine couleur, et...

Je réalise soudain que je viens d'employer l'imparfait. Ma voix devient rauque.

Connie pose une main sur mon avant-bras.

– Vous allez les revoir, Paul. Si ça se trouve, ils vous attendent chez votre père.

Je me rencogne dans mon siège.

– Ça, ça m'étonnerait. Ils ne l'ont jamais rencontré. Et ne s'en portent pas plus mal. Attendez de le voir, vous comprendrez pourquoi il n'est pas question de le laisser approcher ma famille.

Les kilomètres défilent. Connie remballe son attirail et termine par un coup de rouge à lèvres.

– Pourquoi faites-vous ça ? je demande.

– Ça quoi ?

Je désigne son maquillage.

Elle hausse les épaules.

– Je vais voir votre père. Je n'ai pas envie qu'il me prenne pour une plouc sans éducation.

– C'est un plouc lui-même. Tel que je le connais, il est capable de vous draguer.

– Tout le contraire de son fils, alors.

Elle range son rouge à lèvres.

Je lui jette un regard en coin.

– Oh, ça va, fait-elle en levant les yeux au ciel. Je voulais simplement dire que ce ne sont pas les compliments qui vous étouffent.

– Les compliments ? Mais vous êtes mon infirmière !

– Et alors ? Ça vous ferait mal de dire un mot gentil de temps à autre ? Qui est dans votre voiture, à perdre sa journée pour vous accompagner je ne sais où ?

J'hésite sur la réponse puis grommelle un « merci » à peine audible.

Elle coince une mèche de cheveux derrière son oreille et sourit.

– Bien. Parlez-moi de votre père, à présent.

La demi-heure suivante est consacrée à brosser le tableau de George Dent. Je n'épargne rien. Son passé de père absent, sa carrière de vétérinaire avortée pour suivre une caravane de cirque, son caractère impossible. Les mensonges. L'alcool. La drogue. La prison où il a refusé chacune de mes demandes de visite. Nos disputes incessantes lors de son retour à la vie civile et, pour finir, notre déménagement, à ma mère et moi, et notre rupture totale de communication.

– Il a dû souffrir, dit Connie à la fin.

– Vous rigolez ! Et moi ?

– Vous étiez un petit garçon.

– Et alors ?

– Vous êtes un adulte à présent. Vous n'êtes pas forcé de lui pardonner, mais vous pourriez peut-être essayer de le comprendre.

Rictus sinistre de ma part.

– Ben voyons. (Je fais mine de changer de sujet.) Au fait, Connie, je vous avais promis une histoire horrible. Vous savez : celle que je n'ai jamais racontée à personne.

Je fourre une main dans la poche de ma veste et en exhume une vieille coupure de presse.

– La voilà.

– Qu'est-ce que c'est ?

– Un article du *Tampa Tribune.* La date remonte au mois d'octobre 1971.

Connie lit le titre à voix haute :

– « Un enfant écrasé par un camion ».

– Ça parle d'un fait divers. Un type a reculé au volant d'un camion alors qu'un petit garçon jouait derrière. Il ne l'aurait pas vu, ni entendu crier, et le garçonnet a été réduit en bouillie. Un joli tas de pulpe sanglante d'après l'article. Mais si vous lisez bien le dernier paragraphe, certains indices de l'enquête laissent à penser que le conducteur l'aurait fait exprès.

– D'écraser volontairement ce garçon ?

– La cabine du véhicule sentait la marijuana. Le gars l'aurait écrabouillé alors qu'il était complètement défoncé. Comme ça. Pour voir.

– Seigneur. Qu'est devenu le coupable ?

– Il s'est enfui. On n'a jamais pu l'identifier.

Connie hoche lentement la tête.

– Assez horrible, en effet. Mais vous venez de dire que vous n'aviez jamais raconté ça à personne alors que ce fait divers est relaté dans un journal.

Je lui reprends le papier et le remets dans ma poche.

– Cette coupure de presse date du 26 octobre 1971. Il se trouve que mon père a été arrêté pour trafic de drogue le lendemain, à Miami.

Connie médite mes paroles.

– Miami et Tampa sont assez éloignées, dit-elle prudemment. En quoi ces deux affaires auraient-elles le moindre rapport ?

– Officiellement ? Strictement aucun. Mon père est tombé pour possession de marijuana. Comme il était vétérinaire dans un cirque, il se servait selon lui de la drogue pour calmer les douleurs des animaux. Mais l'enquête a prouvé qu'il en revendait. Et qu'il en consommait lui-même.

– En quelle quantité ?

– Deux cents grammes au moment où on l'a appréhendé.

– Ce n'est pas beaucoup.

– Il a pris six ans au pénitencier de Raiford.

– Ça, c'est beaucoup. Je n'y connais rien, mais pour une telle quantité dans les années soixante-dix, ce n'est pas un peu excessif ?

Je souris.

– L'histoire n'est pas terminée.

Connie se tait, attentive.

– Ma mère est décédée d'un cancer l'année dernière. Elle est morte dans une petite clinique de Long Beach, en Californie. Au cours de ses derniers instants, elle a demandé à me voir. Je me suis approché de son lit, elle s'est emparée de ma main et l'a serrée très fort. Elle m'a regardé intensément sans rien dire. C'était très impressionnant. Je ne sais pas si elle voulait me faire passer un message ou bien si elle était tellement abrutie par la morphine qu'elle ne savait plus ce qu'elle faisait. Elle m'a toujours caché des choses à propos de mon père afin de me préserver, je le sais, et je m'attendais plus ou moins à des révélations. Mais elle n'en a fait aucune. En revanche, lorsque sa main a lâché la mienne, je tenais un petit papier plié en quatre dans ma paume.

Je marque une pause.

– C'est l'article que je viens de vous montrer. Je viens seulement de découvrir son existence. Ma mère l'a soigneusement conservé pendant plus de trente ans.

Mes yeux se perdent au loin sur la route.

– Alors, de vous à moi, Connie, vous pensez toujours que ces deux événements n'ont aucun rapport ? Ou bien George Dent a été arrêté pour une autre raison ? Une raison qu'on a préféré me cacher, comme par exemple, qu'il était un infâme tueur de gosse ?

25

L'EMBRANCHEMENT pour Everglades City est tellement discret que j'ai failli le rater. Le panneau de signalisation était caché derrière une station-service.

On s'arrête pour faire le plein. Connie observe avec de grands yeux la vieille pompe à essence en forme d'obus dont les chiffres défilent sur une série de rouleaux mécaniques protégés par une vitre.

– C'est une antiquité.

– Je vous avais dit qu'on remontait le temps.

On quitte l'US 41 pour emprunter une route étroite et creusée de nids-de-poule. J'ouvre les vitres et l'atmosphère des marécages nous tombe dessus telle une serviette humide. Une vieille Dodge passe en sens inverse, trente kilomètres-heure maximum, le toit encombré de matériel de pêche. Le conducteur et son passager nous dévisagent, deux petits vieux édentés avec des têtes à faire peur. Je leur adresse un hochement de tête poli. Ne jamais vexer les autochtones.

– Vous avez vu *Délivrance* ? demande Connie.

– Non. Pourquoi ?

– Pour rien. Je disais ça comme ça.

On traverse un pont et on arrive en ville. Les maisons, majoritairement en bois, semblent avoir été semées au petit bonheur entre les allées sinueuses. L'état des logements varie du simple pavillon à la cabane en planches. Moustiquaires aux fenêtres, nains en plâtre dans les jardins. Le centre-ville comporte une poignée de magasins aux rideaux baissés. Quelques panneaux publicitaires défraîchis proposent de se diriger vers divers pontons où l'on peut embarquer à bord d'un *airboat* pour une courte promenade dans les Everglades, voire d'acheter un accessoire aussi indispensable qu'une dent d'alligator en résine ou une collection d'insectes caoutchouteux *made in Taiwan.*

– C'est plutôt calme, observe Connie.

Effectivement, les rues de la ville sont à peu près aussi animées qu'après l'explosion d'une bombe nucléaire.

– Pourquoi toutes ces maisons sur pilotis ?

– C'est imposé par les assurances. Les crues sont fréquentes.

– Mais certains ont construit au ras du sol.

– Ceux-là s'en fichent. Les primes d'assurances sont tellement chères qu'ils préfèrent ne pas être assurés.

– Et en cas de montée des eaux ?

– Ils grimpent sur le toit.

– Pendant que les alligators se baladent dans les rues ?

– Les alligators pénètrent en ville de toute façon. Un habitant ne laisse jamais un gamin jouer seul dans son jardin, même protégé par une clôture. Du moins, c'est ce qu'on m'a raconté.

On passe devant une petite église en bardeaux blancs. Trois croix sont plantées dans la pelouse, façon gibet, avec des corbeaux perchés dessus.

Je fais le tour d'un énième rond-point en cherchant mon chemin. L'adresse de mon père figure au dos d'une vieille carte postale qu'il m'a envoyée pour mon mariage. *« Si tu comptes m'inviter à tes noces, voici où adresser ton courrier. »* Son dernier effort de communication.

Je ne l'ai pas invité, ni cette fois-là, ni pour la naissance de mon fils. Mais j'ai conservé la carte.

Je m'engage sur une voie en terre. Des chênes aux troncs noueux s'élèvent de part et d'autre, recouverts de mousse espagnole, cette variété aux longs filaments qui pendent sous les branches. En quelques minutes le changement est saisissant : la voûte végétale se referme sur nous, le ciel s'obscurcit et une puissante odeur de feuilles mortes envahit l'atmosphère, comme si l'automne débarquait avec une saison d'avance. Le chemin conduit à une clairière où s'entassent une demi-douzaine de pavillons miteux sur pilotis, regroupés autour d'une baraque pompeusement appelée *Résidence des Bois Noirs*.

– « Foyer médicalisé, deux étoiles », parviens-je à déchiffrer sur la pancarte. « Loyer à la semaine. TV câblée. Chaînes X payantes ».

– Ah, les joies de la retraite, soupire Connie.

Je me gare près d'une vieille remorque à bateau. Une pluie fine s'est mise à tomber. Je claque la portière. Le bruit chasse une nuée de corbeaux qui s'éparpillent entre les branches.

– Vous préférez m'attendre ? dis-je.

– Vous plaisantez. Pour une fois qu'on m'invite dans un endroit prestigieux.

Une ampoule nue tremblote au-dessus de l'entrée. Je toque. Pas de réponse. Je repousse la porte et une odeur rance – mélange de médicaments, d'urine et de produits de nettoyage – m'agresse l'arrière-gorge.

Deux étoiles mon cul.

– Il y a quelqu'un ?

Des fauteuils élimés sont répartis autour de quelques tables basses supportant de petites lampes à l'éclairage glauque. Des rouleaux de papier tue-mouches se balancent au plafond.

Je me dirige vers un comptoir recouvert d'une nappe cirée poisseuse. L'air d'un ventilateur effeuille des prospectus sur un présentoir : *Vaccinez-vous contre la grippe, Votre prostate et vous,*

Luttez efficacement contre les cafards, Soirée bingo avec le révérend Wallace (venez nombreux). À côté, une panière en osier invite les préposés de la poste à y déposer le courrier.

– Ohé ! dis-je.

Derrière le comptoir, une porte entrouverte donne sur une seconde pièce dans laquelle bourdonne un écran de télévision. L'émission qui passe est *Judge Judy.* La plaignante du jour s'adresse au tribunal car elle soupçonne sa voisine, une obèse de cent trente kilos, de s'être assise sur la cuvette de ses toilettes et de l'avoir volontairement cassée. Elle exige réparation. Judge Judy la dévisage, impassible. « Est-ce que vous avez *vu* votre voisine détruire votre cuvette ? – Non. – L'attaquer à coups de batte de base-ball, peut-être ? (Rires parmi les spectateurs du tribunal télévisé.) – Non plus. – Bien. Mes propres toilettes sont cassées depuis la semaine dernière, vous croyez que j'envoie des inspecteurs de police faire une enquête pour savoir qui est la dernière personne à s'être assise dessus ? »

J'adore ces émissions débiles.

– Qui êtes-vous ?

La porte s'ouvre en grand pour livrer passage à un Noir de deux mètres en pyjama d'infirmier.

– Bonjour, dis-je en affichant mon sourire le plus affable.

Visage de marbre.

– Je viens voir un membre de ma famille.

– Qui ça ?

– George Dent.

– Inconnu au bataillon.

– Vous en êtes sûr ?

– Ouais.

– Vous n'avez même pas consulté votre registre.

– Vous insinuez que je suis un menteur ?

Je lève un index et le pose sur ma lèvre supérieure.

– Ils se seraient donc trompés ?

– C'est ça. Je ne sais pas de qui vous parlez, mais ils se sont trompés.

Je saisis l'une des enveloppes dans la panière à courrier et la jette sur le comptoir.

– Je parle des services postaux. Parce que le nom de George Dent figure sur cette enveloppe. Une facture de gaz, pile à l'adresse d'ici.

Le grand Noir pose ses poings sur ses hanches et descend son cou dans ma direction. La taille de la pièce paraît soudain réduire de moitié.

– Nos pensionnaires n'aiment pas être dérangés. Surtout si vous êtes médecin. Est-ce que c'est le cas ?

– Nous ne travaillons pas pour l'inspection sanitaire, intervient Connie.

Elle s'interpose.

– ... Si c'est ce que vous craignez.

Le cou s'oriente vers elle.

– Je ne crains rien du tout. Mon établissement est parfaitement aux normes.

Exact. Aux normes vétérinaires, ai-je envie de répondre.

– Encore une fois, vos pensionnaires n'ont rien à craindre, dit Connie. Mon patron vient simplement rendre visite à son père.

Il nous dévisage. Je m'attends presque à ce que son cou s'allonge pour s'enrouler autour de nous, tel le serpent Kaa dans *Le Livre de la jungle.*

– Je ne sais pas, fait-il, hésitant. Depuis les nouveaux quotas, la couverture sociale Medicare ne cesse de se réduire. On nous envoie des médecins inspecteurs. Ils s'introduisent sous divers prétextes, vérifient si les ressources de mes pensionnaires correspondent à leurs droits, et trouvent toujours une bonne raison de les faire sauter. Les gens qui vivent ici n'ont pas les moyens d'avoir recours à une assurance privée.

– Le sort des personnes âgées vous préoccupe, dis-je. C'est tout à votre honneur.

Il pose une main sur sa poitrine.

– Je considère qu'il est normal d'aider son prochain.

– D'autant que si leurs aides sociales sautent, ils n'auront plus d'argent pour se loger dans ce palace. Et j'imagine qu'à leur âge, ils ne discutent guère le montant des loyers, n'est-ce pas ? (Je me tourne vers Connie.) À ce propos, j'ai justement sur moi le numéro de SOS Maltraitances. Nous devrions peut-être les appeler pour avoir leur avis ?

L'infirmier change aussitôt de ton :

– Ça va, inutile de devenir désagréable...

Il me tend un cahier.

– Vous devez signer le registre des visites. C'est la procédure.

Je m'exécute, notant au passage le faible nombre de signatures dans les colonnes.

Je suis soudain pris de remords.

– George Dent reçoit des visites ?

– Quasiment personne.

Mes yeux parcourent le cahier. Un détail m'arrête : un simple paraphe au stylo dans la marge.

– Qu'est-ce qu'il y a ? demande Connie.

J'observe la courbe des lettres en retenant mon souffle.

– Vous avez dit personne.

– J'ai dit quasiment.

– Mais quelqu'un est venu.

Je tourne les pages. Une autre signature identique. Là, et là encore. Je vérifie les dates. Mon cœur s'accélère : les jours concordent.

Bon sang, comment est-ce possible ?

– Je dois voir mon père, dis-je en refermant le cahier. Il faut que je lui parle. Tout de suite.

26

PAVILLON N° 3. Le plus proche de la forêt, avec vue sur les arbres, m'a-t-on indiqué.

Je me dirige vers la baraque en question. La pluie découpe d'éphémères rideaux de dentelle sous les gouttières. Plic-ploc dans les flaques. On dirait que la lumière de l'après-midi a été absorbée par un trou noir.

– Où se trouve l'entrée ? demande Connie.

– Sous la maison.

L'espace entre les pilotis est censé servir de garage mais dans le cas présent il est occupé par des cages à animaux. De grandes cages de cirque, tantôt sur roues, tantôt posées à terre. Leurs grilles sont vieilles et couvertes de rouille, barreaux tordus, portes arrachées. Un vrai bric-à-brac, un labyrinthe d'ombres et de formes inquiétantes. L'expression « Foire des Ténèbres » me vient spontanément à l'esprit, comme dans ce vieux bouquin de Stephen King.

Je m'engage dans un passage étroit et constate que les cages abritent des dépouilles plutôt moches : peaux de serpents séchées, carapaces d'insectes dans un vivarium, bouc à deux têtes (un trucage manifeste), costumes de scène moisissant sur des cintres. Et même une hideuse collection de bocaux contenant des fœtus, le tout dans un état déplorable et dégageant une odeur de pourri.

Je heurte une cage par inadvertance. La bâche qui la recouvrait tombe, et je me trouve face à des gens.

Des clowns.

Debout.

Leurs têtes enveloppées dans des sacs en plastique.

– Nom de Dieu.

– Ce sont des mannequins, fait remarquer Connie.

– La bonne blague.

– Ils vous ont fait peur ?

– Pensez donc. J'adore fouiller les caves et tomber sur des clowns morts.

J'arrive au cœur du labyrinthe et découvre le meilleur : une bouche de diable en carton-pâte, le genre qu'on trouve dans les trains fantômes, entoure l'escalier montant sous la maison.

– Ça doit certainement vouloir dire « Bienvenue dans l'enfer de Dent, abandonnez ici toute espérance », dis-je sur un ton lugubre.

Connie sourit.

Je grimpe l'escalier et passe la tête par la trappe.

– Il y a quelqu'un ?

Dans toute bonne série Z, c'est à ce moment précis que le teenager idiot se fait décapiter par Michael Myers.

– Entrons, décrété-je finalement.

Nous pénétrons dans un couloir terne débouchant sur la pièce principale. La première chose que j'aperçois est un poster géant du film *Sous le plus grand chapiteau du monde*. Il occupe un mur entier, barré d'une citation au feutre : « Chaque jour est comme le cerceau de feu que les lions essayent de sauter. » Il y a aussi une vieille télé aux coins arrondis (en noir et blanc ?), un buste en plastique de Ronald Reagan et un autre de Bush Junior, tous deux affublés d'un nez de clown. Mais le plus impressionnant, ce sont les photos : des milliers de photos du sol au plafond.

Je m'arrête devant. Certaines sont annotées de légendes. L'homme aux pinces de crabe ; le géant Tomaini et sa femme la fille-coupée-en-deux ; Melvin Burkhart, le mangeur de clous ; Diavolo le chien savant.

Connie bat des mains.

– Hé, mais c'est génial, ici !

– Je vous parie qu'il n'y a aucune photo de moi.

– Mauvaise langue. J'en vois justement une : « Roro, le raton-laveur grincheux ».

La terrasse est éclairée.

Je sors.

L'endroit est entièrement couvert par une moustiquaire, un cube de quatre mètres d'arêtes en grillage fin. Ce genre d'aménagement est fréquent dans les zones rurales : sans lui, les insectes rappliquent par nuées entières dès la tombée du soir.

Mon père attend tranquillement à l'autre bout, assis dans un rocking-chair. Il boit de la bière et mange des haricots dans une boîte de conserve dont il racle le fond à l'aide d'une cuillère en bois, une paire de jumelles posée sur la table devant lui.

Il désigne un frigo.

– La bière est là.

Pas de bonjour.

Pas de « Ciel, mon fils ! », ni de grande scène dramatique.

Je ne sais pas si je dois me sentir soulagé, en colère ou bien déçu.

– Tu m'as entendu arriver ? dis-je en ouvrant le réfrigérateur.

– J'observais les corbeaux avec mes jumelles. Le boucan de ta bagnole les a fait fuir.

– J'ignorais conduire un tank.

– Les oiseaux aiment cet endroit parce qu'il est tranquille. Les habitants aussi.

Il continue de mâcher ses haricots, guettant mes réactions du coin de l'œil. Je m'empare d'une bouteille de Budweiser et j'en dévisse la capsule. Le frigo abrite des restes de corned-beef, deux yaourts périmés et un jus de tomate. Un frigo de vieux.

– Ton garage est spécial, fais-je remarquer.

Il hausse les épaules.

– Et je ne parle même pas du type de la réception.

– Edwouar ?

– Un grand Noir. Yeux globuleux. Une tête de boa constrictor.

– C'est Edwouar.

– Il voulait nous empêcher d'entrer.

– C'est pour ça que je le paye.

Mon père repose sa boîte de haricots sur la table et se tamponne les lèvres avec une serviette.

– Et quand tu dis « nous », je suppose que tu parles de la fille qui fouille ma maison pendant qu'on discute.

Connie entre à son tour sur la terrasse.

– Je ne fouillais pas, monsieur Dent.

Mon père marque un temps d'arrêt. Puis tend la main.

– Appelez-moi George.

– Connie Lombardo, fait-elle en serrant ses doigts tendus. En fait, j'admirais votre collection de photos. On dirait que votre caravane de cirque a traversé l'Amérique entière.

Le visage de mon père s'illumine.

– C'est vrai. Nous donnions des représentations partout, des trous paumés du Middle West jusqu'aux collines d'Hollywood. Vous avez vu celle où je pose entre Jack Nicholson et Roman Polanski ?

Elle hoche la tête.

– Je préfère celle avec Frank Sinatra, dit-elle. Las Vegas, la mafia et les costards à rayures, toute une époque, pas vrai ?

George me lance un clin d'œil.

– Ta poulette a bon goût.

– Ce n'est pas ma poulette. Connie travaille pour moi.

Il l'observe.

– Et quelle est sa profession ?

– Infirmière.

Il l'observe plus longtemps encore, comme s'il doutait d'une telle possibilité. Puis se lève finalement pour lui offrir sa chaise.

– Alors soyez la bienvenue, Connie. Désolé de vous recevoir dans ce décor lugubre, mais les circonstances m'imposent un cadre de vie plutôt spartiate. Une conséquence, hélas, de mon dénuement. Non pas que je m'en plaigne – passez votre vie sur la route et vous découvrirez la valeur des choses simples – mais c'est loin d'être l'idéal lorsque l'on reçoit.

Il s'incline, maigrichon et raide, mais encore élégant dans son éternel costume de lin blanc qui, pour une fois, semble à peu près repassé.

– Thé, café ? Dois-je dire madame ou mademoiselle ?

Connie secoue la tête devant une telle offensive de charme.

– Monsieur Dent.

– Je vous l'ai déjà dit : appelez-moi George.

– Très bien. George. Je ne reste pas. Paul a sûrement des choses à vous dire. Il parle beaucoup de vous...

Il rit. Un rire sec et édenté, mais sans aucune trace de sarcasme. Un rire de bon cœur.

– Merci. J'apprécie votre gentillesse.

– Puis-je faire une remarque ? poursuit-elle.

– Je vous en prie.

– Je vous imaginais version « brute épaisse ». Tatouages sur les bras, caractère rugueux, vous voyez le genre.

– Et ?

– Je vous trouve charmant.

– Parce que les gens charmants ne sont pas des criminels ?

– J'ai du mal à vous imaginer en prison.

Il bombe le torse.

– Pénitencier de Raiford. Le pire du pire. Celui-là même où l'on a électrocuté Ted Bundy.

– Vraiment ?

– La chaise électrique portait un petit nom : la Vieille Sparky.

Autant que je sache, elle existe toujours, même si les condamnés à mort sont aujourd'hui exécutés par injection létale.

– Je me souviens de cette chanson de Lynyrd Skynyrd, *Four Walls of Raiford*. Ça parlait d'un détenu qui rêve de se faire la belle.

– Notre chanson fétiche. Là-bas, tout le monde la fredonnait en permanence. C'était le rêve de n'importe quel taulard.

Elle lui tend la main.

– Ravie de vous avoir rencontré, George.

– Tout le plaisir était pour moi, mademoiselle Lombardo.

Mon père la regarde s'éloigner. Il attend qu'elle disparaisse, puis lâche un soupir.

– Ton épouse, Claire, est une jolie fille. Mais cette Connie possède du charme à revendre.

– Ah oui ? dis-je sèchement. Et comment pourrais-tu les comparer, puisque tu n'as jamais rencontré ma femme ?

Il se rassoit dans son rocking-chair, joint les mains et pose ses doigts sur ses lèvres. Ferme les yeux.

Un temps s'écoule.

Ses paupières s'ouvrent.

– Tu n'es pas un idiot, Paul. Tu ne l'as jamais été. Je suppose donc que tu as lu le registre.

Le livret d'accueil tenu par Edwouar. Celui sur lequel j'ai relevé les signatures troublantes. Mon père n'essaie même pas de feindre la surprise.

– Effectivement. Claire est venue me voir.

– Comment ça ? parviens-je à articuler, étranglé par la colère.

– Je ne l'ai pas forcée, si c'est ce que tu crois. Elle est venue seule. Sans Billy. Et de sa propre initiative. Elle a fait ça pendant ses heures de danse.

Pendant ses heures de danse.

– Elle a annulé ses cours à plusieurs reprises pour me rendre visite. J'espère qu'elle n'a pas eu trop de problèmes. J'ai cru comprendre que le directeur de son club n'appréciait pas qu'elle sèche ses propres cours.

Incroyable. Voilà pourquoi ma femme agissait sans rien dire. Elle n'allait pas retrouver son amant, mais rendre visite à mon père. Je devrais me sentir rassuré, non ?

– Tu aurais préféré qu'on ne fasse jamais connaissance, poursuit George. Mais elle a insisté pour m'apporter des photos de Billy. Je les ai avec moi, ici même.

Il sort un paquet de la poche de sa veste. Son regard devient paisible, presque doux. Il me les tend.

– Tu peux les regarder. Il y en a de toi aussi. Et également de ta mère.

Cette phrase achève de me faire sortir de mes gonds.

– Je t'avais interdit d'approcher ma famille ! Si tu voulais des photos, tu n'avais qu'à me les demander !

– Tu n'aurais pas levé le petit doigt.

– Pourquoi tu discutes avec ma femme ?

– Je suis vieux. Les vieux sont nostalgiques.

– TU M'AS ABANDONNÉ !

J'ai lâché ça en criant, sans même m'en rendre compte.

– Ah oui ? dit mon père avec un sourire mauvais. Et qui a déménagé à l'autre bout de l'Amérique ? Qui a décrété que j'étais devenu une sorte de lépreux ? Je n'étais même pas présent à ton mariage, je n'ai jamais serré mon petit-fils dans mes bras !

Il fait un effort pour se maîtriser, mais je vois qu'il tremble.

Je ne me laisse pas attendrir pour autant.

– Tu es un putain d'enfoiré, dis-je, l'index pointé sur sa poitrine.

Ses yeux s'étrécissent jusqu'à devenir deux minces fentes.

– Tu n'as aucun regain d'intérêt pour ta famille, poursuis-je. C'est juste la peur de crever tout seul. La seule chose qui t'a jamais intéressé, ce sont tes animaux. George Dent et sa foutue… (j'englobe la baraque d'un geste de rage)... ménagerie.

– Ne parle pas comme ça, Paul. Ils méritent ton respect.

Sa voix a baissé d'une octave et acquis la sécheresse du papier de verre.

– Les animaux sont parfois dangereux. Ou cruels. Mais ils ne dissimulent jamais leur véritable nature. Ce qui n'est pas le cas de tout le monde, pas vrai ?

Il glisse une main à l'intérieur de sa veste, comme s'il hésitait à en sortir le contenu.

– Et qu'est-ce que tu vas faire ? dis-je en ricanant. Sortir ta vieille ceinture en cuir et me flanquer une raclée comme lorsque j'étais gamin ?

Il interrompt son geste et son expression se transforme. J'avoue que je ne sais plus quoi penser. Il a l'air tellement vieux et faible. Est-ce que ce type a vraiment écrasé un enfant dans sa jeunesse ? Je n'ai aucun mal à l'imaginer en accro de la drogue, mais il a toujours possédé une telle maîtrise, une telle force. Je ne le vois pas en train de perdre le contrôle. Même aujourd'hui, alors que notre rencontre dégage assez d'électricité pour éclairer une ville comme Miami, il reste calme. Il contrôle. Et je me retrouve encore une fois dans la position du petit garçon implorant, qui a peur, qui redoute que son père l'abandonne.

Ma rage s'évanouit tout d'un coup.

– Papa.

Mon ton est devenu suppliant.

– Claire et Billy ont disparu depuis hier. Pour une fois dans ta vie, est-ce que tu veux bien me dire la vérité ?

Il se passe quelque chose au fond de ses yeux. Peut-être qu'une porte s'est ouverte. En tout cas, il ne me balance pas l'un de ses sarcasmes.

Il ravale sa salive, la main toujours glissée à l'intérieur de sa veste.

– Est-ce que tu sais où ils sont ? dis-je.

– Non.

– Est-ce que tu as reçu d'autres visiteurs, à part Claire ?

– Non.

– Est-ce que ma femme a pris une photo de toi ? Une photo à l'aide d'un téléphone portable.

Il marque une pause.

– Pas que je sache.

– Est-ce que tu connais un homme qui dirige une société du nom de Carnival of Shadows ? Un homme qui se fait appeler Alan Smith. Ou Kosh le Magicien.

Son battement de cils est presque imperceptible.

– Non.

Il détourne le regard.

Une seconde plus tôt j'y aurais cru.

– On dirait que tu as fait le voyage pour rien, dit-il, le visage fermé.

– On dirait.

– Tu as d'autres questions ?

Je ne sais plus quoi répondre. Trop d'émotions contradictoires. J'avance vers lui, épuisé par cette bataille des nerfs, et pose mes poings sur la table.

Il se lève. Sa main abandonne l'intérieur de sa veste, révélant une arme. Un pistolet. Pointé sur ma poitrine.

Je le dévisage, incrédule.

– Papa, qu'est-ce que tu fais ?

– Désolé, Paul.

Il tire. Le projectile me frappe. La sensation me déchire le thorax.

Je n'y crois pas, alors même que je m'écroule. Mon père ne peut pas me tuer, ce n'est pas possible ? Il ne peut pas faire ça ?

Puis c'est le noir intégral.

27

CONNIE S'EST RÉSIGNÉE à attendre à l'abri du garage sous la maison. Elle regardait tomber la pluie. Elle a croisé les bras et s'est frotté les épaules. Elle serait volontiers retournée dans la voiture, mais Paul avait conservé les clés. Elle a fouillé dans ses poches et sorti un biscuit coupe-faim, tandis qu'un corbeau se posait au-dehors dans l'herbe humide. Connie a ôté la pellicule de protection du biscuit et mordu dedans. Le cou de l'oiseau s'est tordu par saccades, un œil noir fixé sur elle.

– Quoi ? T'en veux ?

Elle lui a jeté une miette.

Le corbeau s'est envolé.

– Pfff... Faudrait savoir.

Elle a cherché le volatile des yeux, et s'est arrêtée sur la cage des clowns. Une dizaine de mannequins, la tête enveloppée dans des sacs en plastique. Certains de la taille d'un adulte. D'autres de celle d'un enfant.

Franchement, quelle idée tordue.

Elle les observait en mâchonnant, lorsqu'un bruit a attiré son attention. Un choc sourd au-dessus de sa tête, comme si quelque chose venait de s'écrouler sur le plancher.

Silence.

L'imagination de Connie s'est mise en route. Elle l'a interrompue pour revenir à son biscuit.

Que pouvait-il arriver ? Si Paul et son père se disputaient, ce n'était pas son problème, voilà tout. Autant accepter la réalité en face, les histoires de famille ont rarement une issue heureuse, les gens qu'on aime sont aussi ceux qu'on déteste le plus. Bla. Bla. Bla.

Connie est revenue à la cage. Ces clowns étaient drôlement réussis. L'un d'eux, en particulier, possédait des traits si saisissants qu'on aurait pu le confondre avec un être humain.

Elle a décidé de s'en approcher, tout en se traitant d'idiote. Elle avait envie d'ôter le plastique pour voir le visage caché dessous.

Ma fille, tu perds complètement la boule.

OK. Je le touche, alors, juste du bout du doigt.

Ben voyons. Et pourquoi pas danser un tango avec, tant que tu y es ?

Elle a fait quelques pas, son excitation se mêlant à un autre sentiment. Était-ce de la peur ? Elle était à moins de deux mètres et les traits du clown devenaient plus précis. Le vent s'est engouffré sous la maison en produisant un son étrange. Le plastique s'est plaqué contre le visage du mannequin.

Connie s'est figée. Un froid glacial a envahi ses veines.

Quelqu'un a touché son épaule.

– AH !

Elle a fait volte-face.

– Qu'est-ce que vous fichez ? lui a-t-on soufflé en plein visage.

Edwouar, le gardien de la résidence.

– Je, heu..., a articulé Connie.

Edwouar tenait une carabine 22 long rifle. Connie a cligné des yeux sans pouvoir les détacher du canon. Elle se souvenait que ce genre d'arme servait surtout à tuer de petits animaux, mais qu'elle pouvait aussi, à courte distance, abattre un être humain sans problème. Elle avait vu dans un reportage que les balles de .22 ricochaient à l'intérieur du crâne sans en ressortir, réduisant le cerveau en compote.

– Je vous ai posé une question, a dit Edwouar.

– Je ne fais rien, a répondu Connie, reprenant ses esprits.

– Vous n'étiez pas plutôt en train de fouiner ?

Elle l'a regardé en face.

– En fait, si. Je comptais voler un costume de clown. Je n'ai plus rien à me mettre.

– M. Dent déteste les fouineurs.

– Ôtez cette carabine de mon visage.

Il a souri.

– Ça vous rend nerveuse ? C'est pas pour vous, c'est pour les corbeaux.

Connie a regardé vers la terrasse, mais ni Paul ni son père n'étaient en vue.

– Retournez à votre voiture, a dit Edwouar.

– Et si je ne veux pas ?

– Libre à vous. Mais vous risquez d'avoir un accident. Je vais les descendre.

– Les corbeaux ?

– M. Dent me paie chaque dépouille trois dollars pièce.

– Je croyais qu'il les étudiait.

– Pas du tout. Les corbeaux abîment son toit et percent des trous dans sa moustiquaire. M. Dent est un spécialiste des reptiles. Il ne vous l'a pas dit ?

28

LA VOIX ME PARVIENT tandis que je reprends conscience.

– Pour fuir un alligator, il faut courir en zigzag. Le *Z pattern.*

J'ouvre les yeux. Je suis installé sur le canapé du salon. Mon père me fait face, assis sur une chaise. Autour de nous, des centaines de portraits nous observent depuis les murs.

– Ils ont l'air placides, endormis au soleil, dit George, mais il ne faut pas t'y fier. Un alligator te bouffe en un rien de temps. Si tu cours en ligne droite, il te rattrape à tous les coups. Il est très malin. Mais avec le *Z pattern*, il ne peut pas te suivre parce que ses pattes sont conçues pour avancer en ligne droite.

Mon père brandit son pistolet.

– Bien sûr, tu peux aussi te servir de ça. C'est un Taser. Pour un vieux dans mon genre, c'est plus efficace.

Je secoue la tête.

– Tu m'as tiré dessus avec un Taser ? Mais enfin, tu es complètement cinglé !

– Tu as posé tes poings sur ma table d'un air menaçant. Je croyais que tu allais m'agresser.

– T'agresser ? Mais pour quelle raison ? !

Son visage se creuse de rides. Un masque de tristesse qui, semble-t-il, n'a rien de feint.

– Je te demande pardon. Je suis vieux. J'ai perdu l'habitude du contact avec les autres. On t'agresse pour n'importe quoi. La semaine dernière, un gosse d'Immokalee a liquidé sa famille entière à coups de barre à mine après une dispute à propos de son argent de poche.

Il se lève pour marcher dans la pièce.

– J'ai l'impression de ne plus rien comprendre. On s'est battus pour arrêter la guerre du Viêt Nam, mais aujourd'hui on envoie nos gamins se faire bousiller dans un conflit qui n'est pas le nôtre. Il y a des filles à poil sur toutes les chaînes de télévision. Fumer une cigarette est un péché mortel mais je peux commander des armes par la poste, ou me payer un voyage dans un pays exotique pour tripoter des gosses.

Son regard passe d'une photo à l'autre tandis qu'il manipule son alliance. Je réalise soudain que, malgré les années, il la porte toujours.

– Avant tout était plus simple...

Sa voix se brise. Il se tourne vers moi.

– Tout à l'heure, dit-il, tu as cité un nom d'artiste.

– Kosh le Magicien.

– Oui.

– Tu le connais ?

– Non. Mais ces noms d'artistes, c'est quelque chose d'important.

Il malaxe les rides de son front, comme pour en aplanir les creux et les bosses et retrouver le visage limpide de sa jeunesse.

– Il faut que tu comprennes. Lorsque tu fais partie de ce monde, ton nom n'a rien de banal. Ce n'est jamais le fruit du hasard. Est-ce que je t'ai déjà dit comment s'appelait ma troupe ?

– Non.

– Les Frozen Frogs. La compagnie des Grenouilles Gelées.

Mon regard incrédule le fait rire.

– Je sais, dit-il, ce n'est pas terrible. Nous étions des poètes, des anarchistes et des intellos, nous voulions refaire le monde. Une belle bande de branleurs, oui ! Mais c'est moi qui ai trouvé le nom, dit-il avec fierté. Il venait de mes études. La *frozen frog* est une petite grenouille qui vit dans les forêts du nord de l'Amérique. Quand vient l'hiver, son métabolisme ralentit jusqu'à se figer totalement. Elle se laisse congeler et son cœur s'arrête. Physiquement, on peut considérer qu'elle est morte. En fait, on dirait un caillou.

– C'est vrai ?

– Absolument. Puis le printemps débarque et sa circulation se remet lentement en marche. Sa température corporelle s'élève et le miracle se produit : son cœur se remet à battre. C'est une véritable résurrection. Je trouvais l'analogie plaisante. Le nom de *frozen frogs* était censé symboliser nos voyages, nos périodes de relâche durant l'hiver et notre renaissance au printemps, lorsque nous reprenions la route pour un nouveau cycle de représentations.

Il ôte un chapeau imaginaire de sa tête.

– Mister Dent et les Frozen Frogs ! entonne-t-il sur le ton d'un Monsieur Loyal. Venez découvrir nos phénomènes ! Ariel le nain ! L'homme le plus gros du monde ! Le géant Caliban et la sorcière aux dents de fer ! La chèvre à deux têtes et les alligators ! Entrez découvrir nos merveilles !

Son enthousiasme retombe.

– Tout cela a disparu dans les années soixante-dix quand on m'a envoyé derrière les barreaux. Aujourd'hui, les membres de la troupe sont tous morts ou à l'hospice. Plus personne ne s'intéresse au cirque. Le bizarre passionne moins les foules que le quotidien et cette connerie de téléréalité.

Il éteint une lampe et son visage s'assombrit.

– Il faut que tu partes, à présent. Edwouar va m'apporter mes médicaments. Et puis je dois éteindre les lumières. Depuis que les corbeaux ont esquinté mon grillage les moustiques s'introduisent chez moi de plus en plus tôt.

Dehors la pluie redouble et tape contre les fenêtres.

– Pourquoi m'avoir parlé de tout ça ? dis-je.

– Parce qu'un nom d'artiste reflète nos secrets. On le choisit d'abord pour les rêves et la grandeur qu'il nous inspire, puis on le nourrit avec son cœur. Il s'incarne dans notre chair, il devient nous et nous devenons lui, jusqu'à ne faire plus qu'un. L'artiste peut mourir, mais le pouvoir de son nom, bon ou mauvais, ne peut jamais disparaître.

Il a un rire sec qui, cette fois, me donne froid dans le dos.

Il éteint une autre lampe.

– Les gens imaginent que les choses disparaissent. Un sac d'os qui pourrit au fond d'un trou. Mais un jour le sac se met à bouger et ce qui était enterré la veille revient nous hanter. Comme le dit Shakespeare dans *La Tempête* : « L'enfer est vide, tous ses démons sont ici. »

Dernière lumière. L'ampoule vacille, puis s'éteint. Mon père n'est plus qu'un spectre. Deux pupilles luisantes qui s'adressent à moi depuis les profondeurs d'une tombe.

– Les choses reviennent, murmure-t-il, elles reviennent toujours. Comme ces tempêtes. Les gens n'y croient pas mais tu peux me faire confiance, il y en a une qui approche. Et elle sera terrifiante.

Sa main jaillit de l'ombre pour saisir la mienne.

– Tiens-toi prêt.

29

CONNIE ET MOI quittons la ville sans échanger un mot. Je conduis pied au plancher, poussé par un malaise viscéral difficilement explicable. Nous franchissons les limites d'Everglades City et, comme par magie, les trombes d'eau se transforment en fines gouttelettes, puis disparaissent, et la chape des nuages se referme derrière nous tel un couvercle.

J'ai l'impression de pouvoir respirer à nouveau.

– Comment ça s'est passé avec votre père ? demande Connie.

– Il m'a électrocuté avec un Taser.

– Vous rigolez...

– J'ai la marque sur la poitrine.

– Mais pourquoi ?

– Il a cru que je voulais l'agresser. Certaines personnes âgées ont des réactions paranoïaques. Syndrome frontal, démence sénile...

– Il n'avait pas l'air atteint de démence sénile.

– Ouais. À mon avis, il raconte des histoires.

– Ça, c'est sûr.

On atteint le carrefour de la station-service de tout à l'heure. J'arrête la voiture et me tourne vers Connie.

– Attendez une seconde... Qu'est-ce qui vous le fait penser, à vous ?

– Lynyrd Skynyrd. *Four Walls of Raiford.*

– La chanson de rock ?

– Oui. Votre père a prétendu l'écouter en prison.

– Et alors ?

– Il a dit que c'était la chanson fétiche des détenus. Sauf qu'il a été incarcéré en 1971. *Four Walls of Raiford* est sortie seize ans plus tard, en 1987.

Je la dévisage. Une voiture klaxonne derrière moi pour m'inciter à avancer. Je redémarre.

– J'étais la reine du rock, dit Connie. Je connais cette époque par cœur. Vous auriez dû me voir en ado rebelle : veste en jean, les yeux noirs, bagues à tête de mort et T-shirt Led Zeppelin.

– Je préférais AC/DC.

– *Back in Black.* Mortel.

– Revenons à mon père. Pourquoi mentirait-il à propos d'une date, ou d'une chanson ?

– Qu'est-ce que j'en sais ? Peut-être qu'il a simplement voulu frimer et qu'il s'est planté.

– En inventant un souvenir bidon ?

– Oui. Je reconnais que c'est un peu bizarre.

Je hoche la tête.

Effectivement. Mais mon père a l'habitude de mentir.

Comme il ment à propos d'Alan Smith, j'en suis certain. Quand j'ai mentionné le nom de Kosh le Magicien, au-delà de son charabia, j'aurais juré qu'il l'avait déjà entendu.

Et le plus flagrant : la photo sur le téléphone. On y voit mon père dans un rocking-chair – rocking-chair qui se trouve, je l'ai noté, sur sa terrasse au premier étage. Donc celui ou celle qui l'a prise est allé le voir là-haut, et mon père sait parfaitement de qui il s'agit.

Ce qui nous ramène encore une fois à Kosh, et à l'affaire Sean Raymond-Rodriguez, le gamin disparu.

– Connie, il faut que vous me rendiez un autre service.

Elle colle sa main contre sa tempe.

– Oui, chef !

Je marque un temps d'arrêt, puis :

– Excusez-moi. Je voulais dire « s'il vous plaît ».

– Merci, fait-elle en se renfonçant dans son siège. Encore un siècle et vous saurez parler aux femmes.

– Je suis comme ça dans mon boulot ?

– Pire.

– Charmant.

– Vous escomptiez un service.

– Vous m'avez montré vos copines sur Internet, celles du Centre national des enfants disparus. J'ai besoin d'elles pour des renseignements.

– Du genre ?

– Tout ce que vous trouverez à propos d'un gamin. Il s'appelle Sean Raymond-Rodriguez.

Je lui relate ce que je sais : l'enfant noir issu d'une famille pauvre, l'anniversaire dans un centre commercial le mercredi 3 août, la disparition signalée tardivement, l'absence d'indices, la thèse de la fugue, le désintérêt de la police. J'occulte Kosh et son téléphone pour ne pas l'effrayer.

– Cette histoire a un rapport avec votre père ? demande-t-elle.

Je regarde la route sans répondre. Que pourrais-je lui dire ? Que mon père a tué un gosse dans les années soixante-dix, et qu'il est peut-être lié à une nouvelle disparition d'enfant ?

– Tout ce que je sais, c'est qu'on ne peut pas faire confiance à George Dent.

Elle hausse les épaules.

– Comme vous voudrez.

On regagne Naples dans la tiédeur du soir. À la hauteur des premiers lotissements nous croisons un convoi de camions de déblayage et de tractopelles qui roulent en sens inverse, direction Miami. La radio nous apprend que la tempête tropicale y a finalement causé quelques dégâts. Rien de méchant, et pas de reclassement en ouragan pour l'instant – la tempête est repartie vers le large – mais de nombreuses vitres ont volé en éclats dans les buildings de Brickell Key et une partie du front de mer. S'ensuivent diverses interventions radiophoniques des candidats au poste de gouverneur, chacun y allant de son petit laïus pour louer les autorités en place ou blâmer leur incompétence, selon leurs alliances respectives.

Je coupe la radio.

Pourquoi ma femme est-elle allée voir George Dent ? Elle a pris tellement de précautions pour me le cacher. Qu'avaient-ils à se dire de si important ? Plus j'y songe, et plus je suis persuadé qu'il ne s'agit pas d'une simple visite de politesse. Il y a une autre raison.

Une raison qui a poussé ma famille à disparaître afin de se protéger.

Un motif en rapport avec le meurtre d'un enfant survenu plus de trente ans en arrière, et l'entrée en scène de Kosh aujourd'hui.

Encore une fois, j'ai l'impression d'observer les symptômes d'une maladie. Une chose qui se réveille, comme ces grenouilles gelées après une longue phase d'hibernation. Un Mal ancien et puissant qui remonte lentement des profondeurs vers la surface.

Un Mal qui se rapproche de moi.

30

GEORGE DENT a attendu que son fils soit parti avant de s'effondrer.

Il a laissé venir ses larmes sans aucune honte. La tristesse est montée et l'a submergé tel un torrent, ravageant chaque fibre de son être au point de le secouer comme un vieil arbre mort.

Il s'est laissé tomber à genoux et s'est plié en deux.

Lui, le dur à cuire, voilà qu'il se retrouvait à sangloter comme une fillette.

Il a adressé une prière muette aux milliers de photos placardées sur les murs de sa « chapelle », son refuge minable, la prison qu'il s'était lui-même construite. À la seconde où son fils était entré, ses certitudes avaient volé en éclats.

Il l'avait appelé Papa.

Paul était son enfant. Il n'y pouvait rien.

La chair de sa chair.

Il ne lui avait pas parlé depuis des années, mais il connaissait la moindre de ses expressions par cœur. Ses grimaces pendant son sommeil. Cette façon qu'il avait de sourire lorsqu'il était triste.

George se souvenait de chaque instant passé auprès de lui, chaque nuit où il l'avait bercé et tenu dans ses bras, affrontant la moindre fièvre, le consolant de ses moindres cauchemars, lui promettant de le protéger quoi qu'il arrive.

Et il se souvenait aussi d'avoir trahi cette promesse.

Les policiers avaient été forcés de lui arracher un petit garçon cramponné à ses jambes, hurlant et pleurant, hystérique, refusant qu'on emmène son père en prison. Il se souvenait du regard de son fils à cet instant précis.

La détresse absolue.

George s'était construit de formidables remparts pour résister à ces souvenirs. Une forteresse imprenable qui avait cédé en une seconde. Car le lien puissant, animal, celui qui est inscrit dans vos gènes et vous ordonne de protéger le rejeton de votre espèce, ce lien qu'il croyait disparu, était toujours là.

George a reposé le Taser dans sa boîte et s'est pris la tête entre les mains.

Il avait l'impression d'évoluer dans une partie d'échecs où chaque coup était perdu d'avance. Il ne voulait plus lutter. Il ne supportait plus cette pression. Il était vieux, il était fatigué. Il voulait que ça se termine.

Il avait choqué son propre fils avec un Taser, une décharge électrique de cinquante mille volts, après quoi il avait mis à profit ces quelques instants pour le fouiller, mais n'avait rien découvert. Paul ne dissimulait aucune arme. Pas de micro, aucun dispositif destiné à le piéger ou à lui faire du mal. Apparemment, il était venu en toute sincérité, en quête de réponses, exactement comme il l'avait dit.

George avait-il pu se tromper à ce point ?

Il est resté prostré un long moment, tournant et retournant la question dans sa tête. À la nuit tombée, il avait pris sa décision.

Il est descendu au garage et s'est rendu dans la cage des clowns, a récupéré ce qu'il avait soigneusement caché là, avant de le tirer péniblement jusqu'au premier étage. Puis il a fait un second voyage, cette fois pour prendre des bidons d'essence. Il a arrosé le garage. Il a arrosé l'escalier menant à l'étage. Il a arrosé ses photos, les bustes de Reagan et Bush, ses accessoires de cirque et un demi-siècle de souvenirs, puis il a arrosé sa chambre, avant de balancer les bidons dans un coin.

Après quoi il s'est assis sur son lit et s'est allumé une cigarette.

Les vapeurs d'essence lui ont donné mal au crâne. Il a sorti l'enveloppe qui contenait ses photos les plus précieuses, celles qu'il dissimulait sous son oreiller, et les a étalées sur la couverture autour de lui. Il les a touchées comme on effleure l'épaule d'une femme qu'on s'apprête à quitter pour de bon.

Il pleurait toujours.

Alors il a pris son téléphone et composé le numéro.

– Paul est innocent, a-t-il annoncé sans autre forme de préambule.

Seul le silence lui a répondu.

– Il est innocent, a-t-il répété.

Une pause.

– Ça. Ou bien il est très malin. D'une prudence extrême. Et encore plus dangereux que tout ce qu'on a imaginé. Un véritable... *monstre*.

Le silence s'est fait plus pesant encore.

– Je n'en peux plus, a dit George. C'est trop dur. J'ai décidé d'en finir. De la seule façon possible.

Les émanations d'essence lui piquaient les yeux. George Dent a tiré sur sa cigarette avec résolution.

Puis il a expliqué comment il comptait s'y prendre.

31

EDWOUAR A SORTI les poubelles, passé un vague coup de balai dans la cour et regagné l'intérieur de sa maison.

Le reportage sur la série *Prison Break* débutait dans cinq minutes.

Il a soupiré d'aise et s'est préparé un plateau-repas. Il était en train d'étaler une copieuse couche de beurre de cacahuètes sur un sandwich déjà bien fourni en chocolat lorsque le téléphone a sonné. Il l'a ignoré royalement et s'est installé devant le poste.

La sonnerie n'a pas cessé pour autant.

Merde, ce truc allait le rendre fou.

Edwouar a posé son plateau en équilibre sur le bras du fauteuil et s'est levé pour décrocher, rageur.

– George, qu'est-ce que vous voulez ?

Le numéro d'appel s'était affiché sur le cadran.

– Rapprochez-vous de votre fenêtre, a dit George, pour que je puisse vous voir.

Ils avaient l'habitude de procéder ainsi. Une manie de vieil excentrique. George l'appelait depuis sa terrasse et ponctuait la conversation de grands gestes. Au prix où était le téléphone, cet abruti aurait mieux fait d'utiliser un talkie-walkie.

– Si c'est encore cette histoire de corbeaux, a prévenu Edwouar, je ne peux rien faire de plus. Ces saloperies se multiplient comme des cafards. Vous n'avez qu'à la réparer vous-même, votre foutue moustiquaire. J'attends toujours votre fric pour les bestioles que j'ai descendues, et vous me devez six mois de loyer en retard !

– Je n'appelle pas pour ça.

Sa voix était triste. Edwouar a jeté un œil au générique en train de commencer.

– Alors magnez-vous.

– Je vous ai volé vos bonbonnes de gaz.

– Quoi ?

– Et je ne paierai plus votre loyer – dont le prix, soit dit en passant, a toujours été exorbitant.

– Vous vous foutez de ma gueule ?

– Regardez plutôt dans ma direction.

Edwouar a regardé.

George se tenait sur la terrasse, dans l'obscurité. Il agitait le bras, tel un détenu disant au revoir à son geôlier depuis l'hélicoptère venu le récupérer sur le toit de sa prison.

– Je m'en vais.

– Sûrement pas, vieux chnoque...

– Baissez-vous, Edwouar.

– ... Attendez, vous me devez...

L'explosion a soufflé la fenêtre et projeté Edwouar à terre. Les débris de verre ont criblé la pièce en arrachant les rouleaux de papier tue-mouche du plafond. Les prospectus ont volé sur le comptoir. Certains ont pris feu.

Edwouar a poussé un glapissement et s'est précipité sur l'extincteur. Tandis qu'il aspergeait les flammes de mousse, il a observé la colonne de feu monter dans le ciel nocturne, enveloppée de langues bleues. Des fragments sont retombés parmi les arbres telle une pluie de petits météores. Des centaines de papiers brillants virevoltaient dans la nuit, feux follets dansant joyeusement entre les branches.

George Dent, sa collection de photos, ses factures en retard et le pavillon n° 3 tout entier venaient de s'envoler dans la nature. Pour de bon.

DEUXIÈME PARTIE

L'HOMME DE L'AU-DELÀ

32

AARON ALTMAN ne savait plus où donner de la tête, quand son BlackBerry s'est mis à sonner en mode vibreur.

Il a lâché un juron. Cela faisait au moins trente heures qu'il n'avait pas dormi et la matinée était déjà bien avancée. Avec la tempête qui s'était abattue la veille, sécuriser l'hôtel InterContinental et protéger les différentes personnalités, dont le gouverneur Bush, frère du Président, relevait du véritable cauchemar.

Il a jeté un œil sur son BlackBerry : le numéro d'une cabine publique.

Il s'est dirigé vers un téléphone dans le hall de l'hôtel. L'allocution d'Helen McCarthy, maire de Miami Beach et candidate au poste de gouverneur de Floride, démarrait dans quinze minutes.

Il a composé le numéro. Laissé sonner deux fois, puis raccroché et attendu qu'on le rappelle. C'était le code. Les conversations par BlackBerry pouvaient être interceptées et Aaron Altman ne faisait confiance à personne.

– Pourquoi vous m'emmerdez maintenant ? a-t-il aboyé dans le combiné. Je suis en pleine opération.

– On a perdu notre agent.

– Comment ça ?

– Il n'est pas venu au rendez-vous. On est sans nouvelles de lui. Ce qui signifie qu'il est probablement mort. Et notre couverture avec.

Aaron a fermé les paupières et s'est écrasé les globes oculaires avec le pouce et l'index.

– Quoi, vous voulez dire qu'on n'a plus aucune piste ?

– Plutôt des faits nouveaux. À propos de ce médecin, Paul Becker.

– J'écoute.

– Becker est en contact avec Kosh. En fait, il lui a même prodigué des soins.

Aaron s'est assis pour accueillir la nouvelle. Les sièges de l'Inter-Continental étaient confortables, et toujours à proximité des téléphones.

– Qu'est-ce qu'on sait sur ce Becker ? Il est fiché ?

– C'est là que ça se complique. Comme vous m'avez donné carte blanche, j'ai fait quelques recherches. J'ai creusé le passé de Becker et je suis tombé sur les informations suivantes. Ça concerne son père.

Une icône en forme d'enveloppe s'est affichée sur le Black-Berry d'Aaron pour signaler l'arrivée d'un fichier crypté. Il l'a ouvert. Les premières lignes lui ont suffi.

– Nom de Dieu.

– Je savais que vous diriez ça.

Aaron a fait le tour de l'énorme sculpture en marbre rose occupant le hall de l'hôtel – un machin indéfinissable, tout en rondeurs et en pointes – et grimpé les marches du grand escalier conduisant à la salle de réception. Les portes étaient grandes ouvertes et de nombreuses personnes se pressaient sous le chapiteau en bois digne de l'entrée d'un théâtre. Smokings et robes longues, la crème des électeurs. Il s'est frayé un chemin jusqu'au bar pour s'octroyer un verre d'eau minérale. Une main s'est posée sur son épaule.

– Un problème, Humvee ?

Humvee. Comme ces véhicules de l'armée dont la version grand public avait donné le Hummer.

– Non, Helen, a-t-il répondu sans avoir besoin de se retourner.

Helen McCarthy l'a contourné pour se placer devant lui. Elle était célèbre pour son franc-parler et son habitude de donner des surnoms à tout le monde. Apparemment, la carrure d'Aaron et sa réputation de fonceur tout-terrain lui avaient inspiré celui d'Humvee, et il ne s'en formalisait pas outre mesure, même si la plupart des gens l'appelaient plutôt M. Altman. Voire, pour les plus empressés, M. le Directeur du FBI de Miami.

– Vous avez l'air soucieux, a dit Helen.

Mme le Maire McCarthy était impressionnante dans sa robe de gala noire. Son cou était serti d'une rivière de diamants et ses cheveux gris retenus par un chignon aux entrelacs complexes – moins complexes, cependant, que les manipulations politiques des prédateurs parmi lesquels elle évoluait.

– Rien d'important. Une enquête que nous menons.

– Encore l'une de ces opérations secrètes ?

– Des plus secrètes qui soient.

– Du moment qu'elle va dans mon sens.

– Elle y va, madame le Maire. Soyez-en sûre.

« Jeb » Bush, le frère du Président, est passé près d'eux en leur adressant un sourire. Helen lui a fait un signe de la main, indiquant par là qu'elle était prête pour son allocution.

Elle s'est tournée vers Aaron.

– J'ai promis de débarrasser Miami Beach de la vermine et j'ai tenu ma promesse. Les peines de prison à l'encontre des criminels sexuels et des pédophiles viennent de doubler. En juin dernier, j'ai instauré la mesure qui oblige toute personne fichée comme délinquant sexuel à déménager à plus de sept cents mètres d'une école maternelle, d'un square ou d'un centre de PMI. Résultat : ce quadrillage nous a permis de tous les expulser de la ville.

Helen martelait son discours électoral en mode quasi automatique.

– L'Amérique a besoin de retrouver ses valeurs. La guerre contre la terreur est notre priorité. Nous n'acceptons pas celle qui vient du dehors, nous n'accepterons plus celle qui sévit au sein de nos maisons. Les auteurs de violences conjugales, les délinquants, les pédophiles seront désormais combattus avec la sévérité la plus extrême. L'État de Floride va barrer la route aux prédateurs.

– *Amen.*

– Passez-moi un verre de ce whisky, au lieu de vous foutre de ma gueule.

Aaron lui a tendu, amusé.

– Regardez-les, tous, a dit Helen en levant son verre. Des vautours qui tournent autour de moi en attendant que je me plante. Au moindre faux pas, ils m'arracheront les yeux.

– Vous êtes une femme.

– Et ?

– C'est un avantage. Les autres candidats pensent que vous n'êtes pas capable de leur balancer un coup de pied dans les parties. Mais les électeurs vous soutiennent. Votre programme est solide. Les dons affluent dans les caisses.

– Les primaires ont lieu dans deux semaines. Tout peut encore basculer.

– Soyez patiente.

Elle a posé son verre.

– Vous savez quoi ? Je vais le faire, Aaron. Je vais remporter ces élections. Je deviendrai le prochain gouverneur de cet État. Et votre carrière politique décollera avec moi, telle une navette spatiale sur le pas de tir de cap Canaveral.

– Espérons-le.

Elle s'est plantée devant lui, le menton levé.

– Alors dites-moi, quelle est cette fichue opération ? J'espère qu'elle ne va pas vous péter dans les doigts, au moins ? Ça ne serait vraiment pas le moment. Ma politique a besoin de succès. *J'ai* besoin de succès. De tout le brillant que vous pourrez m'offrir.

– Ce sera un succès, ne vous inquiétez pas. Mais je ne peux pas vous en dire plus. Vous n'êtes pas ma supérieure hiérarchique.

– Merci de me le rappeler tous les jours.

– Cependant, nous pouvons collaborer. Vous me donnez des informations, j'en tire parti. Montrons à tout le monde quelle belle équipe de gagnants nous sommes.

– Je l'espère. J'ai fait trop de sacrifices pour que tout s'écroule maintenant.

Aaron lui a offert son bras et l'a accompagnée jusqu'aux marches de l'estrade.

– Rassurez-vous, lui a-t-il glissé à l'oreille. Grâce à vos renseignements, nous disposons maintenant d'un atout. Une carte maîtresse pour vaincre vos adversaires. Mais nous l'abattrons seulement le moment venu.

Elle s'est tournée vers lui.

– Ah bon ? Et puis-je savoir quelle est cette merveille obtenue grâce à ma précieuse collaboration ?

Il a souri.

– On l'appelle l'Homme de l'Au-delà.

33

LE SAMEDI, EN ÉTÉ, Naples ressuscite.

Les couples sortent main dans la main, les gamins caracolent devant les parents, les orchestres installent leurs instruments sur les terrasses, et la température, comme le stress, glisse sur vous sans vous atteindre. Imaginez les alizés gonflant les pans de votre robe ou caressant votre chemise à manches courtes. Un bouquet de fleurs fraîchement coupées trône sur votre nappe blanche, on a déposé un panier de croissants chauds à votre intention, et le dernier numéro du *Miami Herald* annonce que les Gators – votre équipe de basket-ball universitaire favorite – accumulent les bons résultats. N'est-ce pas merveilleux ? Je vous assure qu'à moins de vivre un horrible cauchemar au même instant, vous seriez exactement de cet avis.

Je laisse le montant de l'addition sur la table et remonte dans ma voiture, ignorant les murmures des autres clients, probablement relatifs au fait que je ne suis pas rasé, que ma chemise pend hors de mon pantalon et que j'ai les cheveux en bataille.

Je m'en tape.

Hier soir, j'ai déposé Connie puis je suis rentré dormir. Douze heures sans interruption. Il faut dire que la boîte de somnifères que j'ai descendue m'a aidé un brin. Après quoi j'ai vérifié mes messages et, je vous le donne en mille, rien de la part de Claire.

J'ai tourné un long moment dans la chambre de mon fils, touchant divers objets avant de les reposer sur les étagères. Ses dinosaures. Sa peluche d'E.T. coiffée d'une casquette de base-ball. Sa collection de figurines Power Rangers. Son vieil ours en peluche.

J'ai fini par décoller un dessin du mur : une maison avec un soleil, le mot « Papa » écrit dessus en lettres tremblotantes. Ça faisait des années qu'on le conservait. Le premier mot entier composé par Billy. Je l'ai soigneusement plié en quatre et glissé dans mon portefeuille. Après quoi j'ai essuyé mes yeux et je me suis senti mieux.

Puis je suis parti au commissariat signaler leur disparition.

Je m'attendais à un moment difficile mais on m'a accueilli avec tout le tact et la considération nécessaires.

On s'imagine la scène rebattue du flic qui vous bombarde de questions, le regard suspicieux, insinuant que vous êtes peut-être responsable, voire coupable, de ce qui vous arrive. Vous tremblez à l'idée des commentaires que les représentants de l'ordre ne vont pas manquer d'échanger à propos de votre histoire. Vous vous imaginez en train de vous tortiller sur votre chaise, pion impuissant dans les rouages d'un système qui vous dépasse, trimballé d'un pièce glaciale à une autre sous des éclairages au néon sordides.

Rien de tout cela n'est arrivé.

Un sergent sympathique m'a invité à entrer dans des bureaux lumineux et compartimentés, avec moquette au sol, à la façon de ces *open spaces* chers aux entreprises. Il m'a installé devant une table sur laquelle trônait un ordinateur à écran plat, l'indémodable Rolodex, ainsi qu'un cadre de photo d'enfant portant la légende « Meilleur Papa du Monde ». Il n'a fait aucune remarque concernant mon apparence débraillée. Il m'a proposé un café. J'ai hoché la tête. Il m'a aidé à remplir une fiche de signalement, une seule pour Billy et Claire, puis s'est enquis de mon moral, une main posée sur mon épaule.

– Il faut que vous teniez le coup, a-t-il dit. Vous savez, dans l'immense majorité des cas, il s'agit d'un simple malentendu. Votre femme a sûrement eu besoin de s'éloigner pour faire le point. Aucun accident grave n'a été répertorié dans ce comté, ni les comtés voisins, et votre épouse n'a pas le profil d'un auteur de rapt parental. Quant aux disparitions suspectes, elles sont rares et laissent généralement des traces. Il n'a pas pu se passer grand-chose. D'accord ?

– D'accord.

– Booon. Je vois que vous et moi, on se comprend. Et maintenant, je vais faire des photocopies couleur de ces photos.

J'en avais apporté une trentaine mais il en a seulement sélectionné quatre.

– Je les transmets immédiatement à mes collègues du bureau du shérif, a-t-il dit, ainsi qu'à la police de la route et à tous les services concernés d'un bout à l'autre de cet État.

Son assurance m'a fait du bien. Il m'a raccompagné jusqu'à l'extérieur et m'a serré la main d'une poigne chaleureuse.

– Je ne suis pas inquiet, docteur Becker. Je vous parie que nous aurons de leurs nouvelles dans le week-end. Je vous tiens au courant.

Je me suis retrouvé sur le parking, mon album photos sur les bras.

Je ne sais pas à quoi je m'étais attendu, mais voilà, c'était fait. Un simple formulaire et ma famille était officiellement déclarée disparue.

Je me suis senti vide.

J'ai pris le chemin du centre-ville et me suis arrêté dans un café pour tenter d'avaler quelque chose, mais rien n'est parvenu à franchir ma gorge, alors je suis remonté en voiture. Évidemment, je n'ai pas mentionné l'histoire de Kosh à la police et je me demande encore si j'ai eu raison.

Je roule encore un peu puis m'arrête à un feu. Un homme-sandwich patiente sur le bas-côté, sa pancarte publicitaire accrochée au cou :

VOTEZ HELEN MCCARTHY,
VOTRE PROCHAIN GOUVERNEUR !

Je m'allume une clope et souffle la fumée par la fenêtre. Une mère de famille me jette un regard désapprobateur depuis la voiture voisine. À l'arrière, ses deux enfants me font un petit signe amical. Le feu passe au vert, chacun redémarre et regagne sa sphère d'existence.

Je donnerais n'importe quoi pour rentrer chez moi et accomplir des tâches aussi ordinaires que jouer avec mon fils, m'intéresser à une élection ou regarder un match.

J'écrase ma cigarette et prends à droite sur la Cinquième Rue, dépasse les commerces (banques, bijouteries de luxe, galeries d'exposition) et pénètre dans les quartiers résidentiels.

Je roule lentement, toutes vitres ouvertes, pour mieux sentir l'odeur de la mer. Au bout, je prends à gauche, huit blocs, et je m'engage dans une petite allée.

Ma voiture s'arrête à quelques mètres du ponton. Je descends, déplie mon dos endolori et fais quelques pas en me massant les reins.

Il semblerait qu'à chaque fois que j'ai des soucis mon dos me rappelle à l'ordre. Bien entendu, mon esprit cartésien refuse d'admettre ce genre de cause à effet. D'un autre côté, les douleurs sont là.

Je retire mes chaussures et m'avance pieds nus sur la jetée. À cette heure-ci, le quai est très fréquenté, et je n'ai qu'à fermer les yeux pour entendre les cris de joie des enfants. Le centre-ville se trouve à un kilomètre, mais tout le monde vous le dira : le cœur de

Naples bat sous les planches de ce ponton. Je laisse remonter mes souvenirs.

J'ai dix ans. Mon père est de retour de la prison de Raiford. Il m'a emmené pêcher. Il me montre comment accrocher une crevette sur l'hameçon en l'enroulant par la queue, puis jette la ligne d'un mouvement souple du poignet. Le poisson ne tarde pas à mordre. Il le remonte sous le regard émerveillé de son fils.

– On va le manger, Papa ?

– Non.

Il le décroche et le rejette à la mer.

– C'est juste pour le plaisir. Autant les laisser vivre, tu vois.

Mais des pêcheurs m'ont donné une explication différente. Ils m'ont dit qu'il faut parfois savoir rejeter un petit poisson pour en attraper un plus gros.

J'ouvre les yeux.

Cameron est là, qui sourit.

34

SALUT ! lance Cameron.

– Salut.

– Content de voir que tu as écouté mes messages.

– Difficile de les ignorer. Tu m'en as laissé huit.

Il désigne un quad estampillé *Naples Police* sur le sable.

– Tu veux faire un tour ? C'est la Beach Patrol qui offre.

– Je croyais que tu avais des choses importantes à me dire.

– Ouais, bon, fait-il en lissant un faux pli sur son short bleu. Ça s'est bien passé avec ton père ?

Je marque un temps d'arrêt.

– Comment sais-tu que je l'ai vu ?

Il plisse les paupières et prend un air mystérieux.

– Je suis médium.

Silence.

– OK, dit Cameron, je me suis contenté d'appeler ta clinique. Ils m'ont dit que tu étais parti hier voir ton père. Les retrouvailles ont dû être émouvantes.

– Je n'ai pas envie de parler de ça.

– Une infirmière t'accompagnait. Mlle Lombardo.

Je note le ton.

– Ça pose un problème ?

– Je ne savais pas que vous étiez aussi proches.

– Nous ne le sommes pas.

– Ah bon ? C'est une légende, alors ?

– Une légende ?

– Tu sais bien. Les médecins. Les infirmières. La solitude des nuits de garde...

Je le dévisage derrière ses lunettes Ray-Ban.

– Où veux-tu en venir, Cameron ? Tu veux savoir si les médecins ont l'habitude de se taper leurs infirmières, c'est ça ? La réponse est oui. Et aussi leurs patientes. Les femmes de ménage. Les livreuses de matériel médical. On baise tous comme des fous du matin au soir.

Il pousse un soupir.

– Bon. Je vais formuler ça autrement. Ton couple bat de l'aile. Les voisins assistent à vos disputes. Tu passes du temps avec une autre femme. Ta consultation peine à démarrer et tes dettes s'accumulent.

– Je ne vois pas le rapport.

– Pourtant n'importe quel flic en verrait un. C'est un scénario classique : la femme découvre que son mari a une liaison, elle demande le divorce, le mari la fait disparaître, il encaisse l'assurance-vie. Plus de problème d'argent, ni de couple.

J'ai du mal à croire qu'il vient de me sortir ça.

– Tu es en train de suggérer que je me suis débarrassé de ma famille pour toucher du fric ?

Ses épaules s'arrondissent et il se tasse sur lui-même.

– Excuse-moi, Paul. Tu es mon ami, mais je suis obligé d'en parler. Sinon quelqu'un d'autre le fera à ma place.

Cole se dandine d'un pied sur l'autre. Il tortille ses doigts et racle ses chaussures sur le bois du ponton. Il a l'air d'une énorme masse de muscles coincée dans un short trop petit.

Je lâche un juron.

– D'accord, dis-je. S'il faut vraiment en arriver là. Claire n'a souscrit aucun contrat d'assurance-vie. Son décès prématuré ne me rapporterait rien du tout. Et ma clinique tient encore la route, si tu veux savoir. Quant à l'éventualité d'un divorce, j'ose espérer que les couples concernés ne planifient pas tous d'assassiner leur conjoint. (Je m'interromps pour reprendre mon souffle.) Et je n'ai pas de liaison extraconjugale. Mais toi, est-ce que tu peux en dire autant ?

Cole se raidit comme si je venais de le frapper au visage.

– Corrige-moi si je me trompe, poursuis-je, mais ta femme s'est bien tirée avec tes deux gosses, non ? Tu ne m'as jamais donné les détails. Alors quoi, tu t'en tapais une autre ?

Un groupe de filles passe autour de nous tel un essaim d'oiseaux multicolores. Paréos, lunettes de soleil, tatouages au creux des reins. L'insouciance de la jeunesse.

Cameron se tait un long moment, puis :

– D'accord.

Son ton est amer. Et je me sens triste. Pour la première fois, chacun de nous est blessé. Lorsqu'on réalise que l'adversaire est un autre soi-même, il n'y a plus ni vainqueur ni vaincu, seulement deux êtres malheureux.

Il plonge une main dans sa poche et en ressort le téléphone de Kosh.

– Tu peux le reprendre, dit-il.

– Tu n'as rien pu en tirer ?

– C'est un téléphone jetable.

– Je ne comprends pas.

– Cela signifie qu'il ne nécessite aucun abonnement, ni contrat d'utilisateur. On paye en liquide, on achète un nombre fixe d'unités et il se connecte à l'un des réseaux au hasard en fonction de l'antenne la plus proche. On ne peut pas interroger une compagnie précise comme Verizon ou AT&T pour obtenir le détail des communications. Complètement anonyme et impossible à tracer. Le modèle type utilisé par les truands.

Son ton est froid. Didactique. Ça me déchire le cœur.

– Et les photos ?

– On ne sait pas d'où elles proviennent. Soit Kosh les a prises avec ce téléphone, soit plus probablement quelqu'un les lui a envoyées. Le journal d'appel a été effacé. J'ai analysé les fichiers : chacun porte la même date de création, ce qui ne nous apprend rien, à part que les trois photos sont apparues en même temps sur l'appareil. Elles ont pu être envoyées par un autre téléphone ou bien transférées via un ordinateur, une clé USB, une liaison Bluetooth... On ne trouvera pas l'origine.

Il me tend un sac plastique.

– Je t'ai ajouté une batterie et un chargeur. Garde-le sur toi et laisse-le allumé, on ne sait jamais.

– Tu penses que Kosh peut me contacter à nouveau ?

– Je te l'ai dit : on ne sait jamais.

Des familles ont déplié des chaises longues sur la plage qui entoure la jetée. Les parasols s'ouvrent comme des corolles et les boissons circulent. Deux garçons abordent un groupe de filles pour leur proposer un match de volley-ball. L'un est timide, l'autre fanfaronne en prenant des poses de culturiste. Les filles se poussent du coude en rigolant. Trente ans passent et rien ne change.

– Viens, dit Cameron. Je veux te montrer quelque chose.

Il m'entraîne jusqu'à la buvette située au milieu du quai. On la contourne pour se poster derrière, sur un balcon d'à peine un mètre de large, où nous sommes seuls. Cam pose ses coudes sur la barrière en bois et contemple la mer.

– Tu te souviens ?

– Oui.

On venait ici chouraver des bières lorsqu'on était ados. J'avais réussi à piquer les clés de la buvette, l'une des missions les plus périlleuses de Wolverine et Cyclope. On attendait la nuit et on s'installait sur ce balcon pour observer les étoiles filantes, le regard légèrement embrumé par l'alcool, l'âme prête à conquérir le monde.

– Pendant que tu étais chez ton père, dit-il, j'ai envoyé mes collègues à ta clinique chercher des empreintes.

J'opine d'un hochement de tête.

C'est ce qui était prévu.

– Ils ont récupéré le carton plein de sang. Les rats dépecés à l'intérieur, ils ont trouvé ça à gerber. Mais ça ne les a pas empêchés de tout passer au crible.

– Ils ont déniché quelque chose ?

– Rien du tout. Ton type a utilisé des gants. Du reste, on peut le voir sur ta vidéo de surveillance : non seulement il en porte, mais il oriente sa tête vers le bas de façon à éviter la caméra.

– Il l'a fait exprès ?

– Aucun doute. Quant à l'uniforme de livreur UPS, c'est un ancien modèle. Il a pu se le procurer dans n'importe quel magasin de fripes.

– C'est un pro.

– Exactement.

– Donc on n'a rien.

Cameron se tourne vers moi.

– Je n'ai pas dit ça.

Il sort un papier de sa poche.

– J'ai visionné moi-même le CD-ROM de surveillance que tu as fourni à la police, dit-il. Ta caméra filme l'entrée vue de dessus. Le gars entre, le gars sort. J'ai regardé la séquence un nombre de fois incalculable en me disant qu'on avait peut-être raté quelque chose. Même un pro commet des erreurs. Et j'ai fini par trouver.

Je retiens mon souffle.

– L'ancien uniforme d'UPS est doté d'une poche sur l'épaule gauche. Quand le gars entre, il a un stylo dedans. Quand il sort, il ne l'a plus. Dès que j'ai vu ça, je suis allé interroger ton infirmière.

– Connie ?

– C'est elle qui a réceptionné le colis. Figure-toi que le gars lui a demandé de signer un registre, probablement pour jouer son rôle de livreur jusqu'au bout. Ton infirmière n'avait pas de quoi écrire, alors elle lui a emprunté son stylo. Et tu sais quoi ? Elle ne le lui a pas rendu.

– Bon sang.

– Elle l'a récupéré dans sa blouse blanche et me l'a donné. Un technicien du labo l'a testé aussitôt : une belle empreinte de pouce figure dessus. Je l'ai rentrée dans le programme IAFIS. Deux heures après, IAFIS a craché le résultat. (Il sourit.) J'y ai passé une bonne partie de la nuit mais je crois que ça en valait la peine.

Il déplie le papier : nom, photo, renseignements sur un tirage d'imprimante.

– Le livreur du colis sanglant s'appelle Jordi Lanski. Il est russe.

Mon cœur fait un bond.

– On le tient !

– Attends la suite. Premièrement, on n'a trouvé aucun lien entre lui et Kosh-Alan Smith. Donc on ne peut pas se servir de cette histoire pour enquêter sur Smith, ce qui, je le rappelle, était notre objectif.

– Merde.

– Ouais. Quand je pense qu'on a Kosh sous la main et qu'on ne peut même pas l'interroger...

– Tu sais où il habite ?

– Il n'a pas de domicile fixe mais il a été obligé de laisser une adresse au commissariat. Cependant, vu qu'il n'y a pas d'enquête officielle, pas question d'aller taper à sa porte.

– Et deuxièmement ?

Il me fixe sans répondre.

– Tu as dis « premièrement », fais-je. Quel est le second problème ?

– Le second problème, c'est que tu dois tout me dire.

Ses mains se plantent sur mes épaules telles les grosses pattes d'un saint-bernard.

– Au nom de notre amitié, raconte-moi ce que tu as découvert chez ton père. La moindre chose bizarre. Et si tu as des problèmes, je veux les connaître aussi. Je suis là pour t'aider, tu peux me faire confiance.

Je déglutis.

– Qu'est-ce qui se passe, qu'est-ce que tu as découvert sur ce Jordi Lanski ?

Ses mains et ses épaules retombent.

– Ce n'est pas un délinquant ordinaire. Il était enfermé dans un établissement psychiatrique. Selon les médecins, il a un syndrome bizarre, dit « syndrome de la peau de reptile ». On le surnomme Jordi le Serpent. Il a débuté comme cambrioleur, puis c'est devenu un violeur récidiviste.

– Il... Il a déjà tué des gens ?

– Une famille de six personnes, dont un bébé. Un garçon de huit mois. Il s'est introduit dans leur maison. Il a violé l'enfant. Puis égorgé et dépecé toute la famille. Après quoi il a réparti les différents morceaux dans les pièces, un peu comme les rats dans ton carton.

Mes doigts agrippent le bois de la rambarde.

– D'après les experts psychiatres, il était en pleine bouffée délirante aiguë, poursuit Cameron. Un état de dédoublement dans lequel on est capable de commettre des actes d'une grande sauvagerie. Il a été reconnu non responsable de ses actes et a écopé d'un internement à vie qui l'a sauvé de la peine de mort. Mais il s'est évadé il y a trois ans au cours d'une permission. Tu vas me dire : comment peut-on accorder une permission à un gars pareil ? Je me suis posé la même question. On m'a répondu : « Ce sont des choses qui arrivent. »

Son regard plonge dans le mien.

– Kosh ne s'est pas contenté d'un avertissement : il t'a envoyé un psychopathe, comme on te lâcherait un fauve dessus. Alors aide-moi, Paul. Parce que je ne crois pas une seconde qu'Alan Smith se donne autant de mal pour retrouver un putain de téléphone. Il y a forcément un enjeu. Un enjeu extraordinaire.

35

JORDI n'avait toujours pas refait surface, et Kosh était contrarié. Il marchait lentement dans la salle à manger en tripotant une cuillère. La cuillère était un accessoire destiné à se faire vomir. Une relique utilisée par les Indiens Calusa qui peuplaient jadis la région. D'après ce que Kosh en savait, leurs chamans se bourraient la gueule de substances hallucinogènes et se faisaient vomir ensuite pour en accentuer les effets.

Il a reposé l'objet dans sa vitrine et contemplé le décor alentour. Des fauteuils anciens se faisaient face sur un tapis entouré de guéridons et de lourds candélabres, le tout savamment disposé devant une cheminée monumentale. Des colonnes blanches reliées par des arcades montaient jusqu'aux balcons de la mezzanine courant sur les quatre côtés de la pièce et, au-delà, jusqu'à l'impressionnant plafond de verre situé à dix mètres de hauteur.

L'impression globale était écrasante. La maison datait des années cinquante. Le propriétaire d'origine était un *cracker*[1] qui

1. Ancienne catégorie d'éleveurs de bétail de Floride, vivant en reclus. Selon l'explication la plus communément admise, leur nom proviendrait du bruit produit par le claquement sec de leur fouet. (*N.d.A.*).

avait commencé par convoyer du bétail à travers les prairies marécageuses avant d'acquérir de nombreux terrains et de faire fortune. Sa maison était isolée de tout, comme l'affectionnent les *crackers*. Mais loin d'être une simple masure, elle évoquait un curieux mélange de manoir gothique et de palais vénitien conçu pour impressionner le visiteur et vanter l'opulence de son propriétaire.

Alan Smith la louait à prix d'or. L'intérieur, poussiéreux et vétuste, tombait pratiquement en ruine. Il avait complété les pièces avec des accessoires de cirque : trapèzes suspendus au plafond, vierge de fer, clown colossal. Personnellement, Kosh préférait l'architecture moderne, mais l'ambiance collait bien avec son personnage de « Kosh le Magicien ». Et dans son boulot, la réputation était tout. Les rares personnes admises entre ces murs étaient impressionnées, ce qui suscitait leur respect. Le respect amenait la confiance. Et la confiance, l'argent. C'était la clé du merveilleux projet qu'il avait entrepris de mener à bien.

Seulement voilà. Après l'officier Cole, il y avait ce petit toubib de merde, Paul Becker, qui lui posait problème.

– Tout va bien ? a demandé l'homme d'affaires.

Ce gros porc était calé dans un fauteuil en cuir et fumait des cigares cubains à cent dollars pièce importés illégalement. Il était le propriétaire d'une célèbre marque de vêtements de sport et possédait de nombreuses chaînes de magasins. Une femme, trois enfants. Kosh avait tout vérifié.

Il s'est forcé à sourire.

– Tout va bien, oui.

– Vous avez la tête ailleurs, a dit le businessman en lâchant un rond de fumée qui s'est envolé vers l'immense vitrail coloré du plafond. Mais je dois dire que je suis impressionné. La petite fille que vous m'avez promise est vraiment magnifique.

Sa main gauche caressait sa propre cuisse. Kosh s'est demandé s'il s'en rendait compte.

– Et si je la voulais pour plusieurs heures ?

Nous y voilà, a songé Kosh. Il s'est arrêté de marcher et a tenté de ne pas montrer son impatience.

– Hélas, a-t-il dit d'un ton ennuyé, les choses ont évolué depuis notre dernière conversation. La demoiselle est déjà réservée. Mais je peux vous proposer un garçon à la place. Un Noir de dix ans à peine. Son acheteur d'origine s'est... désisté. Personne ne l'a touché avant vous.

L'autre en a presque laissé tomber son cigare.

– Vous me prenez pour qui ? Je ne veux pas d'un garçon. Et d'un Noir, de surcroît. Qui a réservé la fille ?

– Un grand producteur d'Hollywood. Il l'emmène en voyage.

L'homme d'affaires s'est agité sur son siège. Kosh l'a senti blessé. Bien entendu, le producteur d'Hollywood n'existait pas. Il ferrait juste le poisson.

– C'est un très bon client. Ses derniers films ont été des succès énormes.

– Kosh, vous savez bien que l'argent n'est pas un problème...

– Là n'est pas la question.

– Combien vous offre-t-il ?

– Cinquante mille pour vingt-quatre heures.

L'autre a opiné lentement. Ses doigts boudinés se sont agités sur son gros ventre de pédophile, pendant que des rouages tournaient dans sa tête boursouflée.

Kosh l'aurait bien tué dans son fauteuil. Il lui aurait volontiers enfoncé un tisonnier dans la gorge, par exemple, ou bien versé de l'acide dans les yeux. Non parce que le businessman était un pédophile – cela, Kosh n'en avait rien à foutre – mais parce qu'il était curieux de faire de nouvelles expériences. Il refréna néanmoins sa pulsion, sachant qu'il aurait été idiot de tuer l'un de ses clients.

– Ma femme sera absente la semaine prochaine, a dit finalement le businessman. J'envisage une croisière de quelques jours.

– Bahamas ?

L'autre a acquiescé. C'était le moment du coup de grâce.

– Elle s'appelle Madison, a dit Kosh. Elle a huit ans.

Personnaliser l'enfant le rendait accessible. La convoitise s'est aussitôt allumée dans les yeux de son interlocuteur.

– Mais pour les Bahamas, ce sera difficile, a poursuivit Kosh. J'ai les contacts nécessaires, mais les frais sont très élevés. Je ne suis pas certain que notre service haut de gamme soit à votre portée.

L'homme d'affaires a écrasé son cigare dans le cendrier.

– Cent cinquante mille pour quatre jours.

– Disons deux cent cinquante.

– Un quart de million de dollars ?

– Je vous fournis le yacht. Décor de votre choix. Boissons, repas, vidéos et accessoires sont offerts par la maison. Je garantis l'anonymat des transactions et votre sécurité. Tous les risques sont à ma charge. Et je peux y ajouter un ou deux enfants haïtiens, si vous le souhaitez. Avec des sérologies VIH négatives récentes et leurs vaccins à jour.

– Seulement la fille et moi. Et pas d'accessoires. Je ne veux aucun mal à... Madison.

Le businessman éprouvait encore de la difficulté à prononcer son nom. Kosh a acquiescé. Ces types ne leur voulaient jamais aucun mal. Ils les aimaient. Ce n'était pas leur faute si la société ne comprenait pas leurs besoins. Kosh l'a laissé poursuivre son discours d'autojustification en hochant la tête, compréhensif. L'addition passait toujours mieux ainsi.

– Tout sera exactement comme vous voudrez, a conclu Kosh en lui tendant la main pour sceller le marché. À bientôt. Avec Madison.

Il a raccompagné l'homme jusqu'au ponton où était amarré son canot à moteur. Les cyprès monumentaux embaumaient l'air de leur parfum tenace, le soleil étincelait et les alligators avaient disparu pour s'enfoncer dans les profondeurs glauques de la mangrove. Une journée splendide, vraiment.

– Une dernière chose, a dit le businessman en montant dans le canot. J'ai déjà fait appel à des professionnels, mais vous, vous êtes unique. Vous m'avez proposé de choisir parmi des centaines d'enfants. N'importe lequel d'entre eux, vous avez dit. C'est extraordinaire. Comment faites-vous pour disposer d'un cheptel aussi vaste ?

Kosh a souri.

– C'est là tout mon secret.

36

JE RACONTE TOUT à Cameron. Une fois de plus.

Je me confesse sur ce balcon à l'arrière d'une buvette, face à une mer pure et lumineuse dont les rayons m'enveloppent. L'endroit vaut bien une chapelle.

Ce n'est pas pour Cameron que je le fais, mais pour moi. Parce que je me sens honteux et coupable. Honteux que ma femme me mente pour aller voir mon père. Coupable parce que mon père m'a frappé avec une arme.

Ce sont des sentiments bizarres, et dans un premier temps je ne comprends pas leur origine. Puis je réalise que ces gens sont censés m'aimer. Ils représentent ma famille, les proches supposés avoir confiance en moi, au lieu de quoi ils ont eu peur de moi et se sont protégés. Quelles qu'en soient les raisons profondes, ma conduite m'a transformé en danger pour eux. Donc je suis effectivement coupable.

Et voilà Cameron qui s'y met à son tour. Je veux stopper cette réaction en chaîne.

Je lui relate dans le détail ma visite chez George Dent. La maison perdue au fond des bois, les milliers de photos sur les murs, les délires à propos des noms d'artistes, et le coup du Taser.

Il ne bronche pas.

Je lui dis qu'à mon avis, mon père connaît Kosh, ou alors il a déjà entendu son nom. En tout cas, c'est l'impression qu'il m'a donnée.

Cam hoche la tête – cela fait partie des possibilités que l'on a évoquées il y a deux jours dans ma cuisine. Pas de quoi se prendre pour Sherlock Holmes...

D'accord, mon pote.

Je lui balance alors l'article de 1971, le gamin écrasé par un inconnu. J'explique que, d'après l'enquête, ledit inconnu serait un trafiquant de marijuana. Or, mon père a été arrêté le lendemain pour possession de marijuana, et s'est retrouvé dans un pénitencier de haute sécurité malgré la faible quantité de drogue retrouvée sur lui.

Cette fois, Cameron dresse l'oreille.

– Tu as l'article de journal ?

Je le lui remets et lui raconte le reste, y compris l'histoire de cette chanson de rock, *Four Walls of Raiford*, que mon père est censé avoir entendue au bagne alors qu'elle n'est sortie que seize ans plus tard.

Il termine de lire l'article et me le rend.

– Bizarre, dit-il.

– C'est le moins qu'on puisse dire.

– La peine de prison est effectivement disproportionnée. Tu crois que le meurtre de ce gamin serait la véritable raison ?

– Je ne sais pas.

– Et ta mère te l'aurait caché ?

– Elle n'a rien dit. Mais le fait d'avoir conservé ce papier est éloquent, non ?

– D'accord. Je vais tâcher de fouiner un peu.

– Je veux t'aider.

– Laisse tomber, Paul.

– J'en ai marre de rester sans rien faire.

– Calme-toi. Cette histoire est curieuse, je te l'accorde, mais c'est du passé. Rien ne dit qu'elle a un rapport avec Kosh. Retourne à ton travail, change-toi les idées. C'est la seule chose qu'il te reste à faire.

La matinée passe comme dans un rêve, entrecoupée par les messages que je laisse sur la messagerie de Claire, tantôt furieux, tantôt suppliants. Je n'obtiens aucune réponse. Je me couche et me relève plusieurs fois sans parvenir à trouver le sommeil. Un moment, je songe à me gaver d'anxiolytiques, puis je laisse tomber. Dormir le jour tel un vampire ne donnera rien de bon, et je suis en train de devenir gentiment accro aux médicaments, alors que mes soucis, eux, seront toujours là au réveil.

Je finis par prendre une douche glacée, me rase en vitesse, enfile un T-shirt propre et file au boulot.

Le docteur Elga Braatz me regarde franchir les portes de la clinique avec des yeux ronds. Je ne suis pas censé travailler ce week-end.

– Vous êtes tombé du lit, *ja* ?

Ça sent bon l'alcool à 60°. La salle d'attente est bondée. Un vieux malaxe son ventre, le visage tendu, à côté d'un groupe de gamins occupés à démonter leurs chaises et à transformer les magazines en confettis. Je ne sais pas ce qui dérange le plus le vieux, de son ventre ou de la horde de Gengis Khan. Derrière le comptoir, une secrétaire tente de répondre à deux patientes à la fois, un téléphone vissé sur l'oreille, tandis que ses doigts volettent sur le clavier de son ordinateur tel un groupe de moineaux effarouchés. Ça grogne, ça soupire, ça pleurniche, et ça rigole, aussi.

Je suis chez moi.

– On dirait que ça chauffe, dis-je avec un sourire.

Elga Braatz a des cernes qui lui tombent sur les chaussures. Je lui donne dix secondes.

– Heu... Puisque vous êtes ici, ça vous dire de m'aider ?

Gagné.

– Le temps d'enfiler une blouse, je réponds.

Je fonce vers le vestiaire. Je l'entends soupirer de reconnaissance dans mon dos.

Elga Braatz me rejoint dans la salle de repos. Son pouce et son index se glissent sous ses lunettes pour malaxer la racine de son nez. Je lui tends un gobelet de café brûlant.

– Avec qui on bosse ? je demande.

– Nola.

Nola est une autre infirmière du pool, Connie n'est pas de service aujourd'hui.

– Qu'est-ce qu'on a ?

– Deux poignets, deux chevilles, tous en radio. Plaie du cuir chevelu en box 1, pas de perte de connaissance, je m'en occupe, *ja* ? Mais il y a aussi quatre enfants avec fièvre. Et douleur abdo en salle d'attente. Vous faites ?

J'acquiesce et retourne à l'accueil m'enquérir des dossiers en cours, envisageant de les traiter dans l'ordre d'arrivée. D'abord les deux chevilles (simples entorses), puis les poignets (une autre entorse, et une fracture à plâtrer), les enfants (qui ne sont manifestement pas à l'agonie, même si leurs parents trépignent), et pour finir la douleur abdo. Ce faisant, je laisse traîner une oreille dans la salle d'attente – un vieux réflexe – lorsqu'un détail attire mon attention.

Le vieil homme vient de se lever pour s'excuser poliment auprès de la secrétaire et signaler qu'il repart. Il n'a pas grand-chose, dit-il, un peu pâle. De simples douleurs d'estomac après les repas. Il voit qu'on a du travail, des enfants à soigner, il ne veut pas nous ennuyer pour si peu. Il doit encore passer au supermarché pour refaire le plein, avec ces alertes à l'ouragan qui se multiplient. Il va s'avaler un pansement gastrique et verra ça un autre jour.

La secrétaire s'apprête à annuler son dossier.

Mon alarme interne se déclenche aussitôt.

Le patient jeune qui s'énerve et majore ses symptômes n'a généralement pas grand-chose : il est simplement stressé et réclame de l'attention. Le vieux qui minimise sa maladie, en revanche, cache presque à tous les coups un truc tordu. Pourquoi ? Parce qu'il a peur qu'on confirme ce qu'il ressent déjà : à savoir qu'il ne va pas bien du tout.

Je lui tombe dessus et le propulse dans un box.

Un bilan biologique rapide, NFS, iono, troponine, CPK mb, BNP, ASAT, LDH et je démarre l'électrocardiogramme.

Les personnes âgées sont de véritables bombes à retardement, elles peuvent faire un infarctus silencieux. L'ECG s'affiche : rien. Et je n'aurai pas le résultat des enzymes cardiaques avant trente minutes, sans compter qu'elles peuvent être normales au début.

– Docteur, je peux m'en aller ?

Je marmonne « non » et plaque des capteurs dans son dos. L'enregistrement montre cette fois un petit quelque chose. Je lui administre aussitôt une pulvérisation de trinitrine sous la langue. Trois minutes après, la douleur disparaît et le tracé se normalise. C'est bien ce que je pensais.

– Merci de m'avoir soulagé, dit-il. Je peux rentrer chez moi, maintenant ?

– Pas tout de suite, je réponds avec le sourire. Nous devons vérifier deux, trois broutilles.

Mon ton est volontairement badin. Pas question de le stresser : ce type fait un syndrome de menace, un début d'infarctus dans la région cardiaque inférieure, dont l'irradiation mime un problème gastrique. Il sera peut-être mort dans trente minutes. Le moindre effort physique, le moindre stress et on court à la catastrophe.

– Vous ne pouvez pas m'obliger à rester si je n'en ai pas envie, insiste-t-il.

– Vous avez des enfants ? Vous vous entendez bien avec eux ?

Il opine.

– Bien. Alors imaginez leur angoisse en sachant que leur père est passé aux urgences. Ils auront besoin de réponses. D'être rassurés. Vous et moi rassurons vos enfants, d'accord ?

Il réfléchit, puis acquiesce. La protection de l'espèce, ça marche à tous les coups. Je débute le traitement, les perfs et tout le tremblement. Dix minutes après, l'ambulance des *paramedics* le récupère et le transfère à l'hôpital voisin. J'ai appelé l'un de mes amis, un spécialiste qui l'attend sur la table de coronarographie pour lui poser un stent. Si tout se passe bien, cette prise en charge rapide lui sauvera la vie.

Je m'éponge le front.

Je suis toujours surpris de voir à quel point les êtres humains sont prêts à s'autodétruire. Une déprime, un ras-le-bol et on marche à la mort la fleur aux dents. Mais faire souffrir ses propres enfants, c'est plus difficile. Tout le monde ne s'appelle pas George Dent.

L'après-midi défile tandis que nous gérons le flot ininterrompu des patients. Le samedi est une journée chargée dans les services d'urgence, tout comme chez les flics. Cameron le savait et il avait raison : redevenir décisionnaire m'a fait du bien. Le chaos de nos vies est incontrôlable, mais on a tous besoin de croire qu'on le maîtrise.

L'étape suivante me vient tout naturellement.

Je compose le numéro du commissariat. Une standardiste décroche. Je demande l'officier responsable d'astreinte. Elle me met en attente quelques secondes, puis :

– Officier Will Palmeto, fait une voix juvénile.

Un type tout juste sorti de l'académie. Exactement ce que j'espérais. Je m'éclaircis la gorge.

– Ici le docteur Becker, chef des urgences. (Je lui donne des références ronflantes en espérant qu'il ne remarquera pas que nous sommes une simple consultation.) J'ai besoin de votre aide.

– Je vous écoute.

– Dans la nuit de mardi à mercredi, l'inspecteur Cameron Cole a conduit M. Alan Smith dans notre établissement. M. Smith présentait une plaie du crâne.

– Oui.

– Il a été soigné. Après quoi M. Smith et l'inspecteur Cole sont repartis chez vous. Je suppose que tout cela doit être consigné quelque part ?

Bruit d'un clavier sur lequel on pianote.

– J'ai le registre informatique sous les yeux.

– Merci, officier Palmeto.

– Nous avons beaucoup d'appels. Quelle est votre demande, docteur ?

– Elle est très simple : j'ai besoin de l'adresse de M. Smith.

– Ce renseignement est confidentiel.

Ça, je m'en doutais.

Je prends un ton ennuyé.

– Certes, mais un prélèvement sanguin a été effectué chez nous...

– Adressez-nous la facture.

– Je viens d'en recevoir le résultat.

– On le transmettra à M. Smith.

– Il s'agit d'une sérologie virale.

– Une sérologie ?

– VIH, pour être exact. Le virus du sida. Il y a eu une bagarre. Le sang de M. Smith a éclaboussé plusieurs personnes. C'est ce que nous appelons dans notre jargon un « accident d'exposition au sang ». Je dois prévenir personnellement M. Smith du résultat de son test du sida.

Un blanc de l'autre côté.

– Donc, ce résultat est très urgent et confidentiel, voyez-vous. Je veux bien vous le communiquer à vous, officier Palmeto, mais si jamais M. Smith apprend qu'une information aussi personnelle a été divulguée à un tiers, cela pourrait bien se terminer par un procès.

Panique à l'autre bout. J'en profite pour enfoncer le clou :

– Bon, je vois que tout cela vous ennuie. Je vais donc vous confier ce résultat. Après tout, vous n'aurez qu'à le retransmettre à M. Smith et faire comme si vous n'aviez rien entendu.

J'espère qu'il n'aura pas la présence d'esprit de me dire de le déposer au commissariat dans une enveloppe scellée.

Il ne l'a pas.

– Attendez une seconde, dit Will Palmeto. Donc, vous avez besoin de son adresse et c'est tout ?

– Absolument.

– La voici.

– Je vous remercie, Will. Vous êtes un garçon formidable.

Je raccroche et contemple les coordonnées, fier de mon petit stratagème. Me voilà en possession de l'adresse d'Alan Smith, alias Kosh le cinglé.

Le nom de l'endroit où il crèche me fait l'effet d'un coup d'aiguillon électrique : il habite ici même, à Naples.

Je me lève. Je sais que j'ai promis à Cameron de ne pas m'intéresser à cette histoire, seulement, ma famille a disparu, et trop de points d'interrogation font la ronde dans ma tête.

Cette fois, ma décision est prise.

37

VOILÀ UN TRUC auquel je ne m'attendais pas.

Par la vitre ouverte de ma voiture, j'observe le terrain en friche, déconcerté, tandis que le moteur ronronne en sourdine.

Est-ce vraiment l'adresse d'Alan Smith ? Le papier que j'ai jeté sur le siège passager me l'affirme, comme le numéro sur la boîte aux lettres plantée au milieu d'un carré de chiendent.

L'endroit est situé en plein cœur du quartier huppé de Port Royal. J'ai tourné une bonne demi-heure dans les rues, cerné par les propriétés à plusieurs millions de dollars et pestant comme un diable, avant de le localiser. Le terrain se trouve tout au bout d'une allée en bordure de l'eau, partiellement masqué par les arbres. Si je coupais le moteur j'entendrais le clapotis des vagues.

Port Royal est un labyrinthe de canaux artificiels. Une petite Venise surgie de nulle part, un rêve de milliardaire arraché à la boue des marais et réservé aux super-riches. Le quartier a été créé en 1938 par Glenn Sample, vendeur de lessive et inventeur du soap opera. Sample s'est offert l'endroit pour cinq mille dollars. Aujourd'hui, le prix moyen d'une maison y est de trois millions, et peut facilement grimper jusqu'à vingt ou trente. Si vous avez la chance d'y posséder une demeure, vos voisins seront d'anciennes stars de cinéma, des chefs d'entreprise à la retraite ou des écrivains célèbres. Il vous faudra de préférence arborer une entrée digne d'un temple romain, posséder un mur d'enceinte, quelques piscines chauffées et deux ou trois ascenseurs (même si vous n'avez qu'un seul étage) et renouveler votre luxueux mobilier tous les ans en déposant dédaigneusement le précédent à la brocante. Vous n'occuperez pas les lieux en permanence, bien sûr – ce n'est que votre maison de campagne –, mais prévoyez quand même du personnel à temps plein.

– Ah, les dieux et les mortels, dis-je en clignant des yeux derrière mes lunettes de soleil. L'histoire de Naples depuis les origines.

J'observe le terrain vague autour duquel court un simple muret rose surmonté d'un grillage. Le moins que l'on puisse dire, c'est qu'il détonne avec le reste du quartier. Allée de dalles sinuant au milieu de la jungle. Porte solitaire conduisant nulle part. Fantômes de papier peint abandonnés dans l'herbe. Le terrain est constellé de ruines endormies sous les arbres, sans doute une vieille propriété rasée en attendant de faire place à une nouvelle.

Je me gare sur le parking désert, devant un portail renforcé d'une chaîne. La chaîne paraît récente, comme le panneau DÉFENSE D'ENTRER accroché dessus. Je coupe le contact. Mon T-shirt moite ne fait plus qu'un avec ma peau et je suis obligé de le décoller pour en agiter les pans. Cette alternance entre chaleur accablante et trombes d'eau a de quoi taper sur le système.

Je croise les bras.

Et maintenant ?

Il n'y a pas de maison. Soit le flic m'a refilé une adresse bidon, soit Kosh le Magicien vit dans une tente de camping.

Ouais. Et peut-être qu'il chante des chansons le soir en se faisant griller des chamallows.

Je sors et regarde autour de moi. Aucun passant dans le secteur.

Je verrouille ma portière – qui me répond d'un « tiou tiou » familier – et marche jusqu'à la boîte aux lettres, seul élément accessible. Elle est neuve et comporte un cadenas. Un coup d'œil par la fente m'apprend qu'il n'y a rien à l'intérieur, pas même un prospectus.

Donc quelqu'un habite bien ici, ou prend la peine de relever le courrier.

Bon.

Je longe le muret pour repérer les lieux. Dix mètres plus loin, je m'arrête devant une fente dans le grillage. En l'élargissant un peu je devrais parvenir à m'y glisser. Mes yeux reviennent à la voiture.

Arrête-toi, tant qu'il en est encore temps. Reprends le volant et rentre chez toi. Qu'est-ce que tu espères trouver ici ? Un gosse de dix ans enlevé à Miami ? Ta femme et ton fils ? Tout ça est ridicule.

Je mordille mes lèvres.

Bon choix, mauvais choix. Le problème de ma vie.

J'écarte le grillage, coule mon corps dans le trou et me retrouve à l'intérieur.

Un frisson parcourt mon échine tandis que j'avance dans l'ombre des pins. Ce n'est pas de la peur, quoi que vous en pensiez, mais plutôt de l'excitation : j'ai l'impression de revivre l'une de mes expéditions de gosse. Pas un moustique dans le secteur, malgré la fraîcheur relative. En revanche, il y a beaucoup de libellules. Quand j'étais petit, mon père me racontait qu'un ancien maire de la ville avait introduit ces dernières à Naples pour qu'elles dévorent les premiers. Le même type – écologiste convaincu – a eu l'idée de lâcher des alligators dans les égouts pour qu'ils les débouchent. « Ça a marché dans les deux cas, a dit mon père, n'est-ce pas ? – Oui, ai-je répondu, mais les libellules sont restées sur place, que sont devenus les alligators ? » Mon père a souri. « Sois prudent en allant aux toilettes. »

Je traverse la propriété sans rien remarquer de particulier et ressors de l'autre côté des arbres. C'est là que je le vois.

Je m'accroupis dans les hautes herbes, le cœur battant.

Il est amarré dans le canal qui passe en contrebas du terrain : un yacht superbe, à l'abri d'un hangar. Le hangar lui-même est une construction cubique aussi haute qu'une maison et soutenue par d'élégantes arcades. Il recouvre le ponton où est amarré le bateau. Les murs sont en crépi rose et le toit recouvert de vieilles tuiles italiennes.

J'ai déjà vu des constructions semblables : un rideau antitempête peut être abaissé devant l'entrée à la façon d'une porte de garage géante, afin de protéger le bateau des vols ou des intempéries. Le rideau relevé signifie que le propriétaire fait des sorties fréquentes avec son yacht – et peut-être même qu'il se trouve à bord.

Je réfléchis une minute.

Est-ce pour cette raison que Kosh loue cet endroit ?

Sûrement.

Je parie qu'il se fiche du terrain vague : c'est le hangar qui l'intéresse. Il existe des box disponibles dans le port de Naples, mais ce qu'il veut, c'est être tranquille. Cameron l'a dit : Kosh est un nomade, il n'a pas de domicile fixe et n'aime pas qu'on fourre son nez dans ses affaires. Le genre de créature qui fait son nid dans un endroit, telle une araignée, avant de se déplacer dans un autre. Je l'imaginais plutôt logeant à l'hôtel ou louant une résidence de luxe, mais un yacht, pourquoi pas ? Le coin est tranquille tout en étant central, il dispose d'un hangar sécurisé à l'abri des regards et peut larguer les amarres en quelques secondes.

Les voies navigables de Floride sont très complexes : bras de mer, îles, cours d'eau et marais dont la géographie se modifie au gré des crues et des tempêtes. On sort des eaux territoriales à vingt-deux kilomètres de la côte et on peut filer aux Bahamas, à Cuba ou au Mexique en un temps record. Il est très difficile de surveiller la totalité du trafic maritime. Autant de caractéristiques qui font de cet État la plaque tournante de nombreux trafiquants.

Je dégage d'une pichenette une énorme sauterelle en train d'escalader ma jambe.

Alors, qu'est-ce que je décide ? Je ne vais pas passer la journée planqué dans l'herbe. Est-ce que Kosh, alias M. Smith, est l'un des trafiquants que je viens d'évoquer, ou bien un simple homme d'affaires excentrique ?

C'est pour répondre à ça que j'ai décidé de venir ici. J'en ai assez des fantasmes et des suppositions.

Le ponton est calme. Personne en vue. Qu'est-ce que je risque à jeter un coup d'œil ? Le souvenir de mes expéditions d'enfant me revient une fois de plus en mémoire. Que diraient Wolverine et Cyclope ?

Sois pas trouillard ! Bouge ton cul !

OK. C'est parti.

38

JE DÉVALE LA PENTE conduisant au hangar, la gorge nouée, fouillant des yeux les alentours. Personne ne m'interpelle. Je me glisse par une porte latérale et relâche mon souffle.

À l'intérieur, l'air est chaud, presque compact. Une odeur de carburant et de bois de teck emplit mes narines. J'observe le quai contre lequel clapotent paisiblement les vagues : une terrasse, un bar solitaire, quelques chaises longues et toujours pas âme qui vive. La passerelle du yacht est abaissée. Plusieurs caisses sont empilées sur le quai, réparties en deux groupes. Mais aucune activité à bord.

Je décide de m'approcher lorsque la semelle de mes chaussures se met à produire un crissement au contact du revêtement de sol.

J'ai l'impression d'entendre couiner une paire de baskets dans une salle de sport.

J'hésite, puis les retire, ainsi que mes chaussettes, et abandonne le tout dans un coin avant de continuer pieds nus, oscillant entre la peur d'être découvert et celle d'être ridicule.

Je m'approche lentement de la passerelle.

La porte de la cabine s'ouvre tout d'un coup pour livrer passage à quelqu'un.

Je me tétanise.

La personne ne me voit pas : elle est occupée à tirer un objet lourd et me tourne le dos. Je m'accroupis en silence derrière une caisse – au prix d'une contorsion invraisemblable – et bénis au passage l'idée d'avoir retiré mes chaussures.

Un moment s'écoule, pendant lequel je n'entends rien d'autre que le raclement des marchandises que l'on débarque et mon sang qui martèle mes tempes. Je vais être découvert d'une seconde à l'autre, c'est sûr.

Mais rien ne se produit.

Je finis par risquer un œil hors de ma cachette.

Le manutentionnaire est une femme. Jeune, rousse, avec des dreadlocks et très musclée. Elle décharge des cartons et des panneaux en contreplaqué sur lesquels on a peint un décor – une forêt, d'après ce que je vois –, des carrés de gazon artificiel, de faux arbustes et plusieurs bacs contenant des pierres.

Je me souviens qu'Alan Smith travaille dans l'événementiel et que sa société Carnival of Shadows conçoit des décors pour les parcs d'attractions et les restaurants à thème. Donc, rien d'étonnant jusqu'ici.

Puis la femme débarque un nouvel accessoire : un tronc d'arbre mort, de couleur claire et de taille moyenne. Ses branches sont pointues et souillées par une substance rouge sombre qui a dû sécher peu de temps auparavant.

J'observe la scène avec attention.

La fille aux dreadlocks pose l'arbre sur le sol, s'empare d'une tronçonneuse et le débite en quelques mouvements experts. Elle place ensuite les morceaux dans un container en métal, y déverse de l'essence et enflamme le tout. Puis elle s'essuie les mains, satisfaite, avant de remonter à bord et de disparaître à ma vue.

Je sors de ma cachette.

Pourquoi détruire cet accessoire ? Et ces taches maculant les branches, c'était quoi ?

Je m'approche des caisses, comme hypnotisé. Toutes celles qui viennent d'être débarquées font partie d'un premier groupe portant une étiquette avec un code-barres et une inscription imprimée, qui dit : *Décor 118 : « La forêt d'*Une nuit d'été ».

Là-dessus, quelqu'un a ajouté à la main, au feutre : *« Réservé pour S. »*

Les caisses du second groupe sont soigneusement rangées. Je devine qu'elles attendent de remplacer les premières dans la soute du yacht. Leur étiquette annonce cette fois : *Décor 65 : « La chambre des Supplices ».*

Un nouveau rajout au feutre précise : *« Réservé pour M. »*

Un frisson me parcourt la nuque, comme si des doigts glacés montaient et redescendaient le long de ma colonne vertébrale.

Réservé pour S.

S. comme Sean.

Une coïncidence, forcément. Pourquoi y aurait-il le moindre rapport avec le petit Sean Raymond-Rodriguez ? Une lettre peut désigner tellement de choses.

Je reviens sur la seconde étiquette. « La chambre des Supplices. Réservé pour M. »

Et si je me trompais ? Si les taches de tout à l'heure sur l'arbre étaient du sang ? Et si S. et M. désignaient des noms de victimes ? S. comme Sean. Et M. comme qui ?

Arrête, Paul, tu deviens complètement parano.

Mon regard s'arrête sur une caisse d'aspect différent. Celle-ci est rectangulaire, verticale, et mesure à peu près ma taille. Une poignée permet de l'ouvrir sur le devant, à la façon d'une porte. Pour le reste, elle fait indéniablement penser à... eh bien, à un cercueil.

Je me passe longuement les mains sur les joues.

Bordel de bordel.

Je me retourne pour examiner la passerelle. Toujours personne. Je reviens à la caisse. Puis à la passerelle de nouveau.

Décide-toi, vieux.

D'accord.

Je fais deux pas en avant, je pose la main sur la poignée et ouvre.

Le contenu manque de m'arracher un cri.

Ce n'est pas un cadavre. Pourtant, c'est presque aussi déroutant, car il y a bien « quelqu'un » à l'intérieur : un déguisement complet.

Il s'agit d'un costume médiéval asiatique. Un masque noir, comme ceux des anciens samouraïs, de longues tresses de cheveux noirs et raides, et un habit noir et argent, renforcé de plaques de cuir. Des dents pointues en métal complètent le tout.

L'ensemble tient à la fois de la sorcière nippone et de l'armure démoniaque cliquctante. Le costume doit être assez ancien, parce qu'il sent la sciure et le vieux cuir. Et les cheveux ont l'air vrais.

En d'autres circonstances, je trouverais ça très cool. Enfilez ça, les gars, succès pour Halloween garanti. Mais là, il se produit quelque chose d'étrange : une onde de peur incompréhensible se propage dans ma poitrine et je suis obligé de me cramponner au bois de la caisse.

Mû par une fascination morbide, j'effleure le masque du bout des doigts avant de passer ma paume sur les longs cheveux noirs. Un ruban de tissu qui servait à les nouer se détache et me reste dans la main. Je l'examine, en proie à une émotion aussi intense qu'inexplicable.

Cet accoutrement.

Cette créature.

La Sorcière.

Je ne sais pas d'où elle vient.

Mais elle possède un air *familier*.

– Qu'est-ce que tu fous là ?

Je me retourne. La rousse aux dreadlocks se tient devant moi, le visage livide et les narines dilatées tels les nasaux d'une lionne. Détail intéressant : la tronçonneuse pend dans sa main droite. Une seule pression du pouce, et l'engin se met joyeusement en marche, comme dans le film de Tobe Hooper.

– Ah, heu, je, hum...

Avec une telle éloquence, c'est sûr, je vais l'impressionner.

– Je t'ai posé une question, Ducon.

– J'ai perdu mes chaussures, je bredouille.

– Hein ?

Ma réponse incongrue la surprend, et le stratagème fonctionne : ses yeux s'abaissent pour regarder mes pieds. J'en profite pour la pousser violemment en arrière. Elle s'étale au milieu des caisses.

Et je me mets à courir.

Enfin, « voler » serait plus juste. Parce que je fonce, je détale, je sprinte comme jamais je ne m'en serais cru capable. Je traverse le quai, remonte la pente, cavale dans la végétation, saute pieds nus par-dessus les obstacles et voltige littéralement entre les arbres, direction le parking, porté par la vague d'adrénaline qui submerge mon organisme.

L'adrénaline, paraît-il, est une sorte d'héritage de l'ère préhistorique. Une énergie ultime réservée aux situations de crise. Votre cerveau reptilien prend le contrôle et vous voilà capable durant quelques secondes de soulever un rocher, d'affronter un tigre à dents de sabre ou d'arracher la tête du sorcier de la tribu adverse.

J'ai toujours cru que c'était bidon. Je réalise à quel point je me suis trompé.

Lorsque j'atteins le grillage, à bout de souffle, il a dû s'écouler moins d'une minute. Je me plie en deux, toussant et crachant, une horrible sensation de brûlure dans la poitrine. J'ignore par quel miracle je ne me suis pas déchiré la plante des pieds. Certes, il semblerait que j'aie définitivement perdu mes chaussures, mais le bon côté des choses c'est que je suis toujours en vie. Je n'avais aucune intention d'avoir un tête-à-tête avec la rouquine et son instrument.

Je me contorsionne par-dessous le grillage et repasse sur le parking. J'ai encore une jambe en l'air lorsque je vois l'homme émerger à côté de ma voiture.

L'espace d'un instant, mon cœur s'arrête. Puis je réalise qu'il s'agit de Rolf, mon serveur habituel, celui qui travaille au café où je prends mes repas en sortant de garde.

Le soulagement m'inonde. Je n'ai jamais été aussi content de le voir !

Rolf est toujours aussi chauve et musclé. Il porte un T-shirt représentant un fusil mitrailleur avec l'inscription PATRIOT imprimée dessus. Le tissu est tellement distendu que je le soupçonne de l'avoir enfilé simplement pour empêcher ses pectoraux d'exploser.

– Hé, qu'est-ce que vous faites ici ? me demande-t-il, goguenard.

– Je vous retourne la pareille, dis-je en essayant d'adopter une attitude nonchalante.

Paul Becker, roi de la repartie.

Il désigne la canne à pêche sur son dos.

– Je taquine le poisson-chat dans les petites criques. Trop de monde sur la jetée. Et vous ?

– Moi ?

– Vous êtes en sueur. Et pieds nus, si je puis me permettre...

Je me dandine. Il faut trouver quelque chose. Je fourre mes poings dans mes poches et pointe mon menton vers ma voiture.

– J'ai laissé mes chaussures dans le coffre. Je prépare les Olympiades.

– Les Olympiades ?

– Ça se passe, heu, sur la plage. C'est une sorte de course d'obstacles amicale. Façon *Survivors*. Les urgentistes de l'hôpital contre ceux de la clinique.

– Oh.

– Je courais pieds nus dans la pinède. Pour l'entraînement.

Que je sois pendu s'il avale une connerie pareille.

– Ouais. (Il opine mollement.) L'entraînement, ça, je comprends. Paraît qu'il y a un quai désaffecté, là-derrière. Vous deviez y être peinard. (Il regarde sa montre.) Mon service commence dans une demi-heure. Vous me ramenez ?

– Bien sûr, dis-je après une seconde d'hésitation. Vous m'offrez la bière ?

– Bah, oui, répond-il avec un sourire un peu crétin.

C'est comme ça qu'on se retrouve à rouler tous les deux, discutant comme deux vieux potes. Il me parle de pêche et d'appâts, délaissant pour une fois ses sujets favoris tels que Britney Spears ou ses aspirations à une carrière militaire.

J'acquiesce, la tête ailleurs.

Bon Dieu, qu'est-ce qui m'a pris d'aller fourrer mon nez dans ce hangar à bateau et de frapper cette fille ? Et ce déguisement de sorcière, c'était quoi ?

J'arrive au croisement avec l'US 41. Le Riverwalk Café est juste en face, à moins de trois cents mètres, mais je suis obligé de m'arrêter au feu. Le trafic est ultradense, à croire que toute la ville est sortie faire ses courses cet après-midi. J'en profite pour chercher mon portefeuille dans ma poche car il faut que je me procure une nouvelle paire de chaussures en vitesse.

C'est comme ça que je remarque le canon du revolver pointé sur mon flanc.

– Prenez à gauche, Paul.

Le sourire niais de Rolf a disparu.

– On ne va plus au café. On va rouler un peu.

39

KOSH EFFECTUAIT sa gymnastique habituelle, nu sur le plancher de son salon.

Il a répété la posture du Singe Blotti – celle qu'il comptait exécuter pour s'occuper de Madison, sa future conquête – puis s'est remis debout afin de se dégourdir les jambes.

Il s'est posté, toujours nu, devant l'homme qu'il avait attaché à des chaînes et suspendu au milieu de la pièce.

– Votre résistance est impressionnante, mais totalement inutile, a dit Kosh.

Il a tourné autour de lui. La blessure dans son dos s'était partiellement refermée et son teint avait repris quelques couleurs, depuis la fois où il l'avait empalé sur une branche d'arbre dans la cabine de son yacht. Mais on ne pouvait pas dire que c'était la grande forme. L'homme était obèse, il avait perdu beaucoup de sang et se décomposait à vue d'œil.

Kosh l'avait soigné avec les moyens du bord : une agrafeuse réservée à ses cartons de colis pour suturer la plaie, deux perfusions plantées à même la peau avec des aiguilles, pour la réhydratation, et une poignée d'antibiotiques écrasés dans un bol de *Cranberry Juice* (le même que celui qu'il proposait aux enfants), deux fois par jour, pour le nourrir et retarder la progression des bactéries.

En revanche, il n'avait rien pu faire pour les douloureuses escarres qui se formaient aux points de contact entre les chaînes et la peau, ni pour son poumon perforé, ce qui était regrettable car ses râles et sa respiration sifflante l'énervaient au plus haut point.

– Vous devriez vous mettre à table, a conseillé Kosh.

L'autre a levé vers lui des yeux injectés de sang.

– Je reconnais que je vous ai un peu amoché, a-t-il poursuivi. J'aurais dû vous interroger *avant* de vous empaler. Seulement voilà : vous et moi, nous en sommes là. Alors il vaudrait mieux que vous me disiez la vérité tout de suite. Ça fait soixante-douze heures que votre chair pourrit et se décolle. Ça peut durer encore longtemps...

C'était un mensonge. Kosh doutait que l'homme ait encore plus d'un jour à vivre. Mais il fallait bien tenter de le convaincre.

Il a croisé les bras et agité son index, comme pour s'adresser à un élève rebelle.

– Alors, qui êtes-vous ? Vous travaillez pour le gouvernement ? Vous êtes détective privé ? Envoyé par une famille, peut-être ? Ou bien membre de l'une de ces associations comme Crime Stoppers qui tentent d'aider la justice ? À moins que vous ne soyez un criminel, un concurrent qui se renseigne sur mes méthodes ?

L'autre a marmonné quelque chose.

– Je n'entends rien du tout, a dit Kosh, énervé. Comment vous êtes-vous introduit dans mon réseau ? Qui vous a donné les coordonnées de mon site web ? Qui vous a fourni les fonds, vingt mille dollars pour une journée avec le petit Sean dans le confort de mon yacht – dont il a fallu, soit dit en passant, entièrement nettoyer la cabine.

L'autre a écarquillé les yeux comme s'il écoutait le discours d'un fou.

Kosh a poussé un soupir d'exaspération.

– Je vous préviens, mes tarifs ont considérablement augmenté, et vous n'êtes pas près de vous offrir à nouveau mes services. À vrai dire, vous n'êtes pas près de vous offrir quoi que ce soit. Mais bon, je vous signale que, en tant que premier client de mon produit de luxe, vous avez bénéficié d'une sacrée ristourne. Le suivant a lâché pas moins de deux cent cinquante mille dollars.

Kosh a tourné une paume vers le haut et frotté son pouce contre son index, comme pour lui faire prendre conscience de la somme.

– Un quart de million, vous vous rendez compte ? Et ce n'est qu'un début. La phase-test, comme disent les chefs d'entreprise. J'aime à me considérer comme un entrepreneur, alors j'ai besoin de savoir qui vous a rencardé sur moi. Votre attitude peut être considérée comme de l'espionnage industriel, c'est très vilain, vous savez ?

Kosh se trouvait excellent. S'il avait voulu, il aurait pu accomplir une carrière d'acteur.

Son téléphone a sonné.

Il s'est rendu jusqu'à la chaise où il avait déposé ses vêtements et l'a sorti de la poche de son manteau noir.

– Où en es-tu ? a-t-il demandé d'entrée de jeu.

– Jordi Lanski n'a toujours pas refait surface.

– Mais qu'est-ce qu'il fabrique ! On n'a aucune nouvelle de lui depuis qu'il est allé fouiner chez ce docteur Becker. (Kosh a marqué une pause.) Je ne comprends pas, ce médecin a l'air d'un idiot... Ou bien il est beaucoup plus malin qu'on ne le croit ?

– Il est idiot.

– Comment tu le sais ?

– Parce que je le tiens au bout de mon canon.

De l'autre côté de la ligne, Rolf a marqué une pause pour laisser le temps à son patron d'apprécier toute l'étendue de ses compétences.

– Je t’écoute, a dit Kosh d’une voix mielleuse.

Rolf s’est soudain senti plein d’assurance.

– Eh bien, j’effectuais mon tour de garde dans votre propriété – vu que vous me payez pour ça – et votre skipper l’a surpris en train de fouiner près de votre bateau. Elle m’a prévenu par talkie-walkie. Il paraît qu’il l’a bousculée.

– Bousculée ?

– Fait tomber, quoi. Elle a essayé de le poursuivre mais il a décampé comme un lapin. (Rolf a lâché un rire.) Heureusement que j’étais dans le secteur, vrai ?

Kosh s’est abstenu de faire la moindre remarque à cet abruti. Trouver des hommes de main convenables dans cette petite ville était une tâche insoluble, et il ne tenait pas à engager des gros bras venus d’ailleurs et capables d’attirer l’attention.

– Qu’est-ce qu’il a vu ? a-t-il demandé à la place.

– Presque rien.

– Mais encore ?

– Des caisses. Des étiquettes. Un costume moisi.

– Un costume de quel genre ?

– Je ne sais pas, moi, il faudrait demander ça à votre employée. Elle a parlé d’une sorcière...

Kosh a tiqué.

Il a fait quelques pas pour se détendre et lissé ses cheveux en arrière.

Paul Becker possédait des photos. Jordi le Serpent avait disparu peu après s’être rendu chez lui. Et voilà que le docteur se pointait au hangar pour fouiner. Comment avait-il localisé l’endroit ? Seuls les flics connaissaient cette adresse, et ils n’avaient aucune raison de lui en faire part. Était-ce l’œuvre de cet inspecteur, Cameron Cole ? Mais dans quel but ? Tout cela alors que son nouveau commerce était espionné dès sa première opération. L’espion en question était suspendu en ce moment même au milieu de la pièce, certes, mais Kosh trouvait ces événements simultanés très curieux. Il fallait vraiment qu'il s'occupe de toutes ces personnes, les unes après les autres.

Quelque chose se tramait. Il ne comprenait pas encore quoi, mais il était indéniable que c'était excitant.

Un petit cri de plaisir franchit ses lèvres.

Kosh était un génie. Lorsqu'il se trouvait seul devant ses ordinateurs, il lui arrivait parfois de danser nu, tordant son corps pour en examiner les reflets difformes renvoyés à l'infini par les écrans bleus. Il aimait s'imaginer en Empereur des Ténèbres. Kosh le Magicien. Le Roi Noir déplaçant ses pions sur l'Échiquier des Ombres.

Mais pour toute chose, il existait un contraire.

Qui était le Roi Blanc ? Cet être insignifiant, le docteur Becker ? Il avait du mal à le croire.

– Dites, et pour mon fric ? a susurré Rolf d'une voix où perçait l'impatience. Vous m'avez parlé d'une amélioration si je me montrais utile...

– Tu prétends que Becker est toujours avec toi ?

– Il conduit. Je tiens le flingue.

– Bien, a dit Kosh. Dans ce cas, voilà ce que tu vas faire...

40

ROLF RACCROCHE. Il affiche un petit sourire satisfait.

– Pas de chance, Becker. En voulant fuir l'employée de M. Smith, t'es venu te jeter directement dans mes bras. Comme qui dirait, t'es tombé du chariot de Sylvia.

– On dit tomber de Charybde en Scylla.

Ses sourcils se froncent.

– Et qu'est-ce que ça change ? dit-il les yeux mi-clos.

– Je ne sais pas. À briller lors de votre prochain cocktail mondain ?

Ma vanne n'a pas l'air de le faire rire. Il m'envoie un coup de poing dans l'oreille.

– Regarde la route, au lieu de dire des conneries.

La douleur est tellement violente que je perds pratiquement le contrôle de ma voiture.

Il ricane et enfonce un peu plus le canon du revolver au creux de mon flanc.

– T'es pas très physique, hein ?

Je garde les dents serrées.

– Estime-toi heureux. Si j'avais voulu te faire mal, poursuit-il, ce serait différent.

Mon oreille doit être écarlate. Je suis tellement en colère que je serais capable de nous foutre dans le fossé. Mais la présence du revolver me rappelle à la réalité. Je dois conserver mon calme. En apprendre plus.

– Continue sur la nationale, dit-il.

– Où est-ce qu'on va ?

– Tu verras bien.

Je fais mine d'acquiescer.

Il me reste encore une carte à jouer. Les deux téléphones portables, le mien et celui de Kosh, sont toujours dans ma poche. J'ai réglé le mien en mode silencieux. Si je parviens à appuyer sur la touche de numérotation automatique, je pourrai contacter Cameron et il entendra tout ce qui se passe, à la manière d'un talkie-walkie. Je vais faire des commentaires à voix haute à propos de la route qu'on est en train de suivre. Cameron comprendra et viendra à mon secours. J'ai lu cette astuce dans un roman policier, j'espère que ça va marcher...

Je fais semblant de me gratter la cuisse.

– Qu'est-ce que tu tripotes ? dit Rolf.

Il repousse ma main d'un coup de crosse, fouille dans ma poche et en extrait les deux portables.

– Tu comptais me faire le coup du téléphone silencieux pour appeler à l'aide ? Mais tout le monde connaît ça, pauvre naze, c'est complètement ringard.

Il balance les combinés sur la banquette arrière et pointe à nouveau son revolver sur mon flanc.

– Concentre-toi plutôt sur ta conduite.

On roule pendant une demi-heure. Les dernières maisons cèdent la place à des terrains de golf. La plupart ont été construits en gagnant sur les marécages. Bientôt la vase remplace le gazon et il ne reste que la nappe sombre des Everglades semblable à un linceul tiré sur un corps pourrissant.

– J'ai fait une balade en *airboat*, une fois, commente Rolf. C'était vraiment de la merde. Rien que des connards d'Indiens et des alligators. Tu sais que ces enfoirés ne payent même pas d'impôts ?

– Les alligators ?

Il ignore mon sarcasme. Je regarde dans mon rétroviseur. Un pick-up rouge nous suit. Si je trouvais le moyen de faire signe au conducteur...

– Ces abrutis d'Indiens font semblant de vivre dans des cahutes au bord de la route uniquement pour les touristes. Dès qu'ils retournent dans leur réserve, c'est palace et compagnie. Les dividendes de leurs casinos sont exonérés de taxes et reversés aux familles, tu te rends compte ? Ces Peaux-Rouges se font un max de blé sans rien branler, alors qu'ils profitent de nos écoles et de nos infrastructures publiques.

Nouveau coup d'œil dans le rétro. Rolf m'envoie un coup de coude qui me plie en deux.

– Accélère, connard. Débarrasse-toi de cette voiture rouge.

J'enfonce la pédale. Le pick-up disparaît dans le lointain. Une série de virages, et on se retrouve seuls.

– Fais attention. On prend le chemin derrière le panneau, là-bas.

C'est une ancienne publicité dont l'affiche part en lambeaux : *WINDTALKERS AIRBOATS, 45 DOLLARS LE TOUR.*

Je freine et m'arrête sur le bas-côté.

– Qu'est-ce que tu fous ?

– Je veux savoir où on va.

– Discuter dans un coin tranquille.

– On peut discuter ici.

– Non.

Je me tourne vers lui, le visage empli de défi et de peur.

– Quoi ? Vous voulez me descendre ? On ne se connaît même pas, je n'ai rien fait pour vous nuire, ni à vous, ni à votre patron !

Sourire amusé de son côté.

– Tu chies dans ton froc ?

– C'est vous qui avez le flingue, abruti. Qu'est-ce que je suis censé éprouver ?

Le sourire disparaît.

– Tu tournes au panneau. Ou je te loge une balle dans le foie ici même, et je te balance dans les marécages. Je te regarderai ramper en fumant une clope, histoire de voir combien de temps tu tiens.

J'enfonce rageusement l'accélérateur et je m'engage sur la route en terre en dérapant. Trois cents mètres plus loin, on arrive à une cabane au bord de l'eau. La baraque en bois se prolonge à l'arrière par un ponton, au bout duquel gît la carcasse désossée d'un *airboat* échoué dans la vase.

– Coupe le contact.

Je m'exécute. Il récupère les clés et me fait signe de sortir. J'ouvre la portière. Rolf sort de son côté d'un mouvement coulé. Le canon de son revolver ne me quitte pas une seconde. Le soleil décline lentement vers l'horizon et les moustiques bourdonnent autour de nous, flairant le sang. Je commence à transpirer à grosses gouttes.

– Écoutez, dis-je, je peux vous payer.

– Combien ?

– Dix mille. Plus, en vendant ma clinique.

– Pas mal.

Cet enfoiré se régale. Il n'a aucune intention de négocier. Il fait juste durer le plaisir.

– Je paierai ce que vous voudrez, dis-je. Je veux simplement récupérer ma femme et mon gosse.

– De quoi tu parles ?

Il a répondu spontanément. J'insiste :

– Je suppose qu'il y a une rançon. Pour ma famille.

Il ne voit pas ce que je veux dire. Et ne réalise pas le soulagement qu'il me procure. Il vient de me confirmer que Claire et Billy n'ont rien à voir avec cette histoire. Ils sont en sécurité – Seigneur, sains et saufs. J'avais vu juste, ils n'ont jamais été victimes d'un kidnapping.

– Une chose, avant de te buter, dit Rolf. Où est passé Jordi ?

– Qui ça ?

Il me scrute un moment, comme pour évaluer si je suis sincère.

– Le patron veut savoir comment tu t'es procuré les photos, reprend-il. Celles que Jordi le Serpent a trouvées sur le téléphone dans ta cuisine.

J'écarquille les yeux.

– Jordi Lanski est entré dans ma maison ? !

Rolf secoue la tête.

– Eh bien, eh bien, tu ne le connaissais pas il y a une seconde, mais je vois que son nom exact te revient en mémoire.

– C'est tout ce que je sais. Son nom.

– Réponds à la question. Comment tu as eu les photos ?

– Elles étaient déjà sur le portable.

– Jordi a disparu ensuite. Tu l'as buté ?

– Vous rigolez ?

– Et pour l'adresse de la propriété où était amarré le yacht ?

– Les flics me l'ont donnée. À moi de vous poser une question. Pourquoi vous bossez pour Kosh ? Est-ce qu'il est responsable de l'enlèvement de Sean Raymond-Rodriguez ?

– Ça fait deux, dit-il en écrasant un moustique entre ses doigts.

Il observe tranquillement le décor, comme s'il s'interrogeait sur le meilleur emplacement où faire bâtir sa maison de campagne.

– Recule près de l'eau.

Je m'exécute, en me rapprochant de la cabane.

– Vous réalisez que votre boss est un psychopathe ?

– La belle affaire.

– Il a kidnappé un enfant.

Il fronce les sourcils. Je me rapproche de la baraque en

planches. La porte ne tient plus que par un seul gond et elle est entrebâillée.

– Je ne suis pas au courant, dit Rolf. Et du reste, j'en ai rien à foutre. Il m'a engagé. (Il se redresse.) Il a « repéré mon potentiel », il m'a à la bonne, il a plein de projets pour moi. (Il s'avance, pendant que je fais deux autres pas en direction de la cabane.) Tu croyais que j'allais rester un serveur minable toute ma vie ? Cirer les pompes de mecs dans ton genre ?

Il pointe son revolver.

Je plonge dans l'ouverture de la porte.

La première balle siffle au-dessus de ma tête. La seconde fait exploser le chambranle, et des éclats de bois viennent griffer mon dos.

Rolf lâche un juron tandis que je disparais dans l'ombre.

Je roule sur le sol et me précipite derrière un bureau couvert de moisissures, m'écorchant au passage les genoux et les coudes. Les fenêtres sont obturées par du papier journal, l'endroit est sombre, il sent les excréments et est encombré d'objets. Si seulement je pouvais atteindre la sortie qui donne derrière sur le ponton...

Rolf se poste dans l'encadrement. L'ombre de sa silhouette immense masque le soleil qui décline.

Je ramasse un cendrier et le jette en direction d'un alligator empaillé, à l'autre bout de la pièce.

Rolf pivote et plombe la bestiole. Les balles fracassent les vitres et font pleuvoir une pluie d'éclats brillants. Les rayons qui rasent l'horizon s'engouffrent aussitôt par la brèche, éblouissant mon adversaire. Je bondis vers la sortie. Des bouts de verre se plantent dans mes pieds nus, m'arrachant un cri. La douleur est épouvantable, mais je ne ralentis pas pour autant. Deux secondes plus tard, je suis sur le ponton.

– Reviens ici, salopard !

Une balle traverse le mur à cinquante centimètres de ma tête.

Je cours comme un dératé sur le quai branlant, pissant le sang et me tordant les chevilles. Les planches craquent. J'atteins l'épave de l'*airboat*, la poitrine en feu, puisant dans ce qu'il me reste de ressources. Je pense à mon fils. Je pense à ma femme. J'arrive au bout du ponton : la route se trouve loin en arrière, et face à moi la vase s'étend à perte de vue. C'est la panique. Qu'est-ce qui m'a pris de m'enfuir par là ?

Nouvelle détonation.

Je plonge sans réfléchir.

L'eau est tiède, noire comme la nuit. Mes orteils effleurent un fond mou de mélasse. Je fais quelques brasses en pensant m'éloigner. Je réalise mon erreur. Dans les films, le héros arrive à fausser compagnie aux méchants. Là, je m'empêtre simplement dans la végétation. Je sors la tête, avale une goulée, replonge, retiens mon souffle. Je m'acharne à avancer sous l'eau, actionnant bras et jambes. Si je remonte encore, je me prends une balle. Mes poumons en feu finissent par céder et ma tête crève la surface.

Je tousse, un goût atroce dans la bouche.

Rolf rigole : en réalité, j'ai couvert quelques mètres à peine. Il en a profité pour se poster tranquillement sur le ponton et ajuster son tir.

– C'est bien d'avoir plongé, dit-il. Tu m'évites la fatigue d'enterrer ton corps.

Sa voix me parvient avec difficulté. Mon oreille sur laquelle il a cogné bourdonne tellement que je crois entendre un moteur.

Il braque son flingue sur moi.

– Tu es vraiment stupide, dit-il.

Il a raison. J'ai été stupide. Est-ce que ma vie va défiler devant mes yeux, à présent ? Non. Une balle déchirera l'air, et puis ce sera le néant. Ci-gît Paul Becker, père et mari stupide.

Les larmes coulent le long de mes joues.

Adieu Claire. Adieu Billy.

La cabane derrière Rolf explose.

Le pick-up rouge – celui que j'avais aperçu dans le rétroviseur tout à l'heure – traverse la baraque à la vitesse d'un boulet de canon. La calandre percute la colonne vertébrale de Rolf, et je vois son corps se plier à l'envers comme un jouet cassé. La voiture et lui décrivent un arc vertigineux au-dessus de moi, les roues tournant dans le vide tel un vaisseau de métal propulsant sa proue humaine, puis l'ensemble s'écrase dans la vase.

Le temps que je comprenne, on n'aperçoit plus que l'arrière du pick-up, fanion rouge s'enfonçant doucement dans les Everglades. Le conducteur a réussi à s'extraire de la carcasse et nage à présent vers moi. Je ne le reconnais pas tout de suite tant il est couvert de limon.

Puis Cameron Cole s'essuie le visage et me fait signe de la main.

– Désolé pour le retard, vieux. J'ai raté la bretelle de sortie.

– T... Toi ? Mais, mais... Comment tu m'as retrouvé ?

– Facile. J'ai placé une puce GPS dans le téléphone de Kosh.

Je reste abasourdi. Il remonte sur le ponton, puis m'aide à sortir de l'eau.

– Tu te rappelles quand tu m'as confié le portable ? poursuit Cameron. J'en ai profité pour y apporter une petite amélioration.

– C'est pour ça que tu voulais que je le garde allumé ? Tu me surveillais ?

– Je veillais sur toi. Pour ta propre sécurité. Tant que le téléphone de Kosh fonctionne, je te localise. Moins cher qu'un dispositif installé par la police et pas besoin de paperasse. Ni d'autorisation.

Cam secoue la tête en souriant.

– Le problème, avec ces GPS du commerce, c'est que leur signal faiblit dès que le feuillage est un peu dense. Je vous ai perdus lorsque vous avez quitté la route. Mais on dirait que je suis quand même arrivé à temps, pas vrai ?

41

JE NE DÉCOLÈRE PAS.

La dépanneuse est en train de retirer le pick-up de l'eau. Je regarde le spectacle, enveloppé dans une couverture, les pieds entourés de bandages. Il fait presque nuit. Le légiste vient de refermer le sac en plastique dans lequel se trouve le corps de Rolf. Cameron adresse un petit signe de la main à ses coéquipiers et s'approche de moi.

– Tout va bien ?

– Au poil. Un taré a tenté de m'assassiner, des psychopathes veulent ma peau, mon meilleur ami planque des GPS dans mes affaires, et ma famille a disparu. C'est la grande forme.

Il me tend un ticket.

– Ta femme n'a pas disparu.

– Hein ?

Je saisis le bout de papier sans comprendre.

– C'est son relevé de carte de crédit, ajoute Cameron. Le numéro est bien celui de Claire ?

J'acquiesce.

– Elle a tiré deux cents dollars dans un distributeur hier après-midi à Bonita Springs. C'est à vingt minutes à peine.

– Comment peux-tu savoir que c'est elle ? On a pu lui voler sa carte.

– Tu me prends pour un bleu ? J'ai vérifié la vidéo de surveillance. Tout est numérisé, de nos jours. La police récupère via Internet les enregistrements filmés à la banque. Ta femme se trouvait seule devant le distributeur. Elle a tiré de l'argent, elle est partie.

Mon cœur bondit dans ma poitrine.

– Et Billy ?

– Il n'est pas sur la vidéo.

– Comment ça ?

– Il n'est pas sur la vidéo.

– Ce n'est pas possible. Il est forcément avec elle !

Cameron croise les mains derrière sa nuque et fixe le sol.

– Écoute, Paul, une chose à la fois. Ta femme est en vie et, comme je te l'ai dit, elle a sans doute ses raisons de t'avoir plaqué. Ce sont vos histoires, ça ne me regarde pas. Maintenant, si on en revenait à ce qui vient de se passer, tu veux bien ?

Je n'aime pas le ton qu'il emploie.

– C'est Cameron le flic qui parle, là ? Ou bien Cameron l'ami ?

– Les deux.

– Alors pourquoi ai-je le sentiment d'être menacé ?

– À toi de me le dire. J'ai planqué un GPS sur toi parce que j'ai eu peur de ne pas pouvoir te faire confiance. Je t'avais dit de ne pas t'approcher de Kosh, oui ou non ?

Je ne réponds rien.

– Qu'est-ce qui se passe ? dit-il. Tu veux m'en parler ?

Bizarrement, j'ai l'impression qu'on ne discute pas des mêmes choses. Et ce n'est pas la première fois. Comme si Cameron faisait allusion à des événements différents de ceux qui viennent de se dérouler.

Je décide de jouer franc jeu.

Je lui explique comment je me suis procuré l'adresse du hangar en trompant le jeune flic, et lui relate mon expédition par le menu. La propriété à l'abandon, le yacht de luxe, les containers sur le quai, les phrases sur les étiquettes, « Réservé pour S. », « Réservé pour M. », et la fille rousse que j'ai dû flanquer par terre avant qu'elle ne me découpe en rondelles. Je lui raconte aussi ce que Rolf m'a dit à propos de Jordi le Serpent, qui aurait visité ma maison pendant mon absence. Je lui apprends également que, toujours selon Rolf, le fameux Jordi aurait disparu ensuite. Je remarque l'attention particulière de Cameron durant tout ce passage. La seule partie que je lui cache concerne le déguisement de sorcière. L'émotion provoquée en moi par cette découverte est incompréhensible, et je ne tiens pas à la partager pour l'instant.

Une fois que j'ai terminé, il demeure silencieux quelques secondes, puis :

– Ce que tu as fait n'est pas très malin.

– J'en avais marre d'être inutile. Je voulais donner un coup de pied dans la fourmilière. Découvrir qui était Kosh.

Il a l'air de ruminer mes arguments. Il fait quelques pas entre les touffes d'herbe, pendant que la dépanneuse repart, escortée par une voiture de police. Les collègues de Cameron voulaient me ramener au poste les menottes aux poignets. Seule l'intervention de mon ami les en a dissuadés.

– Je ne sais pas si tu te rends compte, dit-il.

– Non. Mais tu vas m'expliquer.

– Tu as violé une propriété privée. Frappé une femme qui va probablement porter plainte. J'apprends qu'un psychopathe tel que Jordi s'est introduit chez toi à ton insu. Et voilà qu'on te retrouve avec le cadavre d'un type. Ta situation est mauvaise. Très mauvaise.

Un juron franchit mes lèvres.

– Tu te moques de moi ? La fille m'aurait buté ! Jordi m'aurait buté ! Rolf vient d'essayer de me buter !

– C'est ta version, fait-il. Mais je te parie que la fille laissera de côté l'histoire de la tronçonneuse en te présentant comme l'agresseur. Quant à Jordi, il a disparu.

– Tu n'as qu'à faire inculper Kosh, Smith, ou quel que soit son nom.

– En m'y prenant comment ?

– Son employée m'est tombée dessus. Récupère son portable, tu verras, c'est le dernier numéro que Rolf a appelé. Alan Smith lui a donné l'ordre de me tuer.

– Le téléphone de Rolf gît dans la vase. Il faudra des plongeurs pour le récupérer et il doit être hors d'état. Et quand bien même, un simple appel ne prouve rien. Rolf était un homme de main, on n'engage pas ce genre de type en signant un contrat. Les avocats d'Alan Smith nieront simplement toute relation entre eux. En revanche, ils prouveront sans problème que tu t'es introduit chez Smith et que tu as agressé la femme. Pour le reste, c'est ta parole contre la leur.

Je croise les bras, trépignant en silence. Je suis obligé de reconnaître qu'il n'a pas tort.

– Et toi ? dis-je. Qu'est-ce que tu fichais sur cette route dans une voiture banalisée ?

– Ce n'est pas une voiture banalisée, c'est – ou plutôt c'était – le véhicule de Will Palmeto.

Je reconnais vaguement le nom du jeune flic que j'ai eu au téléphone.

– Palmeto ?

– C'est lui qui a pris ta communication, au central. Tu lui as extorqué l'adresse de Kosh. Tu te rappelles ?

Je m'abstiens de répondre.

– C'est un gars qui débute, poursuit Cameron, c'est moi qui l'ai formé. Il n'est pas encore au point, mais pas complètement idiot non plus. Quand il a compris qu'il avait fait une boulette, il est venu me trouver plutôt que d'en référer à son supérieur. J'ai branché le traqueur GPS et repéré ta trace. Comme je ne voulais pas me faire remarquer, j'ai emprunté la première voiture qui m'est tombée sous la main : le pick-up de Palmeto. Mon idée initiale était de t'intercepter le plus discrètement possible parce que, je te le rappelle, je n'ai pas le droit d'enquêter sur Kosh. J'ai croisé ta voiture. J'ai remarqué qu'un type était assis du côté passager. Je t'ai fait signe, mais tu étais tellement stressé que tu ne m'as pas vu. J'ai compris qu'un truc ne tournait pas rond et j'ai décidé de te suivre. Tu connais la suite.

J'appuie une fesse sur le capot de ma voiture.

– Merde.

Je fouille mes poches à la recherche d'une clope et sors un paquet trempé. Je finis par en dénicher une oubliée dans ma boîte à gants, l'allume et en tire une longue bouffée.

Je sors le ruban noir, celui qui m'est tombé dans la main lorsque j'ai touché le costume de sorcière. Il était glissé parmi les longs cheveux attachés au masque.

– J'ai trouvé ça près du yacht.

– Qu'est-ce que c'est ?

– Un élément de costume. Une sorte de déguisement. Kosh en prenait soin. Ça doit être important pour lui.

– C'est trempé.

– Je n'ai pas pu résister au plaisir de prendre un bain de boue avec.

– Et je suis censé en faire quoi ?

– Des cheveux sont restés accrochés dessus. Je pense que ce sont des vrais. Maintenant que tu es un maître de l'espionnage au GPS, tu vas peut-être pouvoir nous en tirer de l'ADN ?

Cameron récupère le ruban et le fourre dans un sac plastique.

– Ce n'est pas aussi simple, dit-il.

– Je sais. Je suis médecin. Et je sais aussi qu'on peut extraire de l'ADN d'un cheveu. Même ancien, dégradé, et dépourvu de follicule.

– Ça ne fonctionne pas comme dans les séries télé. Une recherche coûte près de trois mille dollars, ponctionnés directement sur notre budget du bureau de police. Autant te dire que l'on sélectionne les cas au compte-gouttes. Le prélèvement est envoyé à un labo de La Nouvelle-Orléans et la technique prend plusieurs jours, parfois des semaines. Et puis un seul prélèvement d'ADN, ça ne sert à rien, il faut pouvoir le comparer à un autre pour établir un lien ou au contraire le réfuter. Le règlement stipule...

Je le coupe :

– Le règlement ? Quel règlement ? Pour espionner ton meilleur ami il ne t'a pas gêné, non ?

Je lui tends le téléphone.

– Et retire-moi ça.

Il me dévisage avec colère. Je garde la main tendue. Il finit par m'arracher le téléphone, ouvre le boîtier, en ressort un rectangle gris muni de broches, referme le boîtier, puis me le rend.

– Voilà. Plus de GPS. Tu es content ?

– Je suis content.

Je contemple une dernière fois le marais dans lequel j'ai failli mourir. Le masque de la sorcière revient hanter mes pensées. Un instant, j'ai l'impression de voir ses longs cheveux noirs flotter dans l'eau en décrivant d'ondulantes arabesques. Son visage se rapproche lentement de la surface, de moins en moins flou, et j'aperçois sa face blanchâtre. Le visage pourrissant d'une morte.

Je réprime un frisson et l'illusion se dissipe.

Je pose mes mains sur les épaules de mon ami.

– Merci de m'avoir sauvé la vie, Cam. Fais cette recherche d'ADN. Peu importe le temps que ça prendra. Il y a quelque chose au bout, j'en suis persuadé.

Il se dandine à nouveau, peu habitué à des marques d'affection de ma part.

– D'accord. Mais j'espère que tu as raison. Parce que le chef Garner veut nous voir. Et tout de suite.

Il m'invite à monter dans la voiture. J'obtempère en silence.

Les mots sont inutiles.

Nous savons l'un et l'autre qu'il va falloir jouer serré.

42

– VOUS ET MOI, nous avons un problème, docteur Becker.

Le chef Garner est avachi dans son fauteuil, les doigts croisés sur son ventre. Cameron et moi sommes installés face à lui, chacun sur une chaise, de l'autre côté de son bureau. Cameron a opté pour une position décontractée – assis à l'envers, bras croisés sur le dossier.

– Un problème ? fais-je.

– Oui.

Garner sourit et pose une main sur une pochette en carton à plat devant lui.

– Mais avant que nous ouvrions la boîte de Pandore, voudriez-vous avoir l'amabilité de répondre à une simple question ?

Je jette un œil à Cameron. Il me fait oui de la tête. J'acquiesce à mon tour.

– Comment se porte votre activité professionnelle ? demande le chef Garner.

Je réfléchis.

Ce type ne m'aime pas, et malgré le fait qu'il ressemble à un vieux morse sorti d'un film de Walt Disney, je dois dire que je ne l'aime pas non plus. À l'évidence ma présence ici est une épine dans son postérieur.

Cameron m'a expliqué que Garner était à prendre avec des pincettes. Les primaires pour le poste de gouverneur se déroulent dans quinze jours à peine et l'élection finale aura lieu en novembre. D'autres élections se tiendront simultanément sur le plan local et toutes sortes de fonctionnaires vont changer de poste, tel un complexe jeu de chaises musicales. Garner tient à rester chef de la police de Naples et il a besoin de tous les soutiens possibles, y compris celui d'Alan Smith et de ses subventions généreuses. Pour lui, ce n'est pas le moment de faire des vagues.

– Alors, cette activité professionnelle ?

– Elle se porte bien.

Garner lève un sourcil broussailleux.

– Tant que ça ? Je croyais que vous veniez de démarrer.

– Eh bien, il est vrai qu'on tire un peu la langue. On est une petite structure. Mes collègues et moi effectuons beaucoup d'heures supplémentaires et...

– Avez-vous des prêts en cours, docteur Becker ?

Je le regarde.

– Bien sûr.

– Contracté des dettes ? Hypothéqué votre maison principale ?

– La plupart des médecins débutants sont obligés de le faire.

– Une *Walk-In Clinic* toute neuve, du personnel, votre assurance médicale, une jolie maison, deux voitures, une petite famille à entretenir. Tout cela doit coûter horriblement cher.

– Où voulez-vous en venir ?

Garner se penche en avant.

– Diriez-vous que vous avez vu grand ? Trop, peut-être ? Financièrement parlant, êtes-vous aux abois ?

– Une minute, fait Cameron en se redressant. Qu'est-ce qui se passe ?

Le chef se renfonce dans son fauteuil.

– Rien du tout, Cole. Je pose seulement des questions.

– Paul est accusé de quelque chose ?

– Non.

– Alors ça suffit. Vous et moi savons très bien ce que vous êtes en train de fabriquer : cessez de lui faire dire des choses qui risquent de se retourner contre lui.

Garner lève les mains en signe d'apaisement.

– OK. Je cherchais simplement à préciser le contexte, rien de plus.

Il ouvre tranquillement sa pochette et en sort quatre documents qu'il place, les uns après les autres, sur la table devant moi.

– Vous reconnaissez cette première feuille, dit Garner en posant son doigt dessus. C'est une déclaration de disparition concernant votre femme Claire et votre fils Billy. Ils sont absents depuis jeudi mais vous ne l'avez remplie que ce matin.

– C'est parce que...

Garner lève un index.

– Attendez que je termine. Document numéro deux : une plainte à propos d'un colis suspect envoyé à votre clinique. Non pas déposée par vous-même, comme vous auriez dû le faire, mais par une collègue, Connie Lombardo. Des rats découpés en morceaux d'après le rapport. Vous conviendrez que ce n'est pas banal.

Il fait glisser un troisième document.

– Celui-ci concerne une bagarre qui s'est déroulée dans votre consultation. Le rapport de police remonte à mardi dernier. Il implique l'inspecteur Cole et M. Alan Smith. Là encore, aucune déclaration de votre part.

Il marque une pause pour me laisser le temps de digérer. Cameron serre le dossier de sa chaise en silence.

– Le quatrième document vient tout juste de nous être faxé, poursuit Garner. Il s'agit cette fois d'une plainte à votre encontre rédigée par maître Barton Fuller, du barreau de Miami. Elle concerne une effraction sur la propriété privée de son client M. Smith. L'effraction aurait eu lieu cet après-midi, suivie d'une agression grave dont les circonstances exactes nous seront précisées dès lundi matin.

J'ai l'impression de recevoir un coup de poing dans le ventre. Une agression grave ? Une plainte rédigée par un avocat ? Alors que cette histoire date de quelques heures à peine ?

Garner referme sa pochette.

– Et je vous retrouve ce soir, conclut-il avec le sourire, en compagnie de notre vieil ami l'inspecteur Cole. Plus un cadavre.

J'essaie de maîtriser le tremblement de ma voix.

– Je sais que tout cela doit paraître invraisemblable...

– Pas vraiment, m'interrompt Garner.

– Ah bon ? fais-je avec une lueur d'espoir.

– Oui, dit-il. Je n'ai pas eu le temps de mener une enquête approfondie mais quelques coups de fil passés auprès des différentes personnes mentionnées dans ces quatre documents m'ont été très utiles. Il suffit de reprendre ces événements dans l'ordre chronologique.

Il sourit toujours, comme si on parlait tranquillement de la pluie et du beau temps. Je fixe sa chemise réglementaire exempte d'auréoles. Il ne transpire pas, contrairement à moi.

– Laissez-moi vous expliquer la façon dont je vois les choses, dit-il. On pourrait résumer votre situation ainsi : vous êtes nerveux, sous pression, vous travaillez beaucoup, essentiellement la nuit, et vous savez que malgré cela votre situation financière empire de jour en jour. La tension envahit votre quotidien. Vous générez l'agressivité autour de vous. Peut-être même que vous vous battez stupidement avec l'un de vos patients mardi soir et que votre ami l'inspecteur Cole couvre l'affaire. Mais vos déboires ne font que commencer. Dès le lendemain mercredi, vous vous disputez encore, cette fois avec votre femme. Il y a probablement des témoins : des voisins, une femme de ménage, une maîtresse d'école... Quoi qu'il en soit votre épouse ne supporte plus cette instabilité ni votre humeur. Jeudi, elle vous quitte en emmenant son fils. Vous adoptez alors un comportement inquiétant. Exigeant à outrance envers votre personnel. Annulant vos gardes pour les imposer à d'autres qui se retrouvent forcés de travailler au-delà des délais de sécurité réglementaires. Et lorsque l'un de vos détracteurs vous adresse un colis – dégoûtant, certes, mais qui reste du domaine de la mauvaise blague –, vous pétez les plombs. Il vous faut alors un coupable : ce sera Alan Smith. Vous vous rendez chez lui persuadé qu'il est l'auteur du colis en question, dans l'intention de faire justice tout seul. Ne le trouvant pas, vous vous en prenez à l'une de ses employées. Puis vous vous enfuyez, frustré, et vous finissez par vous disputer avec l'une de vos connaissances, le serveur de l'un de nos plus anciens établissements. La bagarre s'envenime. Et l'on vous retrouve avec un cadavre sur les bras. La conclusion logique de vos actes irresponsables.

Je demeure pétrifié sur ma chaise, incapable de faire face à l'épouvantable litanie que Garner vient de me réciter.

– Ai-je bien résumé les choses ? poursuit-il. Reconnaissez que ces événements s'emboîtent. Ils le font même à la perfection. Alors, pour en revenir à ma déclaration initiale, nous avons un problème, vous et moi.

Il croise les bras et cesse de sourire.

– Qu'est-ce qui me retient de ne pas vous jeter en prison tout de suite ?

Un long silence s'ensuit, pendant lequel j'ai l'impression de sentir un nœud coulant se resserrer autour de ma gorge. Cameron me regarde, regarde son chef, puis :

– Vous en avez terminé ? Alors à moi.

Il pose une feuille sur le bureau.

– Document numéro 5 : Jordi Lanski.

Je reconnais aussitôt le tirage d'imprimante qu'il m'a déjà montré.

– Des fonctionnaires de notre bureau ont relevé des empreintes à la clinique, poursuit Cam. Ils les ont entrées dans le programme IAFIS et IAFIS est formel : le type qui a délivré le colis chez le docteur Becker s'appelle Jordi Lanski. C'est un tueur psychopathe en cavale. Pas vraiment l'auteur d'une « petite blague de mauvais goût », comme vous dites.

Garner examine la feuille comme si Cameron venait de lui déposer un plat nauséabond sous le nez.

– Le moins que l'on puisse dire, poursuit mon ami, c'est que cette enquête a besoin d'un complément.

Garner relève la tête.

Cameron le fixe sans ciller.

– J'ajoute à cela que Paul n'est pas responsable de la mort du serveur. Il ne s'est pas battu et n'a porté aucun coup. Le légiste pourra le prouver. Il n'a fait que s'enfuir alors qu'il était la cible de tirs par arme à feu. Et je suis prêt à témoigner sous serment – et là aussi, l'expertise balistique en apportera la preuve – que ces tirs étaient effectués dans l'intention de le tuer. Quant à la plainte de notre ami Barty, le roi de la manchette, vous savez parfaitement qu'elle est irrecevable en l'absence d'éléments matériels, que nous attendons toujours. Tout ce que vous évoquez par ailleurs concernant le stress supposé de Paul, les réactions de sa femme ou celles de ses collègues, n'est que racontars et pure spéculation.

Cameron Cole se lève et me fait signe de l'imiter.

– Vous nous avez dit votre façon de voir les choses. Vous voulez la mienne ? Vous n'avez rien du tout, chef. Et maintenant, nous allons quitter cette pièce.

Garner se lève à son tour, écarlate.

– Mais pour qui vous prenez-vous ? hurle-t-il. De quel côté vous êtes, Cole ? Je suis parfaitement en droit de placer votre ami en garde à vue pour quarante-huit heures ! Et de vous suspendre pour insubordination dans la seconde !

– Et moi je peux contacter les médias, réplique Cameron sans se démonter. Qu'est-ce que vous en pensez ? On tire sur un médecin, un psychopathe le menace, mais au lieu de le protéger on le place en garde à vue. Enquête bâclée. Absence de preuves. Suspension abusive d'un inspecteur. Incompétence de la hiérarchie. Que vous ayez tort ou raison, ça vous ferait un joli article, n'est-ce pas ? Peut-être même la première page du *Miami Herald* ?

Garner ressemble à un volcan en miniature, partagé entre l'éruption cataclysmique et le retour au calme.

– Il me faudra au minimum ses empreintes, parvient-il à articuler. Un prélèvement d'ADN buccal. Sa déposition complète, ainsi que la vôtre, Cole. Et l'assurance qu'il ne quitte pas le secteur. Si la plainte s'avère fondée, il devra aussitôt se soumettre à la justice. S'il disparaît, s'il provoque le moindre problème, je vous tiendrai pour personnellement responsable et j'exigerai votre tête.

– J'accepte, dit Cameron.

– Moi aussi, dis-je.

Garner se tourne vers moi.

– Et j'ordonne un complément d'enquête. Nos techniciens sont immobilisés pour l'instant sur la scène de crime mais ils débarqueront chez vous dès lundi matin.

– Je te conseille de refuser, dit Cameron. Il sera obligé d'aller voir un juge pour obtenir un mandat.

– Ce qui ne posera aucun problème, réplique Garner, au vu des éléments du dossier.

– Inutile, dis-je. Je suis d'accord pour coopérer. Je n'ai rien a cacher.

Cameron m'attrape par la manche.

– Allez, Paul, on se tire d'ici.

Garner nous interpelle à l'instant où nous franchissons sa porte. Si je n'étais pas complètement sonné par ce qui m'arrive, je trouverais qu'il abuse un peu de l'effet de rappel à la Colombo.

– Ne quittez pas la ville, docteur. Je vous promets que nous allons nous revoir très vite. Votre ami a réussi à retenir le couperet pour un jour ou deux, mais contactez plutôt un bon avocat. Le meilleur de ceux que vous trouverez.

43

JE PASSE LE RESTE de la soirée dans un flou étrange, tel le spectateur hébété d'un film.

On relève les empreintes de mes dix doigts sur un carton, on glisse une tige à prélèvement dans ma bouche, et je récite mon histoire à une fonctionnaire qui consigne le tout dans son ordinateur. Sur les conseils de Cameron, je ne dis pas un mot à propos du portable ou de quoi que ce soit d'autre. Il me promet de m'aider à trouver un avocat. Nous nous quittons sur le parking du poste de police vers deux heures du matin et je rentre chez moi complètement épuisé.

Arrivé à la maison, je balance mes fringues encore humides sur le sol de la salle de bains et me laisse tomber sous la douche. L'eau noire des Everglades file par la bonde, diluée dans une bonne dose de shampooing à la pomme verte.

Je sens ma haine refluer à mesure que l'eau brûlante ramollit mes muscles noués comme des cordes.

Je sors, me sèche, et considère les coupures dont j'ai hérité en plongeant au milieu des marais. Il va falloir désinfecter tout ça. Je le fais. En y ajoutant une double dose d'antibiotiques. Et une triple de somnifères.

J'enfile un peignoir, me sers un verre, et le sirote en regardant les lumières de la ville par une fenêtre du premier étage. Les gens rient et avalent des cocktails dans les clubs en se racontant leur semaine ordinaire. Moi, je suis seul dans ma maison.

Je vais faire un tour dans la chambre de Billy. Son dernier livre traîne toujours sur sa couette, une belle histoire enfantine intitulée *La Petite Tache*, qui m'a été recommandée par une amie. Le rituel de la lecture avant de s'endormir fait partie de ces instants privilégiés que nous passons ensemble, mais on n'a pas eu le temps d'achever celui-là. Je le range dans sa bibliothèque, lisse la couette du plat de la main et traîne un peu dans la pièce, redressant une peluche ici, remettant là un jouet sur une étagère.

Mon fils me manque.

Je reviens dans notre chambre. Un roman est posé sur la commode de Claire. Celui-ci est écrit par un auteur français, Maud Mayeras, un écrivain que je ne connais pas. Claire a l'habitude d'entourer les phrases qui lui plaisent et de me les lire à voix haute pour m'apprendre à parler correctement sa langue. Je trouve le français superbe mais particulièrement difficile à prononcer, ce qui nous a occasionné plus d'un fou rire.

Ma femme me manque.

Je déchiffre le chapitre où elle s'est arrêtée. Il commence ainsi : « L'homme est carnivore. Tout le reste, on s'en tape. »

Je repose le livre sur la commode, m'allonge sur le dos et fixe le plafond. Mes paupières faiblissent tandis que des formes se rassemblent à la périphérie de mon champ de vision, des silhouettes qui patientent depuis longtemps à la lisière des ombres, magiciens, sorcières et clowns dont les doigts s'allongent vers moi.

Un instant, je redeviens un enfant et la terreur m'étreint.

Puis mes muscles se relâchent, et je sombre dans un sommeil profond et dépourvu de rêve.

44

SEAN A DÉPOSÉ ses miettes de céréales sur le rebord de la lucarne, dans la lueur gris pâle du petit matin, puis il est redescendu à l'intérieur de sa cellule.

Aujourd'hui, on était dimanche. Ça faisait quatre jours qu'il survivait dans sa prison.

Il a observé son unique source de lumière, cette lucarne près du plafond dont il connaissait désormais les contours par cœur. Il n'était pas facile de grimper jusque là-haut. Il fallait d'abord rapprocher son lit du mur, monter en équilibre sur le cadre en fer, sauter, s'agripper d'une main au rebord, déposer les céréales de l'autre, et enfin se laisser retomber. Le tout sans se péter la gueule.

Au début, Sean se l'était pétée de nombreuses fois. Mais cela ne l'avait pas empêché de réessayer, encore et encore, riant de ses chutes comme s'il était ivre.

Il se doutait bien que ce rire n'était pas naturel, qu'il s'agissait d'une conséquence de sa faiblesse physique, et aussi, peut-être, d'une façon de lutter contre la terreur quotidienne qu'impliquait sa situation désespérée. Il n'était pas idiot, il savait tout cela. Simplement, il n'en avait rien à foutre. Parce que maintenant, il avait un plan.

Placer des miettes de céréales était un jeu au départ. La vue depuis l'ouverture était quasi nulle, quelques touffes d'herbe et une poignée de pierres à un mètre de distance masquaient le paysage en totalité, à part un triangle de ciel. En revanche, Sean avait découvert qu'un écureuil s'aventurait de temps en temps jusqu'à ce passage dépourvu de vitre. Il avait aussitôt été fasciné : comment un petit animal aussi fragile pouvait-il survivre au milieu de marécages infestés d'alligators ? Puis il s'était rappelé les mots compliqués entendus en classe, tels que « écosystème » ou « lutte des espèces ». Cela lui avait donné matière à réflexion.

Si cet écureuil était capable de survivre, pourquoi pas lui ?

À partir de là, Sean avait reconsidéré sa situation. Et le fruit de sa réflexion était le suivant : la lucarne était trop étroite pour qu'un enfant de dix ans puisse s'y glisser, certes. Mais un enfant de cinq ou six ans aurait pu le faire. Bien sûr, ce dernier n'aurait eu ni la force, ni la taille nécessaires pour grimper jusque-là – ce qui expliquait sans doute pourquoi Kosh le Magicien n'avait pas jugé utile de l'obturer.

Et c'est ici que le plan de Sean entrait en action : s'il maigrissait suffisamment, au point de se rendre squelettique, l'impossible deviendrait alors possible.

L'idée était un peu dingue, bien sûr, mais il y avait bien réfléchi. Un : il n'avait pas vraiment le choix. Deux : son plan était moins stupide qu'il en avait l'air. Et trois : de toute façon, il en avait marre des céréales.

Voilà pourquoi depuis quelques jours, Sean se contentait d'un tiers de sa ration alimentaire et expulsait le reste par la lucarne. En outre, il jetait systématiquement son jus de *cranberry* qui contenait des somnifères écrasés (si cet abruti de Kosh croyait qu'il n'allait pas s'en rendre compte, c'est qu'il n'était pas si malin que ça). À la place, Sean déposait sa bouteille vide à l'extérieur et la laissait se remplir d'eau de pluie, qu'il buvait à petites gorgées.

Il s'astreignait aussi à des exercices physiques, du même genre que ceux pratiqués par Sonny Boy, l'un des gamins les plus âgés de sa famille d'adoption. Sonny Boy était un gros con qui piquait du fric dans le portefeuille de sa mère et qui revendait du shit pour le compte d'un petit dealer du quartier pourri d'Opa-Locka. Il rêvait de s'acheter un arme automatique. Son unique bon côté était qu'il ne se donnait pas la peine de cacher ses numéros pornos de la revue *Hustler*, ce qui permettait à Sean de les lire. Mais bon, question exercices physiques, pompes sur une main et abdos avec les orteils coincés sous le lit, Sonny Boy en connaissait un rayon. Résultat : en recopiant ses mouvements et en se forçant à ne pas manger, Sean fondait à vue d'œil !

Il a poussé un soupir et s'est massé les tempes.

Une certaine confusion régnait parfois dans sa tête. Des fois, il ne savait pas s'il était vraiment en train de *faire* les choses ou de s'en *souvenir*. Mais il aimait bien repenser à tout ça.

Il s'est assis sur son matelas et a soulevé ses vêtements pour contempler ses côtes apparentes. Son délabrement était horrible à voir, mais c'était son œuvre. Il se l'était infligé seul. Lui et personne d'autre.

Il a laissé retomber ses vêtements.

– Aujourd'hui, on est dimanche, s'est-il forcé à dire encore (ou bien l'avait-il simplement pensé la fois précédente ?). Je suis là depuis mercredi. (Il a compté lentement sur ses doigts sales.) Ça fait quatre jours que je suis ici. Et dix-sept qu'on m'a enlevé.

Il a redressé la tête et bombé le torse. Puis s'est concentré graduellement sur sa peur afin de la transformer en détermination.

– J'emmerde la trouille. J'emmerde cette prison. L'écureuil contre les alligators. Encore une semaine et je serai assez maigre pour franchir la lucarne.

– Tu parles tout seul, petit morveux ?

La porte de la cellule s'est ouverte et Kosh est apparu.

Le magicien au long manteau s'est esclaffé en constatant que le lit de Sean avait changé de place.

– Tu refais ton intérieur ?

Il a eu l'air de trouver sa blague excellente.

– Exactement, a répondu Sean. Votre déco est pourrie.

Les sourcils de Kosh se sont rapprochés et il s'est avancé sur une impulsion, dans l'intention manifeste de lui envoyer un coup de poing dans la figure. Puis l'homme a interrompu son geste tout aussi soudainement.

– Ah, Sean, Sean, Sean..., a-t-il soupiré. Tu es vraiment une personne à la volonté opiniâtre. Un garçon spécial. (Il s'est accroupi près de lui.) Tu sais quoi ? Je venais pour te tuer. Si, si, je t'assure. Il y a une seconde à peine. Mais tu m'as donné une autre idée. Une idée merveilleuse : tu vas m'aider à convaincre quelqu'un. Tu vas voir, il est spécial, lui aussi. Mais je suis certain qu'à nous trois, nous allons nous rendre mutuellement service.

Kosh a fait tourner son manteau noir autour de lui telle une petite fille exhibant sa robe dans la cour de l'école et il a exécuté une révérence complexe.

– Sean, je te présente M. l'Inconnu. Monsieur l'Inconnu, je vous présente Sean. (Il a posé les deux mains sur sa bouche.) Oh, mais c'est vrai, vous vous connaissez déjà !

Sean a contemplé l'homme obèse suspendu au bout de ses chaînes. Les larmes lui sont montées aux yeux.

– Tu vois, Sean. Je t'avais dit qu'il était spécial. Lui non plus ne veut pas mourir.

L'homme a remué faiblement les lèvres.

– Tu sais ce qu'il est en train de faire ? a dit Kosh. Il prie ! C'est invraisemblable, non ?

Kosh s'est penché vers l'homme, dont les paupières demeuraient obstinément closes.

– Cher monsieur l'Inconnu. Je dois vous dire une chose à propos de la prière. Figurez-vous que les résultats d'une grande étude médicale prospective viennent d'être publiés par le très honorable *American Health Journal*. Ses conclusions ont d'ailleurs été reprises par le non moins honorable *New York Times.* L'étude médicale en question démontre que la prière n'a aucun effet bénéfique.

Kosh a poussé un fauteuil devant l'homme suspendu et forcé Sean à s'y asseoir.

– Il s'agissait de faire prier des gens pour la récupération d'un malade opéré du cœur, a-t-il poursuivi, et de comparer les effets avec d'autres patients pour qui l'on ne priait pas. Le résultat est formel : il n'y a aucune différence, ni sur la vitesse de récupération du patient, ni sur la survenue de complications. L'étude a coûté 2,4 millions de dollars et incluait 1 800 personnes sur une durée de dix ans. C'est vous dire si elle est fiable.

Il s'est posté derrière le fauteuil et, penché par-dessus Sean, s'est tourné vers le visage de l'homme suspendu.

– Autrement dit, la prière, c'est de la merde. Ce qui est une évidence. J'aurais pu le dire tout de suite. Pas besoin de dépenser tout ce fric pour ça. Si Dieu existait et qu'Il avait une influence quelconque sur Sa création, alors comment expliquer qu'Il laisse vivre des gens tels que moi ?

Les paupières de l'homme se sont entrouvertes.

– Laissez... Sean... tranquille.

– Ah ! s'est enthousiasmé Kosh. M. l'Inconnu est de retour parmi nous !

Il a tiré la tête de Sean en arrière et placé un couteau devant sa gorge.

Sean s'est étranglé et a porté ses mains à son cou. Peine perdue. La poigne de Kosh était implacable. Sean a cessé de résister et ouvert la bouche au maximum afin de laisser filtrer un filet d'air.

L'écureuil et les alligators. L'écureuil et les allig...

– Toi, cesse de gigoter ! a ordonné Kosh. Quant à vous, le Joyeux Trapéziste, je voulais en venir au fait que Dieu n'existe pas. Cela devrait être évident, même pour un abruti dans votre genre. Alors pourquoi vous obstiner ? Dites-moi ce que je veux savoir. Qui est votre employeur ? Sinon, je déchire le visage de ce gosse sous vos yeux, et vous ne pourrez vous en prendre qu'à vous-même.

– Vous devez... le laisser en vie, est parvenu à articuler l'homme obèse.

– Ah bon ? Je ne vois vraiment pas pourquoi. Les gens comme vous collent des étiquettes diverses sur les gens comme moi. L'une d'elles est « sociopathe ». Ce qui veut dire que je n'accepte pas les règles de votre monde. J'invente les miennes. Vous me suivez ? Pour moi, cet enfant est une chaise. Et l'on ne se soucie pas de casser une chaise, d'en briser un pied, de la brûler ou de la jeter par la fenêtre, n'est-ce pas ?

L'homme a ravalé sa salive.

– Vous trouverez... un autre client. Il faut qu'il soit en bonne santé.

Kosh a appuyé sur un champignon imaginaire.

– *Ding !* Perdu ! Hélas, je n'ai plus besoin de ce morveux. En fait, je viens juste de conclure une très belle affaire. J'ai bien essayé de fourguer Sean, notez-le, mais l'autre n'en a pas voulu. Il préfère les petites blondes. Il va donc falloir que je me sépare de cette pauvre vieille chaise.

Kosh a entamé le cou de Sean, dont les yeux se sont exorbités.

– Attendez ! a dit l'homme.

– Oui ?

– Je... je vais parler...

– Pour qui travaillez-vous ?

– Je suis un agent... Un agent du FBI.

– Oh, oh ! Une opération secrète, peut-être ? Du style « attrapons le grand méchant Kosh », c'est ça ? Et qui d'autre est dans le coup ?

Quelque chose a vacillé puis s'est éteint dans les yeux de l'homme, comme s'il avait finalement accepté son sort, fait la paix avec ses peurs et renoncé à tout espoir. Il a pris une inspiration et s'est concentré pour lancer ses forces dans une ultime bataille. Il a réussi à produire un ricanement moqueur.

– Vous ne découvrirez jamais qui tire les ficelles, pauvre con, a-t-il articulé d'une voix que la déshydratation avait rendue sèche et râpeuse. L'Homme de l'Au-Delà est plus fort que vous. Il va vous coincer. Et lorsque vous crèverez de trouille en attendant votre tour dans le couloir de la mort, vous repenserez à ce que je vous ai dit. Vous n'êtes qu'un magicien de pacotille. L'Homme de l'Au-Delà sera votre bourreau.

La joyeuse exubérance de Kosh a fondu d'un seul coup.

– OK. Marre de ces conneries.

Il a attrapé l'obèse par les cheveux, l'a attiré vers lui et l'a embrassé dans le cou. Puis il a planté ses dents dans sa carotide et l'a arrachée d'un coup sec. Le sang a explosé sur Kosh, éclaboussant Sean, giclant à grands flots tièdes hors de l'artère déchirée.

Sean a reculé dans son fauteuil en poussant un cri d'horreur.

Kosh a plongé les mains dans la pluie rouge et s'est barbouillé le visage comme s'il procédait à ses ablutions matinales. Il a secoué la tête et s'est lissé les cheveux en arrière.

– Ah, ça fait du bien de ne plus entendre ses jérémiades.

Il a empoigné Sean et l'a ramené dans sa cellule, le visage crispé.

Kosh était furieux. L'homme l'avait volontairement provoqué, afin d'abréger ses souffrances. Kosh avait cédé, et il détestait ça.

– Désolé, Sean, mais je crois que je me suis un peu emporté. Il va falloir que je remette ton exécution à plus tard. Tu ne m'en veux pas, j'espère ?

Il l'a poussé dans la cellule.

– Il semblerait que le FBI soit à mes trousses et j'ai une ou deux dispositions à prendre. Un petit tour dans la ville voisine. Puis je reviens m'occuper de toi.

Il a déposé un baiser dans la paume de sa main, et a soufflé dessus en direction de Sean.

– À bientôt ?

Puis il a claqué la lourde porte et l'a verrouillée.

Sean a contemplé le décor familier de sa cellule. Il lui a semblé qu'il le découvrait pour la première fois, à travers un filtre rouge sang. Un lit en fer, un matelas, un tapis, une lucarne.

Il s'est laissé tomber sur le sol, tremblant de tous ses membres.

Il allait devoir trouver un autre plan d'évasion.

Un plan beaucoup plus rapide.

45

JE PATIENTE dans la file d'attente du Panda Express en tenant mon plateau-repas à la main.

J'ai choisi une Bud Light, une double portion de poulet à l'orange et des beignets aux crevettes arrosés de sauce aigre-douce. Six dollars quatre-vingt-quinze le tout. C'est de la nourriture basique, mais lorsqu'on l'entoure d'une tonne de substance caramélisée et que l'on est affamé, je vous prie de croire qu'elle devient très comestible, comme à peu près tout ce qu'on trouve au Food Court, la rotonde des snacks dans le centre commercial à côté de chez moi.

Je sais, je ne devrais pas être ici.

Je suis censé me morfondre telle une âme en peine au fond d'un bar sinistre, une bouteille dans une main, une boîte de calmants dans l'autre. Mais il est midi et mon estomac que je néglige depuis plusieurs jours a décidé de me rappeler à l'ordre. Le corps est sans pitié, il vous plie à ses besoins en se fichant éperdument de vos états d'âme.

À moins que je recherche simplement une autre forme de consolation.

– Sur place ou à emporter, docteur ?

La serveuse, vingt ans, maquillée à outrance, glousse en roulant des yeux. Je souris.

– On se connaît ?

Nouvelle rotation impressionnante de ses globes oculaires.

– Ça oui !

– Heu...

– Je suis venue il y a quinze jours en consultation. Vous me remettez ?

– Non.

Elle m'indique son bas-ventre en pointant un index à l'ongle peint, multipliant les mimiques et clins d'œil de conspiratrice. Cette fille est un numéro de cirque à elle seule.

Je me concentre : effectivement, elle et son petit copain sont venus me voir il y a deux semaines. Si je me souviens bien, ce dernier a eu la brillante idée d'introduire des billes de flipper dans la partie la plus postérieure de son anatomie, histoire d'apporter une touche d'exotisme torride à leur relation.

Sauf qu'il n'arrivait plus à les extraire ensuite.

Sous prétexte qu'ils vous ont vu en blouse blanche, certains patients n'hésitent pas à vous reparler de leurs soucis intimes en toutes circonstances.

– Certes, dis-je en poussant un soupir. Le traitement évacuateur a bien fonctionné ?

– À fond les manettes ! Dites, vous voulez que je vous offre quelques lychees pour vous remercier ? Ce sont des petites boules qui...

– Non merci.

Je paye, puis m'installe à une table libre au milieu de la rotonde.

La fréquentation du Food Court le dimanche midi est un spectacle intéressant. Des groupes très différents s'y réunissent. Celui des pré-ados aux cheveux longs, skateboard coincé sous le bras, qui s'enfournent des litres de glaces Dairy Queen sans prendre un gramme ; celui des Latinos entourés de leur kyrielle d'enfants et petits-enfants armés de plusieurs plateaux chacun, les Blacks en pantalon large et T-shirt plus large encore qui croquent du poulet épicé ; le groupe des blondes sorties d'un catalogue Abercrombie qui grignotent leurs hamburgers en levant le petit doigt ; les femmes à la quarantaine sexy, dans leur jogging Victoria's Secret, qui ne mangent rien, et leurs maris en short qui discutent golf et cours de la Bourse en se nourrissant de bière.

D'une certaine façon, on se croirait encore au lycée, avec ses clans et ses signes de reconnaissance.

Et pour la première fois, j'ai le sentiment d'être un intrus. Comme si une énorme flèche rouge était suspendue au-dessus de ma tête avec la mention « Criminel dangereux » clignotant au néon.

Il faut dire que le *Naples Daily News*, édition du dimanche, que je viens tout juste d'acheter, imprime en page 3B (« Nouvelles locales », encadré réservé aux déclarations de la police), le communiqué suivant : « *Paul Becker, médecin, a été interpellé hier sur la route US 41 par la police de Naples.* »

En dessous, une phrase précise, laconique et en plus petits caractères : « *Interpellation signifie suspicion de crime, et non pas culpabilité.* »

Ce genre de communiqué est légal. Il informe la population des arrestations intervenues sur le territoire de la commune sans donner de détails. On y trouve généralement les infractions au code de la route, les états d'ivresse et autres troubles à l'ordre public. Pour que mon nom y figure déjà, c'est que cet enfoiré de chef Garner n'a pas perdu une seconde.

Je me console en songeant que personne ne lit ces articles. Mais je sais aussi que la simple mention du mot « médecin » va attirer les fauves, et que d'autres papiers plus détaillés suivront.

Je m'avale une énorme bouchée de poulet à l'orange, comme si tout ce sucre enfourné en une seule fois allait réussir à me calmer. C'est à ce moment précis que Sheila Lebowitz, voisine de quartier, coach de fitness et bombe sexuelle, s'installe sur la chaise d'en face.

– Paul !

– Mmhmiela...

– Regardez, j'ai acheté le nouveau Harry Potter. C'est pour ma fille, dit-elle en se penchant pour lâcher le pavé sur mes genoux.

Je me tamponne la bouche en essayant de regarder ailleurs que dans son décolleté.

– On a lu ensemble tous les tomes précédents, précise-t-elle avec un sourire légèrement condescendant. La complicité entre une mère et sa fille, cela n'a pas de prix.

– Formidable.

– Et vous ?

– Moi ?

– Vous ne lisez pas Harry Potter avec Billy ?

– Ce n'est pas sa tasse de thé.

Elle me dévisage comme si je venais de lui annoncer que le pape était homosexuel.

– Oh, mais rassurez-vous, dis-je en tapotant la pile de journaux devant moi, je lis d'autres histoires avec mon fils.

Elle se penche sur les couvertures, dubitative.

– Spider-Man contre le Docteur Octopus ?

– Non, le *Daily News*, réponds-je, imperturbable.

Elle m'attrape le coude et s'assoit près de moi.

– Je sais ce qui vous manque.

– Ah.

– Votre femme n'est toujours pas rentrée, n'est-ce pas ?

– Eh bien...

– Ne dites rien. Je sais ce que c'est. Contentez-vous d'être là à six heures ce soir.

– Où ça ?

– Mais chez vous. Je passerai vous prendre. C'est l'anniversaire de ma fille, vous vous en souvenez ? Je suis venue vous remettre un carton d'invitation il y a quelques jours.

– Si je m'en souviens ? Mais je n'ai pensé qu'à ça !

Paul Becker, Prince de la Duplicité.

– Laissez tomber l'anniversaire, dit-elle, il se déroule cet après-midi. Mais nous poursuivrons en soirée par une fête privée réservée aux intimes. Mon mari a tenu à inviter les plus gros clients de son agence immobilière. Il y aura quelques personnalités. Ce sera formidable !

– Je ne sais pas si...

– Ce sera l'occasion de vous vider l'esprit.

– Je...

– Donc c'est d'accord. Chez vous à six heures. À quoi serviraient les voisins si l'on ne pouvait pas compter sur eux dans les moments difficiles ?

Sur ce, elle me plante un baiser sur la joue et disparaît dans une envolée de sacs débordant de parfums et de sous-vêtements de marques.

Je reste assis, vaguement hébété, lorsque mon téléphone sonne.

– Patron ?

– Connie ? Vous voulez m'inviter à une soirée, vous aussi ?

– Hein ?

– Une blague, laissez tomber.

– Vous m'avez demandé de faire des recherches.

– Je vous écoute.

– Le petit Sean Raymond-Rodriguez. Il y a du nouveau.

46

CONNIE REFERME la porte de son appartement derrière moi. Je l'ai déjà raccompagnée au pied de son immeuble mais c'est la première fois que j'entre chez elle.

La pièce principale est très colorée : comptoir de bar avec tabourets jaunes, collection de cactus sur des étagères roses, ponchos en guise de décoration murale et un confortable canapé envahi de coussins, devant une table basse sur laquelle s'accumulent des bougies artisanales de toutes les formes possibles.

– Attendez, dis-je, laissez-moi deviner : vous organisez une grande fête mexicaine.

– Morte de rire.

Connie Lombardo porte deux tops l'un sur l'autre, une paire de jeans troués et des baskets. Je n'ai aucun mal à l'imaginer plus jeune en fan de rock. Ses cheveux dénoués retombent sur ses épaules, laissant flotter quelques mèches rebelles devant ses yeux, ce qui est plus joli que la coupe retenue par une pince qu'elle arbore d'habitude à la clinique.

– Avec le salaire que vous m'offrez, fait-elle remarquer, j'ai loué le premier meublé disponible. Cela dit, j'aime les couleurs. C'est juste que c'est un peu petit.

– Il va falloir que je songe à vous accorder une augmentation.

Elle grimace.

– Attention, docteur Becker, tout ce que vous racontez ici est enregistré. La cassette sera sur votre bureau dès lundi matin.

Je fais glisser un paquet vers elle sur la table.

– En attendant, voici une avance.

Elle dénoue mon paquet et en sort les deux roulés à la cannelle dégoulinant de crème chaude à la vanille que j'ai achetés avant de quitter le centre commercial.

– Espèce de traître. Et mon régime ?

– Je fais ça pour vous entraîner.

– Ah oui ?

– Votre objectif est de ne pas tout manger. Afin de partager le reste avec moi.

– Vu sous cet angle...

– Vous pouvez aussi me proposer du café.

– Ben voyons, dit-elle en mimant la contrariété. Connie faites ci, Connie faites ça, et moi, bonne poire, je cours.

Je regarde autour de moi pendant qu'elle sort les tasses. La vue par sa fenêtre est agréable : un lagon artificiel bordé de pins et de thuyas. C'est une résidence comme il en existe beaucoup d'autres, bondée en hiver, calme à la basse saison. Je m'empare d'un cadre de photo posé sur sa télévision. Le cliché montre Connie, radieuse, main dans la main avec un homme dans la quarantaine, bronzé, short et polo, les dents étincelantes.

– Qui est-ce ? Votre dentiste de mari ?

– Après un tournoi de tennis, il y a deux ans.

– Je croyais que c'était du passé.

– Vous êtes jaloux ?

Je hausse les épaules.

– Bien sûr que non. Mais pourquoi conserver sa photo ?

– Je ne sais pas. Il me téléphone de temps à autre.

Je pousse un soupir.

– Quoi ? dit-elle.

– Rien. C'est juste que je ne vous comprends pas. Vous, les femmes, vous dites que quand c'est terminé, c'est terminé. Mais il vous appelle et vous conservez sa photo.

– Eh oui. On est comme ça. (Elle sourit.) Et vous, vous êtes jaloux.

Je grommelle, et elle sourit de plus belle.

– Mais peut-être était-ce mon but en vous la montrant, hmm ? dit-elle sur un ton espiègle.

Elle m'invite à m'asseoir près d'elle. Je remets la photo en place et me laisse tomber dans son canapé. Elle dépose devant nous deux tasses de café fumant et deux assiettes contenant chacune une généreuse portion de roulé à la cannelle.

– Bon, dit-elle, trêve de plaisanterie. J'ai discuté avec mes copines sur Internet. C'est pour ça que je voulais vous voir.

– Je vous écoute.

– Vous saviez que la disparition du petit Sean n'avait pratiquement pas attiré l'attention ?

– Oui, dis-je en glissant un sucre dans ma tasse. J'ai fait un tour sur le web. Il n'y a pratiquement aucun article sur lui. Les autorités ont conclu à une fugue. Enquête tardive, pas d'alerte, aucun relais dans les journaux. Sean a disparu au début du mois et il est déjà tombé aux oubliettes.

– Mais les choses sont en train de changer. C'est un phénomène de Blog Swarm.

– Un quoi ?

– Un essaim. Des gens qui se rassemblent. Des blogs qui s'unissent pour parler d'un même problème et attirer l'attention des médias. Ils collent des avertissements partout, sur les sites des journaux locaux, des télévisions, sur les blogs des journalistes.

– Pourquoi ce regain d'intérêt pour le petit Sean ?

– Parce qu'il est noir, et que, justement, aucun relais n'est venu des médias. Si on avait eu affaire à une fille blanche des quartiers chics, vous pouvez être sûr que le pays entier serait déjà au courant. Mais le pauvre gosse d'une banlieue minable, ça intéresse qui ? Sauf que les gens de sa communauté ont décidé de ne pas en rester là. On est en pleine campagne électorale. Et l'une des candidates, Helen McCarthy, a un programme de lutte contre les crimes sexuels. Ses propos constituent de la propagande facile, elle manie les bons arguments pour ratisser chez les ménagères et les gens du troisième âge. Mais les communautés du web ont décidé de la prendre au mot et de l'interpeller, elle. Et c'est en train de marcher. Regardez.

Elle ouvre son ordinateur portable et l'installe devant moi. Le logo du moteur de recherche Google apparaît à l'écran.

– Effectuons une recherche, dit Connie. Je tape les mots-clés « Sean Raymond-Rodriguez ».

Je me souviens de cette opération : je l'ai moi-même effectuée quelques jours plus tôt.

– Observez le nombre d'entrées qui s'affichent.

Mes yeux s'agrandissent. Au lieu de la poignée d'articles que j'avais dégotés, il y en a maintenant des centaines !

– Vous voyez ? dit-elle. Et ce n'est qu'un début. Certains de ces articles sont extrêmement virulents. Ils s'en prennent directement à Helen McCarthy, proclamant qu'elle est incapable de mener les réformes qu'elle préconise. En fait, une partie de ces critiques ne viennent pas des communautés noires ou latinos, mais directement des adversaires de McCarthy qui montent des blogs bidon pour la déstabiliser.

J'avale mon café à petites gorgées, en réfléchissant.

J'ai vécu uniquement pour mon travail ces dernières années, et je réalise le retard que j'ai pris dans ces nouvelles technologies de communication. Blog, Blog Swarm, Chat, Podcast n'étaient pour moi que des mots. Connie m'a déjà parlé de sa « famille » sur Internet, et de tous ces gens qui se rassemblent en communautés virtuelles, mais je n'avais pas réalisé à quel point ces groupes étaient capables d'influer, jusqu'à peser sur une campagne électorale.

– D'accord, dis-je. Des gens font pression sur cette femme.

Mais ce genre de manipulation doit être monnaie courante, non ? Après tout, les journalistes ont toujours cherché la petite bête chez les candidats. Que ce soit la presse qui la mette à mal ou ses adversaires à travers un blog, quelle différence ? Lorsque vous m'avez appelé tout à l'heure, vous aviez l'air plus inquiète que ça.

Elle se renfonce dans le canapé et croise les bras, comme si elle hésitait à poursuivre.

– Vous vous rappelez que mes copines collaborent avec le Centre national des enfants disparus et victimes de maltraitances ?

– Oui.

– Eh bien, nos contacts s'étendent assez loin. J'ai fait jouer la chaîne des relations. Cherché quelqu'un qui connaît quelqu'un. Et j'ai fini par découvrir une piste potentielle qui a peut-être été négligée par les enquêteurs.

– Je ne comprends pas.

– Un type louche a été repéré à l'endroit exact où Sean a disparu.

– Un homme ?

– Absolument. Vous vous rappelez que Sean était le 3 août dans un fast-food du centre commercial de Bayside à Miami ?

– Oui.

– Le fast-food fait partie de la chaîne Donano's Donuts.

– Je connais. Il y en a un à côté de chez moi.

– Eh bien, le suspect en question aurait contacté le manager de ce Donano's par téléphone le 5 août. Il s'est fait passer pour un journaliste. Il cherchait visiblement à obtenir des détails. L'enquête était déjà bouclée et les premiers articles parus dans la presse. Le manager n'a pas tiqué sur le moment. Mais quelques jours plus tard, un homme s'est présenté au Donano's en posant à peu près les mêmes questions. Le manager l'a trouvé bizarre et il a reconnu sa voix. Il lui a demandé sa carte de presse, mais l'homme s'est enfui.

Mon cœur bondit. Je songe aussitôt à Kosh.

– Est-ce que le suspect était jeune, la trentaine, des membres longs et fins, bougeant avec aisance comme le ferait un danseur, et peut-être vêtu d'un manteau de cuir noir ?

– Pas du tout.

– Comment ça ?

– D'après la description du responsable du Donano's, il avait plutôt dans les soixante-cinq ans. Bonnes manières. Cheveux gris. Et costume de lin blanc.

Ma poitrine se resserre.

Je comprends à présent pourquoi Connie était inquiète.

– Vous... vous croyez qu'il pourrait s'agir de mon père ?

– À votre avis ?

– Oui, dis-je, sentant mes pires craintes se confirmer. Ça se pourrait. Et vous dites que cette piste a été négligée par la police ?

– L'enquête n'intéresse plus personne. Comme je vous l'ai dit, elle est bouclée. Mais maintenant que l'affaire revient sur le tapis, on risque de s'y pencher à nouveau. Et si votre père est impliqué, elle va lui exploser à la figure.

Je pose ma tasse sur la table et je joins les mains.

– Admettons, dis-je, la gorge sèche. Mais si mon père a réellement kidnappé Sean, pourquoi retourner là-bas ?

Connie prend une longue inspiration, puis ses yeux reviennent se poser sur moi.

– J'ai bossé au NCMEC suffisamment longtemps pour savoir que certains prédateurs sexuels aiment rester en contact avec les lieux où ils ont commis leur crime. Ça réactive leur plaisir.

Un frisson parcourt mon échine.

– Ce qu'il faudrait, poursuit-elle, c'est en apprendre davantage. Interroger votre père. Déterminer s'il s'est vraiment rendu là-bas. Ou s'il a téléphoné au manager de ce restaurant.

– Je n'ai pas envie de retourner le voir à Everglades City. Notre dernière rencontre était déjà suffisamment pénible.

– Vous pourriez l'appeler. Vous êtes son fils, mettez-le au pied du mur. Peut-être qu'il y a une explication à tout ça ?

Je la dévisage un long moment, et je réalise que mes mains tremblent.

– Il y a une chose que j'ai du mal à comprendre, Connie. Je suis très troublé par cette histoire. D'accord. Et peut-être que j'ai peur. Mais pourquoi vous impliquez-vous ? En quoi le sort de George Dent vous intéresse-t-il ?

Ses sourcils se rehaussent.

– Parce que vous croyez que je le fais pour lui ?

Elle ferme rageusement son ordinateur, se lève et fait quelques pas dans la pièce, avant de se tourner vers moi, les poings sur les hanches.

– Non, mais regardez-vous. En moins d'une semaine, vous êtes devenu une vraie loque ! Vous avez déjà consommé la totalité de cette cartouche de cigarettes que vous planquez dans le tiroir de votre bureau.

– Vous avez fouillé mon bureau ? !

– Et vous buvez en cachette ! Vous volez des anxiolytiques dans le stock de la clinique ! Vous les consommez comme des bonbons à la menthe ! Vous croyez que je ne me rends compte de rien ?

– Je...

– Taisez-vous ! Où est passé le docteur Becker ? Le type combatif capable d'enchaîner ses nuits de garde et de faire rire son personnel ? Parce que c'est lui qui m'a engagée. Et dans cette pièce, je ne vois qu'un fuyard. Vous dites que vous avez peur ? Battez-vous ! Vous vivez dans le monde médical, n'importe quelle horreur peut vous tomber dessus à la moindre occasion ! La peur, vous vivez avec depuis la première fois où vous avez touché un stéthoscope, alors affrontez-la !

Je la considère un moment, à la fois vexé et abasourdi.

– OK, dis-je.

– OK quoi ?

– J'appelle mon père.

Je sors mon téléphone et compose son numéro. Le temps

s'écoule, personne ne répond. Ou plutôt si : le signal indique que la ligne est en dérangement. J'en fais part à Connie.

– Vous n'avez qu'à contacter la Résidence des Bois Noirs, suggère-t-elle.

J'obtempère. Même résultat.

Bizarre.

– Vous croyez qu'ils font des réparations sur la ligne ? dis-je.

– Allez savoir. Et si vous appeliez l'un de ses proches ?

– Je n'en connais aucun. Mon père ne parle à personne. Vous avez vu comment a réagi Edwouar, le type des Bois-Noirs : il ne savait même pas qui j'étais. Non seulement George Dent ne m'a pas reconnu à la naissance, mais je suis sûr que personne ne sait qu'il a un fils. S'il lui arrivait quoi que ce soit, je serais le dernier prévenu. (Je réfléchis.) Il y a peut-être une autre solution, dis-je.

– Laquelle ?

– Et si je me débrouillais pour obtenir le relevé de ses appels téléphoniques ? Je ne serais pas forcé de l'affronter une nouvelle fois.

– Vous fuyez encore.

– N'empêche que ça pourrait marcher. Mon père n'a pas de téléphone portable. Il ne comprend rien à la technologie et vit comme un reclus. Je parie que la totalité de ses coups de fil sont passés de chez lui. Les numéros appelés figureront sur sa facture. Ça me permettra de vérifier s'il a contacté ce fameux fast-food. Vous connaissez des gens qui maîtrisent l'informatique, n'est-ce pas ? Quelqu'un pourrait me pirater ça ?

– Aucun de mes amis. Et c'est complètement illégal. Vous, en revanche, vous avez un copain flic.

– Cameron Cole ? Non. J'ai des ennuis avec la police. Avec tous les problèmes que j'ai causés à Cam, je ne peux plus lui demander ce genre de chose.

Elle m'adresse un regard interrogateur, que je dissipe d'un geste.

– Bon, il faut se rendre à l'évidence, le plan B est à l'eau.

Elle se mord les lèvres et finit par lâcher :

– Il reste quelqu'un.

– Vous avez dit que vous ne connaissiez personne.

– J'ai dit « aucun de mes amis ». Mais moi, si.

Je la fixe.

Elle baisse le regard.

– Quand mon mari me trompait, je voulais absolument découvrir qui était sa maîtresse, et donc, heu... je me suis mise à espionner ses coups de fil. Sur Internet.

Je repense à ma visite dans le centre commercial, tout à l'heure. En dehors des comptoirs des fast-foods, les lieux les plus assaillis étaient les kiosques des compagnies téléphoniques. Tous vantaient leurs offres spéciales, leurs combinés gratuits. Et leurs services en ligne.

– Je ne suis pas très fière de ce genre d'exploit, dit-elle. Cela n'a rien d'honnête.

Je rouvre son ordinateur portable.

– Allons-y.

47

– POUR OBTENIR LA FACTURE de votre père, dit Connie, il faut franchir trois étapes successives.

Elle avale une bouchée de roulé à la cannelle comme pour se donner du courage, puis :

– Vous êtes toujours sûr de vouloir le faire ? Vous avez conscience qu'on est en train de franchir la ligne jaune, là ?

Je fais un geste évasif.

– Au point où j'en suis...

Elle ramène ses cheveux en arrière, les coince à l'aide d'une baguette chinoise, puis s'installe en face de son ordinateur telle une boxeuse dans un ring.

– D'accord. Étape n° 1 : trouver la compagnie téléphonique qui gère son abonnement.

Elle pianote sur son clavier et se connecte au site des Pages jaunes. En quelques clics, elle affiche la liste des différentes sociétés concernées.

– Nous allons les appeler une par une en nous débrouillant pour savoir si George Dent est leur client. (Elle se tourne vers moi.) Je crois que c'est à vous de tenter le coup.

– Pourquoi ?

– Parce que si ça foire, j'aime autant que ce soit vous qui alliez en prison.

– Charmant.

Je réfléchis à la façon dont je vais m'y prendre, puis je compose le premier numéro de la liste.

– Allô ? fais-je en prenant une voix légèrement chevrotante. Bonjour, je m'appelle George Dent. Ma ligne est en dérangement et je ne sais pas quoi faire. Pourriez-vous m'aider ?

– Bien sûr, répond une mélodieuse voix de femme. Puis-je connaître votre adresse et votre numéro, monsieur Dent ?

Je les lui donne.

– Désolé, dit-elle après un temps de recherche, mais je ne trouve aucun contrat à ce nom. Vous êtes certain d'être abonné chez nous ?

Je raccroche sans attendre et barre le nom de la compagnie.

– Et voilà. Il n'y a plus qu'à procéder de même avec la suivante, jusqu'à ce qu'on tombe sur la bonne.

Notre manège dure un moment.

J'en profite, entre deux appels, pour demander à Connie des nouvelles de la clinique. Elle me répond que le docteur Elga Braatz s'en sort mais qu'elle commence à tirer la langue. Des collègues nous filent un coup de main en prenant des vacations, et des assistants sont là pour nous faciliter la tâche, mais cela ne suffit pas. Il faudrait, dit-elle, que je revienne travailler, et aussi engager de nouveaux praticiens. Je lui promets d'y songer sérieusement – dès que j'aurai réglé mes ennuis actuels.

Le dernier appel vient de faire mouche.

– Voilà, dis-je. On sait maintenant que mon père est client de la compagnie Orizon. Quelle est la deuxième étape ?

– Il nous faut un fax et une imprimante.

– Vous avez ça ?

– À côté, dans ma chambre.

Elle m'entraîne dans l'autre pièce. Nettement plus sobre : un lit à une place recouvert d'une couette douillette, un bureau et une commode sur laquelle traînent quelques affaires. J'ai le temps d'apercevoir des livres de cuisine, plusieurs CD de rock et de vieux bouquins de Stephen King.

– Mes valises sont toujours à New York, explique Connie. Je voulais prendre le large et m'éloigner de mon mari au plus vite. Je n'ai emporté que le minimum.

– En clair, vous êtes partie sur un coup de tête, et vous ne saviez pas si vous alliez rester en Floride, ou rentrer pour tenter de recoller les morceaux.

Elle hoche pensivement la tête.

– Quelque chose comme ça.

– Et maintenant ?

Il y a un instant de flottement durant lequel nos regards se croisent. Je réalise, gêné, que je suis dans sa chambre et que nous sommes à moins de cinquante centimètres l'un de l'autre. Connie ouvre la bouche comme pour me dire quelque chose, lorsqu'un chat saute soudain sur mes pieds.

– N'ayez pas peur, dit-elle, aussi soulagée que moi par l'intermède. C'est Tyler.

– Comme le chanteur d'Aerosmith ?

– Oui. Le pauvre a été castré, il passe ses journées à dormir sur ma couette. (Elle sourit.) Je parle du chat.

Elle branche son ordinateur sur son imprimante.

– Je ne comprends pas, dis-je. Ça fait plusieurs fois que je vous vois surfer sur Internet avec votre ordinateur portable sans avoir recours au moindre câble.

– C'est de la connexion sans fil. Tout l'immeuble est équipé en Wifi, comme le fast-food devant votre clinique, les centres commerciaux et beaucoup d'autres endroits. Aujourd'hui, on n'a besoin de rien pour être relié au monde.

– Relié ? Ou enchaîné ?

Elle opine.

– Vous marquez un point.

Elle décroche à nouveau son téléphone et me le passe.

– Étape n° 2 : appeler Orizon et leur extorquer un justificatif de domicile au nom de George Dent.

Je cogite encore, puis compose le numéro en inventant cette fois une petite histoire. Je prétends toujours être George Dent, et j'annonce que j'ai décroché un emploi en complément de ma retraite, lequel consiste à emballer les achats des clients au supermarché. Seulement il y a un hic : je suis censé débuter mon travail dans un quart d'heure, et mon chef exige un justificatif de domicile. Il s'impatiente et je risque maintenant de perdre mon emploi avant même de l'avoir commencé ! L'employé d'Orizon serait-il assez aimable pour faxer directement le papier en question à mon patron, au numéro que je lui donne ?

Il l'est.

Une minute plus tard, j'ai entre les mains un justificatif de domicile au nom de George Dent.

– D'accord, c'était facile, dis-je à Connie. Mais à quoi ça sert ? Je n'ai toujours pas le détail de la facture.

– C'est vrai. (Elle indique l'encadré en haut à gauche du justificatif.) Mais nous possédons désormais le numéro de client de George Dent chez Orizon. Prêt pour l'étape n° 3 ?

Elle reprend sa place devant son ordinateur pendant que Tyler s'installe sur ses genoux en ronronnant de plaisir.

– Nous allons nous rendre sur le site web de la compagnie Orizon. (Elle tape l'adresse.) Voilà. Regardez, vous pouvez choisir deux accès possibles : « Nouveau client » ou « Espace réservé aux abonnés ».

Elle clique sur l'espace réservé aux abonnés. Une fenêtre sécurisée s'ouvre.

– On vous demande maintenant votre numéro de téléphone et votre numéro de client. Vous possédiez le premier. Vous venez d'obtenir le second.

Elle remplit les deux cases. La fenêtre disparaît et une nouvelle s'affiche, avec le message suivant :

Vous ne possédez pas encore de compte personnel.
Désirez-vous en créer un ? Oui / Non

– Qu'est-ce que ça signifie ? dis-je.

– Que votre père ne s'est jamais connecté au site de sa compagnie téléphonique. Logique, puisqu'il n'a pas d'ordinateur. Nous allons exploiter cette faille pour le faire à sa place.

Connie sélectionne la touche « Oui ». Le programme affiche :

Choisissez un mot de passe à huit chiffres.

– Tapez un mot de passe, dit Connie en se détournant de l'écran. Après tout, c'est de votre père qu'il s'agit. Vos affaires ne me regardent pas.

J'entre la date de naissance de mon fils. L'écran affiche :

Mot de passe confirmé.
Vous pouvez désormais accéder à votre compte.

Puis :

Bienvenue, George Dent !

– Bravo, dit Connie. Vous êtes officiellement connecté en tant que George Dent.

– Et maintenant ?

– Vous avez le droit de faire certaines modifications concernant votre ligne, et notamment de souscrire des options, telles que la facturation détaillée des communications. C'est une option payante. Elle sera automatiquement débitée sur le compte de votre père.

Elle parcourt le menu, clique sur le bouton correspondant, affiche une série de tableaux et sélectionne « Imprimer ». Quelques secondes plus tard, son imprimante se met à grésiller et crache une série de feuilles. Elle les ramasse et me les tend.

– Et voilà. Relevé complet des appels téléphoniques de George Dent. Numéros, durée, dates, heures.

Je la fixe, impressionné.

– Ouais, dit-elle, je sais. Je l'ai bien méritée, cette augmentation.

48

JE SUIS RENTRÉ chez moi.

Connie n'a pas voulu en savoir plus à propos de mon père. Elle m'a montré comment changer mon code d'accès, s'est déconnectée du site, puis elle a effacé l'historique de son navigateur Internet, ainsi que les fameux « cookies », ces codes stockés dans la mémoire de la machine qui gardent la trace des anciennes connexions. Nous nous sommes quittés sur son palier, un peu gênés, et j'ai filé sans demander mon reste.

Je suis maintenant avachi dans un fauteuil sur ma terrasse, un verre d'alcool à la main.

Je ferme les yeux. Les nuages filent dans le ciel et me plongent alternativement dans des courants d'ombre et de lumière. L'air est chaud, chargé d'électricité statique. J'entends des voisins jouer au basket-ball devant leur garage, des pères et des fils, dont les chaussures crissent sur le sol. Une odeur de pancakes provient de quelque part. Un dimanche ordinaire de la vie ordinaire, à un détail près : la mienne, de vie, s'apprête à changer du tout au tout.

Il suffit que je rouvre les yeux. Que je lise ces feuilles étalées sur la table. Et je pénétrerai à jamais dans le monde des secrets de George Dent.

Il faut que vous sachiez que je n'avais jamais fouillé dans ses affaires auparavant. Il ne l'aurait pas permis. La ceinture en cuir serait aussitôt apparue dans sa main. Aussi cette action banale – espionner son relevé téléphonique – brise-t-elle tellement de tabous que j'en ai la tête qui tourne.

Je me cramponne à mon verre tel un marin à la barre de son navire par gros temps.

Tu as fait tout ce qu'il fallait pour en arriver là, mon petit pote.

Tu n'as pas hésité. Tu l'as voulu.

Et maintenant, tu n'as pas le cran d'aller jusqu'au bout ?

Non. Oui. Je n'en sais rien. Les secrets de mon père m'ont toujours attiré vers les ténèbres, tel un satellite menaçant d'être happé par un trou noir. J'ai toujours compté sur la force de ma mère pour y résister. Et voilà que je ne sais plus ce que je désire. Je voudrais que mon père cesse d'être cette silhouette fantomatique et devienne un homme de chair capable de m'aimer. Que ma mère n'ait jamais eu de cancer, et que disparaisse cette saleté de tombe en marbre dans le cimetière de Long Beach.

Je voudrais qu'on me transporte dans cette photo en noir et blanc où mes parents se donnent le bras sur le quai de Naples, avec un gamin fou de joie sautillant devant eux.

Je veux remonter le cours du temps et redevenir un enfant.

Sauf qu'il existe quelqu'un d'autre. Une sorcière dont les longs cheveux noirs flottent dans l'eau d'un marécage, tandis que sa langue rampe et se tortille hors de sa bouche.

Les gens imaginent que les choses disparaissent, Paul. Un sac d'os qui pourrit au fond d'un trou. Mais un jour le sac se met à bouger et ce qui était enterré se réveille.

Les choses reviennent.

Elles reviennent toujours.

Alors je descends nerveusement le reste d'alcool dans mon verre, j'attrape ces fichues feuilles et je me plonge dedans.

49

SEAN N'AVAIT AUCUNE SOLUTION.

Aucun espoir. Rien. Il avait fait le tour de la question, et c'était fichu. Le constat était aussi effroyable que prévisible : il allait crever dans cette cellule.

La porte était trop solide. La lucarne trop étroite. Le temps trop court. Ses rêves d'évasion avaient défilé dans son esprit et s'étaient vus réduits à néant les uns après les autres, jusqu'à ce que son raisonnement évolue et atteigne les sphères habituellement réservées aux adultes, en rencontrant le désespoir qui allait avec.

Il était perdu.

Personne ne viendrait jamais à son secours.

Salut, Sean, c'est moi, le Jour de Ta Mort ! Me v'là arrivé ! Tu croyais quoi ? Que j'allais t'oublier ? Fais pas cette tête, les enfants meurent aussi ! Comme tout le monde ! C'est juste que ton tour est venu ! Tu te souviens de ce cadavre de clochard dans une ruelle de Little Havana que vous avez découvert l'année dernière avec tes copains ? Il était raide et froid et il puait comme une vieille charogne toute pourrie. Eh bien la charogne, c'est toi, Sean ! Sean l'enfant-charogne ! À la rentrée, tes copains diront

« Comment c'était tes vacances ? », et tu pourras leur répondre : « Trop super, les gars ! On m'a tué ! Je les ai passées mort dans un marécage, le ventre tout plein de gaz, gonflé et verdâtre, flottant à la surface de l'eau. » Les petits écureuils viendront danser sur ta peau grouillante de larves, Sean chéri, et ils te grignoteront les orbites. Enfin, ce qu'il en restera après que les alligators auront bouffé le reste...

Sean a pleuré, pleuré, pleuré.

Et lorsqu'il n'a plus eu de larmes et que ses yeux sont devenus aussi secs que le fond de sa bouteille d'eau en plastique, il a pleuré encore. Au point que les muscles tendus entre ses côtes décharnées se sont mis à lui faire un mal de chien.

Un enfant ne devrait jamais avoir conscience de la mort. Encore moins y être forcé. Mais Sean avait parcouru tout le chemin jusque-là, et il ne savait plus comment faire machine arrière.

Quelque part, au fond de lui, il avait conscience de délirer. D'être dans un état de faiblesse important, et même d'avoir des hallucinations. C'était peut-être ça, la folie. La dernière douceur quand il n'en reste aucune autre.

Secoue-toi.

Sean a regardé droit devant. Sa mère se tenait debout dans la pièce.

Secoue-toi, je te dis.

– Maman ?

Un lit. Un matelas. Une lucarne. Tu peux encore le faire.

– Maman, de quoi tu parles ?

Tu peux encore t'en sortir.

– Mais le Magicien va venir, a sangloté Sean. C'est trop étroit. Je ne peux pas sortir. Il va venir et il va me tuer.

Tais-toi !

– Mais il...

Sean ! Qu'est-ce que je t'ai appris ?

– À ne jamais... baisser les bras.

Bien. Alors tu vas me faire le plaisir de te battre.

– Comment ?

Ce matelas s'effiloche. Regarde, il y a même un ressort qui sort et te rentre dans les fesses.

– En quoi cela va-t-il m'aider ? Le Magicien a dit qu'il serait de retour très bientôt...

Sa mère lui a expliqué comment faire.

Tu vois, a-t-elle conclu, tu es un petit magicien, toi aussi.

Sean a souri. Il a dit merci à sa mère.

Puis il s'est mis au travail avec acharnement.

50

JE PASSE une bonne partie de l'après-midi à étudier les appels de mon père, tout en sirotant diverses substances allant du soda à la bière bon marché, déambulant tantôt dans le jardin, tantôt dans le salon lorsque de brèves ondées tièdes s'abattent sur Naples.

J'ai sorti un stylo pour inscrire sur les feuilles les éléments notables. J'ai décidé, en premier lieu, de ne pas effectuer d'analyse détaillée. Je préfère parcourir la liste au hasard en cochant simplement les choses qui retiennent mon attention.

La première d'entre elles est la suivante : mon père donne très peu de coups de fil, et leur durée ne dépasse jamais deux minutes.

Je réprime un sourire en songeant au nombre d'heures que j'ai passées dans ma jeunesse suspendu au téléphone. Une fois, mes parents m'ont même contraint à rembourser la facture en travaillant au McDonald's. Et après ça, on voudrait nous faire croire qu'il n'y a pas de fossé des générations.

Je me replonge dans mon étude et constate vite que je ne reconnais aucun des numéros, à part, bien entendu, celui du portable de Claire.

J'entoure au stylo chaque endroit où il se répète. Il y en a peu. Leur première conversation remonte à trois mois – période à laquelle ma femme a effectivement commencé à s'absenter de ses cours de danse – et la dernière à quinze jours.

Qu'est-ce que je peux en déduire ?

Pas grand-chose, sinon le fait que leurs conversations ont dû se dérouler en direct durant les visites de Claire chez lui, comme mon père l'a prétendu. Est-ce qu'ils ont parlé de Billy et moi ? Certainement. Ont-ils abordé d'autres sujets, tels que le passé de George Dent ? Ça, je donnerais cher pour le savoir.

Passons aux numéros suivants. Je choisis de barrer tous ceux qui débutent par 800, ainsi que leurs apparentés. Il s'agit là de numéros verts : sociétés d'assurances, services postaux, banques. Le nécessaire de la vie quotidienne. Je n'en tirerai probablement rien, à moins d'une enquête approfondie que je n'ai pas le temps de mener à bien.

Restent les numéros ordinaires.

Un autre verre pour me donner du courage, et je m'attaque au cœur du problème, celui qui m'a poussé à pirater ce relevé téléphonique.

D'après Connie Lombardo, un type ressemblant à mon père s'est pointé au Donano's Donuts de Bayside, Miami, début août, quelques jours après l'enlèvement de Sean. Il faut donc que je cherche parmi les coups de fil passés durant cette période. Je me reporte à la colonne des dates et je la suis du doigt. Voilà : il y a effectivement une série d'appels le 5 août vers un numéro unique.

Zut.

Je cherche l'indicatif de la localité, le cœur battant, espérant faire erreur.

Le 305. Re-zut. C'est bien celui de Miami.

Je passe une main sur ma gorge, comme pour essayer de contenir l'angoisse qui monte.

À qui appartient ce numéro ?

Tu t'en doutes bien, Paul.

D'accord. Allons-y.

Je décroche mon portable et le compose.

« Donano's, j'écoute », fait la voix à l'autre bout.

Je raccroche et lâche le combiné, comme si je venais de toucher la queue d'un serpent à sonnette.

Nom de Dieu. Alors c'était vrai. George Dent a réellement appelé ce fast-food dans lequel Sean a disparu. Il l'a fait, et à plusieurs reprises. Il est parfaitement au courant de ce qui s'est passé là-bas. Il s'est intéressé à cette affaire en personne.

Les mots de Connie me reviennent en tête :

Certains prédateurs sexuels aiment rester en contact avec les lieux où ils ont commis leur crime. Ça réactive leur plaisir.

Je me mets à trembler.

Ce n'est pas possible, il y a sûrement une explication à cette attitude. Quel est le jour exact de la disparition de Sean ?

Le mercredi 3 août.

Je vérifie les appels passés par mon père ce jour-là. Mon doigt rencontre une ligne blanche : il n'y en a aucun.

Rien.

Il n'a pas téléphoné le 3 août. Les coups de fil suivants ont eu lieu le 4 (des appels sans importance), et le 5 pour le fast-food.

Bon, et après ? Il a très bien pu ne pas téléphoner le 3, qu'est-ce que ça prouve ? De toute façon, il ne passe pas beaucoup d'appels.

Ouais. Ou alors, cela signifie qu'il était absent de son domicile. Qu'il a passé la journée ailleurs. À Miami, par exemple.

Le trajet depuis Everglades City dure à peine deux ou trois heures. On peut effectuer l'aller-retour en un jour, c'est exact.

Et avoir le temps, entre les deux, de se livrer à de petites occupations. Du genre un tantinet violentes.

Je ne peux pas y croire. Mon père n'est pas violent. Il me corrigeait parfois avec une ceinture, d'accord, mais on ne peut pas dire que j'étais victime de maltraitances. Une éducation un peu rigide, peut-être. Une absence d'amour. Mais battu, jamais. Il ne m'aurait pas touché. Pas plus qu'il n'aurait commis un viol. Mon père n'en aurait pas été capable.

Un homme secret et complexe.

J'ai toujours souffert d'un manque indéfinissable durant mon enfance, comme si j'étais tenu à l'écart d'un mystère. Mais ce genre de chose, ma mère ou moi, nous nous en serions rendu compte.

Un homme emprisonné à Raiford, quartier de haute sécurité.

George Dent possède des facettes que j'ignore mais je refuse d'imaginer cette éventualité.

Un homme qui travaillait dans un cirque. Un homme proche des enfants. Un homme qui conserve, aujourd'hui encore, de vieux habits de clown soigneusement remisés dans son débarras sous des bâches en plastique.

Non.

Un homme qui voulait mieux connaître ton fils, Paul.

Il t'a reproché de ne l'avoir jamais TENU dans ses bras.

NON !

Je me bouche les oreilles.

– Ça suffit ! C'est des conneries !

Je regarde autour de moi, étourdi, me rendant compte que je viens de crier.

Je ne peux pas rester comme ça. Il faut que je me concentre. Que je creuse plus loin.

Comme possédé par la fièvre, je file dans ma chambre, me connecte à Internet et me sers de l'annuaire inversé pour identifier tous les numéros restants. J'ai décidé de vérifier chaque appel effectué par mon père. Je les passe au crible les uns après les autres, utilisant les Pages jaunes, les Pages blanches et tous les moyens disponibles sur le Net. Il y en a pour tous les goûts : plombier, amicale d'anciens vétérinaires, commissariat de police, médecin, restaurant, motel, réparateur du câble... Mais aucun ami ou connaissance. Mon père vivait véritablement en reclus. Un homme désespérément seul. Pas grave, du moment que j'identifie ces fichus numéros.

Et j'y parviens. Tous, sauf un.

Un numéro unique, ne figurant nulle part.

Je le fixe. OK. Je le compose à son tour.

Il doit y avoir une explication, ce n'est pas possible, me dis-je en attendant d'être connecté. Je refuse de croire que mon père est responsable de la disparition du petit Sean. Il ne peut pas être un prédateur sexuel. Doux dingue, d'accord, hippie revendeur de marijuana, lâcheur, égoïste, irresponsable, OK, mais rien à voir avec un psychopathe tel que Jordi. Après tout, George Dent m'a dit qu'il n'avait jamais entendu les noms d'Alan Smith, ou de Kosh le Magicien. Il m'a juré qu'il ne connaissait pas sa société, Carnival of Shadows. Pourquoi est-ce que je ne le croirais pas ? Peut-être que je me plante sur toute la ligne ?

La sonnerie retentit.

Ça décroche.

Et tous mes espoirs se racornissent, telle une feuille de papier happée par un gouffre brûlant.

« Bonjour ! lance une voix mielleuse. *Désolé, vous êtes en contact avec un répondeur téléphonique. Nos bureaux sont fermés pour le moment. Mais si vous aimez la fête et les surprises, n'hésitez pas à consulter nos offres très spéciales sur le site Carnival of Shadows ! Carnival of Shadows, tout un monde de possibilités ! »*

51

LES YEUX DE SHEILA LEBOWITZ, ma voisine, parcourent mon salon avec la précision d'un aigle.

– C'est pas mal, chez vous.

Son regard revient se poser sur moi.

– En effectuant quelques petites transformations, une cloison à abattre ici où là, on pourrait en tirer quelque chose.

Elle a sonné il y a deux minutes environ. Dix-huit heures pile, l'heure de son rendez-vous. J'ai tenté de faire le mort. Après ma dernière découverte sur mon père, je n'étais pas vraiment d'humeur. Mais Sheila a ouvert la porte et est entrée sans attendre d'invitation.

– Oui, dit-elle, le potentiel de cette maison est manifeste.

– Je croyais que le vendeur immobilier, c'était votre mari.

– Je connais aussi quelques ficelles, fait-elle en se rapprochant de moi. Par exemple, qu'il ne faut pas toucher aux murs porteurs. Rachetez une vieille baraque, faites toutes les modernisations que vous voulez mais ne touchez pas à ces murs. Votre taxe d'habitation restera à son ancien niveau, au lieu d'être réajustée au faramineux cours actuel.

– Vous semblez en connaître un rayon.

Elle m'examine de la tête aux pieds.

– Je sais reconnaître une bonne occasion quand j'en vois une.

Elle attend patiemment que je rougisse, puis pivote sur ses talons hauts et se dirige vers mon bar.

– Je peux ? dit-elle en l'ouvrant.

– Je vous en prie.

Elle sort deux verres, les remplit d'une généreuse rasade de Jim Beam et revient déposer ma ration entre mes mains.

– À la nôtre, dit-elle en trinquant. Nous en avons besoin.

– Qu'est-ce qui vous fait dire ça ?

– Votre air de zombie.

Je hoche la tête.

– J'ai quelques problèmes.

– Comme chacun d'entre nous.

Je me contente de boire en silence.

Ce soir, Sheila a mis le paquet : robe moulante en lamé noir scintillante, collier de diamants, boucles d'oreilles avec pendentifs. Je note l'absence d'alliance à son annulaire.

Elle passe son verre devant ses lèvres, tandis que son autre main vient caresser distraitement son coude.

– Claire n'est toujours pas revenue ? fait-elle d'un air absent.

– Non.

– Je m'en doutais un peu.

– Ah bon ?

– Elle ne se plaisait pas à Naples. Elle me l'a avoué au club de gym l'autre jour. Après tout, elle est française. Ces gens sont sophistiqués.

À la façon dont elle l'a dit, cela signifie tout sauf ça.

– Je ne partage pas votre point de vue, dis-je.

– Il faut pourtant se rendre à l'évidence : vous et moi, nous sommes seuls.

– Vous êtes mariée à Hermann.

– Et il est marié à son travail.

Elle agite ses doigts devant mes yeux.

– Cela fait un certain temps que je ne porte plus son alliance. Je ne sais même pas s'il le remarque.

Elle s'est encore rapprochée, mais je saisis le prétexte d'aller déposer mon verre dans l'évier pour m'éloigner d'elle.

– Et cette soirée ? je lance afin de changer de sujet. Ça démarre ?

– Une formidable réussite ! répond-elle sur un ton lugubre. Il y a un monde fou.

– Je la croyais réservée à quelques intimes ? N'était-ce pas une simple prolongation de l'anniversaire de votre fille ?

– Hermann a revu l'organisation à la hausse. C'est devenu... très impressionnant. Une bonne occasion pour lui de flatter ses plus gros clients et d'en dénicher de nouveaux en leur en mettant plein la vue, histoire de démontrer qu'il est le mieux placé sur le marché.

Elle a un rire sec.

– Hermann le Tueur. Hermann le Requin de la Côte, c'est comme ça qu'il se désigne lui-même. Il faut le voir aller et venir dans sa salle de bains en marbre, avec sa grosse chaîne en or et sa chevalière, en train de s'admirer dans la glace sous tous les angles.

Je me tourne vers elle.

Elle s'est assise, tête baissée, les épaules légèrement tombantes.

– Ça, pour faire du fric, il est réellement fort, dit-elle d'une voix pleine d'amertume. Il a inclus la fête de sa fille dans ses frais professionnels. C'est à peu près tout ce qu'il est capable de faire pour elle, du reste.

Elle demeure silencieuse un moment, puis :

– Et vous ? Vous comptez venir ?

– Je crois.

Un semblant de sourire revient sur son visage.

– C'est vrai ?

– J'ai besoin de me changer les idées.

– Alors c'est bien. Je suis certaine que vous passerez un bon moment. D'autant que votre ami Cameron sera de la fête.

Je hausse les sourcils.

– Vous avez fait connaissance ?

– Nous nous sommes rencontrés cette semaine, lorsqu'il est passé chez vous. Nous avons bavardé de choses et d'autres.

Elle me prend par le bras.

– Laissez-moi être votre guide. La nuit commence à peine. Qui sait quelles surprises nous attendent ?

52

HERMANN LEBOWITZ n'a pas lésiné sur les moyens. Il a vu grand. Voire pharaonique. Il ne s'est pas contenté de réserver un restaurant : il a retenu toutes les chambres de l'hôtel autour. Ce qui, au bas mot, représente un pâté de maisons.

Le parking est encombré de bolides. Porsche, BMW coupé Z3, Ferrari, et même une Lamborghini Murcielago. Si j'étais perfide, je noterais que plus l'âge du conducteur augmente, plus celui de la voiture et de la passagère diminue. Des valets, bien sûr, sont là pour vous ouvrir la portière devant l'impressionnante entrée : tente de style colonial, éléphants de marbre et flambeaux plantés dans l'herbe. Un majordome barre solennellement votre nom dans son carnet en cuir, puis vous invite à pénétrer dans le jardin exotique. Vous faites quelques pas – un album de Coldplay en fond sonore – et vous découvrez le bar-rotonde en bois de teck, les lueurs bleutées de la piscine et du jacuzzi, ainsi que la rivière artificielle qui glougloute autour de vous dans le noir. On vous offre une coupe de champagne, et vous remarquez soudain les myriades de sculptures et d'animaux étranges qui peuplent la végétation : crapauds en redingote, hiboux portant des lorgnons, poissons à deux têtes, ou fillette de bronze en train de lire une histoire.

L'impression d'ensemble est curieuse, à mi-chemin entre un film de James Bond et un conte de Lewis Carroll.

Sheila m'a abandonné pour s'occuper de ses invités. Je m'installe dans une balancelle et m'allume une cigarette. Cameron Cole ne tarde pas à me repérer dans la foule et vient s'asseoir.

– Hello, dit-il.

– Hello.

– Tu tiens le coup ?

– Comme dit le type qui tombe du dixième étage, « jusque-là, tout va bien ». (Je souffle la fumée par les narines et la regarde grimper dans les ténèbres.) Donc, tu connais Sheila ?

– On s'est rencontrés dans ta rue. Elle m'a invité.

– Une sacrée mante religieuse.

Il hoche la tête, et dépose une bouteille de tequila et une autre de jus d'orange entre nous.

– Marre de l'eau minérale, explique-t-il. Et puis toutes ces stars, ça me déprime.

Il désigne la foule du pouce. Puis nous prépare à chacun un verre.

– Tu les envies ? dis-je.

– Peut-être. Oui, je suppose. Regarde le groupe, là-bas. Celui de droite, c'est le romancier Robin Cook. La femme en face, c'est Judith Sheindlin, la fameuse juge de l'émission *Judge Judy*. Quant au type en smoking avec lequel ils discutent, c'est le propriétaire des bières Budweiser. Quelques milliards de dollars au bas mot. Tous des habitués de Naples.

– Sans blague ?

Cameron hoche la tête.

– Voilà ce que c'est une « petite fête ». Naples a toujours été la résidence secondaire des géants. Et tu veux que je te dise ? Nous ne serons jamais que des nains. Ils peuvent te tolérer si tu t'appelles Hermann Lebowitz, mais toi et moi, on ne fera jamais partie de leur univers.

Je souris. Wolverine et Cyclope en train de refaire le monde, comme d'habitude.

– Tu te rappelles quand on était gosses ? dis-je.

– Ouais.

– L'avenir devant nous. Pas de questions existentielles.

– Et pas d'enfants.

L'image de Billy passe devant mes yeux. Je les ferme quelques secondes.

– Élever des gosses, poursuit Cameron, c'est comme de vouloir traverser l'autoroute à pied. Tôt ou tard, tu te fais aplatir comme une crêpe. Comme tu le sais, mes gamins vivent avec mon ex. Elle leur raconte constamment que je suis un loser. Quand je vais les voir, mon fils me pique du fric dans mon portefeuille et ma fille m'ignore. L'autre jour, elle a râlé pour que je lui paye un téléphone portable. Je lui ai dit qu'elle était trop jeune. Tu sais ce qu'elle m'a répondu ?

– Non.

– « Je suis bientôt une pré-ado, papa. Tu vas en chier. »

Je souris, le nez dans mon verre.

– Il n'y a pas de quoi rire, mon vieux. Lorsqu'ils sont bébés, tu les aimes comme un fou. Tu ferais n'importe quoi pour eux. Mais dès qu'ils grandissent, ils trouvent que ton affection devient lourdingue, que tu leur colles la honte devant leurs copains. Et tu te retrouves tout seul.

Je ne réponds rien. Je ne sais pas trop quoi en penser. Pour l'instant, Billy n'en est pas là. Il ne m'a rien sorti de ce genre. Il regarde des DVD du *Seigneur des anneaux* et des *X-Men*. J'essaye de suivre. De cultiver notre univers en commun. Je n'ai aucune envie de réfléchir au jour où je m'engueulerai avec lui à propos d'une poignée de billets volés dans mon portefeuille.

Cameron s'envoie une autre gorgée de tequila-orange, puis :

– Il faut que je t'avoue un truc.

– Oui ?

– Je comptais poser ma candidature contre le chef Garner aux prochaines élections de la police municipale.

Je me redresse, surpris.

– Je voulais tenter ma chance et lui piquer sa place. C'est pour ça qu'il n'a pas arrêté de me mettre des bâtons dans les roues. Cette enquête sur Kosh, j'espérais m'en servir pour ma propre publicité. Prouver que j'étais un bon. Mais Garner m'a balancé sur une voie de garage. C'est comme cette histoire de bar à eaux. Je me suis cru assez malin pour créer une affaire originale, mais je me suis ramassé. Il n'y a pas un client. Et tu sais le plus drôle ? J'ai fait ça uniquement pour impressionner ma famille. Je voulais... je ne sais pas .. débarquer chez mon ex-femme en disant : « Hé, Papa est le nouveau chef de la police ! Et si on allait fêter ça dans mon bar ? » Les yeux leur seraient sortis de la tête. Ils auraient dit : « T'as un bar ? » J'aurais déposé une tonne de cadeaux sur la table. Ma femme se serait fendue d'un sourire. Je lui aurais montré ma lettre de nomination. Et peut-être – ouais, je dis bien, peut-être – qu'elle serait rentrée avec moi à Naples avec les enfants. Juste pour un essai. Voir si ma compagnie en valait encore la peine.

Sa voix se brise et il se tait brusquement.

Je cherche mes mots sans rien trouver d'intelligent à dire. Le silence se prolonge, puis Cameron finit par s'essuyer les paupières, se force à rire et nous ressert un verre.

– Fichue tequila.

– Fichu sentimental, je réplique.

– Ouais.

Une pause, puis :

– Il y a autre chose dont je voulais te parler.

Je note le brusque changement de ton. Je connais mon ami par cœur. Mes muscles se raidissent en prévision de la suite.

– Qu'est-ce qui se passe ?

– Ça concerne ton père, dit-il d'un air gêné. J'ai... disons, mené une petite enquête. Sur lui.

Mon cœur se serre.

Seigneur, Cameron sait tout. Il a contacté ses collègues de la police de Miami Dade. Dans une seconde, il va confirmer ce que je redoute depuis que j'ai épluché le relevé téléphonique. Que mon père est un criminel pédophile. Un violeur et un meurtrier.

– J'ai appelé la prison de Raiford, dit-il.

– Quoi ?

– Tu m'as parlé d'un truc curieux. Une chanson de rock que ton père prétendait avoir entendue là-bas, alors que le morceau en question est sorti des années plus tard.

– Ah, ça ? dis-je, vaguement rassuré.

– Sur le moment, je n'y ai prêté aucune attention. Mais tu sais comment je suis : les détails restent stockés dans un coin de ma tête, ils tournent, ils continuent de m'asticoter. Alors j'ai décidé finalement de passer un coup de fil au centre pénitentiaire.

Il verse à nouveau une bonne rasade dans mon verre et me fait signe de boire. Je m'exécute, observant son visage, tandis que mon inquiétude grandit.

– Ça n'a pas été facile, poursuit-il. Il a fallu qu'ils fouillent dans leurs archives. Que je fasse jouer des relations. Personne ne voulait me répondre.

– À propos de quoi ?

– La durée exacte du séjour de ton père.

Je repose mon verre.

Cameron me fixe.

– Sa date d'entrée. Celle de sa sortie.

– Il y a un problème ?

– Plutôt.

– Lequel ?

– Toi et moi, nous savons qu'il a été jeté en prison en 1971, n'est-ce pas ? On avait combien à l'époque, trois ans ?

– Presque quatre. Je me suis cramponné à ses jambes pour que les flics ne l'emmènent pas. J'en ai encore le souvenir. C'est même l'un des seuls que je conserve de ma petite enfance. Madame Scorbut, notre institutrice de maternelle, a accepté que ma mère me garde à la maison pendant plus de trois mois, tellement j'ai été perturbé.

Cameron hoche lentement la tête.

– 27 octobre 1971. Voilà la date exacte de son incarcération à Raiford. Disneyworld venait d'ouvrir, on ne voyait que ça dans les journaux de l'époque.

– Et alors ?

– Le problème, c'est la date de sa sortie.

– Facile : 1977. Il a fait six années de prison. Il est rentré pour fêter mon dixième anniversaire.

– Ce n'est pas ce que disent les registres.

– Comment ça ?

– George Dent a bénéficié d'une mesure exceptionnelle. Une remise de peine. Pour service rendu.

– Il a été libéré plus tôt ?

– Oui.

– Pourquoi ?

– Impossible de savoir. J'ai essayé de creuser, d'actionner des leviers à différents niveaux, mais je suis tombé chaque fois dans un cul-de-sac. Tous les détails ont disparu. C'est comme si personne ne savait rien. La raison de sa libération anticipée a été soigneusement tenue secrète et ne figure dans aucun dossier. (Cameron hausse les épaules.) À mon avis, il a donné un nom. Balancé quelqu'un. En tout cas, il possédait une sacrée monnaie d'échange, parce que sa peine a été raccourcie de façon significative.

Je me lève de mon siège.

– Tu plaisantes ? Mon père aurait été libéré plus tôt ? Et ce salopard ne serait même pas venu nous voir, moi et ma mère ?

Une intuition horrible m'envahit.

– Quand ?

Cameron se mord les lèvres.

– Quand a-t-il été libéré ? je répète.

– D'après le registre pénitentiaire de Raiford, il est arrivé le 27 octobre. On l'a mis dans un bureau. Il a passé un coup de fil. Des gens sont venus le chercher. Il est ressorti.

Cameron Cole me regarde sans ciller.

– Ton père n'a pas été incarcéré là-bas. Ni ailleurs. Il n'a jamais été emprisonné de sa vie.

53

J'AI L'IMPRESSION d'avoir reçu un coup de bélier dans la poitrine.

Je pose mon bras sur celui de Cameron, incapable de reprendre mon souffle.

Mon père n'est jamais allé en prison. Je n'arrive pas à le croire, tellement c'est impensable. Impossible. Il m'a menti. Il a menti à ma mère. Elle a pleuré des nuits entières, des mois entiers, pour rien. Il nous a trompés durant des années. Mon père ne vivait pas entre quatre murs. Rien ne le retenait prisonnier. Mais cela ne l'a pas empêché de passer ces six années loin de nous.

Six ans.

Il a toujours refusé que j'aille lui rendre visite. Je comprends à présent quelle raison le motivait. Ses cartes postales, ses coups de fil, ses anecdotes à propos de la vie pénitentiaire, les rares colis qu'il nous a fait parvenir, tout n'était que mensonges depuis le début.

Je regarde autour de moi, chancelant, comme si mon existence venait de s'écrouler tel un château de cartes.

Cameron me saisit par les épaules.

– Tiens bon, Paul. Je savais que ça te secouerait, mais il doit y avoir une explication. Et on finira par la trouver, fais-moi confiance. Je travaille là-dessus.

Une explication ? Mais putain de merde, laquelle ! Mon père est un salopard de criminel qui en a vendu un autre pour s'en sortir, c'est ça ? Qu'est-ce que ça veut dire ? Qu'il a bénéficié d'un programme de protection des témoins ? J'ai entendu dire que les gens qui intégraient ces programmes changeaient d'identité et disparaissaient pour toujours. Si c'était le cas, pourquoi serait-il réapparu six ans plus tard, au lieu de rester planqué dans son trou ? Et quel rapport y a-t-il avec l'histoire de Kosh ? Y en a-t-il seulement un ? Comment s'intègre l'enlèvement du petit Sean là-dedans ?

Tout s'embrouille. À tel point que c'est à peine si je remarque le serveur qui vient soudain de débouler.

– Excusez-moi, dit-il. On m'a dit que l'un de vous était médecin.

– C'est moi, fais-je d'une voix éteinte.

– Vous avez une trousse de secours ?

– Dans le coffre de ma voiture.

– Vous pourriez aller la chercher tout de suite ?

Je relève la tête.

– Qu'est-ce qui se passe ?

– Mme Lebowitz vous demande. C'est urgent.

Le serveur trépigne sur place, manifestement gêné.

– Il y a eu un accident.

54

LA CHAMBRE vers laquelle on me conduit, après que j'ai récupéré ma trousse, est une suite située en bordure de la piscine. Le serveur me fait entrer par la porte-fenêtre et je débarque directement dans le salon. Mobilier en bois blanc laqué, peintures contemporaines aux murs, téléviseur à écran plasma.

Et une silhouette féminine, allongée sur le lit.

– Sheila ?

– Je suis là, dit-elle en se levant d'un fauteuil.

– Ce n'est pas vous qui avez eu un accident ?

– Non.

– Qui est-ce ? dis-je en désignant la personne sur le lit.

Elle congédie le serveur d'un geste, puis :

– L'une de nos invitées. Elle a eu... un problème. Mais elle ne veut pas que cela s'ébruite. (Elle me fixe une seconde.) Et vous, tout va bien ? Vous êtes pâle.

– Des soucis personnels. Comment va la femme ? C'est grave ?

– Mais non, grands dieux, ce n'est PAS grave, interrompt cette dernière. Je vais parfaitement bien.

Elle se redresse sur le couvre-lit.

– Sheila, ma chère, vous ne m'avez pas appelé l'un de ces abrutis de *paramedics* au moins ? Ils vous facturent huit cents dollars pour parcourir un kilomètre jusqu'aux urgences et ça se termine par un sparadrap.

– Pas d'ambulance. Paul est un ami médecin.

– Quelle tête a-t-il ? C'est un beau mec ?

Sheila sourit à mon intention.

– Comme vous le voyez, Paul, son cas n'est pas tout à fait désespéré. Bien, je vous laisse avec elle. (Elle me pince le bras.) Bon courage.

– Rappliquez ici, jeune homme, ordonne la femme pendant que Sheila ressort.

Elle allume sa lampe de chevet et me la braque dans les yeux.

– Et faites-moi voir votre figure.

– Sauf votre respect, madame, c'est moi le doct...

– Oh, foutez-moi la paix avec votre « madame », on dirait un étudiant en médecine. Seigneur, vous n'êtes pas étudiant au moins ?

– Non.

Elle tapote le dessus-de-lit.

– Asseyez-vous à côté de moi.

Je m'exécute. Son visage sort de l'ombre. Et j'ai l'impression de recevoir un nouveau coup de poing dans l'estomac. Décidément, ce n'est pas ma soirée.

Elle est grande. Racée. Les pommettes saillantes – trop, sans doute, pour ne pas avoir été retouchées par la chirurgie esthétique – avec de splendides cheveux gris et un regard vert aussi glacial qu'un lac d'altitude.

Si l'on pouvait forger un visage comme on forge une épée, alors assurément, ce serait celui de cette femme.

– Quoi, vous avez avalé votre langue ? dit-elle.

– Non.

– Oh, je vois. (Elle sourit.) Je vous fais penser à quelqu'un ?

– Eh bien..., parviens-je à articuler.

– Dites donc, ce n'est pas vous qui allez vous évanouir, au moins ? Parce que c'est moi qui ai pris une claque dans la figure.

Elle me montre l'hématome sur sa joue et la plaie d'un centimètre au milieu.

– Vous avez été agressée ? fais-je.

– Non. Je suis judoka. Je m'entraîne à casser des parpaings avec ma tête. Bien sûr que j'ai été agressée !

Je ne parviens toujours pas à comprendre le trouble qui s'est emparé de moi. Sans doute que les révélations successives à propos de mon père m'ont profondément chamboulé.

– Nous nous connaissons ? dis-je.

– Moi non. Vous oui. Enfin, je l'espère, avec tout le mal que je me donne.

Elle désigne le badge agrafé sur sa robe. Une photo la représente, les mains jointes en signe de victoire, sur fond de drapeau américain.

– Mon portrait est placardé dans toute la ville.

Elle me tend la main.

– Helen McCarthy. Maire de Miami Beach. Candidate à l'élection du gouverneur de Floride.

J'achève la suture et range mon matériel dans ma trousse, en compagnie des compresses tachées par le sang de miss McCarthy, que j'ai soigneusement emballées dans un sachet étanche.

– Qu'est-ce que vous avez utilisé ? dit-elle. Je n'ai même pas eu mal.

– Colle biologique.

Je lui montre l'un de mes bâtonnets bleus et lui explique la façon de s'en servir.

– Intéressant, reconnaît-elle. Je croyais que les médecins pratiquaient surtout les points de suture sans anesthésie, ceux qui font pleurer les gosses et laissent des barres bien moches. Mais je suppose qu'il y a aussi une question de tarif ?

Je la fixe, étonné.

– Absolument. Comment le savez-vous ?

– Simple déduction. Lorsqu'un médecin lambda sort ses seringues, des aiguilles, du fil et tout le tremblement, j'imagine qu'il est en droit de vous faire payer deux fois plus cher.

– En fait, cinq à dix fois.

Elle pose sa main sur la mienne.

– Donc, vous êtes un idiot qui ne risque pas de faire fortune.

Je baisse les yeux.

– Je plaisante, dit-elle.

– Je peux vous poser une question ?

Elle se lève pour aller examiner le résultat devant la glace.

– Allez-y.

– Qui vous a agressée ?

– Oh, un idiot quelconque. Ma politique ne fait pas que des admirateurs, loin de là. J'ai beaucoup d'ennemis. Des libéraux. Des prétendus défenseurs des libertés individuelles. Des mous du genou qui voient en moi la future Grande Inquisitrice. Bien sûr, si j'étais un homme, ce serait différent. Prenez Rudy Giuliani à New York avec sa politique de tolérance zéro, vous croyez qu'il se serait pris une gifle ? Je possède une maison à Naples, j'y viens parfois pour échapper au grand cirque médiatique, mais les idiots sont partout.

Elle se tourne vers moi en arrangeant sa coiffure de façon à dissimuler l'ecchymose.

– Mes méthodes sont radicales. Je coopère notoirement avec le FBI. Aaron Altman, le directeur du Bureau, est un ami personnel. Je n'hésite pas à employer tous les moyens possibles pour traquer la vermine, punir lourdement les prédateurs sexuels et flanquer les petits délinquants hors de ma ville. Et je compte bien étendre la méthode à toute la Floride. Qu'ils aillent se faire pendre ailleurs, ou c'est moi qui les pends.

– C'est un slogan de campagne ?

– Non officiel.

Je repense à Sean et à tout ce que Connie m'a raconté à propos de la campagne de blogs anti-McCarthy en train de sévir sur le Net. Rencontrer cette femme en personne me fait une drôle d'impression.

Je me redresse, afin de me redonner une certaine contenance.

– Je vois, dis-je. J'ai eu quelques échos. Mais ce n'était pas le sens de ma question.

Elle se retourne vers moi.

– Ah bon ?

– Je voulais dire : qui vous a agressée *à répétition ?* Parce que vous n'avez pas qu'une seule cicatrice. Vous en portez d'autres. Derrière les oreilles. Dans le cuir chevelu. Le cou. Les épaules. Plutôt bien dissimulées, je dois dire. Mais un médecin est capable de s'en rendre compte. Avez-vous été vous-même victime de maltraitances, madame McCarty ? Parce que si c'est le cas, il n'est jamais trop tard pour demander l'aide d'un professionnel qui pourra vous aider à...

Elle éclate de rire.

Franchement. Sans aucune retenue.

D'un rire qui me fait monter le rouge aux joues et me sentir parfaitement ridicule.

– Mais mon pauvre ami, dit-elle. Vous pensez vraiment que je suis ce genre de femme-*là ?*

Ses yeux deviennent deux pics à glace. Et je mesure soudain l'étendue de mon erreur, en même temps que le sens de l'expression « animal politique ». Cette femme possède un don. Une force, un élan vital qu'aucun adversaire d'aucune sorte n'est capable de faire plier.

– Pour savoir d'où viennent mes cicatrices, dit-elle, il suffit de lire les journaux. Aucun mystère là-dedans. Je ne mène aucune croisade personnelle contre un ex-mari violent ou un père qui m'aurait battue dans ma jeunesse, qu'est-ce que vous croyez ? Mon mari était merveilleux, je l'adorais, il est mort en me léguant sa fortune, paix à son âme. Quant à mon père, c'est un ancien pasteur, il est toujours en vie, un modèle d'existence saine. Mon profil a été soigneusement découpé en rondelles par la presse, comme celui de chaque candidat. J'ai simplement eu un très grave accident de voiture. En fait, les médecins me donnaient pour morte, mais je me suis battue et j'ai survécu. Il a fallu beaucoup d'opérations esthétiques. Encore plus de convalescence. Et je suis revenue à ma place : sur le devant de la scène. Alors je vous le dis, cher ami, revoyez votre « radar à femmes battues », parce que je ne suis pas du genre à me laisser impressionner par quiconque.

Je hoche la tête en silence.

– Si vous voulez tout savoir, dit-elle d'un ton plus doux, voilà ce qui s'est passé. J'ai discuté avec un jeune homme, charmant au départ, mais qui s'est révélé adepte de l'ironie cinglante. J'ai répliqué par une remarque concernant sa virilité, et il m'a giflée. Pas de témoin. Il a disparu ensuite. Je n'allais pas ameuter la sécurité pour ça. Ce genre d'épisode ne me rend pas spécialement populaire. Qui a envie d'un gouverneur – une femme, qui plus est – qui se prendrait une gifle ? Vous savez comment sont les médias. J'ai déjà la moitié d'Internet sur le dos. Je peux compter sur votre discrétion ?

– Secret médical, dis-je en levant la main.

– Alors c'est entendu.

Elle se rapproche de moi et m'entoure les poignets avec délicatesse.

– Vous êtes tout à fait mon type d'homme, Paul. Je vous le dis sincèrement. Il y a quelques années, je vous aurais probablement convaincu de faire quelques galipettes ici même, dans cette chambre. Alors à moi de vous poser une question. Une question absolument cruciale.

Je déglutis devant son sourire de barracuda.

– Maintenant que vous me connaissez mieux, est-ce que vous allez voter pour moi ?

55

JE RESSORS de la chambre d'Helen McCarthy avec l'étrange impression de m'être baladé sans le savoir dans la cage d'un tigre.

Je me dirige droit vers le bar, soudain assoiffé. Je commande coup sur coup deux Sea Breeze et deux whiskys-glace pour faire bonne mesure. L'alcool brûle mon œsophage et me détend. Je m'accoude au comptoir, la tête envahie de lumière et de musique.

Les gens dansent et discutent par petits groupes, profitant de l'atmosphère enivrante du lieu. J'aperçois même d'autres célébrités, comme la top model Pearl Chan, au bras de son père, un magnat de la presse qui possède une bonne partie des quotidiens nationaux.

Hermann Lebowitz doit être content. Sa soirée est une réussite.

Je me masse le visage et j'essaye de me détendre. Une chanson de Muse vibre dans les haut-parleurs. Le chanteur raconte qu'on va me voler ma vie et que je ferais bien de surveiller mes arrières, parce que je ne suis pas seul. L'ironie de la chose m'arrache un sourire. Et curieusement, je me sens effectivement observé. Mais, en l'occurrence, par une ou deux filles pas farouches : l'une d'elles va d'ailleurs jusqu'à échanger quelques mots avec moi. Je lui réponds du mieux que je peux avant qu'elle ne s'éloigne, à la recherche d'un type moins ivre.

Cette petite drague sans conséquence me fait un bien fou.

Des souvenirs de soirées étudiantes me reviennent. C'est drôle, parfois votre jeunesse ressurgit sans prévenir, tel un vieux costume oublié qu'on ressort de sa housse. Ça danse, ça glousse, ça flirte. Il ne manque plus que quelques joints. Tout à l'heure, j'ai même cru voir un couple baisouiller gentiment dans les toilettes.

– C'est une chouette fête, hein ?

Sheila. Légèrement éméchée, elle aussi.

– Chouette, je réponds.

Elle s'installe sur le tabouret à côté du mien.

– Ça s'est bien passé avec Vampirella ? Elle ne vous a pas violé sur la commode ?

Je m'esclaffe sous l'effet de l'alcool qui chauffe mes veines.

– Helen McCarthy n'est pas vraiment mon genre.

– Et votre genre, c'est quoi ?

– Je ne sais pas.

Elle me dévisage, puis :

– Venez, dit-elle en me prenant la main.

– Où ?

– Vous verrez.

Elle m'entraîne à travers le jardin et l'on pénètre dans le restaurant. Les tables ont été retirées pour être remplacées par des canapés confortables et une lumière tamisée. Un groupe d'hommes discutent, affalés dans des fauteuils club. À nouveau, je me sens observé. Je tourne la tête dans tous les sens, mais personne ne nous prête la moindre attention.

– Où allons-nous ?

– J'ai soif, se contente de répondre Sheila.

Elle ouvre une porte et m'entraîne dans les cuisines, sa hanche collée contre la mienne. Ils ont dû couper la climatisation parce que la chaleur est intenable.

– Vous croyez qu'ils planquent de l'alcool dans le coin ? dis-je.

Elle ne me répond pas. Au lieu de cela, et sans le moindre préambule, elle me plaque contre un énorme frigo double porte avec distributeur de glace et se colle à moi. Ses yeux sont brûlants. Elle est en sueur. Ses seins écrasent ma poitrine et sa langue vient lécher mon oreille.

– Sheila, qu'est-ce que vous faites ?

– Ça ne se voit pas ? dit-elle en attrapant mes doigts.

Elle saisit ma main avec fermeté et la fourre sous sa robe, au contact de sa culotte.

– Oooh, fait-elle.

La tête me tourne. Elle se frotte contre mes doigts, qu'elle tient serrés de façon à former une pointe. Puis elle écarte soudain l'élastique de sa culotte et empale sa chatte directement dessus.

Seigneur Jésus.

Elle pousse un gémissement et m'attire le long de la paroi du frigo en direction du sol, tandis que son autre main cherche frénétiquement ma braguette. Mon dos écrase le bouton du distributeur de glace et un grondement s'éveille dans la machine.

Durant un bref instant, j'ai la vision de rochers dévalant un ravin.

Puis un torrent de glace nous ensevelit.

– AH ! crie Sheila en bondissant en arrière.

La glace pilée jaillit en cascade. Je glisse le long du frigo et atterris sur les fesses. Les éclats continuent de se déverser quelques secondes puis le grondement s'arrête et je reste assis par terre à regarder les derniers fragments bleutés ricocher piteusement sur le carrelage tels des résidus d'étoiles fondues.

– Mais qu'est-ce que vous foutez ! hurle Sheila.

– Rien.

Je souris, hébété, un glaçon encore coincé dans le col de ma chemise.

– Vous l'avez fait exprès, c'est ça ?

Elle me crucifie littéralement du regard.

– Bon sang ! Mais qu'est-ce qui ne va pas, chez vous !

Elle pivote sur ses talons et sort en claquant la porte.

J'ai envie de rire.

Voilà où tu en es, Paul. Le cul dans la glace. Ivre mort. Complètement largué.

Un son bref retentit alors. Un bip dans ma poche, accompagné d'une vibration. Sans y croire, j'extrais le téléphone qui s'y trouve, celui que je n'ai pratiquement jamais lâché depuis des jours, attendant que quelque chose se passe. Le portable rouge de Kosh le Magicien. L'icône indique que je viens de recevoir un SMS. Je clique dessus. Le message est bref :

QUAND TAURAS FINI DE BZ CETTE CONNE
REJOINS-MOI DEHORS
FAUT QUON PARLE
KOSH.

56

JE DÉGRISE INSTANTANÉMENT.

Des sueurs froides me parcourent et les glaçons collés à mes vêtements n'y sont pour rien.

Je me relève et me secoue pour les faire tomber. Je regarde autour de moi. Personne. Je sors de la cuisine. Dans le restaurant, les hommes discutent toujours entre eux, affalés dans leurs fauteuils, en sirotant tranquillement. Je me dirige vers l'extérieur en serrant le téléphone dans ma main, cherchant des yeux une silhouette filiforme en manteau sombre.

Nouvelle vibration.

Je sursaute.

Un autre message :

MAGNE-TOI
OU T'AS PEUR ?

L'enfoiré. Le sale enfoiré de merde. Je vais aller chercher Cameron, voilà ce que je vais faire. Je vais récupérer mon pote, on va ratisser l'hôtel et coincer ce psychopathe tous les deux. Cam va lui coller le canon de son flingue contre la tempe, et on verra lequel d'entre nous a la trouille.

Je traverse l'une des allées du jardin exotique, manquant de bousculer un couple qui observe des poissons dans un bassin. Où est passé Cameron ?

Je finis par le repérer au milieu de la foule près de la piscine. Merde. Il est en grande discussion avec Pearl Chan, le top model, et son magnat de père.

Nouveau bip :

JE M'IMPATIENTE

C'est ça, enfoiré. Impatiente-toi. Non, mais qu'est-ce que tu crois ? Que je vais sortir taper le carton avec toi ? Qu'on va tranquillement se prendre un verre après que tu as demandé à Rolf de me tirer une balle dans la tête ? Que tu as envoyé Jordi Lanski cambrioler ma maison et balancer des rats crevés dans ma clinique ? Tu crois que je discute avec les psychopathes ?

Un autre SMS :

TROUILLARD

Je marque une pause, traversé de frissons et d'envies de meurtre. L'alcool brûle dans mes veines tel un feu étrange et j'ai la sensation de voir les prochaines minutes de ma vie se déployer sous mes yeux tel un éventail scintillant de possibilités.

Encore un bip :

PETIT TROUILLARD DE MERDE

OK, tu l'auras voulu.

Je traverse le jardin exotique, courant presque. Des têtes se tournent. Je les ignore.

Je déboule à l'entrée. Les éléphants de marbre me paraissent énormes et les flambeaux dégagent une lumière si vive qu'elle me donne mal à la tête. Des gens remontent dans des voitures approchées par des valets. Il doit être tard, si les gens repartent. Plus tard que je ne croyais. Je me rends compte que j'ai un peu perdu la notion du temps.

– OÙ ÊTES-VOUS ? je crie sur le parking.

Des visages me fixent. Mi-sourire, mi-consternation.

Je frappe de mon poing sur ma poitrine.

– JE SUIS LÀ ! VOUS M'ENTENDEZ ?

Un valet se rapproche.

– Monsieur ?

– JE SUIS LÀ !

Mais Kosh ne se montre pas. Il n'y a que moi, sautant tel un diable entre les voitures.

– Monsieur ? insiste le valet. Je peux vous être utile ?

Mon regard se porte sur lui. Il se tient prudemment à deux mètres. D'autres gens attendent derrière, et certains chuchotent entre eux. Le valet se rapproche lentement, comme s'il n'avait pas encore décidé de la menace exacte que je représente, simple poivrot ridicule, ou bien crétin qu'il va être obligé de plaquer au sol en attendant du renfort.

Et ma tension retombe d'un coup.

Bon Dieu.

Je passe une main dans mes cheveux trempés de sueur. Ma veste est grande ouverte et ma chemise pend hors de mon pantalon.

Le valet hésite encore.

– D'accord, fais-je en levant la main. C'est bon. Ne me touchez pas.

Je lui tends mes clés de voiture.

– Je veux seulement m'en aller. C'est tout ce que je veux.

– Vous êtes certain d'être en état de conduire ?

– Amenez-moi ma voiture.

– Je peux vous appeler un taxi si vous voulez...

– Bon sang, faites ce que je vous dis !

Le valet s'éloigne. Je m'assois par terre et dépose ma veste dans l'herbe, à côté de moi, conscient de m'être donné en spectacle.

Ma voiture finit par arriver. Je grimpe à l'intérieur et démarre en trombe.

Je tourne sur l'US 41 dans un crissement de pneus. Dès que je me retrouve sur la ligne droite, mon pied écrase l'accélérateur. Je grille le premier feu qui se présente. Des coups de klaxon s'élèvent. Rien à foutre. Je fonce dans la nuit de Naples, conduisant tel un enragé. Heureusement que les rues sont désertes à cette heure et en cette saison. Le même exploit au printemps m'aurait valu une arrestation avant même d'avoir parcouru cinq cents mètres.

Je me gare un peu plus loin, sur un parking au bord de la route, devant le néon bleu d'un vidéoclub Blockbuster encore allumé.

Une idée vient de me traverser l'esprit.

Je m'empare du téléphone rouge et sélectionne l'option « répondre automatiquement à votre correspondant », puis je rédige un SMS à mon tour :

JE T'AI PAS VU CONNARD
T'ÉTAIS OÙ ?

Je ricane de ma vengeance mesquine.

Le bip d'un téléphone réceptionnant un message résonne sur ma banquette arrière.

Quelqu'un se penche à mon oreille.

– Juste derrière toi, répond Kosh.

57

UN OBJET GLACÉ entre en contact avec mon cou.

Une lame crantée.

La peur, la peur véritable, un effroi total m'envahit alors pour de bon et me paralyse les tripes. Au point de me donner une épouvantable envie de vomir.

– Salut, Paul, comment ça va ?

Kosh agrippe mes cheveux et tire ma tête en arrière. Sa lame appuie sur ma gorge et m'entaille la peau.

J'arrête de respirer.

– Tu fais moins le malin, on dirait. Qu'est-ce qu'il y a ? Tu ne t'attendais pas à me trouver dans ta voiture ? C'était très facile, pourtant. L'un de mes employés m'a appris à le faire. Déjouer les serrures, c'est son truc. Je crois que tu le connais : il s'appelle Jordi. Un homme loyal mais un peu instable, il adore violer les femmes et dépecer les gosses. Chacun de nous a ses petits problèmes. Mais peut-être devrais-je parler de lui au passé ? Qu'en penses-tu, Paul ?

– Je... je ne vois pas de quoi vous voulez parler, parviens-je à articuler.

– Oh, mais si. Au contraire. Je crois que tu saisis parfaitement bien. J'engage Jordi, il disparaît. J'engage Rolf, tu le bousilles. J'engage une jolie skipper rousse pour mon merveilleux yacht de luxe, tu me l'esquintes. Il me semble que j'ai de bonnes raisons de t'en vouloir, tu ne crois pas ? Je ferais peut-être bien de te dépecer, toi aussi ?

Le vidéoclub Blockbuster se trouve à moins de dix mètres. « OUVERT 24 H/24 » annonce l'enseigne, mais il n'y a pas grand monde à cette heure. Je regarde l'employé se déplacer dans l'allée centrale en remettant des DVD à leur place tandis que des bandes-annonces défilent sur les écrans placés en hauteur. D'où je me trouve, je peux voir celle d'une comédie hilarante avec Cameron Diaz. Je me demande si on est capable de m'entendre si je pousse un hurlement.

Comme s'il lisait dans mes pensées, Kosh raffermit sa prise.

– C'est drôle, la vie, dit-il d'un air absent. On est là, nos existences se déroulent sans histoire, tels des corps célestes dérivant tranquillement dans le cosmos. Et puis un jour, boum, c'est la collision. Deux étoiles qui entrent subitement en contact. Le crash. La supernova.

Ses bras se relâchent un peu comme s'il voulait me laisser le temps d'apprécier son délire avant de me zigouiller. Je note, une fois de plus, la longueur inhabituelle de ses doigts et l'étrange fluidité de ses mouvements.

– C'est comme ça que je nous vois, toi et moi. Deux entités opposées subitement face à face. Deux inconnus devenus ennemis par la force du destin. Le Roi Blanc contre le Roi Noir. À moins que nous ne soyons que des pions, qu'en penses-tu, Paul ? Tu crois que nous sommes de petites marionnettes que l'on manipule à loisir ?

– Je crois surtout que vous avez un sérieux problème avec les métaphores.

Son couteau se redresse subitement et, pendant une seconde, je pense que ça y est, il va m'égorger pour de bon. Mais la pression se relâche encore une fois.

Je tousse.

– Tu ne devrais pas jouer au plus fin, dit Kosh. Tu pourrais te blesser.

– Qu'est-ce que vous voulez ?

– Causer. Je te l'ai dit par SMS tout à l'heure. Tu ne lis pas tes SMS ? Pourtant tu aimes bien les téléphones portables, non ? Surtout ceux avec des photos dessus ?

Je ne réponds rien.

– Jordi m'a transmis les photos quand il est entré chez toi. Le portable était sur la table de ta cuisine. J'ai tout vu. Très intéressant. Mais ce n'est pas ça qui me pose un problème, tu t'en doutes. Le problème, c'est toi.

– Moi ?

– À vrai dire, je ne suis là que pour une chose. Te poser une question. Alors concentre-toi bien, s'il te plaît, car ta vie, aussi ordinaire soit-elle, dépend de ta réponse.

Il oriente ma tête de façon à ce que j'aperçoive ses yeux dans le rétroviseur. Deux puits ternes et sans vie aussi impénétrables que les profondeurs d'un égout.

– Tu es prêt ? Alors voilà : Paul Becker, es-tu l'Homme de l'Au-Delà ?

Mes sourcils se rehaussent de façon involontaire.

– Hein ?

Il me scrute un long moment dans le miroir du rétroviseur, comme pour juger de l'authenticité de ma réaction. Puis la pression dans mes cheveux se relâche subitement et sa lame abandonne mon cou.

– C'est bien ce que je pensais, lâche Kosh avec un soupir en se renfonçant dans la banquette arrière.

Je n'ose plus respirer, tel l'équilibriste au-dessus du gouffre.

– Tu ne sais rien, dit Kosh. Tu n'es personne. Le fruit du hasard, rien de plus.

Il ouvre la portière.

– Tu ne mérites pas que je te tue. Ce ne serait pas drôle. (Il sort.) Je vais te laisser, je dois préparer mon rendez-vous avec une jeune demoiselle. Dans l'intervalle, j'ai bien peur que les choses ne deviennent un petit peu compliquées pour toi, Paul. Mais je n'en dis pas plus. Que serait la vie sans surprises ?

Sa tête apparaît soudain à ma vitre.

– Au fait, c'est moi qui ai frappé Helen McCarthy. Je venais à la soirée pour toi, mais en la voyant je n'ai pas pu résister. Sa politique est un vrai défi pour les gens spéciaux dans mon genre. Disons que c'est un bonus que je m'accorde. Adieu, Paul, et bonne chance. Tu vas en avoir besoin.

Sa silhouette disparaît dans le noir.

Je n'ai rien tenté. Rien fait.

Je n'ai même pas eu le courage de lui poser la moindre question à propos du sort de Billy et Claire.

L'enseigne du vidéoclub clignote toujours. Bleu. Jaune. Bleu. Jaune. Aucun de mes muscles ne bouge. Au bout d'un moment, mes yeux accrochent l'inscription gravée dans mon rétroviseur : « *Attention : les objets dans le miroir sont plus proches que vous ne le pensez.* » J'ai presque envie d'en rire. C'est à ce moment-là que je perçois le bruit rauque qui remplit l'habitacle de la voiture.

Je mets un certain temps à comprendre qu'il s'agit de ma respiration.

58

KOSH EST RENTRÉ CHEZ LUI moyennement satisfait.

Il a rapproché son *airboat* du ponton, coupé le vrombissement de l'hélice et ôté de ses oreilles son casque antibruit, puis il a rangé son GPS et sauté sur le quai.

Il a éteint les lumières extérieures et escaladé les marches conduisant à l'étage de sa demeure, d'un pas lourd et empreint de lassitude. Il a évité la pièce où pourrissait toujours le cadavre de l'agent du FBI au bout de ses chaînes – l'odeur devenait insupportable – et s'est rendu de l'autre côté de la maison, dans l'ancienne cuisine, afin de se servir un verre.

Il a ôté le bouchon d'un carafon en cristal et versé du vin dans un verre à pied, qu'il a fait ensuite lentement tourner dans sa main.

Des cordons munis de clochettes pendaient encore au mur, soigneusement étiquetés : CHAMBRE DE MAÎTRE, CHAMBRE D'AMIS, SALON, VÉRANDA, JARDIN D'HIVER... Jadis, il suffisait de les actionner depuis n'importe quelle pièce pour se faire entendre des domestiques dans la cuisine. Mais depuis longtemps, plus personne ne vivait ici. Les bons domestiques se faisaient rares, de toute façon.

Comme les bons collaborateurs. Au bout d'un certain temps, ils ne sont plus utiles à rien.

Kosh a allumé son ordinateur blanc, sans cesser de réchauffer le verre dans sa main. Les deux autres ordinateurs, le noir et le rouge, bourdonnaient en sourdine, comme d'habitude, reliés à l'antenne satellite portable posée sur le rebord de la fenêtre.

– Fuller ?

– C'est moi, a répondu l'avocat de Kosh d'une voix endormie.

– Ici Alan Smith. Je sais qu'il est tard. J'espère que je ne vous dérange pas ?

En vérité, Kosh n'en avait rien à cirer. Maître Barton Fuller savait ce qu'il risquait à ne pas répondre. La liaison vidéo était de mauvaise qualité – notamment en raison des nombreux dispositifs de brouillage installés par Kosh – mais le ton impératif de sa voix était retransmis avec la plus grande précision.

– Vous ne me dérangez jamais, a répondu Fuller. (Il s'est positionné face à sa webcam en se grattant la tête.) Que puis-je pour vous, monsieur Smith ?

– Ma collaboratrice, la skippeur de mon bateau. Elle se trouve toujours avec vous ?

– Je lui ai loué une chambre à Naples dans un motel discret. La plainte est prête. Nous nous rendons demain matin au tribunal.

– J'ai besoin d'un petit service.

– Je vous écoute.

– Paul Becker ne l'a pas vraiment amochée, n'est-ce pas ?

– Elle n'a pas grand-chose, en effet. Mais l'effraction de votre propriété est indéniable. Et je compte majorer les conséquences psychologiques de son agression de telle sorte que...

– À vrai dire, j'avais autre chose en tête. Il serait mieux que les conséquences de cette agression soient visibles.

– Visibles ?

– *Apparentes*, Fuller. *Manifestes*. Au fait, a dit Kosh d'un ton badin comme s'il changeait de sujet, votre fils joue toujours au base-ball ?

– Bien sûr... Mais quel rapport avec...

Soudain, Barton Fuller s'est tu.

Un silence glacial s'est abattu entre eux. Avec un certain amusement, Kosh a songé que les pores de Fuller, agrandis par les pixels, avaient l'air de gros points noirs recouverts de transpiration.

– Vous n'êtes pas en train de me demander...

– Mais si ! a dit Kosh en riant. C'est précisément ce que je vous demande ! Vous n'avez qu'à emprunter la batte de base-ball de votre fils. Faites en sorte que mon employée ait réellement de quoi porter plainte.

– Je ne peux pas faire ça.

– Ah bon ? Vous préférez peut-être que je transmette mes vidéos à votre femme, vos parents, vos amis, vos associés ? Quel film préférez-vous ? Celui où vous vous branlez sur cette petite Indonésienne de six ans, ou bien l'autre, le garçon que vous sodomisez avec un cintre ? Je pourrais aussi les mettre en ligne sur mon site en compagnie des autres téléchargements disponibles, qu'est-ce que vous en pensez, Barton ?

Le silence s'est prolongé, puis :

– D'accord.

– À la bonne heure ! a dit Kosh avant de couper la connexion.

Il a débranché le reste de son matériel haut de gamme, replié sa petite antenne satellite et rangé ses ordinateurs dans leurs housses respectives. Il était temps de s'en aller. Les charges d'explosif réparties dans la maison détruiraient toute trace de son passage. L'heure était venue pour l'araignée d'aller faire son nid ailleurs.

Il a souri à la pensée de la petite Madison, endormie quelque part en compagnie de sa famille, encore inconsciente du monde merveilleux que lui, Kosh le Magicien, s'apprêtait à lui faire découvrir.

Mais avant cela, une dernière tâche l'attendait.

Il est descendu à la cave en sifflotant.

– Sean ? a-t-il appelé. See-an, c'est moi ! Je suis de re-tour !

Il a déverrouillé la porte.

– N'aie pas peur, ce sera très rapide, je te le promets, a-t-il dit. Tu ne souffriras pas, je vais...

La suite de sa phrase est restée coincée dans sa gorge.

La cellule du petit Sean Raymond-Rodriguez n'avait pas bougé d'un pouce : un lit en fer, avec son matelas posé dessus et une lucarne étroite située tout en haut du mur.

Sauf que l'enfant n'était plus là.

59

ON TAMBOURINE À MA PORTE depuis un bout de temps déjà. Mais je continue de faire le mort et les coups finissent par cesser.

Tant mieux.

Je préfère rester plongé dans la stupeur.

C'est un état très intéressant : vos fonctions ralentissent tellement que vos pensées s'arrêtent, rendant toute douleur impossible. Il n'y a plus ni Bien, ni Mal, ni angoisse, ni frustration. C'est le nirvana absolu. La liquéfaction totale de votre cerveau. Je me demande combien de temps on peut rester ainsi ?

Je ne vais pas vous mentir : je n'ai pas réussi cet exploit tout seul. Mes excès alcooliques de la veille ainsi que les tranquillisants que je me suis envoyés en rentrant ont été des guerriers efficaces. Ils se sont placés en embuscade dans mes veines, ont installé des avant-postes dans mon cerveau puis ont donné l'assaut. Ils ont pris ma souffrance par surprise, et je peux vous dire qu'ils l'ont sacrément réduite.

Peut-être qu'avec un peu de chance, je vais sombrer dans le coma ?

– Mais qu'est-ce que vous fichez ? dit Connie.

Mon infirmière se tient penchée au-dessus de moi. Ses bras bronzés sortent d'un pyjama de bloc de couleur bleue et un stéthoscope pend autour de son cou, indication qu'elle débarque directement de la *Walk-In Clinic* sans avoir pris le temps de se changer.

– Mais vous êtes complètement bourré ? ! dit-elle en me secouant.

– Hein ?... Pardon ?...

– D'accord. J'ai compris.

Elle passe son bras sous mon épaule et me soulève.

– Heureusement que je fais du sport, grogne-t-elle en m'entraînant vers la salle de bains, parce que je peux vous dire que comme patron, vous n'êtes pas un cadeau.

Elle m'ôte mes vêtements et me pousse sous la douche.

– Comme vous ne répondiez ni au téléphone, ni à votre sonnette, j'ai dû passer par le jardin. J'espère que vous ne m'en voulez pas. Franchement, vous auriez dû me dire que vous étiez dans un état pareil.

C'est à ce moment-là que je vomis sur le carrelage.

Elle sort en refermant délicatement la porte.

– Bon, eh bien je vous laisse, dit-elle. J'ai déposé des affaires propres sur la chaise à côté. Si vous avez besoin de moi, vous n'avez qu'à appeler. Je vous attends en bas.

– Je suis vraiment désolé, dis-je une heure plus tard en descendant les marches conduisant à la cuisine.

Je me suis lavé, j'ai bu au moins dix litres d'eau pour lutter contre la déshydratation consécutive à l'abus d'alcool, et j'ai peu à peu repris des couleurs. Après quoi je me suis rasé, aspergé d'after-shave, j'ai passé un pantalon de costume et une chemise blanche, et j'ai terminé en nouant une cravate autour de mon cou.

Je me suis observé dans la glace avant de descendre : je ressemblais pratiquement à un être humain.

– Désolé, je répète à Connie.

Elle achève d'essuyer une assiette, la dépose sur le côté de l'évier en compagnie d'une pile d'autres et raccroche le torchon.

– C'était le chaos, chez vous. Vous n'avez plus de femme de ménage ?

– Claire a congédié Rozella.

– Et comme vous n'êtes qu'un homme, c'était une bonne raison pour tout laisser en plan.

Je me masse les tempes.

– Je prendrais bien quelque chose...

Elle dépose un verre d'eau pétillante devant moi.

– Aspirine, dit-elle. Pour l'instant, c'est le seul truc que je vous autorise à boire.

Je fais couler le breuvage gazeux dans ma gorge.

– Pourquoi êtes-vous venue jusqu'ici ?

– J'adore faire votre vaisselle.

– Connie.

Elle hoche la tête.

– OK. On a des problèmes.

– Des gros ?

– Énormes.

– Du genre ?

– Du genre inspecteur sanitaire. *Très* grosses moustaches. Mandaté par la ville, il a débarqué ce matin.

– Vous vous êtes renseignée ?

– C'est l'œuvre de Garner, le chef de notre joyeuse police municipale. La présence de rats dans notre consultation a déplu en haut lieu. Quelqu'un qui connaît quelqu'un a fait pression sur lui. Un type qui donne beaucoup d'argent à la ville, à ce qu'il paraît, choqué lors de son récent passage dans votre clinique, manque d'hygiène, bla-bla-bla.

D'accord. Inutile de se demander qui est derrière.

– Il y avait aussi deux journalistes.

– La presse ?

– Le *Daily News* et un autre canard local. Prévenus par appel anonyme. Vous m'avez parlé d'ennuis avec la police, dit Connie sur un ton de reproche, mais vous ne m'expliquez jamais rien. J'ai été prise de court.

– Et l'inspecteur sanitaire ? Qu'est-ce qu'il veut ?

– Fermeture provisoire. Effet immédiat. On est au chômage.

– Hein ? ! Ce n'est pas possible !

– L'inspecteur dit que si. Il a même mentionné un décret n° 132 machin-chose. Un papier vert. Il l'a placardé sur la porte de la clinique. On a dû tout interrompre.

J'en reste abasourdi.

– Vous avez tenté la discussion ?

– J'ai surtout tenté de vous joindre. Vingt fois ce matin. C'est pour ça que je suis venue. Les journalistes insistaient pour vous interviewer. J'ai botté en touche, mais j'ai peur qu'ils finissent par dénicher votre adresse. (Elle croise les bras.) Enfin, Paul, qu'est-ce qui se passe ? Si seulement vous arriviez à vous confier, je pourrais peut-être vous aider ?

Je tourne en rond, une main derrière la nuque

– C'est impossible, Connie. Il est hors de question que je vous mêle à une histoire pareille. En ce moment, je suis... radioactif. Tous ceux qui m'approchent ont des ennuis.

Elle secoue la tête, déçue.

– D'accord. Mais je vous préviens, je ne peux pas rester sans travail.

– Qu'est-ce que vous voulez dire ?

Elle rassemble ses affaires.

– J'ai passé un coup de fil à New York. Mon ancien hôpital est prêt à me reprendre. Tous vos employés sont plus ou moins dans le même cas. (Elle se tourne vers moi.) C'est la panique, Paul. Il faut réagir. Si vous avez besoin de mon aide, vous savez où mon joindre... (Elle franchit la porte.)... Tant que je suis encore dans le coin.

Et elle disparaît.

Merde.

J'écrase mon poing sur la table.

Le téléphone de la maison sonne.

– ALLÔ ! je crie dans le combiné.

– C'est moi.

– Qui ?

– C'est moi, Paul. C'est Claire.

60

MA FEMME EST EN LARMES. Je l'entends hoqueter à l'autre bout du fil. Elle renifle, puis finit par me demander :

– Tu vas bien ?

Les mots parviennent jusqu'à mon cerveau.

Et le temps s'arrête.

Il est onze heures quatorze du matin. Le soleil baigne la pièce. Un parfum de fleurs pénètre par la fenêtre ouverte, mêlé à l'odeur de la vaisselle que vient de terminer Connie. Je perçois le bourdonnement d'une abeille. Le contact du carrelage sous la semelle de mes chaussures, comme un aimant qui me clouerait au sol.

On est lundi. La troisième semaine du mois d'août.

Ça fait exactement cinq jours que ma femme et mon fils ont disparu.

– Claire...

J'ai du mal à articuler le moindre son.

– Claire, je répète, la gorge nouée, les yeux humides, incapable de dire autre chose.

Un bruit, à l'autre bout. Comme le souffle de quelqu'un

obligé d'inspirer à fond pour puiser dans ses ultimes réserves de courage. La réaction d'une personne qui aurait pris une décision difficile. Et s'apprêterait à m'en faire part.

Ce simple bruit me terrifie.

– La police arrive, dit Claire.

– Quoi ?

– Ils seront chez toi dans moins d'une demi-heure.

– Qu'est-ce que tu veux dire ?

La panique me perturbe tellement que je mets plusieurs secondes à percuter. Puis je me souviens : effectivement, c'est aujourd'hui que les flics envoyés par Garner sont censés venir inspecter ma maison.

Décidément, ce type est en train de me pourrir la vie.

Sauf que, en l'occurrence, c'est ma faute, puisque je lui ai donné mon accord. Il nous avait convoqués au poste de police, Cameron et moi. J'étais pressé d'en sortir. J'ai accepté qu'on perquisitionne à mon domicile parce que je n'avais rien à cacher.

– Je suis au courant, dis-je. Mais toi, comment le sais-tu ?

– Peu importe.

– Pourquoi tu m'appelles ?

– Parce que tu dois partir.

– Pour quelle raison ?

– Ils vont trouver quelque chose. Un objet que j'ai caché avant de m'en aller. Un élément qui t'accuse, Paul.

Mon cœur se resserre, prisonnier d'un manteau de glace.

– Qu'est-ce que tu racontes ?

– Tu le sais très bien.

Sa voix devient sèche.

– Non, je ne le sais pas. Qu'est-ce qui se passe ? Claire, je t'aime...

Pourquoi ai-je l'impression de tomber dans un gouffre ?

– Ne dis pas ça, répond-elle.

– Je t'aime...

Un gouffre sans fond, parcouru par l'écho de rires sinistres.

– Rentre chez nous, Claire, je t'en prie. Reviens avec Billy...

Les rires d'une sorcière aux longs cheveux noirs. D'un clown dans un sac en plastique.

– NE DIS PAS ÇA ! hurle-t-elle.

Son ton me tétanise. Mon bras se couvre de chair de poule. Des monticules aussi gros que des balles de ping-pong.

– Écoute, je...

– Non, TOI, tu vas m'écouter ! Je n'aurais jamais dû t'appeler ! C'était une erreur. Je devrais te laisser payer pour cette abomination. J'ai... J'ai pitié de toi.

Elle étouffe un sanglot. Puis se ressaisit.

Un silence.

Puis sa voix, à nouveau. Lointaine. Glaciale :

– J'ai caché le film. La police ne pensera pas tout de suite à le chercher là où il se trouve. Ironiquement, c'est un endroit conçu pour. Ça te donnera du temps pour t'enfuir.

– Le film ? M'enfuir ?

– Va-t'en, Paul. S'il te plaît. C'est la dernière chose que je fais pour toi, au nom des années passées ensemble. Je ne comprends pas ce que tu es devenu, ni comment tu as pu faire une chose pareille. Mais ne m'appelle plus.

– Claire...

– Ne cherche pas à nous retrouver. Ni moi, ni ton fils. Jamais.

Et le téléphone raccroche.

61

L'ANGOISSE. Le chagrin. La colère. L'ensemble se mélange dans ma tête en un tourbillon invraisemblable. Mais plus que tout, c'est la panique qui domine.

La panique totale.

Un film ? Un film qu'elle a caché ? Où ? De quoi parle Claire ? Pourquoi autant d'agressivité ? Pour quelle raison devrais-je m'enfuir et quitter ma maison ?

Mon regard balaye le séjour par saccades, comme si je venais d'être frappé par un adversaire invisible tournant autour de moi, prêt à recommencer.

Raisonne, Paul. Calme-toi. Fais fonctionner ton cerveau.

D'accord. Je commence par raccrocher ce foutu téléphone, qui pend toujours tel un poisson mort dans ma main, et je prends le temps de respirer lentement. Je remonte les manches de ma chemise, desserre le nœud de ma cravate. Là. Reprenons du début.

Tout d'abord, qu'est-ce qui vient de se passer ?

Simple : ta femme te hait.

Ça, c'est clair. Mais pourquoi ?

Elle pense manifestement que tu as commis une faute. Une faute très grave. Un acte hautement répréhensible et condamnable par la justice.

Invraisemblable. Terrifiant, même. Et pourtant ça a l'air vrai. Comment Claire peut-elle imaginer une chose pareille ?

Ce n'est pas le problème. Le fait est qu'elle le croit.

Je coince mes mains sous mes aisselles et j'arpente la pièce, les jambes tremblantes.

OK. Admettons. Dans ce cas, j'imagine que cet acte que j'aurais commis – quel qu'il soit – a été découvert par Claire de façon brutale. C'est la seule explication possible à un changement d'attitude aussi radical à mon égard.

Ça paraît logique.

Elle l'a découvert d'un seul coup, et en a été totalement chamboulée.

Continue...

Et j'imagine aussi – pas besoin d'être un génie pour ça – que cette découverte a dû se produire le jour de sa disparition. D'où son départ de la maison, tout aussi brutal. Ce qui explique le fait qu'elle soit restée volontairement injoignable par la suite.

Va plus loin.

En fin de compte, ma femme et mon fils fuyaient bien une menace.

Sauf que cette menace – Seigneur – c'était moi !

Tu as tout compris. Donc, ta femme te hait. Elle te quitte en emmenant son fils. Cependant, voilà qu'elle t'appelle pour te donner une chance de t'enfuir.

Trop gentil de sa part. Mais je refuse. Je n'ai rien fait, bon sang ! Je ne suis coupable de rien ! Je ne sais pas comment une situation aussi absurde a pu se produire, mais on ne peut pas me reprocher un acte que je n'ai pas commis !

Ça dépend de l'acte.

Ou, plus précisément, ça dépend de ce qu'on aperçoit sur ce fameux film

Le film.

On en revient là.

Si je veux comprendre ce qui se passe, il faut que je le visionne à mon tour. Ça veut dire que je dois le retrouver avant l'arrivée de la police.

Je file jusqu'à l'entrée et regarde par le judas. Personne. J'ouvre la porte : pas de voiture de patrouille. Je tends l'oreille : aucune sirène dans la rue. Je referme et je consulte ma montre. Si Claire a dit vrai, il me reste un peu moins de vingt-cinq minutes pour le découvrir. Faisable. Mais par où je commence ?

Elle a dit quelque chose à propos de la cachette.

Je ferme les yeux, concentré au maximum. Quels étaient ses mots exacts ?

Les flics ne penseront pas tout de suite à le chercher là où il se trouve. Ironiquement, c'est un endroit conçu pour.

Zut, je n'y comprends rien. Un endroit conçu pour quoi ? Pour stocker les films ? Est-ce qu'elle parlait de la vidéothèque ?

Je retourne dans le séjour. Nous n'avons plus de magnétoscope ni de cassettes depuis l'année dernière, j'ai tout revendu dans une brocante avant notre déménagement de Californie. En revanche, nous possédons une petite collection de DVD.

Je me précipite vers l'étagère, m'empare des jaquettes et les ouvre une par une, d'abord délicatement, puis de plus en plus vite. Certains disques m'échappent des mains et tombent. Je me baisse pour les ramasser, puis renonce, une pointe à l'estomac, comme si le simple fait de les abandonner sur le sol symbolisait la destruction de ma famille.

Ces DVD portent tous des logos et des titres, de toute façon. Il n'y a aucune vidéo spéciale à trouver ici.

Où est-ce qu'on peut encore planquer des films ?

Dans l'ordinateur.

Claire ne s'en sert pas beaucoup, mais on ne sait jamais.

J'escalade les marches quatre à quatre. J'entre dans la chambre. J'allume. Je ne suis pas spécialement calé en informatique, mais je sais qu'un moteur de recherche peut fouiller le disque dur. Je le mets en route et je fais défiler tous les formats de fichiers vidéo possibles. Ça ne donne rien. Merde. Soit aucun film ne se trouve là-dedans, soit il est trop bien caché pour que je le déniche.

Quoi d'autre ?

Les programmes sur CD-ROM.

Je balance le tiroir par terre et je les ouvre les uns après les autres. Office, Photoshop, des jeux. Rien d'anormal là non plus.

Parmi les CD de musique, peut-être ?

Je redescends l'escalier et fonce jusqu'à la collection rangée près de la chaîne stéréo. Même traitement que pour les DVD, tout termine sur le sol – y compris *Summer Wind* de Sinatra, la chanson sur laquelle Claire et moi avons dansé lors de notre premier rendez-vous en amoureux.

Je passe tout au crible.

Pour rien, une fois de plus.

Je frappe du poing contre le mur. Bordel de bordel, mais où ça peut être ?

Un éclair : les lecteurs de CD et DVD. *Dans* les lecteurs eux-mêmes !

Je les fais tous : ceux du séjour, le petit lecteur portable qu'on emporte en voyage pour que Billy regarde ses dessins animés, et même mon lecteur de CD dans ma voiture.

Mais une fois encore, c'est l'échec total.

Nada. Chou blanc sur toute la ligne.

On sonne.

Les flics.

Pas de panique Paul. Tu n'as rien à te rapprocher, raccroche-toi à ça. Quoi qu'il arrive, il y aura forcément une explication. On ne peut pas t'accuser si tu n'as rien fait. A fortiori si tu ne sais même pas de quoi il s'agit.

J'essaye de ramener un semblant de calme sur mon visage.

J'inspire.

J'ouvre.

Garner. Nom de Dieu. Le chef de la police s'est déplacé en personne.

– Vous voyez ? dit-il avec un sourire. Je vous avais dit qu'on allait se revoir très vite...

Je m'écarte pour les laisser entrer et les flics pénètrent dans ma maison.

Garner est accompagné d'un technicien de laboratoire vêtu d'une blouse grise, ainsi que d'un officier de police. Le technicien transporte une petite mallette. Garner me colle un papier entre les mains sans m'adresser un regard.

– Mandat officiel. Juste au cas où vous auriez changé d'avis.

Je me redresse.

– Je n'ai pas changé d'avis. Je vous l'ai dit, je n'ai rien à me reprocher.

– C'est ce que nous allons voir.

Garner pose ses mains sur ses hanches et contemple mon intérieur comme s'il se demandait où poser son nouveau papier peint. Il fait signe à ses hommes d'entamer la fouille, puis se tourne vers moi.

– Vous avez des soucis avec vos CD ?

– Aucun souci, pourquoi ?

– Toutes vos jaquettes sont par terre.

– C'est comme ça que je les aime.

– Ne jouez pas au mariole avec moi, Paul.

– Pour vous, ce sera docteur Becker.

Il colle son visage au mien.

– Mauvaise journée, hein ? Il paraît que votre clinique a des problèmes.

– On les surmontera.

– J'ai deux nouvelles pour vous. Assez déplaisantes. Vous voulez la moche ? Ou la très moche ?

– Ça m'est égal.

– Alors commençons par la moche. La plainte à votre encontre. L'affaire paraît plus sérieuse que prévu. On est en train de l'enregistrer en bonne et due forme. J'attends les détails par téléphone d'un instant à l'autre. Si ça se confirme, je me ferai une joie de vous conduire dès ce matin jusqu'à la cellule du shérif du comté. Quant à la seconde...

– Fichez-lui la paix !

Cameron entre à son tour.

– Qu'est-ce que vous faites ici ? dit Garner.

– Ce n'est pas à vous de lui annoncer ça.

– De m'annoncer quoi ? dis-je.

Je les regarde l'un et l'autre.

– S'il vous plaît, dit Cameron. Garner, je vous connais depuis longtemps. Vous êtes borné. Têtu comme une mule. Mais vous n'êtes pas un homme cruel. Laissez-moi faire.

– De quoi tu parles ? dis-je.

Cameron m'entraîne dans la cuisine et ferme la porte.

– Écoute, je ne sais pas trop comment présenter ça...

Ses bras remuent tels deux appendices dont il viendrait de découvrir l'existence.

– C'est ton père, dit-il. L'antenne d'Everglades City vient de contacter notre central. Ça fait quarante-huit heures qu'ils ratissent la région en recherchant un parent proche. Personne de chez eux n'avait tes coordonnées. Et comme George Dent et toi vous ne portiez pas le même nom de famille...

– *Portiez ?* Pourquoi employer le passé ?

Il débite la suite très vite, comme pour me faire avaler d'un trait un médicament au goût horrible.

– Ton père s'est suicidé. Il y a trois jours. C'était vendredi soir, peu après que tu es passé chez lui. Il a mis le feu à des bouteilles de gaz. Il y a un témoin de la scène, un gardien qui bosse dans sa résidence. Le gars s'appelle Edwouar. Apparemment, ton père était dépressif depuis longtemps. On a retrouvé son corps. Ou plutôt ce qu'il en reste. Sa maison a été détruite. Les dégâts alentour sont considérables. Plus d'électricité, ni aucune ligne téléphonique dans la zone.

Il m'entoure de ses bras.

– Je suis désolé, Paul.

Je ne sais plus quoi répondre. J'ai le vertige.

D'abord ma clinique qui ferme. Ensuite Claire qui me tient un discours horrible. Puis la plainte contre moi qui s'aggrave. Et j'apprends maintenant que mon père est mort. Mort depuis trois jours. Disparu en emportant avec lui tous ses secrets.

Il s'est suicidé. Pourquoi ? Était-ce vraiment une dépression ? Qu'avait-il commis de si terrible, de si atroce qu'il ne puisse plus supporter l'idée de vivre ?

– Comment tu te sens ? demande Cam.

Je secoue la tête. Je ne sais pas. J'ai l'impression que je ne ressens rien du tout. Est-ce que je suis en état de choc ? Sans doute. Je suppose que ça s'appelle comme ça.

– Tu veux boire un coup ?

Je suis affalé sur la table. Cette antique table de cuisine que nous avons achetée ensemble, Claire et moi, dans la même brocante où j'ai revendu le magnétoscope. C'est un meuble ancien datant de l'époque de la prohibition. Ma femme l'adorait.

– Tu veux un verre ? me répète Cameron.

Et ça fait tilt.

L'alcool. La table. La prohibition.

Les flics ne penseront pas tout de suite à chercher le film là où il se trouve. Ironiquement, c'est un endroit conçu pour.

Certaines tables datant de la prohibition ont une particularité. Leur pied central est creux. Lorsque la police faisait une descente, il suffisait de soulever le plateau et de dissimuler les bouteilles d'alcool à l'intérieur, avant de le remettre en place.

La nôtre est ainsi.

– Je voudrais être seul une seconde, dis-je.

– Je comprends.

Cameron sort.

Je fais couler l'eau du robinet pour couvrir le bruit. Puis je dévisse le pied de la table. Un trou ténébreux. Je fourre ma main à l'intérieur. Vide.

Je racle le socle.

Non, il y a un petit objet, tout au fond.

Je le ressors.

C'est un rectangle en plastique noir. Trois centimètres de long, sur un de large, avec un embout.

Il se trouve que je sais parfaitement ce dont il s'agit : c'est une clé USB.

Ça sert à stocker n'importe quel fichier informatique.

Comme un film.

62

– JE DOIS MONTER au premier étage, dis-je. Il faut que je m'allonge cinq minutes.

Le chef Garner ne se donne pas la peine de se tourner vers moi. Son technicien est en train de pulvériser quelque chose dans mon salon, pendant que son officier garde l'entrée.

Cameron me fait signe d'y aller, tout va bien.

Je grimpe l'escalier et referme la porte de la chambre derrière moi. L'ordinateur est toujours allumé. J'insère la clé USB dans l'emplacement prévu.

Une petite icône apparaît à l'écran avec les mots *« Dossier sans titre »* inscrits dessous. Pour l'ouvrir, il suffit de cliquer dessus.

Je marque une pause, le souffle court.

J'ai l'impression d'entendre un train rouler au ralenti dans ma poitrine.

Je clique sur l'icône. Le dossier s'ouvre. Il ne contient qu'un seul fichier. Son titre est :

« Russian Teen Porn »

Autrement dit, « Pornographie infantile russe ». Le son dans ma poitrine se transforme en coups de canon.

Qu'est-ce qu'il y a là-dedans ? Un seul moyen de le savoir. Je l'ouvre. Une application se lance. Un programme de lecture de films vidéo.

Ce qui se passe ensuite est bref. Cela dure peut-être vingt ou trente secondes. On ne voit pas de scène pornographique à proprement parler. Juste un gamin à poil, tournant sur lui-même, sautant ou prenant différentes poses. Ses expressions varient considérablement d'une image à l'autre. Cris, excitation, curiosité, joie. L'image est filmée par une caméra amateur. Une main extérieure touche le corps du gosse, aussi, de façon totalement impudique. Une main d'homme adulte qui entre et sort du champ de la caméra. Curieusement, cela n'affecte pas les expressions du visage de l'enfant, qui paraissent décalées, alors que les gestes de l'homme possèdent un caractère sexuel sans équivoque.

Je ne reconnais pas le décor, une pièce crasseuse à l'éclairage plutôt vif.

L'enfant, en revanche, est immédiatement identifiable.

C'est mon fils Billy.

La porte de la chambre s'ouvre d'un coup. Cameron entre.

– Il y a du sang dans ton couloir d'entrée, Paul.

– Quoi ?

Il fait un pas à l'intérieur.

– Le technicien du labo vient de pulvériser du Luminol. Il y a des traces de sang.

Il s'interrompt, le regard rivé sur l'ordinateur. Ses yeux ne parviennent plus à quitter l'écran. S'agrandissent.

Je le dévisage, aussi livide que lui.

– Il y a du sang dans le couloir de ton entrée, répète-t-il, tel un zombie.

– Cam. Ce n'est pas ce que tu crois.

Je me lève et saisis ses mains.

Des sentiments terribles le traversent. Horreur. Dégoût. Suspicion.

– Ce n'est pas moi qui ai filmé cette horreur, je crie soudain, incapable de me retenir. Je n'y suis pour rien, Bon Dieu, je te le jure ! Regarde-moi dans les yeux, Cam, lis dans mon âme ! Je ne sais pas quoi te dire d'autre... Tu me connais mieux que quiconque, je ne te mens pas !

Ses sentiments semblent vaciller.

Moi, je suis obligé de lutter pour ne pas m'évanouir.

Est-ce vraiment mon fils sur cette vidéo ? Y a-t-il le moindre espoir qu'il s'agisse d'un sosie ou d'une forme de trucage ? Comment peut-il avoir vécu une chose pareille sans même que je m'en rende compte ? Comment Claire peut-elle croire un seul instant que je suis l'auteur de ce film ? Car c'est ce qu'elle croit, n'est-ce pas ? La voilà, la raison qui l'a poussée à s'enfuir en embarquant Billy, loin de moi. Loin de son abominable père.

– Au nom du ciel, Cameron, je te dis la vérité... Je n'ai rien fait à mon fils... Je préférerais mourir... Quant à ce sang dont tu parles, je ne sais simplement pas d'où il provient...

Une presse. J'ai l'impression d'être sous une presse géante destinée à compacter les carcasses de voitures.

Encore quelques secondes et je serai complètement broyé.

– Jordi Lanski est entré ici, dis-je, saisi d'une idée soudaine. Jordi est venu. Nous le savons, toi et moi. Il a mystérieusement disparu ensuite. C'est ce que Rolf a raconté. Ça a peut-être un rapport. Ce sang, en bas, c'est peut-être le sien. Peut-être même que c'est Jordi qui a filmé cette... cette chose.

Ça, je n'y crois pas une seconde : personne ne reste jamais seul avec mon fils, pas même Rozella. Soit c'est moi qui m'en occupe, soit c'est Claire.

Cameron demeure muet. Il me fixe, les paupières papillotantes, comme si de multiples hypothèses défilaient à grande vitesse dans sa tête.

– Tu dois me croire, dis-je. Je t'en supplie. Je n'ai rien fait !

Réfléchis, si j'avais su qu'il y avait du sang chez moi, j'aurais refusé cette perquisition !

Des pas résonnent dans l'escalier.

– Cole ! gronde Garner. Où est le docteur Becker ? Je dois lui parler immédiatement.

Cameron me fixe.

– Frappe-moi.

– Quoi ?

– Frappe-moi, Paul. Balance-m'en une dans la figure. Tout de suite.

Je le regarde, la mort dans l'âme.

Il me rend mon regard et, durant une brève fraction de seconde, le temps s'étire entre nous, tel un élastique.

– Bonne chance, murmure-t-il, en larmes. Adieu, Paul.

Et je lui envoie mon poing dans la figure.

Cameron part à la renverse. Il percute Garner à l'entrée de la chambre et ils dévalent l'escalier ensemble.

Je ne réfléchis pas. J'arrache la clé USB de l'ordinateur, j'attrape ma veste qui contient mes papiers, j'ouvre la fenêtre, je m'accroche comme je le peux à la gouttière et je saute dans le jardin.

Si je me tords la cheville, songé-je dans un éclair, c'est terminé.

Mais je me relève.

J'entends des cris derrière moi dans la maison. Je me baisse et fonce directement dans la contre-allée où sont rangées les poubelles. La ruelle se poursuit derrière la maison des voisins, les Wiseman, un couple de paisibles retraités. Je continue de courir. Le domicile des Blackwell, celui des Curtis... Un vélo cross est appuyé contre le mur de la maison suivante. C'est celui du petit Stuart Mendez. Je connais son père, Robert Mendez, il est prothésiste dentaire. J'espère qu'il ne m'en voudra pas de lui voler le vélo de son fils. Je grimpe dessus et pédale comme un dingue en baissant la tête.

Une sirène de police résonne dans le lointain.

Je tourne à gauche entre deux maisons et prends par le sentier longeant le terrain de golf, celui que j'emprunte parfois avec Billy lorsqu'on fait du vélo ensemble. Je continue sur cinq cents mètres, grimpant et dévalant les petites collines d'herbe, je tourne à droite, nouvelle série de collines, puis je bifurque dans un autre quartier.

Un orage éclate dans le lointain.

À droite la prochaine ruelle. La suivante à gauche.

Je n'entends plus les sirènes de police.

Encore un tournant.

Et je disparais.

Plus tard dans la soirée, je roule assis à l'arrière d'un pick-up encombré de matériel de maçonnerie.

Des Indiens ont accepté de me prendre en stop. Ils vont à Miami. Il y a du travail pour toute personne prête à filer un coup de main après les dégâts causés par la tempête, paraît-il. Ils avaient de la place à l'intérieur, mais j'ai insisté pour m'installer sous une bâche à l'arrière. Je leur ai tendu une poignée de billets. Ils ont haussé les épaules, ont empoché le tout et n'ont plus posé de questions.

J'ai caché le vélo dans une benne à ordures à la première station-service que j'ai trouvée, celle-là même où j'ai rencontré les Indiens. J'ai essayé d'éviter le champ des caméras de surveillance. Je n'ai pas retiré d'argent avec ma carte de crédit. J'ai éteint mon portable et celui de Kosh, que j'ai conservé. Je ne sais pas si la police est réellement capable de localiser un portable de façon précise, mais j'ai préféré jouer la prudence.

Je viens de compter l'argent liquide dont je dispose dans mon portefeuille : quatre-vingt-six dollars exactement. Plus une pièce de cinquante *cents*, que j'ai retrouvée au fond de ma poche.

À part ça, je n'ai plus rien.

Plus de famille. Plus de travail. Aucun lien avec personne.

À l'heure qu'il est, mon signalement doit filer par courrier électronique à travers tout le comté de Collier et au-delà, jusqu'à Fort Myers et Sarasota à l'est, Key West, Miami et Palm Beach à l'ouest. Les journalistes locaux vont en attirer d'autres, et tous ensemble, ils vont se faire une joie de relater mes déboires. Du moins ce qu'ils en sauront, suivant ce que Cameron et Garner feront comme révélations fracassantes.

J'imagine la tête des voisins. Celle de Connie. Des collègues de la clinique, de mes patients. D'Hermann Lebowitz et de Sheila. De Madame Scorbut, la maîtresse d'école de mon fils. Tous ces gens vont se sentir trahis. Frustrés. Haineux, sans doute.

Je regarde le paysage qui défile.

Je ne sais toujours rien sur Kosh, ni sur mon père. Encore moins à propos de ce film vidéo immonde. Rien sur ce qu'est devenu Sean Raymond-Rodriguez. Ni d'où provient cet inquiétant costume noir de sorcière. Rien des buts obscurs poursuivis par la société Carnival of Shadows. Ni de ce mystérieux adversaire que Kosh semblait redouter, l'Homme de l'Au-Delà.

En vérité, je ne comprends pas vraiment comment tout cela a pu se produire, comment mon existence entière a pu basculer en moins d'une semaine simplement parce que j'ai décroché le mauvais téléphone.

L'orage gronde, mais il n'éclate toujours pas. Le pick-up quitte la ville de mon enfance par la Tamiami Trail et je m'enfonce, une fois de plus, dans le paysage morne des Everglades.

Je remonte le col de ma veste de costume, me renfonce au milieu du matériel, me pelotonne sous la bâche et recouvre ma tête.

J'ai agi sur une impulsion. Pour sauver ma peau.

Je n'ai absolument aucun plan.

S'il existe un moment, un seul, où j'ai été proche du désespoir absolu, c'est bien maintenant.

TROISIÈME PARTIE

LE CARNAVAL DES OMBRES

63

LES VINGT-QUATRE HEURES SUIVANTES sont les pires de mon existence.

Une plongée dans le noir total.

Je les traverse, la peur au ventre, ma chemise et mon costume constamment trempés de sueur, mon cœur sur le point d'éclater à chaque seconde.

Lorsque votre vie est réglée par des rituels monotones – se lever, aller au travail, récupérer votre enfant à l'école, les repas, le coucher –, vous ne réalisez pas forcément à quel point ces repères sont importants. Vous avez tendance à les considérer d'un œil morne, vaguement ennuyé, en songeant aux prochaines vacances – « Séjour au ski ou bien chez ta mère, chérie ? – Ça dépend, chéri, combien il nous reste sur le compte ? » Pas une seconde vous n'imaginez que ces petits moments sont le rempart qui vous protège du chaos.

Mes repères à moi se sont désintégrés à l'arrière d'un pick-up durant le trajet Naples-Miami Beach.

L'effet est comparable à celui d'une onde de choc. Une étincelle, d'abord, lorsque vous réalisez la disparition des éléments les plus minuscules : vous ne connaîtrez plus de petit déjeuner avalé en quatrième vitesse le matin, ni de repas où l'on s'engueule, ni de courses dans un supermarché bondé le samedi après-midi, ni de garde ennuyeuse à la clinique. Puis l'étincelle se transforme en série d'explosions – plus de clinique, plus de travail, plus de maison, plus de famille – jusqu'à devenir un véritable big-bang, un gouffre flamboyant avalant un pan de votre existence après l'autre. Vous réalisez alors que vous n'exercerez plus jamais votre métier, auquel vous avez consacré votre vie. Que vous ne reverrez jamais vos proches, ni votre fils que vous adorez, ni votre femme qui éprouve désormais une haine sans limite à votre égard. Que votre avenir sera misérable, rempli de honte, de désespoir et de crainte, avec la fuite ou la prison pour seules perspectives.

Vous songez à la mort.

L'espace d'un instant, elle vous paraît presque une alternative acceptable.

Heureusement, votre cortex reprend le contrôle, tel un mécanisme réflexe bien rôdé, et il éloigne cette pensée terrible, car vous êtes un *Homo sapiens*. Un être doté d'un cerveau résultant de millions d'années d'évolution empilées couche après couche. Une machine à survivre, non pas conçue pour céder au suicide, mais pour s'adapter et combattre. Vous ne pouvez rien contre ça.

Et au bout d'un long, un très long moment, la détresse et les sanglots finissent par s'apaiser. Ils sont remplacés par une sorte d'épuisement. Une fatigue proche de l'hypnose, semblable à celle que vous éprouviez durant vos années de formation à l'hôpital, lorsque vous étiez de garde quarante-huit heures d'affilée.

Les lumières de la ville vous apparaissent telles de petites torches brûlant dans le noir. Le vrombissement des voitures vous entoure. 4 × 4 clinquants, grosses américaines de classe moyenne ou petites japonaises économiques. Vous sortez la tête de sous la bâche, car l'air est chaud et la circulation dense, même à cette heure. Vos pensées s'éloignent une seconde et vous êtes étonné, une fois de plus, de la conduite infernale de tous ces cinglés qui foncent dans Miami en se prenant pour des pilotes du Nascar, klaxonnant dès que vous roulez en dessous de la vitesse maximale autorisée, prêts à vous éjecter de la route. Ça vous rappelle le périphérique parisien à la lointaine époque de votre stage d'internat en France – un souvenir qui vous fait sourire un bref instant. Puis vous franchissez le pont MacArthur Causeway qui serpente sur les eaux noires de Biscayne Bay, éclairé d'en dessous par une lumière violette, et le pick-up s'arrête à un feu afin de vous laisser descendre. Vous enjambez le coffre et sautez sur le trottoir. La réalité reprend ses droits. Un signe de tête, et vos bienfaiteurs s'éloignent.

Vous regardez autour de vous, perdu, vos mains moites serrant votre costume froissé, l'esprit tournant à vide. Vous vous demandez ce que vous allez devenir.

Seulement, vous ne trouvez aucune réponse.

Les Indiens m'ont déposé dans le quartier Art déco de Miami, à South Beach – SoBe, comme on dit.

Je me retrouve à errer devant les boîtes et les bars à cocktails, les poings plongés au fond de ma veste. Bien qu'on soit lundi, soirée traditionnellement morte, de nombreux jeunes gens sont sortis pour faire la fête. Beaucoup d'homosexuels, gays et lesbiennes confondus, chemises grandes ouvertes sur la poitrine pour les uns, shorts et tops provocants pour les autres. Quelques drag-queens fendent aussi la foule, telles des divas montées sur des échasses. On m'aborde à plusieurs reprises, en anglais et en espagnol. Certains m'invitent à boire un coup. D'autres se moquent de mon apparence, sans doute trop coincée pour ce haut lieu de la séduction. Une fois, on tente de me faire les poches. Je me retourne, persuadé de faire fuir le coupable, mais au contraire, celui-ci me menace. Je joue les idiots hébétés par l'alcool – un rôle que je n'ai aucun mal à tenir – et me réfugie en vitesse dans un bar, où je suis obligé de me payer un Sea Breeze pour la somme astronomique de vingt et un dollars quatre-vingt-quinze. J'y reste une heure, le temps d'être sûr que mon agresseur soit parti. La musique est assourdissante et les gens collants, ce qui ajoute encore à la confusion qui règne dans ma tête.

J'ai l'impression d'avoir régressé à l'état animal. Je fuis un danger. Je m'hydrate à un point d'eau. Je recherche la compagnie de mes semblables. Je fonctionne uniquement par réaction, incapable de me projeter dans l'avenir au-delà de la minute suivante. Je ne dispose plus d'aucune ressource, et je me sens malheureux et lâche, stupide d'avoir dilapidé autant d'argent pour me payer un simple cocktail.

J'ai demandé à l'Indien qui conduisait le pick-up de me déposer sur Ocean Drive parce que je savais qu'il y aurait du monde à cette heure. Je ne voulais pas me retrouver abandonné en pleine nuit dans un coin désert. M'enfoncer encore plus loin dans les ténèbres. Mais je réalise à présent que j'ai fait fausse route. Mieux vaut m'éloigner de ce lieu à la faune trop hétéroclite avant d'avoir dilapidé mes derniers dollars ou de m'être pris un coup de couteau.

Je traverse la chaussée et m'engage sur la plage avec l'idée de dénicher un endroit où me reposer, peut-être même dormir une heure ou deux afin de reprendre des forces.

La rumeur des clubs s'éloigne. J'entends les branches des palmiers bruisser dans le vent nocturne. Je tente de respirer à fond. Je vais même jusqu'à retirer mes chaussures pour faire quelques pas dans le sable, lorsque je tombe sur un couple de mecs en train de se faire un shoot, l'élastique serré sur le biceps, une seringue plantée au creux du coude. L'un d'eux sort un cutter et me fait signe de dégager. Je rebrousse chemin vers les lumières de la rue.

OK, tant pis pour ce que cela me coûtera, il faut bien que je me réfugie quelque part. Au moins pour cette nuit, même si je dois y laisser mes derniers dollars.

Je me dirige vers un hôtel.

La tentation de me payer une chambre aura été de courte durée.

J'ai fait une dizaine d'établissements avant de me rendre à l'évidence : aucun hôtel du coin n'est dans mes moyens. Lorsque j'ai tenté de négocier avec l'un des tenanciers, celui-ci a ricané et m'a indiqué la porte. L'envie de sortir ma carte de crédit a été puissante, presque irrésistible, mais vu la facilité avec laquelle les flics m'auraient localisé ensuite, autant leur offrir la corde pour me pendre.

Je finis par retourner dans la rue, complètement épuisé, le cerveau mort, les jambes aussi lourdes que des sacs remplis d'eau, errant sans but et souriant aux fêtards qui lèvent leur verre en croisant ma route comme si nous faisions partie du même monde et que nous étions là pour les mêmes raisons.

Comme si j'allais réussir à me tromper moi-même et oublier que mon univers est un champ de ruines.

Le temps passe. Lorsque mes pieds refusent de faire un mètre de plus, je me laisse simplement tomber sur un banc, je serre ma veste de costume contre moi et je ferme les yeux.

Les lumières vacillent. Les sons diminuent. La souffrance s'éloigne. Je dois avoir l'air d'un noctambule, pas rasé, débraillé, trop ivre pour rentrer chez lui.

Je m'en fous complètement.

Une traction sur mon pantalon me tire de ma torpeur.

Pendant une seconde, je demeure désorienté, persuadé d'être encore dans mon lit à Naples. Puis je prends conscience de la présence du banc contre mon dos, dont la dureté me scie les muscles, et le souvenir des dernières heures revient.

L'angoisse déferle à nouveau.

Nouvelle traction sur ma jambe. J'ouvre les yeux : un type essaye de me voler mon portefeuille. Je relève la tête. C'est un toxico, les pupilles agrandies par la coke, le visage couvert de croûtes.

Il fait toujours nuit. Je me redresse et constate qu'il n'y a plus grand monde dans la rue. Combien de temps s'est-il écoulé ? Ma montre dit que ça fait trois heures. Mon horloge interne, trois minutes.

Le toxico me dévisage, hésitant visiblement à m'attaquer. Il est très maigre, chauve, et aussi très petit, au moins une tête de moins que moi. On dirait un bébé hyène qui n'aurait plus que la peau tendue sur le squelette. Il n'a pas l'air de vouloir laisser tomber pour autant. Probablement n'a-t-il plus rien à perdre. Un coup de sirène nous fait sursauter l'un et l'autre. Bébé Hyène détale en direction de la plage obscure. Je tends le cou vers l'origine du son : une voiture de flics est en train de descendre la rue.

Cette seule vision a un effet radical sur mon organisme.

L'adrénaline me réveille instantanément. Mes muscles se contractent, catapultant mon pouls et lui conférant une vitesse folle, à tel point que j'en ai le souffle coupé.

Je me lève, évitant de regarder en direction de la voiture, et fais quelques pas sur Ocean Drive.

Des picotements me parcourent les mains et les jambes. Des coups extraordinaires frappent à l'intérieur de ma poitrine.

FUIS, hurle mon instinct.

BARRE-TOI TOUT DE SUITE.

J'avance à grandes enjambées, tentant de maintenir une allure pas trop suspecte. Le bruit du moteur de la voiture de patrouille se rapproche. Peut-être à dix mètres de moi.

Nouveau coup de sirène.

Clairement à mon intention.

Je bifurque au premier carrefour et je me mets à courir. Je sprinte sans réfléchir, à Collins Avenue je tourne à gauche, je fonce sur une centaine de mètres puis me précipite dans la première ruelle venue, respirant par saccades.

Je file tout au bout.

Et tombe face à un mur – Seigneur, une impasse.

Mes jambes pivotent toutes seules et je reviens sur mes pas. Je m'apprête à sortir pour revenir sur Collins, lorsqu'un nouveau coup de sirène retentit, à l'angle de la ruelle.

Mes artères se vident de leur contenu.

Je fais volte-face et me jette derrière une benne à ordures, m'accroupis et me fais le plus petit possible.

Absolument terrifié. Crevant de panique.

Cette fois ça y est. Ma vie va se terminer ici, dans cette impasse minable, adossé à un mur de briques. La voiture va se garer contre le trottoir. Un policier armé d'une matraque va venir me débusquer. Il me passera les menottes, vérifiera mon identité pendant que je serai contraint de patienter sur sa banquette arrière, et ce sera la fin.

Quinze secondes s'écoulent.

Trente.

Toujours rien.

Un bruit, au fond de l'allée. Je me retourne : une ombre se décolle du mur pour me faire signe. J'avance vers elle. C'est un clochard sous un carton, allongé par terre tel un soldat sous sa tente de camouflage. Sa main me fait signe de descendre vers lui.

Je m'exécute, comme hypnotisé.

Il soulève son refuge et m'invite à m'y glisser. Pas un sourire. Pas un son. Juste un endroit où passer un peu de temps à l'abri du monde.

J'obtempère en silence.

Il me tend une bouteille. Je secoue la tête. Il se tourne vers le mur et se remet à ronfler.

Alors je reste là, couché dans la crasse, sous un carton recouvert de taches de vin et de déjections d'oiseaux, l'esprit consumé par la peur, respirant des odeurs d'urine, d'alcool et de tabac froid.

Longtemps, j'écoute les sirènes qui parcourent la nuit.

Puis je replie mes genoux. Glisse mes mains jointes sous ma tête.

Et le sommeil vient peu à peu.

Le reste est flou.
À un moment donné, un cafard grimpe le long de ma jambe.
À un autre, je sanglote en silence
Si je fais des rêves, je ne m'en souviens pas.
Je suis au point zéro.

64

VINGT-QUATRE HEURES PLUS TÔT, Kosh sortait de la cellule de Sean en hurlant de colère.

Le petit salopard s'était évadé.

Sans même se donner la peine de refermer la porte, Kosh a grimpé les marches jusqu'au premier étage, s'est emparé d'un fusil à pompe et a fait le tour de la maison, toujours en vociférant. Un ou deux coups de feu ont résonné à travers les pièces – de rage, car le fichu gamin demeurait invisible. Kosh a traversé les appartements vides, en continuant de hurler. Puis il est redescendu sur le quai, a sauté dans son *airboat*, rallumé le GPS et fait vrombir l'hélice.

En dehors de ce véhicule, il ne possédait qu'une barque, et cette dernière était encore amarrée au quai. L'enfant ne pouvait donc pas être bien loin. Où aurait-il pu aller dans les marécages, seul et en pleine nuit ? Puis Kosh s'est rappelé que pour un mioche, Sean ne manquait pas de ressources.

Il a juré de plus belle, actionné le levier de vitesse et l'*airboat* s'est redressé en soulevant une vague d'écume verdâtre. Puisque c'était comme ça, il allait parcourir toutes les voies d'eau du secteur jusqu'à ce qu'il remette la main dessus.

Un sourire a fendu son visage.

Mieux valait que Sean se fasse bouffer tout de suite par un alligator. Parce que dans le cas contraire, sa mort risquait d'être nettement moins amusante...

Kosh s'est éloigné dans la nuit et le silence est retombé sur la demeure.

Sean a attendu dans son coin, les jambes flageolantes.

Il a compté jusqu'à cent.

Répété le compte une seconde fois.

Puis il est sorti de sa cachette.

Il a repoussé le matelas et s'est assis sur le rebord du lit en fer, épuisé, toussant et crachant, les lèvres encore pleines de tissu synthétique. Il a ensuite contemplé son œuvre : le trou qu'il avait patiemment creusé *à l'intérieur* du matelas.

Sa mère pouvait être fière de lui.

En fin de compte, Sean était bel et bien un magicien.

Pour accomplir cet exploit, Sean s'était servi d'un simple ressort. Celui-là même qui dépassait et lui piquait les fesses chaque fois qu'il dormait. Vingt heures plus tôt, il l'avait tiré et tordu, encore et encore, jusqu'à ce qu'il casse. Puis il l'avait plié de façon à obtenir une pointe tenant fermement dans sa paume. Muni de cet outil rudimentaire, il avait alors déchiré la face interne du matelas, retiré une partie des ressorts, ainsi qu'une certaine quantité de rembourrage, correspondant en gros au volume de son propre corps.

Il avait veillé, bien sûr, à ne pas retirer trop de matière afin que le matelas conserve sa forme. Il avait ensuite testé son ouvrage en se glissant à l'intérieur, avant d'ouvrir un orifice latéral du côté du mur pour pouvoir respirer sans que le trou soit visible de la porte.

Après quoi il avait soigneusement rassemblé tous les débris, les avait compactés à l'intérieur de son vêtement le plus sombre – son pantalon de survêtement noir, déchiré et transformé en boudin – et avait fait passer le tout par la lucarne.

Le boudin avait roulé sous un buisson. Sean espérait qu'avec un peu de chance, Kosh ne le remarquerait pas, ni en regardant par l'ouverture, ni en cherchant autour de la maison.

La touche finale avait consisté à accrocher sur le rebord de la lucarne un morceau de son sweat-shirt, bien visible, celui-là.

L'ensemble lui avait pris toute la journée du dimanche et une bonne partie de la soirée.

À deux reprises, Sean avait failli s'évanouir en croyant percevoir le son d'un moteur. Mais chaque fois le silence était revenu, et Sean avait redoublé d'efforts, travaillant sans boire ni se reposer, les muscles des épaules en feu, l'estomac tordu par la faim, les mains couvertes d'énormes ampoules.

Tu peux t'en sortir, avait dit le spectre de sa mère. *Tu dois te battre.*

Et il s'était battu.

Lorsque Kosh était rentré, dans la nuit du dimanche au lundi, Sean était prêt.

Il s'était allongé sur le sommier en fer, il avait rabattu le matelas sur lui en se glissant dans la cavité aménagée et il avait respiré par le trou placé contre le mur. De l'extérieur, la pièce paraissait vide. Sean tablait sur le fait que son ravisseur apercevrait le bout de tissu accroché à la lucarne, croirait qu'il avait réussi à s'évader et ne chercherait pas plus loin.

Bien sûr, le plan comportait de nombreuses failles : et si jamais Kosh montait sur le lit ? Et si jamais il s'avisait de vérifier le matelas ? Et si jamais il verrouillait la serrure en sortant ? En fait, Sean n'avait parié que sur une chose : la fureur de son adversaire.

Et il avait eu raison.

Il a contemplé une dernière fois l'intérieur de sa cellule, puis il est sorti par la porte laissée ouverte.

Il est monté à l'étage. A trouvé la cuisine. S'est emparé d'une bouteille d'eau minérale et l'a bue en totalité. Puis il a croqué quelques biscuits en fourrant des provisions dans un sac. Après réflexion, il y a ajouté un couteau et une lampe de poche dénichés dans un tiroir. Puis il s'est dirigé vers l'extérieur.

La nuit était chaude. Sean avait sacrifié son bas de survêtement, mais son caleçon suffisait. Il a descendu les marches de pierre jusqu'au ponton, repéré la barque et sauté dedans.

Il a détaché les amarres en évitant de penser à ce qui le guettait dans le noir.

Aux yeux couverts d'écailles sinuant dans la vase. Aux bêtes reniflant les feuilles. Aux insectes répugnants, et aux animaux inconnus hurlant dans le lointain.

À la faim, à la soif.

Au Jour De Sa Mort. Et à son propre cadavre en train de pourrir, flottant sous la voûte d'un tunnel de mangrove, enchevêtré dans les racines.

Il s'est concentré au contraire sur l'image de cet écureuil dont la présence l'avait accompagné durant quelques jours. Une créature insignifiante, mais capable d'échapper aux plus dangereux prédateurs.

Un petit mammifère invisible.

Puis Sean Raymond-Rodriguez, dix ans, a saisi les rames de sa barque et s'est éloigné, seul dans la nuit.

65

LE CRI ME PARVIENT dans mon sommeil.

Un son aigu, comme un enfant appelant au secours.

Je pense aussitôt à Billy, mais ce n'est pas ça. Je ne reconnais pas sa voix. J'essaye de me forcer à ouvrir les paupières et j'aperçois soudain son image : c'est un gosse, en effet. Il est assis dans une barque. Un gamin aux grands yeux noirs et au corps frêle. Lui et son esquif sont emportés par les flots. Ils glissent sur des eaux sombres et dangereuses cernées d'épais branchages, telle une âme descendant le cours du Styx. Les contours du paysage sont flous mais le centre est net, comme lorsque l'air a été balayé par le vent et nettoyé de la moindre particule. Nos regards se croisent. Il tend ses bras.

Et je me réveille.

On est mardi matin. Je suis allongé sous mon carton dans une impasse sordide de Miami Beach.

Je pousse un soupir et me gratte la tête. J'ai dû gémir pendant mon sommeil. Ce cri, c'est moi qui l'ai poussé.

Je me redresse et m'étire. L'aube se lève à peine. Je secoue mes cheveux et mon costume (dont j'ai dans l'idée qu'il est maintenant rempli de poux et autres bestioles), et je fais mon possible pour retrouver un semblant de propreté. Une tentative dérisoire vu mon état lamentable.

Mon moral est au plus bas et mon aspect physique pire encore, mais du moins ai-je la satisfaction de ne pas avoir terminé la nuit derrière les barreaux.

Pour combien de temps, Paul ?

Combien de jours, d'heures, avant qu'on ne te rattrape ?

J'abandonne la ruelle crasseuse après avoir glissé un peu d'argent dans la poche du clochard toujours endormi – vingt dollars, mon plus gros billet – et je retourne dans la rue.

À cette heure, le quartier est encore calme. J'erre un moment sans but, fixant le sol chaque fois que je croise quelqu'un, persuadé qu'on me dévisage en pinçant les narines.

Je sens mauvais. J'ai envie d'uriner. J'ai soif. Je me dégoûte.

À cet instant précis, je donnerais n'importe quoi pour changer de vêtements et prendre une douche, puis je réalise que ce n'est pas près d'arriver et le désespoir m'envahit une fois de plus.

Mes pas m'ont conduit vers la lumière la plus proche, un McDonald's ouvert tôt le matin. Je tourne autour sans avoir le courage d'y entrer.

Les SDF sont-ils les bienvenus dans ce genre d'établissement ? Est-ce qu'on va me prier de ressortir aussi sec ? Comment ai-je fait pour me retrouver dans une situation pareille ?

Chaque nouvelle question provoque en moi un conflit, comme si mon cerveau refusait la réalité en bloc. Un instant, je me sens envahi de pitié pour mon compagnon de la nuit précédente à qui j'ai abandonné un billet de vingt sans réfléchir. L'instant d'après, je réalise que cette pseudo-générosité n'est qu'une forme d'apitoiement sur moi-même. Je ne me suis jamais intéressé à un SDF. Il m'est arrivé de les aider en consultation, d'accord, mais je n'ai jamais réellement partagé leur détresse. Et maintenant que je suis dans la même galère, je voudrais qu'on ait pitié de moi ?

Arrête ça tout de suite, Paul.

Ou tu vas perdre les pédales.

Je sors mon portefeuille. Ma carte de crédit brille tel un lingot dans le petit matin, semblant murmurer « mange-moi » comme les gâteaux magiques dans *Alice au pays des merveilles.*

Mange-moi. Utilise-moi.

Abandonne-toi. Rends-toi.

Mais ce n'est pas ce que je cherche dans mon portefeuille. C'est d'une autre aide dont j'ai besoin.

Je sors le dessin de mon fils : la feuille pliée en quatre représentant notre maison avec un soleil brillant au-dessus et le mot « Papa » écrit en lettres tremblotantes. Je l'avais récupéré dans sa chambre avant d'aller déclarer sa disparition au commissariat, il y a quelques jours. Je le contemple et m'emplis de sa force.

Des petits points marron sont dessinés un peu partout. Je suis le seul à savoir ce qu'ils représentent. Un jour, en automne, les feuilles tombaient des arbres dans notre jardin. Billy courait pour les attraper avant qu'elles ne touchent le sol. Je l'ai d'abord regardé faire depuis la terrasse, puis je l'ai rejoint, et ça s'est terminé par une formidable partie de rire à sauter et se rouler dans l'herbe.

Je ne savais pas du tout à ce moment-là que je me fabriquais l'un des plus merveilleux souvenirs de ma vie.

Je respire à fond. Et la panique finit par refluer.

J'entre dans le McDonald's, en serrant le dessin dans mon poing. J'ai envie de commander trois menus d'un coup, tellement mon estomac gargouille, mais je me contente d'un café.

Je dois tenir. Guetter l'occasion de remonter en selle.

Je n'ai pas le droit d'abandonner aussi facilement.

Le serveur me tend un gobelet, j'y ajoute trois sachets de sucre pour absorber quelques calories et je file le boire à l'extérieur.

Je m'installe sur un banc solitaire face à la plage. L'air est agréable et le ciel s'emplit de clarté, tel un drap pâle strié de quelques bandes de nuages roses.

Je sirote le liquide brûlant tandis que des camions de nettoyage ramassent les ordures et que les éboueurs arrosent les trottoirs, balayant les affiches et les *flyers* vantant les soirées de la veille.

Un type passe à vélo. Un autre fait du jogging avec son chien.

Personne ne me prête la moindre attention.

Je repense à mon rêve de tout à l'heure. À mon fils, et au petit Sean Raymond-Rodriguez, dont je ne sais même pas s'il est mort ou en vie, quelque part, plongé dans une situation terrible.

Et je me dis, encore une fois, que je n'ai pas le droit de laisser tomber.

Je termine mon gobelet et je le jette, puis je glisse une pièce dans un distributeur. J'en soulève l'abattant pour récupérer le contenu et m'installe à l'écart pour lire, un nœud d'angoisse au creux du ventre.

J'ai décidé d'aller aux nouvelles. Je viens d'acheter la dernière édition du *Miami Herald* et je m'attends, bien entendu, à y découvrir ma photo en première page, avec la mention « FUGITIF » accompagnée d'une tripotée de commentaires.

Pourtant, ce n'est pas exactement ce qui se produit.

Je tombe d'abord sur les feuillets du cahier A, qui couvrent les événements nationaux et mondiaux. Comme d'habitude, l'Irak est en tête, suivi par un article sur l'avortement, un autre sur les problèmes à la frontière mexicaine, et un dernier qui fustige les propos outranciers de Robertson, un politicien habitué à la provocation (« *Nous avons la capacité d'assassiner le président vénézuelien Hugo Chavez, il est désormais temps d'exercer cette capacité* »). Je saute les cahiers C et D, réservés aux pages Business et Sports (« *L'explosion du commerce on-line* » et « *Lance Armstrong nie les nouvelles allégations de dopage* ») et je reviens au cahier B, consacré à l'actualité de l'État de Floride.

Rien ne me saute aux yeux.

Les sujets principaux concernent autant l'élection du prochain gouverneur que la trajectoire de la tempête, dont j'apprends qu'elle s'est repliée au loin vers le sud. Certains experts prétendent qu'elle va se désagréger en mer, tandis que d'autres redoutent au contraire de la voir puiser de nouvelles forces dans les eaux chaudes du golfe du Mexique avant de se transformer en ouragan.

Je passe sur les propos des candidats en lice pour les primaires – Helen McCarthy remonte dans les sondages, ses adversaires descendent – et me concentre sur les faits divers locaux.

L'article qui me concerne arrive page 5B.

Cette section, assez courte, est réservée aux événements de Floride du Sud. Mes exploits occupent moins d'un quart de l'espace disponible. Le titre, en revanche, est accrocheur : UN MÉDECIN ACCUSÉ DE COUPS ET BLESSURES PREND LA FUITE !

Je le lis en détail, retenant chaque mot par cœur, comme mû par une fascination morbide. J'y découvre, stupéfait, que la jeune femme rousse que j'ai à peine poussée devant le yacht de Kosh a été hospitalisée à Naples. D'après l'article, je lui aurais infligé une série de coups de batte de base-ball. Sa vie n'est pas en danger mais les lésions sont sévères. Le reste mentionne mon évasion (aucun indice), la fermeture de ma clinique (sans précision) et rappelle brièvement mon parcours médical, avant de lancer un avis de recherche comportant ma photo (de taille réduite, mais parfaite pour m'identifier), ainsi qu'un numéro d'appel à témoins. Le journaliste termine en promettant de nouveaux développements dans l'édition suivante.

Cette lecture me plonge dans la colère et le désarroi.

Voilà pourquoi la plainte était plus grave que prévu. Kosh n'a pas hésité à massacrer son employée uniquement pour aggraver ma situation !

Je fais quelques pas dans la rue, incapable de respirer, ivre de fureur.

Je ne sais pas comment réagir.

Impossible de rentrer en contact avec la police pour démentir quoi que ce soit, jc me jetterais dans la gueule du loup. Engager quelqu'un pour me défendre serait sûrement ma meilleure option, mais comment m'y prendre ? Dans les films, les gens prononcent la phrase magique : « Je veux parler à mon avocat », mais la réalité est à des millions d'années-lumière. Un avocat, qui en a un sous la main ? Et quand bien même, j'imagine le reste : « Bonjour, j'ai sur le dos une plainte grave pour coups et blessures, il y a du sang non identifié dans ma maison, ma femme pense que je suis l'auteur d'une vidéo pédophile impliquant mon fils, et je suis coupable de délit de fuite. Ah, j'oubliais, mon père est peut-être un prédateur sexuel, un kidnappeur et un meurtrier. Vous voulez bien me défendre gratuitement ? Je suis un peu à sec, là... »

Non. La vérité, c'est que je ne peux compter sur personne.

Si ma tête est déjà dans le *Herald*, elle est aussi dans les journaux locaux, et en triple format. Un médecin suspecté des pires horreurs, ça fait toujours vendre. Les journalistes vont s'en donner à cœur joie et il sera vite impossible de passer inaperçu.

Un jeune couple passe, les mains posées sur une poussette. Ils ont l'air d'avoir confiance en l'avenir, ils font des projets. Je détourne mon visage par simple réflexe. Et retombe sur ma photo.

OK. Il n'y a pas à tergiverser. Mon avenir à moi s'est réduit à rien, ou presque, mais une priorité paraît désormais évidente.

Le docteur Becker doit disparaître.

66

COMMENT M'Y PRENDRE pour disparaître ?

Ma première pensée est que c'est impossible.

Je dispose de peu de ressources et d'encore moins de temps. Il me paraît impossible d'obtenir des faux papiers (d'ailleurs je ne vois pas à qui m'adresser), impossible de changer de tête sans une kyrielle d'accessoires, impossible de trouver de l'argent, et impossible de me déplacer dans les transports en commun sans me faire repérer. Impossible, impossible, impossible...

Nouvelle attaque de panique. J'arrête tout et je repense à Billy.

Inspiration.

On recommence.

OK, Paul, ce n'est pas forcément difficile. Le tout est de te concentrer sur l'essentiel. Tu n'as pas l'intention de t'enfuir au Mexique, il s'agit seulement de rester libre... au moins quelques jours de plus.

D'accord. On y va.

Je passe en revue mes différentes options, et décide finalement de me consacrer uniquement à l'aspect physique du problème. La priorité est de modifier mon apparence. Si je ne le fais pas maintenant, n'importe qui pourra m'identifier à partir d'une simple photo.

J'établis une liste. Puis je passe les premières heures de la matinée à rechercher ce dont j'ai besoin, en prenant soin d'éviter les grands boulevards, les centres commerciaux et, d'une façon générale, tout endroit susceptible d'abriter des caméras ou des flics.

Je déniche le nécessaire dans deux boutiques : une de vêtements en solde et une droguerie de quartier tenue par un couple de Cubains. Je leur laisse tout ce qu'il me reste d'argent, la mort dans l'âme, conscient de ne pas avoir d'autre choix. J'achète au total : une bombe de mousse, une boîte de rasoirs jetables, des sacs-poubelle, un tube de colle Super-Glue, un crayon à maquillage et une poignée de fringues à bas prix, ainsi qu'une paire de lunettes. Après quoi je m'enferme à l'intérieur des toilettes publiques et je procède à ma transformation.

Je commence par retirer mon costume, veste, pantalon, chemise, cravate, chaussures, et j'enferme le tout dans un sac-poubelle. Je m'asperge d'eau comme je le peux pour me décrasser le plus possible.

Cette étape me fait un peu de bien.

Puis j'enduis mes cheveux de mousse, et j'entreprends de me raser entièrement le crâne.

J'ai pris cette décision pour deux raisons : d'une part, cela m'évitera d'attraper des poux si je dois encore dormir dans la rue ; et d'autre part, je me suis souvenu de ces jeux en images, dans les magazines télé : on efface la coiffure d'un acteur à l'aide d'un trucage photo et le jeu consiste ensuite à le reconnaître dans sa version chauve. La difficulté était très troublante.

Je regarde mes cheveux tomber dans le lavabo en me forçant à penser au nombre de fois où j'ai dû raser une partie de la tête de quelqu'un avant de recoudre une plaie. Lorsque c'est terminé, l'impression finale est affreuse. Je passe la main sur mon crâne nu, épouvanté. Non pas que cela soit inesthétique (mon crâne est plutôt régulier), mais j'ai l'impression angoissante de me sentir très vulnérable et... dans la peau d'un autre.

Cette sensation d'irréalité dure quelque minutes, puis s'atténue.

Être un autre est exactement le but que tu recherches.

Je ne touche pas à ma barbe naissante (moi qui suis toujours rasé de près) et j'enfile ma nouvelle tenue : baskets, jean troué et chemise à fleurs. J'ai choisi cette dernière dans des tons pâles, ce qui la rend passe-partout et difficile à décrire.

Puis je procède à une autre modification : fort de mon expérience en maniement de colle à suture, je pince un segment de peau dans mon cou de façon à créer un pli artificiel, que je fixe d'un trait de colle Super-Glue. Arrangé d'un coup de crayon à maquillage, le pli ressemblera à s'y méprendre à une vieille cicatrice.

Je complète le tout par la paire de lunettes noires que je pose sur mon nez, et contemple mon « nouveau moi ».

Le changement a l'air de fonctionner.

J'ai effectué ces modifications pour une raison simple. Imaginez que l'on vous demande de décrire quelqu'un : quels détails vous viennent à l'esprit ? La forme de son visage ? La couleur de ses yeux ? En fait, non. Votre cerveau mémorise automatiquement les éléments qui vous frappent. Il retient deux ou trois détails significatifs, s'estime satisfait, et évacue le reste. C'est un processus inconscient.

La physionomie que me renvoie le miroir est très facile à retenir : c'est un chauve mal rasé avec une chemise à fleurs, des lunettes noires et un signe distinctif : une cicatrice dans le cou.

À mille lieues du docteur Becker.

Une émotion curieuse naît dans ma poitrine tandis que je glisse mes papiers d'identité dans un sac et que je soulève une dalle du faux plafond pour les cacher à l'intérieur. Je quitte ensuite les toilettes publiques et lâche le second sac – celui contenant mes anciens vêtements – dans une poubelle située à trois blocs de là.

Je marche dans la rue et passe devant une voiture de police en guise de test ultime. Les vitres du véhicule de patrouille me renvoient le reflet d'un autre. Personne ne m'arrête.

Mon émotion grandit.

Je ne comprends pas tout de suite ce qu'elle représente, alors je me contente simplement de la laisser exister, fragile, dans cette belle matinée qui monte sur Miami Beach. Puis je réalise : pour la première fois depuis des lustres, je suis parvenu à accomplir quelque chose. Le sentiment que j'éprouve est tout simplement de l'espoir.

Alors, tandis que la journée avance, mon angoisse s'atténue. Une nouvelle idée me vient. Puis une autre. Je les relie à une troisième.

Et doucement, tel un malade en convalescence prenant d'infinies précautions pour réapprendre à marcher, je commence à échafauder des plans.

67

CONNIE LOMBARDO a regardé l'officier de police se glisser sous le ruban jaune entourant la maison des Becker avant de disparaître par la porte d'entrée. Le ruban portait la mention « Scène de crime ».

Elle a poussé un soupir. Le paisible quartier résidentiel semblait transformé en zone de guerre.

Plusieurs voitures de patrouille étaient garées dans la rue, ainsi que trois camions de télévision avec leurs antennes satellites géantes. Les voisins étaient dehors. Certains avaient installé des tables et des chaises, d'autres prenaient tranquillement l'apéritif ou bien distribuaient des paniers-repas aux employés de la police municipale en tentant de leur soutirer des bribes d'informations. À quelques mètres à peine, piétinant le gazon des Becker, une femme en tailleur s'exprimait face à un cameraman. Elle tenait son micro d'un air grave, pointant son doigt sur la maison et hochant la tête, comme si elle-même, en tant qu'être humain, était personnellement bouleversée par cette profonde tragédie.

– Vous ne croyez pas qu'ils en font un peu trop ? a dit Connie.

– Non, a répliqué Sheila Lebowitz d'une voix sèche.

– Paul n'a tué personne.

– Qu'est-ce que vous en savez ?

Toutes les deux se tenaient sur le parking de Sheila. Connie était venue déposer sa démission dans la boîte aux lettres de Paul, accompagnée d'un petit mot confirmant son départ pour New York. Elle lui expliquait à l'intérieur qu'elle était désolée de la tournure prise par les événements et l'assurait de son soutien. Elle lui conseillait aussi de se rendre s'il n'avait rien commis de répréhensible, ce dont elle était persuadée.

Connie ne s'attendait guère à ce que Paul récupère son courrier (en ville, on ne parlait que de son évasion), mais elle ne pouvait se résoudre à partir sans une forme d'au revoir. Elle était donc venue, son mot à la main.

Elle n'avait même pas pu accéder à sa boîte aux lettres.

– Ils ont trouvé du sang dans l'entrée, a dit Sheila.

Connie a haussé les épaules.

– Trois gouttes. Ce n'est quand même pas *Massacre à la tronçonneuse.*

– Massacre, quoi ?

– Laissez tomber.

– Il s'est attaqué à une femme.

– Apparemment, les circonstances ne sont pas très claires.

– Ils nous a toutes trahies.

– Je vous trouve un peu dure.

Sheila s'est tournée vers elle.

– Et vous inconsciente. Vous faites confiance à quelqu'un, vous lui ouvrez votre maison, votre cœur, et vous apprenez qu'il s'agit d'un horrible criminel. Il y a de quoi en être malade, non ?

Connie a haussé un sourcil.

– Vous avez déjà entendu parler de la présomption d'innocence ?

Sheila l'a regardée froidement de la tête aux pieds.

– Pourquoi ? Vous êtes son avocate ?

– Son infirmière.

– Je vois.
– Quoi donc ?
– Vous vous serrez les coudes, dans votre profession.
– Pas du tout.
– Mon œil.
– Écoutez, madame Lebowitz, il y a un truc utile dans les pays démocratiques, ça s'appelle la Justice. Et si on essayait d'y croire, rien qu'un petit peu ?

Un bruit de verre brisé leur est parvenu depuis la maison de Paul. Les policiers en train de la passer au crible ne faisaient pas dans la dentelle.

– Bon, qu'est-ce que vous voulez ? a dit Sheila en bombant le torse, comme pour signifier clairement laquelle des deux possédait la poitrine la plus imposante.

Connie a sorti sa lettre.

– Je dois partir. Si vous revoyez Paul, vous pourrez la lui remettre ?
– Vous voulez dire, en prison ?

Connie a fait la grimace.

– D'accord, a soupiré Sheila, en empochant l'enveloppe.

Connie s'est dirigée vers sa voiture. Elle a ouvert la portière, puis s'est ravisée.

– Au fait, vous avez des nouvelles de sa femme et de son fils ?
– Pourquoi en aurais-je ?
– Vous êtes sa voisine. Claire aurait pu se confier à vous.
– Elle l'a plaqué
– Ah bon ? Paul parlait de disparition bizarre.
– Ça ne m'étonne pas. Il n'a jamais rien compris aux femmes.
– Vous, en revanche, vous m'avez l'air d'avoir intégré la psychologie masculine, a répondu Connie en fixant ostensiblement ses seins.

Sheila a croisé les bras.

– Au revoir, mademoiselle Lombardo.

Connie a hoché la tête, puis elle est montée dans sa voiture.

Sheila a attendu que le véhicule disparaisse au bout de la rue, elle a soulevé le couvercle de sa poubelle et lâché la lettre à l'intérieur, avant de la refermer d'un coup sec en se frottant les mains. Après quoi elle a décroché son téléphone.

– C'est moi.

– Bonjour, Sheila.

– Tout va bien ? Tu fais face ?

– Ça va.

– Tu as pris une décision pour la suite ?

– Pas encore.

– Tu veux que je parle au chef Garner ? Il est avec ses hommes de l'autre côté de la rue.

– Je... je ne sais pas...

– Si tu veux mon avis, a dit Sheila, tu ferais mieux de te manifester, et vite. Tu ne peux pas rester éternellement en planque. La police est en train de démonter ta maison pierre par pierre.

– Je vais les contacter, a promis Claire.

– Je file au supermarché. Tu veux que je te dépose des provisions au passage ? Des jouets pour ton fils ?

– Tu nous as déjà bien aidés.

– Normal. Les amies sont faites pour ça. Tu peux rester cachée dans l'appart que je t'ai prêté aussi longtemps que tu veux, Hermann ne le met pas en vente. Prenez soin de vous, toi et Billy.

Et Sheila a raccroché.

68

VINGT-QUATRE HEURES se sont écoulées, et je commence à reprendre confiance.

On ne peut pas dire que je croie en l'avenir – ce serait délirant – mais je suis encore libre, ce qui n'est déjà pas si mal. En outre, je dispose désormais d'un job et d'un toit. Et ça, c'est carrément extraordinaire.

– Tu m'emballes tout dans du papier à bulles, dit Jerry, et surtout tu fais gaffe de ne pas rayer les chaises. C'est un artiste de Key West qui les peint. Elles valent six cents dollars pièce.

J'obtempère et filme les meubles avec mon rouleau, m'appliquant à les protéger de la façon la plus parfaite possible.

– Quand est-ce que tu dois les livrer ? je demande.

– Dans une heure.

– Hein ? Mais il y en a une vingtaine !

Il se retourne vers moi. Sa chemise Tommy Bahamas en soie rouge est impeccable. Il est bronzé, musclé, et ses cheveux blonds sont coupés à la dernière mode, maintenus par une subtile touche de gel. Si l'on ajoute à cela qu'il est riche, cultivé et gentil, je suppose qu'il incarne le rêve de n'importe quelle femme.

Dommage que Jerry soit homosexuel.

Il arrondit les lèvres.

– Dis donc, Will, pourquoi penses-tu que je t'ai engagé ?

Will est le nouveau prénom que je me suis choisi.

– Je ne sais pas, je réplique. Mon charme naturel ?

– Ton charme mon cul. Tu n'es même pas gay.

– Ouais. Et pour neuf dollars de l'heure, je ne risque pas de le devenir.

– Parce que c'est une question de tarif ?

– Ça se discute.

– Je te laisse déjà dormir gratuitement dans mon arrière-boutique.

– Et c'est avec ça que tu comptes me convaincre ?

Il lève les yeux au ciel.

– N'importe quoi. Si tu étais ce genre de mec, tu sais très bien que je ne t'aurais jamais pris comme extra.

– Je sais, Jerry. Je plaisante.

Jerry LaRue est le propriétaire d'un magasin de meubles haut de gamme. Essentiellement du travail d'artistes, des exemplaires conçus en série limitée, très colorés, avec des palmiers, des toucans et des flamants roses incrustés de pierres et de motifs.

Lui et moi on s'est entendus tout de suite.

Hier, peu après ma transformation physique, je traînais en ville, l'esprit morose en pensant à ma famille, lorsque j'ai repéré une offre d'emploi placardée à l'intérieur de sa vitrine. Un job à saisir d'urgence. Le mauvais temps avait entraîné du retard chez les transporteurs et toutes les livraisons étaient arrivées d'un coup. Jerry se retrouvait avec une tonne de meubles à mettre en place et une foule de commandes à livrer.

Quand je me suis présenté, il m'a seulement demandé si j'étais clean – comprenez : « pas toxico ». Je lui ai montré mes bras, l'intérieur de mes narines, mes conjonctives, exempts de trous de seringues ou de lésions induites par un usage intensif de coke. Ma petite gymnastique l'a fait rire. Il m'a proposé six dollars de l'heure. J'ai répondu douze, avec un endroit pour dormir le soir – j'ai précisé qu'un lit de camp me suffirait. On a topé à neuf. Depuis, je suis devenu un professionnel de l'emballage en papier à bulles.

Je termine les chaises dans les temps, et Jerry m'accorde une heure de pause pour aller grignoter un sandwich. Je file jusqu'à l'épicerie cubaine un peu plus bas dans la rue m'acheter un *media-noche* – pain moelleux, fromage, porc et pickles – que je laisse dans son film plastique, et je me rends directement à la plage.

Je dois faire bronzer mon crâne chauve.

Et j'ai repris la natation.

Je plonge dans les rouleaux et nage durant les cinquante minutes suivantes, vidant mon esprit, crawlant au milieu des vagues comme si ma vie en dépendait, jusqu'à ce que mes muscles crient grâce.

J'avais arrêté le sport par peur de me bloquer le dos. Mais je constate qu'il s'agissait surtout d'un problème de flemme. Et aussi que ma musculature n'est pas si ramollie que ça.

Je sors, me sèche, attrape le sandwich dans mon sac et mords dans le pain. Le fromage est fondant, pile poil. Je regarde la foule lézarder sur le sable tandis qu'une goutte d'eau dégouline au coin de mon sourcil.

Plus que dix minutes avant de retourner au boulot. À cinq heures, il se termine. À cinq heures cinq, je reprends mon enquête.

J'ai beaucoup réfléchi à mes différentes options.

Je sais par où commencer.

Hier soir, je ne parvenais pas à trouver le sommeil.

C'était ma première nuit dans l'arrière-boutique de Jerry et je déambulais au milieu des tables et des chaises dans la chaleur étouffante, complètement déprimé à force de ressasser des souvenirs de l'époque où Claire et moi formions un vrai couple. J'ai fini par sortir dans la cour intérieure pour y chercher un peu d'air.

L'endroit est tranquille, on y accède par une porte de garage à télécommande et il donne uniquement sur des bureaux fermés à partir de dix-huit heures. C'est ici que Jerry gare sa Porsche durant le jour. Aucune chance de me retrouver nez à nez avec quelqu'un.

Je suis allé jusqu'à un distributeur de boissons coincé entre deux piles de parpaings et je me suis pris un Sprite. La boîte a dégringolé dans la machine. En fond sonore pulsait la musique des clubs de South Beach, réduite à un simple grondement dans ma cage thoracique.

J'ai appliqué la canette fraîche contre mon visage.

J'étais empli de tristesse et de colère.

Billy me manquait. J'avais envie de le serrer contre moi. Je désespérais d'entendre sa voix au téléphone et les images de cette vidéo abominable me faisaient un mal atroce. Je ne comprenais pas comment une telle chose avait pu lui arriver. En revanche, j'étais sûr que Claire n'y était pour rien. Peu importait le fossé qui s'était creusé entre nous, je savais que ma femme aurait donné sa vie pour son fils. Elle avait cru le protéger en l'éloignant de moi, j'en avais la certitude absolue.

J'ai avalé une longue gorgée de Sprite.

Ma colère, en fait, était dirigée contre mon père. À lui, j'en voulais à mort, d'une haine encore plus terrible que celle engendrée par toutes les frustrations dont je m'étais senti victime durant mon enfance.

Ce salopard s'était suicidé. Il m'avait abandonné une dernière fois, comme un lâche et sans la moindre explication. Ça aurait dû me laisser de marbre – Bon Dieu, je l'avais effacé de ma mémoire, une partie de moi espérait *carrément* qu'il claque un jour ! – mais au lieu de cela, j'éprouvais un mal de chien.

J'ai jeté ma canette vide dans une poubelle.

Il fallait que je chasse ces idées noires. Le meilleur moyen était de me concentrer sur autre chose. Je suis retourné dans l'arrière-boutique, j'ai pris un carnet et un crayon et j'ai essayé de faire le point en commençant par la source de mes ennuis. Autrement dit, Kosh.

Qu'est-ce que je savais sur lui ?

Pas grand-chose, à part le fait qu'il disait s'appeler Alan Smith, qu'il semblait être né à Tampa et qu'il avait disparu de la circulation vers l'âge de dix ans. Cameron avait dit qu'il ne possédait ni permis de conduire, ni carte de crédit, ni domicile fixe. Un fantôme. Un homme de l'ombre qui agitait des marionnettes, des individus tels que Jordi, Rolf, le chef Garner, la fille rousse ou l'avocat Barton Fuller. Un manipulateur de première, et un psychopathe, pour autant que je puisse en juger. Il m'avait poussé dans mes ultimes retranchements au point de réduire ma vie à une seule alternative : finir au fond d'un trou ou remonter sur le ring. J'avais expérimenté la première possibilité, et j'envisageais maintenant la seconde. Sauf que je n'avais aucune idée de la façon dont on affrontait un fantôme.

Le seul angle d'attaque, l'unique élément concret que je voyais, était sa société, Carnival of Shadows.

Toujours d'après Cam, celle-ci existait depuis un an. Elle était réelle, et possédait des fonds en quantité suffisante pour conclure des marchés avec des compagnies de restauration, se payer un excellent avocat, des employés, louer un yacht et probablement arroser la municipalité de Naples. Si Carnival était une couverture, d'où Kosh sortait-il un fric pareil ?

J'ai noté au crayon : *Première piste : l'argent.*

J'ai continué de gamberger.

Quelle que soit l'activité secrète de Kosh, investir des sommes astronomiques semblait indispensable. Par conséquent, son but devait être à la hauteur d'une telle prise de risque. Un objectif capable de justifier l'emploi d'un tueur comme Jordi ou de gros bras tels que Rolf. Ainsi que la destruction pure et simple de quiconque se trouverait sur son passage – moi et ma famille, par exemple. Donc, Cam était dans le vrai lorsqu'il prétendait que l'enjeu, quel qu'il soit, devait être extraordinaire.

J'ai repris mon crayon. *Deuxième piste : l'enjeu.*

Puis j'ai contemplé mon carnet.

Ces deux mots m'ont donné à réfléchir.

J'avais l'impression de tenir une corde entre les mains : l'argent se trouvait à un bout, l'enjeu à l'autre. Remonter la piste de l'argent demandait des moyens complexes, et Kosh avait certainement protégé cette partie de la même façon qu'il protégeait son anonymat. J'imaginais volontiers des comptes bancaires offshore, des sociétés-écrans, une tripotée de dispositifs informatiques et une armada d'avocats et d'hommes de main prêts à surgir. C'était le genre d'enquête qu'aurait pu mener le FBI. Pas moi.

Restait l'autre bout de la corde : l'enjeu.

Qu'est-ce que Kosh tentait d'accomplir ?

En vérité, je n'en savais rien du tout.

Dans ce cas, comment aller plus loin ?

J'ai mordillé mon crayon un long moment, avec l'impression d'être dans une impasse. Puis j'ai décidé de tenter une autre approche, en partant, cette fois, des éléments matériels dont je disposais.

Tout d'abord le portable de Kosh, avec ses trois photos. Une de mon père, une de Sean, et une de cet endroit que je ne connaissais pas, où des personnes très jeunes semblaient participer à une orgie. J'ai supposé au départ qu'il s'agissait d'un endroit situé à Naples. Mais ce n'était pas forcément le cas. Quoi qu'il en soit, ces photos étaient dangereuses pour lui. Probablement parce que, d'une façon ou d'une autre, elles risquaient de lever le voile sur son activité.

Deuxième élément, la clé USB et cet horrible film sur mon fils.

Troisième élément, la facture téléphonique de mon père. Je l'avais conservée dans mon portefeuille et je n'avais pas terminé de la passer en revue. Elle recelait peut-être d'autres informations utiles.

J'ai encore noté au crayon : *les photos, la clé USB, la facture.*

Puis j'ai contemplé le résultat, sans me sentir plus avancé.

Je suis retourné dans la cour pour m'acheter une autre boisson. Je l'ai descendue d'une traite et je suis resté devant le distributeur, oscillant d'un pied sur l'autre, m'amusant à faire craquer la canette vide dans ma main.

Va au plus simple. Fais un pas en avant. N'importe lequel.

D'accord. J'ai sorti une liasse de feuilles de ma poche et je l'ai dépliée : la liste des appels téléphoniques de mon père.

Le relevé couvrait les quatre derniers mois, de mai à août. J'avais identifié la presque totalité des numéros. À part le répondeur de Carnival of Shadows et le fast-food dans lequel Sean avait été enlevé, je n'avais rien trouvé d'autre.

J'ai passé la liste au crible, encore et encore, jusqu'à ce que la fatigue me gagne et que ma vue finisse par se brouiller.

J'ai fini par tirer deux chaises dans la cour, l'une pour m'asseoir, l'autre pour allonger mes jambes. Je pouvais entendre des noctambules passer dans la rue. Je me suis étiré. Les numéros sont devenus flous. Une ligne de caractères d'imprimerie, quelques lignes d'espace, une autre ligne, et ainsi de suite. On aurait dit un code-barres avec des bandes noires séparées de plages blanches plus ou moins larges.

Et j'ai réalisé tout d'un coup.

Les blancs. Les trous. Les absences entre les appels.

J'avais regardé ce qui était *présent* sur la liste, mais pas ce qui en était *absent.*

J'ai reposé les pieds par terre et j'ai repris les feuilles, fébrile, en me concentrant cette fois sur les périodes pendant lesquelles George n'avait *pas* passé de communications.

Ça m'a sauté aux yeux : début août, il y avait un vide, un blanc allant du 6 au 12. Carrément une semaine entière.

Mon cerveau s'est mis à carburer.

Le petit Sean avait disparu le 3 août, et j'avais déjà remarqué lors de mon analyse précédente que mon père n'avait passé aucun appel ce jour-là. Le 4 et le 5, en revanche, oui. Et soudain, du 6 ou 12, plus rien. D'après Connie, mon père avait été repéré sur les lieux du fast-food à une date éloignée de la disparition de Sean. Ce blanc d'une semaine devait donc correspondre à la durée de son voyage. Logique.

Bien. Mais quelque chose m'échappait : Miami et Everglades City sont deux villes assez proches, alors pourquoi une semaine entière ? Qu'est-ce qui pouvait justifier une absence aussi longue ?

Il a peut-être caché le gosse quelque part. Après quoi il est revenu lui faire sa fête, il en a profité quelques jours, puis l'a tué et a planqué le corps. Ça ne se fait pas en cinq minutes.

Cette hypothèse m'a donné la chair de poule malgré la chaleur dans la cour. Pourtant, je n'arrivais pas à être convaincu. J'ai cherché du doigt un intervalle similaire sur les autres feuillets.

Et je l'ai trouvé.

Un seul. Un vide d'une semaine, début mai, dans les premières lignes de la facture.

Avec, juste avant, un numéro composé à plusieurs reprises auquel je n'avais pas prêté attention, car j'étais resté focalisé sur la période récente. L'indicatif était encore une fois le 305.

Miami.

Ma tension a grimpé de trois points.

Le schéma était exactement le même : plusieurs appels en ville, puis une semaine d'absence.

La conclusion s'imposait : mon père n'en était pas à son premier voyage.

Il s'était passé autre chose début mai. Un événement suffisamment important pour qu'il abandonne sa vie de reclus. Il s'était absenté une semaine au mois d'août, certes, mais avant cela, il avait accompli le même parcours début mai.

Je me suis redressé pour arpenter la cour de Jerry, l'esprit en ébullition. J'avais l'impression d'avoir mis le doigt sur un élément capital.

Qu'est-ce qui s'était passé ? Pourquoi mon père effectuait-il ces déplacements ? Avait-il réagi à un événement extérieur ? Une info à la télé, un article dans un journal ? Et cela avait-il un rapport quelconque avec son passé, ces six années de trou inexplicables ?

Je me suis arrêté. Une idée sinistre m'est venue.

Et s'il s'agissait d'une pulsion ? Je n'avais pas accès aux relevés téléphoniques antérieurs, mais il pouvait très bien y avoir eu d'autres périodes similaires. La possibilité d'un premier meurtre d'enfant me hantait depuis que ma mère m'avait remis l'article sur le gosse écrasé à Tampa en 1971. Y en avait-il eu d'autres ? Est-ce que George Dent partait de temps en temps, comme on part en vacances, tuait des gosses puis rentrait tranquillement chez lui ?

Il existait des précédents. John Wayne Gacy, le tueur qui s'habillait en clown, avait commis plus d'une trentaine de crimes d'enfants en les étouffant lentement avec une corde, les violant puis recommençant sans cesse jusqu'à ce qu'ils meurent.

Un atroce goût de bile est monté dans ma gorge tandis qu'une nouvelle idée se déployait dans mon esprit, plus abominable encore.

Le relevé que je tenais entre les mains m'avait appris que George Dent avait appelé Carnival. Carnival appartenait à Kosh. Kosh était certainement lié à la disparition de Sean, et il employait des psychopathes comme Jordi. Employait-il aussi George Dent ?

Est-ce que j'avais affaire à une sorte de groupe ? Une version moderne des ogres, des criminels organisés évoluant dans l'ombre et guettant l'occasion de fondre sur leurs petites victimes ?

J'ai repensé à la vidéo de mon fils, à Sean, à la photo de l'orgie sur le téléphone portable. Tous ces éléments semblaient liés d'une façon ou d'une autre, et l'étendue des horreurs potentielles me donnait le vertige.

J'ai actionné la télécommande de la porte et je suis sorti de la cour au pas de course, avalant de grandes goulées d'air. J'ai foncé jusqu'à une cabine téléphonique. J'ai glissé deux *quarters* et composé le numéro inconnu indiqué sur la facture.

Je voulais en avoir le cœur net.

– Star Burger, j'écoute ? ai-je entendu à l'autre bout.

J'ai raccroché.

Encore un fast-food.

Difficile de croire à une coïncidence.

J'ai appelé les renseignements pour leur demander l'adresse exacte. Ils me l'ont refilée sans problème. J'ai reposé le combiné et contemplé les coordonnées sur mon carnet.

Mon père avait téléphoné à deux fast-foods différents, à quatre mois d'intervalle. Dans chaque cas, il s'était absenté une semaine ensuite. Dans le second, un enfant avait disparu. Que s'était-il passé dans le premier ?

J'avais une longueur d'avance. La police n'était plus sur mes traces. Il fallait en profiter. L'heure était tardive et je ne pouvais pas agir tout de suite. Mais ma décision était prise.

Dès demain, je me rendrais là-bas.

69

CAMERON COLE a déboulé telle une tornade dans les locaux du commissariat central. On était mercredi et les alertes à l'ouragan redevenaient sérieuses depuis quelques jours. Arrivé devant le bureau du chef Garner, Cole s'y est engouffré sans frapper.

Garner a sursauté tandis que les feuilles empilées sur sa table se sont éparpillées.

– Me voilà ! a dit Cameron.

– Vous êtes cinglé d'entrer de la sorte ? a rétorqué Garner.

– Quoi, vous ne m'avez pas convoqué en urgence ?

– Inutile de tout casser !

– Les annonces de tempête fichent le bordel. Je suis obligé de courir partout.

– D'accord. Asseyez-vous.

Cameron a froncé les sourcils. La réaction de son chef était beaucoup trop calme. Cela ne présageait rien de bon.

– C'est à propos de Paul ?

– Je vous ai dit de prendre un siège.

– Je suis très bien debout.

– Comme vous voudrez.

Garner a récupéré les papiers, les a coincés entre ses mains et en a tapoté la tranche sur le bureau pour constituer une pile parfaitement symétrique qu'il a placée devant lui, avant de poser ses mains dessus.

– Je sais où se trouve votre petit copain, a-t-il annoncé tranquillement. (Il a souri, incapable de dissimuler sa satisfaction.) Il est fait comme un rat.

– Comment ça ?

– Ces tracts que vous venez d'éparpiller sur mon bureau, ce sont des avis de recherche. Nous allons en coller à chaque coin de rue.

– Donc Paul n'est pas encore en prison.

– Ça vous arrange ?

Cameron a haussé les épaules.

– Je m'inquiète pour son sort, voilà tout.

– Eh bien il fallait vous en inquiéter plus tôt. Avant qu'il ne tabasse une femme ou un flic. Avant qu'il ne se rende coupable d'un délit de fuite et qu'on retrouve du sang à son domicile.

Cameron n'a rien répondu.

– À propos, a dit Garner en rangeant les tracts dans son tiroir, vous avez obtenu les résultats des analyses ?

– Je ne suis pas chargé de l'enquête.

– Ben voyons. Comme si ça vous posait un problème...

Cameron a lâché un soupir.

– D'accord. J'ai jeté un œil au dossier. Le sang découvert chez Paul n'est pas le sien, le groupe sanguin ne correspond pas. Et ce n'est pas non plus celui de sa femme, ni de son fils. En revanche, cela pourrait être celui de Jordi Lanski. Un échantillon a été envoyé par avion à La Nouvelle-Orléans pour l'analyse ADN. Idem pour les prélèvements que vous avez faits sur les brosses à dents de Billy et Claire, plus le frottis buccal de Paul, que nous avions déjà. Pareil pour l'ADN de Lanski, qu'on a obtenu via son dossier médical. Les gars de La Nouvelle-Orléans feront des tests comparatifs pour l'ensemble. Si c'est le sang de Jordi, on le saura très vite.

Cameron a omis de préciser qu'il avait envoyé un prélèvement supplémentaire : le cheveu noir donné par son ami. *J'ai trouvé ça sur le quai du yacht,* avait dit Paul. *C'est un élément de costume. Une sorte de déguisement constitué de cheveux véritables. Kosh en prenait soin, ça doit avoir une importance...*

– Où est Paul ? a demandé Cameron.

– À Miami.

– Comment l'avez-vous retrouvé ?

– Ce sont les détails qui vous intéressent ?

– Vous savez très bien que je les obtiendrai de toute façon.

– D'accord.

Garner a coincé ses pouces derrière sa ceinture, comme pour dégager sa panse après un bon repas.

– Le jour où Becker a disparu, une bicyclette a été volée dans la ruelle derrière son domicile. J'ai faxé des photos du véhicule, ainsi qu'un portrait, à tous les commerçants du secteur. Le gérant d'une station-service a retrouvé le vélo dans sa benne à ordures à six pâtés de maisons. Un technicien s'est rendu sur place : les empreintes de Becker étaient sur les freins.

Garner a marqué une pause, tout sourire.

Cameron n'a pas bronché.

– Comme aucun autre véhicule n'avait été volé, j'en ai déduit qu'il avait fait du stop. Un petit malin, votre copain. Mais je suis plus malin encore. L'un de mes inspecteurs a épluché les factures de la station-service, ainsi que les vidéos des caméras de surveillance. Nous avons interrogé chaque client. Tous, sauf deux Indiens qui circulaient à bord d'un pick-up. Ils ont disparu. Le gérant dit qu'il les a vus partir en compagnie d'un homme. Grâce aux vidéos, nous avons pu obtenir leur immatriculation et leurs coordonnées, et j'ai envoyé un agent chez eux. Ce sont deux frères qui effectuent des petits boulots de maçonnerie à droite et à gauche. Ils sont actuellement absents, mais des voisins nous ont donné une adresse à Miami. Nos collègues de la police de Metro-Dade se sont rendus sur place.

– On les a localisés ?

– Il y a une heure. On est en train de les interroger en ce moment même. Et vous savez quoi ? D'après leurs premières révélations, ils ont bien pris Becker en stop. Ils l'ont déposé lundi soir à South Beach.

Cameron a digéré l'information en silence

– Votre abruti de copain doit penser qu'il nous a semés alors que nous lui reniflons les fesses, a poursuivi Garner. C'est le meilleur moment pour coincer ce fils de pute.

Les mâchoires de Cameron se sont crispées.

– Pourquoi me dites-vous ça ?

– Parce que je sais que ça vous emmerde. (Le sourire de Garner s'est élargi de plus belle.) Où se planque votre petit copain ?

– Je n'en ai aucune idée.

– Il ne vous a pas téléphoné ?

– Non.

– Pourtant c'est votre ami.

– Il m'a frappé avant de s'enfuir.

– Vous lui pardonnez drôlement vite.

– Et qu'est-ce que ça peut vous faire ?

– Je ne sais pas. Je me pose des questions. Je me demande si votre rapport est exact. Becker vous cogne. Vous me tombez dessus dans l'escalier de sa maison. Il s'enfuit. C'est très curieux comme enchaînement, vous ne trouvez pas ?

– Ce qui est curieux, c'est que vous ne vous soyez pas fracassé le crâne pendant la chute.

– Vous souhaiteriez revoir votre rapport ?

– Non.

Les narines de Garner se sont retroussées à la façon d'un animal sur le point de charger, mais Cameron ne s'est pas laissé impressionner pour autant.

– Attention, a menacé le chef de la police, tout ça peut rapidement vous retomber sur la figure...

– Ouh là. Je tremble de peur.

– Et si je transmettais votre dossier aux Affaires internes ?

– Et si j'expliquais votre façon de procéder aux journaux ?

Garner a extrait son énorme masse de son fauteuil en soufflant tel un rhinocéros, le visage congestionné par la colère.

– Cessez de me parler sur ce ton ! Votre ami est dans de sales draps, et vous aussi ! Coups et blessures, agression d'un représentant de l'ordre, délit de fuite ! À la moindre connerie il peut se faire descendre ! Si vous êtes en contact avec lui, vous avez intérêt à vous mettre à table ou ce sera la prison ferme pour tous les deux !

Cameron a hoché la tête d'un air songeur.

– Maintenant que vous m'y faites penser, Paul m'a effectivement donné de ses nouvelles. Une carte postale d'Alaska. À mon avis, vous devriez aller y faire un tour. Je dis ça, c'est juste pour vous aider...

Garner a bloqué son souffle comme s'il s'étouffait avec un os de poulet, puis sa poitrine s'est brusquement relâchée.

– Vous savez pourquoi je vous ai *réellement* fait venir ? a-t-il annoncé d'une voix soudain mielleuse.

– Vous voulez être mon cavalier au bal de la police ? Je vous préviens, je suis déjà pris...

– Quelqu'un a exigé votre assistance. Expressément. Un homme qui a perdu son chien.

– Quel drame affreux. Vous lui direz bien que je compatis à sa peine.

– Vous le lui direz vous-même. Vous allez l'aider à le retrouver.

– Dommage, la rubrique des chiens égarés ne fait pas partie de mes attributions. Donc, c'est non.

– Au contraire, c'est oui. Il se trouve que la maison de cet homme est située dans un endroit très isolé au sud de Naples et que son chien s'est enfui dans les marécages. En tant que superviseur de la patrouille maritime, vous allez sortir vos plans et lui indiquer le meilleur moyen de retrouver son animal. Vous lui noterez absolument tout, les voies de navigation, les heures des marées, les passages à pied sec, les enclaves dans le hammock et les variations possibles en fonction de la météo. Je veux que vous lui inscriviez tout ça sur des cartes, même si ça doit vous prendre une semaine. Vous commencez tout de suite. C'est un ordre.

– Et si je refuse ?

– Je serais, mais alors ravi de récupérer votre arme et votre insigne et de vous rendre à la vie publique. Et maintenant, dégagez le plancher. La personne dont je vous parle vous attend au secrétariat.

Cameron a éprouvé l'envie de faire passer son chef à travers la vitre de son bureau. Avant que cette envie ne devienne irrésistible, il a tourné les talons et s'est rendu au secrétariat, serrant et desserrant les poings.

Un homme l'attendait, assis sur une chaise, occupé à feuilleter les pages d'un magazine. Lorsqu'il a aperçu Cameron, il s'est redressé.

– Inspecteur Cole ! a dit joyeusement Kosh. Quel plaisir de vous revoir !

Cameron s'est figé de surprise.

– Figurez-vous que mon chien a disparu, a continué Kosh sur le ton de la badinerie. Trois jours que je parcours les marais à la recherche de ce sale petit bâtard. Un animal, certes, mais je suis un grand sentimental...

Kosh a affiché un sourire carnassier.

– Ce chien-là, je tiens absolument à remettre la main dessus.

70

JE TERMINE MON SANDWICH sur la plage et je retourne à la boutique.

J'étends ma serviette dans l'arrière-cour, un signe de la main à Jerry (il est en train de réceptionner un nouvel arrivage de meubles) puis je me remets au boulot. J'ai hâte que cette journée s'achève pour filer au Star Burger.

Ça ne fait pas cinq minutes que je travaille quand j'entends tinter le carillon de la porte. Je reste le nez dans mes emballages, occupé avec une sculpture de pieuvre particulièrement récalcitrante, lorsqu'une ombre s'avance.

– Je peux vous parler ?

– Bien sûr, dis-je en levant les yeux.

Je réprime un hoquet de surprise.

– Ça va ? dit le flic qui me surplombe.

Il m'observe, sourire aux lèvres.

– Oui, je réponds.

– Vous êtes le proprio ?

– Non.

– Il est là ?

Je lève le poing, pouce orienté vers l'arrière-boutique.

– Là-bas derrière. Il y a un problème ?

Le flic secoue l'affichette qu'il tient entre deux doigts.

– Nous voudrions coller ça dans votre vitrine.

C'est un papier au format A4.

Avec ma photo dessus.

Enfin, ma photo avec les cheveux que j'avais avant.

– Vous vous sentez bien ? demande le flic. Vous êtes tout pâle.

– Gastro-entérite, dis-je en baissant mon visage. La nuit entière sur les toilettes. Jerry est derrière, vous pouvez y aller.

Le flic s'éloigne en jetant un coup d'œil suspicieux par-dessus son épaule. Je m'applique à emballer ma pieuvre, résistant à l'envie de prendre mes jambes à mon cou. S'il ne m'a pas repéré dans la seconde, c'est qu'il n'est pas très physionomiste. Ça me laisse peut-être une chance.

J'attends qu'il se mette à discuter avec Jerry, puis je me redresse, récupère nonchalamment mes affaires et sors du magasin.

Une voiture de patrouille est garée le long du trottoir, avec un second policier en train d'interroger les passants. Je lui tourne le dos pour prendre la direction opposée, dépasse l'épicerie cubaine, le McDonald où j'ai pris un café hier matin – Seigneur, j'ai l'impression que c'était il y a des jours – et je marche jusqu'à un arrêt de bus où un véhicule patiente tandis qu'une file de gens monte à bord. Je grimpe à la suite sans même m'enquérir de la destination.

Les portes se referment. Le bus démarre. Je me laisse tomber dans un siège, les jambes flageolantes.

Je suis de retour au point zéro.

Je change de véhicule à trois reprises, m'éloignant chaque fois un peu plus de Miami Beach, avant de descendre à un arrêt pour faire une pause.

Je me sens aussi essoufflé que si j'avais parcouru tous ces kilomètres au pas de course. J'ai peur. Et je suis découragé, une fois de plus.

Il a suffi d'un seul instant pour que tout s'effondre à nouveau. Ma nouvelle identité ne vaut plus rien. Si Jerry et le flic ne m'ont pas reconnu, mon départ leur aura mis la puce à l'oreille, et je parie que dans quelques heures à peine un nouveau portrait sera diffusé, parfaitement conforme à ma physionomie actuelle.

J'écrase mes poings contre mes tempes. Le ciel a pris la teinte d'une vieille poêle à frire et l'air est devenu électrique. Le tonnerre gronde dans le lointain. Une petite mémé s'assoit à côté de moi. C'est une Chinoise, avec une tête ridée de vieille momie. Elle me regarde en souriant.

– La vie, c'est comme une boîte de chocolats, dit-elle. On ne sait jamais ce qu'on va trouver à l'intérieur.

– Quoi ?

La vieille Chinoise hoche la tête.

– Vous n'avez pas vu *Forrest Gump ?* Vous me faites penser à lui, avec votre air piteux.

– Vous êtes qui ? La bonne fée des autobus ?

Elle sort un journal de sa poche.

– Vous suivez les élections ?

– Pas vraiment.

Elle pointe son doigt sur la photo.

– Regardez. Elle s'appelle Helen McCarthy. Elle a eu une vie difficile et un très grave accident. Mais ça ne l'a pas empêchée de se battre. Je ne sais pas quels sont vos problèmes, jeune homme, mais moi, je vais voter pour elle.

Un bus s'arrête.

– Voilà mon carrosse. Bonne chance, dit-elle en montant à bord.

Je regarde le véhicule s'éloigner, encore surpris par cette apparition légèrement surréaliste, me demandant si le bus ne va pas s'envoler dans les airs tiré par des rennes.

Elle a laissé le journal. Je le récupère et lis l'article à mon tour.

Le titre est : « *MCCARTHY OU L'ASCENSION D'UNE FEMME DU PEUPLE* . »

Ça raconte qu'Helen McCarthy – Helen Heinz, de son nom de jeune fille – est née en 1944, de Joan et Marcus Heinz, un modeste pasteur de l'Alabama. Helen n'est titulaire d'aucun diplôme d'études supérieures. Elle est partie à l'étranger dès la fin de son adolescence pour travailler en tant que bénévole au sein de diverses organisations humanitaires, en compagnie desquelles elle a acquis une grande expérience des gens et des situations de crise. Son ambulance a sauté sur une mine pendant la guerre des Balkans, lui coûtant au passage un poumon, son utérus, son visage, la peau du dos, des avant-bras et des mains. Donnée pour morte, elle a réussi à survivre au prix de nombreuses interventions chirurgicales. De retour en Amérique, elle a renoué avec sa famille après des années d'absence, et finalement épousé le milliardaire Ron McCarthy, qu'elle a rencontré au cours d'une soirée caritative. Ron McCarthy, rappelle l'article, est un simple éleveur de bétail qui a fait fortune dans la première moitié du vingtième siècle en achetant pour une bouchée de pain des terres jugées incultivables dans la région sablonneuse et inhospitalière de Biscayne Bay – région qui allait devenir, quelques années plus tard, Miami Beach. Ron est décédé en 2002 à l'âge de quatre-vingt-quatorze ans, léguant son nom et sa fortune à son épouse. Helen McCarthy a été élue maire de Miami Beach, qui est une agglomération indépendante de Miami et dotée de sa propre administration. Sa politique de tolérance zéro envers les délinquants sexuels, violeurs et pédophiles est très critiquée, y compris au sein de son propre camp, mais elle donne des résultats incontestables. La dernière photo la montre en train de serrer la main d'Aaron Altman, le directeur du FBI, qui lui apporte son soutien pour sa candidature de gouverneur de l'État de Floride.

Je replie le journal.

L'histoire des grandes ascensions sociales a toujours fasciné les foules. Je me souviens de ma rencontre avec McCarthy. L'impression d'une volonté farouche, presque terrifiante. Et si je faisais appel à elle ?

Cesse de rêver, Paul. Cette femme ne t'aidera pas.

Tu lui as parlé cinq minutes à la soirée de Sheila Lebowitz. Ce n'est pas parce que tu lui as fait une suture qu'elle va sauver ton âme. Je te rappelle que tu es considéré comme un criminel. Exactement le genre de personne qu'elle traque.

J'examine la photo, portant cette fois mon attention sur le directeur du FBI, Aaron Altman.

Une idée me titille.

Je la repousse.

Elle revient à la charge. Impossible à réaliser, me dis-je, il me faudrait des jours. Et ça ne m'assurerait pas de m'en sortir. Sans compter les milliers de raisons pour que ça échoue.

Je me gratte le menton.

D'un autre côté, qu'est-ce que je risque ? L'avantage d'avoir tout perdu, c'est qu'on peut aussi tout tenter, non ?

Première étape : reprendre mon enquête.

71

JE M'ARRÊTE D'ABORD au centre commercial de Bayside, là où le petit Sean a disparu. Ce n'est pas ma destination finale, mais l'endroit se trouve sur mon chemin et j'ai envie d'y jeter un coup d'œil.

Le bus me dépose à l'arrêt de Dowtown. Je lève les yeux, impressionné par les buildings des grandes banques qui se dressent face à la baie. Une Rolls Royce argentée sort d'un parking et fend le gris de l'asphalte tel un dauphin. Les trottoirs sont arpentés par des vendeurs de journaux à la sauvette, des petits Blacks pas plus âgés que Sean, et beaucoup de SDF.

Un jour où il était d'humeur morose, mon père m'avait dit que la ville de Miami tout entière était bâtie sur des ossements. *Impossible de marcher sans les écraser avec la semelle de tes chaussures,* prétendait-il. *Tu ne les vois pas, mais il y en a des centaines de milliers, sous la forme d'une fine couche de poussière accumulée au cours des siècles. C'est à cause de tous les massacres qui se sont déroulés ici. Les tribus indiennes, les Espagnols, les Français, les Anglais, les Cubains : tout le monde s'extermine à un moment ou à un autre. La mort est dans l'air, où que tu ailles, elle se transmet de parent à enfant, comme une malédiction.* Il m'avait regardé d'une façon étrange qui m'avait refilé la chair de poule. Est-ce la raison pour laquelle, aujourd'hui encore, ces grands immeubles m'évoquent des pierres tombales plantées au bord de l'eau ?

Je passe devant l'amphithéâtre et longe la baie. Pas de plage ici : d'énormes rochers servent de rempart contre la mer. Des clochards évoluent en sautant de l'un à l'autre, cherchant leurs trésors parmi les détritus, au risque de se briser la cheville. Je les regarde faire en repensant à ce que j'ai vécu, puis je poursuis mon chemin. Je passe devant un casino flottant, une statue de Christophe Colomb, et pénètre dans le centre commercial.

Ce dernier est collé à la marina. Chacune de ses allées conduit aux quais où patientent des bateaux proposant des excursions pour les touristes. Je ne mets pas longtemps à repérer le fast-food : le fameux Donano's Donuts où mon père s'est pointé entre le 6 et le 12 août.

Je l'observe de loin.

Des enfants jouent dans son aire de jeux tristounette, entièrement de couleur verte, mais ça n'a pas l'air de les gêner vu comment ils courent et crient. Je m'avance pour inspecter l'endroit, lorsque je repère un homme seul, en costume, occupé à lire son journal près des tapis de mousse.

Sa présence me stoppe net.

Ce n'est pas parce qu'il ne surveille pas son gosse (tous les parents ne sont pas paranos), ni parce qu'il bouquine. Non : c'est parce qu'il n'y a rien sur sa table.

Pas de menu HappyMeal ou autre, à moitié entamé. Pas de sweat-shirt balancé à la va-vite pour foncer s'amuser avec les copains. Pas de petites chaussures.

Ce qui signifie : pas d'enfant.

Un flic.

Un agent en civil.

Connie m'avait prévenu que la disparition de Sean allait faire des vagues. Je sais maintenant qu'ils surveillent le secteur. Peu importe qu'il s'agisse d'un vigile ou d'un véritable policier, je ne peux prendre aucun risque.

Je fais demi-tour et me fonds dans la foule.

L'orage éclate enfin et une pluie légère se met à tomber sur mes épaules au moment où je regagne l'arrêt de bus.

Tant pis pour Bayside, je dois passer à l'étape suivante. Remonter la piste que m'a laissée mon père. Vers le passé. Toujours plus loin.

Le temps que je prenne place dans le bus, la pluie se met à crépiter contre les vitres. Ça dure vingt minutes et l'orage disparaît comme il est venu.

Quand je descends à l'arrêt de Coconut Grove, il règne à nouveau une chaleur caniculaire et de la vapeur s'élève des trottoirs humides.

Je regarde autour de moi, ma chemise littéralement collée à la peau.

Coconut Grove est très animé le soir – c'est l'un des points chauds de la ville – mais pour le moment, les commerçants sont encore occupés à fermer leurs devantures tandis que les restaurateurs sortent les chaises et dressent les tables en terrasse, pendant que de grosses gouttes se détachent des parasols.

Je m'enfonce dans le quartier, mon carnet d'adresses à la main, de la musique cubaine plein les oreilles.

Je localise le Star Burger assez vite. Ainsi donc, voici le fameux coin où mon père a téléphoné au mois de mai. Qu'est-ce qui s'est passé à cet endroit ?

J'en fais le tour, puis j'entre sous le prétexte de me rendre aux toilettes. Je jette un œil : rien d'anormal. C'est un fast-food quelconque, plutôt bas de gamme, avec des employés fatigués, une salle commune éclairée par des néons trop vifs, des affiches délavées et une aire de jeux banale aux toboggans vides. Détail curieux, celle-ci est également *entièrement* de couleur verte.

Qu'est-ce qu'ils ont dans le coin, ils n'ont pas les moyens de se payer des aires de jeux multicolores ?

En terrasse, un employé s'applique à essuyer les tables et les chaises encore trempées de pluie. Je l'observe en silence. C'est un jeune type en costume de travail – un pyjama ridicule, façon Star Trek – avec des cheveux gras, une barbichette, et une impressionnante collection de boutons d'acné. Le badge sur sa poitrine dit qu'il s'appelle Chuck.

Je pousse un soupir.

Et maintenant ?

Le problème, c'est que je ne sais pas ce que je cherche.

– Chuck, je peux vous parler une seconde ?

Il pointe un index sur sa poitrine.

– À moi ?

Ses paupières se mettent à clignoter.

– Capra, dis-je en lui tendant la main. Will Capra. Je suis journaliste.

Il s'approche et serre mes doigts d'une poigne incertaine.

– Je vous en prie... appelez-moi, genre, heu... Chuck.

– C'est ce que je viens de faire.

Il rougit, et nous nous asseyons.

Je joins les mains, sérieux comme un pape.

– Vous travaillez ici depuis longtemps ?

– Ben, assez, ouais...

– Alors vous allez pouvoir m'aider.

– Vous aider ? Genre... pour quoi faire ? dit-il, soudain méfiant.

– Je n'irai pas par quatre chemins. J'écris un livre sur ce qui s'est passé ici au mois de mai.

Ses sourcils se rapprochent.

– L'accident de la petite fille ?

J'essaye de ne pas avoir l'air surpris.

– Exactement. De toute façon, il ne s'est rien passé d'autre à cette époque, n'est-ce pas ?

– Je crois pas...

– Alors parlons de la petite fille.

Il m'examine, toujours hésitant.

– Je devrais peut-être en discuter avec mon manager. Les reporters, ils kiffent pas trop, ici...

Je sors un billet de cinquante dollars et le dépose sur la table.

– Bien sûr. Pourquoi pas ? Je m'apprêtais à traiter avec vous, mais traiter avec votre manager, ça me va très bien.

Chuck pose les yeux sur le billet, dont je suis bien placé pour savoir qu'il représente presque une journée de son salaire : j'ai mis beaucoup de temps à le gagner en emballant des meubles.

– En vérité, y a pas grand-chose à dire, fait-il. La gosse participait à un anniversaire. Elle est allée aux toilettes. Elle s'est retrouvée à cavaler sur le mur derrière le restaurant. Elle est tombée sur le crâne. Morte sur le coup.

Je hoche lentement la tête.

Un enfant. Un fast-food. Un anniversaire. Bon sang, tout ça ressemble diablement à l'histoire du petit Sean.

– C'est tout ? Rien de bizarre ?

Chuck lisse sa barbichette. Mes doigts sont toujours posés sur le billet.

– Eh bien, il y a la façon dont la gosse est sortie...

– Oui ?

– Elle s'est rendue aux toilettes. Comme qui dirait, pour faire pipi.

– En général, c'est pour ça qu'on y va.

– Sauf qu'elle était pas accompagnée. La femme qui était là pour le spectacle d'anniversaire, la rousse...

Je dresse l'oreille.

– Une rousse ?

– Ouais. Elle lui a dit d'y aller toute seule. Et c'est pas la procédure. Quand un gamin va aux toilettes, quelqu'un doit l'accompagner. *Ça*, c'est la procédure.

– Quel âge avait la fillette ?

– Quatre ans.
– Que s'est-il passé ?
– Elle s'est échappée.
– Comment ?
– On sait pas. Elle a dû grimper sur la lunette des chiottes. Elle a ouvert la fenêtre et voilà.
– À quatre ans ?
Il hausse les épaules.
– Ben ouais.
Inutile que je demande à Chuck s'il a des gamins.
– Et puis ?
– La fenêtre donne sur un muret. Elle est montée. Elle est tombée.
– Qui a découvert le corps ?
– Le cuistot qui sortait les poubelles. Il a été choqué grave.
– Et la rousse ?
– La rousse ?
– Celle du spectacle d'anniversaire.
– Elle n'a pas bougé de l'aire de jeux.
– Comment pouvez-vous en être sûr ?
– La femme a été filmée tout du long par les caméras de surveillance.
Il me désigne deux petites boules violettes encastrées dans le plafond du coin réservé aux enfants.
– C'est obligatoire, maintenant. La femme a pas bougé. Les flics ont vu l'enregistrement et interrogé tout le monde. Personne d'autre que la gosse n'est entré dans les toilettes. Ils ont tout vérifié et conclu à un accident.
– Cette femme, vous la connaissiez ?
– Non.
– Quelqu'un d'autre la connaissait ?
– Le manager. C'est lui qui l'a engagée.
– Et la vidéo de surveillance, il y a moyen de la voir ?
– Elle est chez les flics.

Bon. Il semble que je sois coincé.

Restent les questions à propos de mon père, plus délicates.

– On m'a parlé d'un type mêlé à cette histoire. Peut-être même impliqué dans l'accident. Un homme âgé, les cheveux blancs, la soixantaine... Ça vous dit quelque chose, Chuck ?

– Nan, je vois pas.

– Attendez, j'ai une photo.

Je sors le portable de Kosh, l'allume et lui montre le cliché de George Dent dans son fauteuil.

– C'est ce gars-là ? dit Chuck.

– Oui.

– Il n'est pas impliqué dans l'accident. C'est un papy. Je le connais bien.

– C'est vrai ?

– Il nous a pris la tête comme c'est pas possible. Il est venu nous voir quelques jours après la mort de la fillette.

– Après ? Vous êtes certain que ce n'était pas plutôt le jour même ? Il aurait pu être là, vous auriez pu confondre...

– Non. C'était après, j'en suis sûr. Lui, il voulait organiser l'anniversaire de ses petits-enfants. Il a téléphoné à plusieurs reprises, puis il s'est pointé en personne. Lourdingue, le vieux, je vous raconte pas. Il voulait tout savoir. Qui s'occupait d'organiser nos fêtes, d'où venaient les costumes. Complètement parano. Faut dire qu'après l'article paru dans le journal, il y avait de quoi.

– Un article ? Quel article ?

– Celui qui annonçait la mort de la gamine. Ça nous a pas fait de pub, je vous le dis. Le papy l'avait lu, lui aussi, c'est pour ça qu'il avait fait le déplacement et posait toutes ces questions. Attendez, je dois l'avoir encore sous la main.

Il file dans le fast-food et revient au bout d'une minute.

– Tenez, dit-il en me remettant un bout de papier journal. Il est paru dans le *Herald* au début du mois de mai, deux jours après l'accident. Je l'ai gardé parce qu'on voit ma tronche sur la photo.

Il me la montre.

– C'est moi, là, au premier rang, avec les gens présents le jour de l'anniversaire. Quand la gamine est morte, le journal a récupéré un polaroïd réalisé pendant la fête et l'a publié avec l'article.

Mais je n'entends pas ses paroles.

J'ai l'impression que le temps vient de s'arrêter.

Que mes oreilles se bouchent. Que le monde s'obscurcit.

Car sur la photo se tient la sorcière noire.

Elle pose entre deux enfants, ses mains nonchalamment posées sur leurs épaules. Je reconnais son costume. Son masque sinistre de style asiatique, avec les dents de fer. Ses longs cheveux sombres.

Je dois faire un effort pour ne pas vaciller.

– Qui portait ça ? dis-je d'une voix blanche.

– Le costard style *Blair Witch* ? Trop mortel, hein ? Paraît que les mioches en raffolent...

– Qui ?

– Je vous l'ai dit : la femme rousse.

– Celle engagée par votre manager ?

– Ouais.

– Pourquoi... ce costume ?

– C'est marrant, votre réaction. Le vieux a eu exactement la même. Il était aussi choqué que vous. On lui a répondu que l'époque avait changé, que les costumes étaient plus trash. Papy voulait absolument savoir d'où venait le déguisement de sorcière. Il a dit que c'était très original, assez unique. On a répondu qu'on faisait appel à des saltimbanques professionnels, comme le font les gens de McDo avec le clown Ronald. Nous, on travaille avec Carnival.

J'ai l'impression d'avoir reçu une gifle.

– Vous connaissez Carnival of Shadows ?

– Ben ouais. Leur plaque est vissée à côté du casier à chaussures, dans l'aire de jeux.

– Mais comment ça se fait ? !

– Parce que c'est leur boulot, tiens. La construction et l'entretien des aires de jeux, c'est un business indépendant. McDo, KFC, tout le monde fait ça. Les mecs de Carnival démarrent, alors ils cassent leurs tarifs à mort. (Chuck désigne les toboggans.) C'est eux qui construisent ces aires de jeux vertes. Paraît que le vert, c'est la couleur des magiciens. Comme dans *Le Magicien d'Oz,* vous savez, la Cité d'Émeraude...

J'ai la vision d'une horrible gangrène en train de s'étendre.

– Et le vieux, qu'est-ce qu'il a fait ensuite ?

– Il a tout noté avec soin. Les références de Carnival, leur numéro de téléphone. On aurait dit qu'il n'était venu que pour ça. Il nous a même laissé une carte de l'hôtel où il était descendu pour le contacter, au cas où quelqu'un de Carnival se pointerait. Il voulait absolument parler avec eux.

– Cette carte, vous l'avez toujours ?

– Non. Mais je me souviens que c'était le nom d'un simple motel. L'Air Breeze, ou l'Azur Breeze, un truc comme ça. Ça sentait l'endroit minable pour les fauchés. Et la suite m'a donné raison.

– Pourquoi ?

– Parce que après nous avoir bien emmerdés avec ses questions, le vieux n'a jamais organisé la moindre fête. Ce gars-là, il a simplement disparu.

72

BARTON FULLER était en réunion avec ses associés. Il contemplait distraitement le soleil couchant par les baies vitrées de son bureau, un lieu insonorisé et confortable, situé au dix-septième étage de l'une des tours de Brickell Key, lorsque son téléphone sans fil a émis un petit carillon.

– Maître Fuller ? Un appel urgent pour vous.

– Passez-le-moi, Brenda.

Un déclic.

– Fuller, ici Smith.

– Qu'est-ce qui se passe ?

– Vous êtes dans la merde, mon vieux. Et je ne dis pas ça parce que vous avez tabassé mon employée à coups de batte de baseball.

Fuller a plaqué une main sur l'écouteur et adressé un sourire à ses collègues.

– Désolé, je dois m'absenter une minute...

Il a pris la communication dans le bureau mitoyen.

– Vous êtes complètement dingue de dire ça au téléphone ?

Kosh a ricané.

– Entretien privé entre un client et son avocat. Même si quelqu'un écoute, ce n'est pas utilisable devant un tribunal.

– Bon Dieu, qu'est-ce qui vous prend ?

– Il me prend que Paul Becker a dégagé de la route, mais ça ne suffit pas. Cet abruti de Cameron Cole continue de poser problème.

– D'où m'appelez-vous ?

– De chez lui.

– De chez lui ?

– Du commissariat central de Naples.

– Du commissariat ? !

– Vous comptez tout répéter comme un attardé mental ?

Fuller s'est renfrogné.

– Ce que je veux dire, a grogné Fuller, c'est que vous ne devriez pas être là-bas. Ce n'est pas bon pour vous. On était convenus que vous resteriez en retrait. C'est à moi, votre avocat, de vous représenter lorsque...

Un choc sourd a résonné à l'autre bout, comme si Alan Smith avait balancé une chaise contre le mur.

– LA FERME ! Des heures que je suis là, avec Cole, à remplir une foutue carte et entrer des coordonnées dans mon GPS ! J'ai été *obligé* de requérir son aide, vous comprenez ? Parce que ce flic est le seul enfoiré du secteur à maîtriser parfaitement les voies navigables. Vous m'avez juré que la maison à louer dans les marécages était inaccessible. Impossible pour quiconque d'y aller ou d'en revenir sans un GPS. Mais un simple enfant, un putain de gosse, nous a foutus dedans.

– Je...

– Taisez-vous. Comme je vous le disais, il est extrêmement difficile de retrouver Sean. La tempête a modifié le niveau des eaux et le relief. Les marées changent. Les courants changent. Tout change. Et moi, j'ai autre chose à faire que de perdre mon temps. Cole a très bien compris que je ne recherchais pas mon putain de clébard. Et maintenant il va me coller aux basques. Alors répondez à ma question : est-ce que vous avez un moyen de me débarrasser de lui tout de suite ?

Le cerveau de Fuller s'est mis à carburer.

– Eh bien... Je me suis déjà débrouillé pour lui retirer son enquête et l'éloigner de vous... On pourrait porter plainte pour harcèlement... Si je ficelle bien le dossier, d'ici deux jours, il devrait être suspendu...

– Bravo Fuller. Vous êtes un petit génie. Comment avez-vous fait pour avoir cette idée tout seul ?

Fuller a esquissé un début de sourire.

– Eh bien je...

– Je me fous de votre gueule, abruti !

La sourire de Fuller est retombé.

– Vous croyez que j'ai quarante-huit heures devant moi ? J'ai un client qui attend son nouveau jouet. Deux cent cinquante mille dollars pour la petite Madison. Je dois être libre de mes mouvements.

Fuller a essayé de réfléchir à toute vitesse.

Il n'a rien trouvé.

– Qu'est-ce que vous proposez ? a-t-il soupiré.

– Vous vous y collez.

– Moi ?

– Quelqu'un vous aidera.

– Une autre personne que nous deux est au courant de l'affaire ? !

– C'est quelqu'un de confiance. Rappliquez ici. Récupérez mes cartes. Trouvez Sean. Tuez Cole. Exécution.

73

BLUE BREEZE MOTEL. Voilà le nom exact de l'endroit où mon père est descendu.

Comme l'a souligné le brave Chuck, c'est effectivement un endroit de merde. Je l'ai trouvé après une bonne douzaine de tentatives infructueuses qui m'ont envoyé aux quatre coins de la ville dans tous les hôtels de catégorie moyenne ou minable dont le nom pouvait vaguement correspondre. Localiser le Blue Breeze m'a pris la soirée, une nuit blanche et ce matin – merci le ticket de transport « spécial touristes » valable durant vingt-quatre heures.

L'avantage de ne pas dormir, c'est que vous ne dépensez pas de fric pour la chambre.

L'inconvénient, c'est que, tôt ou tard, le manque de sommeil vous rend dingue.

Je suis venu à pied depuis l'arrêt de bus en passant devant le cimetière de Graceland Memorial Park. Je m'allume une clope (je me suis offert un paquet) et j'observe le Blue Breeze. C'est un endroit de dixième zone sur le Tamiami Trail, accolé au mur d'un garage miteux, et on se demande lequel des deux soutient l'autre.

Tout le secteur est pareil : motels sordides aux façades lézardées, néons tenant par un fil, trottoirs puants, cafards aussi gros que des rats. Et beaucoup de filles la nuit, m'a-t-on assuré : des jeunes, des vieilles, des belles, des mutilées, vraiment tout ce dont peut rêver un homme. Le monde est merveilleux, comme dirait Louis Armstrong.

Je tire une longue bouffée, la coince quelques secondes dans mes poumons, puis relâche mon souffle.

Je suis ici parce que mon père menait une enquête. La voilà, la raison de ses voyages. Je ne sais pas s'il était un assassin ou un kidnappeur, mais j'ai acquis une certitude : il est venu pour comprendre. Il a vu la photo de la sorcière dans le *Herald* du mois de mai. Ça l'a secoué, et il a fait le déplacement pour en avoir le cœur net. J'ai l'impression que la vérité est là, tout près, tel un spectre posant sa tête contre mon épaule et passant ses doigts glacés sur ma nuque.

J'écrase ma cigarette et j'entre.

Deux filles à moitié dévêtues sont affalées sur des tabourets près d'un comptoir. La première, manifestement défoncée, essaye de déchiffrer le journal. La seconde ne doit pas avoir quatorze ans.

Le tenancier – un type énorme avec un maillot de corps troué remonté au-dessus du nombril – m'accueille avec un large sourire.

– C'est pour une chambre ?

– Non.

Sa bouche retombe.

– Alors qu'est-ce que vous voulez ?

– Je cherche quelqu'un.

– Vous êtes flic ?

– Non.

– Donc j'en ai rien à foutre.

La fille défoncée glousse. Le gars lui arrache le journal des mains.

– Toi, tu ferais mieux de pomper un peu plus de bites, au lieu de ricaner. Et arrête de tripoter ce journal, tu sais même pas lire.

Je sors le portable de Kosh et montre la photo de mon père.

– C'est lui que je recherche.

– Jamais vu.

– C'est curieux. Parce que je suis passé un peu plus tôt dans la nuit. Vous n'étiez pas encore là. J'en ai profité pour prendre un verre, et j'ai remarqué votre salle, au fond.

Je hoche la tête en direction d'une sorte de réduit où s'entassent des canapés collés à une scène minuscule. Une boule à facettes tourne encore, solitaire, dans une odeur persistante de sperme et de sueur âcre vaguement masquée par le désinfectant.

Je clique sur le portable et présente à l'homme le troisième cliché. Celui qui montre une partouze avec des jeunes.

– Vous voyez cette photo ? Je pensais qu'elle avait été prise ailleurs. Mais le décor ressemble beaucoup à ce que j'ai vu cette nuit. En fait, ça y ressemble *exactement*. Le cliché a été pris chez vous.

Le mec mate la photo. Puis moi.

– Et alors ? Il y a des soirées. Des gens prennent des photos. Qu'est-ce que j'en ai à branler ? Il n'y a que des filles majeures. Elles ont l'air jeunes, mais elles ont toutes plus de dix-huit ans. J'ai leurs papiers avec moi pour le prouver.

La fille glousse encore.

– Toi, ta gueule ! dit le tenancier en lui balançant une claque magistrale qui l'éjecte de son siège. Non mais tu te crois où, petite pute !

L'autre, la plus jeune, se réfugie sous une table. L'homme se retourne vers moi en bombant le torse, exhibant le flingue coincé dans le short sous son gros bide.

– Et maintenant, tu dégages.

Je ressors. Me dirige vers le garage mitoyen, emprunte un accessoire, puis je reviens au motel. Le tenancier a eu le temps de s'avachir dans un énorme fauteuil à roulettes. Ses yeux s'écarquillent.

– T'es encore là, connard ?

– Écoutez, le vieil homme que je recherche était mon père. Il est mort. Vous pourriez montrer un peu de compassion.

– Ah ouais ? Tu me vois pleurer ?

Je souris. Puis lui assène un coup de cric sur le tibia.

– Ça va venir. Nous faisons à peine connaissance.

Le gars se met à beugler comme un veau.

Il tente de se lever. Je le repousse dans le fauteuil.

Nouveau coup dans le tibia. Cette fois, j'entends distinctement l'os craquer. Son visage devient blanc. J'ôte le flingue de son short et le balance dans un coin.

– Fermez-la.

Il s'arrête de crier.

– Je n'ai pas le temps de discuter avec vous. Je suis persuadé qu'un odieux tenancier de bordel dans votre genre, un type qui exploite des jeunes filles, un salopard de marchand de chair humaine, a un sacré lot d'histoires passionnantes à raconter. Mais je ne veux pas les connaître.

Je lui mets le dernier numéro du *Miami Herald* sous le nez, avec ma photo dessus.

– Vous voyez ça ? C'est moi. Ça dit que je suis extrêmement dangereux. Je suis recherché par la police pour avoir frappé un flic et tabassé une femme. C'est totalement faux : je n'ai jamais tabassé personne. Mais pour vous, je suis prêt à faire une exception. Je manque de sommeil, j'ai peur de ne pas pouvoir garder mon contrôle. Hochez la tête si vous avez compris.

Il hoche la tête.

– Bien. Mon père est venu ici ?

– O... Oui.

– Pour quoi ?

– Il... Il passait ses soirées dans les clubs. Il cherchait des jeunes gens. Vraiment très jeunes.

– Il couchait avec des gosses ?

– Non.

– Alors quoi ?

– Il voulait juste comprendre... comment on s'en procurait.

– Qu'est-ce que vous avez répondu ?

– Que ça n'existait pas.

Je pose mon cric sur son tibia.

Il pousse un cri.

Je le retire.

– D'accord, il halète, d'accord... Ça arrive, des fois... Mais ça ne dure pas longtemps... Ce sont souvent des clandestins, des enfants seuls qui se prostituent, ou bien une famille qui en vend un, pour le fric... Mais votre père, il voulait des photos, des films... le meilleur choix possible... J'ai dit qu'on trouvait ça sur le Net.

– Mon père ne savait pas se servir d'un ordinateur.

L'homme baisse les yeux, le front couvert de gouttelettes de sueur.

– Je... je lui ai montré.

Je me rapproche de lui.

– Il l'aurait fait de toute façon ! s'écrie-t-il. Il était déterminé ! Alors je l'ai branché sur le meilleur site.

– Lequel ?

– C'est nouveau... Il y a un choix incroyable...

– Vous faisiez ça à partir de votre ordinateur ?

– Derrière le comptoir.

Je tire son fauteuil à roulettes jusque-là.

– Connectez-vous.

Il s'exécute.

On atterrit sur la page web d'un site de vente d'articles par correspondance.

– Il faut entrer une série de codes à partir d'ici. Peu de gens les possèdent.

– Comment êtes-vous au courant ?

– Ça se sait... une fois que vous êtes dans le milieu.

– Comme quand on collectionne les cartes de base-ball, c'est ça ? On se refile les bons tuyaux entre petits copains ?

Il ne répond pas et se contente de pianoter sur le clavier.

Les deux filles me regardent en retenant leur souffle. La plus jeune est toujours sous la table. Je lui fais signe que tout va bien.

Les pages web défilent et on change de site à plusieurs reprises, jusqu'à ce qu'on arrive à une sorte de mosaïque toute simple. Avec des photos.

– Nom de Dieu...

Des images de gosses. Des films par dizaines, rangés par genre. Strip-tease, sodomie, tortures...

– Qui fait ça ?

– Personne ne le sait. Le site n'a aucun titre. Il est nouveau, c'est tout.

– Mon père a regardé ces trucs ?

– Un par un, pendant une heure. Et d'un coup, il a tout stoppé.

– Pourquoi ?

– Il a parlé de quelque chose de choquant. J'ai rigolé, mais il a dit que son petit-fils était sur ces images. Il ne comprenait pas comment c'était possible. Je lui ai dit qu'il devait se tromper, que la plupart de ces trucs venaient des pays de l'Est. Ils en tournent à la pelle, là-bas, ils utilisent une multitude de relais situés dans différents pays pour qu'on ne puisse pas remonter jusqu'à eux. Leur but est d'appâter le client avec un extrait de film, puis de lui faire acheter la totale. Votre père a insisté pour télécharger la vidéo de son soi-disant petit-fils. Je lui ai dit que c'était de l'excellent matos, le meilleur qu'on puisse trouver sur le web. L'auteur du site vend ça une fortune. Votre père a répondu qu'il en avait rien à foutre. Il m'a payé en liquide, j'ai fait l'opération pour lui, et j'ai téléchargé le film sur une clé USB.

Je sors la mienne

– C'est celle-là ?

– Elle... elle y ressemble.

– Et après ?

– Il est parti.

– Il est revenu ensuite ?

– Début août. Cette fois, il cherchait des renseignements à propos d'un autre gosse. Un petit Black. Il voulait savoir si des images de ce gamin noir étaient apparues sur le web. J'ai répondu que j'étais pas au courant. Il a insisté pour se reconnecter au site. Le nombre de vidéos disponibles avait considérablement augmenté. Il m'a demandé pourquoi. Je lui ai répondu la vérité : que l'auteur du site devait se faire des couilles en or, parce que les amateurs consomment de plus en plus sur Internet. Il m'a dit que ces vidéos, en particulier celle de son petit-fils, avaient quelque chose de *bizarre*, mais il n'arrivait pas à trouver quoi. Après ça, je l'ai plus revu.

Je repense au film de Billy. Je n'ai jamais eu le courage de le visionner à nouveau – cette seule idée me donne envie de vomir – mais je me souviens d'un élément bizarre, c'est vrai.

Sa réaction.

Ou plutôt, son absence de réaction. Je m'en étais déjà fait la remarque : Billy ne semblait guère perturbé par la prise de vues malgré la main du salaud allant et venant autour de son corps.

Ça me donne à réfléchir.

Je connais mon fils par cœur. C'est un petit bonhomme insouciant, joyeux et drôle. Je sais que les enfants ont tendance à cacher leur souffrance en se réfugiant dans le déni après un traumatisme, mais comment pouvait-il être aussi détendu pendant le tournage ? Est-ce qu'il était drogué ? Filmé par une personne de confiance ? Les deux ?

Je cligne des yeux, abruti de fatigue, le cœur au bord des lèvres. Je finis par me décider. Je branche la clé USB sur l'ordinateur du type. Deux clics, et le film se lance.

Je retiens mon souffle pendant que la vidéo défile. Puis je la repasse, en faisant des pauses jusqu'à ce que j'en sois sûr. Mon père avait raison, il y a bien quelque chose de bizarre. Lui ne pouvait pas le savoir, mais moi, si. Je n'ai plus aucun doute : c'est bien mon fils que l'on voit sur cette horrible séquence amateur.

Du moins en ce qui concerne le visage.

Parce que le corps touché par la main de l'homme, ce corps d'enfant portant des marques discrètes de maltraitances, brûlures de cigarettes, petites ecchymoses, il est évident que ce n'est pas celui de Billy.

C'est un montage vidéo.

74

ET SOUDAIN tout s'éclaire.

Je devine l'enchaînement des événements. Au mois de mai, George Dent tombe sur la photo de la sorcière dans un article de presse. C'est manifestement un électrochoc, même si je ne sais pas encore pourquoi. Il sort de sa retraite et se met à enquêter dans les fast-foods, sur Carnival, puis dans les milieux de la prostitution et de la pédophilie. Et là, deuxième électrochoc : il tombe sur la vidéo de son petit-fils sur le web.

Il n'a jamais vu Billy autrement qu'en photo, mais cela déclenche une émotion – tristesse, curiosité, appelez ça comme vous voulez. En tout cas ça l'intrigue. George Dent n'est pas du style à s'asseoir et attendre que ça se passe. Il part donc vérifier, et contacte Claire. Bien sûr, il ne lui dit rien au départ, il se contente de tâter le terrain. Ça explique leurs rencontres discrètes sous prétexte de renouer avec sa famille. En réalité, mon père veut se faire une idée. Peut-être même qu'il la soupçonne, elle. Après tout, les reportages à la télévision ne cessent de répéter que 90 % des crimes sexuels sur mineurs sont perpétrés par quelqu'un de l'entourage. Je suppose que l'attitude de Claire calme ses doutes. À l'évidence, elle est une mère aimante, attentive et profondément attachée à son fils. Mais quand George Dent voit Sean disparaître à son tour, au mois d'août, ses soupçons passent au niveau supérieur. Il revient à Miami, remarque à nouveau l'implication de Carnival, cette fois dans un autre fast-food, et y voit une confirmation de ma culpabilité. Pourquoi ? Mystère. Mais à cet instant, il est persuadé que je fais partie des méchants. Est-ce qu'il s'imagine que je travaille avec Kosh ? C'est possible. En tout cas, il rappelle Claire et décide de tout lui dire. Elle refuse d'y croire. Il lui donne alors la clé USB en guise de preuve. Elle regarde le film puis, traumatisée, s'enfuit en emmenant Billy loin de moi.

J'examine mon hypothèse. La chronologie colle parfaitement. Y compris la paranoïa de mon père, ses propos agressifs et le coup du Taser lorsque je suis allé le voir. Donc, je dois avoir raison.

La seule chose que je ne comprends pas, c'est comment George Dent a pu penser que j'étais impliqué dans cet immonde trafic. Il aurait pu soupçonner quelqu'un d'autre. Pourquoi moi ? Après m'avoir pourri mon enfance, il faut qu'il continue à l'âge adulte ? C'est pourtant sa vie qui est bourrée de zones d'ombre, pas la mienne !

L'important est que Billy n'a rien. Peu importe le reste, ce n'est pas lui sur la vidéo.

Soit. Il y a encore des trous dans l'histoire, mais j'avance. L'implication de Carnival et de Kosh paraît de plus en plus nette. Et je peux maintenant prouver que ce n'est pas mon fils dans ce film. Donc je suis innocent, du moins en ce qui concerne cette partie.

Il ne reste qu'une chose à faire.

Je griffonne un numéro sur un papier et le tends aux deux prostituées du motel, accompagné d'une poignée de billets et de pièces – tout ce qu'il me reste de fric.

– Prenez ça et tirez-vous d'ici. Je sais bien que ce n'est pas grand-chose, mais vous pouvez aussi appeler ce numéro. C'est le Centre national des enfants victimes de maltraitances. Appelez, dites que vous connaissez Connie Lombardo, et demandez de l'aide. Ils vont se bouger, je vous le promets.

La fille la plus jeune est la plus prompte à réagir. Elle sort de sous la table, prend l'argent et tire la grande par le bras. Elles disparaissent dans la rue tels deux oiseaux décharnés s'envolant par la porte d'une cage laissée ouverte.

Le gars a un sourire mauvais.

– T'es mort, putain... Tu peux me briser l'autre tibia si tu veux, je te jure que tu sortiras pas d'ici vivant.

– On parie ?

Il parvient à ricaner malgré sa souffrance.

– Tu viens de signer ta condamnation. La rue est constamment surveillée par des guetteurs. Quand ils verront les filles se barrer, ils comprendront illico qu'il y a un problème. Des gros bras vont débarquer ici pas plus tard que dans cinq minutes, et tu ne peux pas appeler les flics. Qu'est-ce que tu comptes faire, pédé ?

Pour toute réponse, je m'empare du téléphone et compose le numéro que j'ai appris par cœur.

– Le FBI, section Miami Nord, j'écoute ? dit la voix à l'autre bout.

– Bonjour. Je m'appelle Paul Becker. Je suis recherché par la police. Je veux parler à votre directeur, Aaron Altman.

– Je vais vous passer un agent qui...

– Aaron Altman. Personne d'autre. Dites-lui que j'ai des renseignements vitaux sur un trafic qui va l'intéresser au plus haut point. Surtout avant les élections de sa candidate favorite.

Je prends une inspiration.

– Et dites-lui aussi de venir me chercher. Le plus vite possible. Je me rends.

75

LES DEUX TYPES en costume conduisent sans un mot. Ils m'ont poussé dans leur voiture après m'avoir passé les menottes. On dirait Heckel et Jeckel avec des lunettes noires.

Mon arrestation a été spectaculaire. Les flics sont arrivés les premiers. Une dizaine de véhicules de patrouille et même un fourgon, avec sirènes, gyrophares et tout le tremblement. Je ne sais pas ce qu'Aaron Altman leur a dit, mais ils ont bouclé le secteur, barré la circulation sur le Tamiami Trail et donné l'assaut au Blue Breeze comme s'il s'agissait de la grotte d'Oussama Ben Laden. Le tenancier les a vus défoncer sa porte et ses fenêtres (j'avais verrouillé, afin de tenir un moment face aux gros bras censés venir de la rue), et j'ai particulièrement adoré son expression lorsqu'ils l'ont plaqué à terre sans le moindre égard pour son tibia. Après quoi ils m'ont ceinturé à mon tour, vociférant des ordres, flingues à la main. J'ai eu droit à quelques baffes – l'inconvénient d'être recherché pour agression contre un flic, je suppose – puis Heckel et Jeckel ont fait leur apparition.

Costumes impeccables, chemises blanches, chaussures neuves. Deux mille dollars minimum. Et en double.

L'un d'eux a légèrement abaissé ses lunettes, regardé le capitaine responsable des opérations et lui a collé un badge du FBI sous le nez. Après quoi il a annoncé que merci, mais ils prenaient les choses en main à partir de là.

En face, ça s'est mis à gueuler sec.

Heckel – ou Jeckel, je ne sais pas – lui a alors collé son téléphone contre l'oreille. Dedans, ça hurlait plus fort encore. Le capitaine est devenu blême, puis il a dit « on s'en va », et ses troupes ont disparu en embarquant le tenancier, après avoir bousillé un ou deux trucs pour faire bonne mesure.

Et moi qui croyais que la rivalité entre les forces de l'ordre n'existait que dans les films.

– Vous m'emmenez où ? dis-je en regardant défiler le paysage.

Aucun des deux ne daigne me répondre.

– Je vais rencontrer M. Altman ?

Rien.

Nous parcourons une route répondant au doux nom d'Ali-Baba Avenue. Elle fait partie de la bourgade d'Opa-Locka, qui est accolée à North Miami. J'en ai déjà entendu parler parce que son taux de criminalité a été classé le plus haut d'Amérique malgré ses quinze mille habitants.

– Dites, les gars, c'est bien Opa-Locka ? Il paraît que les terroristes du 11 Septembre se sont entraînés ici, à l'aérodrome. À quelques pâtés de maisons de votre quartier général...

Heckel tourne ses lunettes noires vers moi, puis regarde son copain.

– C'est un comique, dit-il.

– Ouais. Le nouveau Jerry Lewis.

– C'est bon, je voulais faire la causette, c'est tout...

– Il dit qu'il a envie de causer.

– Bientôt, il ne pourra plus s'arrêter.

– Ha ! Ha !

– Ouais. Ha ! Ha !

Je me renfonce dans mon siège. Le gouvernement doit les cloner en secret, c'est pas possible autrement. On passe devant un concessionnaire automobile, un virage à droite, puis on s'engage dans un quartier résidentiel et on se gare devant un immeuble à l'allure quelconque, de couleur sable, coincé entre une clinique de chirurgie esthétique et un petit hôtel.

– Qu'est-ce qu'on fait là ?

– On est arrivés.

– Arrivés où ?

Les deux agents secouent lentement la tête et m'extraient de la voiture. Le bâtiment est de la taille d'un hangar, tout en béton, avec des vitres fumées, assez moches. Pas de drapeaux, pas de grillage, pas de panneau indicateur, personne dehors. On pourrait tout aussi bien arriver sur le parking d'un fabricant de matériel pour photocopieurs.

– C'est ça, le QG du FBI ?

– Allez tout droit, dit l'un des agents en me poussant.

On traverse une allée de dalles et je franchis une porte vitrée sur laquelle figure, en bas à droite, un logo à peine plus gros qu'une assiette, comportant un aigle et les mots « Bâtiment fédéral ». Un policier en uniforme m'attend de l'autre côté. Il m'ôte mes menottes puis, comme dans un aéroport, me fait retirer mes chaussures, ma ceinture et tout objet métallique avant de m'inviter à franchir un portique de détection. Il complète par une fouille en règle.

– Pourquoi toutes ces précautions, puisque je me livre ?

– Ce bureau est l'un des plus importants des États-Unis, explique l'un des agents. Nous sommes une cible potentielle pour tous les terroristes, trafiquants et malades mentaux de cette partie du monde. Nous devons faire attention.

– Mais comme on est gentils, on vous dispense de l'examen rectal, ajoute son collègue.

Ils s'esclaffent.

Je vois que tout le monde s'amuse bien.

Ils me rendent mes affaires et m'escortent le long d'un couloir aux tons neutres. Un grand hall d'accueil avec deux secrétaires, puis un autre couloir sur la gauche. Je remarque la présence constante de boules foncées au plafond – des caméras, comme celles que j'ai aperçues dans les aires de jeux des fast-foods.

On s'arrête devant une double porte.

– Vous devez entrer seul.

– Vous ne venez pas ?

– Nous ne sommes pas conviés à la fête.

– Quelle tristesse, et moi qui nous croyais devenus amis pour la vie.

– À votre place, je ne la ramènerais pas.

– Qu'est-ce qu'il y a derrière cette porte ?

– La fosse aux lions.

– Et si je m'échappe ?

– Simple : on vous flingue.

Ils me poussent à l'intérieur et referment.

Je frotte mes poignets, encore endoloris par les menottes. C'est une pièce assez ordinaire, d'une vingtaine de mètres carrés, avec une moquette grise, des murs crème et une grande table entourée de fauteuils confortables. Aucune fenêtre. S'il y a des caméras, je ne les vois pas.

Un homme est assis à l'autre bout de la table. La cinquantaine sportive. Tempes grisonnantes, corps massif, pas un gramme de graisse. Ses yeux bleus sont d'une acuité extraordinaire. Il me fait penser à une boule d'énergie revêtue d'un costume d'être humain.

– Nous appelons cet endroit le Pit, commence-t-il. La Fosse, si vous préférez.

– C'est une salle de réunion ?

– En quelque sorte. C'est le seul endroit dans lequel sont admis les gens qui ne font pas partie du FBI. Responsables politiques, journalistes, médias...

Une pause. Il sourit.

– ... Et aussi les personnes dont le sort est en suspens. Lorsqu'on vire un employé, par exemple. C'est le dernier lieu qu'il a le droit de visiter. Là où il rend son badge et récupère ses affaires. Autant vous dire que cette pièce n'est guère populaire.

Le grand patron du FBI m'invite à m'asseoir.

– Docteur Becker.

– Directeur Altman.

– Donc, vous avez des révélations à me faire ?

– Oui.

– Prendrez-vous quelque chose ? Thé ? café ?

– Café.

Son doigt écrase le bouton d'un interphone.

– Janine, deux cafés.

Il croise les bras.

Une dame d'un certain âge en tailleur-pantalon strict entre par une porte latérale et dépose un plateau avec deux tasses, des petits pots en plastique pour la crème, et un assortiment de sachets de sucre et d'édulcorants.

– Merci, Janine.

Elle hoche la tête et disparaît.

– Votre femme est française, je crois ? dit Altman.

– Oui.

– Saviez-vous que le Bureau d'investigation a été fondé en 1908 par Charles J. Bonaparte, le petit-neveu de Napoléon ?

– Ravi de l'apprendre.

Il écarte les mains.

– Je vous écoute.

J'essaye de ne pas montrer mon angoisse, conscient d'être en présence de l'un des représentants les plus éminents des forces de l'ordre de ce pays.

– J'y mets des conditions, dis-je.

– Lesquelles ?

– Je veux que ma famille soit protégée.

– D'accord.

– Je veux aussi qu'on retire ma fausse accusation. Je n'ai jamais frappé cette jeune femme rousse dont parlent les journaux.

– Ça ne dépend pas de moi. L'affaire est placée sous la juridiction du comté de Collier. Vous aurez un procès équitable, c'est tout ce que je peux vous promettre.

Je pousse un soupir.

– Il y a aussi un inspecteur de police. Cameron Cole. C'est mon ami. Il a agi uniquement pour me protéger. Je ne veux pas qu'il perde sa place, ni son grade.

– Je verrai ce que je peux faire.

– Ça ne suffit pas.

– Il faudra bien.

Aaron Altman déchire un sachet de sucre, le verse dans sa tasse et tourne la cuillère.

– Docteur Becker. Et si nous en venions à la raison exacte de votre présence ?

Je mordille mes lèvres. Je suis tellement fatigué et stressé que j'ai l'impression d'être à deux doigts de m'évanouir.

– D'accord, fais-je.

Une silence. Puis :

– Ça concerne un homme. Son nom est Alan Smith. Il se fait aussi appeler Kosh le Magicien. Je crois qu'il est à la tête d'un trafic pédophile. Quelque chose d'énorme. Sa société, Carnival, est impliquée dans la mort d'une petite fille au mois de mai. Et aussi dans la disparition d'un garçon au mois d'août. Je crois que la mort de la petite fille est due à un ratage. Une sorte de coup d'essai qui serait allé de travers. Je crois aussi qu'Alan Smith se sert de sa société pour enlever des enfants, et qu'il filme des vidéos pédophiles pour les revendre sur Internet.

Je sors ma clé USB.

– Des vidéos comme celle-ci.

Altman m'écoute sans rien dire, avalant son café par petites gorgées, alors que je n'ai pas touché au mien.

– Je pense aussi qu'Alan Smith est tombé sur un problème. Un grain de sable qui a grippé sa machine. Et ce grain de sable, c'était mon père, George Dent.

Altman tend l'oreille.

– Je ne sais pas grand-chose à propos de mon père, poursuis-je en regardant le sol. Il est mort. Et notre... relation a toujours été un ratage total. Je ne sais pas à quel point il est impliqué. Mais je crois qu'il savait des choses. Il était au courant pour le trafic d'Alan Smith. On dirait qu'il est devenu son adversaire. Smith me l'a dit lui-même, quelqu'un lui tournait autour. Il a parlé de l'Homme de l'Au-Delà. Je pense que mon père était cet homme. Il devait utiliser ce nom comme une sorte de nom de guerre.

Altman joint les mains et pose son menton dessus.

– Et que proposez-vous ?

– Laissez-moi en liberté. Je suis capable de suivre la piste laissée par George Dent. Je suis sûr que je peux découvrir ce qu'il savait sur Smith. Vous soutenez Helen McCarthy et sa politique de lutte contre les pédophiles et criminels sexuels, je l'ai lu dans les journaux.

– Et ?

– Je découvre ce que savait mon père. Je réunis les preuves contre Smith. Vous le coincez.

– Que devenez-vous ensuite ?

– Je retrouve ma famille. Tout ce qui m'importe, c'est de revoir mon fils.

Il montre ma tasse du doigt.

– Vous devriez boire votre café.

Je m'exécute.

Il soupire.

– Écoutez, docteur Becker, je vous comprends. J'ai moi-même un fils de seize ans, Dieu sait ce dont je serais capable pour le protéger. Mais votre situation n'est pas facile. Il y a un mandat d'arrêt contre vous. Votre attitude coopérative sera prise en compte par le juge, mais je ne vois vraiment pas comment vous remettre en liberté.

Il marque une pause, puis reprend :

– En outre, il y a un problème.

– Lequel ?

– Nous savons déjà tout ça.

Mes yeux s'écarquillent.

Altman se lève pour faire quelques pas.

– L'Homme de l'Au-Delà n'est pas un nom imaginé par votre père. Je doute même qu'il l'ait jamais entendu. C'est celui d'une opération. (Il se tourne vers moi.) Notre opération.

Ma gorge devient sèche.

– Vous connaissez Harry Houdini ? dit Altman.

– Le prestidigitateur ?

– Oui.

– Pas vraiment.

– Il est mort en 1926. Harry Houdini était un homme remarquable auquel on doit de nombreux tours spectaculaires. Ce que l'on sait moins, en revanche, c'est qu'il était aussi un démystificateur. Houdini a passé une grande partie de sa vie à démonter les théories fumeuses et les supercheries de prétendus parapsychologues et autres voyants. Il s'est fait de nombreux ennemis.

– Ah ?

– Il a aussi tourné au cinéma. *L'Homme de l'Au-Delà* était son premier film. Entre nous, un terrible échec commercial...

– Où voulez-vous en venir ?

– Au fait que si nous avons choisi ce nom pour notre opération, c'est parce qu'elle consiste effectivement à lutter contre Kosh le Magicien. Houdini contre Kosh. Un magicien pour en coincer un autre. Un tour spectaculaire... à notre façon. Là où vous avez raison, c'est que l'Homme de l'Au-Delà est également quelqu'un. (Il s'arrête de marcher.) Vous voulez le rencontrer ?

– Moi ?

– J'ai donné mon feu vert.

– Pourquoi ?

– Vous allez comprendre.

Altman m'invite à me lever, puis m'accompagne jusqu'à la porte par laquelle est entrée sa secrétaire tout à l'heure.

– Où allons-nous ?

– Pas loin. Dans la pièce voisine.

Je suis soudain envahi par un terrible pressentiment.

Altman ouvre.

Nous pénétrons dans un bureau de secrétariat, celui de Janine. Elle est assise en train de prendre le thé avec une autre personne. Toutes les deux semblent bien se connaître, et même s'apprécier, parce qu'elles sont occupées à rire et se faire des confidences.

– Je vous présente le responsable de notre opération, dit Altman.

L'air se coince dans ma gorge.

Les rires s'arrêtent et la personne face à Janine se lève, le visage soudain empli de tristesse et de remords.

L'Homme de l'Au-Delà était Connie Lombardo.

76

AARON ALTMAN me pousse dans un fauteuil avant que je ne chancelle.

Il ne rit pas. Il a même l'air de considérer la situation avec la plus extrême gravité.

– Je n'arrive pas à le croire, dis-je en regardant Connie.

Elle soutient mon regard, silencieuse.

– Vous travaillez pour le FBI ?

– Oui.

– Vous n'êtes pas infirmière ?

– Si.

– Je ne comprends pas.

Aaron Altman hoche la tête à l'intention de Janine, qui s'éclipse discrètement pour nous laisser seuls. Altman s'adosse au mur, les bras croisés, attendant la suite.

Connie pose ses mains sur ses hanches, prend une inspiration puis :

– Je cumule les deux, dit-elle. En tant qu'infirmière, je travaille dans des dispensaires agréés par le Centre national des enfants victimes de maltraitances dont je vous ai parlé. Mais le FBI m'a recrutée aussi. Il y a deux ans. Je suis agent consultant. Je n'ai pas droit au port d'arme, ils se servent juste de mes connaissances pour identifier des réseaux pédophiles. Il m'arrive de participer à des opérations d'infiltration.

Je la fixe, le regard dur.

– Vous m'avez menti. Durant tous ces mois pendant lesquels vous avez travaillé avec moi, vous m'avez joué une comédie sordide.

Elle fronce les sourcils.

– Mais pas du tout. J'ai fait mon boulot d'infirmière, et même plus !

– Votre boulot ? Et en quoi ça consiste ? Enquêter sur moi ? Le FBI pense que je fais partie d'un réseau pédophile ?

Elle m'examine sans broncher.

– C'était une hypothèse.

– Mon fils avait disparu ! Kosh avait peut-être enlevé ma famille ! Vous étiez au courant et vous êtes restée plantée là sans rien dire ?

– Je ne savais pas ce qui se passait.

Altman se tourne vers Connie.

– Je vous avais prévenue qu'il réagirait de cette façon.

– Oh, vous, fermez-la ! dit-elle. C'est à cause de vous et de vos combines si on en est là !

Le directeur du FBI ouvre la bouche pour répliquer sèchement, puis se ravise et décide d'attendre la suite.

Connie me prend les mains.

– Je comprends votre peine, Paul. Mais vous devez à votre tour me comprendre. Au début, nous ne savions pas qui était Kosh le Magicien. Nous connaissions seulement son surnom. Pas son aspect physique. Ça aurait pu être n'importe qui. Vous avez figuré parmi les suspects, et puis nous vous avons rayé de la liste. En fait, c'est vous qui nous avez permis de l'identifier. Vous avez levé le lièvre plus efficacement que n'importe lequel de nos agents.

Je les dévisage l'un et l'autre.

– Vous vous fichez de moi ? On dirait qu'on a affaire à une agence de détectives à la gomme. Le gouvernement n'a pas des douzaines de types pour bosser sur ce genre d'affaire ?

– Bien sûr, dit Altman, mais...

– C'est faux ! interrompt Connie. Paul a le droit de savoir.

Altman se tait, encore, comme si cette fille assez dingue pour lui tenir tête titillait sa curiosité, voire forçait sa considération.

– Non, reprend Connie, contrairement à ce que raconte le directeur Altman, le gouvernement ne dispose pas de douzaines d'agents pour bosser sur ce genre de chose. Leurs crédits ne sont pas illimités. La vérité, c'est que le terrorisme demeure la priorité et monopolise un maximum de ressources. Si vous y ajoutez la lutte contre le trafic de drogue, le crime organisé, les gangs et la délinquance en col blanc, ça fait déjà un sacré paquet d'affaires à résoudre. Et je parle d'affaires qui ont un impact. Qui améliorent l'image de la police, amènent les électeurs et permettent d'obtenir des crédits. Voilà comment ça fonctionne. C'est malheureux à dire, mais résoudre une pauvre affaire d'inceste ou d'abus sexuel sur mineur, ce n'est pas capital. Le thème de la pédophilie est répulsif pour tout le monde. Il bouleverse les familles, touche à des tabous incontournables. Sans compter que le moindre plantage a des répercussions gravissimes.

– Vous me donnez envie de gerber.

– Merci pour moi. Ça fait plaisir, avec tout le mal que je me donne. Mais bon, passons. Heureusement, il y a des personnes comme le directeur Altman qui pensent avant tout aux enfants et qui tentent de faire bouger le système – même si c'est trop lent à mon goût. Des gens comme lui forment de petites cellules d'enquête et recrutent des gens comme moi. On bénéficie d'un stage accéléré à Quantico sur les méthodes d'investigation policière, et on nous met au travail. Pas chers, efficaces, motivés.

– En gros, on vous exploite.

– En gros, oui. Surtout lorsqu'on voit des personnalités politiques comme Helen McCarthy faire de la lutte contre la pédophilie l'argument principal de leur campagne électorale. Mais bon, ne vous leurrez pas, Paul, c'est ça ou rien. Il n'y a personne d'autre pour faire le job. Les crimes sexuels, ça fait peut-être vendre du papier à la petite semaine, mais à moins qu'il s'agisse du viol d'une jolie petite fille blanche et friquée, ça n'intéresse pas grand monde. Vous vous souvenez du raz de marée de 2001 en Indonésie ? On a parlé de pédophiles profitant de la débâcle des populations pour se rendre sur place et enlever des enfants. Ce qu'on dit moins, c'est que, dans nombre de cas, c'étaient les familles elles-mêmes qui vendaient leurs gosses. Elles échangeaient une bouche à nourrir contre de l'argent. Pour eux, ce n'était rien d'autre que de la survie. Comment voulez-vous lutter contre ça ?

Connie est essoufflée.

Et moi abasourdi.

– Comment en êtes-vous arrivés à me soupçonner ?

– Avec ça, dit-elle en sortant une clé USB parfaitement identique à la mienne. Vous savez ce qu'il y a dessus ?

– Il a la même dans sa poche, dit Altman. Je parie qu'il sait.

– Ah bon ? dit prudemment Connie. Vous avez vu le... film ?

– Celui avec mon fils ?

Elle hoche la tête.

– Ce n'est pas Billy, dis-je. C'est un trucage.

Leurs mines s'allongent.

– Un trucage ? Comment ça ? Nos experts n'ont rien décelé.

– Aucune idée. Ils ont dû habilement mixer le visage de mon fils avec le corps d'un autre. En tout cas, ce n'est pas lui. L'enfant sur la vidéo porte des traces de sévices corporels et son corps est trop maigre. C'est assez discret, je ne m'en suis pas rendu compte la première fois, mais ça devrait être facile à vérifier pour vous. Récupérez Billy, faites-lui passer un examen médical complet et comparez avec les images, vous verrez la différence.

– Incroyable, dit le directeur en secouant la tête. Comment nos techniciens ont-ils pu se planter à ce point...

– Je vous l'avais dit ! fait Connie. Cette vidéo avait quelque chose de pas net dans les expressions faciales. Et son fils n'aurait jamais pu subir un truc pareil sans qu'il s'en rende compte. (Elle me regarde en souriant.) Son gamin, c'est la prunelle de ses yeux.

– Depuis combien de temps me surveillez-vous ? dis-je.

– Début mai, répond Altman. Cette clé USB a été envoyée au FBI accompagnée d'une lettre anonyme. Votre nom et votre adresse figuraient dedans. La lettre nous conseillait de mener une enquête sur vous, sans vous désigner comme étant coupable. Mais les noms d'Alan Smith, Carnival et Kosh étaient également mentionnés. Nous ne savions pas qui était qui. L'auteur de la lettre nous a laissés nous débrouiller avec ça.

J'ai l'impression de monter et de redescendre des montagnes russes.

– Nous pensons que l'auteur de cette lettre était votre père, poursuit Altman. Mais nous ne l'avons deviné que très récemment, lorsque Connie vous a accompagné chez George Dent. Jusque-là, le FBI n'avait pas fait le rapprochement entre lui et vous. Vous ne portez pas le même nom. En fait, nos dossiers ne contenaient strictement rien nous permettant de vous relier l'un à l'autre.

– Vos dossiers ? Pourquoi ? Vous savez des choses à propos de mon père ?

Altman m'a dévisagé longuement.

– Oui.

– Racontez-moi.

– Pas maintenant. Revenons d'abord à notre opération. Il y a quatre mois, donc, après avoir reçu cette lettre anonyme, nous avons décidé de lancer l'opération L'Homme de l'Au-Delà. Connie Lombardo a été placée chez vous. Son objectif était de gagner votre confiance et d'en apprendre le plus possible. Nous ne voulions pas coincer une seule personne, mais faire tomber tout le réseau. Dans le même temps, nous avons infiltré un autre agent, un homme, qui devait se faire passer pour un client pédophile. Il a réussi à entrer en contact avec Kosh. Mais nous avons perdu sa trace. Nous pensons qu'il a été découvert et sans doute assassiné. Des mois d'efforts. Une perte humaine. Zéro résultat.

Il jette un coup d'œil vers Connie, qui rentre la tête dans les épaules, puis reprend :

– En fait, j'allais donner l'ordre de tout interrompre, lorsque Alan Smith s'est pointé à votre clinique, ce fameux soir de la semaine dernière.

– Vous n'y êtes pour rien ?

– Non. Connie a été très surprise. Et manifestement, Kosh aussi. Il a dû penser que vous étiez une menace. C'est pour ça qu'il vous a envoyé ses sbires par la suite.

J'écarte les mains, la voix tremblante.

– Et vous l'avez laissé faire.

– Connie a failli craquer lors de l'épisode des rats, mais je lui ai donné l'ordre de continuer. Rien ne prouvait que vous étiez innocent. Vous avez eu de nombreuses occasions de lui faire des confidences, mais vous avez chaque fois éludé ses questions. Votre comportement était louche.

– Mais maintenant vous me croyez ?

– Oui.

– Pourquoi ?

– Parce que vous êtes venu vers nous. Vous avez tout à y perdre. Tout, sauf une chance de revoir votre famille. C'est manifestement la seule chose qui vous intéresse.

Je baisse la tête, sentant les larmes me monter aux yeux.

Connie s'assoit près de moi et pose son bras sur le mien.

– Paul, nous avons encore besoin de votre aide. Revenons à cette clé USB. Qu'avez-vous appris ?

J'essuie mon visage, puis j'entreprends de leur raconter dans le détail le périple qui m'a conduit du yacht de Kosh sur le quai de Naples jusqu'aux fast-foods de Miami, d'un motel à un autre, puis au Blue Breeze, et pour finir sur le site Internet.

Une fois que j'ai terminé, Connie dévisage son patron.

– Vous vous rendez compte de ce qu'il a subi ?

– C'est sa responsabilité. Il était libre de ses choix.

– Ben voyons.

Elle se tourne vers moi.

– Est-ce que vous savez seulement qui est Kosh ?

– Un psychopathe.

– Plus que ça. Vous avez déjà entendu parler de l'opération Landslide ?

– Non.

– C'est une opération célèbre, la première du genre menée contre des sites web pédophiles. À la fin des années quatre-vingt-dix, à une époque où ils n'étaient pas encore trop nombreux, un certain nombre de ces sites étaient regroupés au sein d'un unique *webring* : un cercle, un anneau à travers le monde virtuel permettant de les visiter tous en passant de l'un à l'autre. Dans chacun de ces sites, moyennant paiement par carte de crédit, on pouvait télécharger des images d'enfants. Au plus fort de son activité, ce *webring* rapportait un million et demi de dollars par mois.

Altman acquiesce d'un hochement de tête.

– L'opération Landslide a démantelé le réseau, mais elle ne s'est pas arrêtée là, poursuit Connie. Tous les numéros de cartes de crédit des consommateurs ont été transmis aux services de police d'une quarantaine de pays à travers le monde. Des milliers d'ordinateurs ont été saisis et des centaines de suspects arrêtés, y compris des gens connus. Certains ont échappé à la prison. D'autres pas. Mais cette opération a donné naissance à de nombreuses autres. C'est à partir de là qu'une véritable prise de conscience internationale s'est développée pour lutter contre ce type de cybercriminalité.

– Quel rapport avec Kosh ?

– Nous pensons que Kosh le Magicien a travaillé sur ce premier *webring* pédophile, celui que l'opération Landslide a démantelé. Les responsables ont tous été traduits en justice, mais l'informaticien qui a planché sur les programmes n'a jamais été mis sous les verrous. Kosh est un type doué avec les ordinateurs, mais plus doué encore pour protéger ses arrières. Il travaille seul. C'est quasiment de l'artisanat. Ceux qui ont étudié son profil pensent qu'enfreindre les règles est son unique motivation. C'est un sociopathe absolu.

– Si vous pensez qu'il est aussi dangereux, pourquoi ne pas employer les grands moyens ?

– Parce que, reprend Altman, nous n'avons rien sur lui. Kosh n'est qu'un nom, un fantasme dont nous essayons de définir les contours. Alan Smith est nickel, et Carnival n'a montré aucune activité illégale jusqu'ici. Nous ne savons même pas à quel genre de nouveau trafic nous avons affaire. Nous ne pouvons pas mobiliser d'énormes ressources s'il s'agit de coincer un simple administrateur de site porno, quelles que soient les théories fumeuses de Mlle Lombardo.

Connie lève les yeux au ciel.

– Traduction : le patron ne va pas risquer ses fesses en période préélectorale.

– Lombardo !

– Je vous présente mes excuses, monsieur le Directeur, j'essayais d'être synthétique. (Elle se tourne à nouveau vers moi.) Donc, comme je le disais, le FBI préfère rester prudent, envoyer des équipes réduites, jouer petit et éventuellement gagner gros. Il sera toujours temps de rameuter la cavalerie si c'est moi qui ai raison.

– Raison sur quoi ? dis-je.

– Je pense comme vous, Paul. Le site de Kosh ne sert pas qu'à la vente de films pédophiles. C'est un catalogue.

– Un catalogue ?

– Le premier du genre. Je pense que les gosses qui sont dans ces pages sont achetables. Physiquement.

– Quoi ?... Mais la vidéo de Billy figure sur ce site !

– Vous avez tout compris. C'est ça, ma théorie, et je me tue à la répéter au directeur Altman. À mon avis, Carnival of Shadows a trouvé le moyen de fabriquer rapidement des tonnes de films avec lesquels il inonde les communautés virtuelles. Des gens qui se regroupent par affinités, exactement comme ceux que je vous ai montrés sur mon ordinateur portable. Sauf qu'au lieu d'amateurs de romans policiers ou de décoration florale, on parle ici de frappadingues allant du voyeur pédophile au gars qui rêve de découper des enfants en morceaux.

– C'est démentiel !

– Et ça ne s'arrête pas là. Sur quoi fantasment tous ces gens ? Sur le passage à l'acte. Heureusement que la peur de la loi les arrête. Faites-vous choper pour une simple fellation sur un mineur et vous êtes bon pour trente ans de tôle. Même le tourisme sexuel à l'étranger devient hyperrisqué. C'est là où Kosh intervient.

Connie s'assoit, comme s'il lui en coûtait de prononcer la suite.

– Je pense qu'il ne se contente pas de se faire de l'argent en vendant des images. Il est en train de sélectionner sa clientèle. Il propose aux plus riches consommateurs de leur livrer le gosse de leur choix comme on commande une pizza, sans aucun risque pour eux.

Altman hoche la tête.

– La théorie de Mlle Lombardo, c'est que Kosh est un monstre d'un nouveau genre. Un prédateur comme on n'en a encore jamais vu. Qui a inventé le stade ultime du tourisme sexuel de luxe. Et qui est en train de mettre en ligne des milliers d'enfants au sein même de notre pays.

77

CAMERON S'EST ENFERMÉ dans les toilettes pour examiner une fois encore les deux documents.

Il les avait subtilisés l'un et l'autre au commissariat central.

Le premier était une lettre. Un courrier posthume de George Dent adressé à son fils, récupéré par les enquêteurs dans la boîte aux lettres de Paul et entassé parmi les pièces à analyser. Cameron l'avait repéré et finalement ouvert. Il contenait une coupure de presse : un simple extrait de rubrique nécrologique annonçant l'enterrement de George Dent dans un cimetière, tel jour à telle heure.

– Incroyable, a dit Cameron. Le vieux avait prévu sa propre inhumation avant de mettre au point son suicide.

Un simple mot était inscrit dessus à la main : *« PARDON. »*

Cameron a fourré l'enveloppe dans sa poche.

Le second document était beaucoup plus troublant. Il s'agissait d'un résultat de test ADN, parvenu en urgence du labo de La Nouvelle-Orléans.

Cameron l'a relu encore une fois, comme s'il n'arrivait pas à y croire, puis il a rangé le papier avec l'autre.

Dérober ces deux pièces allait lui coûter très cher, mais il fallait qu'il prévienne son ami, peu importe comment. Paul n'utilisait plus son téléphone depuis des jours – et il avait bien fait, parce que les flics l'avaient placé sur écoute – mais il restait une solution : le portable de Kosh, que Cam avait déjà eu entre les mains.

Il a tendu l'oreille pour s'assurer que personne d'autre n'était présent dans les toilettes, puis s'est décidé à appeler. Il est tombé sur le répondeur. Il a laissé le message.

Quelqu'un est entré et s'est mis à tambouriner à sa porte.

– Qu'est-ce que vous glandez ? a aboyé le chef Garner. L'avocat d'Alan Smith vous attend depuis une plombe !

– J'arrive.

Cameron a émergé de son box, ignorant l'expression furibarde de son supérieur. Il est sorti du poste de la police maritime de Naples et s'est dirigé vers le quai en bravant le vent et les gouttelettes de pluie. Il est monté à bord de l'*airboat* de la patrouille fluviale.

– Trouvez ce foutu chien et ramenez vos fesses, a hurlé Garner depuis l'abri d'un auvent. Vous n'avez pas beaucoup de temps avant qu'un nouvel orage n'éclate. Les portables ne passent pas là où vous allez. Même votre radio risque d'avoir des problèmes.

– C'est ça, a grogné Cameron. On s'occupe du clébard et on revient.

Il se doutait bien qu'il n'allait pas chercher un animal. Mais il était curieux de savoir ce qui se tramait. Pour sortir par un temps pareil avec l'approbation du chef Garner, Kosh avait dû exercer une pression très forte. Donc, il y avait bien quelque chose à trouver dans ces marécages. Quelque chose... ou quelqu'un.

– Je suis ravi d'être avec vous, a dit Barton Fuller, assis sur le siège voisin.

Cameron s'est tourné vers lui. L'avocat aux mains poilues avait rabattu un K-Way sur sa tête et disposé par terre une glacière contenant des bouteilles d'eau et des casse-croûte. Fuller lui a souri.

– Il paraît que vous êtes un grand amateur d'eau minérale. Vous voulez boire un coup ?

– Vous croyez qu'on part en camp scout ? a dit Cameron.

– Dommage que mon patron ne soit pas là.

– Pour retrouver son chien ?

– Eh oui. C'est bien triste, mais il n'y avait que moi pour le remplacer au pied levé.

Cam a lâché un ricanement sec.

– Je ne sais pas de quelle façon il vous tient, par le fric ou autre chose. Mais si vous faites le mariole, si je soupçonne le moindre coup tordu, Fuller, je vous balance à la flotte au milieu des alligators.

L'autre l'a regardé avec une expression étrange.

– Soit, a-t-il dit. Me voilà prévenu.

– Et mettez ce putain de casque sur les oreilles, avant de me coller un procès parce que vous êtes devenu sourd.

Fuller a obtempéré.

Cameron a enclenché le moteur, l'hélice a caqueté comme une mitrailleuse, puis s'est mise à vrombir avec une puissance impressionnante. Cam a fixé le gris du ciel confondu avec le vert de l'eau. Le paysage entier semblait sur le point de s'éparpiller telles les tuiles d'un toit emportées par les bourrasques.

Il avait un mauvais pressentiment. Et quelque chose n'allait pas avec Fuller. Il lui trouvait un air funeste.

Cameron Cole a regardé la ville de son enfance comme si c'était la dernière fois. Puis il a secoué la tête et ils ont filé sur l'eau.

78

AARON ALTMAN m'a renvoyé avec Connie dans le bureau où je me trouvais. Ils appellent ça la Fosse. Maintenant, je comprends pourquoi. Ça fait une demi-heure que je me ronge les ongles en me demandant quel sort ils me réservent.

Je fixe la moquette grise, les doigts pianotant nerveusement sur la table.

– Pas mal, votre look chauve, dit gentiment Connie. On dirait Michael Scofield dans *Prison Break.*

– Très drôle.

– Vous voulez que je vous rapporte un sandwich ?

– Pourquoi, vous êtes serveuse ? Ça fait aussi partie de vos multiples rôles de composition ?

– Vous m'en voulez toujours ?

– À mort.

Elle penche son visage en arrière et contemple le plafond.

– De toute façon, leurs sandwiches sont infects.

Elle gît, effondrée dans son siège. Vu les cernes qu'elle se trimballe, elle n'a pas dû beaucoup dormir. Elle porte un tailleur. C'est la première fois que je la vois ainsi. Je la trouvais plus jolie en jean. Le tailleur lui donne un air strict et distant – mais je suppose que ma nouvelle tête doit produire le même genre d'effet sur elle.

Elle secoue ses cheveux, les ramène en arrière puis me regarde à nouveau.

– Vous avez le droit d'être furieux, Paul. Mais il faut quand même que je vous explique une chose. Vous savez pourquoi vous êtes ici, au lieu de vous retrouver d'emblée entre quatre murs, en jolie combinaison orange ?

Je la dévisage.

– Non.

– Il y a quatre mois, on n'avait rien à part cette clé USB. Kosh était un mythe. Vous étiez notre seule piste. Le plus facile était de vous arrêter. Placer votre fils en famille d'accueil, interroger votre femme, vos proches et vos patients, la totale. On aurait fini par dégoter quelque chose. Ça aurait marché, vous savez ? Mes collègues sont très forts. On n'aurait peut-être pas tiré le jackpot, mais des méchants seraient allés en prison, comme le gars du motel où on vous a trouvé.

Elle s'interrompt un instant comme si elle se remémorait des affaires précédentes.

– On vit une époque difficile. La dissuasion est parfois plus importante que la recherche des preuves. On nous demande d'être efficaces. Une petite opération sans risque assortie d'une bonne couverture médiatique font peur aux délinquants. En pratique, le taux de criminalité baisse. Si on vous avait arrêté tout de suite, tout le monde aurait été ravi. (Elle sourit tristement.) À un détail près : innocent ou pas, vous auriez été broyé par le système. Voilà pourquoi j'ai refusé qu'on vous arrête et favorisé cette opération à la place.

– Trop aimable. Vous êtes la Mère Teresa du FBI.

– Non. Mais je crois en la présomption d'innocence. Et je crois aussi que les enfants méritent mieux qu'un simple rôle de victimes exploitées par les politiques ou les médias. Il faut se battre pour eux.

– Amen.

Elle fronce les sourcils.

– C'est ça, allez-y de vos sarcasmes, n'empêche que vous ne faites rien pour m'aider !

– Je me suis rendu aux flics. Qu'est-ce que vous voulez de plus ?

– Votre confiance ! Je porte peut-être ce stupide tailleur au lieu de mon pyjama d'infirmière, mais c'est toujours moi dedans ! Je suis votre amie !

– Vous m'avez trompé !

– Et vous, vous élevez autour de vous la foutue muraille de Chine !

Elle s'interrompt puis reprend, plus calme :

– Vous tenez les gens à distance. Peut-être que c'est une déformation professionnelle. Peut-être que cette relation avec votre père vous a blessé. Ou alors vous avez peur de souffrir, je n'en sais rien. Mais le fait est que vous ne vous confiez à personne, même à ceux qui vous veulent du bien.

Elle détourne le regard, comme si elle craignait que j'y lise des sentiments plus personnels.

– Si cette opération échoue, dit-elle, Aaron Altman ne va pas se contenter de me flanquer à la porte ou de vous mettre derrière les barreaux. Il va enterrer toute l'affaire pour ne pas perdre la face. Et Kosh aura gagné la partie. Votre fils et le petit Sean n'auront été que des victimes sur une liste. Il y en aura d'autres. Qui protégera les suivants ?

– J'ai envie de coincer Kosh tout autant que vous !

– Alors faites-moi confiance. Qu'est-ce que vous croyez que je fabrique dans cette pièce ? Altman m'a donné une dernière chance de vous tirer les vers du nez. Il est persuadé que vous nous cachez des choses. Et je le crois aussi.

Un silence.

Je baisse la tête.

– Si je vous dis tout, qu'est-ce qu'il me restera à négocier ? fais-je d'une voix éteinte. Je veux revoir mon fils. Avoir une chance de m'expliquer avec Claire. (Je tente de maîtriser le flot d'émotions qui m'assaillent.) Je... Je n'en peux plus... Je veux retrouver ma vie d'avant...

La suite reste coincée dans ma gorge.

Connie se lève et me prend les mains.

– Je sais, Paul. Mais ce n'est pas comme ça que ça marche. Altman est le grand patron. Il ne négociera pas. S'il pense que vous cachez des infos, il sera impitoyable.

– Est-ce que j'ai la moindre chance de m'en sortir ?

– Je ne sais pas.

– Vous interviendrez en ma faveur ?

– Vous avez ma parole.

– D'accord..., dis-je lentement.

Je lâche ses mains et me lève à mon tour pour faire quelques pas.

– J'ai des soupçons, dis-je, mais aucune preuve. La vidéo de mon fils est un trucage. Kosh a donc été obligé d'assembler deux images, celle d'un enfant battu et le visage de Billy. Alors je me suis demandé comment il avait procédé...

Je me tourne vers elle.

Elle m'écoute, attentive.

– J'ai remarqué que les aires de jeux de Carnival étaient entièrement vertes. Un choix étrange, dans la mesure où la plupart de ces endroits sont très colorés, non ? J'ai noté aussi qu'elles comportaient des caméras de surveillance. Je ne suis pas un expert en la matière, mais j'ai déjà vu des réalisateurs de cinéma filmer sur un fond vert ou bleu, avant d'incruster les images ailleurs. C'est comme ça qu'ils procèdent dans *Star Wars*. On voit Harrison Ford jouer devant un drap vert et on colle ensuite l'acteur dans le décor de l'Étoile Noire.

La bouche de Connie s'entrouvre

– Vous voulez dire que... les enfants s'amusent sur le fond vert de l'aire de jeux, leurs images sont capturées par les caméras d'observation, Kosh les récupère, découpe les visages et les incruste dans des films pédophiles ?

– Qu'est-ce que vous en pensez ? C'est possible ?

Elle hoche lentement la tête.

– Oui... Ce serait vraiment dingue, mais en théorie, c'est faisable. Les systèmes de surveillance récents ne font plus appel à des magnétoscopes. Les images filmées par ces caméras doivent être stockées sur le disque dur d'un ordinateur à l'intérieur du fast-food. Lequel est forcément relié à Internet pour faire ses mises à jour. Il suffirait que Kosh y introduise un cheval de Troie.

– Qu'est-ce que c'est ?

– Un programme espion. Ça permet de se connecter à distance. S'il s'agit simplement de récupérer des fichiers vidéo, ce n'est pas difficile. L'ordinateur d'un banal restaurant ne possède pas un haut niveau de sécurité. Un pirate peut facilement s'y introduire.

– D'accord, dis-je. Admettons que mon hypothèse soit la bonne. Je me suis dit aussi que les attitudes des enfants sont très variées lorsqu'ils s'amusent : joie, colère, pleurs quand ils se font mal... Ça fait une énorme palette d'expressions possibles. Vous disiez que Kosh a trouvé le moyen de fabriquer rapidement des tonnes de films. En fait, il n'a pas besoin de kidnapper ni de torturer des gosses pour monter son petit commerce sur le web. Il n'a qu'à récupérer toutes les images issues de ses aires de jeux, télécharger de vieilles vidéos pédophiles dans divers pays, échanger les visages, découper les films en saynètes de quelques secondes, puis les remettre en ligne. Et hop : le voilà à la tête de milliers de petits films différents. Cette diversité fait de lui le plus gros fournisseur sur Internet en un temps record, et il draine toute la clientèle des tarés de la planète.

Connie pâlit.

– Vous vous rendez compte de ce que ça implique ? Si, comme

je le crois, ces gosses sont également à vendre, tous les enfants qui sont passés un jour dans les fast-foods équipés par Carnival sont en danger !

– Oui. Si un riche obsédé flashe sur un enfant en particulier et qu'il a les moyens de payer pour l'avoir, Kosh sait exactement où trouver le gosse. Quel restaurant il fréquente, combien de fois par semaine. Il peut déterminer ses habitudes, connaître les personnes qui l'accompagnent et l'approcher au cours d'une fête ou d'un anniversaire, grâce à la complicité d'un employé de Carnival... Et ce n'est pas tout.

– Quoi ?

– Je pense connaître sa prochaine cible.

Elle me regarde, les yeux écarquillés. Je lui rapporte dans le détail mon équipée sur le quai du yacht.

– Les caisses sorties de la soute étaient frappées de la lettre S, dis-je, comme « Sean ». Celles qu'ils embarquaient portaient la lettre M.

– Le prénom de la prochaine victime commencerait par un M ?

– Lorsque Kosh m'a quitté après m'avoir agressé dans ma voiture, il a dit : « Je te laisse, je dois préparer mon rendez-vous avec une jeune demoiselle. » Je n'y ai pas prêté attention sur le moment, mais je suis maintenant convaincu que sa prochaine cible est une fille. Il y a eu d'autres disparitions ?

– Non.

– Alors elle est toujours dans le coin. Kosh n'est pas venu à Naples par hasard. Combien existe-t-il d'aires de jeux Carnival en Floride ?

– Une quarantaine.

– Et dans la région de Naples ?

– Trois.

– Mon fils a dû être filmé dans l'une d'entre elles.

– Nous avons déjà vérifié : il y en a effectivement une près de son école.

– Commencez par là. Envoyez des agents. Récupérez leurs

vidéos de surveillance et toutes les informations possibles sur les enfants qui fréquentent cet endroit. Cherchez une Mary, une Melissa, une Michelle... Une petite fille qui vient souvent. Renseignez-vous sur les fêtes et anniversaires prévus ces jours-ci. Vérifiez la liste des invités. Et faites pareil dans les deux autres fast-foods. Je sais que c'est un boulot énorme, mais le nombre de cibles potentielles est restreint. Qui sait, peut-être que vous trouverez un moyen de tendre un piège à Kosh ?

Connie me fixe, les yeux brillants.

– Vous êtes génial.

Je souris malgré moi.

– Vous parlerez à Altman en ma faveur ?

Elle se penche et m'embrasse sur la joue.

– Promis !

Et elle disparaît.

79

SEAN REGARDAIT les nuages filer dans le ciel immense, la tête appuyée contre le rebord de la barque. Près de lui des roseaux bougeaient dans le vent, leur bruit semblable à des coups d'épée dans l'eau.

Il a tenté de lever la main pour porter un gâteau sec jusqu'à ses lèvres craquelées, mais sans y parvenir. Son bras est retombé dans le fond de l'embarcation. Son front était brûlant de fièvre.

Ça faisait quatre jours qu'il dérivait sur les eaux des Everglades. Il avait d'abord été fou de joie d'échapper à son ravisseur, puis son enthousiasme avait fondu en même temps que ses vivres. Son plan initial était simple : se laisser porter par le courant, atteindre la mer, puis longer la côte à pied jusqu'à ce qu'il rencontre du monde. Une idée infaillible, il avait confiance. Rien à voir avec l'Amazonie, ici, c'était la Floride. Le pays des touristes. L'endroit où les plaques minéralogiques proclamaient « *Bienvenue dans l'État du Soleil* » et « *Sauvez les petits lamantins* ». Il allait forcément tomber sur des vacanciers, des rangers, des scouts, n'importe qui.

Sauf que le « courant » auquel Sean avait confié son existence n'était qu'un rêve.

L'eau avait sa vie propre. Elle montait, elle descendait, elle vous emportait dans ses méandres en vous faisant croire que vous voguiez vers la liberté pour mieux vous jeter dans un dédale de racines noires. Sean ne comptait plus le nombre de fois où il avait dû descendre de sa barque pour la dégager d'un banc de sable, terrifié à l'idée de voir une tête longue et plate émerger de l'eau. Et puis le mauvais temps s'était mis de la partie. La brise chaude s'était transformée en un vent mugissant. Le soleil avait disparu. Les cochons sauvages se blottissaient dans des trous et les hérons se cachaient dans la mangrove. Seuls les vautours tournoyaient dans le ciel. De temps à autre, Sean se prenait des saucées terribles, puis la pluie s'arrêtait sans raison.

Le Jour De Sa Mort revenait le narguer sous la forme d'hallucinations, tel un compagnon de route.

Il essayait de ne pas penser à tout ça.

Il imaginait un énorme hamburger. Une glace à la vanille dégoulinante de caramel. Une montagne de gaufres. Il revivait ses parties de Tekken 3 contre son pote Reggie Boone, que tout le monde appelait Reggie The Bone – l'Os – parce que ce frimeur de onze ans prétendait avoir une bite au moins aussi longue qu'un fémur. Sean racontait des blagues à voix haute. Il jouait à la-plus-terrible-insulte-de-tous-les-temps, ou chantait des refrains, n'importe quoi pour rester en vie.

Jamais il ne pleurait. Ou alors dans son sommeil.

Quand sa dernière bouteille d'eau s'est retrouvée vide, il l'a ouverte en deux à la manière d'une coupelle pour recueillir la pluie. Mais cela n'a pas été suffisant, alors il a fini par pencher la tête et boire l'eau du marécage. Quelques heures plus tard il est tombé malade. Une nausée épouvantable a vidé ses entrailles. Son ventre s'est mis à gargouiller comme une vieille canalisation d'égout. Et la voix du Jour De Sa Mort est devenue audible dans son crâne, caquetant avec les mêmes accents horribles que celle de Kosh le Magicien.

Alors, Sean a compris qu'il allait mourir pour de bon.

Quand le vrombissement lui est parvenu, il a été incapable d'ouvrir les paupières. Le bruit était aussi fort qu'un essaim de mouches. Il s'est dit qu'elles s'apprêtaient à pondre sur son cadavre, et il a préféré demeurer immobile. Il avait accepté son sort.

Mais à la réflexion, c'était aussi bien qu'il soit inconscient.

– Il y a un gosse ! a hurlé Cameron.

– Où ça ? a dit Barton Fuller, toujours emmitouflé dans son K-Way.

– Là, dans la barque !

Fuller a cligné des paupières. Il n'en croyait pas ses yeux.

Cameron Cole a manœuvré l'*airboat* de façon à se rapprocher le plus possible puis coupé le moteur et sauté dans l'embarcation.

Fuller l'a vu se pencher sur le gosse. Les épaules de Cole ont été secouées par des spasmes.

– Oh, putain de bordel... Oh, nom de Dieu... Bordel de merde...

Cole s'est retourné vers lui, pistolet au poing.

– Espèce de fumier ! C'était pour ça !

Fuller n'a pas su quoi répondre.

– C'est Sean Raymond-Rodriguez ! a hurlé Cameron. Le gosse des journaux ! Vous vous rendez compte ? ! Le clébard de votre patron, le CHIEN que vous m'avez envoyé chercher est un *ENFANT* !

Cole en avait les yeux exorbités. Des larmes coulaient sur ses joues. Fuller n'aurait su dire si c'était de la tristesse, de la rage, ou bien les deux.

– Il est mort ? a-t-il simplement demandé.

Cole a tiré.

La détonation a fait s'envoler un groupe d'oiseaux.

Le flic a tiré encore une fois.

Fuller a tâté sa poitrine : rien.

– Descendez de votre siège ! Ou je vous jure que je balance les deux prochaines dans votre poitrine !

Les jambes de Fuller ont obtempéré toutes seules, et il lui est soudain apparu à quel point la situation le dépassait.

Il était avocat. Un citoyen éminent. Un père de famille respecté par sa communauté. Pas un baroudeur des marécages. Il avait des problèmes, certes, des vices compliqués auxquels il ne parvenait pas à se soustraire, mais il n'avait rien à faire ici.

– Le gamin est complètement déshydraté, a dit Cole. Faites-le boire. Tout de suite.

Fuller a débouché l'une de ses bouteilles et glissé le goulot entre les lèvres de l'enfant. Celui-ci a toussé. Fuller lui a soulevé la nuque pour l'aider. Cette fois, le garçon a entrouvert la bouche et aspiré quelques gorgées de liquide. Il était afro-américain, probablement mélangé avec du sang latino. Pas beaucoup plus jeune que son propre fils.

– Enroulez-le dans cette couverture de survie, a ordonné Cole en lui jetant un carré de tissu doré semblable à du papier d'aluminium.

Fuller a couvert Sean avec précaution pendant que Cole s'excitait sur la radio sans les lâcher des yeux. La radio a émis un immonde crachotement. Cole a grogné.

– Bon, portez Sean à bord. Avec délicatesse. À la moindre égratignure, je vous fais sauter la cervelle.

Cole s'est installé sur son siège pendant que Fuller déposait l'enfant à l'avant.

– Continuez de le faire boire, a ordonné le flic en démarrant le moteur. On crève de chaud, ici.

Le véhicule s'est mis à tanguer.

– Ça ne va pas être facile si vous bougez tout le tem..

– CONTINUEZ DE LE FAIRE BOIRE !

Cameron a manœuvré d'une main, l'arme dans l'autre. Ses yeux se sont plantés dans ceux de Fuller.

– Écoutez-moi bien, a-t-il dit, nous allons regagner la ville avec cet enfant. Vivant. Si jamais Sean décède en route, vous ne survivrez pas non plus. Est-ce que j'ai été clair ?

Fuller s'est épongé le front. Une douleur sourde est apparue dans sa poitrine. Il a hoché la tête pour signifier qu'il avait compris.

– Sean, tu m'entends ? a dit Cameron.

L'enfant a bougé faiblement la main.

– Je suis l'officier Cameron Cole, de la patrouille maritime de Naples ! a-t-il articulé par-dessus le vrombissement. Je te ramène chez toi ! On va te mettre un casque sur les oreilles à cause du bruit du moteur ! Accroche-toi, gamin !

Fuller a placé son propre casque sur les oreilles de Sean, pendant que Cole buvait à son tour quelques gorgées d'eau. L'atmosphère était tellement chaude et moite qu'on se serait cru à l'intérieur d'une cocotte-minute. Le policier a lancé l'engin à pleine puissance et l'air s'est rafraîchi. Fuller s'est accroché au rebord tout en continuant de soutenir l'enfant et de le faire boire. Le vent s'est mis à siffler à leurs oreilles. Ça a duré un moment, puis le véhicule a brusquement perdu de la vitesse.

Fuller a levé les yeux : Cameron Cole dodelinait de la tête.

Fuller a lâché Sean, qui dormait déjà depuis quelques minutes, et s'est dirigé jusqu'au siège du pilote en se tenant aux fauteuils. Cole a tenté de lever son pistolet mais l'arme lui a échappé des mains. Il a glissé de son siège. Fuller a réussi à contrôler le cap, puis coupé le moteur. L'*airboat* est allé gentiment s'échouer dans un banc de vase.

– Je suis vraiment désolé, a dit Fuller. Vous devez me comprendre. J'ai une famille, moi aussi... Je... Je n'avais pas le choix... Je vous le jure...

Cole a émis un borborygme depuis le sol de l'embarcation.

– J'ai drogué les boissons, a dit Fuller. Vous ne sentirez rien. C'est promis. Quelqu'un va venir chercher le gosse. Mais pas vous. Pas vous...

Fuller s'est rendu compte que lui-même pleurnichait. Il a trouvé ça à la fois effrayant et ridicule. La douleur lui comprimait toujours le thorax. Il s'est arrêté pour s'envoyer une bouffée de trinitrine sous la langue et reprendre son souffle. Son angine de poitrine le rappelait à l'ordre. Il était trop gras. Trop lâche. Trop des tas de choses. Des images sont passées devant ses yeux : sa femme, son fils, son cabinet d'avocat. La douleur s'est atténuée. Il transpirait comme un porc. Il ne savait pas s'il allait pouvoir affronter la suite.

– Je suis désolé, a dit Fuller encore une fois.

Il a poussé le corps de Cameron Cole par-dessus bord.

Puis il l'a regardé se noyer.

80

CONNIE EST PARTIE depuis dix minutes et personne d'autre ne se manifeste.

Je tourne en rond dans la pièce à la recherche de quelque chose à faire. Je teste les portes mais elles sont verrouillées et je décide de me rasseoir.

Je fouille dans mes poches, sors mes deux téléphones et les pose côte à côte sur la table. Et si j'écoutais mes messages ? Je ne suis plus recherché par la police, peu importe qu'on me localise, n'est-ce pas ?

Je commence par le mien en espérant tomber sur un petit mot de Claire.

– *Vous avez soixante nouveaux messages*, annonce mon répondeur. *Votre boîte vocale est pleine.*

Mince alors.

J'écoute les premiers.

– Bonjour, ici Marcia Meier du *Naples Daily News*, nous voudrions vous interviewer à propos de...

D'accord. Suivant.

– Docteur Becker ? Nigel Baretta pour le *Miami Herald.* Qu'avez-vous à dire sur...

Merde.

– Ici Don Wiseman de FOX TV. Notre chaîne est prête à...

Ça me prend vingt minutes pour en faire le tour : journalistes, patients, collègues, certains vocifèrent des insultes, d'autres me menacent de façon à peine voilée, un type prie pour mon salut, et il y a même une femme qui pleure. Je ne connais aucun d'entre eux.

À croire que mon numéro personnel figure sur la page centrale de *Time Magazine.*

À part ça, aucun coup de fil de mes anciens amis, et rien de la part de ma femme.

Je soupire et passe au portable de Kosh que j'avais éteint. Cette fois ça va beaucoup plus vite : il n'y a qu'un seul message.

– Paul ? C'est Cam.

Mon cœur fait un bond.

– Je vais aller vite, dit-il, je n'ai pas beaucoup de temps. J'espère que tu t'en sors. Je me sens con de parler dans ce machin, mais c'est le seul moyen de te joindre sans risque. Enfin voilà. Il s'est passé deux choses...

J'entends un bruit de papier qu'on déplie.

– Ton père t'a envoyé une lettre posthume. Un faire-part d'enterrement. Sinistre, pas vrai ? Ouais. Moi aussi, je trouve ça franchement morbide. Et attends, le lieu est encore plus bizarre : ça s'appelle Gibsonton. J'ai vérifié : ça existe. C'est un endroit perdu près de la ville de Tampa. Pas difficile de s'y rendre, mais de drôles d'histoires courent à son propos. Si tu as la possibilité de jeter un coup d'œil sur Internet, fais-le.

Il me donne le lieu et l'heure où l'on va enterrer mon père.

Je change mon téléphone d'oreille et griffonne les coordonnées sur un bout de papier.

– Pour le reste dit Cameron, je te préviens, ça ne va pas te plaire…

Je l'entends ravaler sa salive.

– ... C'est à propos du cheveu que tu m'as donné, tu sais, celui que tu as arraché au masque noir qui faisait partie du déguisement. Tu avais raison, on a pu en tirer quelque chose.

Je m'arrête d'écrire.

– Le cheveu était ancien. On avait son follicule mais l'échantillon était abîmé et les examens de labo n'étaient pas entièrement fiables. Les techniciens ont préféré en effectuer d'autres, pour être sûrs. Il existe une procédure spéciale dans ces cas-là. Ça s'appelle la recherche d'ADN mitochondrial. Je suppose que tu connais, mais bon, au cas où, ça consiste à rechercher des mitochondries parmi les débris cellulaires qui composent la structure du cheveu. Ces organites persistent très longtemps, même quand le reste est détruit. On peut en retrouver dans des tas d'endroits, une dent, un bout d'os, même des dizaines d'années après. L'ADN des mitochondries est très particulier : il est exclusivement d'origine maternelle. Si on possède un autre échantillon d'ADN, on peut effectuer des comparaisons.

Il s'interrompt.

– C'est là où ça coince. On avait ton échantillon, Paul. Et l'analyse est formelle.

Ma tête se met à tourner.

– Ce cheveu sur le masque... Il appartient à ta mère.

Lorsque Connie entre dans la pièce, je suis décomposé.

J'ai tellement de questions qui me viennent à l'esprit que je ne sais plus par quel bout les prendre. Je m'apprête à lui faire part de cette information ahurissante lorsque je remarque l'homme qui l'accompagne. C'est l'un des deux agents qui m'ont amené ici en voiture. Cette fois, il porte un badge sur lequel est inscrit *Agent Franck Moss*.

Moss pose un carton sur la table.

– Mettez vos effets personnels là-dedans.

J'ignore son ordre et me tourne vers Connie :

– Qu'est-ce qui se passe ? Vous avez parlé à Altman ?

– Oui.

Elle est livide.

Je comprends tout de suite que quelque chose ne va pas.

– Il a pris vos suggestions très au sérieux, dit-elle d'une voix éteinte. Il va faire ce que vous nous avez conseillé, enquêter sur les aires de jeux, rechercher les fillettes... Il m'a demandé de vous remercier pour votre coopération.

– C'est bon, grogne Moss. Si vous voulez papoter, lisez-lui plutôt ses droits.

Moss se tourne vers moi.

– Quant à vous, retirez vos lacets de chaussures et placez-les là-dedans. Avec votre ceinture, votre montre, vos papiers, bijoux et objets personnels.

– Pourquoi ?

Il sourit.

– On vous ramène chez vous, vieux. Le patron vous remet aux autorités du comté de Collier. Garner, le chef de la police, vient ici vous récupérer en personne.

– Hein ! Quand ?

– Demain matin. En attendant, vous aurez l'immense privilège de pioncer dans l'une de nos cellules de luxe. Réservée rien que pour vous.

J'adresse un regard suppliant à Connie.

– Ce n'est pas possible, vous aviez promis de m'aider ! Je viens tout juste d'apprendre une information capitale !

– Ben voyons, dit Moss. Et laquelle ?

– Je crois... je crois que Kosh le Magicien a un lien avec ma famille...

Connie me dévisage, incrédule.

Moss lève les yeux au ciel.

– Qu'est-ce qu'il ne faut pas entendre !

– Je suis convaincu qu'il existe un rapport entre lui et mon père. Si on veut le coincer, vous devez me laisser remonter la piste. Vous n'avez qu'à me coller des agents du FBI pour me surveiller, si vous avez peur que je prenne la fuite. Je suis prêt à tout, je vous en supplie, vous ne pouvez pas m'envoyer en prison maintenant !

Connie fixe le sol.

– Aaron Altman vient de s'entretenir par téléphone avec le juge chargé de votre affaire au tribunal de Naples. On n'a pas le choix. La fille rousse que vous avez tabassée...

– Je n'ai tabassé personne !

– ... a fait un arrêt cardiaque.

Un silence glacial tombe dans la pièce.

– Écoutez, vieux, dit Moss, la jeune femme qui a porté plainte contre vous est décédée des suites de ses blessures il y a une demi-heure. Votre accusation a été requalifiée en homicide volontaire avec torture et actes de barbarie. Le juge a refusé d'avance toute remise en liberté sous caution. Avec un peu de chance, vous pourrez sortir de tôle vers l'âge de quatre-vingts ans.

Il me tend une paire de menottes.

– Mais à votre place, je parierais plutôt sur la peine de mort.

81

KOSH EST SORTI de l'hôpital en sifflotant.

Il a jeté sa casquette de livreur et sa seringue de chlorure de potassium vide, puis il est monté dans sa voiture et a quitté le parking.

Se faire passer pour un livreur de fleurs était vraiment d'une simplicité enfantine. Il n'avait eu qu'à monter à l'étage indiqué par l'accueil, entrer dans la chambre de son ancienne employée et vider la seringue à l'intérieur de sa perfusion pendant son sommeil.

La jeune femme rousse avait des bleus sur tout le corps mais, curieusement, aucune atteinte du visage. Barton Fuller n'avait pas osé la frapper à cet endroit. Son état ne devait plus être grave, car elle n'était reliée à aucune sorte de monitoring. Donc pas d'alarme. Elle était morte en dormant. À peine une crispation des mâchoires lorsque le chlorure de potassium avait détruit son cœur. Peut-être avait-elle ressenti une légère surprise au milieu de son sommeil, mais sans plus. Kosh était vaguement déçu.

Il a roulé jusqu'au carrefour suivant et s'est arrêté pour laisser traverser une maman, adressant un sourire à la jolie petite fille qui l'accompagnait. La fillette lui a souri en retour.

Kosh devait tuer son employée, de toute façon. Elle était terrifiée, certes, et elle n'avait rien avoué à personne, mais elle aurait fini par craquer tôt ou tard. Et cela, il ne pouvait se le permettre.

Il a fait un crochet par la rue où habitait le docteur Becker, juste pour le plaisir. Le grand cirque était fini. Plus de camionnettes, ni caméras, ni voisins curieux. Le paisible quartier résidentiel semblait sinistré, comme frappé d'une aura radioactive. Le bandeau jaune mentionnant « SCÈNE DE CRIME » s'était décroché et s'agitait dans la brise. Kosh a garé sa voiture et contemplé la demeure. Il se demandait encore où était passé Jordi le Serpent, et si Paul y était pour quelque chose.

Il remettait le contact, lorsqu'un groupe de personnes est sorti sur le perron de la maison d'en face. Il a laissé son moteur tourner mais il est descendu dans son siège afin d'observer la scène.

Deux femmes et un jeune gamin. Kosh a reconnu Claire et Billy Becker. L'autre devait être leur voisine.

Intéressant.

Il s'est demandé s'il avait le temps de s'amuser un peu. Il a regardé sa montre. Le timing était trop serré. Il a tout de même hésité, le pied sur la pédale d'accélérateur. Et s'il grimpait sur le trottoir, fonçait et les écrasait tous les trois ?

La voisine a regagné l'intérieur de sa maison pendant que la voiture de Claire Becker démarrait et prenait la direction opposée.

Il a poussé un soupir puis s'est éloigné à son tour. Une demi-heure plus tard, il s'est arrêté sur le parking d'un centre commercial à côté d'une camionnette UPS garée de façon anodine au milieu des autres véhicules. Un jeune homme l'attendait, appuyé contre la portière, les bras croisés sur la poitrine, en train de mâcher du chewing-gum. Il a souri lorsque Kosh a baissé sa vitre.

– Deux cents dollars, comme convenu, a dit Kosh en lui tendant une liasse. Et mille autres demain après le petit travail que je t'ai demandé.

– Merci m'sieur ! a dit le jeune. Vous pouvez compter sur moi !

– Tu n'oublies pas de mettre le costume de livreur. Tu conduis prudemment. Tu respectes l'horaire.

L'autre a hoché la tête.

– Et tu évites de mâcher ces chewing-gums ridicules.

Le jeune homme a retiré le contenu de sa bouche pour le jeter par terre, le rouge aux joues.

– D'accord, m'sieur.

Kosh a souri à l'étudiant.

– Appelle-moi Alan.

Il a passé un bras par la vitre et lui a caressé tendrement la joue comme on caresse un bon chien.

Il l'avait sodomisé dans les toilettes d'un club quelques jours plus tôt. Il ne devait pas avoir plus de vingt piges. Kosh était son dieu. Vraiment un crétin de première.

Kosh s'est senti de bonne humeur lorsqu'il a imaginé tout ce qu'il allait lui faire subir une fois le travail achevé. La petite Madison était destinée à la consommation de son riche commanditaire. Mais ce débile, c'était exactement le genre de friandise que lui-même se gardait pour la fin.

82

CONTRAIREMENT AU DICTON, la nuit ne porte pas conseil : elle flanque la trouille.

Surtout quand vous êtes enfermé dans une cellule en béton de six mètres carrés sans fenêtre, avec couchette intégrée, un évier et une chiotte sans abattant en guise de décor.

Je dors quelques heures à peine et les passe à faire des cauchemars. Le plus remuant est celui où je rêve de ma mère.

Dedans, la douce Eleanore Becker est en réalité la Sorcière Noire : une créature assoiffée de sang qui fait bouillir des petits enfants dans une marmite. Son ventre est obèse comme celui d'une femme enceinte et ses longs cheveux flottent autour d'elle telles des algues dans l'eau. Le cauchemar est tellement réaliste que je peux sentir l'odeur de la chair brûlée. De temps en temps, ma mère se penche sur le bouillon et exhibe ses dents de fer. À un moment, elle se couche sur le dos et se met à hurler. Son utérus se déchire en deux, un peu comme dans *Alien*, et de cet amas de chairs sortent deux bébés roses.

L'un a la tête de Kosh.

L'autre, c'est moi.

Je me réveille en sueur, le cœur battant à se rompre.

Je fais couler de l'eau dans l'évier et m'asperge la figure. Il n'y a pas de miroir pour renvoyer mon reflet, mais je n'ai aucun mal à imaginer ma tête. Je me frotte les paupières et force mon esprit à reprendre contact avec le réel. Je suis dans une cellule.

Bien.

Et Kosh n'est pas mon frère.

Ça m'a fait gamberger, bien sûr. Je me suis dit que si ce cheveu appartenait effectivement à ma mère, c'est qu'elle avait forcément porté ce costume. Et que le monstre avec lequel je jouais à cache-cache depuis le début, le type qui conservait religieusement le costume en question, avait donc un lien avec ma mère et George Dent.

Mais quel lien ? Familial ?

Kosh, le fils caché de George et Eleanore ?

Mes *deux* parents auraient bâti autour de moi une vie entière de mensonges ?

Je secoue la tête. N'importe quoi.

Voilà pourquoi les firmes pharmaceutiques font fortune avec les somnifères.

On vient me chercher un peu plus tard. Un déjeuner frugal, douche, habillage (mes propres vêtements, je n'ai pas encore droit au pyjama orange), et je me retrouve sur un parking dans le matin grisâtre, les poignets entravés, en compagnie de l'agent Moss, Aaron Altman, Connie Lombardo et le pimpant chef Garner.

Je l'avais oublié, celui-là.

Il m'adresse son sourire de hyène en bombant le torse. Malgré le fait qu'il a roulé une partie de la nuit, il est sur son trente et un. Tout juste si on n'est pas obligé de chausser des lunettes de soleil, tellement la boucle de son ceinturon brille.

– Chef Garner, dit sobrement Altman.

– Monsieur le directeur du FBI, répond l'autre, rouge pivoine, en lui serrant la main.

– Au fait, l'un de nos agents vous accompagnera.

– Bien sûr, dit Garner en se tournant vers Moss.

– Je parlais de l'agent Lombardo, répond Altman.

La mine de Garner s'allonge.

– Une femme ? Mais, euh... je n'ai pas besoin d'être chaperonné. Le toubib sera menotté à l'arrière.

Il tapote le calibre à sa ceinture.

– Et j'ai là de quoi le calmer, si ce mariole joue au con.

Altman le toise.

– Super. Votre numéro de péquenot avec l'accent de John Wayne est vraiment au point.

Il consulte négligemment sa montre.

– Bon. Est-ce que Mlle Lombardo monte avec vous, ou bien faut-il que j'appelle un autre véhicule pour vous remplacer ?

Le visage de Garner se ratatine comme s'il venait de se cogner contre une vitre. Il nous tourne brusquement le dos, regagne l'intérieur de sa voiture, plaque ses mains sur son volant et ne dit plus rien.

Connie m'ouvre la portière.

– Installez-vous, Paul.

Je regarde Altman une dernière fois.

Son expression est indéchiffrable.

– Bonne chance, me dit-il.

Et c'est comme ça que je suis parti.

On roule.

Personne ne parle.

La circulation de ce vendredi matin dans la banlieue nord de Miami est une panique invraisemblable. On a beau être à bord d'une voiture de police, un tas d'autres véhicules persistent à nous doubler sans se préoccuper des règles de conduite les plus élémentaires.

La banquette arrière sur laquelle je me trouve est moulée d'un seul bloc dans une sorte de matière plastique rigide, désagréablement granuleuse sous la main, et séparée de l'avant par une vitre blindée. J'ai l'impression d'être assis sur une gaufre géante.

– Vous connaissez une ville appelée Gibsonton ? je lance à travers la vitre.

– Inutile de gueuler, dit Garner, on vous entend très bien. En fait, inutile de parler tout court : bouclez-la.

– Gibsonton, près de Tampa ? dit Connie.

Garner la fusille du regard.

– Quoi ? dit-elle, je n'ai pas le droit de parler au détenu ?

– L'usage veut...

– Ouais, ben concentrez-vous plutôt sur la route. Il faut vous arrêter à la prochaine station-service.

Il ricane.

– Ne me dites pas que vous avez déjà envie de faire pipi.

– Non.

Elle lui indique le tableau de bord.

– Votre réservoir est vide. Après le péage d'entrée de l'I-75, il n'y a plus de station-service avant au moins soixante-dix kilomètres. Mais si vous préférez, on peut terminer la route à pied.

Elle se tourne vers moi.

– Vous parliez de Gibsonton.

– Vous connaissez ?

– Bien sûr. Je vous ai dit que j'adorais les films d'horreur.

– Quel rapport ?

– Cet endroit fait partie du bestiaire fantastique. C'est un lieu mythique pour tous les amateurs d'histoires étranges. Votre père qui travaillait dans le cirque ne vous en a jamais parlé ?

Je fronce les sourcils.

– Non.

– C'est là que les caravanes de cirque faisaient relâche durant l'hiver. Ça remonte à un demi-siècle au moins. *Sous le plus grand chapiteau du monde*, vous voyez l'ambiance...

– Pas vraiment. Quel rapport avec les films d'horreur ?

– En fait, les grands cirques de l'époque s'installaient plutôt du côté de Sarasota. La bourgade de Gibsonton était réservée à une faune un peu spéciale qui n'aimait pas se mélanger au reste.

– Du genre ?

– Femmes à barbe. Nains. Géants. Animaux bizarres. Cet endroit a servi d'inspiration pour de nombreuses séries Z. Même un épisode de *X-Files*. On croit souvent qu'elle est imaginaire, mais Freaktown est bien réelle.

– Freaktown *?*

– La ville des monstres.

On s'arrête à une station. Garner fait le plein dans la chaleur montante tandis que le ciel passe lentement du rose pâle au bronze, faisant craindre un nouvel orage. De grosses fourmis volantes viennent se coller au pare-brise. Connie abaisse sa vitre.

– Vous avez roulé toute la nuit depuis Naples ?

Garner grommelle.

– Je parie que vous n'avez même pas déjeuné, dit-elle.

Il hésite, surpris par cette attention soudaine.

– Eh bien...

Elle défait sa ceinture et sort.

– OK. Je vous l'offre.

Elle ouvre ma portière et m'aide à descendre.

– Attendez ! dit Garner, qu'est-ce que vous faites ?

– Ben on y va. Vous ne pensez quand même pas que je vais laisser le détenu seul dans la voiture ?

Le policier nous regarde nous éloigner, incrédule, la poignée du distributeur d'essence à la main, puis lâche un juron.

– C'est votre dernier repas digne de ce nom, me chuchote Connie à l'oreille. Profitez-en.

Garner nous rejoint cinq minutes plus tard au comptoir de la cafétéria. Connie a déjà empilé du bacon et des œufs, des fruits, du café et trois assiettes de pancakes dégoulinants de crème sur un énorme plateau.

– Lombardo !

– Je suis là.

– J'étais sûr qu'il y aurait une entourloupe !

– Vous voyez le mal partout.

Son nez survole les plats, hésitant entre colère et convoitise.

– Vous comptez nourrir un régiment ?

– Qu'est-ce que ça fait ? C'est le contribuable qui paye.

– Je vous préviens, je laisse les menottes à Becker.

Elle hausse les épaules.

On s'assoit dans un box. Garner détache l'un de mes poignets et le rattache aussitôt au pilier central de la table. Une jeune Asiatique fait le ménage. Elle jette un coup d'œil vers moi, puis retourne à sa serpillière.

L'endroit est désert. Un présentoir offre des prospectus pour les touristes. Dans le hall, une statue dorée de Mickey Mouse invite les enfants à se rendre à Orlando. Mon cœur se serre lorsque je réalise que je n'irai jamais là-bas avec Billy.

Garner avale son café d'une traite sans cesser de regarder sa montre.

– Magnez-vous, Becker.

– Je ne vais quand même pas m'étrangler pour vous faire plaisir.

– Vous picorez comme une fillette.

Connie regarde distraitement les nouvelles sur un poste. La tempête progresse dans le golfe du Mexique en direction de la Louisiane et du Texas. Elle inquiète de plus en plus les commentateurs de la chaîne météo, qui s'appliquent à décrire toutes sortes de catastrophes potentielles en masquant à peine leur enthousiasme. Le gouvernement n'a pas donné d'ordre d'évacuation mais la côte ouest de la Floride est en état d'alerte maximale.

Garner se tortille sur sa chaise.

– Les toilettes sont au bout du couloir, dit Connie sans détourner les yeux de l'écran.

Garner pousse un grognement et décampe en serrant les jambes. Elle sourit.

– Quoi ? dis-je.

– Rien.
– Vous avez l'air satisfaite.
Je l'examine, mais elle fixe toujours la télévision.
– Je reviens, dit-elle au bout de cinq minutes.
Elle disparaît.
À son retour, elle fourre les mains sous la table et effleure mes genoux.
« Clic-clac ». Mes menottes tombent.
Elle agite sous mon nez les clés de la voiture.
– On s'en va.
– Hein ? Vous êtes folle ? !
– Soixante milligrammes de furosémide dans le café de Garner. C'est pour ça qu'il est allé uriner. Et une quadruple dose de somnifère. C'est pour ça qu'il dort. Le ménage vient d'être fait par la fille à la serpillière, le prochain passage n'aura pas lieu avant un délai de six heures. Personne n'osera déranger un flic qui roupille sur les toilettes. Quand il émergera, on sera loin.
Je la regarde, les yeux écarquillés.
– Ne vous leurrez pas, Paul. Je vous ramène en prison. Nous serons à Naples demain matin. Mais avant, on va faire un tour.
Elle m'entraîne sur le parking, sort son sac de voyage du coffre de la voiture et me rend le carton contenant mes affaires personnelles.
– Tournez-vous, dit-elle.
Je m'exécute.
Un bruit de vêtements froissés. Dans le rétroviseur, j'aperçois Connie qui retire son tailleur et le roule en boule avant d'enfiler un jean et une chemise. Je remarque un tatouage de jeunesse au bas de ses reins. Une guitare électrique.
Sexy, je dois dire.
– Vous pouvez vous retourner.
Elle a détaché ses cheveux.
– Je ne supportais plus ces fringues. C'est moi qui conduis ?
– Altman est au courant de ce que vous faites ?

Elle ne répond pas.

– Où est-ce qu'on va ?

– Remonter la piste. Suivre votre idée.

Je m'installe dans le siège passager. Connie démarre, puis se tourne vers moi.

– Qu'est-ce que vous croyez ? On a récupéré vos deux portables hier soir. On a eu tout le temps d'écouter vos messages. Nous savons ce que Cameron Cole vous a raconté à propos de l'enterrement de votre père, et aussi de ce test ADN. Officiellement, vous êtes en fuite et je suis votre otage. Quoi qu'il arrive, on inverse les rôles demain et vous rentrez sagement dans le rang. Au moindre changement de programme, à la moindre entourloupe de votre part, la moitié des forces de police de cet État se lanceront réellement à vos trousses. Altman ne vous fera pas de cadeau. Si on vous tire dessus, ce sera à balles réelles.

Je la dévisage longuement.

– Vous vous amusez bien, Machiavel et vous ?

– C'est ça ou rien. Vous préférez la prison tout de suite ?

Je marque un silence.

– Non.

– Alors on y va.

– Où ?

– Là où le spectre de votre père a décidé de nous entraîner, puisque apparemment, même mort, c'est lui qui tire les ficelles.

Elle regarde vers l'horizon où d'inquiétants nuages noirs s'amoncellent telle une formidable coulée de goudron liquide.

– Au nord-ouest. Dans la ville des monstres.

83

CAMERON COLE s'était réveillé avec la sensation qu'on l'avait frappé durant des heures, jeté du haut d'une falaise, et roulé dessus avec un camion. Il ne savait pas trop dans quel ordre. Chaque centimètre carré de son corps lui faisait mal. Il avait un goût de sable et de sang dans la bouche. Et il sentait la vase.

– J'aurais dû vous tuer, a pleurniché Barton Fuller.

Cameron a ouvert les yeux. Un bâtiment de briques blanches est passé de flou à net, et il a reconnu l'endroit : aussi invraisemblable que cela paraisse, il était de retour au commissariat central de Naples.

– Qu'est-ce que c'est que ce bordel ?

Il a tâté son ceinturon à la recherche de son pistolet. Son uniforme était encore humide, mais l'arme était là. Cameron s'est redressé en pointant le canon en direction de Fuller. Ils se trouvaient tous les deux dans le hangar à réparations, là où ses collègues et lui avaient l'habitude de confier leurs véhicules aux services d'entretien. Il était encore tôt. Personne en vue.

– Comment suis-je arrivé ici ? a dit Cameron. Vous avez tenté de m'assassiner !

Fuller était assis sur une caisse de mécano, les traits crispés. Il se tenait la poitrine. Ses vêtements aussi étaient humides.

– J'aurais dû... J'aurais dû..., répétait-il en se balançant d'avant en arrière.

– Bon Dieu, où est le gosse ?

Fuller a levé les yeux. Cameron les a vus s'agrandir et, sur le moment, il a cru que l'avocat allait faire une syncope.

– Vous n'y pouvez rien... c'est trop tard... ils sont beaucoup trop forts...

– Qui ça ?

Cameron a traversé l'espace qui les séparait en trois enjambées. Il a soulevé Fuller par le col et lui a collé le canon de son Colt .45 sous le menton.

L'avocat s'est remis à pleurnicher.

– Je n'y suis pour rien... C'est moi qui vous ai sauvé...

– J'écoute.

– Je ne pouvais pas vous regarder vous noyer... C'était horrible... V-Vous luttiez, vous avaliez de l'eau... J-J'ai plongé et je vous ai ramené à bord... Ça m'a demandé... beaucoup d'efforts... Mon cœur...

Il se tenait toujours la poitrine.

– Vous mentez ! a dit Cameron.

En fait, il n'en était pas certain : derrière ses grosses lunettes rondes, Fuller ressemblait à une pauvre mouche prise au piège.

– J-Je ne mens pas... Je ne sais pas tuer des gens... Je peux gérer des affaires sordides ou minables, mais ça... ça...

Le regard de l'avocat est devenu clair, comme s'il rassemblait ses dernières forces.

– J'ai promis de vous éliminer. Mais je n'ai pas pu. Je me suis planqué toute la nuit. Puis je vous ai ramené auprès de vos collègues. Alan Smith ne laissera jamais passer une trahison pareille. C'est lui qui a tué la fille rousse, pas moi. Moi, je l'ai juste amochée avec une batte de base-ball. S'il me retrouve, vous n'imaginez pas ce qu'il est capable de me faire...

– C'est lui qui a récupéré Sean ?

La voix de Fuller est redevenue lointaine.

– N-Non...

– Alors qui ?

Sa tête a dodeliné.

– D-Dites à ma femme que je regrette .. V-Vous lui direz, hein ?

Ses globes oculaires ont roulé en arrière.

– Vous le ferez vous-même ! a beuglé Cameron.

Il s'est mis à secouer l'avocat.

– Bon Dieu, réveillez-vous ! Ce n'est pas le moment de tourner de l'œil ! Vous avez des tonnes de choses à avouer à propos de Kosh ! Tout le monde a besoin de votre témoignage ! Qu'est-ce que vous avez fait de Sean ? !

Les mains de l'avocat aux lunettes rondes se sont ouvertes, laissant échapper un médicament contre les infarctus auquel il n'avait pas touché. Son corps a glissé lentement contre le mur.

Barton Fuller en avait marre de lutter contre la peur.

Il préférait être mort.

84

LE TEMPS SE GÂTE tandis qu'on fonce sur la Florida's Turnpike.

Connie a préféré emprunter cette voie rapide parce qu'elle est moins fréquentée que l'autoroute. Elle conduit vite, et même si elle est plutôt douée, je dois reconnaître que je serre un peu les fesses.

– On reste dans cette voiture ? dis-je.

– Pourquoi ? La couleur ne vous plaît pas ?

– C'est un véhicule de police.

– Bravo, excellent sens de l'observation.

– Vous ne craignez pas que le chef Garner donne notre signalement ?

– Il va le faire. Mais Altman a le bras long. Si quelqu'un nous prend en chasse, on avisera. En attendant, personne ne nous arrêtera pour excès de vitesse.

– Ah.

– On doit rouler vite. La ville de Gibsonton n'est pas la porte à côté.

Elle évite une énorme flaque sur la chaussée et se rabat d'un coup brusque.

– Et puis le mauvais temps arrive.

Je me penche pour regarder à travers le pare-brise. Il ne reste plus qu'une fine bande de ciel bleu au-dessus de ma tête. Au-delà, c'est le noir abyssal.

– Ce que vous apercevez n'est pas un simple orage, dit Connie. C'est la queue d'un ouragan. Si ça tourne au vinaigre, cette Crown Vic est capable de soutenir des vents de cent cinquante kilomètres-heure et de franchir toutes sortes d'obstacles.

Je me renfonce dans mon siège.

– Super. On va mourir en sécurité.

J'examine l'intérieur du véhicule de patrouille. Un petit écran est allumé sur le tableau de bord.

– C'est un GPS ?

– Non. Ça ne fait pas partie de l'équipement de routine.

– Alors ça sert à quoi ?

– Caméra.

Elle me montre un petit boîtier vissé sur la console.

– Dès qu'on enclenche la lumière du gyrophare, elle filme automatiquement ce qui se passe devant la voiture. C'est très utile lors d'une arrestation ou d'un contrôle routier. Et ça évite pas mal d'histoires. Beaucoup de véhicules en sont équipés, aujourd'hui.

– Les flics du Central voient ce que nous voyons en temps réel ?

Elle rit de bon cœur.

– Vous avez trop regardé James Bond ! Les images sont simplement enregistrées sur un disque dur, lui-même verrouillé dans un compartiment du coffre.

Elle marque une pause, puis :

– Je vous présente mes excuses, Paul.

Je me redresse, surpris.

Son visage exprime un remords sincère.

– Vous traversez de terribles épreuves et c'est en partie ma faute. J'ai reçu des ordres, mais je... je regrette la façon dont on vous a traité. On ne nous a guère laissé de marge de manœuvre. Je manque d'expérience. Peut-être ai-je été nulle. Mais j'ai fait tout ce que j'ai pu pour vous venir en aide.

Je hoche la tête.

– Je comprends.

– Vous me pardonnerez un jour ?

– Non.

Elle se tourne vers moi.

– Non ?

– Vous m'avez trompé d'une façon odieuse. Il n'est pas question que je vous pardonne.

– Je me mets plus bas que terre et vous m'enterrez encore plus ? Vous voulez que je me sente totalement minable, c'est ça ?

– C'est ça. Et regardez la route, vous êtes à 180...

– AH ! TRÈS BIEN ! PARFAIT !

Elle se renfonce dans son siège et ne dit plus rien.

Dix minutes s'écoulent.

Je me racle la gorge.

– Bon. J'y suis peut-être allé un peu fort...

– Mmmm.

– Vous êtes vexée ?

– À votre avis ?

– J'ai menti. Vous n'êtes pas minable.

– Trop tard.

– Je suis stressé, et je vous le fais payer. Vous êtes stressée, vous ?

– Là maintenant, j'ai juste envie de me gaver de Toblerone.

Je joins mes doigts.

– N'empêche, dis-je, votre patron n'est pas honnête.

– Altman est dur mais juste. Il sait quand il faut faire des sacrifices.

– Ah oui ? Comme avec Sean ? C'est quand même votre faute

s'il a disparu, non ? Vous avez « passé commande » sur Internet et on l'a kidnappé.

De grosses gouttes de pluie s'écrasent sur le pare-brise, explosant sous la vitesse.

– D'accord, dit-elle.

On dépasse un bus jaune rempli de gamins qui chantent. Certains nous font signe, inconscients des dangers qui les guettent dans les recoins obscurs du monde, simplement heureux de faire une sortie scolaire.

Connie ralentit un peu tandis que ses épaules s'affaissent.

– On ne savait pas que ça irait jusque-là. Notre agent a choisi une photo d'enfant au hasard sur le site web. Je n'étais pas d'accord, mais Altman voulait voir où ça nous mènerait. Après avoir téléchargé plusieurs fois des images de Sean, on a reçu un e-mail proposant une rencontre réelle avec lui. La somme était élevée, on tablait plutôt sur une arnaque à la carte bancaire. Notre agent est allé au rendez-vous et on a perdu sa trace. Une disparition a été signalée plusieurs jours plus tard par la police de Miami-Dade. C'est à ce moment-là seulement qu'on a découvert que Sean existait pour de bon.

– Et ensuite ?

– Il était trop tard pour déclencher une alerte Amber. On a lancé une ATL, une Alerte téléphonique locale.

– C'est quoi ?

– Ça.

Elle sort son téléphone, clique sur son répertoire et me montre un numéro en 1-800 facile à mémoriser.

– C'est un numéro d'appel spécial. Si quelqu'un disparaît, vous laissez un message avec sa description, le lieu et l'endroit où on l'a vu pour la dernière fois. Un ordinateur l'enregistre à l'autre bout, puis l'ordinateur appelle tous les téléphones dans un rayon de deux kilomètres autour de la zone concernée et diffuse votre message. En quelques minutes, toutes les personnes dans le secteur sont averties et peuvent participer aux recherches. C'est une femme du comté de Broward qui a mis ça au point. On s'en sert pour retrouver des enfants qui fuguent, une personne âgée qui perd la boule...

– Sauf que dans le cas de Sean, vous saviez très bien qu'il n'y avait aucune chance pour que ça fonctionne.

Elle fixe en silence la route qui défile.

– Altman ne voulait pas compromettre l'opération, c'est ça ?

– Fermez-la, Paul.

– Bien. Dernière question : votre patron a prétendu connaître des détails à propos du passé de mon père. Lesquels ?

– Je n'ai pas le droit de vous les dire.

– D'accord.

Je prends une inspiration.

– Stoppez cette voiture.

– Quoi ?

– Ça suffit. Terminé. Votre directeur passe son temps à manipuler les gens. Téléphonez à Altman, dites-lui que vous m'emmenez en prison tout de suite, je ne coopère plus.

Ses mâchoires se crispent.

Elle freine brusquement.

Les pneus dérapent sur la chaussée humide avec un horrible crissement de train qui déraille. Durant une seconde, je suis persuadé qu'on va valdinguer dans le décor. Miracle, Connie stoppe le véhicule sur la bande d'arrêt d'urgence.

Elle sort en claquant la portière.

Je fais de même.

Nous nous retrouvons sur le bas-côté de la route. Ses cheveux trempés lui tombent devant les yeux. Mes épaules sont criblées par la pluie.

– TRÈS BIEN, PAUL ! VOUS VOULEZ LA VÉRITÉ ?

– J'AIMERAIS ASSEZ, OUI !

– JE NE SAVAIS PAS que George Dent était votre père ! Vous n'avez jamais prononcé son nom, jusqu'au jour où vous m'avez entraînée dans sa maison ! Vous ne vous confiez à personne ! Si j'avais su qui il était dès le départ, tout aurait pris une tournure différente !

– Ah oui ? Et pourquoi ?

– Officiellement, vous n'existez pas. Il n'a pas de fils. Je l'ai découvert en fouillant trente ans en arrière dans les archives du FBI.

Un éclair traverse le ciel. Un paysage d'herbes rases et d'étendues marécageuses s'imprime en négatif sur ma rétine.

Je baisse les yeux.

– Ça ne me surprend guère. Je vous ai déjà dit qu'il ne m'avait pas reconnu à la naissance...

– Ouais. N'empêche qu'Aaron Altman n'était pas au courant non plus. Quand je lui ai envoyé le dossier « George Dent » sur son BlackBerry, il en est tombé le cul à la renverse. Vous savez pourquoi votre père est allé en prison en 1971 ?

Ma gorge se noue.

Soudain, je ne suis plus très sûr de vouloir l'entendre.

– Il... Il a vraiment écrasé ce gosse après avoir fumé de la marijuana ?

– Oui. Affreux, n'est-ce pas ? Mais le plus intéressant vient après. La raison pour laquelle il s'est retrouvé dehors illico.

Nouvel éclair.

– Il a balancé un complice ? je demande.

– Mieux que ça : il a passé un marché avec nous. Il s'est mis à bosser pour le FBI.

Un rire nerveux m'échappe, et j'ai l'impression de sentir un tissu fragile se déchirer à l'intérieur de ma poitrine.

– Impossible... C'était un anarchiste. Il a milité contre la guerre du Viêt Nam. Jamais il ne serait devenu agent pour le FBI...

- Qui a parlé d'agent ? Votre père était indic. Pendant six ans, de 1971 à 1977, il a rencardé le Bureau. Sa caravane de cirque. Ses voyages. Ses allées et venues. Il a été à la merci du FBI, et le FBI l'a pressé comme une orange. Quand ils ont eu tout ce qu'ils voulaient, ses complices et ses commanditaires, ils ont effacé son dossier et son ardoise avec. C'était ça, le deal. George Dent n'a jamais eu le choix, et je suppose qu'au fond, il haïssait le Bureau. C'est pour ça qu'il y a quelques mois à peine, il nous a envoyé cette clé USB de façon anonyme. Il ne voulait surtout pas qu'on pense qu'il avait un rapport avec ce nouveau trafic. On lui aurait aussitôt remis le grappin dessus.

L'autobus scolaire nous dépasse en projetant des flaques. Les enfants nous observent, le visage collé aux vitres, avant de disparaître, tels des spectres avalés par le rideau liquide.

– Vous parlez d'un trafic de marijuana ? dis-je d'une voix défaillante. C'est ça que mon père faisait dans les années soixante-dix, n'est-ce pas ?

– Non.

Les yeux de Connie trouvent les miens à travers l'ombre et l'eau.

– George Dent était vétérinaire dans un cirque, mais à un moment donné, il a perdu les pédales. Lui et certains membres de sa troupe se sont mis à travailler pour un réseau de prostitution. La plupart des autres artistes ne le savaient pas, mais ils se servaient de la caravane pour transporter des gens. Ils les achetaient à des familles pauvres, ou les enlevaient carrément, les emmenaient dans d'autres États et les revendaient à qui en voulait.

Le monde sous mes pieds devient un tourbillon boueux et noirâtre.

Je dois lutter pour ne pas tomber à genoux.

– Je parle de prostitution infantile, Paul. Vous comprenez ? Ce type, le père qui vous emmenait pêcher quand vous étiez gosse, ce vieux charmeur qui m'a accueillie dans sa maison l'autre jour, avant de se faire sauter le caisson avec des bonbonnes de gaz, cette homme-là participait à un trafic d'êtres humains. Il vendait des enfants.

85

KOSH ATTENDAIT, silencieux, replié dans sa cachette telle une araignée au fond d'un trou.

Les cris stridents des enfants parvenaient à ses oreilles. Il a tenté d'isoler la voix de Madison au milieu de la cacophonie. Peine perdue.

Il s'est concentré sur sa propre respiration. Encore une minute et ce serait à lui de jouer.

Pour passer le temps, il a pensé au dernier arrivage de vidéos en provenance de l'ex-Union soviétique. La forme lui importait peu : cassettes VHS, vieux films super-8, tout était bon. Il n'avait plus qu'à les numériser d'un côté, récupérer les images de tous ses fast-foods de l'autre, un petit échange de visages, quelques retouches, et hop ! Sa technique du trucage sur fond vert n'était pas seulement géniale : elle était imparable. À peine en ligne, les demandes de téléchargement affluaient des quatre coins du monde. Et ce n'était qu'un début.

Il a eu envie de pouffer de rire. Ah, la tête des parents si tous ces abrutis avaient découvert dans quelles mains terminaient leurs mignons petits anges...

Les cris se sont éloignés tandis que les enfants quittaient la partie restaurant pour aller jouer dans l'aire de jeux. Le repas d'anniversaire venait de prendre fin. Place aux clowns !

Kosh a entrebâillé l'ouverture de sa cachette. Personne dans les parages.

Il a sorti une main, puis une autre. Ses membres longs et fins se sont déployés lentement comme les pattes d'un insecte. Dommage qu'il n'ait pas eu de spectateur. C'était dans des moments pareils que son entraînement révélait sa perfection.

Il s'est retrouvé debout, entièrement nu, près de la porte des toilettes. Il s'est empressé de se glisser à l'intérieur. D'un mouvement souple du poignet, il a déroulé le tissu fin et les accessoires qu'il avait tenus roulés en boule contre lui.

Pyjama de clown. Perruque. Deux crayons à maquillage. Masque respiratoire et petite bouteille de gaz pressurisé.

Il a enfilé le vêtement et la perruque, puis s'est appliqué à composer un visage joyeux par-dessus le sien.

Il a grimacé dans la glace.

– *Je te tue, tu me tues, par la barbichette...*

Ça l'a fait rire.

Bon, étape suivante : récupérer la petite salope.

D'habitude, cela ne faisait pas partie de son boulot. C'était son ex-employée, la fille rousse, qui s'en chargeait. Mais vu qu'elle était morte, il allait devoir faire avec.

Il s'est assuré que la fenêtre des toilettes était ouverte. Étroite, mais juste assez large pour les laisser passer, lui et la gamine. La camionnette UPS était garée derrière. Il n'aurait qu'à jeter Madison dedans. Après ça, direction le port de plaisance à proximité du fast-food, comme les fois précédentes avec la marina de Bayside ou celle de Coconut Grove, et en route pour la haute mer et de nouvelles aventures !

Il a eu envie de glousser, et s'est demandé s'il n'avait pas actionné sa minibouteille de protoxyde d'azote par inadvertance pendant qu'il la tenait contre lui. Ce petit accessoire était rudement pratique : une giclée dans le nez de Madison et elle serait aussi douce qu'un agneau... en route pour l'abattoir.

Kosh, cette fois, n'a pas retenu son rire.

Il a ouvert la porte et s'est apprêté à rejoindre l'aire de jeux. Aujourd'hui, il allait devoir agir en finesse car aucune animation Carnival n'était prévue. Mais bon, qui se méfie du joyeux clown ?

Il a fait un pas... et s'est arrêté net.

Un homme se tenait dos à lui. À deux mètres à peine. Dissimulé dans le couloir menant aux toilettes et épiant manifestement l'intérieur du fast-food.

Kosh s'est redressé, circonspect.

Le gars s'est gratté les fesses et Kosh a repéré son insigne dans sa poche arrière.

Un flic.

Bon sang de bonsoir ! Nom d'un petit bonhomme ! Saperlipopette !

Kosh s'est approché dans un silence total et l'a tiré en arrière d'un coup sec. Il a enroulé son bras autour de son cou tel un boa constrictor et l'a traîné dans les toilettes, suffoquant.

– Eh bien, eh bien, qui sommes-nous ? lui a-t-il susurré à l'oreille.

Le visage du policier a pris une teinte violacée. Il paraissait jeune et sans expérience.

Kosh a légèrement desserré son étreinte.

– Allôôôôô la Terre ?

– Je... rrrhhr... officier... rhrr... P-Palmeto.

– Et vous faites quoi ici, officier rheu-rheu Palmeto ?

– ... s-surveillance des enfants... opération...

– Zut, zut et flûte, a dit Kosh.

Il lui a crevé un œil avec son ongle pointu.

Le flic a ouvert la bouche pour hurler.

Kosh a plaqué le protoxyde d'azote contre son visage et l'a laissé aspirer une longue bouffée. Le policier s'est soudain détendu dans ses bras, indifférent à l'écoulement sanglant provenant de son orbite droite.

– Reprenons notre petite conversation, a dit Kosh. C'était très mal de me tendre un piège. Je vais devoir repartir sans ma dernière conquête. Qui a eu cette idée brillante ?

– ... FBI...

– Ah bon ? a-t-il dit, contrarié. Et que savent-ils au juste ?

– ... parlé d'un truc... fichiers vidéo... fond vert...

L'humeur joyeuse de Kosh a fondu d'un seul coup.

Soudain, ses merveilleux rêves de conquête ont paru se ramollir tels des chamallows sur une flamme.

– Oh, comme c'est vilain de leur part, a-t-il grincé. Je trouve cela extrêmement fâcheux. Et sauriez-vous, par hasard, qui a révélé ces informations ultraconfidentielles à la police ?

– ... un docteur...

– Paul Becker ? !

– ... je crois...

– Décidément cet homme est impossible ! Il va vraiment falloir que je prenne des mesures !

86

NOUS NOUS ARRÊTONS, Connie et moi, dans une station appelée Canoe Creek Service Plazza pour essorer nos vêtements et nous sécher.

Je ne prononce pas un mot. Puis on reprend la route.

Mettez-vous à ma place. Imaginez une seconde que vos proches, ces gens avec qui vous vivez, ou avez vécu, se révèlent tout à coup très différents de ce que vous pensiez.

C'est un peu stupide de ma part, mais au cours de ces derniers jours, j'étais presque parvenu à me convaincre que mon père était un homme bien.

Vous pensez agir de façon logique, rester maître de vos émotions. Votre cerveau aligne sagement les plus et les moins dans des colonnes.

Et à la fin, votre cœur se fait avoir comme un débutant.

Nous atteignons notre destination dans l'après-midi après avoir parcouru plus de cinq cents kilomètres. Les chutes de pluie ont été intermittentes mais diluviennes, nous obligeant à deux reprises à nous arrêter à cause de la visibilité nulle – deux épisodes angoissants, je dois dire, durant lesquels toutes les voitures ont dû stopper en warning au milieu de l'autoroute pendant que les huit voies se transformaient en fleuve.

Nous arrivons à Gibsonton en période d'accalmie, avec la nette sensation de pénétrer dans l'œil d'un cyclone. La bretelle d'accès est censée nous conduire directement en ville. Pourtant on ne repère aucune habitation.

Le ciel est sombre, crépusculaire.

Les cyprès tanguent comme de grandes fleurs noires et la pluie tapote encore à ma vitre ouverte, apportant une odeur de pin. On roule lentement. J'ai repéré un panneau mentionnant le nom de la localité, mais à part des mobile homes installés dans le sous-bois, il n'y a pas grand-chose à voir.

Je plisse les yeux.

Des loupiotes illuminent faiblement les pas de porte. Un vieillard fume sa pipe sous un auvent, torse nu, aussi maigre qu'un squelette. Les ruelles sont en terre et bordées de caravanes. Des piles d'objets s'entassent : bicyclettes, vêtements, sacs d'oignons, pneus, réfrigérateurs. Je note même une vieille Buick remplie d'engrais qui tient lieu de serre pour faire pousser des légumes. Une banderole « *SUPPORT OUR TROOPS* » pend mollement au-dessus d'un drapeau étoilé. On continue de rouler et de petites maisons apparaissent.

Je lâche un soupir. Je m'attendais, je ne sais pas, à autre chose que cette localité aussi pauvre que triste...

– C'est ça, Freaktown ?

– Oui.

– Vous m'aviez parlé de la ville des monstres.

– Je vois. Vous pensiez rencontrer Godzilla. Vous êtes déçu.

– Je veux dire que...

– Ciel, un centre commercial ! m'interrompt Connie.

Elle se tourne vers moi.

– On devrait y aller. Les habitants y sont peut-être retranchés, assiégés par des zombies ?

Je lève les yeux en soupirant.

Elle prend l'embranchement et arrive sur un parking aux trois quarts vide. C'est un hypermarché discount. Ici, pas de Starbucks Coffee, Hollister, McDo ou autres Claire's. Les seuls clients sont des familles modestes qui entassent leurs courses dans des breaks, et quelques jeunes qui traînent, casquette à l'envers, les mains dans les poches.

Connie arrête notre voiture de patrouille devant un groupe assis sur un muret en briques.

Ils sont trois : un jeune gars tout maigre, avec un jean hyperlarge qui traîne par terre comme une tente, une fille aux ongles peints – chacun d'un motif différent – et un troisième dont les cheveux tombent devant les yeux. Ce dernier est entièrement vêtu de noir, dans le style gothik, avec des piercings et un T-shirt du groupe Korn. Sans doute le chef de bande.

– Vous croyez qu'ils sont humains ? chuchote Connie.

– Oh, ça va..., je grommelle.

Elle abaisse sa vitre.

– Excusez-nous. On cherche le centre-ville.

Gothik hausse les sourcils, ce qui a pour effet de faire cliqueter ses nombreux piercings.

– Ça dépend de ce que vous entendez par « centre ».

Il saute de son muret.

– Si vous cherchez, genre, là où les jeunes se font mégachier, c'est ici même. Vous venez arrêter quelqu'un ?

– Non.

– Alors mater les streums ? dit la fille.

– Pardon ?

– Voir des monstres, traduit Gothik.

On se regarde, Connie et moi.

– Qu'est-ce qui vous fait croire ça ?

– Ben, y a rien à foutre ici. Alors soit c'est pour le boulot, soit vous êtes des curieux. On a l'habitude...

– P'têt' qu'y kiffent le camping ! propose le garçon au jean hyperlarge.

Les trois s'esclaffent et je peux apercevoir leurs dents manquantes, comme les piquets irréguliers d'une clôture.

– T'es trop relou ! dit la fille en lui collant une claque sur la tête sans cesser de rigoler.

Gothik lève un doigt entouré de bagues pour leur intimer de se taire.

– Pardon, m'dame. On voulait pas manquer de respect. Qu'est-ce que je peux faire pour vous ?

Le gamin a l'air gentil et sincère. Et loin d'être idiot. Dans un monde idéal où les droits annuels universitaires ne s'élèveraient pas à plusieurs milliers, voire dizaines de milliers de dollars, j'imagine qu'il aurait eu sa chance.

– On cherche un cimetière, dit Connie. On va à un enterrement. Le père de mon collègue.

Le garçon rougit, soudain gêné.

– Oh pardon... Condoléances, m'sieur... Je savais pas...

Je hoche la tête.

– Je crois pas qu'il y a de cimetière dans le coin, mais reprenez l'avenue principale, roulez deux kilomètres et tournez à gauche. Il y a un restaurant. Ils vous renseigneront à coup sûr.

Il hésite, le regard un peu triste.

– Vous direz pas que j'ai prononcé le mot, hein ?

– Quel mot ?

– « Monstre ». C'est naze, faut pas dire ça. Dans le coin, il y a encore quelques amateurs de cirque, même une roulotte ou deux, mais la grande époque est finie. Ils ne sont plus qu'une poignée. Des très vieilles personnes. Ils veulent juste qu'on les laisse tranquilles.

– D'accord, promet Connie.

On quitte le parking du centre commercial. Cinq minutes plus tard, nous nous garons devant le restaurant en question. La façade est un décor en trompe-l'œil représentant un bar. La peinture s'écaille, mais on y voit encore une dame gargantuesque accoudée au comptoir, tandis que son tabouret plie sous son poids. D'autres personnages sont représentés. On devine que l'endroit a connu des jours meilleurs. L'enseigne proclame :

Restaurant
SHOWTOWN
Gibsonton, FL.

Je descends de la voiture et pousse la porte. L'intérieur est désert, plongé dans la pénombre. Mauvais signe pour un vendredi soir.

Des polaroïds sur un mur : Johnny Meah, le Tsar du Bizarre ; Sandor et Elizabeth, le plus petit couple du monde ; Petit Pete le cracheur de feu ; l'Incroyable Fatman. Et beaucoup de photos de clients anonymes, dînant, dansant, riant. Des images jaunies d'une période éteinte.

– Comment êtes-vous entré ?

Je me retourne.

Un homme s'essuie les mains avec un chiffon. Crâne rasé, tatouages japonais sur les bras, bouc et boucles d'oreilles. Sa chemise représente un crâne de pirate avec la mention « *Pourri jusqu'à l'os* ».

– Heu... la porte était ouverte...

– On est en travaux.

Il désigne une fuite au niveau du toit.

– La tempête.

– À vrai dire, je cherchais une adresse...

Je lui tends le papier sur lequel j'ai noté l'heure et le lieu de l'enterrement.

Il le consulte, les sourcils froncés.

– Il n'y a jamais eu de cimetière à cet endroit.

– Vous en êtes certain ?

– Qui êtes-vous ?

Je me tâte, puis décide d'opter pour la franchise.

– Mon père s'appelait George Dent. Il travaillait dans une

compagnie de cirque. Les Frozen Frogs. Il est mort il y a quelques jours.

L'homme balance son chiffon sur son épaule.

– Une minute.

Il décroche un téléphone derrière le bar. Je l'entends parler à voix basse.

Une exclamation, à l'autre bout.

– Je vous assure, dit l'homme. C'est le nom qu'il m'a donné.

Il hoche la tête.

– OK. Je vous l'envoie.

Il revient.

– Elle va vous recevoir.

– Qui ça ?

Il me tend un plan griffonné sur un bout de papier.

– Suivez les indications.

Il se penche vers moi.

– Et un dernier conseil...

– Oui ?

– Ne lui montrez pas votre peur. Et encore moins votre pitié. Sinon, elle ne vous dira rien.

87

LES INDICATIONS QU'ON M'A DONNÉES sont très précises. Nous roulons jusqu'à un pont impressionnant qui enjambe les eaux grises d'un fleuve appelé Alafia River. De l'autre côté, une usine aux tuyaux gigantesques projette ses fumées noires vers le ciel.

– C'est ici, dis-je. Le baraquement juste avant le pont.

Connie gare sa voiture de patrouille sur un parking en terre, devant un petit établissement aux portes et fenêtres de couleur verte. Les vitres sont sales. Tout semble abandonné. L'enseigne peinte à la main annonce « *RESTAURANT - GIANTS CAMP* », mais une autre en dessous précise « *À VENDRE* ».

Connie coupe le moteur sans retirer la clé de contact.

– Il vaut mieux que je vous attende ici.

– Pourquoi ?

– Un véhicule de flic, ça n'inspire pas forcément confiance.

Je hoche la tête.

– Comme vous voudrez.

Je descends de la voiture. Des arbres cachent la rivière et l'usine, mais je peux sentir une odeur d'iode mêlée à des relents de produit chimique. Un camping s'étend derrière l'ancien restaurant. Une pelouse aussi propre qu'un terrain de golf, avec, de loin en loin, des îlots de végétation touffue semblables à des jungles miniatures. Chaque îlot abrite sa caravane : des modèles anciens et rouillés, aux carrosseries sales dévorées par les plantes grimpantes. L'ensemble me fait penser à un cimetière de bombardiers écrasés dans la jungle.

Je m'engage entre les mobile homes lorsqu'une gamine surgit, tirant derrière elle une serviette de bain enroulée de façon à former un sac. La serviette est remplie d'objets cliquetants, mais je ne parviens pas à les voir.

Je me tourne vers Connie. Elle hausse les épaules.

La gosse doit avoir neuf ans à peine. Une petite blonde aux yeux bleus, coupe garçonne, bandana et salopette. Elle ne nous prête aucune attention, aussi sérieuse qu'un chevalier traînant sa masse d'armes. Elle choisit un coin dépourvu d'herbe, lève la serviette au-dessus d'elle et l'abat contre le sol. Un bruit de verre brisé explose à l'intérieur. Elle recommence. J'observe son manège, intrigué. Elle s'interrompt et déverse le contenu de la serviette par terre. Une pluie de débris coupants se répand. C'est alors que je remarque ses pieds nus.

Derrière moi, Connie sort précipitamment de la voiture.

– Paul ! Empêchez-la !

– Quoi ?

Je me tourne vers la gosse.

– Seigneur...

Je me mets à courir.

– Attends, fillette ! Bon sang ! Qu'est-ce que tu fabriques ? !

Trop tard.

Elle entreprend de marcher sur le tapis de verre, en esquissant de petites grimaces. Des échardes scintillantes aussi grosses que des flûtes à champagne, capables de taillader des gants en caoutchouc.

Connie stoppe à côté de moi, paralysée et fascinée à la fois.

La gamine relève la tête.

– Vous avez eu la trouille, pas vrai ?

Elle saute et se retrouve dans l'herbe, passe une main sur ses plantes de pieds, à peine entamées, et les tapote comme s'il s'agissait de nettoyer un peu de poussière.

Je la regarde, abasourdi.

– Tu... marches sur ce truc ?

– Tous les jours ! dit-elle, ravie d'avoir confondu son public. Faut que je m'entraîne.

Elle me tend son poing fermé, paume vers le bas.

– Vic, dit-elle.

J'hésite une seconde, puis cogne mon poing contre le sien.

– Paul.

– Salut, Paul, fait-elle avec le sourire.

– Salut, réponds-je, souriant également.

– Vous venez voir LaHorla ?

– LaHorla ?

– C'est comme ça qu'on l'appelle. Elle attend quelqu'un.

– Alors je suppose que c'est moi.

– Votre copine peut venir, si elle veut.

J'interroge Connie du regard.

– J'ai laissé mes clés sur le contact, dit-elle.

– Aucun risque, dit Vic avec un clin d'œil. Personne n'y touchera. Vous êtes mes invités.

Elle part en sautillant. On lui emboîte le pas.

– Ça vous a plu, le truc du verre ?

– Ouais.

– Mortel. Et je m'entraîne aussi à avaler des sabres. J'aurai bientôt mon nom dans le Livre des records. C'est normal, il faut prendre la relève. Il y a pas si longtemps, à Gibsonton, le chef des pompiers était un géant et le shérif un nain. L'homme le plus gros du monde s'occupait du garage et des sœurs siamoises tenaient l'épicerie. La poste avait même un comptoir réservé aux gens minuscules. On est la seule ville du pays à avoir une dérogation spéciale pour laisser paître des animaux bizarres sur nos pelouses, vous savez ?

Elle s'arrête à l'entrée d'une caravane et pose ses mains sur ses hanches, fière comme une artiste ayant récité son texte.

– Bon, je vous laisse. Quand vous aurez fini avec LaHorla, vous n'aurez qu'à m'appeler.

Elle file, puis se retourne.

– Au fait, vous savez à quoi vous attendre ?

– Non.

Elle se mordille l'intérieur de la joue.

– D'acc. Bon, ben, à plus.

Elle disparaît.

On entre.

Pas de lumière. Odeur d'encens.

Une collection de réveils emplit la pièce de tic-tac discrets, comme le murmure des abeilles. Vieux meubles couverts de poussière.

– Approchez, dit une voix.

Je n'y vois rien, puis je repère le rougeoiement d'une cigarette. Une forme avachie dans un fauteuil roulant. Son vêtement miroite. Des paillettes, du strass. Un costume de scène. La forme tire sur un fume-cigarette. On s'approche, Connie et moi, puis je fais un pas involontaire en arrière.

Connie plaque une main sur sa bouche, tandis que je ravale ma salive.

Le visage n'est qu'une bouillie informe. Bosselée. Un continent de chairs à la dérive, comme si des montagnes s'étaient élevées et des failles entrouvertes, suivant les mouvements d'improbables plaques tectoniques. Quelques cheveux épars forment une couronne effilochée et blanche. L'œil droit est absent. La pupille gauche enfoncée au creux d'une caverne. Une touffe de poils, à droite – sans doute des restes de sourcil. Pour le reste, on dirait un morceau de cire fondue. Le fume-cigarette s'agite, planté dans le trou qui lui sert de bouche.

– Neurofibromatose, précise l'être sur la chaise roulante. Mais je préfère LaHorla. Le nom est inspiré d'un vieux roman français. C'est plus séduisant, vous ne trouvez pas ?

La pupille noire me fixe.

– Venez plus près.

Je m'avance.

– Vous dites que vous êtes le fils de George ?

– Oui.

– Je ne vous crois pas.

La chose incline la tête.

– Il paraît qu'il est mort ?

– Il s'est suicidé.

– Ça ne lui ressemble guère.

– Il s'est fait exploser. Et sa maison avec.

Un bruit de gorge – qui pourrait tout aussi bien être un sanglot qu'un rire.

– Ça, ça lui ressemble.

La créature pose sa cigarette.

– Venez. Je veux vous toucher.

Je marque une hésitation.

– Quoi, vous avez peur que je vous mange ? dit LaHorla. Je suis pratiquement aveugle. Je veux juste palper votre visage.

Je m'abaisse. Ses mains se posent sur ma peau.

– Vos traits sont différents des siens.

Elle me repousse.

– Comment m'avez-vous trouvée ?

– George m'a envoyé une lettre posthume. Il a dit qu'il serait inhumé à cette adresse.

– Voilà bien l'une de ses idées tordues.

– Je ne comprends pas.

– Évidemment que vous ne comprenez pas.

Elle reprend sa cigarette et la coince dans sa bouche humide.

– Qui est cette femme qui vous accompagne ?

– Une amie.

– Vous lui faites confiance ?

– Oui.

– Comment s'appelait votre mère ?

– Pourquoi toutes ces questions ?

– Répondez.

Je soupire.

– Eleanore Becker.

– Jamais entendu ce nom-là.

– Elle est enterrée à Long Beach, sur la côte Ouest. Elle est morte d'un cancer il y a un an.

J'ai presque envie d'ajouter : *Ses cheveux faisaient partie d'un costume. Une chose horrible et noire qui croupissait au fond d'une caisse. Un déguisement qu'un cinglé appelé Kosh faisait porter à son employée. Si ce costume ne s'était pas retrouvé par hasard dans un journal, personne ne l'aurait jamais su. Mais George Dent l'a vu en photo. Et ça l'a fait sortir de son trou. Voilà pourquoi il a mené son enquête, déclenchant toute la série d'événements qui m'ont conduit jusqu'ici.*

– D'après vous, pourquoi mon père m'a-t-il donné votre adresse ?

– Ça paraît évident. Il voulait qu'on se rencontre.

– Pour quelle raison ?

– À vous de me le dire.

Je prends une inspiration.

– Vous connaissez Kosh le Magicien ?

– Non.

– Peut-être sous le nom d'Alan Smith ?

– Non plus.

– Carnival of Shadows ?

Elle secoue la tête.

– Kosh employait un type nommé Jordi le Serpent. Lui aussi avait une sorte... d'anomalie. Le syndrome de la peau de reptile.

– Si ces gens dont vous me parlez ont fréquenté le milieu du cirque, cela ne me surprend guère. Ils se serrent les coudes.

D'accord. Soit LaHorla aime jouer aux devinettes, soit elle ne sait rien. Je décide de tenter une autre approche :

– J'ai trouvé un déguisement. Un costume de sorcière.

La cigarette s'immobilise.

– Décrivez.

Je le fais. L'accoutrement en cuir. Le masque sombre de style asiatique. Les dents en métal.

– Et vous dites qu'il s'agirait de votre mère ?

– De ses cheveux, en tout cas.

– Impossible.

– Les tests ADN le prouvent.

– Alors vous avez commis une erreur quelque part.

– Pourquoi ?

Elle tapote sa cigarette pour en faire tomber la cendre.

– Parce que la personne qui a créé ce costume s'est rasé le crâne. Ses propres cheveux lui ont servi pour le masque. Elle ne s'appelait pas Eleanore Becker, mais Ieva Nemkova. Elle était russe. Et complètement folle. Son nom d'artiste était Baba Yaga, la Sorcière aux Dents de Fer.

Mes jambes vacillent.

– Je peux m'asseoir ?

Je me laisse choir dans un vieux fauteuil qui sent la poussière. Connie s'approche et pose une main sur mon épaule.

– Passez-moi le verre sur votre droite, dit la chose. C'est du lait. L'une des seules boissons que tolère mon organisme.

Je lui tends.

Elle aspire le contenu avec une paille.

– Vous en voulez ?

– Non merci.

– Je n'ai pas toujours été aveugle, vous savez ? Quand j'étais petite, je pouvais rester des heures assise sur une chaise pendant que les visiteurs payaient pour me voir. Seigneur, je l'ai fait des millions de fois. Les gens vous regardent et vous les regardez.

Ils dévisagent le monstre. Mais vous n'imaginez pas combien de monstres j'ai vus parmi eux. Pourtant, aucun n'égalait Baba Yaga.

Elle repose son verre.

– Que savez-vous à propos de George Dent ?

Je lui réponds par quelques mots au début, puis je raconte l'ensemble de l'histoire. Ça me vient tout seul, comme une bobine de fil qui se dévide. Sans doute que j'en avais besoin. Je lui parle de mon enfance, de la gentillesse de ma mère, de la double vie de mon père, de ces six années passées loin de nous, de son arrangement avec le FBI. Connie ne bronche pas. Je parle alors du trafic d'enfants dans les années soixante-dix et du cauchemar qui recommence aujourd'hui, perpétré par Kosh, à une échelle inimaginable.

Ça prend du temps mais LaHorla m'écoute, patiente.

À la fin, elle dit :

– Alors, vous pensez que George Dent faisait du trafic d'enfants ?

– D'après le FBI, oui.

– C'est faux.

– Pardon ?

– Il lui est arrivé d'en cacher certains. Mais il s'agissait de les sauver. Des gamins qui vivaient dans la rue ou croupissaient dans des conditions misérables. George leur trouvait un foyer d'accueil. Jamais il n'a gagné un centime sur leur dos. C'est grâce à lui que nombre d'entre eux s'en sont sortis.

– Mais comment pouvez-vous tenir un discours pareil ? ! intervient Connie. J'ai lu les dossiers !

Un rire secoue la masse de chair.

– La tigresse sort ses griffes...

Connie brandit un index.

– Vous ne m'impressionnez pas. Votre handicap n'est pas une excuse pour déformer la réalité !

– Vous êtes en colère ?

– Plutôt !

– Alors renseignez-vous.

– Sur quoi ?

– Votre gouvernement n'est pas le paradis radieux que vous semblez croire.

Connie ouvre la bouche, puis la referme.

– Il y a quarante ans, reprend LaHorla, la société était en pleine révolution. La guerre. La libération sexuelle. La drogue. Les hippies par milliers sur les routes. Vous croyez vraiment que votre administration avait le temps de s'occuper de pauvres adolescents en difficulté ? Soyez réaliste, elle arrive à peine à le faire aujourd'hui.

– Il a toujours existé des associations. J'y participe.

– Elles n'avaient pas le même degré d'organisation. Nous, nous donnions des spectacles dans des lieux frappés par une misère que vous n'imaginez pas. Nous comblions un vide. Vous avez vu la petite Vic, là dehors ? Notre genre de vie la fait toujours rêver. Certains jeunes sont ainsi, surtout ceux qui veulent échapper à une existence sordide. À l'époque ils venaient nous voir pour discuter, apprendre le métier ou simplement s'évader un peu. Mon « handicap », comme vous dites, était une bénédiction. Aujourd'hui, vos décrets officiels somment les gens comme moi de ne pas s'exhiber. On nous explique ce qui est bien. Ce qui est moral. On nous a retiré la capacité d'apporter du bonheur aux gens. Mais sachez-le : jamais je n'ai été une victime. Les moments passés sur la route ont été les plus heureux de ma vie.

– Vous faisiez partie... des Frozen Frogs ? dis-je dans un murmure.

– Je suis la dernière d'entre eux.

La face lunaire se tourne un instant vers la fenêtre et contemple la lumière déclinante du jour.

– Nous étions une sacrée bande. Des idiots idéalistes. Quiconque voulait nous rejoindre était le bienvenu. C'est comme ça que tout a commencé. Vous trouvez un ado, un soir, blotti derrière votre tente. Il vous raconte comment son ivrogne de beau-père le bat. Il vous montre ses bleus et ses cicatrices. Vous pleurez avec lui. Il vous supplie de l'emmener. Vous cédez, en vous promettant que c'est la dernière fois. Mais un jour il en vient un autre. Alors vous faites de votre mieux.

Sa pupille noire revient se fixer sur moi.

– Quand Ieva Nemkova est arrivée, elle était en cavale. Jeune. Fragile en apparence. Un peu danseuse, un peu strip-teaseuse. Son visage était défiguré par les cicatrices et une rangée de fausses dents étincelait dans sa bouche, là où son mac l'avait cognée avec un coup-de-poing américain. Elle avait vingt-deux ans, et un corps de rêve. George, vingt-sept. Il est tombé follement amoureux d'elle. Nemkova a intégré la troupe et créé le personnage de Baba Yaga, la Sorcière aux Dents de Fer. Elle portait presque tout le temps son masque, pour qu'on ne voie pas son visage déformé.

Elle visse une nouvelle clope sur son fume-cigarette. Le volcan de ses joues se gonfle et se dégonfle tandis qu'elle l'allume.

– On a compris beaucoup trop tard, dit-elle en relâchant la fumée. La jeune fille fragile n'était que le déguisement. La sorcière Baba Yaga, voilà sa véritable nature. Son ancien mac, elle l'avait assassiné elle-même pour pouvoir conserver tout le bénéfice de ses passes. Quand elle a vu tous ces ados un peu perdus qui transitaient par notre groupe, elle a vite compris qu'il y avait de l'argent à faire. Elle a trouvé de nouveaux endroits d'accueil, de plus en plus louches. Elle est tombée enceinte de George. Elle a accouché en 1968 dans une caravane.

Je tressaille.

– C'est l'année de ma naissance.

– George s'est occupé de l'accouchement. Pour un brillant vétérinaire comme lui, ce n'était pas un problème. Mais Baba Yaga ne voulait pas de cet enfant. Chaque fois qu'elle s'en approchait avec son masque, le petit se mettait à hurler. Il n'a pratiquement pas parlé avant l'âge de trois ans.

– Et... vous croyez que je serais cet enfant ?

– Non.

– Comment pouvez-vous en être sûre ?

– Je vais vous le dire. Un jour de 1971, George était malheureux. Il avait fumé beaucoup de marijuana. Il en fumait de plus en plus. Il a reculé son camion, et écrasé son fils. C'était un accident. Pas un meurtre. George n'aurait jamais fait ça. Ce gosse, il l'adorait plus que tout.

– Son fils ? intervient Connie. Mais aucun journal ni document officiel n'a jamais mentionné ce lien entre l'enfant et Dent !

– Parce qu'il n'était pas connu. C'est parfois comme ça. Quand on accouche dans une roulotte et qu'on bouge sans cesse, on n'a pas toujours le temps de déclarer les naissances. La situation s'installe, et des gamins échappent à toute forme de recensement. Certains considèrent même cela comme une forme de liberté. Lorsque George s'est rendu compte qu'il avait écrasé son fils, il a paniqué et s'est enfui. Il a raconté l'histoire à Baba Yaga. Et elle a trouvé ça très bien. « Bon débarras ! » elle a dit. Aucun d'eux n'est allé réclamer le corps à la morgue. Trop risqué.

Elle marque une pause.

Je ne bouge pas.

Le cœur en berne. Les jambes clouées au sol.

– Ce jour-là, dit-elle, quelque chose en George s'est brisé. Je l'ai vu pleurer ici même, derrière cette maison. Il gémissait comme une bête blessée à mort. Le lendemain, on l'a arrêté pour trafic de drogue. Il a été relâché ensuite. Et Baba Yaga a continué de prospérer. Ses relations avec les jeunes gens qui croisaient sa route sont devenues de plus en plus glauques. Elle choisissait des filles crédules, des garçons rongés par la drogue. Elle les amenait dans des fêtes. On ne les revoyait pas toujours. Les Frozen Frogs ont déserté les uns après les autres. En 1977, le trafic a été démantelé. Beaucoup de personnes sont allées en prison. Mais George a été libéré. Après quoi il a disparu de la circulation.

– Aucune trace de cette Baba Yaga nulle part, dit Connie.

– Elle a dû disparaître aussi. Je suppose qu'elle a négocié.

Avec le carnet d'adresses qu'elle avait, elle pouvait se le permettre.

– Une femme fantôme, un fils fantôme, pourquoi devrions-nous croire des histoires aussi fantaisistes ?

LaHorla aspire longuement avant de souffler la fumée.

– Parce que c'est moi qui suis allée réclamer le cadavre de l'enfant à la morgue. Personne n'en voulait, le pauvre était à peine identifiable...

Elle écrase sa cigarette.

– Je ne sais pas qui vous êtes, jeune homme. Mais le fils de George Dent, il est enterré dans mon jardin.

88

JE SORS DE LA CARAVANE comme si je crevais la surface de l'eau après une plongée en apnée.

Je marche dans l'herbe en avalant de grandes goulées d'air.

– Ça va ? dit Connie.

– Oui.

– On ne dirait pas.

– Je vais bien.

Nous regagnons la voiture.

– Vous avez cru aux racontars de cette folle ?

– Je ne sais pas.

Que diriez-vous à ma place ? Que vous n'êtes plus certain de savoir qui sont vos parents ? Que vous êtes tellement bouleversé que la tête vous tourne ?

– En tout cas, fait-elle, j'en connais un qui ne va pas sauter de joie.

– Aaron Altman ?

– Aucun élément nouveau. Rien pour coincer Kosh. On a pris tous ces risques pour des prunes.

Elle secoue la tête.

– Il va falloir rentrer à Naples, Paul.

– Je suis prêt.

Elle ouvre la portière... et s'arrête net.

Un objet est coincé sous l'essuie-glace. Un paquet.

La petite Vic s'approche dans notre dos.

– Salut, Paul ! Une vieille dame a laissé ça pour vous deux.

On se regarde, Connie et moi.

– Une vieille dame ? Quelle vieille dame ?

La gamine hausse les épaules.

– Ben, vieille, normale, une dame.

– Ça fait combien de temps ? souffle Connie.

– Je sais pas. Peut-être une minute.

Vic s'éloigne en sautillant. Connie bondit à l'intérieur de la voiture et écrase le bouton du gyro. Les lumières se mettent à tourner.

– Qu'est-ce qui se passe ? dis-je.

Je la vois qui trifouille le tableau de bord.

– Rien. Occupez-vous du paquet.

Je l'ouvre. Il contient un livre. Un conte pour enfants d'une douzaine de pages, avec quelques lignes de texte et de grands dessins. Billy me rapporte les mêmes de la bibliothèque de l'école. Celui-là s'intitule *L'Histoire de Baba Yaga la sorcière.*

Je retiens mon souffle.

Qu'est-ce que c'est que ce truc ? Le nom n'était pas une invention ? Je parcours les pages. C'est un ancien conte russe. Il raconte comment l'ogresse Baba Yaga enlève des petits enfants pour les manger. Les illustrations qui la représentent sont sinistres, mais pas aussi sinistres que celles de son éternel complice, Koshchey le sorcier, un homme qui chevauche entièrement nu dans le vent et la tempête sur les montagnes du Caucase. Un être filiforme doué de pouvoirs magiques. Koshchey l'immortel.

Koshchey le Magicien.

Kosh.

Je dois m'appuyer contre le capot pour ne pas chanceler.

– Connie...

– Oui ?

– Je crois... je crois que Kosh a une complice.

– Je sais.

– Hein ?

– Grimpez dans la voiture.

Je monte. Elle me regarde.

– Vous vous souvenez que ce véhicule est équipé d'une caméra ?

– Oui.

– Je vous ai expliqué qu'elle fonctionnait en allumant le gyrophare. Comme je viens de le faire. On appuie et ça filme. Les images sont stockées sur disque dur.

– Et alors ? À quoi ça sert de filmer maintenant ? Il n'y a plus rien à voir.

– C'est là où ça devient intéressant : je vous ai menti. Je vais vous révéler un détail que peu de gens connaissent. En réalité, la caméra filme en permanence, dès que la clé se trouve sur le contact. Mais les images s'effacent au fur et à mesure.

– Encore une fois : à quoi ça sert ?

– Il existe une mémoire tampon. Quand on enclenche le gyro, la minute précédente est encore enregistrée.

Elle tapote l'écran.

– Nous pouvons regarder jusqu'à soixante secondes dans le passé.

Elle appuie sur *play*.

Une image apparaît.

Le parking et le restaurant à vendre. Le paquet est déjà là, sur le pare-brise. Il vient tout juste d'être mis en place. Derrière, une silhouette de femme s'éloigne.

Zut, trop tard. On ne verra pas son visage.

La silhouette s'arrête, hésitante.

Mon pouls s'accélère. Est-ce qu'elle va se retourner ?

Une seconde s'écoule. Deux.

Bon sang, retourne-toi ! Juste pour vérifier si le paquet est bien coincé derrière l'essuie-glace !

Sa tête pivote...

La voilà.

Clic. Arrêt sur image.

– On la tient, dit Connie. Une parfaite inconnue, mais on a sa photo. Elle vous dit quelque chose ?

Je contemple le résultat, absolument tétanisé.

– Non.

– En tout cas, son visage ne porte pas de cicatrices.

– Elle a pu le faire refaire.

– Je vous parie un sac de donuts que c'est elle qui vous a envoyé la lettre posthume de George Dent. Cette femme nous attendait ici.

Elle me prend le livre des mains et le feuillette fébrilement.

– Vous vous rendez compte ? Kosh et Baba Yaga, le voilà, le lien ! Cette Ieva Nemkova n'a pas disparu. Elle se terre quelque part. Elle a dû changer d'apparence. Faire profil bas durant des années, vivre la vie d'une personne ordinaire...

L'esprit de Connie se met à carburer, en ébullition.

– Imaginez le truc. Le temps passe. Elle vieillit. C'est maintenant une personne âgée. Peut-être qu'elle a trouvé un nouveau travail. Il s'agit d'un livre pour enfants : et si elle occupait un poste dans l'éducation ? En tout cas, Kosh a découvert son histoire, d'une façon ou d'une autre. Elle le prend alors sous son aile et devient son mentor – quand on est la Sorcière aux Dents de Fer, on le demeure à jamais – et ils remettent ça ! Kosh est un psychopathe. Il s'identifie au personnage. Jusqu'à reprendre ce nom symbolique. Il est le successeur. Un nouveau trafic débute, mais il commet une gaffe : il conserve le déguisement de sorcière. Peut-être qu'il s'agit d'une sorte d'hommage. Ou bien d'une véritable bourde. George Dent reconnaît le costume. Et voilà comment toute l'affaire démarre !

Elle m'observe.

– Vous croyez que cette femme sur la vidéo est Baba Yaga ?
– Si c'était le cas, pourquoi risquer de nous révéler son visage ?
– Elle ne savait pas qu'elle était filmée.
– Quand bien même.
Connie fronce les sourcils.
– Je ne sais pas, moi... Peut-être que je fais fausse route. Elle est vieille, elle s'est peut-être rangée ? Kosh apprend son histoire. Il veut l'imiter. Mais elle refuse. Elle le met en garde. Ils se disputent. Elle décide alors de nous mettre sur sa piste.
Je ne réponds rien.
– Vous en faites une tête.
– Je suis juste troublé.
– Vous êtes certain de ne pas la reconnaître ?
– Certain, dis-je en mentant.
Connie envoie une tape sur le volant.
– D'accord. Tant pis. Je vais transmettre l'info à Altman. On verra bien ce qu'il pourra en tirer.
Nous quittons la ville des monstres tandis que la nuit tombe.
Je ne prononce plus un mot.
J'observe les lumières qui s'éloignent dans le rétroviseur, tandis que mon cœur s'éteint, tel un soleil sombrant dans une mer de glace.
Comment ai-je pu être aussi aveugle ? Et quelle décision dois-je prendre, à présent ? Car j'ai identifié la vieille dame, bien sûr. Même si j'ai préféré mentir à Connie, tant les implications de ce que je viens de découvrir me dépassent encore. Cette silhouette sèche et longiligne, au cou serré par un col noir, je la connais depuis toujours.
C'est Madame Scorbut, mon ancienne institutrice.
C'est elle qui fait la classe à Billy.

89

LE BRUIT A TIRÉ Sheila Lebowitz de son sommeil. Un tintement musical.

Gling... guilingg...

Elle a tenté d'ouvrir les yeux pour voir d'où il provenait, mais ses paupières étaient lourdes et elle n'y est pas parvenue.

Elle s'était couchée tard, comme d'habitude, en forçant un peu sur la bouteille. Plus quelques comprimés de somnifères pour faire bonne mesure. On était samedi matin et elle reposait à plat ventre sur son matelas, les mains glissées sous l'oreiller.

Sheila a étiré une jambe et tâté l'autre côté du lit. Personne. Ce qui signifiait que son mari Hermann avait passé la nuit chez une quelconque pétasse.

Elle a poussé un soupir.

Bienvenue dans le joyeux monde d'Hermann Lebowitz le riche promoteur immobilier, là où il n'y a pas que le prix de votre appartement qui grimpe en flèche.

Guilingg... gling... guilingg...

Cette fois, le bruit était net. Sheila a voulu ouvrir les yeux, mais un truc bizarre lui collait les paupières.

Des pas ont résonné au rez-de-chaussée, dans le salon.

– Hermann ?

Les pas se sont arrêtés.

Elle a tendu l'oreille : silence.

Elle a voulu écarter une mèche de sa figure mais sa main n'a pas suivi. Quelque chose lui enserrait les bras. Quelque chose qui… (ses doigts ont tâté l'objet)... ressemblait à un nœud, des tresses... une corde ?

Les battements de son cœur se sont accélérés subitement.

Elle était attachée au lit.

... Pourquoi ?

Son esprit a aussitôt fabriqué une réponse. Un jeu érotique, sans doute. Hermann faisait des galipettes ailleurs depuis des semaines, ça devait lui donner des idées salaces.

Guiling... guilingg...

Toujours impossible d'ouvrir les paupières. Elle a commencé à paniquer. Cette fois elle était certaine de l'endroit d'où provenait le bruit : ça venait du rideau de perles à sa fenêtre.

Sheila a réfléchi tout en gigotant pour tenter de se libérer.

Avait-elle laissé la vitre ouverte ?

Non. La tempête soufflait au-dehors, elle pouvait l'entendre. Donc le rideau était agité par un courant d'air provenant de l'intérieur de la maison. Probablement sous l'action de l'énorme ventilateur qui tournait au plafond de sa chambre. Pourtant, il lui semblait l'avoir éteint.

Les marches de l'escalier en bois se sont mises à grincer.

– Hermann ?

Encore une fois, le bruit s'est interrompu.

– Merde ! À quoi tu joues ?

Elle a secoué les mains pour défaire ses liens, mais le nœud s'est resserré. Elle a rampé pour approcher ses doigts de son visage. Ses paupières étaient enduites d'une substance. Elle s'est mise à la gratter avec ses ongles, luttant comme si elle était obligée de retirer de la... colle ? C'était ça ?

Quelqu'un lui avait fait tomber de la colle dans les yeux ?

Mon Dieu, mais pour quelle raison ? !

Les pas ont résonné dans le couloir.

Un vent de terreur s'est mis à souffler dans sa tête. Ses doigts ont gratté frénétiquement et elle est parvenue à décoller une paupière.

Sa vision était trouble, embuée par les larmes. Une douleur violente lui a vrillé la cornée comme si on l'avait frottée au papier de verre.

Elle s'est néanmoins forcée à conserver l'œil ouvert.

Une silhouette tournait en rond, au-dessus d'elle.

Un homme suspendu la tête en bas. Accroché au ventilateur.

– Seigneur... Oh, non...

Guiling... gliiing..., a fait le rideau. Chaque fois que la tête de l'homme le heurtait, les perles de verre produisaient le tintement cristallin.

Le cœur de Sheila s'est arrêté. À la périphérie de son champ de vision venait d'apparaître une paire de mocassins noirs.

Un inconnu se tenait debout près d'elle.

– Bonjour, madame Lebowitz. Où se trouve Claire Becker ?

– Q-qui êtes-vous... ? J-je ne v-vous vois pas...

– Qu'à cela ne tienne.

L'inconnu lui a tordu le cou et elle a senti ses vertèbres cervicales se disloquer. La douleur a traversé sa colonne de part en part et des étoiles ont explosé devant ses yeux, coupant net le cri d'horreur qui lui montait dans la gorge.

– Au prochain mouvement, vous serez tétraplégique.

La tête étirée à l'extrême, un étau de souffrance lui broyant le crâne, elle l'a vu enfin. Et le cadavre aussi.

– Paul Becker m'a causé des torts irréparables, a dit Kosh. Et j'ai bien peur qu'il ne me reste que la vengeance. Vous étiez avec sa femme, je vous ai vues dans la rue. J'ai tenté d'interroger votre mari, mais il n'était au courant de rien.

Il a regardé vers le haut.

– Un homme un peu tête en l'air, vous ne trouvez pas ?

90

LES QUESTIONS tournent dans mon esprit durant le trajet de retour.

Connie m'observe de temps à autre. Elle fait la conversation. Raconte des blagues pour me faire rire. Elle prend même le risque de s'arrêter dans un restaurant pour m'offrir à dîner dans un Cracker's Barrel, où une bande de givrés jouent de la musique country alors qu'il n'y a pas un client et qu'au-dehors les trombes d'eau se déchaînent.

Je la sens malheureuse. Désarçonnée. Elle prend ma main, dans un instant où sa vigilance se relâche, mais le cœur n'y est pas. Je n'ai toujours pas revu Billy et Claire. Et Connie est en train de me ramener en prison.

Je fais de mon mieux pour lui sourire, et je suppose qu'elle met mon silence sur le compte de la morosité. Mais à la vérité, j'ai surtout besoin d'être seul avec mes pensées pour réfléchir.

Car plus j'y songe, plus une phrase m'obsède.

Vous avez commis une erreur quelque part : c'est ce que LaHorla nous a dit.

Et c'est exactement ce que je pense.

Imaginez la sensation. Le puzzle est là. Complet. Sous vos yeux.

Vous savez que les choses ont pris une certaine tournure. Que les pièces s'emboîtent.

Et pourtant, vous sentez qu'il manque un élément crucial.

On roule une partie de la nuit. Connie prévient Aaron Altman de nos découvertes. Ça ne rigole pas, à l'autre bout. Elle raccroche sans grand enthousiasme et m'explique qu'elle doit me repasser les menottes. Simple précaution, paraît-il. On dort quelques heures sur une aire de repos. Puis on se remet en route. Connie a accepté d'emprunter l'US 41, cette bonne vieille Tamiami Trail, histoire de m'offrir un dernier tour de piste. Je vous épargne mes sentiments terribles chaque fois que je vois un endroit familier, en sachant que c'est probablement la dernière avant des lustres.

Nous traversons Fort Myers tandis que l'aube se lève.

Je réfléchis.

On roule dans les rues blêmes de Bonita Springs.

Je réfléchis encore. Creusant mes souvenirs.

On atteint les faubourgs de Naples.

Je réfléchis toujours. Onze jours que ma vie a basculé. Je repasse chacun de ces instants au crible.

La banlieue est déserte, d'autant plus calme qu'on est samedi matin et que le vent et la pluie balayent les trottoirs.

C'est en atteignant le centre-ville que je mets le doigt dessus.

L'élément qui se connecte au reste.

Et là, d'un coup, tout change.

91

JE DOIS REMETTRE quelque chose à quelqu'un, dis-je dans la voiture.

Silence de Connie.

– S'il vous plaît.

– Vous savez bien que je ne peux pas.

– Dix minutes. C'est tout ce que je demande.

La tension à l'approche de mon incarcération est tellement forte qu'elle n'ose même plus me regarder en face.

– Je dois vous conduire chez le shérif. Ne me rendez pas la tâche plus horrible.

– Rien qu'un crochet par chez moi. Je resterai menotté à ma place. Je vous dirai quoi faire.

Je finis par la convaincre.

Quelques minutes plus tard, on s'arrête sur le perron de ma maison. Ça fait bizarre de la revoir. L'allée n'est plus entretenue et de la boue charriée par la pluie s'est accumulée sur les dalles. Des vitres ont été brisées, comme si des gens mécontents avaient lancé des pierres. Et de grosses traces de pneus défigurent mon gazon – les camions des journalistes, j'imagine.

J'observe la balançoire de Billy qui oscille à vide dans le vent, les dents serrées pour ne pas me mettre à pleurer comme un idiot.

– C'est dans le coffre de ma voiture. Dans le garage.

Je lui indique le code d'accès pour entrer. Elle enjambe les rubans jaunes, ouvre la porte et pénètre dans ma maison. Le volet roulant électrique remonte.

– Dans ma trousse de secours, dis-je par la vitre ouverte.

Elle récupère la chose en question.

– Et maintenant ?

– Nous devons l'apporter à une collègue.

Connie soupire.

Je soutiens son regard.

– Je vous en prie. C'est à deux pas.

Encore une fois, elle cède à ma requête.

Quelques rues plus loin, nous arrivons sur le parking de l'institut médico-légal de Naples.

On est en plein quartier résidentiel, loin du cliché de la sordide bâtisse enfouie dans le sol avec ses couloirs glauques, ses brancards qui traînent et ses relents douceâtres. À l'intérieur, tout est rose, calme, lumineux. J'espère pour vous que vous n'aurez jamais à y faire un tour, mais si c'est le cas, vous vous croirez dans le local apaisant d'un psychologue ou d'un acupuncteur. Preuve qu'il est possible d'entourer la mort d'une certaine quiétude.

Quand Connie l'informe de ma présence, mon amie le docteur Coburn jaillit, un parapluie à la main, pour venir à ma rencontre.

– Paul !

– Marta.

Ses yeux sont remplis de larmes.

– Je n'ai jamais cru... Je n'ai pas voulu croire...

– C'est gentil, Marta. Je te remercie.

Elle me contemple par la vitre ouverte. Le docteur Marta Coburn est une pointure parmi les légistes et les médecins tout court. Moi, je suis sale, le crâne rasé, les joues pleines de barbe, menotté. Pourtant je peux lire dans ses pupilles qu'elle ne me juge pas.

Il existe des personnes exceptionnelles qui, une fois qu'elles vous ont accordé leur confiance, vous la laissent sans condition.

– J'ai besoin d'un service.

– Tout ce que tu veux.

– Est-ce que tu pourrais m'analyser ça ?

Connie lui remet un sachet en plastique renfermant l'objet. J'explique à ma collègue ce que j'attends d'elle.

– Pour un résultat complet recevable devant un tribunal, répond-elle, tu sais qu'il nous faudrait des jours.

– Le plus vite possible.

Elle hoche la tête.

– D'accord. Tu peux compter sur moi.

Et nous repartons.

Connie me jette un regard en coin dans la voiture.

– C'était quoi, ces cachotteries ?

– Rien. Vous avez entendu ma collègue le résultat ne sera pas recevable devant un tribunal.

– Alors pourquoi réclamer ça maintenant ?

Je fixe le sol sans répondre.

On est pratiquement arrivés dans l'enceinte des bâtiments administratifs du comté de Collier lorsque mon portable sonne.

Je sursaute.

Ça faisait longtemps que je ne l'avais plus entendu.

– Vous pouvez voir qui c'est ? dis-je à Connie en levant mes menottes.

Elle acquiesce et l'extrait de ma poche sans lâcher le volant. Regarde l'affichage.

Et se décompose.

– Quoi ? Qu'est-ce qu'il y a ?

Elle me montre l'écran.

« Numéro en appel : CLAIRE BECKER ».

Deuxième sonnerie

J'agite mes liens.

– Répondez ! Je ne peux pas le faire !

Connie hésite, complètement paralysée.

Troisième sonnerie.

Nom de Dieu. Ça va basculer sur la messagerie vocale.

– Connie ! Je vous en supplie !

Elle se gare brusquement. Ouvre mes menottes.

Je décroche.

– Claire !

– Non, Paul... c'est Cameron...

– Cameron ? !

– Je... mon portable est HS... Je ne sais pas comment te dire ça... On est à l'hôpital... Claire a été agressée... Kosh nous est tombé dessus...

Un boulet de canon m'enfonce la poitrine.

– Comment va-t-elle ? parviens-je à haleter.

– Elle est au bloc opératoire...

Un silence épouvantable.

– Paul... écoute... je ne sais pas si ta femme va s'en sortir...

92

JE RÉCUPÈRE LE VOLANT.

J'ai échangé ma place avec celle de Connie sans lui laisser le choix.

Du reste, elle n'a pas eu le cœur de me contrarier.

Je dérape sur la chaussée à cinquante mètres du bureau du shérif. Demi-tour sur les chapeaux de roues.

Connie boucle sa ceinture tout en pianotant sur son téléphone.

– Essayez quand même de ne pas nous tuer, d'accord ?

Elle plaque le téléphone contre son oreille.

– Ici l'agent Lombardo. Changement de plan. On a une urgence.

Si je n'étais pas en train de faire crisser les pneus comme un malade, je suppose que j'entendrais distinctement les insultes d'Aaron Altman.

– Inutile de vous égosiller, dit Connie. Si c'est ma démission que vous voulez, vous l'aurez sur votre bureau demain matin. Paul a besoin de quelques instants supplémentaires avant que je le remette aux flics.

Elle lui explique la situation pendant que je fonce sur Goodlette

Frank Road, direction l'hôpital. Je double les voitures à grands coups de klaxon. Les véhicules s'écartent devant notre gyrophare.

– Quoi Billy Becker ? dit Connie.

Je manque de nous foutre en l'air dans un virage.

– Qu'est-ce qu'il a !

Elle se tourne vers moi.

– Votre fils va bien. Regardez où vous allez.

Connie discute avec son patron tandis que ma poitrine se resserre, au point que j'en éprouve du mal à respirer.

Elle raccroche.

– Cameron Cole a retrouvé le petit Sean Raymond-Rodriguez.

– Quoi ? !

– Le gamin a disparu ensuite. Apparemment, c'est l'avocat de Kosh qui a fait le coup. Il est mort.

On dépasse d'autres voitures. Je grille un feu. Coup de freins derrière nous, suivi d'un bruit de casse.

- Où est mon fils ?

– L'opération pour coincer Kosh a foiré. Il a grièvement blessé un agent de police. L'homme lui a avoué que vous étiez à l'origine de nos informations. Kosh a voulu se venger. Il a tué l'un de vos voisins. Extorqué l'adresse de votre femme. Puis s'en est pris directement à elle.

– OÙ EST MON FILS !

– En sécurité.

– L'ENDROIT !

– Je... je n'en sais rien.

Je me tourne vers elle.

– Vous vous fichez de moi ? !

– Attention !

J'évite un piéton d'un coup de volant. Des gens nous insultent en brandissant le poing.

– Paul, vous conduisez comme un dingue !

- Normal Je le suis !

Ecoutez-moi Votre fils est sain et sauf. En lieu sûr, je vous l'affirme. Mais je n'en sais pas plus, Altman a refusé de me dire le reste.

– L'enfoiré... Il savait déjà tout ça lorsque vous lui avez parlé hier soir, n'est-ce pas ? Altman était au courant de l'échec de son opération. Ma femme et mon fils risquaient des représailles, mais il s'est bien gardé de nous le dire !

– Ils avaient pris des mesures...

– SUPER ! PARFAIT ! MERVEILLEUX RÉSULTAT !

Je me gare sur le parking de l'hôpital et m'éjecte du véhicule.

Trente secondes plus tard, je suis au deuxième étage devant le bloc de chirurgie.

Cameron m'attend devant la porte.

Pâle comme un linge.

– Elle est en vie, Paul. Elle est encore en vie. Toujours sur la table.

– Seigneur... Qu'est-ce qui s'est passé ?

– Elle a pris des coups de couteau. Je me suis interposé. Kosh s'est enfui. Billy n'a rien.

Je tombe dans ses bras.

Il me serre fort, malgré ses multiples bandages.

Il grogne qu'il a pris quelques coups, lui aussi. En fait, j'apprendrai plus tard que ses blessures ont nécessité la transfusion de quatre culots globulaires avant son arrivée à l'hôpital pour éviter qu'il claque sur le trottoir.

– Oh, putain... Oh, bordel de merde...

C'est à peu près tout ce que je trouve à dire avant d'éclater en sanglots.

Je reste cramponné à mon ami d'enfance.

Cam ne me lâche pas d'un pouce.

Une infirmière arrive, encadrée par trois molosses de la sécurité qui m'ont vu débouler. Cameron les défie du regard. Les molosses battent en retraite. Il me fixe à son tour et, malgré sa formidable masse, je vois bien que son état physique n'est pas terrible. Il est livide, couvert de plaies et de pansements. Ses yeux sont humides aussi.

– C'est ma faute, Paul... uniquement ma faute...

– Qu'est-ce que tu veux dire ?

Il renifle.

– Je savais qu'il allait s'en prendre à Claire. Kosh a tenté de kidnapper une fillette appelée Madison. Il a échoué. Puis il est devenu fou. Il a à moitié décapité l'agent Palmeto. Je me suis bien douté que ta famille était en danger. J'ai obtenu l'adresse de l'appartement de Claire via le chef Garner. Ta femme avait décidé de refaire surface. J'ai campé là-bas pour les protéger, en plus des gars du FBI. Mais Kosh a réussi à tromper notre vigilance. Je ne sais même pas comment il s'y est pris. Ce type est un démon...

Cameron m'entraîne en clopinant jusqu'à une salle de repos réservée au personnel, il exhibe son badge et vire les occupants.

– Excuse-moi. Il... Il faut que je m'allonge une seconde.

Il s'écroule sur la table, et c'est là que je remarque la tache de sang qui s'étale sur son ventre.

Il s'évanouit.

Et j'appelle au secours.

93

– VOTRE AMI doit retourner tout de suite en réanimation ! braille l'interne des urgences.

On est de retour au rez-de-chaussée de l'hôpital. L'interne s'agite à côté du brancard de Cameron, un brassard à tension à la main. Connie vient nous rejoindre.

– L'inspecteur Cole était en réa ? dit-elle en retrouvant spontanément son langage d'infirmière.

– Cet imbécile s'est enfui pour retrouver son ami ! Il a six côtes cassées et un pneumothorax ! Nous sommes en état d'alerte maximale à cause de l'ouragan, les urgences sont saturées, je n'ai pas l'intention de passer ma journée à courir après les malades !

Cam ouvre une paupière et m'adresse un clin d'œil.

– Ce mec est un sacré braillard, hein ? On dirait toi. En plus jeune...

Je lui souris. Ça nous fait du bien.

Durant un bref instant, Wolverine et Cyclope sont de retour. Puis je me rappelle que Claire est encore en salle d'opération et mon moral plonge à nouveau.

– Raconte-moi ce que tu as appris, dit Cam pendant qu'on escorte son brancard jusqu'à son service.

Je lui fais un résumé. Il nous relate ensuite son équipée dans les Everglades.

– C'est dingue, dit Connie, vous avez retrouvé Sean, puis vous l'avez perdu ?

Je l'interromps :

– Donne-moi plutôt des détails sur ce qui s'est passé avec Claire.

Cam hoche la tête.

– Ta famille se cachait dans un appartement inoccupé à Bonita Springs. Un prêt de Sheila Lebowitz, ta voisine. Hier, Altman a placé deux agents en faction dans une voiture et un troisième à l'intérieur de l'appartement. Je me suis posté en sentinelle dans l'entrée de l'immeuble. De mon point de vue, c'était le seul accès possible.

On arrive en réanimation. Des infirmiers l'installent et branchent leurs machines.

– Et puis ?

– C'est là où ça coince. Personne n'est entré à part les occupants habituels de l'immeuble, et un livreur avec son petit chariot pour monter un carton destiné à un vieux qui habite au-dessus.

– Un livreur ?

– Simple article ménager. J'ai vérifié. Il est reparti ensuite. C'est plus tard qu'il y a eu des coups de feu. Le temps que je monte, la porte de l'appartement était ouverte. L'agent en faction gisait égorgé sur le seuil.

Les infirmiers nous font signe qu'il est temps de partir.

– Continue, dis-je.

– Claire était allongée par terre. Dans une mare de sang. Ton fils hurlait...

Je me passe une main sur le front.

– Ensuite ?

– J'ai cru qu'elle était morte. Kosh était dans la pièce. Il regardait dans le vide, assis, les bras tranquillement allongés sur les accoudoirs d'un fauteuil. On aurait dit ce putain de président Abraham Lincoln sur un trône. Il avait un couteau sur les genoux. Je crois qu'il m'attendait. Il comptait me faire la peau. Il a laissé crier ton fils uniquement pour que je monte... Et aussi...

– Quoi ?

– Il était entièrement à poil.

Les infirmiers trépignent. Connie colle son badge du FBI sous leur nez pour les calmer.

– Comment a-t-il pu s'échapper ? dit-elle.

– Les agents stationnés en bas ont fini par se pointer et l'ont mis en fuite. Je leur ai dit de le poursuivre, mais ils sont restés avec nous pour attendre les secours.

L'idée me traverse l'esprit à cet instant.

C'est Cameron qui me l'a soufflée.

Une chose tellement évidente que je ne comprends pas comment je n'y ai pas pensé plus tôt.

– Abraham Lincoln ! dis-je en sautant dans les airs.

Mes amis me regardent, surpris.

Les infirmiers, eux, se tâtent visiblement pour une seringue de tranquillisants.

– De quelle taille, le carton ?

– Pardon ?

– Le carton du livreur d'articles ménagers, quelle taille avait-il ?

– Je ne sais pas, moi, c'était un minifrigo, comme ceux qu'on trouve dans les chambres d'hôtel. Il m'arrivait à peine aux genoux, tu ne crois quand même pas que...

Je frappe ma paume avec mon poing.

– Absolument ! Il était à l'intérieur !

– Hein ? dit Connie. Mais personne ne rentre dans un volume pareil !

– Aucun adulte ordinaire. Mais un contorsionniste naturel, si ! Réfléchissez. Kosh est long et fin, avec des doigts anormalement allongés qui font penser à des pattes d'araignée. Il est extrêmement souple, au point de s'enrouler autour de vous comme un serpent. Tout cela a une explication : il est atteint de la maladie de Marfan, la même anomalie génétique qu'on a attribuée à Abraham Lincoln ! Voilà comment il a réussi à se défaire de ses menottes la première nuit où on l'a rencontré ! Les contorsionnistes accomplissent des prodiges. Kosh bénéficie en plus d'une anomalie. En s'entraînant, imaginez les exploits dont il est capable !

– Mais pourquoi à poil ?

– Pour mieux replier son corps. Les vêtements ont trop de résistance et prennent de la place. Il a besoin de tenir le moins d'espace possible. C'est comme ça qu'il pénètre dans les fast-foods, chez les gens, n'importe où : il se fait livrer sous la forme d'un paquet-cadeau ou d'un colis postal ! Personne ne le voit !

Les infirmiers font une piqûre à Cameron pour soulager sa douleur et quittent la pièce en secouant la tête.

Je me tourne brusquement vers Connie.

– Bon sang ! Billy !

– Quoi ?

– Où est-il ?

– Altman l'a placé chez quelqu'un de confiance en attendant une famille d'accueil.

– Je dois y aller.

– Personne n'a l'adresse. Question de sécurité. Et le shérif vous attend.

– Il faut... aider... Paul..., dit Cam à moitié endormi.

Les yeux de Connie s'agrandissent.

– Quoi ? C'est la morphine qui vous fait délirer ?

Je saisis les mains de mon ancienne infirmière.

– Vous ne comprenez pas. Quel que soit l'endroit où se trouve mon fils, Kosh peut y entrer de la même façon. Personne ne se méfiera d'un simple paquet. Il veut se venger. Il va tenter de le faire. Tout de suite.

Cameron approuve d'un grognement.

Elle nous dévisage tour à tour.

– Attendez, vous deux... Si vous pensez que je vais laisser Paul s'enfuir maintenant, c'est que vous êtes complètement cinglés l'un et l'autre !

Je me penche sur elle.

– Embrassez-moi.

– Pardon ?

Je colle mes lèvres contre les siennes.

Elle en reste figée.

Je la pousse contre le lit de Cameron.

Un « clic ».

– Qu'est-ce que...

Elle lève sa main droite, attachée au barreau avec ses propres menottes.

Cameron balance la clé à l'autre bout de la pièce d'un geste las.

– Désolllléé..., murmure-t-il en s'endormant.

J'ouvre la fenêtre et enjambe le rebord.

– PAUL ! crie Connie.

Je me retourne.

Le temps s'immobilise.

– D'accord, fait-elle, les yeux rougis par les larmes. Allez-y. Allez sauver votre fils.

Je hoche la tête.

– Ne... ne vous faites pas tuer, murmure-t-elle.

Je la remercie en silence.

Puis je saute dans la rue.

Plusieurs voitures de patrouille sont garées sur le parking de l'hôpital. De là où je suis, je vois le chef Garner qui s'agite en criant sur ses officiers et diverses personnes en blouse blanche. Je suppose que je suis la cause de tout ce ramdam.

Je me faufile dans une petite rue derrière le bâtiment, et je disparais.

C'est ma ville. Chez moi.

Je connais ses moindres recoins.

Je ne pourrais pas échapper à la police durant des jours, mais jouer à cache-cache pendant quelques heures, j'en suis encore capable.

Je me rendrai aux autorités de toute façon. Mais d'abord, je dois voir quelqu'un.

Je traverse les quartiers de mon enfance, empruntant les passages qui relient les résidences les unes aux autres. Des endroits où j'ai joué des centaines de fois.

La maison que je cherche n'est pas très loin. Je m'y rends à pied tandis que la pluie trempe mes épaules. Il fait chaud. La végétation des jardins est luxuriante et les feuilles des palmiers se teintent d'un vert étonnamment vif.

Je respire à fond.

Les lieux n'ont pas changé tant que ça. Des images du passé se superposent. La Floride d'avant. La Floride d'aujourd'hui.

Je finis par arriver à une petite bicoque qui ne paye pas de mine, au bout d'une allée conduisant à la mer. De simples bardeaux peints, un jardin modeste, une lampe-tempête accrochée près d'une balancelle. Il faut dire que la propriétaire n'a jamais eu des goûts de luxe.

J'entre sans frapper.

Pas besoin d'une arme. Ce serait inutile.

Elle m'attend dans le salon en lisant un livre d'Hemingway.

Je me racle la gorge.

– Eh bien, Paul, dit Madame Scorbut en levant les yeux. Je me demandais si tu viendrais un jour.

94

LA CONVERSATION avec mon ancienne institutrice dure un certain temps.

Tout ce qu'elle m'apprend confirme mes doutes.

Nous prenons le thé pendant que le vent forcit au-dehors. Un gémissement tel qu'à certains moments j'ai l'impression d'entendre la voix de mon père, comme si son spectre tourbillonnait autour de la maison. Miss Scorbin ne s'offusque pas de son sobriquet, quand je le lui révèle – elle sait depuis toujours que les élèves la surnomment Madame Scorbut. Elle me raconte son histoire, puis me prend dans ses bras. Elle me donne ensuite les clés de sa vieille guimbarde, une Honda Accord. Je la remercie.

Puis je repars.

Il n'y a pas grand monde dans les rues de Naples, quelques voitures regagnent les demeures proches, ou partent vers Miami pour fuir la tempête. La radio raconte que nous essuyons un grain mineur à côté de ce qui s'apprête à débouler sur les autres États du Sud. Nombre d'entreprises privées, électriciens et réparateurs en tout genre, font déjà route vers le Texas, l'Alabama et la Louisiane, mais les autorités officielles sont toujours partagées quant au risque d'une réelle catastrophe.

J'éteins la radio pour me concentrer sur ce qui m'attend.

Je roule jusqu'à mon ancienne *Walk-In Clinic* sans être inquiété par la police. Je m'arrête sur mon parking. Les scellés sont toujours sur la porte. Je suis triste de voir ma consultation dans cet état. Je me demande si quelqu'un, un jour, tentera à nouveau un pari similaire.

Je pénètre par l'entrée de service. Couloirs déserts. Compresses qui traînent. Je me rends à la réserve. Seringues. Ampoules. Je prépare calmement ce dont j'ai besoin, ajustant les dosages avec précision, puis je scotche ce qu'il faut sur moi avec du ruban adhésif ultrarésistant. Pour finir, je retourne à l'accueil et j'appelle le docteur Marta Coburn.

– Tu as ce que je t'ai demandé ?

– Seulement un séquençage partiel.

– Ça correspond ?

– Oui.

– Ça suffira.

Je récupère le résultat sur mon fax, plie le papier en quatre et le fourre dans ma poche.

– Qu'est-ce que tu vas faire ? demande Marta.

Je ferme les yeux pour mieux visualiser mon fils.

Billy en train de jouer. Billy qui attrape les feuilles mortes qui tourbillonnent dans notre jardin.

– La seule chose qui compte, Marta.

Je raccroche.

– ... La seule chose qui compte.

Et je me mets en route pour ma dernière destination.

Le muret ne fait même pas un mètre de haut.

J'abandonne la Honda Accord juste devant, l'escalade sans problème et saute dans le jardin.

Les gens puissants imaginent parfois qu'une frontière symbolique suffit à tenir les indésirables à distance. Ils font partie des dieux de l'Olympe, qui serait assez dingue pour fouler leurs terres et s'attaquer à eux ?

Je marche sur le gazon coupé ras. La propriété est impressionnante. Dans les vingt, vingt-cinq millions de dollars, je dirais.

Un gorille ne tarde pas à me tomber dessus.

Il a déjà une main à l'intérieur de sa veste.

– Vous n'avez aucun droit d'être ici !

– Je viens chercher mon fils.

Il me balance un pain.

Je lui plante ma seringue dans le cou. Pousse.

Sa main lâche le flingue. Il tombe.

Je l'enjambe et je continue.

Dix mètres plus loin, une autre armoire à glace débarque. Grosse tête aplatie, petits yeux noirs.

– Enfoiré..., il grogne.

Il sort un énorme couteau de combat.

– Qu'est-ce que tu lui as fait !

– Simple tranquillisant.

Je lui envoie un coup de pied dans l'aine.

Il n'esquive même pas.

– T'as plus de piquouze, toubib de mes deux. C'est avec tes petites gesticulations que tu comptes m'avoir ?

Puis une expression différente se peint sur son visage. En particulier lorsqu'il découvre son ventre plein de sang.

– Avec ma chaussure, non. Mais avec les scalpels que j'ai fixés sous la semelle, possible.

Il s'écroule par terre. Je lui ôte son couteau des mains et jette un œil à sa blessure.

– Comprimez avec ça, dis-je en plaçant son poing sur sa veste. Vous devriez vous en sortir.

Je continue.

– Papa ! crie mon fils par l'une des fenêtres.

Mon cœur bondit. Je me jette à terre.

Un tir découpe les branches d'un oranger là où je me tenais la seconde précédente.

Je me redresse et me mets à courir.

Une autre rafale.

– Papa !

– J'arrive, Billy !

Encore un tir.

Deux balles m'atteignent. L'une déchire mon oreille gauche. L'autre s'enfonce dans ma cuisse droite. La douleur est fulgurante.

Dix mètres.

Cinq mètres.

Trois.

J'attrape une chaise sur la terrasse et défonce la vitre du rez-de-chaussée. Une explosion de verre Securit m'enveloppe telle une flamboyante pluie d'étoiles.

Je suis dans la maison.

Je m'accoude à un meuble, le souffle court. Je n'entends plus rien avec mon oreille blessée et perds un max de sang par la cuisse. Impossible de m'appuyer dessus.

Merde, j'espère que cet enfoiré n'a pas touché une artère. J'arrache le ruban adhésif enroulé à ma chaussure et m'en fais un garrot. Je sors la seringue d'adrénaline et me la balance en intraveineuse. Mon cœur fait un bond en avant. La douleur est toujours là, tel un feu sombre dans ma tête. Mais maintenant je marche.

Je traverse un hall. Monte un escalier. Couloir. Pièces immenses.

Tout est décoré avec des objets de cirque. Costumes anciens. Trapèzes. Un foutu musée.

J'enfonce une porte d'un coup de pied.

Une chambre. Mon fils est dedans.

– Billy !

– Papa !

Je tombe à genoux

Il m'entoure de ses bras.

- Ça va, Pa ? dit-il, inquiet. T'as du sang...

Je souris tant bien que mal.

– Ça va.

Lui a l'air en bonne santé.

– Viens vite ! On a besoin de toi !

– Où ?

Mon fils de six ans me tire par la main, inconscient du danger, ignorant notre période de séparation, comme si tout cela n'était qu'un grand jeu, comme si nous étions ensemble dix minutes plus tôt. Je me retiens de fondre en larmes. Son petit corps gesticulant m'entraîne jusqu'à la chambre suivante, laquelle est au moins aussi grande que notre séjour. De vieilles affiches de cirque recouvrent les murs.

– Mon copain est malade. Tu peux le soigner, dis ?

Une forme sur un lit à baldaquin. Je me penche.

Sean Raymond-Rodriguez ouvre les yeux.

– Qui... qui êtes-vous ?

– Ne t'inquiète pas, bonhomme, parviens-je à articuler. Je suis médecin. Je vais te sortir de là...

– Ça, ça m'étonnerait, dit Kosh en entrant dans la pièce, tenant le pistolet automatique qu'il a utilisé pour me tirer dessus.

Je plisse les yeux.

– Je me doutais bien que je vous retrouverais ici.

– Vous avez fait une erreur, dit Helen McCarthy en entrant à son tour. Une très grosse erreur.

95

HELEN McCARTHY, maire de Miami Beach et candidate aux élections de Floride, semble assez désagréablement surprise de me voir dans sa maison.

– Débarrasse-le de son portable, ordonne-t-elle à Kosh. Et de toute arme ou tout objet apparenté.

Il vide mes poches, jette mon téléphone et mes seringues par terre, puis fracasse le tout à coups de talon.

Helen me dévisage froidement.

– Quelqu'un sait que vous êtes ici ?

– Non.

– Vous en êtes sûr ? Même pas Aaron Altman ?

– Même pas.

Elle se détend.

– Bien.

– Comment savez-vous qu'il dit la vérité ? grogne Kosh.

– Parce qu'il aurait été dangereux pour lui d'en parler à quiconque. Nous détenons son fils. Il a supposé que nous agissions seuls, mais il n'était sûr de rien.

Elle se tourne vers moi.

– En l'occurrence, ce pauvre Aaron Altman est rigoureusement honnête. Mais vous ne vouliez prendre aucun risque, n'est-ce pas ?

– C'est exact, je reconnais.

Elle laisse échapper un rire.

– Je n'ai eu aucun mal à obtenir la garde temporaire de Billy, vous savez ? Altman avait besoin de placer ce garçon en lieu sûr. J'étais là. Je ne suis pas seulement une personnalité éminente, ou son tremplin pour une carrière politique, je suis son amie. Sa « personne de confiance ». Ça fait des années que je m'applique à l'être.

Elle tourne autour de nous pendant que Kosh me tient en joue et que les enfants se recroquevillent dans un coin de la pièce. Son allure, en longue robe noire, est encore plus impressionnante que sur les affiches de sa campagne.

– Quel dommage, dit-elle, vous aviez l'air d'un si gentil garçon.

Elle s'arrête.

– Comment avez-vous deviné ?

– À cause de la fête.

– Quelle fête ?

– Celle d'Hermann et Sheila Lebowitz. J'ai soigné votre coupure, ce jour-là. Quelqu'un vous a giflée. J'ai appris par la suite que c'était Kosh, il me l'a avoué lui-même. Une provocation gratuite. Un petit bonus qu'il s'accordait.

– C'est vraiment ce que tu as dit ? fait-elle en l'observant.

Il baisse les yeux.

– En y réfléchissant, dis-je, j'ai trouvé ça bizarre. Vous défier gratuitement, en public, c'était un risque énorme. Trop grand. Même pour lui. Et votre insistance à ne pas porter plainte...

Une pause.

Elle ne bouge pas.

– C'était une dispute de couple, n'est-ce pas ?

Elle sourit.

– Nous n'avons pas de relations sexuelles, si c'est ce que vous sous-entendez.

– Je parle d'un couple de tueurs. Deux dangereux psychopathes.

Son visage se ferme.

– S'il vous plaît, Helen, laissez-moi l'achever, gémit Kosh.

Elle lève une main.

Puis revient vers moi.

– Ce n'est pas votre seul indice, je suppose. Il doit y en avoir un autre. Je suis extrêmement vigilante. La vigilance d'une vie entière. Un incident aussi banal est incapable de me percer à jour.

Elle oscille lentement de gauche à droite, comme un serpent. Je me demande si elle s'en rend compte.

– J'ai besoin de savoir quelle a été mon erreur, dit-elle avec le sourire, sinon je ne pourrai pas la corriger.

Je regarde Billy et Sean.

– Faites-les sortir.

– Mais Pa !

Le ton suppliant de mon fils me déchire, mais je n'en montre rien.

– Billy. Ne t'inquiète pas. Tout va bien se passer.

Je me tourne vers Helen.

– Ils ne représentent aucune menace. Vous n'avez qu'à les enfermer dans une autre pièce.

Elle plisse les lèvres.

– D'accord.

Kosh les emmène. Je vois disparaître le visage inquiet de Billy, et celui, totalement horrifié, de Sean entraîné par son kidnappeur.

Kosh revient.

– Alors ?

Je rassemble mes forces avant de répondre. Je peux sentir mon cœur battre à l'intérieur de ma cuisse. L'adrénaline est en train de cesser son effet et mon pantalon se remplit de sang.

– Ce qui m'a permis de vous percer à jour, dis-je, n'est qu'une impression. Un sentiment. Une peur absolue et irrationnelle, que j'ai éprouvée seulement deux fois au cours de ma vie. L'une en vous rencontrant dans cette chambre à la fête de Sheila. Et l'autre en découvrant un costume de sorcière dans une caisse sur un quai. Ça m'a connecté au reste. J'ai réalisé que cette peur venait du plus profond de ma mémoire. Elle me rappelait une femme appelée jadis Ieva Nemkova. Une psychopathe qui faisait du trafic d'enfants, et qui a parfaitement su reconstruire son existence.

Je la fixe intensément.

– Vous, Helen.

Kosh braque son flingue sur mon front.

– Comment peut-il savoir ça ? !

Le visage de McCarthy se crispe. Maintenant, on dirait la caricature de son ancien masque de sorcière.

– Tu as raison. Tue-le.

– Malheureusement, ça ne va pas être facile, fais-je

– Ah oui ? Et pourquoi donc ?

Je sors le papier de ma poche.

– Parce que j'ai commandé ce test ADN. Vous vous rappelez les compresses avec lesquelles je vous ai soignée ? Elles sont restées dans ma trousse de secours. Votre sang était dessus. Il a suffi de le comparer au mien. Vous devriez lire le résultat. Il est encore partiel, mais c'est très instructif.

Je prends une inspiration.

– Vous êtes ma mère biologique. Billy est votre petit-fils.

Helen McCarthy se raidit, comme frappée par la foudre. Un chaos d'émotions défile sur son visage – colère, peur, incrédulité, suspicion – puis elle m'ôte le papier des mains.

Kosh nous regarde l'un et l'autre, complètement abasourdi.

– C'est quoi cette histoire ? !

Elle redresse la tête après avoir lu.

– Il dit la vérité.

– Pardon ?

– Tu devrais aller faire un tour à l'extérieur.

Kosh fait un pas en arrière, comme si elle l'avait giflé.

– Pardon ? répète-t-il en battant des paupières.

– Va voir comment se portent mes gardes du corps. Et laisse-moi ton arme. Je suis assez grande pour me défendre.

La bouche de Kosh le Magicien se tord dans tous les sens, comme celle d'un petit garçon se demandant s'il va oser répondre, puis il tourne brusquement les talons et sort en claquant la porte.

Je reste seul avec Helen.

Elle joue avec le canon de l'arme.

– Asseyez-vous, dit-elle.

Je me laisse choir dans un fauteuil, la figure pâle, les mains posées à plat sur ma cuisse ensanglantée pour la comprimer.

Son visage est calme. Presque paisible.

– Comment va George ? dit-elle.

– Il est mort.

– Ah.

Elle hoche la tête, effleurant du regard les affiches de cirque qui décorent la pièce.

· Vous voulez savoir ce qu'il est devenu ? dis-je. Ce qu'il a fait durant toutes ces années ?

– Non. Il fait partie d'une autre époque. J'ai cessé de m'y intéresser à la seconde où cette période s'est arrêtée.

– Vous voulez dire, le jour où il a dénoncé votre trafic au FBI ?

Nouvel élan de stupeur. Moins marqué, cependant.

– Ainsi, c'était lui ?

– Oui.

– J'aurais dû m'en douter. Et m'en débarrasser plus tôt.

Elle hausse les épaules.

– On commet tous des erreurs de jeunesse.

Je m'abstiens de répondre.

– Et pour vous ? dit-elle. Il était censé vous avoir tué accidentellement vers l'âge de trois ans, non ? Comment a-t-il réussi ce.. tour de force ?

– Oh, de façon simple. En mettant le cadavre d'un autre enfant à ma place. Une amie l'a aidé. Mon ancienne institutrice, miss Scorbin. Vous ne la connaissez pas.

– Décidément, c'est une journée instructive. Puis-je avoir des détails ?

– Bien sûr.

Je rassemble mes forces, et je poursuis :

– Mon père vous aimait d'un amour passionnel, mais cette liaison le rendait malheureux. Ma naissance lui a ouvert les yeux sur votre véritable nature. Sa tristesse s'est transformée en peur lorsqu'il a compris ce que vous faisiez à ces adolescents que vous entraîniez avec vous. Il voulait que ça s'arrête. Mais il ne pouvait rien faire tant que j'étais là. Or, il avait une amie très proche, une femme courageuse dont vous n'aviez pas connaissance. Elle s'appelait miss Scorbin, et elle était institutrice. Mais tous ses élèves la surnommaient Madame Scorbut.

– Passionnant.

– Vous ne devriez pas vous moquer d'elle. Scorbut avait parfaitement saisi le fond de votre personnalité. Et elle voulait soustraire George à votre influence. Alors elle l'a propulsé dans les bras d'une autre femme, aimante et douce. L'une de ses amies à elle : Eleanore Becker.

– Qui est-ce ?

– Ma mère de cœur. Celle qui m'a élevé. Mais cette dernière n'était au courant de rien. C'est Scorbut qui a eu l'idée de la mise en scène pour simuler ma mort. Une famille de pauvres gens venait de perdre le plus jeune de leurs fils d'une pneumonie foudroyante. George et elle se sont arrangés pour récupérer le cadavre. George l'a écrasé avec un camion, rendant toute identification impossible. Après quoi il m'a conduit chez Eleanore Becker. Ils sortaient ensemble depuis quelque temps déjà. Il lui a donné une version légèrement différente : il a dit qu'il était coupable de trafic de marijuana et d'homicide involontaire, et qu'il risquait d'aller en prison. Il m'a présenté, moi, son jeune fils de trois ans, élevé seul. Il ne voulait pas que son garçon soit livré aux services sociaux. Il a supplié Eleonore de m'accepter comme fils. Il lui a même offert de l'argent. Mais elle n'en avait pas besoin, elle était amoureuse. Elle m'a élevé sans rien connaître de mon passé. Miss Scorbut veillait, de loin. Elle s'est arrangée pour les papiers, m'a inscrit dans son école, et j'ai débuté une nouvelle existence, loin de vous. Je n'ai gardé aucun souvenir de ma petite enfance, à part ce sentiment de terreur. Et l'impression, ma vie durant, qu'on me cachait quelque chose.

Je marque une pause pour reprendre mon souffle. Je dois être pâle comme un linge.

– Mon père voulait vous dénoncer tout de suite, mais son propre piège s'est refermé sur lui. Les flics n'ont pas accepté ses conditions. Le FBI l'a forcé à devenir leur indic, jusqu'à ce que l'affaire devienne suffisamment juteuse à leurs yeux. Ça a duré six ans.

Elle m'observe, attentive.

– Stupéfiant, dit-elle.

– Pas autant que votre propre transformation. On m'a dit que vous étiez défigurée par des cicatrices. Votre nouveau visage est très réussi.

– Merci, dit-elle sans aucune trace de sarcasme. Je devais en changer de toute manière.

Elle s'assoit en face de moi et croise les jambes, le pistolet toujours à la main.

– Voyez-vous, en 1977, lorsque ma petite « affaire » a touché à son terme, j'ai dû fuir ce pays en catastrophe. Mon moral était au plus bas. Plus de contacts ou presque, guère d'argent, je me suis réfugiée dans les pays de l'Est.

– Comment êtes-vous devenue Helen McCarthy ?

– Le hasard. J'étais en exil. On s'est croisées, Helen et moi. À peu près le même âge. On se ressemblait. Sauf qu'elle était une petite sotte d'Américaine idéaliste fascinée par les causes humanitaires. J'avais envie de rentrer. J'ai pris sa place. Elle a eu un accident mortel, et moi beaucoup de chirurgie esthétique. Ses parents ne l'avaient pas revue depuis des siècles. J'ai prétendu que mon ambulance avait sauté sur une mine. Ils ont été très émus par mon retour. Mon accident expliquait tout : mes légères différences physiques, mes oublis éventuels. Je n'ai eu aucun mal à me couler dans son existence.

Elle désigne les affiches aux murs, de la pointe de son arme.

– Il faut croire que George et moi sommes allés à bonne école. Notre métier d'artistes nous a parfaitement appris à simuler.

– Et pour votre carrière ?

Elle hausse les épaules.

– Une femme dotée d'une détermination absolue, avec le corps qu'il faut, séduit facilement un riche vieillard. Il décède. J'hérite. L'ascension politique a suivi. C'était vraiment la partie la plus facile.

– Sauf que le reste ne colle pas.

– Quoi donc ? dit-elle, un peu surprise de me voir encore débattre, malgré le sang qui goutte à goutte s'étale sous ma chaise.

– Vous avez tout. Le pouvoir. L'argent. Pourquoi vous encombrer d'un type comme Kosh ?

Elle soupire.

– Un enfant de la balle, lui aussi. Pas de passé ou presque. Une personnalité intéressante. Disons que j'ai voulu faire une expérience. Voir jusqu'où il pouvait aller si je lui en donnais les moyens.

– Une sorte d'héritier spirituel ?

– Oui.

Mes yeux se brouillent et ma tête manque de partir en arrière

– C-conneries..., dis-je.

– Pardon ?

– Je... ne vous crois pas.

J'écrase volontairement la blessure à ma cuisse. La douleur – atroce – relargue une vague d'adrénaline dans mon organisme, et ma vision redevient claire.

McCarthy se redresse, amusée

– Vous le manipulez, dis-je. Depuis le début.

– Tiens donc ?

– Le trafic de gosses, le site pédophile, les enlèvements, les aires de jeux, tout ça fait partie de son délire à lui. Mais pour vous, c'est de la stratégie pure. Il n'est rien d'autre qu'un chien jouant à vos pieds.

Ses yeux étincellent, mais elle ne répond pas.

– Voilà comment je vois la chose, dis-je. D'un côté vous luttez officiellement contre les délinquants sexuels en collaborant avec le FBI. De l'autre, vous disposez de tous les profils et adresses de ces criminels. Kosh les récupère comme clients, et peut aussi en employer certains, des avocats véreux, ou des fous comme Jordi. Pour Kosh, c'est l'éclate. Sauf que vous n'avez jamais eu l'intention que ça dure : vous comptez le sacrifier.

– Mon Dieu, fait-elle, faussement surprise, et pourquoi ferais-je une chose pareille ?

– Oh, pour la raison la plus simple qui soit : votre intérêt. La peur est le plus puissant des moteurs. Vous comptez être le prochain gouverneur de Floride, instaurer une politique de tolérance zéro et assainir le pays. Qui sait jusqu'où peut aller votre ascension ? La guerre contre la terreur a fait ses preuves. Les braves gens, les personnes âgées et les familles vous soutiennent. Une menace contre nos enfants, que peut-il y avoir de pire ? Si Kosh est tué et son réseau démantelé grâce à vous, votre popularité explose. C'est pour ça que vous n'avez pas levé le petit doigt malgré ses déboires. Et il commence à s'en douter. D'où votre dispute de l'autre jour. Et la gifle que vous avez reçue.

Je la fixe.

– Car, au contraire de Kosh, vous n'avez jamais été folle, Helen. Vous êtes simplement un authentique, un véritable... *monstre*.

Elle se lève soudain, telle une Némésis dans sa robe noire

– D'accord, dit-elle. Cette fois, je pense vraiment qu'il est temps de mourir.

– Alors là, vous m'ôtez les mots de la bouche ! annonce joyeusement Kosh en poussant la porte et brandissant le pistolet d'un des gardes du corps.

Et sans cesser de sourire, il lui colle une balle dans la tête.

96

JE CONTEMPLE le cadavre d'Helen McCarthy, pétrifié d'épouvante.

En venant ici, j'espérais infléchir sa détermination. Jouer sur la corde sensible, invoquer notre parenté, la faire chanter avec mon test ADN. Bref, d'une façon ou d'une autre, traiter avec le diable plutôt qu'avec son ange déchu.

Mais voilà que le diable est mort.

– Paul, hé ! mon ami ! Tu es toujours là ? dit Kosh en dansant autour de moi. Regarde un peu ça, mon pote, je crois que nous avons là une situation très intéressante...

– Seigneur... Mais qu'est-ce que vous avez fait !

– Eh bien quoi ? dit-il en agitant le canon de son arme en direction du cadavre. Je l'ai tuée, voilà tout. Et pardonne-moi l'expression, mais putain de bordel de merde, tu ne vas quand même pas me dire que ça te choque ? C'était une sacrée salope, non ?

Il bondit jusqu'à ma chaise et m'assène un coup de crosse sur la cuisse.

– Réveille-toi, Paul ! On est ici !

Je lâche un cri.

Il se tient le menton.

– Mince, tu croyais vraiment que j'allais faire un tour dehors parce qu'elle me l'avait ordonné ? Le bon chien-chien à sa mémère ?

Il soupire.

– Bon, j'avoue. Je suis réellement sorti. Dix secondes. Le temps d'achever les deux gardes et récupérer un flingue. Puis je suis revenu écouter à la porte.

Il éclate de rire.

– Mais il le fallait, Paul, il le fallait ! Vois-tu, toute cette merde, c'est à cause de toi. Je ne pouvais pas vous laisser ensemble. Vous étiez en train de tout foutre en l'air. Mon projet merveilleux !

Un gémissement s'échappe de ma bouche.

Il se redresse.

– Holà ! Tu meurs ?

Mes yeux roulent de nouveau en arrière.

– Sapristi ! dit Kosh en regardant alentour. Le docteur va mourir ! Au secours ! Appelez un autre docteur !

Ses bras retombent.

– Suis-je bête, c'est trop tard. J'ai coupé les lignes téléphoniques. Il n'y a aucun moyen de joindre l'extérieur. La propriété est à cinq cents mètres de la maison la plus proche. Et l'ouragan, là-dehors, je te raconte pas... On dirait bien que nous sommes coupés du monde.

Il se dandine, les yeux écarquillés comme un clown de cirque.

– Mais tu sais quoi ? Ça ne va pas nous empêcher de passer un excellent moment, toi et moi, mon pote Sean et le joyeux Billy !

– Je...

– Pardon ? fait-il en se penchant vers moi, une main derrière son oreille.

– ... t'em...

– J'entends rien du tout.

– ... t'emmerde...

Et je lui balance un coup de tête.

La douleur explose dans mon crâne. Kosh valdingue en arrière et s'écrase contre le mur. Je me redresse tel un pantin sanguinolent, avance et me laisse tomber sur lui. Mes genoux s'enfoncent dans sa poitirne. Un craquement, suivi d'un cri. Il s'agite. Je résiste. Des meubles tombent. Un vase explose contre le sol. Sa jambe droite s'enroule autour de ma tête et me projette en arrière. Mon crâne heurte quelque chose de dur et je vois trente-six chandelles. Il se redresse et fonce vers son flingue. J'attrape sa jambe, y plante mes dents. Il hurle. Je l'empoigne par la ceinture et le fais tomber de nouveau. Nous roulons l'un sur l'autre. Les coups volent. Il grogne. Je halète. Et soudain le pistolet est là, à portée de main.

– Papa ! hurle Billy.

Le coup de poing de Kosh me défonce la mâchoire, et je retombe.

Il se remet debout, essuie le sang sur son visage, et ramasse le flingue.

– Papa ! hurle mon fils en se ruant sur moi.

– B-Billy... ce... ce n'est rien... v-va-t'en...

– Papa ! pleure mon fils, les bras enroulés autour de mon torse. Il est parti, pleure Billy. Il est parti...

– Parti ? demande Kosh. Qui ça ? Où ?

– Mon copain...

Kosh écarquille les yeux, puis se rend dans la chambre voisine, le pistolet à la main.

À travers un voile rouge, je le vois regarder par la fenêtre ouverte et pousser un juron.

Il revient vers nous.

– Tu ne sais pas quoi, Paul mon pote ? Malgré sa condition physique, le petit Sean a sauté par la fenêtre du premier étage pour ficher le camp. Invraisemblable, non ? À croire que ce garçon refuse de mourir.

Il vérifie le chargeur.

– Attendez... Laissez Billy... je vous en prie... j'ai une proposition à vous faire...

Ma dernière carte.

Plus qu'une.

– C'est... c'est moi le seul responsable... Infligez-moi tout ce que vous voudrez... Mais laissez Billy repartir...

Il sourit.

– Oh, mais ne t'inquiète pas. Je ne suis pas aussi bête. Je compte bien prendre mon pied avec toi. Et je ne vais pas tuer ton fils. Mon petit commerce en est à peine à ses débuts. Il y a de grandes familles dans les recoins du web. Ils sont affamés, ils piaffent d'impatience. Il faut bien que quelqu'un les nourrisse ! Pourquoi Billy ne ferait-il pas partie de leur prochain repas ? Je vais rattraper Sean, l'éliminer une fois pour toutes et revenir m'occuper de vous deux.

Du temps.

Seigneur, accordez-moi un peu de temps.

– Attendez... Une... dernière... question...

Je la lui pose.

Il me répond.

– C'est tout ?

– O-oui...

– Parfait !

Et il me tire dessus.

97

DANS LES FILMS, une balle vous tue en quelques secondes. Mais la réalité est moins évidente.

À moins de la prendre en pleine tête, elle ne vous apporte pas la douleur fulgurante, suivie de la mort que vous imaginez. En fait, elle a d'assez bonnes chances de se loger dans un endroit très pénible et vous occasionner toutes sortes de souffrances avant d'entraîner la défaillance de vos fonctions vitales, en général quelques minutes – et parfois quelques heures – après l'impact initial.

Se prendre une balle est très douloureux et extrêmement angoissant. Sentir votre vie s'écouler par un trou est sûrement la dernière chose que vous avez envie d'expérimenter.

Mais en fin de compte, tout dépend de la volonté de votre tueur.

S'il a l'intention d'en finir tout de suite, il peut vous en coller une dans le front, le cœur ou la nuque. Mais s'il est vicieux, il tirera à l'intérieur de votre cuisse, ou sur le côté de votre abdomen. Dans ce dernier cas, par exemple, la balle perforera vos intestins en provoquant une hémorragie et une péritonite extrêmement douloureuses, qui auront raison de vous au terme de souffrances horribles.

C'est une technique assez barbare.

C'est pour ça que Kosh l'a choisie lorsqu'il m'a tiré dessus cette fois.

98

KOSH LE MAGICIEN est parti.

Je suis là, allongé sur le lit occupé par Sean tout à l'heure. Les yeux dans le vague. Une douleur épouvantable plantée dans le ventre. Sa sœur jumelle fichée dans la cuisse. Et quelques milliers d'autres, réparties un peu partout dans le corps.

Mais je suis toujours vivant. Et mon fils aussi.

Vivant, pour au moins quelques minutes. Moi qui ai toujours eu le dos mal fichu, qu'est-ce que vous en pensez ? C'est plutôt pas mal, non ?

J'ai envie de rire. Ça ne doit pas être bon signe.

– Billy... s'il te plaît...

Mon fils n'arrête pas de pleurer. Je ne l'ai jamais vu dans un état pareil. Je caresse son visage, tandis qu'une radio bourdonne dans la pièce voisine, probablement allumée pour calmer les enfants. Dehors, le vent souffle à faire trembler les murs. J'imagine Kosh courant et hurlant dans la tempête, comme dans cette légende russe où il chevauche nu sur les montagnes du Caucase.

- Billy... écoute-moi...

La radio a quelque chose de normal et d'apaisant au milieu de toute cette folie. Une émission musicale passe le tube d'Oasis, *Wonderwall* : *« There are many things that I would like to say to you, but I don't know how »* fredonne Gallagher. *« Maybe you gonna be the one that saves me ? »*

– Billy...

– Je – veux – maa – maan, hoquette-t-il.

– BILLY !

Il s'arrête, interloqué.

– J'ai besoin que tu fasses quelque chose pour moi.

Mon fils se concentre, puis hoche la tête.

– Le vêtement dans mon dos. Soulève-le. Je ne peux pas y arriver seul.

Il obtempère.

– Tu vois l'objet scotché entre mes omoplates ?

– Oui, papa.

– Donne-le-moi.

– D'accord, papa.

Mon fils s'acharne dessus et m'arrache les poils en même temps que le ruban adhésif. En d'autres circonstances, j'aurais probablement crié.

Il me tend le téléphone portable de Kosh, ce fichu combiné par lequel toute cette histoire a commencé. Je l'ai dissimulé dans mon dos en priant pour qu'on ne me fouille pas de façon trop complète.

– Merci, Billy, dis-je en étreignant le combiné.

Puis je m'applique à composer un numéro précis.

Vous êtes surpris ?

Vous avez raison.

Car qui pourrais-je bien appeler ? La police me recherche pour meurtre. Le FBI également. Mes compagnons ne peuvent rien faire. Et Kosh sera là dans cinq minutes. Qui pourrait m'aider, et surtout à faire quoi ? Car à la vérité, soyons franc, je suis en train de mourir. La situation n'est donc pas terrible, hein ?

Ouais. C'est ce que je pense aussi.

Mais il y a un gamin pour qui cela vaut encore la peine de se battre. Un gosse appelé Sean, qui m'a montré ce que survivre voulait dire. Un enfant prêt à lutter jusqu'à son dernier souffle.

Et pour lui venir en aide, il me reste un dernier allié.

Vous.

« *Je m'appelle Paul Becker,* dis-je dans le combiné, *et j'ai besoin de vous. Vous ne me connaissez pas. Enfin je suppose, à moins d'être l'un de mes patients. Mais vous avez peut-être reconnu mon nom. Je suis ce médecin dont la photo circule dans les journaux...* »

Ma voix tremble. Surtout ne pas flancher.

« *Je vous en prie, ne raccrochez pas. Il ne faut pas croire ce qu'on raconte... Je n'ai pas commis ces choses épouvantables. Ça paraît complètement dingue, mais vous devez me faire confiance.* »

Une longue inspiration. Puis je me lance :

« *Alors voilà. En ce moment même, un enfant se promène tout seul près de chez vous. Et à l'instant où je vous parle, il est en danger de mort. Parce que quelqu'un... quelqu'un est là pour l'assassiner.* »

Je reprends mon souffle.

« *Vous n'êtes pas habitué à recevoir ce genre d'appel de détresse, je sais. D'ailleurs ça me semblerait fou à moi aussi. Mais si vous ne faites rien, si vous n'écoutez pas ce que je vous dis, croyez-moi, cet enfant va mourir. Et s'il meurt, d'autres victimes suivront. À moins que vous ne fassiez ce qu'il faut pour l'empêcher.* »

J'ai débité ça d'une traite, les doigts crispés sur l'appareil téléphonique. Je me demande bien l'impression que ça vous fait à l'autre bout

« *Une minute de votre temps, c'est tout ce que je demande. Écoutez-moi, puis ce sera à vous de décider.* »

On y est, me dis-je en m'essuyant le front. Je n'ai plus qu'à vous raconter le reste en quelques mots. Faire appel à votre intelligence et votre courage.

Vous persuader de sauver Sean.

Vous persuader d'arrêter Kosh.

Quel qu'en soit le prix.

Et j'essaye de le faire, le plus clairement, le plus simplement possible. Puis je valide le code de la procédure ATL, l'Alerte téléphonique locale, celle que Connie Lombardo m'a montrée et dont j'ai soigneusement noté le numéro d'accès réservé au FBI. Puis j'envoie mon message, telle une ultime bouteille jetée à la mer.

Et c'est fini.

Je coupe la communication et serre mon fils très fort contre moi. Il ne pleure plus. À la radio, la musique bourdonne toujours. Si ça se trouve, vous écoutez la même chanson alors que vous vaquez à vos occupations quotidiennes.

Dans quelques secondes, tous les téléphones vont se mettre à sonner dans un rayon de plusieurs kilomètres.

Le vôtre en fera partie.

Vous décrocherez.

Un ordinateur vous répétera mon message. Et vous entendrez ma voix. Nous serons enfin réunis. En contact, pour de bon.

Vous voyez, je ne vous ai pas menti.

Au final, tout va dépendre de vous.

ÉPILOGUE

JE REGARDE LE SOLEIL à travers la fenêtre de ma chambre d'hôpital. L'effet est amusant : les rayons paraissent traverser l'air au ralenti pour venir se poser délicatement sur mon drap, tels de petits papillons, en y imprimant un joli kaléidoscope de couleurs.

Bon. Je sais ce que vous pensez. Voilà ce qui arrive quand on abuse de la morphine.

Cela dit, ça fait du bien. Surtout quand vous avez survécu à plusieurs jours de coma. Cinq opérations chirurgicales. Et trois arrêts cardiaques.

Car il paraît que je suis mort plusieurs fois.

– Salut, dit Connie.

Elle est assise dans un fauteuil, en train de pianoter sur son ordinateur. Elle lève les yeux et sourit.

– Vous papotez encore avec votre famille virtuelle ? dis-je.

Je jette un coup d'œil sur les pseudonymes affichés sur son écran. De simples noms, des particules électroniques qui vous unissent à d'autres êtres vivants à travers le monde. Des gens comme vous et moi. Intéressants ou quelconques, beaux ou moches, méchants ou gentils. Et parfois monstrueux.

– Comment allez-vous ? dit Connie.

– Je pète le feu.

– Pas mal pour un ressuscité.

– Donc je suis vraiment mort ?

– Oui.

– Combien de temps ?

– Dans les trois minutes la première fois. Un peu moins durant les interventions chirurgicales. Mais on peut dire que vous avez fait chauffer le défibrillateur.

– Qui m'a sauvé la vie ?

– Des gens qui ont reçu votre appel de détresse au téléphone. Ils ont cherché la maison d'Helen McCarthy et sont parvenus à vous localiser à l'intérieur. Vous étiez mourant, mais ils ont pratiqué un massage cardiaque. Vive les cours de secourisme, hein ?

– Contactez ces personnes tout de suite. Dites-leur que je veux les épouser.

– Ne criez pas encore victoire. On n'est pas certain que votre cerveau soit intact.

– Vous dites ça à cause de la piètre qualité de mon humour ?

– Non.

Je plisse le front, soudain envahi par une impression de déjà-vu.

– Attendez une seconde... Vous voulez dire... que nous avons déjà eu cette conversation, c'est ça ?

– Au moins dix fois, soupire Connie. Vous faites de l'amnésie post-traumatique. Vous n'imaginez pas la patience dont je fais preuve en écoutant vos mêmes blagues tous les jours.

Je me redresse dans mon lit.

– Comment va mon fils ?

– Bien.

Et Claire ?

– Elle s'en est sortie. Du moins physiquement. Cette épreuve l'a terriblement secouée. Je lui ai expliqué toute l'histoire, mais elle n'est pas prête à en discuter avec vous dans l'immédiat. Elle a attendu que vous soyez sorti du coma, puis elle est rentrée se reposer chez sa famille.

– En France ?

– Oui. Désolé, Paul. Je crois qu'il va falloir lui accorder un peu de temps.

Je soupire.

– Merci quand même d'avoir essayé. Et pour Sean, comment ça s'est terminé ?

– Vous ne vous en souvenez pas non plus ?

– Je n'en suis pas certain. Redites-le-moi encore.

– Lui aussi est sain et sauf. En réalité, de nombreuses personnes ont capté votre message d'alerte, et plusieurs se sont aventurées dans la rue malgré le mauvais temps. Elles ont trouvé Kosh qui courait après le gosse. Kosh était fou furieux et brandissait une arme. Les gens ont tenté de le maîtriser, mais il se débattait et riait comme un dément. Il a fini par monter sur le toit d'une voiture avant de défier la foule. Il avait ôté sa chemise et hurlait dans la tempête. Il s'est mis à tirer au hasard. La police l'a abattu.

Je me renfonce dans mon oreiller et ferme les yeux une seconde.

Pourvu que tout cela soit vrai. Pourvu qu'il ne s'agisse pas d'un mirage produit par la morphine ou, pire encore, des derniers délires de mon cerveau moribond.

– Tout va bien, dit Connic en me prenant la main. Le cauchemar est terminé, Paul. Il ne reste plus qu'à reprendre le cours de votre existence.

– On ne m'attend plus à la prison du comté ?

– Non. Aucune charge n'a été retenue contre vous.

– Et Aaron Altman ?

– Il a d'autres chats à fouetter. À commencer par sauver sa place. Le scandale McCarthy fait tomber les têtes comme une boule de bowling un jeu de quilles. Par chance pour Altman, l'ouragan a largement pris le dessus dans l'actualité.

– L'ouragan ?

– Katrina. Contrairement aux déclarations initiales de nos sympathiques dirigeants, il a causé des dégâts terribles à La Nouvelle-Orléans et sur toute la côte.

Elle marque une pause, puis :

– À propos, je laisse tomber le FBI. J'ai remis ma démission. J'ai ramené Sean à Miami auprès de sa mère – tous les deux attendent d'ailleurs votre visite avec impatience. Je pars demain pour la Lousiane. J'en ai pour plusieurs mois. Les services sanitaires sont débordés, ils ont besoin d'aide.

Je fixe mes draps.

– Vous reviendrez par ici ?

– Je ne sais pas.

Elle baisse les yeux à son tour.

– Vous irez retrouver votre femme ?

– Je ne sais pas.

Le temps s'étire entre nous, creusant un peu plus le fossé à chaque seconde.

Elle finit par éteindre son ordinateur.

– Bien, dit-elle. Je suis contente d'avoir travaillé avec vous, Paul.

Elle détourne le regard pour éviter de me montrer ses larmes.

– Au revoir, dis-je, le cœur serré.

Elle m'embrasse furtivement sur la joue, puis marche jusqu'à la porte.

– Si vous rouvrez un jour votre clinique et que vous avez besoin d'une infirmière, faites-moi signe, murmure-t-elle. On ne sait jamais.

Un dernier geste de la main.

Et Connie Lombardo sort de ma vie.

Je quitte l'hôpital une éternité plus tard, à bord de la voiture de Cameron.

Il conduit en douceur, vu que la moindre secousse nous fait un mal de chien à tous les deux. On roule tranquillement, les vitres ouvertes. Il fait beau. L'air embaume la brise marine, les trottoirs sont propres et le gazon des espaces verts est tondu ras, aussi net que si la tempête n'avait jamais eu lieu. Dans le parc derrière l'école de Billy, des gamins font du skate. Cameron sourit en les voyant : c'est là qu'autrefois nous nous entraînions ensemble.

Je devrais me sentir bien, mais ce n'est pas le cas. Il me reste une dernière chose à tirer au clair.

Cameron abaisse ses lunettes de soleil.

– Tu n'as pas dit un mot depuis que tu es sorti. Tout va bien ?

– Oui.

– Tu te souviens que tu n'es plus accusé de meurtre, hein ?

– La mémoire m'est revenue, Cam. On en a déjà parlé.

Il pousse un soupir.

– Tant mieux.

Je hoche la tête.

– Moi, je suis toujours dans le pétrin, poursuit-il. Le chef Garner veut vraiment ma peau. Depuis que Barton Fuller est mort d'un infarctus pendant que je lui tirais les vers du nez, les fouineurs des enquêtes internes ne me lâchent plus.

Je ne fais aucun commentaire.

– Je devrais peut-être changer de job ? dit-il. On m'a proposé de devenir candidat pour un show de téléréalité. Ça s'appelle *L'Œil de Caine*. Mes gosses ne jurent plus que par ce genre d'émissions. Tu crois que je devrais accepter l'offre ?

– Je ne sais pas, Cameron.

On roule sur la Cinquième Rue et les vieux immeubles de mon enfance défilent autour de nous.

– Tu m'emmènes où ?

– Ah, dit-il, c'est une surprise ! Ça devrait te plaire...

– Ça dépend.

– Ça dépend de quoi ?

Je me tourne vers lui.

Puis lentement, sans me presser, je dépose le téléphone portable rouge sur son tableau de bord.

– Ça dépend du genre de surprise, Cameron.

Son regard se pose sur l'objet.

Vacille.

– Je crois que tu ferais mieux de te garer, dis-je.

Il obtempère, soudain très pâle.

Mon regard se porte sur les terrasses de café où les gens prennent leur petit déjeuner.

– Lorsque j'ai vu Kosh pour la dernière fois, je lui ai posé une question. Tu veux savoir laquelle ?

Cameron ne répond pas.

– Je lui ai demandé s'il possédait un téléphone portable de couleur rouge. Il a été un peu surpris, mais il m'a quand même répondu.

Je me tourne de nouveau vers mon ami.

– Il a dit : « Ah non, sûrement pas ! »

Je pointe mon doigt.

– Ce qui implique que cet objet, avec les photos à l'intérieur, n'a jamais appartenu à Kosh le Magicien.

– Je... je peux tout expliquer.

– Ah oui ? Et quoi donc ? De quelle façon tu as volontairement abandonné ce portable dans ma clinique, la fameuse nuit où tu as amené Kosh ?

Il tortille ses doigts, le front en sueur.

– Ou plutôt de quelle manière tu t'es assuré que je le découvre, en le faisant sonner quelques minutes plus tard ?

Il ouvre la bouche.

Je le coupe :

– Le trucage de la voix était très pratique pour dissimuler la tienne, n'est-ce pas, Cameron ? Tu as fait tout ce qu'il fallait pour que je m'affole. Et ça a fonctionné. Je suppose que l'idée était de provoquer un affrontement entre Kosh et moi ? Avec l'aide d'un téléphone pour l'un. Et quoi pour l'autre ?

– Un... Un simple e-mail. Je lui ai envoyé une photo de toi. Debout devant ta clinique. Pour attirer son attention.

Il se tortille dans son siège.

– Je ne m'attends pas à ce que tu me pardonnes, dit-il enfin. Je sais que tu ne le pourras jamais. Mais je peux tenter de t'expliquer.

– Je t'en prie, j'ai hâte d'entendre ça.

Cameron rassemble ses forces, puis :

– Quand ton père est tombé par hasard sur la photo de Baba Yaga dans le journal, il a cru que sa vieille maîtresse était de retour. Tu as vu à quel point cette femme était monstrueuse. Ton père était tellement bouleversé qu'il a voulu mener l'enquête lui-même. C'est comme ça qu'il a découvert les traces du nouveau trafic pédophile. Ça l'a effrayé, mais pas autant que cette vidéo de Billy sur le web. Lorsqu'il l'a vue, il a été anéanti.

– Il t'en a parlé ?

– Pas à ce stade. À ce moment-là, il ne comprenait pas comment son petit-fils pouvait subir de tels sévices sans que personne s'en rende compte. Il a immédiatement soupçonné un parent proche, et toi en particulier. Rétrospectivement, je suppose qu'il craignait que tu sois devenu une sorte de prédateur, comme l'était ta mère biologique...

Je crois entendre résonner les paroles de mon père :

La mort est dans l'air, où que tu ailles. Elle se transmet de parent à enfant, comme une malédiction...

Je serre les dents, mais je peux le comprendre. Après tout, ne l'ai-je pas soupçonné du pire, lui aussi ?

– George Dent a adressé une dénonciation anonyme au FBI, continue Cameron, mais cela n'a servi à rien. Du moins en apparence. Personne ne pouvait savoir que Connie Lombardo enquêterait sur toi. Ton père avait très peur pour Billy, et il ne savait plus quoi faire. Il était hors de question pour lui d'aller voir les flics.

Il s'était déjà fait avoir une fois, il n'avait plus confiance. Alors il a tenté d'agir de son côté. En s'adressant à Claire.

Deux jeunes femmes passent devant notre voiture arrêtée et nous adressent un sourire, mais Cameron garde les doigts crispés sur le volant.

– Ta femme a été surprise d'être contactée par George, mais elle a accepté de le rencontrer. George lui a demandé de garder le secret à propos de leurs rendez-vous, prétextant que tu n'apprécierais pas de le voir approcher ta famille. Et là encore, Claire a accepté. Il lui a posé des questions par petites touches pour essayer d'en savoir plus sans éveiller les soupçons. C'est alors que Sean a disparu.

– C'était début août ?

– Oui. Les événements se sont précipités, et la hantise du réseau pédophile est devenue trop forte pour ton père. Il était persuadé qu'un malheur allait arriver à Billy. Alors il est venu me voir.

– Il t'a tout raconté ?

– Seulement le minimum. Il m'a parlé de Kosh, remis un double de la vidéo sur une clé USB, les trois photos numériques, et il m'a demandé d'enquêter sur toi. Je lui ai ri au nez, persuadé que ton vieux se tapait un délire paranoïaque. Mais il m'a forcé la main. « Mon petit-fils est en danger, il a dit, je n'ai confiance en personne, sauf toi, tu connais Paul mieux que quiconque, alors tu vas m'aider, oui ou non ? » Il était persuadé que tu cachais ta véritable personnalité.

– Tu le pensais, toi aussi ?

– Je ne savais plus très bien. Ses documents étaient solides. Et tu étais resté des années loin de Naples. Qui peut prétendre connaître son meilleur ami ? Et puis ton père ne me lâchait pas. Alors j'ai fini par me mettre au travail. C'est là que j'ai compris qu'il se tramait réellement quelque chose. Une affaire énorme. Kosh était protégé par des gens très haut placés, le chef Garner ne voulait pas que j'enquête, ton père dissimulait un paquet de mystères, et ton propre comportement était bizarre.

Il renifle un instant.

– Je ne suis pas un intellectuel, tu le sais. Peu importent les discours. À la fin, c'est l'action qui l'emporte. J'en avais marre de tous ces secrets, de ces portes qui se refermaient à chaque fois devant moi. Alors j'ai décidé de donner un coup de pied dans la fourmilière. Et il n'y avait qu'un moyen : provoquer une confrontation entre toi et Kosh. Vous forcer à bouger, guetter chacun de vos mouvements. Jusqu'à ce que l'un de vous commette une erreur.

– Sauf que j'étais innocent !

– Peut-être. Mais pour Kosh, ça a marché. Sans moi, ton fils aurait été victime de son odieux trafic un jour ou l'autre.

Je prends une longue inspiration.

– C'est toi qui as donné la clé USB à Claire ?

Il met un certain temps à me répondre, comme s'il cherchait les mots justes.

– J'ai tenté de lui faire part de mes soupçons, soupire-t-il enfin, mais elle refusait de comprendre. Claire ne voulait pas admettre que tu puisses être impliqué dans un trafic pédophile. Je n'en étais pas certain non plus, mais je ne pouvais pas prendre le risque. Alors je lui ai montré la vidéo. Pour la convaincre...

– Et tu l'as totalement bouleversée !

– Oui. Là encore, mon plan a fonctionné. Le soir où elle a vu le film, elle s'est enfuie de chez toi. Elle et Billy se sont cachés de façon efficace. En vertu de quoi, ils sont restés hors de portée des griffes de Kosh durant la plus grande partie de l'affaire. Des griffes de Kosh... et des tiennes. Car à ce moment-là, je ne savais pas si tu étais un homme dangereux. Quand j'ai commencé à y voir clair, il était trop tard. J'ai fait tout ce que j'ai pu pour vous protéger, toi et eux, par la suite...

Il se tait, sachant que toute justification serait inutile.

– Une dernière question, dis-je. Jordi s'est introduit dans ma maison pendant mon absence. Personne ne l'a revu. Est-ce que tu l'as éliminé ?

– Non.

– Quelqu'un d'autre s'en est chargé ?

– Oui.

– Qui ?

– Ton père.

J'accuse le choc. Un de plus.

– Après ton premier coup de fil, George s'en est voulu de t'avoir parlé si durement au téléphone. Il est venu jusqu'ici pour tenter de s'expliquer avec toi. Il a campé devant ton domicile durant des heures, sans parvenir à se décider. C'est comme ça qu'il a vu Jordi entrer dans ta maison. Il a compris la menace qu'il représentait, et il a eu peur pour ta famille. Il l'a tué sans réfléchir.

– Et le corps ?

– Caché dans le débarras sous sa maison. Parmi des costumes de clown. Connie a même failli le repérer lorsqu'elle est allée lui rendre visite avec toi.

Toutes ces révélations me bouleversent tellement que je préfère me réfugier dans le silence.

Cameron redémarre au bout d'un moment. Il tourne au bout de la rue, parcourt quelques centaines de mètres, puis stoppe sur le parking près du ponton de Naples.

– J'ai toujours une surprise pour toi, tu te rappelles ? dit-il tristement.

Je descends de voiture sans un mot et il m'accompagne à l'entrée du quai, cette simple avancée de planches où nous avons passé une bonne partie de notre jeunesse.

Le cœur de Naples, comme disent les vieux.

– Ton père a eu peur, Paul. Tu dois essayer de le comprendre. Il était fatigué. Il ne supportait plus toute cette pression. Quand il t'a vu débarquer chez lui en compagnie de Connie, il a compris que le FBI ou Baba Yaga n'allaient pas tarder à lui remettre le grappin dessus. Et il ne le voulait pas. Il chérissait sa liberté plus que tout.

– Au point de se suicider ?

– Il avait déjà disparu une fois, plusieurs années durant. Il était capable de remettre ça. Il voulait simplement échapper à son destin. C'est humain. Toi-même, tu as souvent fui devant tes problèmes, n'est-ce pas ?

Cameron s'arrête. Un peu plus loin, sur la jetée, je vois mon fils en train de manier une canne à pêche au moins trois fois plus haute que lui, le front plissé par la concentration.

Et sur un banc à côté de lui se tient un vieil homme en costume blanc.

– Mais ton père ne s'est pas suicidé, continue Cameron. Le corps qu'on a retrouvé dans les décombres après l'explosion était celui de Jordi. Pas le sien. Alors voilà, tu connais toute l'histoire à présent. À toi de voir si tu veux nous envoyer en prison. Nous ferons ce que tu décideras.

Je m'avance sur le quai, tel un somnambule. Mon fils n'est plus qu'à une dizaine de mètres. Il ne m'a même pas vu, tant il est concentré sur sa canne à pêche, guettant le bouchon flottant à la surface des vagues comme si c'était la chose la plus importante au monde.

Il porte le short Pokémon que je lui ai offert l'année dernière. Sauf qu'il est maintenant trop court.

C'est dingue, vous clignez de l'œil, et les années défilent en un éclair.

Je m'assieds à côté de mon père.

Il tient une boîte en fer ouverte sur ses genoux. L'unique chose qu'il a conservée de son ancienne vie.

Je lui prends la boîte des mains. Elle contient de vieilles photos maladroites, souvent prises de travers.

Toutes de moi.

Moi lors d'une remise de prix à la maternelle, en compagnie de Madame Scorbut. Moi en train de cavaler dans les rayons d'un supermarché tandis que je faisais des courses avec lui. Moi dans une barque, en train de l'écouter déclamer ses poèmes. Moi sur le ponton de Naples, une canne à pêche à la main, le jour de mes dix ans.

Et je comprends enfin qu'il m'a toujours aimé, même si c'était parfois de loin.

Silencieux. Protecteur. Mon père.

Des larmes ruissellent sur ses joues. Moi, j'ai la gorge trop nouée pour pouvoir parler. Je ne sais pas quelle décision prendre, et je n'ai pas la moindre idée de ce que l'avenir nous réserve.

Alors je pose simplement ma tête sur son épaule, et nous regardons pêcher Billy.

Trois silhouettes devant les eaux claires et immuables de la baie.

Des pères.

Des fils.

Tout simplement.

REMERCIEMENTS

Ce livre m'a accompagné dans beaucoup d'endroits et de nombreuses personnes y ont joué un rôle. Aux États-Unis, je tiens à remercier mon ami Rich Tusa, officier de police, et son épouse Kathy, de la Naples Historical Society, pour leur aide, leur amitié et les bons dîners ! La journaliste et aventurière Doris Reynolds qui m'a raconté tant d'anecdotes extraordinaires. La « véritable » Marta Coburn, médecin légiste et chef du département de médecine légale de Naples. Le docteur Paul Hobaica, le docteur Robert McGann, Greg Bailey, Lois Kassel et tous les collaborateurs de Florida Urgent Care qui m'ont fait l'honneur de m'accueillir. Le sergent Neal Schaefer qui m'a ouvert les portes de sa profession et laissé fureter dans les coins – même lorsque c'était interdit. La police de Naples, la section du FBI de North Miami, les habitants de Gibsonton et de Naples. En France, je remercie en particulier les docteurs Geoffroy Garcette, Myriam Hamdouch, Marie Pelletier, Marianne Groc, Olivier Abadie, Malik Lahbabi, Christophe Debien, ainsi que mes amis, patients et personnel de la clinique Conti, vous tous qui avez été mes soutiens et sources d'inspiration.

Sur un plan plus personnel, je tiens à remercier ma directrice littéraire et amie Françoise Chaffanel-Ferrand, ainsi que Richard Ducousset

Francis Esménard, Solène Chabanais et tous les membres de l'équipe de choc d'Albin Michel qui ont rendu possible cette nouvelle aventure. Merci aussi à ma famille, la Team Bauwen au grand complet, Françoise et Jean-Pierre Cohidon et Nicolas Trenti.

Et surtout merci à toi, lecteur, pour cette petite place que tu m'as accordée sur ta table de chevet, nos heures passées en tête à tête et tes messages de soutien. J'espère que la balade t'a plu. À une prochaine !

Tout mon amour, enfin, à Laetitia, Margaux et Joffrey, mon indispensable service des Enquêtes internes. Vous êtes ma vie. Je vous aime.

Ah, j'oubliais : inutile de faire de recherches sur le web pour tenter de démêler l'authentique de la supercherie. Ceci est un roman, bien entendu, j'ai tout inventé !

Sauf ce qui est vrai.

DU MÊME AUTEUR

Aux Éditions Albin Michel

L'ŒIL DE CAINE, 2007, prix des Lecteurs du Livre de Poche 2008.

Nord Compo
°PI Firmin Didot, janvier 2009
'ichel
75014 Paris

4
'imprimeur : 93795